U0100152

香港中學生

文言字典

蘇岳 田南君——編著

（增訂二版）

Classical Chinese
Dictionary
for Hong Kong
Secondary School
Students

責任編輯　張軒誦
封面設計　陳德峰　陳朗思
版式設計　吳丹娜
排　　版　楊　錄　陳美連
協　　力　常家悦　陳先英　栗鐵英

書　　名　**香港中學生**
　　　　　文言字典（增訂二版）

編　　著　蘇　岳　田南君
出　　版　三聯書店（香港）有限公司
　　　　　香港北角英皇道四九九號北角工業大廈二十樓
香港發行　香港聯合書刊物流有限公司
　　　　　香港新界荃灣德士古道二二〇至二四八號十六樓
印　　刷　美雅印刷製本有限公司
　　　　　香港九龍觀塘榮業街六號四樓 A 室
版　　次　二〇一六年七月香港第一版第一次印刷
　　　　　二〇一九年七月香港增訂版第一次印刷
　　　　　二〇二三年九月香港增訂二版第一次印刷
規　　格　三十二開（120 mm × 170 mm）五二〇面
國際書號　ISBN 978-962-04-5311-3

© 2016, 2019, 2023 三聯書店（香港）有限公司
Published & Printed in Hong Kong, China.

目錄

凡例

　　本字典旨在協助香港中學生理解和掌握新高中課程中國語文科的十二篇文言範文及其他常見經典文言篇章，因此當中的字頭編排、粵普注音、例句出處等，都具有本地特色，以助他們應付中學文憑考試中的文言讀本問題。此書凡例，詳列如下：

一、字頭

　　本字典共收錄約 2,350 個漢字字頭，並以教育局轄下「課程發展處·中國語文教育組」的《常用字字形表》（2007 年重排，2012 年附粵普字音）為基礎，按筆畫數多寡（一至三十二畫）、部首次序（「一」至「龜」部）及起筆筆畫（點〔、〕、橫〔一〕、豎〔｜〕、撇〔丿〕）而編排，以配合本地學生以部首和筆畫數為翻查字典方法的傳統。

二、粵普注音及破音字

1. 所有字頭均先列出粵語拼音，並以方括號〔〕標示其直音，如無直音，則以「反切」或「九聲調音」代替；最後是漢語拼音。
2. 如字頭遇上常見的異體或其他寫法，則在其後以圓括號（）列出。
3. 粵語拼音乃以「香港語言學會」於 1993 年所制定的《粵語拼音方案》為依據；至於漢語拼音則以《漢語拼音方案》為準。
4. 如遇上多音字（破音字），則以漢字數字「一」、「二」、「三」……的次序，先列出本義的讀音，然後根據引申義、比喻義或假借義與本義之間的關係，按由近及遠的原則逐一將破音列出。

三、義項及多義字

1. 所有字頭均列出本義，大部分更附上《說文解字》的解說作為書證。
2. 如遇上多義字，則會根據本義與引申義、比喻義或假借義之間的關係，按由近及遠的原則，以阿拉伯數字 ❶、❷、❸、❹、❺……的次序逐一列出。
3. 部分義項會列舉相關詞語或成語，作為延伸例子，有助學生更易掌握難解義項。

四、例句

1. 義項的例句絕大多數來自新高中課程中文科的文言文範文,其次為昔日中學會考及高級程度會考中文科及文學科的文言文範文、會考與高考中閱讀理解部分的文言篇章,及本地與內地語文課程中常見的文言文範文。

2. 除個別例句外,所有例句的出處,均會按次列明作者、書籍及篇章名稱。

3. 在義項、例句或說明文字中重複出現的字頭,均以「~」代替。

4. 在例句中如遇上難解詞句,則會以圓括號()列出相關讀音、說明或其譯文。

五、附錄

本字典另設五篇附錄,講解在「字」、「詞性」、「句型」和「粵音」四個範疇上的文言語法及常識,包括《文言多義字、破音字及通假字》、《詞性活用》、《常見文言句式》、《廣州話聲、韻、調表》及《古代常見度量衡單位換算表》,以加強學生對文言基礎知識的認知,並提升他們在應付文憑試中文言閱讀理解的能力。

對於字頭的字形、讀音和義項、例句的出處、內文和句意,本書已通過不同的典籍和途徑,作多番對比和求證,力求嚴謹,但仍難免出現疏漏之處,惟請讀者見諒,並不吝賜教,使本字典更切合本地學生的需要。

筆畫檢字表

漢語拼音檢字表

dǐng	頂	202	dùn	頓	278	fà	髮	340	fèn	分	12
dǐng	鼎	279	duō	多	41	fān	反	13	fèn	憤	317
dìng	定	77	duō	掇	179	fān	番	221	fèn	奮	344
dìng	訂	123	duó	度	105	fān	蕃	354	fèn	糞	372
dòng	洞	112	duó	奪	283	fān	翻	392	fēng	封	103
dòng	動	164	duò	惰	211	fān	藩	405	fēng	風	126
dōu	都	200	duò	墮	312	fán	凡	4	fēng	烽	186
dòu	豆	66				fán	煩	256	fēng	鋒	338
dòu	鬥	161		**E**		fán	樊	321	féng	馮	242
dòu	竇	414				fán	蕃	354	féng	縫	373
dòu	讀	429	ē	阿	95	fán	繁	374	fěng	風	127
dū	都	200	é	俄	97	fǎn	反	13	fěng	諷	357
dū	督	259	é	峨	135	fàn	犯	31	fèng	奉	75
dú	毒	112	é	訛	196	fàn	泛	89	fèng	俸	129
dú	獨	351	é	額	398	fàn	販	196	fèng	縫	373
dú	瀆	389	è	扼	60	fàn	飯	241	fǒu	不	8
dú	櫝	401	è	堊	168	fàn	範	326	fǒu	缶	47
dú	牘	402	è	惡	210	fāng	方	18	fǒu	否	55
dú	犢	402	è	遏	275	fāng	芳	93	fǒu	瓿	192
dú	讀	429	è	餓	339	fǎng	彷	58	fū	夫	14
dú	黷	439	è	噩	343	fǎng	訪	195	fū	敷	319
dǔ	堵	168	ēn	恩	138	fàng	放	83	fū	膚	328
dǔ	睹	259	ér	而	48	fēi	非	96	fú	夫	14
dǔ	篤	352	ěr	耳	49	fēi	扉	211	fú	弗	29
dù	度	104	ěr	爾	291	fēi	菲	230	fú	伏	37
dù	渡	218	ěr	邇	396	fēi	緋	296	fú	孚	43
dù	蠹	435	èr	二	2	fēi	蜚	300	fú	扶	59
duān	端	293	èr	貳	232	fēi	霏	361	fú	拂	82
duǎn	短	223				fěi	匪	132	fú	服	85
duàn	斷	388		**F**		fěi	斐	214	fú	浮	146
duì	隊	239				fěi	菲	230	fú	匐	165
duì	對	285	fā	發	222	fěi	蜚	300	fú	符	190
dūn	敦	213	fá	乏	22	fěi	誹	331	fú	福	260
dùn	盾	116	fá	伐	36	fèi	廢	314	fǔ	父	20
dùn	遁	276	fǎ	法	88	fēn	分	12	fǔ	甫	64

hàn	瀚	402	hèng	橫	348	huàn	患	176	huó	活	113
háng	行	50	hōng	薨	377	huàn	渙	219	huò	或	81
háo	毫	184	hóng	弘	29	huàn	豢	269	huò	郭	187
háo	號	266	hóng	洪	112	huāng	肓	65	huò	貨	197
háo	豪	303	hóng	鴻	386	huāng	荒	153	huò	惑	210
háo	壕	364	hòng	鬨	363	huáng	皇	115	huò	禍	260
háo	濠	369	hòu	厚	100	huáng	惶	210	huò	獲	370
hǎo	好	42	hòu	後	106	huáng	遑	276	huò	豁	379
hào	好	42	hòu	候	130	huǎng	幌	247	huò	穫	403
hào	浩	146	hū	乎	22	huī	恢	107	huò	鑊	430
hào	皓	223	hū	忽	80	huī	揮	212			
hào	號	266	hū	嚤	282	huī	暉	251			
hào	顥	425	hú	胡	120	huī	墮	312		**J**	
hé	合	40	hú	鶘	399	huī	輝	335			
hé	何	51	hǔ	滸	289	huī	麾	341	jī	奇	76
hé	和	74	hù	互	10	huī	徽	366	jī	飢	160
hé	河	87	hù	戶	17	huī	戲	366	jī	幾	209
hé	曷	111	hù	郭	187	huí	回	41	jī	期	215
hé	盍	149	hù	護	423	huí	迴	159	jī	箕	294
hé	涸	186	huā	華	229	huǐ	毀	254	jī	譏	324
hé	荷	194	huá	華	229	huì	晦	182	jī	稽	325
hé	餄	270	huá	滑	255	huì	惠	210	jī	機	349
hé	蓋	299	huá	譁	406	huì	賄	271	jī	激	350
hé	闔	307	huà	化	12	huì	會	252	jī	積	352
hé	闔	397	huà	畫	221	huì	誨	303	jī	擊	367
hé	龢	405	huà	華	229	huì	慧	316	jī	譏	406
hè	何	51	huái	懷	400	huì	諱	355	jī	饑	418
hè	和	74	huài	壞	399	huì	穢	390	jī	羈	435
hè	荷	194	huān	懽	421	huì	饋	425	jí	及	13
hè	褐	301	huān	歡	428	hūn	昏	85	jí	即	54
hè	壑	365	huán	環	371	hūn	婚	169	jí	汲	63
hèn	恨	107	huán	還	381	hún	渾	218	jí	亟	96
héng	恆	107	huǎn	緩	328	hùn	混	186	jí	急	106
héng	橫	348	huàn	宦	103	hùn	渾	218	jí	疾	148
héng	衡	355	huàn	浣	144	huō	豁	379	jí	級	152
									jí	棘	216

sài	賽	380	shàng	尚	78	shèng	乘	128	shì	飾	278
sān	參	166	shāo	梢	183	shèng	盛	188	shì	誓	302
sǎn	散	214	shāo	稍	223	shèng	勝	205	shì	適	336
sàn	參	166	sháo	杓	61	shèng	聖	263	shì	噬	344
sàn	散	213	sháo	韶	308	shī	失	27	shì	謚	357
sāng	喪	206	shǎo	少	15	shī	施	110	shì	螫	378
sàng	喪	206	shào	少	15	shī	師	136	shì	諡	378
sāo	搔	250	shào	紹	191	shī	詩	268	shì	釋	417
sāo	騷	419	shē	奢	168	shí	石	34	shōu	收	45
sè	色	50	shē	賒	303	shí	食	127	shǒu	守	43
sè	嗇	245	shě	舍	93	shí	時	141	shǒu	首	127
sè	塞	246	shè	社	64	shí	實	284	shòu	受	73
sè	瑟	257	shè	舍	93	shí	蝕	300	shòu	狩	114
sè	澀	369	shè	涉	146	shí	識	406	shòu	售	167
sè	穡	390	shè	設	196	shǐ	矢	34	shòu	授	179
shā	殺	184	shè	赦	197	shǐ	使	70	shòu	壽	283
shā	煞	257	shè	懾	421	shǐ	始	77	shū	姝	102
shà	廈	248	shè	攝	421	shì	士	5	shū	書	142
shà	煞	257	shēn	申	33	shì	世	21	shū	殊	143
shān	芟	94	shēn	身	67	shì	仕	22	shū	紓	151
shān	潸	323	shēn	信	97	shì	市	28	shū	淑	185
shān	羶	404	shēn	參	165	shì	示	35	shū	疏	221
shàn	善	228	shēn	深	184	shì	式	44	shū	舒	228
shàn	擅	346	shén	神	117	shì	事	69	shū	菽	230
shàn	禪	351	shěn	哂	100	shì	侍	70	shū	樞	321
shàn	繕	392	shěn	審	313	shì	室	103	shū	輸	358
shàn	贍	417	shèn	甚	114	shì	拭	109	shú	孰	169
shāng	商	166	shèn	慎	250	shì	是	111	shú	塾	282
shāng	湯	219	shèn	蜃	266	shì	視	189	shú	熟	324
shāng	傷	244	shēng	生	32	shì	逝	198	shú	贖	429
shāng	殤	322	shēng	勝	205	shì	勢	245	shǔ	署	262
shāng	觴	394	shēng	甥	221	shì	嗜	245	shǔ	數	319
shǎng	上	4	shēng	聲	375	shì	弒	248	shǔ	曙	368
shǎng	賞	334	shéng	繩	404	shì	試	268	shǔ	屬	420
shàng	上	3	shěng	省	116	shì	軾	272	shù	戍	45

shù	束	61	sì	俟	97	suō	蓑	298	tián	填	246
shù	恕	138	sì	思	106	suō	缩	373	tiǎn	腆	228
shù	倏	163	sì	食	127	suǒ	所	81	tiáo	條	183
shù	庶	172	sì	嗣	245	suǒ	索	151	tiáo	調	331
shù	術	195	sì	肆	264				tiǎo	窕	190
shù	疏	221	sì	飼	278	**T**			tiào	眺	189
shù	墅	283	sì	駟	340				tiě	鐵	424
shù	數	320	sōng	鬆	399	tà	榻	288	tīng	聽	428
shù	暨	332	sǒng	悚	139	tái	台	27	tīng	廳	437
shù	樹	348	sǒng	聳	376	tài	大	6	tíng	亭	96
shuāi	衰	154	sòng	訟	196	tài	太	14	tíng	庭	136
shuài	帥	104	sòng	頌	278	tài	泰	144	tíng	霆	338
shuài	率	187	sòng	誦	301	tài	態	286	tǐng	挺	140
shuāng	霜	385	sǒu	叟	100	tán	彈	315	tōng	通	198
shuāng	孀	412	sū	蘇	416	tán	澹	350	tóng	童	224
shuǎng	爽	186	sú	俗	97	tǎn	袒	155	tóng	憧	280
shuǐ	水	20	sù	夙	41	tàn	探	178	tóng	瞳	371
shuì	説	301	sù	素	151	tàn	歎	322	tǒng	統	226
shùn	舜	228	sù	宿	170	tāng	湯	219	tòng	痛	222
shùn	順	241	sù	速	198	táng	堂	168	tòng	慟	287
shùn	瞬	371	sù	粟	225	tāo	滔	256	tōu	偷	163
shuō	説	301	sù	訴	232	táo	淘	186	tóu	投	60
shuò	朔	142	sù	溯	254	tǎo	討	156	tòu	透	199
shuò	碩	292	sù	蕭	297	tè	特	147	tū	突	118
shuò	數	320	sù	藪	329	téng	膝	379	tú	徒	136
shuò	鑠	432	suàn	算	294	téng	騰	419	tú	荼	194
sī	司	27	suī	雖	384	tí	提	212	tú	塗	246
sī	私	64	suí	隨	361	tí	題	398	tú	圖	282
sī	思	106	suǐ	髓	434	tǐ	體	434	tuán	團	282
sī	斯	214	suì	歲	253	tì	弟	58	tuī	推	179
sī	絲	227	suì	遂	274	tì	悌	138	tuí	頹	362
sī	廝	314	suì	燧	370	tì	涕	145	tún	屯	16
sǐ	死	47	sūn	孫	133	tì	替	215	tún	豚	196
sì	伺	52	sūn	飧	241	tiān	天	14	tuō	託	156
sì	兕	53	sǔn	損	250	tián	田	32	tuō	脫	193

Y

zé	則	99	zhāo	招	82	zhī	之	9	zhì	質	334
zé	責	196	zhāo	昭	110	zhī	支	17	zhì	擲	388
zé	擇	347	zhāo	朝	215	zhī	卮	25	zhì	識	406
zé	澤	349	zhào	召	27	zhī	知	91	zhì	鷙	431
zè	仄	10	zhào	棹	216	zhī	脂	152	zhōng	中	8
zéi	賊	270	zhào	詔	231	zhī	隻	160	zhōng	忠	80
zēng	曾	214	zhào	照	256	zhī	織	391	zhōng	衷	155
zēng	增	312	zhào	肇	297	zhí	直	91	zhōng	終	191
zèng	贈	406	zhé	輒	304	zhí	執	168	zhōng	鍾	383
zhà	乍	22	zhé	適	336	zhí	植	216	zhōng	鐘	418
zhà	吒	40	zhé	謫	394	zhí	職	392	zhǒng	冢	131
zhà	柵	111	zhé	轍	407	zhǐ	止	19	zhǒng	塚	246
zhà	詐	232	zhě	者	92	zhǐ	旨	46	zhǒng	種	293
zhài	責	197	zhēn	貞	123	zhǐ	抵	83	zhǒng	踵	358
zhài	寨	284	zhēn	砧	149	zhǐ	指	108	zhòng	中	8
zhān	沾	88	zhēn	斟	251	zhǐ	徵	316	zhòng	重	124
zhān	霑	361	zhēn	箴	326	zhì	至	49	zhòng	眾	189
zhān	瞻	390	zhēn	臻	353	zhì	志	59	zhòng	種	293
zhǎn	盞	258	zhèn	振	139	zhì	制	72	zhōu	周	74
zhàn	棧	216	zhèn	朕	142	zhì	治	88	zhōu	鬻	430
zhàn	戰	346	zhèn	陣	160	zhì	炙	89	zhòu	宙	78
zhāng	張	173	zhèn	陳	201	zhì	知	91	zhòu	胄	98
zhāng	章	202	zhèn	鴆	341	zhì	致	120	zhòu	驟	436
zhāng	彰	286	zhèn	鎮	396	zhì	秩	150	zhū	朱	143
zhǎng	長	95	zhēng	正	31	zhì	陟	160	zhū	誅	269
zhǎng	掌	211	zhēng	征	80	zhì	室	190	zhū	銖	306
zhǎng	漲	290	zhēng	政	109	zhì	彘	209	zhū	諸	330
zhàng	丈	4	zhēng	烝	147	zhì	智	214	zhú	逐	199
zhàng	仗	23	zhēng	蒸	300	zhì	稚	261	zhú	筑	224
zhàng	杖	61	zhēng	徵	316	zhì	置	262	zhú	燭	370
zhàng	長	95	zhěng	整	347	zhì	雉	277	zhǔ	主	22
zhàng	張	173	zhèng	正	31	zhì	滯	289	zhǔ	拄	82
zhàng	漲	290	zhèng	政	109	zhì	製	300	zhǔ	渚	185
zhàng	瘴	351	zhèng	諍	332	zhì	誌	301	zhǔ	屬	420
zhāo	召	26	zhèng	證	406	zhì	摯	318	zhǔ	矚	438

一畫

一 粵 jat1〔壹〕普 yī

❶數詞,表示單個。《孟子‧告子上》:「～簞食,～豆羹,得之則生,弗得則死。」❷一樣,同樣,有成語「千篇～律」。柳宗元《永州八記‧始得西山宴遊記》:「外與天際,四望如～。」❸同一。諸葛亮《出師表》:「宮中府中,俱為～體。」❹專一。《荀子‧勸學》:「螾無爪牙之利,筋骨之強,上食埃土,下飲黃泉,用心～也。」❺副詞,全部,都,一概。范仲淹《岳陽樓記》:「而或長煙～空。」(參:曹參。何:蕭何。)❻統一,有成語「～統天下」。韓非《韓非子‧定法》:「不～其憲令。」❼一點。張岱《西湖七月半》:「～無所見。」❽又。范曄《後漢書‧獨行列傳》:「范式字巨卿……～名氾。」❾副詞,一旦。謝肇淛《五雜俎‧物部三》:「～過禍敗,求藜藿充飢而不可得。」(過:經歷。藜藿:野菜。)❿副詞,乃,竟然。司馬遷《史記‧滑稽列傳》:「寡人之過～至此乎!」⓫副詞,或者,有時。孫武《孫子‧謀攻》:「不知彼而知己,～勝～負。」⓬表示加強語氣,無實義,不用語譯。曹植《雜詩》(其五):「願欲～輕濟。」

二畫

丁 粵 ding1〔叮〕普 dīng

❶成年人。《新唐書‧食貨志一》:「天寶三載,更民十八以上為中男,二十三以上成～。」❷人,人口,有詞語「人～單薄」。《南史‧何承天傳》:「計～課仗,勿使有闕。」劉禹錫《陋室銘》:「談笑有鴻儒,往來無白～。」(白～:不識字的人。)❸從事某種職業的人。《莊子‧養生主》:「庖～為文惠君解牛。」(庖:廚房。)❹遭逢。馮夢龍《喻世明言‧窮馬周遭際賣䭔媼》:「因～憂回籍。」(因為遭逢父親去世而返回故鄉。)❺天干的第四位,見第 8 頁「干」字條。曹雪芹《紅樓夢‧第四十三回》:「我也『～是～,卯是卯』的,你也別抱怨。」

乃 粵 naai5〔奶〕普 nǎi

❶人稱代詞,你,你的。陸游《示兒》:「王師北定中原日,家祭無忘告～翁。」歸有光《歸氏二孝子傳》:「毋徒手,傷～力也。」❷人稱代詞,他的,他們的。司馬冀甫《廣東軍務記》:「鄉民仍鳴鑼傳遞,備～器械,持～糧糧。」(糧糧:乾糧。)❸連詞,於是。范仲淹《岳陽樓記》:「～重修岳陽樓。」❹副詞,然後,才。司馬遷《史

記・廉頗藺相如列傳》:「今大王亦宜齋戒五日，設九賓於廷，臣～敢上璧。」❺因而，因此。班固《漢書・霍光金日磾傳》:「主人～寤而請之。」❻副詞，反倒，反而。《漢書・荊燕吳傳》:「不改過自新，～益驕恣。」❼副詞，竟然。《史記・廉頗藺相如列傳》:「今君～亡趙走燕。」❽是，就是。《史記・高祖本紀》:「呂公女～呂后也，生孝惠帝。」❾只，只是，只好。《史記・管晏列傳》:「今子長八尺，～為人僕御。」

了 粵 liu5〔里鳥切〕普 liǎo

❶了解，明白，懂得。陸游《醉歌》:「心雖～是非，口不給唯諾。」（唯諾：應對。）❷了結，完結，概括，有成語「不～～之」。李清照《聲聲慢・秋情》:「這次第，怎一個愁字～得？」❸副詞，都，全，有成語「～無新意」。《資治通鑑・晉紀・烈宗孝武皇帝上之下》:「謝安得驛書，知秦兵已敗，時方與客圍棋，攝書置牀上，～無喜色。」（秦：指五胡十六國時代前秦。）❹聰明。《世説新語・言語》:「小時～～，大未必佳！」

二 粵 ji6〔義〕普 èr

❶數詞，表示兩個。《孟子・告子上》:「～者不可得兼，舍生而取義者也。」❷第二。《晏子春秋・外篇》:「是罪～也。」❸不一樣，兩樣。《左傳・昭公二十一年》:「其子有～心，故廢之。」❹改變。《宋史・文天祥傳》:「國亡不能救，為人臣者死有餘罪，況敢逃其死而～其心乎？」❺不專一、不忠誠。韓非《韓非子・有度》:「無有～心。」

人 粵 jan4〔仁〕普 rén

❶人，人類。許慎《説文解字》:「～，天地之性最貴者也。」《論語・里仁》:「富與貴，是～之所欲也。」❷每個人。范曄《後漢書・吳蓋陳臧列傳》:「若能同心一力，～自為戰，大功可立。」❸別人，他人。謝肇淛《五雜組・物部三》:「吾生平未嘗以飲食呵責～。」❹人體，身體。文天祥《正氣歌・序》:「時則為～氣。」❺人才。方孝孺《試筆説》:「世之用～者。」❻人品，品性，有成語「文如其～」。《孟子・萬章下》:「頌其詩，讀其書，不知其～，可乎？」

入 粵 jap6〔二十切〕普 rù

❶進入。許慎《説文解字》:「～，內也。」（內：通「納」，內進。）諸葛亮《出師表》:「深～不毛。」❷對內。《孟子・告子下》:「～則無法家拂士。」❸到，變為。司馬光《訓儉示康》:「由儉～奢易，由奢～儉難。」❹歸入。司馬遷《史記・廉頗藺相如列傳》:「城～趙而璧留秦；城不～，臣請完璧歸趙。」❺收入。《史記・孟嘗君列傳》:「邑～不足以奉客。」❻繳納。晁錯《論貴粟疏》:「邊食足以支五

歲，可令～粟郡縣矣。」（邊境地區的糧食足夠五年食用的話，就可以下令把糧食繳納給郡縣了。）**❼** 寫入，寫進。顧炎武《日知錄‧文章繁簡》：「使～《新唐書》，於『齊人』，則必曰：『其妻疑而瞷之』。」**❽** 入聲，古漢語四種聲調（平、上、去、入）之一，簡稱「～」。

卜 粵 buk1〔冰谷切〕普 bǔ

❶ 占卜。古人灼燒龜甲或牛骨，辨視其裂紋以推斷事情的吉凶。許慎《説文解字》：「～，灼剝龜也，象灸龜之形。一曰象龜兆之從橫也。」（從：通「縱」，直。）司馬遷《史記‧陳涉世家》：「～者知其指意，曰：『足下事皆成，有功。然足下～之鬼乎！』」**❷** 掌管問卜之事的人。屈原《楚辭‧卜居》：「心煩慮亂，不知所從。乃往見太～鄭詹尹。」（太～：古代卜筮官之首長。）**❸** 選擇。杜甫《秋野》（其一）：「～宅楚村墟。」**❹** 推斷。謝肇淛《五雜組‧物部三》：「優劣皆於是～之。」

三畫

下 粵 haa6〔夏〕普 xià

❶ 低處，底下，與「上」相對。許慎《説文解字》：「～，底也。」司馬遷《史記‧滑稽列傳》：「楚莊王之時，有所愛馬，衣以文繡，置之華屋之～。」**❷** 低，低下。《莊子‧逍遙遊》：「東西跳梁，不避高～。」**❸** 降下，落下，離開。《左傳‧莊公十年》：「～，視其轍。」（這裏指曹劌下戰車。）**❹** 往下，對下。蘇洵《六國論》：「則吾恐秦人食之不得～嚥也。」**❺** 低級、低等、差劣。《戰國策‧齊策一》：「受～賞。」**❻** 下達，下令。《史記‧滑稽列傳》：「王～令曰：『有敢以馬諫者，罪至死。』」**❼** 下屬，部下。《資治通鑑‧漢紀‧孝獻皇帝庚》：「權大悅，與其羣～謀之。」**❽** 謙下。《史記‧魏公子列傳》：「公子為人仁而～士。」（公子：指信陵君魏無忌。）**❾** 低於，少。晁錯《守邊勸農疏》：「要害之處，通川之道，調立城邑，毋～千家。」**❿** 攻下。《史記‧高祖本紀》：「楚軍去而攻定陶，定陶未～。」（去：離開。）**⓫** 生下，產下。朱晃《令諸州撲蝗詔》：「去年有蝗蟲～子處。」

上 一 粵 soeng6〔尚〕普 shàng

❶ 高處，上面，與「下」相對。許慎《説文解字》：「～，高也。」王維《山居秋暝》：「明月松間照，清泉石～流。」**❷** 上好，上等的，高級的。司馬遷《史記‧廉頗藺相如列傳》：「趙王以為賢大夫使不辱於諸侯，拜相如為～大夫。」**❸**

崇尚。《荀子・非十二子》:「～功用、大儉約而僈差等。」(崇尚功利實用、重視節儉,卻又漠視等級之差別。) ❹在上者,特指君主、皇帝。《孝經・士》:「忠順不失,以事其～。」(事:侍奉。)陸以湉《冷廬雜識・卷七・陳忠愍公》:「～以非公莫能膺海疆重任,破格授廈門提督。」(～:指清宣宗道光皇帝。公:指陳化成。) ❺天空、上天。張岱《湖心亭看雪》:「～下一白。」 ❻之前的,次序在前的。《荀子・非相》:「舍後王而道～古,譬之是猶舍己之君而事人之君也。」

二 粵soeng5〔市兩切〕普shàng
❶登上,由地處到高處。柳宗元《永州八記・始得西山宴遊記》:「日與其徒～高山。」 ❷獻上。司馬遷《史記・廉頗藺相如列傳》:「臣乃敢～璧。」

三 粵soeng5〔市兩切〕普shǎng
上聲,古漢語四種聲調(平、上、去、入)之一,簡稱「～」。

丈 粵zoeng6〔像〕普zhàng
❶古代長度單位,十尺為一～。許慎《説文解字》:「～,十尺也。」《墨子・旗幟》:「亭尉各為幟,竿長二～五。」 ❷測量。《明史・食貨志一》:「王府官及諸閹多～地徵稅。」(閹:宦官。) ❸對男性長輩的尊稱。姚鼐《遊媚筆泉記》:「左～學沖。」(長輩左學沖。)

凡 粵faan4〔煩〕普fán
❶凡是,所有,一切。許慎《説文解字》:「～,最括也。」《孟子・告子上》:「則～可以得生者,何不用也?」 ❷副詞,共計,總共。歸有光《項脊軒志》:「軒～四遭火,得不焚,殆有神護者。」 ❸平凡,平常。《資治通鑑・漢紀・孝獻皇帝庚》:「巨是～人,偏在遠郡,行將為人所併,豈足託乎!」(巨:吳巨,東漢末劉表的部屬。) ❹凡塵、俗世。馮夢龍《警世通言・莊子休鼓盆成大道》:「清心寡慾脱～塵。」

也 粵jaa5〔爾雅切〕普yě
❶語氣助詞,表示判斷或肯定。韓愈《師説》:「師者,所以傳道、授業、解惑～。」 ❷語氣助詞,多與「何」等疑問代詞連用,表示疑問。《孟子・告子上》:「則凡可以得生者,何不用～?」 ❸語氣助詞,表示感歎。司馬遷《史記・廉頗藺相如列傳》:「不知將軍寬之至此～!」 ❹語氣助詞,表示祈使。諸葛亮《出師表》:「不宜偏私,使內外異法～。」 ❺語氣助詞,表示限制,相當於「而已」。劉元卿《應諧錄・萬字》:「自晨起至今,才完五百畫也。」 ❻結構助詞,多用於句中,表示停頓,以引起下文。姚瑩《捕鼠説》:「其得鼠～不亦難哉?」 ❼結構助詞,用在並列分句之後,表示停頓和上下文的互

相關連。《史記・屈原賈生列傳》：「屈平疾王聽之不聰～，讒諂之蔽明～，邪曲之害公～，方正之不容～，故憂愁幽思而作《離騷》。」

亡

一 （粵）mong4〔忙〕（普）wáng

❶逃亡。司馬遷《史記・廉頗藺相如列傳》：「竊計欲～走燕。」❷死亡。歸有光《歸氏二孝子傳》：「～妻有遺子，撫愛之如己出。」❸喪失，失去。姚瑩《捕鼠說》：「三者備而貓之志得，其實～矣。」（質：本能。）❹滅亡。諸葛亮《出師表》：「此誠危急存～之秋也。」

二 （粵）mong4〔忙〕（普）wàng

通「忘」，忘記，這個意思後來被寫成「忘」。王充《論衡・語增》：「為長夜之飲，～其甲子。」（甲子：年歲。）

三 （粵）mou4〔毛〕（普）wú

通「無」，沒有，這個意思後來被寫成「無」。晁錯《論貴粟疏》：「～農夫之苦，有阡陌之得。」（阡陌：指農田。）

兀

（粵）ngat6〔屹〕（普）wù

❶高聳，高大之貌，有詞語「突兀」。許慎《說文解字》：「～，高而上平也。」杜甫《茅屋為秋風所破歌》：「何時眼前突～見此屋？」❷光禿。杜牧《阿房宮賦》：「蜀山～，阿房出。」❸茫然無知的樣子。李白《月下獨酌》（其三）：「醉後失天地，～然就孤枕。」

刃

（粵）jan6〔孕〕（普）rèn

❶刀刃，刀鋒，刀口。許慎《說文解字》：「～，刀堅也。」《莊子・養生主》：「而刀～若新發於硎。」（發：磨。硎（粵）jing4〔刑〕（普）xíng：磨刀石。）❷泛指刀。《孟子・梁惠王上》：「填然鼓之，兵～既接。」❸用刀殺，有詞語「手～」。司馬遷《史記・廉頗藺相如列傳》：「左右欲～相如，相如張目叱之，左右皆靡。」

口

（粵）hau2〔很醜切〕（普）kǒu

❶口部，嘴巴。許慎《說文解字》：「～，人所以言、食也。」司馬遷《史記・廉頗藺相如列傳》：「藺相如徒以～舌為勞。」❷人口。《孟子・梁惠王上》：「百畝之田，勿奪其時，數～之家可以無飢矣。」❸出入口。陶潛《桃花源記》：「山有小～。」❹關口，關隘。《史記・淮陰侯列傳》：「趙王、成安君陳餘聞漢且襲之也，聚兵井陘～，號稱二十萬。」（井陘～：太行山險要關隘之一。）

士

（粵）si6〔事〕（普）shì

❶通「事」，事情，這個意思後來被寫成「事」。許慎《說文解字》：「～，事也。數始於一，終於十。」《論語・述而》：「富而可求也，雖執鞭之～，吾亦為之。」（為了求得財富，即使是駕車策馬的事，我也會去做。）❷男子或人的美

稱。司馬遷《史記・廉頗藺相如列傳》：「臣竊以為其人勇～，有智謀，宜可使。」❸古代等級最低的貴族。《穀梁傳・僖公十五年》：「因此以見天子至於～，皆有廟。天子七廟，諸侯五，大夫三，～二。」❹有睿智、才幹或技藝的人之美稱。《呂氏春秋・季冬紀・士節》：「嬰之亡豈不宜哉？亦不知～甚矣。」（嬰：晏嬰。亡：逃亡。）❺士人，讀書人，古時「四民」（士農工商）之一。司馬光《訓儉示康》：「～志於道，而恥惡衣惡食者，未足與議也。」❻士兵。陸以湉《冷廬雜識・卷七・陳忠愍公》：「優待～卒，犒之厚。」（犒【粵】hou3〔耗〕【普】kào：慰勞。）❼掌管刑獄的官員。《孟子・告子下》：「管夷吾舉於～。」（舉：舉薦。）

大

㊀【粵】daai6〔獨賣切〕【普】dà
❶大，與「小」相對。段玉裁《說文解字注》：「天～地～人亦～焉……～文則首手足皆具。而可以參天地。」《莊子・逍遙遊》：「鯤之～，不知其幾千里也。」❷副詞，表示程度很深。《莊子・逍遙遊》：「冬與越人水戰，～敗越人。」❸偉大。《孟子・梁惠王下》：「昔者～王居邠，狄人侵之。」（狄：古時北方外族。）❹重要。韓愈《師說》：「小學而～遺。」❺最年長。林嗣環《口技》：「～兒初醒聲。」❻重視，尊崇。《荀子・天論》：

「～天而思之，孰與物畜而制之？」（尊崇上天，怎比得上把它當作普通物件來收納和控制它？）❼誇大。《禮記・表記》：「是故君子不自～其事，不自尚其功。」

㊁【粵】taai3〔泰〕【普】tài
最大的，至高無上的，通「太」、「泰」。《左傳・莊公二十二年》：「陳人殺其～子御寇。」（～子：太子。）

女

㊀【粵】neoi5〔餒〕【普】nǔ
❶女性，女子，與「男」相對。許慎《說文解字》：「～，婦人也。」王維《山居秋暝》：「竹喧歸浣～，蓮動下漁舟。」❷女兒，與「子」相對。杜甫《兵車行》：「信知生男惡，反是生～好。」

㊁【粵】neoi6〔怒累切〕【普】nǔ
將女兒嫁給別人為妻或為婢。《國語・越語上》：「請勾踐女～於王。」（請允許越王勾踐將女兒嫁給吳王夫差。）

㊂【粵】jyu5〔乳〕【普】rǔ
通「汝」，人稱代詞，你，你們，這個意思後來被寫成「汝」。劉基《郁離子・卷上》：「～姑自食。」

子

【粵】zi2〔紫〕【普】zǐ
❶嬰兒。許慎《說文解字》：「～，十一月，陽氣動，萬物滋，人以為偁。」《荀子・勸學》：「干、越、夷、貉之～，生而同聲，長而異俗。」（干、越、夷、貉：古代外族名稱。）❷兒子和女兒的泛稱。

杜甫《兵車行》:「爺娘妻～走相送。」❸泛指後代。蘇洵《六國論》:「～孫視之不甚惜,舉以予人,如棄草芥。」❹照顧。《禮記·禮運》:「故人不獨親其親,不獨其子。」❺植物種子或動物的卵。杜牧《歎花》:「綠葉成陰～滿枝。」徐光啟《治蝗疏》:「用尾栽入土中下～。」(蝗蟲將尾部插入泥土中產卵。)❻果實。《世說新語·雅量》:「看道邊李樹多～折枝。」❼人。李翱《命解》:「二～出。」❽人稱代詞,你,您。俞長城《全鏡文》:「～何見之謬也!」❾古代對男子尊稱,多用在姓氏之後,如:孔子、孟子、韓非子。❿《四庫全書》中子部的簡稱,為古代圖書四大類別之一,與「經」(儒家典籍)、「史」(史書)、「集」(詩詞作品)並列,指諸子百家的典籍。⓫十二地支的第一位,又十二時辰之首,即現在深夜十一時至翌日凌晨一時。

小 ㊂siu2〔死曉切〕㊅xiǎo

❶細小,細微,與「大」相對。許慎《說文解字》:「～,物之微也。」諸葛亮《出師表》:「事無大～,悉以咨之。」❷低級的,不重要的。韓愈《師說》:「～學而大遺。」❸小看,輕視。《孟子·盡心上》:「登泰山而～天下。」❹副詞,稍為。戴名世《南山集·鳥說》:「～撼之～鳴,大撼之即大鳴。」

工 ㊂gung1〔公〕㊅gōng

❶工整,精巧,巧妙。許慎《說文解字》:「～,巧飾也。象人有規榘也。」(規榘:通「規矩」,圓規和矩尺。)姜夔《揚州慢》:「縱豆蔻詞～,青樓夢好,難賦深情。」❷工藝,技巧,有成語「巧奪天～」。李白《訪道安陵遇蓋還為余造真籙臨別留贈》:「為我草真籙,天人慚妙～。」(草:以草書抄寫。籙:道教中的符書。)❸工於,擅長。宋濂《杜環小傳》:「環尤好學,～書。」❹工匠,有專門技術或從事勞動生產的人,古時「四民」(士農工商)之一。司馬遷《史記·孔子世家》:「良～能巧而不能為順。」韓愈《師說》:「巫醫、樂師、百～之人,不恥相師。」❺工程。張夷令《迂仙別記》:「～畢,天忽開霽。」

已 ㊂ji5〔以〕㊅yǐ

❶停止,有習語「不～」。《荀子·勸學》:「學不可以～。」❷完畢,完結。張若虛《春江花月夜》:「人生代代無窮～。」❸副詞,已經。諸葛亮《出師表》:「今南方～定,甲兵～足。」❹隨後,隨即,旋即。歸有光《歸氏二孝子傳》:「繡字華伯,孝子之族子,亦販鹽以養母,～又坐市舍中賣麻。」❺副詞,太,過於。《孟子·離婁下》:「仲尼不為～甚者。」(甚:過分。)❻治療。柳宗元《捕蛇者說》:「可

以～大風、攣踠、瘻癘。」（攣踠【粵】jyun2〔丸〕【普】wǎn）：痙攣。瘻癘【粵】lau6lai6〔漏麗〕【普】lòulì）：疫症。）❼消除、消失。柳宗元《三戒・永某氏之鼠》：「臭數月乃～。」❽介詞，同「以」，與「南」、「北」、「上」、「下」、「前」、「後」等方位名詞連用，表示時間和方位的界限，這個意思後來被寫成「以」。沈括《夢溪筆談・活板》：「五代時始印五經，～後典籍皆為板本。」❾通「矣」，語氣助詞，相當於「了」，這個意思後來被寫成「矣」。李翱《命解》：「其亦可知也～。」

【粵】gon1〔肝〕【普】gān

❶干犯，衝上，冒犯，有成語「豪氣干雲」。許慎《説文解字》：「～，犯也。」杜甫《兵車行》：「哭聲直上～雲霄。」❷干預，干涉。《晉書・王衍傳》：「好～預人事。」❸干求，求取。司馬光《訓儉示康》：「亦不敢服垢弊以矯俗～名。」（垢弊：骯髒、破舊。矯：違背。）❹盾牌。韓非《韓非子・五蠹》：「執～戚舞，有苗乃服。」（執：進行。戚：古代一種兵器。有苗：古代南方外族。）❺岸，河邊。紀昀《閱微草堂筆記・卷十六》：「滄州南一寺臨河～。」❻「天干」簡稱，即：甲、乙、丙、丁、戊、己、庚、辛、壬及癸，用來表示次序，與「地支」配合以計算時日，見第17頁「支」字條。

四畫

不 一【粵】bat1〔畢〕【普】bù

❶副詞，表示否定。《論語・學而》：「君子～重則～威，學則～固。」❷副詞，不要、別。《論語・里仁》：「又敬～違。」

二【粵】fau2〔否〕【普】fǒu

❶通「否」，語氣助詞，表示疑問，這個意思後來被寫成「否」。司馬遷《史記・廉頗藺相如列傳》：「秦王以十五城請易寡人之璧，可予～？」❷通「否」，副詞，表示否定，這個意思後來被寫成「否」。《史記・項羽本紀》：「～者，若屬皆且為所虜。」（若屬：你們。）

中 一【粵】zung1〔終〕【普】zhōng

❶中間，裏面，與「外」相對。許慎《説文解字》：「～，內也。」謝肇淛《五雜組・物部三》：「物無精粗美惡，隨遇而安，無有選擇於胸～。」❷中途，一半，中間，有成語「如日方～」。諸葛亮《出師表》：「先帝創業未半，而～道崩殂。」❸中等，不高不下。《戰國策・齊策一》：「上書諫寡人者，受～賞。」

二【粵】zung3〔眾〕【普】zhòng

❶適合，符合。《荀子・勸學》：「木直～繩，輮以為輪，其曲～規。」❷射中，打中目標。歐陽修

《醉翁亭記》:「射者～,弈者勝。」(射:投壺,把箭投向壺中,投中多的為勝。)❸中傷。高啟《書博雞者事》:「臧怒,欲～守法。」(守法:指袁州太守。)

丹 粵daan1〔鄲〕普dān

❶朱砂。許慎《說文解字》:「～,巴越之赤石也。」(巴:巴蜀。越:吳越。)歸有光《項脊軒志》:「蜀清守～穴,利甲天下。」(穴:礦。)❷紅色,有詞語「～青」。姚鼐《登泰山記》:「日上,正赤如～。」❸忠誠,忠貞。文天祥《過零丁洋》:「人生自古誰無死,留取～心照汗青。」❹古代方士用丹砂煉製的丹藥。江淹《別賦》:「守～灶而不顧。」(～灶:煉丹的火爐。)

之 粵zi1〔枝〕普zhī

❶前往。段玉裁《說文解字注》:「～,出也。引申之義為往。」魏禧《吾廬記》:「獨身無所事事而～瓊海。」(瓊海:即今之海南島。)❷人稱代詞,他、她、牠、它(們)。《論語‧為政》:「樊遲御,子告～曰。」❸指示代詞,這,此。司馬遷《史記‧廉頗藺相如列傳》:「均～二策。」❹結構助詞,表示領有關係,相當於「的」。韓愈《師說》:「古～學者必有師。」❺結構助詞,表示句中的定語和名詞對調,一般與「者」字一起使用,無實義,不用語譯。韓愈《雜說(四)》:「馬～千里者。」(日走千里的馬。)❻結構助詞,表示句中的副詞和形容詞對調,一般與「甚」字一起使用,無實義,不用語譯。柳宗元《哀溺文序》:「汝愚～甚。」(你十分愚蠢。)❼表示句中的謂語和賓語對調,一般與「何」、「唯」、「惟」等字一起使用,無實義,不用語譯。李翱《命解》:「何智～有焉?」(有甚麼智慧可言呢?)❽表示否定句中的謂語和賓語對調,無實義,不用語譯。《孟子‧梁惠王上》:「一羽～不舉。」(不能夠舉起一根羽毛。)❾表示句中的主語本身是一個主謂句,無實義,不用語譯。《師說》:「師道～不傳也久矣。」(跟從老師學習的風氣不能延續,已經很長時間了。)

予 一 粵jyu4〔餘〕普yú

通「余」,人稱代詞,指我,我的。韓愈《師說》:「～嘉其能行古道。」姜夔《揚州慢‧序》:「～懷愴然。」

二 粵jyu5〔乳〕普yǔ

❶通「與」,給予,授予。蘇洵《六國論》:「子孫視之不甚惜,舉以～人,如棄草芥。」❷通「與」,讚許。《荀子‧勸學》:「匪交匪舒,天子所～。」(交:急。舒:慢。)

云 粵wan4〔雲〕普yún

❶說,有成語「人～亦～」。諸葛亮《出師表》:「今當遠離,臨表涕

零，不知所～。」❷有。《荀子·
法行》：「事已敗矣，乃重大息，
其～益乎？」❸如此，這樣。韓愈
《師說》：「士大夫之族，曰師、曰
弟子～者，則羣聚而笑之。」❹語
氣助詞，用在句首，無實義。《詩
經·邶風·簡兮》：「～誰之思，
西方美人。」❺語氣助詞，用於
句中，無實義。《左傳·成公十二
年》：「日～莫矣。」（莫：通「暮」，
太陽下山。）❻語氣助詞，用於
句末，無實義。司馬光《訓儉示
康》：「當以訓汝子孫，使知前輩之
風俗～。」

互 （粵）wu6〔戶〕（普）hù

❶副詞，輪流，交替。蘇洵《六國
論》：「六國～喪，率賂秦耶？」❷
副詞，互相，彼此。范仲淹《岳陽
樓記》：「漁歌～答，此樂何極。」

仁 （粵）jan4〔人〕（普）rén

❶仁愛，親善，寬厚。許慎《說文
解字》：「～，親也。」《論語·衞
靈公》：「無求生以害～，有殺身以
成～。」❷仁德。《論語·里仁》：
「君子去～。」❸有仁德的人。《論
語·學而》：「汎愛眾，而親～。」
❹仁政。《孟子·梁惠王下》：「文
王發政施～。」❺果仁。顏之推《顏
氏家訓·養生》：「鄴中朝士有單服
杏～、枸杞、黃精、朮、車前，得
益者甚多。」

仄 （粵）zak1〔側〕（普）zè

古漢語四聲中「上」、「去」、「入」
三聲合為「～聲」，簡稱「～」，與
「平」相對。

仆 （粵）fu6〔付〕（普）pū

向前倒下，泛指倒下。魏禧《大鐵
椎傳》：「人馬四面～地下。」王安
石《遊褒禪山記》：「距洞百餘步，
有碑～道。」

介 （粵）gaai3〔界〕（普）jiè

❶通「界」，疆界，界限，這個意
思後來被寫成「界」。許慎《說文
解字》：「～，畫也。」曹植《雜
詩》（其五）：「江～多悲風。」❷
底線，操守。《孟子·盡心上》：
「柳下惠不以三公易其～。」❸介
乎，居於兩者之間。《左傳·襄公
九年》：「天禍鄭國，使～居二大
國之間。」（二大國：指晉國和楚
國。）❹介紹，中介。《戰國策·
趙策三》：「東國有魯連先生，其
人在此，勝請為紹～，而見之於
將軍。」（魯連：指魯仲連。勝：
指平原君趙勝。）❺鎧甲。賈誼
《陳政事疏》：「將士被～冑而睡。」
（被：通「披」。冑【粵】zau6〔就〕
【普】zhòu】，古戰士所戴的帽子。）
❻量詞，計算人的單位，相當於
「個」，多用於謙詞。司馬遷《史
記·廉頗藺相如列傳》：「大王遣一
～之使至趙。」

元 粵jyun4〔完〕普yuán

❶頭部、頭顱。《孟子·滕文公下》:「勇士不忘喪其～。」(不忘:不怕。)❷第一,開始,有詞語「～旦」、「～首」等。許慎《説文解字》:「～,始也。」王安石《遊褒禪山記》:「至和～年七月某日。」(至和:北宋仁宗年號。)❸大。陳壽《三國志·魏書·高柔傳》:「逮至漢初,蕭、曹之儔並以～勛代作心膂。」(蕭:蕭何。曹:曹參。勛:功績。心膂【粵leoi5〔旅〕普lǚ】:心臟和脊骨,比喻親信。)❹通「原」,原本,本來。陸游《示兒》:「死去～知萬事空。」

允 粵wan5〔尹〕普yǔn

❶誠實,誠信。許慎《説文解字》:「～,信也。」《詩經·小雅·車攻》:「～矣君子。」❷公允,公平。范曄《後漢書·虞傳蓋臧列傳》:「祖父經為郡縣獄吏,案法平～。」(經:虞詡的祖父。案法:處理案件。)❸允許,答應。王言《聖師錄·鶴》:「若～所請。」

內 一 粵noi6〔耐〕普nèi

❶裏面,與「外」相對。許慎《説文解字》:「～,入也。」司馬遷《史記·廉頗藺相如列傳》:「五步之～,相如請得以頸血濺大王矣!」❷內心。《論語·顏淵》:「～省不疚,夫何憂何懼?」❸內室,寢室,房間。班固《漢書·爰盎晁錯傳》:「先為築室,家有一堂二～。」❹內廷,皇宮。諸葛亮《出師表》:「然侍衞之臣不懈於～。」❺婦女,妻妾。《南史·曹景宗傳》:「景宗好～,妓妾至數百。」

二 粵naap6〔衲〕普nà

❶通「納」,接納,容納,這個意思後來被寫成「納」。司馬遷《史記·屈原賈生列傳》:「亡走趙,趙不～。」❷讓他人進入。《孔子家語·六本》:「孔子聞之而怒,告門弟子曰:『參來勿～。』」❸放進。馬中錫《中山狼傳》:「～狼於囊。」❹交納,繳納。《史記·秦始皇本紀》:「百姓～粟千石,拜爵一級。」

公 粵gung1〔工〕普gōng

❶公家,公有的,與「私」相對。《禮記·大同》:「大道之行也,天下為～。」❷共同的。韓非《韓非子·孤憤》:「此人主之所～患也。」❸公正,有成語「大～無私」。司馬遷《史記·屈原賈生列傳》:「邪曲之害～也。」(邪曲:不正。)❹公開。劉基《郁離子·卷上》:「賄賂～行。」❺諸侯。《國語·周語上》:「使～卿至于列士獻詩。」❻古代五等爵位的第一等。《史記·廉頗藺相如列傳》:「秦自繆～以來二十餘君。」❼對人的尊稱,相當於「您」。《史記·廉頗藺相如列傳》:「～之視廉將軍孰與秦王?」❽稱自己或丈夫的父親。《孔雀東南飛》:「便可白～姥,及時相遣歸。」(你就稟告家翁和家

四畫

姑，及時送我回娘家去。」❾對男性的尊稱，相當於「先生」。《戰國策·齊策一》：「我孰與城北徐～美？」

凶 〔粵〕hung1〔空〕〔普〕xiōng

❶不吉利，與「吉」相對。段玉裁《說文解字注》：「～者，吉之反。」《周易·乾卦》：「夫大人者，與天地合其德，與日月合其明，與四時合其序，與鬼神合其吉～。」❷不幸的事，特指喪事。李密《陳情表》：「夙遭閔～。」❸歉收，收成不好。《孟子·梁惠王上》：「河內～，則移其民於河東。」❹通「兇」，兇惡，殘暴。諸葛亮《出師表》：「攘除姦～，興復漢室。」

分 一 〔粵〕fan1〔紛〕〔普〕fēn

❶分開，與「合」相對。許慎《說文解字》：「～，別也。从八从刀，刀以分別物也。」李白《月下獨酌》（其一）：「醒時同交歡，醉後各～散。」❷瓜分，分裂，有成語「合久必～」。《呂氏春秋·季冬紀·士節》：「晏子使人～倉粟、府金而遺之。」諸葛亮《出師表》：「今天下三～。」❸分野。姚鼐《登泰山記》：「當其南北～者，古長城也。」❹分享。《左傳·莊公十年》：「衣食所安，弗敢專也，必以～人。」❺分辨，辨別。《孟子·盡心上》：「欲知舜與跖之～，無他，利與善之間也。」《呂氏春秋·慎行論·察傳》：「是非之經，不可不～。」

❻半，一半，有詞語「秋～」。酈道元《水經注·江水》：「自非亭午夜～，不見曦月。」❼事物的十分之一。袁枚《祭妹文》：「減一～則喜。」❽長度單位。宋起鳳《核工記》：「長五～許。」

二 〔粵〕fan6〔份〕〔普〕fèn

❶本分。諸葛亮《出師表》：「此臣所以報先帝，而忠陛下之職～也。」❷工作。《禮記·禮運》：「男有～，女有歸。」（歸：歸宿。）❸料想。文天祥《指南錄·後序》：「予～當引決，然而隱忍以行。」❹限度。謝肇淛《五雜組·物部三》：「無令過～。」

勿 〔粵〕mat6〔物〕〔普〕wù

❶副詞，不。司馬遷《史記·廉頗藺相如列傳》：「欲～予，即患秦兵之來。」❷副詞，別，不要。《晏子春秋·外篇》：「～殺！寡人聞命矣。」

化 〔粵〕faa3〔花【陰去】〕〔普〕huà

❶教化，有成語「春風～雨」。許慎《說文解字》：「～，教行也。」李密《陳情表》：「逮奉聖朝，沐浴清～。」❷改變，變化，有成語「潛移默～」。《莊子·逍遙遊》：「～而為鳥，其名為鵬。」❸消化，剔除。韓非《韓非子·五蠹》：「鑽燧取火，以～腥臊。」（燧【粵】seoi6〔睡〕〔普〕suì〕：古代取火的器具。臊【粵】sou1〔蘇〕〔普〕sāo〕：泛指臭味。）❹死的委婉說法。蘇軾《前赤壁

賦》：「羽～而登仙。」❺造化，大自然。柳宗元《永州八記‧始得西山宴遊記》：「心凝形釋，與萬～冥合。」❻風俗。班固《漢書‧敍傳》：「敗俗傷～。」

友 粵 jau5〔誘〕普 yǒu

❶朋友。司馬遷《史記‧廉頗藺相如列傳》：「願結～。」❷視為朋友，結交。《論語‧學而》：「無～不如己者。」（侶：共處。）❸友愛。《孟子‧滕文公上》：「出入相～。」

反 一 粵 faan2〔火板切〕普 fǎn

❶翻轉。許慎《說文解字》：「～，覆也。」《詩經‧周南‧關雎》：「輾轉～側。」❷相反，與「正」相對。《論語‧顏淵》：「君子成人之美，不成人之惡；小人～是。」❸矛盾。韓非《韓非子‧定法》：「利在故新相～，前後相勃。」❹通「返」，返回，這個意思後來被寫成「返」。《莊子‧逍遙遊》：「適莽蒼者，三餐而～。」（適：前往。莽蒼：近郊。）❺造反，反叛。司馬遷《史記‧項羽本紀》：「日夜望將軍至，豈敢～乎？」❻副詞，反倒，反而。韓愈《師說》：「今其智乃～不能及。」❼反省，反思。《禮記‧學記》：「知不足，然後能自～也。」❽類推，有成語「舉一～三」。《論語‧述而》：「舉一隅不以三隅～，則不復也。」（不復：不再教導。）

反 二 粵 faan1〔翻〕普 fān

❶翻案。司馬遷《史記‧平準書》：「杜周治之，獄少～者。」❷推翻。班固《漢書‧酷吏傳》：「按其獄，皆文致不可得～。」（查看他辦理的案件，判詞都寫得非常精密，不能夠推翻。）❸「反切」的簡稱。反切為古代漢字注音方法，使用兩個漢字來為另一個漢字注音，前字稱為「～切上字」，取其聲母，後字為「～切下字」，取其韻母和聲調。司馬貞《史記索隱‧廉頗藺相如列傳》：「廣成是傳舍之名。傳音『張戀～』。」後因唐代宗忌諱臣下謀反，遂將「～」改成「切」。

及 粵 kap6〔劇十切〕普 jí

❶趕及，追上，趕上。許慎《說文解字》：「～，逮也。」（逮：到。）李白《月下獨酌》（其一）：「行樂須～春。」❷比得上。蘇軾《仇池筆記‧卷上》：「以為非他產所～。」❸等到。姚瑩《捕鼠說》：「苟暫羈而少飼之，勿以美食，～微飢而縱之。」（縱：放。）❹接近，到，達。戴名世《南山集‧鳥說》：「去地不五六尺，人手能～之。」❺趁着。《左傳‧僖公二十二年》：「彼眾我寡，～其未既濟也，請擊之。」（既濟：渡河。）❻累及，牽連。《荀子‧致士》：「賞僭則利～小人，刑濫則害～君子。」（僭：超越本分。）❼連詞，和，同。司馬遷《史記‧廉頗藺相如列傳》：「傳以示美人～左右。」❽連詞，

後來。魏禧《吾廬記》:「～其北遊山東。」❾推展。《孟子·梁惠王上》:「幼吾幼,以～人之幼。」

太 ⑧taai3〔泰〕⑧tài

❶同「大」,見第6頁「大」字條。司馬遷《史記·滑稽列傳》:「廟食～牢。」(～牢:亦作「大牢」,指古代祭祀時所用的牛、羊、豬三牲。)❷太過,過分,過於。司馬光《訓儉示康》:「聽事前僅容旋馬,或言其～隘。」❸最、極。《史記·廉頗藺相如列傳》:「則請立～子為王。」(～子:年紀和地位最大的王子。)❹對高一輩的人的尊稱。宋濂《杜環小傳》:「～夫人在環家。」(～夫人:對古代官僚豪紳之母親的尊稱。)

天 ⑧tin1〔通煙切〕⑧tiān

❶天空。許慎《說文解字》:「～,顛也。至高無上,從一大。」(顛:頭頂,借指頭頂上的天空。)《荀子·勸學》:「故不登高山,不知～之高也。」❷天神。古人認為上天是萬物的主宰。《孟子·告子下》:「故～將降大任於是人也。」(是:這。)❸天命,命運,運數。《資治通鑑·漢紀·孝獻皇帝庚》:「若事之不濟,此乃～也。」❹借指首都、京城。韓愈《初春小雨》:「～街小雨潤如酥。」❺大自然。《荀子·天論》:「～行有常,不為堯存,不為桀亡。」(大自然的運行有一定規律,不因堯帝而存在,不

因夏桀而消失。)❻時節、季節。高鼎《村居》:「草長鶯飛二月～。」❼天生的,與生俱來的。謝肇淛《五雜俎·物部三》:「動以為粗惡而不能下咽者,皆其驕奢淫佚之性使然,非～生而然也。」

夫 一 ⑧fu1〔膚〕⑧fū

❶成年男子。許慎《說文解字》:「～,丈夫也。從大,一以象簪也。」杜甫《兵車行》:「長者雖有問,役～敢申恨?」(役～:服兵役的男子,即士兵。)❷丈夫。歸有光《歸氏二孝子傳》:「華伯一婦如鼓瑟。」❸泛指人。《列子·湯問》:「遂率子孫荷擔者三～。」

二 ⑧fu4〔符〕⑧fú

❶指示代詞,相當於「這」、「那」。劉向《新序·雜事五》:「好～似龍而非龍者也。」❷通「乎」,介詞,相當於「在」、「於」。黃宗羲《明夷待訪錄·原君》:「視兆人萬姓崩潰之血肉,曾不異～腐鼠。」❸語氣助詞,用在句首,表示將發起論述。司馬遷《史記·廉頗藺相如列傳》:「～趙強而燕弱。」❹語氣助詞,用在句末,表示疑問。《史記·孔子世家》:「吾歌可～?」❺語氣助詞,用在句末,表示感歎。《列子·說符》:「嘻!賢矣～。」❻語氣助詞,用在句中,無實義。《論語·陽貨》:「食～稻,衣～錦。」

夭

一 (粵)jiu2〔邀【陰上】〕 (普)yāo

❶本指屈折，後引申為摧殘。許慎《説文解字》：「～，屈也。」《莊子·逍遙遊》：「不～斤斧，物無害者。」❷少壯而死，有詞語「～折」。羅貫中《三國演義·第三十三回》：「吾欲託以後事，不期中年～折，使吾心腸崩裂矣！」

二 (粵)jiu1〔邀〕 (普)yāo

茂盛的樣子。《詩經·周南·桃夭》：「桃之～～，灼灼其華。」

孔

(粵)hung2〔恐〕 (普)kǒng

❶通，貫通。許慎《説文解字》：「～，通也。」班固《漢書·西域傳》：「去長安六千三百里，辟在西南，不當～道。」❷小洞，窟窿。《列子·仲尼》：「子心六～流通，一～不達。」❸副詞，很，甚，有成語「～武有力」。《詩經·鄭風·羔裘》：「羔裘豹飾，～武有力。」（羔羊皮袍的袖口裝飾着豹皮，他甚為威武又有力量。）❹大。《道德經》：「～德之容，惟道是從。」

少

一 (粵)siu2〔小〕 (普)shǎo

❶數量不多，與「多」相對。許慎《説文解字》：「～，不多也。」韓非《韓非子·五蠹》：「上古之世，人民～而禽獸眾。」❷缺少，缺乏。《國語·越語上》：「寡人聞古之賢君，不患其眾之不足也，而患其志行之～恥也。」❸小於，相差。柳宗元《童區寄傳》：「是兒～秦武陽二歲。」（是：這。）❹削弱。賈誼《治安策》：「欲天下之治安，莫若眾建諸侯而～其力。」（莫若：不如。）❺輕視，不滿。司馬遷《史記·蘇秦列傳》：「顯王左右素習知蘇秦，皆～之。」❻副詞，稍微，絲毫。魏禧《吾廬記》：「其～衰乎？」（難道季子的體力和意志有點衰退？）❼副詞，甚少。劉向《説苑·佚文》：「吾～學。」❽少頃，一會兒。蘇軾《前赤壁賦》：「～焉，月出於東山之上。」

二 (粵)siu3〔笑〕 (普)shào

❶年輕，與「老」、「長」相對。韓愈《師説》：「是故無貴、無賤、無長、無～。」❷最年幼的。宋濂《杜環小傳》：「日夜念～子成疾。」

尤

(粵)jau4〔由〕 (普)yóu

❶突出，優異，有詞語「～物」。許慎《説文解字》：「～，異也。」《莊子·徐無鬼》：「夫子，物之～也。」（南伯子綦，是人物之中最突出的。）❷副詞，格外，更加，有詞語「～其」。歐陽修《醉翁亭記》：「其西南諸峯，林壑～美。」❸罪過，過失。《論語·為政》：「多聞闕疑，慎言其餘，則寡～。」（多聽，不要説沒把握的話，即使有把握，説話也要謹慎，就能減少錯誤。）❹責怪，歸咎，有成語「怨天～人」。《論語·憲問》：「不怨天，不～人。」

四畫

屯

一 粵 zeon1〔津〕普 zhūn

艱難。許慎《説文解字》：「～，難也。象艸木之初生。」歸有光《歸氏二孝子傳》：「遭罹～變，無恆產以自潤。」（恆產：指田產。）

二 粵 tyun4〔豚〕普 tún

❶聚集。屈原《楚辭・離騷》：「～余車其千乘兮。」❷屯兵，駐守。司馬光《資治通鑑・晉紀・烈宗孝武皇帝上之下》：「秦衛將軍梁成等帥眾五萬～于洛澗。」（秦：前秦。衛將軍：古代軍職。）❸士兵在駐紮的地方開墾耕種。班固《漢書・昭帝紀》：「調故吏將～田張掖郡。」❹土山，土坡。《莊子・至樂》：「生於陵～則為陵舄。」（陵舄【粵】sik1〔色〕普 xì：車前草。）

弔

粵 diu3〔釣〕普 diào

❶弔唁，悼念死者。許慎《説文解字》：「～，問終也。」（終：死亡。）李華《弔古戰場文》：「～祭不至，精魂何依？」❷慰問。李密《陳情表》：「煢煢獨立，形影相～。」❸悲傷，傷痛，憂慮。《詩經・檜風・匪風》：「顧瞻周道，中心～兮。」（瞻：看望。周道：大道。）❹古時一千文錢稱為「～」。曹雪芹《紅樓夢・第五十七回》：「前兒我悄悄的把綿衣服叫人當了幾～錢盤纏。」

引

粵 jan5〔蠅〕普 yǐn

❶拉弓準備射箭。許慎《説文解字》：「～，開弓也。」《孟子・盡心上》：「君子～而不發，躍如也。」（躍：躍躍欲試之貌。）❷拉。司馬遷《史記・廉頗藺相如列傳》：「相如～車避匿。」❸引申，延伸，延長。酈道元《水經注・江水》：「常有高猿長嘯，屬～淒異。」❹引領，率領。《史記・魏公子列傳》：「平原君負韊矢為公子先～。」（韊【粵】laan4〔蘭〕普 lán：用皮革製的盛箭袋子。）❺拿取。范曄《後漢書・列女傳》：「妻乃～刀趨機而言曰。」❻引誘。司馬冀甫《廣東軍務記》：「鄉民佯敗，～入黃婆洞磨刀坑，殺死逆夷百餘人。」❼引進，引用。《史記・廉頗藺相如列傳》：「秦王齋五日後，乃設九賓禮於廷，～趙使者藺相如。」劉勰《文心雕龍・事類》：「雖～古事，而莫取舊辭。」❽避開，退兵。《資治通鑑・漢紀・孝獻皇帝庚》：「初一交戰，操軍不利，～次江北。」❾樂府詩體的一種，如唐代李賀的《李憑箜篌～》。郭茂倩《樂府詩集・雜曲歌辭一》：「詩之流乃有八名：曰行，曰～，曰歌，曰謠，曰吟，曰詠，曰怨，曰歎。」

心

粵 sam1〔深〕普 xīn

❶心臟。許慎《説文解字》：「人～……在身之中。」《莊子・天運》：「歸亦捧～而矉其里。」❷內心。杜甫《登樓》：「花近高樓傷客～。」❸心意。蘇洵《六國論》：「以事秦之～，禮天下之奇才。」❹精神、

心神。柳宗元《永州八記・始得西山宴遊記》：「～凝形釋。」❺中心，中央。白居易《琵琶行》：「唯見江～秋月白。」❻人心、民心。曹操《短歌行》：「天下歸～。」

戈 〔粵〕gwo1〔瓜多切〕〔普〕gē

❶古兵器，用於橫擊和鈎殺。許慎《説文解字》：「～，平頭戟也。」（戟【粵】gik1〔激〕〔普〕jǐ】）：戈、矛合一的古武器。）《荀子・榮辱》：「雖有～矛之刺，不如恭儉之利也。」❷借指戰爭，有詞語「干～」。范曄《後漢書・隗囂公孫述列傳》：「偃武息～，卑辭事漢。」

户 〔粵〕wu6〔互〕〔普〕hù

❶單扇門，泛指門。許慎《説文解字》：「～，護也。半門曰戶。」《禮記・禮運》：「故外～而不閉，是謂大同。」❷窗戶、窗口。蘇軾《記承天寺夜遊》：「月色入～。」❸住戶，一家為一戶。司馬遷《史記・滑稽列傳》：「於是莊王謝優孟，乃召孫叔敖子，封之寢丘四百～。」❹酒量。白居易《久不見韓侍郎戲題四韻以寄之》：「～大嫌甜酒，才高笑小詩。」

支 〔粵〕zi1〔之〕〔普〕zhī

❶通「枝」，植物的枝條，這個意思後來被寫成「枝」。許慎《説文解字》：「～，去竹之枝也。」班固《漢書・爰盎晁錯傳》：「～葉茂接。」❷同「肢」，人或動物的四

肢，這個意思後來被寫成「肢」。枚乘《七發》：「四～委隨。」（委隨：柔弱。）❸分支。司馬遷《史記・秦始皇本紀》：「其君角率其～屬徙居野王。」（角：衞國最後一任君主衞角。徙居：遷居。野王：地名，在今河南省。）❹支撐，支持。方苞《左忠毅公軼事》：「天下事誰可～拄者？」❺支付，供給。《漢書・趙充國辛慶忌傳》：「足～萬人一歲食。」❻「地～」的簡稱，即：子、丑、寅、卯、辰、巳、午、未、申、酉、戌及亥，用來表示次序，與「天干」配合以計算時日，見第8頁「干」字條。

文 一 〔粵〕man4〔民〕〔普〕wén

❶通「紋」，花紋，這個意思後來被寫成「紋」。許慎《説文解字》：「～，錯畫也。」（錯【粵】cok3〔次角切〕〔普〕cuò】：交錯。）司馬遷《史記・滑稽列傳》：「楚莊王之時，有所愛馬，衣以～繡。」❷紋身。《莊子・逍遙遊》：「越人斷髮～身。」❸文字。王安石《遊褒禪山記》：「有碑仆道，其～漫滅。」（漫滅：模糊，消失。）❹文章。范仲淹《岳陽樓記》：「屬予作～以記之。」❺韻文，押韻的文章。劉勰《文心雕龍・總術》：「今之常言，有『～』有『筆』，以為無韻者『筆』也，有韻者『～』也。」❻文采，與「質」（內容）相對。《文心雕龍・情采》：「夫水性虛而淪漪結，木體實而華萼振，～附質也。」（水

的性質是虛無的，所以就有波瀾產生；樹的性質是堅實的，所以就有花朵綻放。這就是文采依附內容的道理。）❼古時的禮樂制度。《論語・子罕》：「文王既沒，～不在茲乎？」

二　粵 man6〔問〕普 wén

掩飾。劉知幾《史通・惑經》：「夫庸儒末學，～過飾非。」

斤　粵 gan1〔巾〕普 jīn

❶斧頭。許慎《說文解字》：「～，斫木也。」（斫【粵 zoek3〔爵〕普 zhuó】：砍伐。）《孟子・梁惠王上》：「斧～以時入山林，材木不可勝用也。」（以時：定時。）❷砍伐。《南史・隱逸傳上》：「橫～山木。」❸重量單位，十六兩為一～。《墨子・號令》：「有能捕告之者，賞之黃金二十～。」

方　粵 fong1〔芳〕普 fāng

❶兩船並行。許慎《說文解字》：「～，併船也。」《莊子・山木》：「～舟而濟於河。」❷方形。《荀子・王霸》：「猶繩墨之於曲直也，猶規矩之於～圓也。」（繩墨：木匠用以取直的工具。規：圓規。矩：畫方形或直角的器具。）❸方向。《莊子・逍遙遊》：「上下四～有極乎？」（極：盡頭。）❹古代面積用語，相當於「面積縱橫各……」。歸有光《項脊軒志》：「室僅～丈，可容一人居。」❺副詞，正值，正當。宋濂《杜環小傳》：

「環～對客坐，見母，大驚。」❻方法，策略。李翱《命解》：「爾循其～。」（你遵循正當的方法。）❼藥方。《莊子・逍遙遊》：「請買其～百金。」❽理由。邯鄲淳《笑林》：「責人當以其～也！」❾副詞，正值，正在。韓嬰《韓詩外傳・卷九》：「其母～織。」❿副詞，剛剛、剛好。方苞《左忠毅公軼事》：「文～成草。」⓫副詞，將、快要、就快。范曄《後漢書・獨行列傳》：「後期～至。」

日　粵 jat6〔逸〕普 rì

❶太陽。許慎《說文解字》：「～，實也。太陽之精不虧。」范仲淹《岳陽樓記》：「～星隱曜，山岳潛形。」❷白天。柳宗元《永州八記・始得西山宴遊記》：「～與其徒上高山。」❸一日，一天。司馬遷《史記・廉頗藺相如列傳》：「於是趙王乃齋戒五～。」❹每日，每天。《荀子・勸學》：「君子博學而～參省乎己。」❺季節。文天祥《正氣歌・序》：「當此夏～。」❻時候。白居易《燕詩》：「思爾為雛～。」❼時間，光陰，有成語「～月如梭」。裴松之《三國志・魏書・方技傳・注》：「先生患其喪功費～。」（先生：指馬鈞。）

曰　粵 jyu6〔月〕/ joek6〔弱〕普 yuē

❶說。許慎《說文解字》：「～，詞也。」段玉裁《說文解字注》：「有是意而有是言。亦謂之曰。亦謂

之云。」《論語・顏淵》:「子～:『君子不憂不懼。』」諸葛亮《出師表》:「先帝稱之～能。」❷稱為,叫做。魏禧《吾廬記》:「名『吾廬』。」❸因為。《管子・君臣下》:「小民亂～財貨。」

止 粵 zi2〔旨〕普 zhǐ

❶通「趾」,腳板。許慎《説文解字》:「～,下基也。象艸木出有址,故以止為足。」班固《漢書・刑法志》:「當斬左～者。」❷停止,有成語「適可而～」。柳宗元《永州八記・始得西山宴遊記》:「窮山之高而～。」❸休息、停留、逗留。《世説新語・德行》:「汝何男子,而敢獨～?」❹目標。《禮記・大學》:「知止而后有～。」(定:志向。)❺阻攔,阻止,禁止。司馬遷《史記・廉頗藺相如列傳》:「臣舍人相如～臣。」❻副詞,只,僅僅。柳宗元《三戒・黔之驢》:「技～此耳!」❼語氣助詞,用於句末,表示感歎。《詩經・齊風・南山》:「既曰歸～,曷又懷～?」(她既已出嫁了,為甚麼還要想念她呢?)❽通「耻」,廉恥。《詩經・鄘風・相鼠》:「人而無～。」❾通「正」,端正。韓嬰《韓詩外傳・卷九》:「席不～,不坐。」

毋 粵 mou4〔模〕普 wú

❶副詞,別要。許慎《説文解字》:「～,止之也。」司馬遷《史記・項羽本紀》:「～妄言,族矣!」❷副詞,不,不是。《史記・廉頗藺相如列傳》:「趙王畏秦,欲～行。」❸通「無」,沒有,這個意思後來被寫成「無」。韓非《韓非子・顯學》:「儒俠～軍勞。」

比 一 粵 bei6〔避〕普 bǐ

❶並列,排列。許慎《説文解字》:「～,密也。二人為从,反从為比。」司馬遷《史記・刺客列傳》:「～諸侯之列,給貢職如郡縣。」❷副詞,頻密,接連,屢屢。班固《漢書・景帝紀》:「間者歲～不登,民多乏食。」❸結黨營私,勾結。《論語・為政》:「君子周而不～。」(周:互相幫助。)❹及,到達,等到。歸有光《歸氏二孝子傳》:「～歸,父母相與言曰。」❺附近、身邊。王勃《送杜少府之任蜀州》:「天涯若～鄰。」

二 粵 bei2〔彼〕普 bǐ

❶比起,比較。柳宗元《捕蛇者説》:「～吾鄉鄰之死則已後矣。」(比起鄉里的死亡,已經晚多了。)❷比賽。蒲松齡《聊齋誌異・促織》:「因出己蟲,納～籠中。」(接着拿出自己的蟋蟀,放在競賽用的籠子中。)❸比喻。黃宗羲《明夷待訪錄・原君》:「～之如父,擬之如天。」(擬:比照。)❹媲美。羅貫中《三國演義・第三十六回》:「此人每嘗自～管仲、樂毅。」❺《詩經》「六義」之一,屬詩歌作法,即比喻。《詩經・大序》:

四畫

「故詩有六義焉：一曰風，二曰賦，三曰～，四曰興，五曰雅，六曰頌。」

水 （粵）seoi2〔死嘴切〕（普）shuǐ

❶水。《荀子·勸學》：「冰，～為之，而寒於～。」❷河流。陶潛《桃花源記》：「林盡～源，便得一山。」❸海、河、江、湖的總稱，泛指水域。劉禹錫《陋室銘》：「～不在深，有龍則靈。」❹水災。韓非《韓非子·五蠹》：「中古之世，天下大～。」❺游泳。《荀子·勸學》：「假舟楫者，非能～也，而絕江河。」❻水面、水位。歐陽修《醉翁亭記》：「～落而石出者。《

父 一 （粵）fu6〔付〕（普）fù

❶父親。許慎《說文解字》：「～，矩也。家長率教者。」歸有光《歸氏二孝子傳》：「早喪母，～更娶繼母。」❷父輩的通稱。《宋書·宗愨傳》：「叔～炳。」（他的叔父叫宗炳。）

二 （粵）fu2〔府〕（普）fǔ

❶從事個別職業的老年男子。屈原《楚辭·漁父》：「漁～見而問之。」❷古代對男子的美稱。王粲《登樓賦》：「昔尼～之在陳兮。」（尼～：孔子。）

牙 （粵）ngaa4〔衙〕（普）yá

❶臼齒，泛指牙齒。許慎《說文解字》：「～，牡齒也。」《荀子·勸學》：「蚓無爪～之利。」❷咬。《戰國策·秦策三》：「投之一骨，輕起相～者，何則？有爭意也。」❸萌芽。萌生。《管子·版法》：「禍乃始～。」❹年幼。范曄《後漢書·崔駰列傳》：「甘羅童～而報趙。」❺樞紐，機關。《後漢書·張衡列傳》：「復造候風地動儀……其～機巧制，皆隱在尊中。」

王 一 （粵）wong4〔黃〕（普）wáng

❶先秦時期天子、諸侯的稱號。許慎《說文解字》：「三者，天、地、人也，而參通之者～也。』《莊子·逍遙遊》：「魏～貽我大瓠之種。」❷秦漢以後天子改稱皇帝，「王」成為封爵中最高的一級，有成語「～侯將相」。李白《將進酒》：「陳～昔時宴平樂。」（陳～：指曹植。）❸對國君的尊稱，相當於「大王」。司馬遷《史記·廉頗藺相如列傳》：「～必無人。」❹古代諸侯朝見天子。《詩經·商頌·殷武》：「莫敢不來享，莫敢不來～。」（享：進獻，進貢。）❺首領。杜甫《前出塞》（其六）：「擒賊先擒～。」

二 （粵）wong6〔旺〕（普）wàng

成就王業，統治天下。《孟子·梁惠王上》：「故王之不～，不為也，非不能也。」（因此大王您不能統治天下，只是不肯做，並非沒有能力。）

五畫

世 (粵) sai3〔勢〕(普) shì

❶古時稱三十年為一世。許慎《說文解字》:「～,三十年為一～。」《論語·子路》:「如有王者,必～而後仁。」(如果有英明領袖興起,一定要經過三十年才能實行仁政。)❷父子相繼稱為「～」,這個意思後來被寫成「代」,以避唐太宗李世民之諱。司馬光《訓儉示康》:「吾本寒家,～以清白相承。」❸後世,後人。錢公輔《義田記》:「因以遺於～云。」❹時世,時代。俞長城《全鏡文》:「上古之～,美者自美,惡者自惡。」❺年,歲。《禮記·曲禮》:「去國三～。」❻世間,天下,有成語「～外桃源」。宋濂《杜環小傳》:「而一俗恆謂今人不逮古人,不亦誣天下士人哉!」❼世人。《新五代史·伶官傳》:「～言晉王之將終也。」❽世風、社會風氣。顧炎武《廉恥》:「～衰道微。」

丘 (粵) jau1〔優〕(普) qiū

❶小土山。許慎《說文解字》:「～,土之高也,非人所為也。」柳宗元《三戒·永某氏之鼠》:「殺鼠如～。」❷墳丘,墳墓。司馬遷《報任少卿書》:「僕以口語遇此禍,重為鄉黨所戮笑,以污辱先人,亦何面目復上父母之～墓乎?」(戮【粵】luk6〔六〕(普) lù】:侮辱。)❸廢墟。屈原《楚辭·九章·哀郢》:「曾不知夏之為～兮。」(夏:通「廈」,高大的房屋。)

且

一 (粵) ce2〔扯〕(普) qiě

❶連詞,並且,而且。段玉裁《說文解字注》:「～……所以承藉進物者。引申之……有藉而加之也。」歸有光《歸氏二孝子傳》:「孝子既老～死,終不言其繼母事也。」❷連詞,相當於「又……又……」、「邊……邊……」。司馬遷《史記·淮陰侯列傳》:「上～怒～喜。」(皇上又生氣又開心。)馬中錫《中山狼傳》:「～搏～卻。」(卻:後退。)❸副詞,況且。《史記·廉頗藺相如列傳》:「～以一璧之故逆彊秦之驩,不可。」❹副詞,尚且。韓愈《師說》:「古之聖人,其出人也遠矣,猶～從師而問焉。」❺副詞,暫且。李白《將進酒》:「烹羊宰牛～為樂。」❻副詞,將要,快要。宋濂《燕書》:「未幾,狸捕鼠～盡。」(狸:與貓相似的動物。)❼卻,可是。柳宗元《三戒·永某氏之鼠》:「～何以至是乎哉?」❽副詞,將要。柳宗元《三戒·黔之驢》:「以為～噬己也。」

二 (粵) zeoi1〔雖〕(普) jū

語氣助詞。《詩經·鄭風·出其東門》:「匪我思～!」(不是我所思念的啊!)

主 (粵)zyu2〔煮〕(普)zhǔ

❶ 國君，君主，領袖。杜甫《登樓》：「可憐後～還祠廟。」❷ 主人，與「賓」、「客」相對。李白《將進酒》：「～人何為言少錢？」❸ 主要的。李華《弔古戰場文》：「～將驕敵。」❹ 主管，掌管。宋濂《杜環小傳》：「父友兵部～事常允恭，死於九江，家破。」❺ 堅持。《論語·學而》：「～忠信。」❻ 控制。劉向《新序·雜事五》：「五色無～。」❼ 事物的根本、主宰。蘇軾《前赤壁賦》：「且夫天地之間，物各有～。」（而且世間萬物都各自有它主宰。）

乍 (粵)zaa3〔炸〕(普)zhà

❶ 突然。《孟子·公孫丑上》：「今人～見孺子將入於井。」❷ 剛剛。袁宏道《滿井遊記》：「波色～明。」

乏 (粵)fat6〔罰〕(普)fá

❶ 缺乏，缺少。《戰國策·秦策一》：「資用～絕。」❷ 貧困。《孟子·告子上》：「所識窮～者得我與？」❸ 疲乏。《新五代史·義兒傳》：「因其勞～，可以勝也。」❹ 使他人疲乏。《孟子·告子下》：「空～其身。」❺ 荒廢。《戰國策·燕策三》：「光不敢以～國事也。」（光：即田光，戰國時代燕國的處士。）

乎 (粵)fu4〔符〕(普)hū

❶ 語氣助詞，用在句末，表達感歎或疑問的語氣。許慎《說文解字》：「～，語之餘也。」俞長城《全鏡文》：「大哉鏡～！」《論語·顏淵》：「不憂不懼，斯謂之君子已～？」❷ 語氣助詞，用在句中，表示句子的停頓。陶潛《歸去來辭》：「胡為～遑遑欲何之？」（胡為：為甚麼。遑遑：心神不定。之：前往。）❸ 介詞，同「於」，表示比較。韓愈《師說》：「生～吾前，其聞道也，固先～吾，吾從而師之。」❹ 介詞，同「於」，表示處所。《莊子·逍遙遊》：「何不慮以為大樽而浮～江湖？」❺ 結構助詞，相當於「地」。《莊子·逍遙遊》：「逍遙～寢臥其下。」（自由自在地在它的下面躺臥。）❻ 結構助詞，用於形容詞後，多帶讚歎的語氣。柳宗元《永州八記·始得西山宴遊記》：「洋洋～與造物者遊，而不知其所窮。」

付 (粵)fu6〔負〕(普)fù

❶ 交付，交給。許慎《說文解字》：「～，與也。」諸葛亮《出師表》：「宜～有司，論其刑賞。」❷ 託付，寄託。《出師表》：「恐託～不效，以傷先帝之明。」

仕 (粵)si6〔士〕(普)shì

❶ 出仕，做官。段玉裁《說文解字注》：「訓～為入官。」《宋書·宗

愍傳》:「高尚不～。」❷官職。《左傳·僖公二十三年》:「夫有大功而無貴～。」

仗 粵zoeng6〔像〕普zhàng

❶兵器總稱。《資治通鑑·晉紀·孝愍皇帝上》:「不給鎧～,使自召募。」(鎧:鎧甲。召:同「招」。)❷唐代宮廷、官署內持兵器作侍衞的人。《新唐書·禮樂志四》:「～衞列立以俟行。」❸依仗,有成語「～勢凌人」。陳壽《三國志·吳書·周瑜傳》:「將軍以神武雄才,兼～父兄之烈。」(將軍:指孫權。父兄:指孫堅和孫策。烈:功業。)❹執,拿。《世說新語·方正》:「有一老夫,毅然～黃鉞。」(鉞【粵jyut6〔越〕普yuè】:古兵器,似斧頭。)

令 粵ling6〔另〕普lìng

❶發佈命令,吩咐,有成語「三～五申」。許慎《說文解字》:「～,發號也。」司馬遷《史記·廉頗藺相如列傳》:「秦王與趙王會飲,～趙王鼓瑟。」❷命令,指示。《史記·滑稽列傳》:「王下～曰:『有敢以馬諫者,罪至死。』」❸使,讓。歸有光《項脊軒志》:「瞻顧遺跡,如在昨日,～人長號不自禁。」❹縣令,政府部門長官。韓非《韓非子·五蠹》:「輕辭古之天子,難去今之縣～者,薄厚之實異也。」《史記·廉頗藺相如列傳》:「為趙宦者～繆賢舍人。」❺頭目、首領。《史記·廉頗藺相如列傳》:「為趙宦者～繆賢舍人。」❻美好。《孝經·諫諍》:「士有爭友,則身不離於～名。」❼連詞,假如。《史記·平原君虞卿列傳》:「～秦來年復攻王,得無割其內而媾乎?」(媾:求和。)

仞 粵jan6〔孕〕普rèn

古代長度單位,以七尺或八尺為一～。許慎《說文解字》:「～,伸臂一尋,八尺。」《莊子·逍遙遊》:「我騰躍而上,不過數～而下。」

以 粵ji5〔已〕普yǐ

❶介詞,表示原因,相當於「因為」。司馬遷《史記·廉頗藺相如列傳》:「趙王豈～一璧之故欺秦邪?」❷連詞,表示目的,相當於「為了」、「來」。諸葛亮《出師表》:「不效,則治臣之罪,～告先帝之靈。」❸任用。《資治通鑑·晉紀·烈宗孝武皇帝上之下》:「融～其參軍河南郭褒為淮南太守。」(融:苻融,苻堅之弟。)❹介詞,表示利用,相當於「把」、「用」。《史記·廉頗藺相如列傳》:「秦亦不～城予趙。」魏禧《吾廬記》:「亞～蜃灰。」(用蜃灰來塗飾。)❺介詞,表示方法,相當於「憑藉」。戴名世《南山集·鳥說》:「～此鳥之羽毛潔而音鳴好也,奚不深山之適而茂林之捷?」❻副詞,通「已」,已經,這個意思後來被寫成「已」。《史記·陳涉世家》:「得

魚腹中書，固～怪之矣。」❼介詞，表示根據，相當於「按照」。《孟子·梁惠王上》：「斧斤～時入山林。」❽介詞，通「於」，表示處所，相當於「在」，這個意思後來被寫成「於」。庾信《哀江南賦序》：「粵～戊辰之年。」（粵：語氣助詞，無實義。）❾介詞，與方位名詞連用，表示時間和方位的界限。姚瑩《捕鼠說》：「嶺～南多鼠。」❿率領。《史記·魏公子列傳》：「欲～客往赴秦軍。」⓫以為，認為。《史記·管晏列傳》：「鮑叔不～我為貪。」⓬結構助詞，相當於「地」。《史記·屈原賈生列傳》：「楚日～削。」⓭連詞，表示並列，相當於「又」。劉熙載《海鷗》：「吾性傲～野。」⓮原因、緣故。蒲松齡《聊齋誌異·種梨》：「其見笑於市人有～哉！」

出　粵 ceot1〔齣〕普 chū

❶產生。許慎《說文解字》：「～……象艸木益滋，上～達也。」韓愈《師說》：「聖人之所以為聖，愚人之所以為愚，其皆～於此乎？」❷出現，顯現。劉禹錫《竹枝詞》（其一）：「東邊日～西邊雨。」❸從內向外走，與「入」相對。司馬遷《史記·廉頗藺相如列傳》：「已而相如～，望見廉頗。」❹離開。李翱《命解》：「二子～。」（那兩個人離開後。）❺交出，繳納。杜甫《兵車行》：「縣官急索租，租稅從何～？」❻發出，發佈。《史

記·屈原賈生列傳》：「入則與王圖議國事，以～號令。」❼超出，超過，超越。《師說》：「古之聖人，其～人也遠矣，猶且從師而問焉。」❽出眾，突出。柳宗元《永州八記·始得西山宴遊記》：「然後知是山之特～。」

刊　粵 hon1〔香安切〕普 kān

❶砍掉，削掉。許慎《說文解字》：「～，剟也。」（剟【粵 zyut3〔啜〕普 duō】：用刀刺或割。）《尚書·虞書·益稷》：「隨山～木。」（隨：順着，沿着。）❷刻石。班固《封燕然山銘》：「乃遂封山～石，昭銘盛德。」❸刪改，修正。古人把字寫在竹簡上，有錯誤就削去，以作更正，叫做「～」，有成語「不～之論」。劉勰《文心雕龍·宗經》：「經也者，恆久之至道，不～之鴻教也。」❹刊刻，刻版，今有詞語「～登」。《宋史·畢士安傳》：「真宗然之，遂命～刻。」（真宗：宋真宗。）

加　粵 gaa1〔嘉〕普 jiā

❶增加。許慎《說文解字》：「～，語相增～也。」司馬遷《史記·廉頗藺相如列傳》：「彊秦之所以不敢～兵於趙者，徒以吾兩人在也。」❷施加。《孟子·梁惠王上》：「言舉斯心～諸彼而已。」（斯：這。彼：他人。）❸放上。宋濂《送東陽馬生序》：「既～冠，益慕聖賢之道。」（～冠：古代男子成人

禮，將冠冕戴於男子頭上，表示成年。）❹佔（上風）。《史記·廉頗藺相如列傳》：「終不能～勝於趙。」副詞，更加。❺益處。《孟子·告子上》：「萬鍾於我何～焉？」❻誇大。《左傳·莊公十年》：「犧牲玉帛，弗敢～也。」❼《莊子·逍遙遊》：「舉世而非之而不～沮。」（沮：沮喪。）

功 粵gung1〔公〕普gōng

❶功勞。許慎《説文解字》：「～，以勞定國也。」司馬遷《史記·廉頗藺相如列傳》：「以相如～大，拜為上卿，位在廉頗之右。」❷成效，功效。范曄《後漢書·列女傳》：「捐失成～，稽廢時月。」❸事情，工作。鼂錯《論貴粟疏》：「一曰主用足，二曰民賦少，三曰勸農～。」❹功力，力量，力氣。裴松之《三國志·魏書·方技傳·注》：「先生患其喪～費日。」（先生：指馬鈞。患：擔心。）❺精善，精良。《管子·七法》：「官無常，下怨上，而器械不～。」（上級沒有製作的準則，下面就無章法可循，武器當然製作得不精良。）❻恩德。《孟子·梁惠王上》：「～不至於百姓。」（恩德不能夠惠及百姓。）

包 粵baau1〔苞〕普bāo

❶包裹。賈誼《過秦論》：「席卷天下，～舉宇內。」（～舉：吞併。）
❷圍繞，包圍。酈道元《水經注·河水》：「河水分流，～山而過。」

北 一 粵bui3〔貝〕普bèi

通「背」，相背，背叛，這個意思後來被寫成「背」。許慎《説文解字》：「～……从二人相背。」《戰國策·齊策六》：「士無反～之心。」

二 粵bak1〔逼得切〕普běi
❶北方。《晏子春秋·內篇》：「生于淮～則為枳。」❷向北。諸葛亮《出師表》：「當獎率三軍，～定中原。」❸古代君主面南而坐，故以面北表示臣服。陳邦瞻《宋史紀事本末·文謝之死》：「從徽、欽而～者非忠，從高宗為忠。」（徽、欽：宋徽宗和宋欽宗。）❹敗兵而回，有詞語「敗～」。司馬遷《史記·項羽本紀》：「所當者破，所擊者服，未嘗敗～。」

半 粵bun3〔報罐切〕普bàn

❶一半，二分之一。諸葛亮《出師表》：「先帝創業未～，而中道崩殂。」❷中間。《莊子·大宗師》：「然而夜～有力者負之而走。」❸一點、部分。王昌齡《從軍行》（其五）：「紅旗～卷出轅門。」

卮 粵zi1〔支〕普zhī

❶古代盛酒的器具。許慎《説文解字》：「～，圜器也。」（圜：通「圓」，圓形。）司馬遷《史記·高祖本紀》：「高祖奉玉～，起為太上皇壽。」（奉：進獻。）❷量詞，計算盛載酒水的單位，相當於

「杯」。《史記・項羽本紀》:「臣死且不避,~酒安足辭!」

去

一 (粵) heoi3〔棄據切〕(普) qù

❶離開。許慎《說文解字》:「~,人相違也。」段玉裁《說文解字注》:「違,離也。」司馬遷《史記・廉頗藺相如列傳》:「臣所以去親戚而事君者,徒慕君之高義也。」❷消失。白居易《荔枝圖序》:「若離本枝,一日而色變,二日而香變,三日而味變,四五日外,色香味盡~矣。」❸距離。戴名世《南山集・鳥說》:「則二鳥巢於其枝幹之間,~地不五六尺。」❹《禮記・檀弓下》:「其嗟也可~。」(如果黔敖邊呼喝邊施捨食物,當然可以拒絕。)❺前往,此為後起之義,先秦兩漢少用。李白《贈韋祕書子春》(其二):「功成~五湖。」(功業既成退到五湖隱居。)❻去聲,古漢語四種聲調(平、上、去、入)之一,簡稱「~」。

二 (粵) heoi2〔許〕(普) qù

除掉,擺脫。《論語・里仁》:「君子~仁,惡乎成名?」

可

一 (粵) ho2〔起楚切〕(普) kě

❶可以,能夠。許慎《說文解字》:「~,肯也。」《孟子・告子上》:「二者不~得兼。」❷合宜,適當。《禮記・學記》:「大學之法,禁於未發之謂豫,當其~之謂時。」(大學的教育方法是:在不合正道的事發生之前加以禁止,叫做「預

防」;在適當的時候加以教導,叫做「合時」。)❸值得。杜甫《登樓》:「~憐後主還祠廟。」❹讓人、令人。辛棄疾《破陣子・為陳同甫賦壯詞以寄之》:「~憐白髮生!」❺真是。韓愈《師說》:「其~怪也歟!」❻副詞,豈,難道。紀昀《閱微草堂筆記・卷十六》:「~據臆斷歟?」❼副詞,約莫,大概。柳宗元《永州八記・小石潭記》:「潭中魚~百許頭。」紀昀

二 (粵) hak1〔克〕(普) kè

多與「汗 (粵) hon4〔寒〕(普) hán」組成詞語「~汗」,表示對西域和北方外族君王的稱呼。《木蘭辭》:「昨夜見軍帖,~汗大點兵。」

右

(粵) jau6〔又〕(普) yòu

❶右邊,與「左」相對。宋濂《送東陽馬生序》:「左佩刀,~備容臭。」❷在地理上,古人以西為右邊。范曄《後漢書・顯宗孝明帝紀》:「募士卒戍隴~,賜錢人三萬。」(隴【粵】lung5〔壟〕(普) lǒng】:山名,在今甘肅省和陝西省交界。)❸古人多尊崇右,故以右表示較尊顯的地位。司馬遷《史記・廉頗藺相如列傳》:「拜為上卿,位在廉頗之~。」❹親近。《史記・魏世家》:「必~韓而左魏。」

召

一 (粵) ziu1〔招〕(普) zhāo

通「招」,招致,招引。《荀子・勸學》:「故言有~禍也,行有招辱也,君子慎其所立乎!」

二 (粵) ziu6〔趙〕(普) zhào

❶召集。司馬遷《史記·廉頗藺相如列傳》:「於是王～見,問藺相如曰。」❷召喚。《史記·廉頗藺相如列傳》:「相如顧～趙御史書曰。」

叩 (粵) kau3〔扣〕(普) kòu

❶敲,打。歸有光《項脊軒志》:「娘以指～門扉曰。」❷磕,碰。司馬遷《史記·三王世家》:「於是燕王旦乃恐懼服罪,～頭謝過。」❸叩問,詢問。宋濂《送東陽馬生序》:「從鄉之先達執經～問。」(先達:學者。)❹通「扣」,拉住,牽住,這個意思後來被寫成「扣」。《史記·伯夷列傳》:「伯夷、叔齊～馬而諫。」

司 (粵) si1〔私〕(普) sī

❶掌管,主管。許慎《説文解字》:「～,臣～事於外者。」韓非《韓非子·喻老》:「在骨髓,～命之所屬。」❷官署,政府機關。諸葛亮《出師表》:「若有作姦犯科及為忠善者,宜付有～,論其刑賞。」❸官吏、官員。李密《陳情表》:「州～臨門。」

叱 (粵) cik1〔斥〕(普) chì

❶大聲呵斥,斥責。許慎《説文解字》:「～,訶也。」(訶:同「呵」,呵責。)司馬遷《史記·廉頗藺相如列傳》:「相如張目～之。」❷呼喝,吆喝。白居易《賣炭翁》:「回車～牛牽向北。」

台 一 (粵) ji4〔怡〕(普) yí

❶通「怡」,喜悅。許慎《説文解字》:「～,説也。」(説:通「悅」,喜悅。)司馬遷《史記·太史公自序》:「唐堯遜位,虞舜不～。」❷人稱代詞,相當於「我」。《尚書·湯誓》:「非～小子,敢行稱亂。」

二 (粵) toi4〔颱〕(普) tái

通「臺」,指高而平,可供眺望四方的建築物。司馬遷《史記·廉頗藺相如列傳》:「秦王坐章～見相如。」

囚 (粵) cau4〔籌〕(普) qiú

❶囚禁,拘禁。許慎《説文解字》:「～,繫也。」《荀子·儒效》:「剖比干而～箕子。」(剖【(粵) fu1〔膚〕(普) fū】:剖開。比干、箕子:商朝末年賢臣。)❷囚徒或戰俘。方苞《獄中雜記》:「繫～常二百餘。」

失 (粵) sat1〔室〕(普) shī

❶喪失,失去。段玉裁《説文解字注》:「在手而逸去為～。」蘇洵《六國論》:「不賂者以賂者喪,蓋～強援。」❷錯失,錯過。《孟子·梁惠王上》:「雞豚狗彘之畜,無～其時,七十者可以食肉矣!」(豚、彘【(粵) zi6〔字〕(普) zhì】:豬。)❸失敗。范公偁《過庭錄》:「鄉人問其子得～。」❹迷失。馬中錫《中山狼傳》:「夙行～道。」(夙【(粵) suk1〔叔〕(普) sù】:白天。)❺遺忘、忘記。韓嬰《韓詩外傳·卷九》:

「有所～復得。」❻過失，毛病。司馬遷《史記·魏公子列傳》：「今吾且死，而侯生曾無一言半辭送我，我豈有所～哉？」（侯生：指侯嬴，戰國時代魏國的隱士。）❼失控，忍不住。杜甫《遠遊》：「似聞胡騎走，～喜問京華。」

巧 粵haau2〔考〕普qiǎo

❶技巧，技術。許慎《說文解字》：「～，技也。」裴松之《三國志·魏書·方技傳·注》：「從是天下服其～矣。」❷靈巧，巧妙。司馬遷《史記·孔子世家》：「良工能～而不能為順。」（順：滿足他人。）❸機巧，取巧。《孟子·盡心上》：「為機變之～者。」❹浮誇不實，虛偽。《詩經·小雅·巧言》：「～言如簧，顏之厚矣。」（簧：古代一種吹樂器。）

左 粵zo2〔阻〕普zuǒ

❶輔助。許慎《說文解字》：「～，手相～助也。」（段玉裁《說文解字注》：「～者，今之佐字。」）《易經·泰》曰：「輔相天地之宜，以～右民。」❷左邊，與「右」相對。魏禧《吾廬記》：「於是作屋於勺庭之～肩。」（肩：角落。）❸東面，與「右」相對。古代君王坐北向南，因此地理上稱東為左，西為右，有詞語「江～」（長江以東）。姜夔《揚州慢》：「淮～名都。」（淮～：淮水東面。）❹古代以右為尊，以左為卑。白居易《琵琶行·

序》：「元和十年，予～遷九江郡司馬。」（～遷：降職。）❺古代初以左為尊，有成語「虛～以待」。司馬遷《史記·信陵君列傳》：「虛～，自迎夷門侯生。」（古代車騎以左為尊位，「虛～」指把左邊的座位留空，表示對他人的尊敬。夷門：戰國時代魏國首都大梁東門的別稱。侯生：侯嬴，戰國時代魏國的隱士，負責看守夷門。）❻不正當，不正統，邪僻，有成語「旁門～道」。《禮記·王制》：「執～道以亂政。」❼疏遠，與「右」相對。《戰國策·魏策二》：「右齊而～魏。」❽違背。韓愈《答竇秀才書》：「身勤而事～。」

市 粵si5〔社以切〕普shì

❶街市，市場。許慎《說文解字》：「～，買賣所之也。」司馬遷《史記·淮陰侯列傳》：「一～人皆笑信。」❷購買。謝肇淛《五雜俎·物部三》：「～餅，粗不可食。」❸售賣。劉基《賣柑者言》：「若所～於人者。」❹交易。《左傳·僖公三十三年》：「鄭商人弦高將～於周，遇之。」❺招惹。《戰國策·韓策》：「此所謂～怨而買禍者也。」

布 粵bou3〔報〕普bù

❶布匹。韓非《韓非子·五蠹》：「～帛尋常，庸人不釋。」（釋：丟棄。）❷通「佈」，分佈，鋪開，這個意思後來被寫成「佈」。柳宗元《永州八記·小石潭記》：「影

〜石上。」❸通「佈」，傳佈，這個意思後來被寫成「佈」。徐光啟《甘藷疏序》：「欲遍〜之。」❹通「佈」，投射。柳宗元《永州八記·至小丘西小石潭記》：「影〜石上。」

平

（粵）ping4〔瓶〕（普）píng

❶平和，平靜。王灣《次北固山下》：「潮〜兩岸闊，風正一帆懸。」❷平坦，有成語「如履〜地」。李華《弔古戰場文》：「浩浩乎，〜沙無垠。」（垠【粵】ngan4〔銀〕【普】yín】：邊際。）❸太平。范曄《後漢書·張衡列傳》：「時天下承〜日久。」❹平定。孔平仲《續世說·賢媛》：「京城〜，封平陽公主。」❺剷平。《列子·湯問》：「而山不加增，何苦而不〜？」❻填平。劉蓉《習慣說》：「命童子取土〜之。」❼平定，平息。《莊子·逍遙遊》：「堯治天下之民，〜海內之政。」❽公平。諸葛亮《出師表》：「以昭陛下〜明之治，不宜偏私。」❾平常，平時。陶潛《歸去來辭·序》：「深愧〜生之志。」❿平聲，古漢語四種聲調（平、上、去、入）之一，簡稱「〜」。⓫專指古漢語四聲中的「〜聲」，簡稱「〜」，與「仄」（上、去、入聲）相對。

弘

（粵）wang4〔宏〕（普）hóng

❶本指彈弓的聲音，後假借為「宏」，指宏大。許慎《說文解字》：「〜，弓聲也。」段玉裁《說文解字注》：「經傳多叚此篆為宏大字。宏者屋深。」（叚：同「假」，假借。篆：這裏指「〜」字的篆體寫法。）《論語·泰伯》：「士不可以不〜毅。」❷發揚、擴大。諸葛亮《出師表》：「恢〜志士之氣。」

弗

（粵）fat1〔忽〕（普）fú

❶副詞，不。《孟子·告子上》：「得之則生，〜得則死。」❷不要。魏禧《大鐵椎傳》：「慎〜聲。」（千萬不要作聲。）

必

（粵）bit1〔兵撤切〕（普）bì

❶副詞，必然。諸葛亮《出師表》：「〜能裨補闕漏，有所廣益。」❷堅決執行或實行。韓非《韓非子·五蠹》：「罰莫如重而〜，使民畏之。」❸連詞，假如，語氣較重。司馬遷《史記·廉頗藺相如列傳》：「王〜無人，臣願奉璧往使。」

扑

（粵）pok3〔樸〕（普）pū

❶古代一種刑具，多以荊條製成，以鞭打犯人。《尚書·虞書·舜典》：「鞭作官刑，〜作教刑。」❷鞭打、擊打。方苞《獄中雜記》：「主梏〜者亦然。」（專管給犯人帶手銬、打刑杖的人也是這樣。）

斥

（粵）cik1〔戚〕（普）chì

❶排斥，擯棄。班固《漢書·武帝紀》：「與聞國政而無益於民者〜。」❷斥責。姚瑩《捕鼠說》：「鄰人以〜貓之弱也。」❸擴大，開拓。

五畫

桓寬《鹽鐵論·非鞅》:「其後，蒙恬征胡，～地千里。」❹探測，偵察。司馬遷《史記·白起王翦列傳》:「趙軍士卒犯秦～兵。」（犯：侵犯。～兵：偵察兵。）❺眾多。《左傳·襄公三十一年》:「寇盜充～。」

旦

（粵）daan3〔誕〕（普）dàn

❶日出，早晨，與「夕」相對，有成語「通宵達～」。許慎《說文解字》:「～，明也。」《岳飛之少年時代》:「誦習達～不寐。」❷白天。姚瑩《捕鼠說》:「～遊院庭，若無人者。」❸一天、一日。劉向《說苑·正諫》:「如是者三～。」

本

（粵）bun2〔保管切〕（普）běn

❶草木的根，與「末」相對。許慎《說文解字》:「～，木下曰～。」魏徵《諫太宗十思疏》:「臣聞求木之長者，必固其根～。」❷草木的莖幹。《莊子·逍遙遊》:「其大～擁腫而不中繩墨。」❸根本，根源，基礎，有成語「捨～逐末」。《荀子·不苟》:「夫誠者，君子之所守也，而政事之～也。」❹農業，與「末」相對。賈誼《論積貯疏》:「今背～而趨末。」（趨：追求。末：指商業。）❺原本的，與生俱來的。《孟子·告子上》:「此之謂失其～心。」❻副詞，本來。司馬光《訓儉示康》:「吾～寒家。」（寒家：寒微的家庭。）❼根據，掌握。《荀子·儒效》:「聖人也

者，～仁義，當是非，齊言行。」❽版本，底本。沈括《夢溪筆談·活板》:「五代時始印五經，已後典籍皆為板～。」（五代時才開始雕版印刷《五經》，自此典籍都是版印的底本。）❾本金。韓愈《柳子厚墓誌銘》:「其俗以男女質錢詞解錢，約不時贖，子～相侔，則沒為奴婢。」（當地風俗以子女作為抵押來借錢，約定期限不能按時贖回子女，到了利息和本錢相等時，就會沒收所抵押的人為奴婢。）

未

（粵）mei6〔味〕（普）wèi

❶副詞，未曾。諸葛亮《出師表》:「先帝創業～半。」❷副詞，無，不。司馬光《訓儉示康》:「士志於道，而恥惡衣惡食者，～足與議也。」❸通「否」，表示疑問的語氣，相當於「嗎」。王維《雜詩》（其二）:「寒梅著花～？」（寒梅已經開花了嗎？）❹十二地支之一，亦十二時辰之一，指下午一至三時，見第17頁「支」字條。

末

（粵）mut6〔沒〕（普）mò

❶樹梢，與「本」相對。許慎《說文解字》:「木上曰～。」《左傳·昭公十一年》:「～大必折。」❷末端，與「本」相對。《孟子·梁惠王上》:「明足以察秋毫之～，而不見輿薪。」❸末年、末期。方苞《左忠毅公軼事》:「崇禎～。」❹後面。蕭統《文選·序》:「賈、馬繼之於～。」❺細節。《禮記·大

學》：「物有本～。」❻ 不重要的。司馬遷《史記・項羽本紀》：「項羽為魯公，為次將，范增為～將，救趙。」❼ 商業，與「本」相對。《史記・秦始皇本紀》：「上農除～。」（上：重視。除：摒棄。）

正　一　（粵）zing3〔政〕（普）zhèng

❶ 正確，不偏不倚。許慎《說文解字》：「～，是也。」《孟子・滕文公下》：「居天下之廣居，立天下之～位，行天下之大道。」❷ 端正，正直，有成語「～大光明」。司馬遷《史記・屈原列傳》：「屈平～道直行，竭忠盡智以事其君。」❸ 主，與「副」相對。《史記・五帝本紀》：「是為嫘祖，為黃帝～妃。」❹ 改正，修改。《論語・學而》：「就有道而～焉。」（向有道的人請教，改正自己。）❺ 整理。《論語・堯曰》：「君子～其衣冠。」❻ 原理，規律。《莊子・逍遙遊》：「若夫乘天地之～。」（若夫：至於。）❼ 副詞，正好，恰好，有成語「～中下懷」。張岱《湖心亭看雪》：「一童子燒酒，爐～沸。」❽ 副詞，正在。李嶠《市》：「司馬～彈琴。」（司馬：指司馬相如。）

二　（粵）zing1〔晶〕（普）zhēng

正月，農曆每年的第一個月，粵語有「新～頭」，指正月或正月初一到十五期間。《詩經・小雅・正月》：「～月繁霜，我心憂傷。」

母　（粵）mou5〔武〕（普）mǔ

❶ 母親。許慎《說文解字》：「从女，象裹子形。一曰象乳子也。」（裹：通「懷」。）歸有光《歸氏二孝子傳》：「早喪～，父更娶繼～。」❷ 女性長輩。歸有光《項脊軒志》：「先大～婢也。」（大～：祖母。）❸ 老婦。司馬遷《史記・淮陰侯列傳》：「諸～漂。」（漂：漂洗衣服。）❹ 根源，源頭。《道德經》：「以為天下～。」

永　（粵）wing5〔偉挺切〕（普）yǒng

❶ 水流長。許慎《說文解字》：「～，長也。」《詩經・周南・漢廣》：「江之～矣，不可方思。」（長江水漫漫長長，不能坐木筏渡江。）❷ 距離遠。阮籍《詠懷詩》（其十七）：「出門臨～路，不見行車馬。」❸ 副詞，永遠，長久。李白《月下獨酌》（其一）：「～結無情遊，相期邈雲漢。」❹ 通「詠」，歌詠，歌唱，這個意思後來被寫成「詠」。《尚書・虞書・舜典》：「詩言志，歌～言。」（言：話語。）

犯　（粵）faan6〔範〕（普）fàn

❶ 觸犯，干犯，侵犯。許慎《說文解字》：「～，侵也。」諸葛亮《出師表》：「若有作姦～科及為忠善者，宜付有司，論其刑賞。」❷ 冒犯，危害。馬中錫《中山狼傳》：「私汝狼以～世卿。」（私：包庇。）❸ 襲擊。《資治通鑑・晉紀・烈宗

孝武皇帝中之下》：「夜～燕軍。」❹冒着。柳宗元《捕蛇者説》：「觸風雨，～寒暑。」

生　粵 sang1〔山崩切〕　普 shēng

❶草木生長。許慎《説文解字》：「象艸木～出土上。」《詩經・大雅・卷阿》：「梧桐～矣，于彼朝陽。」❷出產。白居易《荔枝圖序》：「荔枝～巴峽間。」❸產生，生出。蘇軾《念奴嬌・赤壁懷古》：「故國神遊，多情應笑我，早～華髮。」❹發生。方勺《青溪寇軌》：「中原不堪，必～內變。」❺出生。韓愈《師説》：「～乎吾前。」❻活着，生存。《論語・衞靈公》：「志士仁人，無求～以害仁，有殺身以成仁。」❼一生。蘇軾《前赤壁賦》：「哀吾～之須臾，羨長江之無窮。」（須臾：短暫的時間。）❽救活。方苞《獄中雜記》：「予我千金，吾～若。」（若：你。）❾存在。司馬遷《史記・廉頗藺相如列傳》：「其勢不俱～。」❿生活，生計。《史記・春申君列傳》：「人民不聊～，族類離散。」（聊：藉着，依賴。）⓫通「性」，稟性，天性，這個意思後來被寫成「性」。《荀子・勸學》：「君子～非異也。」

用　粵 jung6〔又弄切〕　普 yòng

❶採用，動用。許慎《説文解字》：「～，可施行也。」蘇洵《六國論》：「是故燕雖小國而後亡，斯～兵之效也。」❷任用，有成語「唯才是～」。諸葛亮《出師表》：「試～於昔日。」❸利用。謝肇淛《五雜俎・物部三》：「唐東洛貴家子弟，飲食必～煉炭所炊。」（炊：煮食。）❹運用，行使。李翱《命解》：「～之不由其道。」（不跟從正確的道理來行使權力。）❺經費，開支。《國語・周語上》：「阜財～。」（增添財富開支。）❻效用，用處。《莊子・逍遙遊》：「吾為其無～而掊之。」❼需要。《木蘭辭》：「木蘭不～尚書郎。」❽才能，本領。李白《將進酒》：「天生我材必有～，千金散盡還復來。」❾介詞，由於，因為。王充《論衡・訂鬼》：「覺見卧聞，俱～精神。」（醒時看見甚麼東西，或睡時聽見甚麼聲音，都是因為精神狀態使然。）

田　粵 tin4〔唐年切〕　普 tián

❶耕田。許慎《説文解字》：「樹穀曰～。」（樹：種植。）司馬遷《史記・高祖本紀》：「諸故秦苑囿園池，皆令人得～之。」（苑囿【粵 jau6〔右〕　普 yòu】：古代畜養禽獸供帝王玩樂的園林。）❷農田。《史記・滑稽列傳》：「山居耕～苦，難以得食。」❸通「畋」，打獵，這個意思後來被寫成「畋」。劉基《郁離子・卷下》：「楚王～於雲夢。」

由　粵 jau4〔尤〕　普 yóu

❶介詞，表示途徑，相當於「經

由」、「靠」等。《論語・顏淵》:「為仁～己,而～人乎哉?」❷遵從,遵循。李翱《命解》:「爾循其方,～其道。」(你遵循正當的方法,跟從正確的道理。)❸方法,途徑。何遜《贈諸遊舊》:「無～下征帆。」(沒有方法乘船順流而下。)❹介詞,表示來源,相當於「從」。司馬光《訓儉示康》:「～儉入奢易,～奢入儉難。」❺緣由,理由,原因。司馬遷《史記・太史公自序》:「何～哉?」❻介詞,表示原因,相當於「由於」、「因為」。王充《論衡・實知》:「人才有高下,知物～學。」❼自由,自主,有成語「不～自主」。文天祥《指南錄・後序》:「揚州城下,進退不～。」❽通「猶」,猶如,如同,這個意思後來被寫成「猶」。王羲之《蘭亭集序》:「後之視今,亦今之視昔。」(後:將來。)

 甲 粵 gaap3〔夾〕普 jiǎ

❶植物種子的外殼。《周易・解・象傳》:「雷雨作而百果草木皆～坼。」(坼【粵 caak3〔策〕普 chè】:裂開,這裏指草木破殼而出。)❷動物護身的外殼。曹植《神龜賦》:「肌肉消盡,唯～存焉。」❸皮、藤或鐵製的戰服,泛指鎧甲。諸葛亮《出師表》:「今南方已定,兵～已足。」❹披甲的兵士。《資治通鑑・漢紀・孝獻皇帝庚》:「今戰士還者及關羽水軍精～萬人。」❺「天干」的第一位,見

第8頁「干」字條。❻引申為位居第一。劉基《郁離子・卷上》:「致富～天下。」

 申 粵 san1〔新〕普 shēn

❶通「伸」,伸展,這個意義後來被寫成「伸」。陳壽《三國志・蜀書・諸葛亮傳》:「亮每患糧不繼,使己志不～。」❷重複,再三。《左傳・成公十三年》:「～之以盟誓,重之以婚姻。」❸陳述,說明。《孟子・梁惠王上》:「～之以孝悌之義。」❹申告,告誡。司馬遷《史記・孫武列傳》:「即三令五～之。」❺「地支」的第九位,見第17頁字「支」字條。姜夔《揚州慢・序》:「淳熙丙～至日。」(淳熙:南宋孝宗年號。丙～:指丙申年,即公元一一七六年。至日:冬至日。)

白 粵 baak6〔帛〕普 bái

❶白色。許慎《說文解字》:「～,西方色也。」柳宗元《永州八記・始得西山宴遊記》:「縈青繚～。」❷潔淨的,純正的。司馬光《訓儉示康》:「吾本寒家,世以清～相承。」❸天亮。蘇軾《前赤壁賦》:「不知東方之既～。」(既:已經。)❹洗脫冤情。《呂氏春秋・季冬紀・士節》:「今晏子見疑,吾將以身死～之。」❺告白,告訴。《舊唐書・唐臨傳》:「臨～今請出之。」❻傳達。司馬遷《史記・滑稽列傳》:「巫嫗弟子是女子也,不能～事。」(巫嫗【粵:jyu2〔影主切〕

五畫

（普yù】：巫婆。）❼知識淺薄。劉禹錫《陋室銘》：「往來無～丁。」

皮 (粵)pei4〔疲〕(普)pí

❶剝皮。許慎《説文解字》：「剝取獸革者謂之～。」（革：皮。）司馬遷《史記·刺客列傳》：「因自～面抉眼。」（抉：挑出。）❷獸皮，皮革。宋濂《猿説》：「獵人取母～向子鞭之。」❸物件的表面。袁宏道《滿井遊記》：「於時冰～始解。」❹比喻表面，淺薄。《史記·酈生陸賈列傳》：「以目～相，恐失天下之能士。」

目 (粵)muk6〔木〕(普)mù

❶眼睛。許慎《説文解字》：「～，人眼。」范仲淹《岳陽樓記》：「滿～蕭然，感極而悲者矣！」❷目視，看。司馬遷《史記·陳涉世家》：「皆指～陳勝。」（都指指點點地看着陳勝。）❸瞪眼看。范曄《後漢書·張衡列傳》：「宦官懼其毀己，皆共～之。」（毀：毀謗。）❹遞眼色。《史記·項羽本紀》：「范增數～項王。」❺頭目，領袖。司馬冀甫《廣東軍務記》：「與新夷～嘉符相見。」（新：新來到。夷：洋人。嘉符：洋人名字。）❻綱目，綱領。《論語·顏淵》：「顏淵曰：『請問其～。』」❼名目，名字。劉知幾《史通·序》：「故便以《史通》為～。」❽名列，行列。文天祥《指南錄·後序》：「而不在使者之～。」（卻不是在使者的行列。）

矢 一 (粵)ci2〔始〕(普)shǐ

❶箭。許慎《説文解字》：「弓弩～也。」李華《弔古戰場文》：「～盡兮弦絕。」❷發誓。《論語·雍也》：「夫子～之曰。」❸正直的。《尚書·商書·盤庚上》：「出～言。」（發表正直的言論。）

二 (粵)si2〔史〕(普)shǐ

通「屎」，糞便，這個意思後來被寫成「屎」。司馬遷《史記·廉頗藺相如列傳》：「頃之三遺～矣。」（一會兒就拉了三次屎。）

石 一 (粵)sek6〔碩〕(普)shí

❶石頭。許慎《説文解字》：「～，山～也。」王維《山居秋暝》：「清泉～上流。」❷石碑。司馬遷《史記·秦始皇本紀》：「乃遂上泰山，立～。」❸藥石，礦物類藥物。劉向《新序·雜事二》：「在肌膚，鍼～之所及也。」（鍼：同「針」。）❹針灸。蘇軾《答子由頌》：「日夜還將藥～攻。」（日日夜夜還要用草藥和針灸來治療病痛。）❺金、石、絲、竹、匏、土、革、木八音之一，指石製類樂器，見第126頁「音」字條。

二 (粵)daam3〔斗鑑切〕(普)dàn

❶重量單位，戰國時代以一百二十斤為一～。《國語·周語下》：「先王之制鍾也……重不過～。」❷容量單位，以十斗為一～。莊周《莊子·逍遙遊》：「我樹之成而實

五～。」

示 <small>粵si6〔事〕普shì</small>

❶展示，示範，給他人看。許慎《說文解字》：「～，天垂象，見吉凶，所以示人也。」司馬遷《史記·廉頗藺相如列傳》：「秦王大喜，傳以～美人及左右。」❷顯示，表示。《史記·廉頗藺相如列傳》：「王不行，～趙弱且怯也。」❸暗示。《史記·項羽本紀》：「范增數目項王，舉所佩玉玦以～之者三，項王默然不應。」❹訓示，告誡。柳宗元《三戒·臨江之麋》：「習～之。」（經常訓示牠們。）

穴 <small>粵jyut6〔月〕普xué</small>

❶洞穴，土室。許慎《說文解字》：「～，土室也。」柳宗元《永州八記·始得西山宴遊記》：「若垤若～。」❷巢穴。《荀子·勸學》：「非蛇蟺之～無可寄託者。」❸開鑿。薛瑄《遊龍門記》：「由東南麓～岩構木。」（麓【粵luk1〔碌〕普lù】：山腳。構木：架起木材。）❹藏身。《左傳·襄公二十三年》：「不～於寢廟。」

立 <small>粵lap6〔六十切〕/ laap6〔蠟〕普lì</small>

❶站立。許慎《說文解字》：「～，住也。从大～一之上。」徐鉉《注》：「大，人也。一，地也。」司馬遷《史記·廉頗藺相如列傳》：「王授璧，相如因持璧卻～，倚柱。」❷建立，樹立。司馬光《訓儉示康》：「其餘以儉～名，以侈自敗者多矣。」❸確立，安排。李翱《命解》：「舉而～諸卿大夫之上。」❹設立，制定。《禮記·禮運》：「以設制度，以～田里。」（田里：戶籍。）❺登基，即位，有詞語「冊～」。君主繼位。韓非《韓非子·內儲說上》：「宣王死，湣王～。」❻推舉對方登基。《史記·廉頗藺相如列傳》：「三十日不還，則請～太子為王。」❼存在，出現。俞長城《全鏡文》：「自汝之～，美惡始分。」❽副詞，立刻，馬上。《史記·廉頗藺相如列傳》：「趙～奉璧來。」

六畫

交 <small>粵gaau1〔郊〕普jiāo</small>

❶交錯，交互。許慎《說文解字》：「～，～脛也。」歐陽修《醉翁亭記》：「射者中，弈者勝，觥籌～錯。」❷堆疊。魏禧《吾廬記》：「屍～於衢。」❸接觸，有詞語「～接」。李華《弔古戰場文》：「白刃～兮寶刀折。」❹交往，結交。宋濂《杜環小傳》：「～友之道難矣！」❺友誼，有成語「莫逆之～」。司馬遷《史記·廉頗藺相如列傳》：「卒相與驩，為刎頸之～。」❻副

詞，互相。吳均《與宋元思書》：「疏條～映。」❼一同。李白《月下獨酌》（其一）：「醒時同～歡，醉後各分散。」

亦 〔粵〕jik6〔翼〕〔普〕yì

❶副詞，也，也是，有成語「～步～趨」。諸葛亮《出師表》：「陛下～宜自謀。」❷副詞，都。田汝成《西湖清明節》：「男女～咸戴之。」❸語氣助詞，用在句中，表示語氣的加強。蘇洵《六國論》：「諸侯之所亡，與戰敗而亡者，其實～百倍。」《莊子・逍遙遊》：「不～悲乎！」（不～：語氣助詞，用於反問句，表示委婉的語氣。）

伉 〔粵〕kong3〔抗〕〔普〕kàng

❶多與「儷【〔粵〕lai6〔例〕〔普〕lì」組成詞語「～儷」，指配偶，見第420頁「儷」字條。❷通「抗」，對等，匹敵，這個意思後來被寫成「抗」。《戰國策・秦策一》：「橫歷天下，廷說諸侯之王，杜左右之口，天下莫之能～。」❸通「抗」，抵擋，這個意思後來被寫成「抗」。《呂氏春秋・季冬紀・士節》：「養及親者，身～其難。」❹剛烈。司馬遷《史記・仲尼弟子列傳》：「志～直。」❺壯健。班固《漢書・宣帝紀》：「～健習騎射者。」

伊 〔粵〕ji1〔依〕〔普〕yī

❶指示代詞，此。《詩經・秦風・蒹葭》：「所謂～人，在水一方。」

❷第三人稱代詞，指他、她等。《世說新語・方正》：「江家我顧～，庾家～顧我。」❸你。《世說新語・品藻》：「汝兄自不如～。」

伐 〔粵〕fat6〔罰〕〔普〕fá

❶討伐，進攻。許慎《說文解字》：「～，擊也。」司馬遷《史記・廉頗藺相如列傳》：「其後秦～趙，拔石城。」❷功勞。《史記・魏公子列傳》：「此五霸之～也。」❸誇耀。《史記・屈原賈生列傳》：「王使屈平為令，眾莫不知，每一令出，平～其功。」（王：指楚懷王。平：指屈原。）❹砍伐。柳宗元《永州八記・小石潭記》：「～竹取道。」❺損害。秦觀《治勢下》：「國本必～。」

休 〔粵〕jau1〔丘〕〔普〕xiū

❶休息。許慎《說文解字》：「～，息止也。」歐陽修《醉翁亭記》：「行者～於樹。」❷休止。杜甫《兵車行》：「且如今年冬，未～關西卒。」❸美善，喜慶。《尚書・商書・太甲中》：「實萬世無疆之～。」❹消失。柳永《八聲甘州》：「苒苒物華～。」❺辭退。杜甫《旅夜書懷》：「官因老病～。」❻副詞，勿，莫。杜甫《諸將》（其三）：「洛陽宮殿化為烽，～道秦關百二重。」（連皇宮也保不住，就不要誇口說潼關的二萬士兵能抵擋百萬胡兵。）

伏

（粵）fuk6〔服〕（普）fú

❶ 埋伏，伏兵。許慎《說文解字》：「～，司也。」段玉裁《說文解字注》：「司，今之伺字。」《左傳·莊公十年》：「夫大國，難測也，懼有～焉。」❷ 伏下。《莊子·逍遙遊》：「卑身而～。」❸ 埋藏，隱藏，有詞語「～線」。《道德經》：「禍兮福所倚，福兮禍所～。」❹ 雀鳥孵蛋。王言《聖師錄·鸛》：「～卵將生雛。」❺ 依靠。《戰國策·秦策》：「～軾撙銜。」❻ 下降、落下。徐宏祖《徐霞客遊記·楚遊日記》：「高峯漸～。」❼ 承受。班彪《王命論》：「遇折足之凶，～斧鉞之誅。」（鉞【粵】jyut6〔月〕【普】yuè：古代兵器。）❽ 通「服」，佩服，敬佩，這個意思後來被寫成「服」。司馬遷《史記·項羽本紀》：「騎皆～曰：『如大王言』。」

任

（粵）jam6〔飪〕（普）rèn

❶ 責任，擔子。諸葛亮《出師表》：「受～於敗軍之際，奉命於危難之間。」❷ 處理，治理。《荀子·仲尼》：「求善處大重、理～大事。」（大重：高位。）❸ 承擔，擔負。司馬遷《史記·平原君虞卿列傳》：「此非臣之所敢～也。」❹ 勝任。方孝孺《試筆說》：「若姑修其可～者。」❺ 忍受、承受。白居易《慈烏夜啼》：「使爾悲不～。」❻ 能力。韓非《韓非子·定法》：「因～而授官，循名而責實。」❼ 任用。李華《弔古戰場文》：「～人而已，其在多乎？」❽ 信任。《史記·屈原賈生列傳》：「王甚～之。」❾ 任由，聽憑。陶潛《歸去來辭》：「曷不委心～去留？」（曷：怎麼。委：讓。）

企

（粵）kei5〔拒美切〕（普）qǐ

❶ 踮起後腳跟。許慎《說文解字》：「～，舉踵也。」班固《漢書·高帝紀上》：「吏卒皆山東之人，日夜～而望歸。」❷ 盼望。《北史·陽休之傳》：「鄉曲人士莫不～羨焉。」（鄉曲：故鄉。）

光

（粵）gwong1〔瓜康切〕（普）guāng

❶ 光明，明亮。許慎《說文解字》：「～，明也。」《道德經》：「直而不肆，～而不燿。」（燿：通「耀」，耀眼。）❷ 光榮，光彩。宋濂《送東陽馬生序》：「猶幸預君子之列，而承天子之寵～。」❸ 光芒。陶潛《桃花源記》：「便得一山，山有小口，彷彿若有～。」❹ 光澤。魏禧《吾廬記》：「～耀林木。」❺ 發光。王翰《涼州詞》（其一）：「葡萄美酒夜～杯。」❻ 發揚光大，有成語「～宗耀祖」。諸葛亮《出師表》：「誠宜開張聖聽，以～先帝遺德。」

先

（粵）sin1〔仙〕（普）xiān

❶ 走在前面，與「後」相對，有詞語「爭～」。許慎《說文解字》：「～，前進也。」屈原《楚辭·九歌·國殤》：「矢交墜兮士爭～。」

❷較前，較早，與「後」相對。司馬遷《史記・廉頗藺相如列傳》：「以～國家之急而後私讎也。」❸前於，先於。范仲淹《岳陽樓記》：「～天下之憂而憂，後天下之樂而樂。」❹副詞，首先，指事情發生在前。《史記・廉頗藺相如列傳》：「今以秦之彊而～割十五都予趙。」❺爭先。林嗣環《口技》：「欲～走。」❻已去世的，多指上代或長輩。諸葛亮《出師表》：「～帝創業未半，而中道崩殂。」❼祖先。劉基《郁離子・卷上》：「北郭氏之～。」

全 粵 cyun4〔泉〕普 quán

❶齊全，完整。《莊子・達生》：「雞雖有鳴者，已無變矣，望之似木雞矣，其德～矣。」❷保全。諸葛亮《出師表》：「苟～性命於亂世，不求聞達於諸侯。」❸成全。蘇軾《留侯論》：「非子房其誰～之？」❹完全。于謙《石灰吟》：「粉骨碎身～不怕。」❺整個，全部。李華《弔古戰場文》：「既城朔方，～師而還。」（城：築城。朔方：泛指北方。）

再 粵 zoi3〔最愛切〕普 zài

❶二次，兩次。許慎《說文解字》：「～，一舉而二也。」蘇洵《六國論》：「後秦擊趙者～，李牧連卻之。」❷副詞，再次。紀昀《閱微草堂筆記・卷十六》：「石又～轉。」❸副詞，第二次。《左傳・莊公十年》：「一鼓作氣，～而衰，三而

竭。」

冰 粵 bing1〔兵〕普 bīng

❶冰塊。許慎《說文解字》：「～，水堅也。」《荀子・勸學》：「～，水為之，而寒於水。」❷結冰。《呂氏春秋・慎大覽・察今》：「見瓶水之～，而知天下之寒。」

列 粵 lit6〔裂〕普 liè

❶分，割。這個意思後來被寫成「裂」。許慎《說文解字》：「～，分解也。」班固《漢書・谷永杜鄴傳》：「～土封疆非為諸侯，皆以為民也。」❷排列。陸以湉《冷廬雜識・卷七・陳忠愍公》：「～帳西礮台側以居。」（礮：同「炮」。）❸行列，位次。司馬遷《史記・廉頗藺相如列傳》：「不欲與廉頗爭～。」❹官階、職位。《史記・廉頗藺相如列傳》：「今君與廉頗同～。」❺眾，各，有成語「～祖～宗」。《史記・天官書》：「天則有～宿，地則有州域。」（宿【粵 sau3〔秀〕普 xiù】：星羣。）❻展現。司馬遷《報任少卿書》：「拳拳之忠，終不能自～。」❼普通。《史記・廉頗藺相如列傳》：「大王見臣～觀。」

刑 粵 jing4〔形〕普 xíng

❶刑罰，刑法。許慎《說文解字》：「～，罰辠也。」（辠：同「罪」。）諸葛亮《出師表》：「論其～賞。」❷肉刑，死刑。《孟子・梁惠王上》：「省～罰。」（減輕各種肉刑

和罰金。）❸受刑。陳繼儒《讀書鏡・卷一》:「宣和間芒山有盜臨刑。」❹行刑。《讀書鏡・卷一》:「盜гай告～者曰。」❺殺。坵遲《與陳伯之書》:「～馬作誓。」❻通「型」,榜樣。文天祥《正氣歌》:「典～在夙昔。」❼通「型」,推廣,使成為模範。《禮記・禮運》:「～仁講讓,示民有常。」（推廣仁愛,講求禮讓,昭顯人民遵守常法。）

刎 粵man5〔敏〕普wěn

用刀割頸,有成語「～頸之交」。許慎《説文解字》:「～,剄也。」（剄【粵ging2〔景〕普jǐng】:用刀割頸。）司馬遷《史記・廉頗藺相如列傳》:「為～頸之交。」

匡 粵hong1〔康〕普kuāng

❶通「筐」,古代盛飯、盛物竹器。許慎《説文解字》:「～,飲器,笸也。」（笸【粵geoi2〔舉〕普jǔ】:竹器。）宋應星《天工開物》:「羅～之底,用絲織羅地絹為之。」❷糾正。《論語・憲問》:「管仲相桓公,霸諸侯,一～天下。」（桓公:齊桓公。霸:稱霸。）❸匡扶,輔助,救助。《國語・晉語九》:「今范、中行氏之臣,不能～相其君。」（范、中行:春秋時代晉國的氏族。）❹端正。李白《贈何七判官昌浩》:「～坐至夜分。」

印 粵jan3〔幼訓切〕普yìn

❶印章,圖章。許慎《説文解字》:「～,執政所持信也。」司馬遷《史記・蘇秦列傳》:「吾豈能佩六國相～乎?」❷印刷。沈括《夢溪筆談・技藝》:「若止一二三本,未為簡易;若～數十百千本,則極為神速。」❸印刷用的字模,印模。《夢溪筆談・技藝》:「每字有二十餘～,以備一板內有重複者。」❹留下痕跡。葉紹翁《遊園不值》:「應憐屐齒～蒼苔。」

危 粵ngai4〔倪〕普wēi

❶高聳。許慎《説文解字》:「～,在高而懼也。」李白《蜀道難》:「～乎高哉!蜀道之難,難於上青天!」❷危險,有成語「岌岌可～」。諸葛亮《出師表》:「此誠～急存亡之秋也。」❸危險狀況。蒲松齡《聊齋誌異・種梨》:「或勸濟一～難。」❹危害。《荀子・正論》:「～人而自安,害人而自利。」❺端正。蘇軾《前赤壁賦》:「蘇子愀然,正襟～坐。」（愀【粵ciu2〔楚小切〕普qiǎo】然:嚴肅的樣子。）

向 粵hoeng3〔棄響切〕普xiàng

❶介詞,對着,朝向。陶潛《歸去來辭》:「木欣欣以～榮,泉涓涓而始流。」❷接近。李商隱《登樂遊原》:「～晚意不適。」❸介詞,在。李白《清平調》(其一):「會～瑤臺月下逢。」❹假若。蘇洵《六

六畫

國論》:「～使三國各愛其地。」❺從前，以往的。劉基《郁離子·卷上》:「～也吾饑。」❻通「嚮」，嚮往。沈復《閒情記趣》:「心之所～。」

名 粵 ming4〔明〕 普 míng

❶名字，名稱。許慎《說文解字》:「～，自命也。」《莊子·逍遙遊》:「北冥有魚，其～為鯤。」❷命名，稱呼。魏禧《吾廬記》:「～曰『吾廬』。」❸叫做。范曄《後漢書·獨行列傳》:「范式字巨卿……一～汜。」❹標題。王安石《傷仲永》:「並自為其～。」❺名單。范公偁《過庭錄》:「解～盡處是孫山。」（鄉試取錄名單的末尾位置就是孫山。）❻說明，說清。王安石《遊褒禪山記》:「後世之謬其傳而莫能～者。」❼名義，名分。《資治通鑑·漢紀·孝獻皇帝庚》:「今將軍外託服從之～，而內懷猶豫之計。」❽名望，名聲。司馬光《訓儉示康》:「其餘以儉立～，以侈自敗者多矣，不可遍數。」❾著名。姜夔《揚州慢》:「淮左～都，竹西佳處，解鞍少駐初程。」

合 粵 hap6〔盒〕 普 hé

❶符合，吻合。段玉裁《說文解字注》:「～，亼口也……三口相同是為～。」周暉《金陵瑣事·卷一》:「至問其銀數與封識，皆～。」❷閉合，合攏，與「開」相對。柳宗元《永州八記·小石潭記》:「四面竹樹環～。」❸會合，集合。《資治通鑑·漢紀·孝獻皇帝庚》:「劉琦～江夏戰士亦不下萬人。」❹融合。柳宗元《永州八記·始得西山宴遊記》:「與萬化冥～。」❺團聚。蘇軾《水調歌頭》:「人有悲歡離～。」❻通「盒」，盒子，這個意思後來被寫成「盒」。羅貫中《三國演義·第七十二回》:「操自寫『一～酥』三字於盒上。」

吒 一 粵 zaa3〔詐〕 普 zhà

怒吼，有詞語「叱～」。《山海經·北山經》:「有獸焉，其狀如豹而長尾，人首而牛耳，一目，名曰諸犍，善～。」

二 粵 caa3〔脆炸切〕 普 chà

通「詫」，詫異。干寶《搜神記·奇女子傳》:「～言曰:汝曹怯弱，為蛇所食。」（汝曹:你們。）

因 粵 jan1〔恩〕 普 yīn

❶介詞，憑藉，經由。許慎《說文解字》:「～，就也。」司馬遷《史記·廉頗藺相如列傳》:「廉頗聞之，肉袒負荊，～賓客至藺相如門謝罪。」❷因循，順從，有成語「～勢利導」。《莊子·養生主》:「～其固然。」（依順着牛體本來的結構。）❸乘機，趁勢。《史記·廉頗藺相如列傳》:「不如～而厚遇之。」❹介詞，憑藉。根據。《左傳·僖公三十年》:「～人之力而敝之，不仁。」❺機會。《孔雀東南飛》:「於今無會～。」❻原因。

俞長城《全鏡文》:「人之不靖，職汝之～。」(職:副詞，相當於「只」。) ❼ 連詞，由於。柳宗元《永州八記‧始得西山宴遊記》:「～坐法華西亭，望西山，始指異之。」❽ 連詞，於是，就。《史記‧廉頗藺相如列傳》:「相如～持璧卻立。」

回 粵wui4〔迴〕普huí

❶ 迴旋，旋轉。《荀子‧致士》:「水深而～。」❷ 掉轉，有詞語「～顧」、「～想」。辛棄疾《青玉案‧元夕》:「驀然～首，那人卻在、燈火闌珊處。」❸ 回來，回去。李白《將進酒》詩:「君不見黃河之水天上來，奔流到海不復～?」❹ 量詞，次。杜甫《絕句漫興》(其四):「二月已破三月來，漸老逢春能幾～?」❺ 通「迴」，迂迴曲折。歐陽修《醉翁亭記》:「峯～路轉。」

夙 粵suk1〔叔〕普sù

❶ 早晨，白天。許慎《說文解字》:「～，早敬也。」諸葛亮《出師表》:「受命以來，～夜憂歎。」❷ 早年，幼年。李密《陳情表》:「～遭閔凶。」❸ 平素，一向。《陳情表》:「劉～嬰疾病。」

多 粵do1〔燈波切〕普duō

❶ 數量大，與「少」相對。許慎《說文解字》:「～，重也。」蘇軾《念奴嬌‧赤壁懷古》:「故國神遊，～情應笑我，早生華髮。」❷ 滋長，

繁殖。《荀子‧天論》:「因物而～之。」(順從自然而讓它自行繁殖。) ❸ 副詞，多數。范仲淹《岳陽樓記》:「遷客騷人，～會於此。」❹ 副詞，經常。陶潛《歸去來辭‧序》:「親故～勸余為長吏。」(長【粵zoeng2〔獎〕普zhǎng】吏:官職名。) ❺ 副詞，非常。陸以湉《冷廬雜識‧卷七‧陳忠愍公》:「見近地兵～弱，而上江各營較強。」❻ 稱讚。韓非《韓非子‧五蠹》:「故傳天下而不足～也。」(傳天下:指禪讓天下。)

夷 粵ji4〔怡〕普yí

❶ 古代居住在中國東部的少數民族，後指一切外族、外國人，有輕蔑的意味。許慎《說文解字》:「～，東方之人也。」《論語‧子路》:「雖之～狄，不可棄也。」(之:前往。狄:古代居住在中國北方的少數民族。)陸以湉《冷廬雜識‧卷七‧陳忠愍公》:「英～擾浙東。」(英～:昔日對英國人的蔑稱。) ❷ 平坦，有成語「化險為～」。韓非《韓非子‧五蠹》:「千仞之山，跛牂易牧者，～也。」(牂【粵zong1〔裝〕普zāng】:母羊。) ❸ 安然，坦然。《資治通鑑‧晉紀‧烈宗孝武皇帝上之下》:「謝玄入，問計於謝安，安～然，答曰。」❹ 平息，剷平，有成語「～為平地」。《資治通鑑‧漢紀‧孝獻皇帝庚》:「今操芟～大難，略已平矣。」(操:指曹操。) ❺ 滅

族，有詞語「～族」。班固《漢書·李廣蘇建傳》：「法令亡常，大臣亡罪～滅者數十家，安危不可知。」（亡：無。）

妄

（粵）mong5〔網〕（普）wàng

❶副詞，胡亂，有成語「輕舉～動」。許慎《説文解字》：「～，亂也。」諸葛亮《出師表》：「不宜～自菲薄。」❷荒謬，荒誕。王羲之《蘭亭集序》：「齊彭殤為～作。」（齊彭殤：將長壽與短命視作等同。）

好

一　（粵）hou2〔起稿切〕（普）hǎo

❶容貌漂亮。許慎《説文解字》：「～，美也。」《陌上桑》：「秦氏有～女，自言名羅敷。」❷美好，善，與「惡【（粵）ok3〔岳【中入】〕（普）è】」相對。杜甫《兵車行》：「信知生男惡，反是生女～。」❸友好，有成語「和～如初」。司馬遷《史記·廉頗藺相如列傳》：「秦王使使者告趙王，欲與王為～，會於西河外澠池。」❹理想的。《詩經·周南·關雎》：「君子～逑。」❺適宜。杜甫《聞官軍收河南河北》：「青春作伴～還鄉。」

二　（粵）hou3〔耗〕（普）hào

❶喜愛，與「惡【（粵）wu3〔烏【陰去】〕（普）wù】」相對。《論語·里仁》：「惟仁者，能～人，能惡人。」❷追求。張岱《西湖七月半》：「是夕～名。」（名：虛名。）

如

（粵）jyu4〔餘〕（普）rú

❶前往。許慎《説文解字》：「～，從隨也。」司馬遷《史記·項羽本紀》：「沛公起～廁。」❷按照，依照。馬中錫《中山狼傳》：「先生～其指，內狼於囊。」（內：通「納」，收藏。）❸猶如，像。蘇軾《念奴嬌·赤壁懷古》：「江山～畫，一時多少豪傑。」❹及得上，比得上。韓愈《說》：「是故弟子不必不～師，師不必賢於弟子。」❺連詞，如果，假如。《孟子·告子上》：「～使人之所欲莫甚於生，則凡可以得生者，何不用也？」❻連詞，就算，即使。《孟子·告子上》：「吾～有萌焉何哉？」（即使在他身上有着正義之心的開端，我又可以怎樣做呢？）❼譬如。宋起鳳《核工記》：「而人事～傳更、報曉。」

字

（粵）zi6〔自〕（普）zì

❶文字。李清照《聲聲慢·秋情》：「這次第，怎一個愁～了得？」❷古時男子二十歲而行冠禮，同時根據本名涵義另取別名，稱為「表～」、「別～」，或簡稱「～」。宋濂《杜環小傳》：「杜環，～叔循。」❸取表字。屈原《楚辭·離騷》：「名余曰正則兮，～余曰靈均。」（余：我。）❹撫養。蒲松齡《聊齋誌異·書痴》：「買媼撫～之。」

存 ⑧cyun4〔全〕⑪cún

❶思念。王充《論衡‧訂鬼》:「凡天地之間,有鬼,非人死精神為之也,皆人思念~想之所致也。」❷拜訪,問候。司馬遷《史記‧魏公子列傳》:「臣乃市井鼓刀屠者,而公子親數~之。」(數:屢次。)❸存在,存活,與「亡」相對。諸葛亮《出師表》:「此誠危急~亡之秋也。」宋濂《杜環小傳》:「一元死已久,惟子環~。」(一元:杜一元。)❹保存。《莊子‧天地》:「機心~於胸中。」❺給予。韓非《韓非子‧定法》:「賞~乎慎法。」

孚 ⑧fu1〔呼〕⑪fú

❶誠信。《詩經‧大雅‧下武》:「成王之~,下土之式。」(下土之式:天下人的榜樣。)❷信服,取得信任。《左傳‧莊公十年》:「小信未~。」

宇 ⑧jyu5〔乳〕⑪yǔ

❶屋簷。許慎《説文解字》:「~,屋邊也。」宋濂《燕書》:「越數日,有碩鼠過~下。」❷房屋、宮殿。王韜《物外清遊》:「附近有仿日本屋~。」❸上下四方,即世上。陶潛《歸去來辭》:「寓形~內復幾時?」(寄身於天地間,還能有多久時間?)

守 一 ⑧sau2〔手〕⑪shǒu

❶官員堅守崗位。許慎《説文解字》:「~,~官也。」司馬遷《史記‧滑稽列傳》:「念為廉吏,奉法~職,竟死不敢為非。」❷操守,守則。《荀子‧王霸》:「是君人者之要~也。」❸防衞,防守。蘇洵《六國論》:「燕、趙之君,始有遠略,能~其土,義不賂秦。」❹留守,看守。李清照《聲聲慢‧秋情》:「~着窗兒,獨自怎生得黑?」❺遵守,有成語「墨~成規」。歐陽修《朋黨論》:「所~者道義,所行者忠信,所惜者名節。」

 二 ⑧sau3〔瘦〕⑪shòu

❶郡守,太守,秦漢時代郡級地區的長官,後泛指一般地方長官。歐陽修《醉翁亭記》:「太~與客來飲於此。」❷做郡守,管治。范仲淹《岳陽樓記》:「滕子京謫~巴陵郡。」

安 ⑧on1〔鞍〕⑪ān

❶容身、安放。鄭瑄《昨非庵日纂二集‧汪度》:「別擇所~。」❷安寧,安心。許慎《説文解字》:「~,靜也。」蘇洵《六國論》:「今日割五城,明日割十城,然後得一夕~寢。」❸安穩,安全。杜甫《茅屋為秋風所破歌》:「風雨不動~如山。」❹安生,養生。《左傳‧莊公十年》:「衣食所~,弗敢專也,必以分人。」❺安撫,安慰。《資治通鑑‧漢紀‧孝獻皇帝庚》:「上下齊同,則宜撫~,與結盟好。」❻熟悉,習慣。《論語‧里仁》:

「仁者～仁，知者利仁。」❼安逸，安樂。《孟子·告子下》：「然後知生於憂患，而死於～樂也。」❽副詞，怎麼。江盈科《雪濤小說·任事》：「責～能諉乎？」❾疑問代詞，哪裏。劉向《說苑·談叢》：「子將～之？」

 并 （粵）bing6〔避靜切〕（普）bìng

❶通「併」，吞併，這個意思後來寫成「併」。司馬遷《史記·刺客列傳》：「秦～天下。」❷通「並」，一同，這個意思後來被寫成「並」。《戰國策·燕策二》：「漁者得而～禽之。」（禽：通「擒」，捉住。）❸合力。《資治通鑑·漢紀·孝獻皇帝庚》：「遂以周瑜、程普為左右督，將兵與備～力逆操。」（於是以周瑜、程普為左右都督，帶領士兵與劉備合力對抗曹操。）❹連詞，和、與、跟、並。江盈科《雪濤小說·任事》：「不意～責我。」

年 （粵）nin4〔奴眠切〕（普）nián

❶收成。許慎《說文解字》：「～，穀孰也。」（孰：通「熟」，成熟。）《莊子·逍遙遊》：「使物不疵癘而～穀熟。」（使得世間萬物不受病害，五穀豐登。）❷一年。宋濂《杜環小傳》：「越十～，異地逢其子伯章。」❸年齡，壽命。《論語·里仁》：「父母之～，不可不知也。」❹年號。陳壽《三國志·吳書·吳主傳》：「太子丕代為丞相魏王，改～為延康。」（魏王：指曹操。）

❺時候、時期。蘇軾《念奴嬌·赤壁懷古》：「遙想公瑾當～。」

 式 （粵）sik1〔色〕（普）shì

❶標準、模範。許慎《說文解字》：「～，法也。」范曄《後漢書·鄧張徐張胡列傳》：「彪在位清白，為百僚～。」❷取決。《戰國策·秦策一》：「～於政，不～於勇。」❸效法。范曄《後漢書·崔駰列傳》：「使人主師五帝而～三王。」❹同「軾」，指扶着車前扶手用的橫木敬禮。《禮記·檀弓下》：「孔子過泰山側，有婦人哭於墓者而哀，夫子～而聽之。」

弛 （粵）ci2〔此〕/ ci4〔詞〕（普）chí

❶放開弓弦。許慎《說文解字》：「～，弓解也。」《左傳·襄公十八年》：「乃～弓而自後縛之。」❷放鬆，與「張」相對。《禮記·雜記下》：「一張一～，文武之道也。」❸放下。蒲松齡《聊齋誌異·狼三則》（其二）：「屠乃奔倚其下，～擔持刀。」❹安心，放心。柳宗元《捕蛇者說》：「而吾蛇尚存，則～然而臥。」❺廢除、拆毀。《國語·魯語上》：「文公欲～孟文子之宅。」

戎 （粵）jung4〔容〕（普）róng

❶兵器，有成語「兵～相見」。許慎《說文解字》：「～，兵也。」《禮記·月令》：「是月也，天子乃教於田獵，以習五～。」❷兵車。《左傳·僖公三十三年》：「梁弘御～，

萊駒為右。」❸軍隊。陸以湉《冷廬雜識・卷七・陳忠愍公》:「有武進士太湖劉國標為公所賞識,隨行～間。」❹軍事,戰爭。柳宗元《封建論》:「列侯驕盈,黷貨事～。」❺古代對西部少數民族的統稱。《呂氏春秋・慎行論・疑似》:「即～寇至,傳鼓相告。」

戍 粵 syu3〔恕〕 普 shù

❶防守,特指戍守邊疆。許慎《説文解字》:「～,守邊也。」杜甫《兵車行》:「去時里正與裹頭,歸來頭白還～邊。」❷戍守的士兵。姜夔《揚州慢・序》:「暮色漸起,～角悲吟。」(角:號角,古代軍中樂器。)

成 粵 sing4〔城〕 普 chéng

❶完成,實現,成全,有成語「～人之美」。許慎《説文解字》:「～,就也。」《論語・衞靈公》:「志士仁人,無求生以害仁,有殺身以～仁。」❷成功。《新五代史・伶官傳》:「抑本其～敗之跡而皆自於人歟?」❸形成,出現。《莊子・徐無鬼》:「匠石運斤～風。」❹成為。李白《月下獨酌》(其一):「舉杯邀明月,對影～三人。」❺成長,長成。《莊子・逍遙遊》:「魏王貽我大瓠之種,我樹之～而實五石。」❻已定的,現成的,有成語「墨守～規」。《詩經・周頌・昊天有成命》:「昊天有～命,二后受之。」(二后:指周文王、周武

王。)❼和解,講和,停戰。《國語・越語上》:「夫差將欲聽與之～。」

扣 粵 kau3〔叩〕 普 kòu

❶拉住,牽住。許慎《説文解字》:「～,牽馬也。」《左傳・襄公十八年》:「太子與郭榮～馬。」❷通「叩」,敲擊。蘇軾《前赤壁賦》:「於是飲酒樂甚,～舷而歌之。」(舷【粵 jin4〔言〕 普 xián】:船身的兩邊。)❸通「叩」,請教、請問。《孫子算經・卷中》:「五日織通五尺,～問日織幾何?」

收 粵 sau1〔修〕 普 shōu

❶逮捕。許慎《説文解字》:「～,捕也。」范曄《後漢書・張衡列傳》:「陰知姦黨名姓,一時～禽,上下肅然,稱為政理。」(陰:暗中。)❷收成,收穫。晁錯《論貴粟疏》:「百畝之～不過百石。」❸收割。李紳《憫農》(其一):「秋～萬顆子。」❹徵收。《國語・越語上》:「十年不～於國,民俱有三年之食。」❺招攬。《資治通鑑・漢紀・孝獻皇帝庚》:「劉豫州～眾漢南,與曹操共爭天下。」(劉豫州:指劉備。)❻收集,繳。賈誼《過秦論》:「～天下之兵,聚之咸陽。」(兵:指兵器。)❼奪取。司馬遷《史記・刺客列傳》:「秦將王翦破趙,虜趙王,盡～入其地。」❽埋葬。杜甫《兵車行》:「古來白骨無人～。」

六畫

旨 (粵)zi2〔止〕(普)zhǐ

❶美味。許慎《說文解字》:「～，美也。」《禮記・學記》:「雖有嘉肴，弗食，不知其～也。」(嘉肴:佳餚。弗:不。)❷美食。《論語・陽貨》:「夫君子之居喪，食～不甘。」❸意圖，意義。謝肇淛《五雜組・物部三》:「每每以語妻孥，然未必知此～也。」❹聖旨，皇帝的詔書。陳壽《三國志・魏書・曹爽傳》:「有司望風，莫敢忤～。」

曲

一 (粵)kuk1〔傾叔切〕(普)qū

❶彎曲，與「直」相對。《荀子・勸學》:「木直中繩，輮以為輪，其～中規。」❷弄彎。班固《漢書・霍光金日磾傳》:「而不錄言～突者。」❸理虧，錯誤，有成語「是非～直」。司馬遷《史記・廉頗藺相如列傳》:「秦以城求璧而趙不許，～在趙。」❹邪惡，不正當。《史記・屈原賈生列傳》:「邪～之害公也。」❺學識淺陋。《戰國策・趙策二》:「～學多辯。」

二 (粵)kuk1〔傾叔切〕(普)qǔ

❶樂曲。《舊唐書・文苑傳下》:「玄宗度～～。」❷一種押韻的文學體裁。泛指秦漢以來各種可入樂的樂曲，又專指「元曲」。

曳 (粵)jai6〔用胃切〕(普)yè

❶牽引，拖拉。紀昀《閱微草堂筆記・卷十六》:「～鐵鈀，尋十餘里，無跡。」(鈀【粵】paa4〔爬〕【普】pá】:通「耙」，一種農具。)❷穿着。《新唐書・宗室傳》:「～羅紈。」❸困頓。范曄《後漢書・馮衍傳下》:「年雖疲～。」

有

一 (粵)jau5〔友〕(普)yǒu

❶存在，擁有，與「無」相對。諸葛亮《出師表》:「若～作姦犯科及為忠善者。」❷掌握。《荀子・天論》:「願於物之所以生，孰與～物之所以成！」(與其指望萬物自然生長，則不如根據它的生長規律去促進其成長。)❸出現，遇上。蘇軾《水調歌頭》:「明月幾時～？」❹流露、顯露。彭端淑《為學一首示子姪》:「富者～慚色。」❺連詞，通「或」，表示假設。《孟子・公孫丑下》:「故君子～不戰，戰必勝矣。」❻詞頭，無實義。王充《論衡・訂鬼》:「凡天地之間，～鬼，非人死精神為之也，皆人思念存想之所致也。」

二 (粵)jau6〔又〕(普)yòu

連詞，同「又」，用於整數與餘數之間，表示數目的附加。諸葛亮《出師表》:「爾來二十～一年矣。」

朽 (粵)jau2〔由【陰上】〕/ nau2〔扭〕(普)xiǔ

❶腐爛，敗壞。許慎《說文解字》:「～，腐也。」《荀子・勸學》:「鍥而舍之，～木不折。」❷磨滅，有成語「永垂不～」。《左傳・襄公二十四年》:「雖久不廢，此之謂不～。」❸衰老。陳壽《三國志・魏書・曹爽傳》:「臣雖～邁。」

次 (粵)ci3〔翅〕(普)cì

❶在排序上為第二等。許慎《説文解字》:「～,不前,不精也。」陳壽《三國志・魏書・鍾會傳》:「全軍為上,破軍～之。」❷第二、下一。宋濂《龍門子凝道記・尉遲樞第八》:「～日酒解。」❸次序、等級。錢公輔《義田記》:「言有～也。」❹排次序,有成語「鱗～櫛比」。《荀子・王制》:「賢能不待～而舉。」❺量詞,表示動作的次數。陸以湉《冷廬雜識・卷七・陳忠愍公》:「猶手發礮數十～,身受重傷。」(礮:同「炮」。)❻臨時停留,駐紮。韓愈《毛穎傳》:「蒙將軍恬南伐楚,～中山。」❼連詞,接着、繼而。劉基《郁離子・卷上》:「～及於其堂。」

死 (粵)sei2〔首起切〕(普)sǐ

❶死亡,與「生」相對。許慎《説文解字》:「～,澌也,人所離也。」(澌:滅絕。)《孟子・告子上》:「～亦我所惡。」❷為某人或某事而犧牲。諸葛亮《出師表》:「此悉貞良～節之臣也。」❸拚死。《商君書・去彊》:「重罰輕賞,則上愛民,民～上。」❹處死。司馬遷《史記・高祖本紀》:「殺人者～。」❺死刑。《商君書・賞刑》:「自卿相將軍以至大夫庶人,有不從王令,犯國禁,亂上制者,罪～不赦。」❻死板、沒有生氣。白居易《畫竹歌》:「人畫竹梢～贏垂。」

汝 (粵)jyu5〔乳〕(普)rǔ

❶代詞,你,你們。司馬遷《史記・滑稽列傳》:「我死,～必貧困。」馮翊子《桂苑叢談》:「～不食,安知其美?」❷代詞,你的,你們的。韓非《韓非子・外儲説右上》:「～狗猛耶?」

缶 (粵)fau2〔否〕(普)fǒu

❶通「瓵」,盛酒的瓦器,見第192頁「瓵」字條。許慎《説文解字》:「～,瓦器。所以盛酒。」陳壽《三國志・吳書・孫靜傳》:「頃連雨水濁,兵飲之多腹痛,今促具罌～數百口澄水。」(罌【(粵)aang1〔丫耕切〕(普)yīng】～:盛水的容器。)❷通「瓵」,樂器名稱,見第192頁「瓵」字條。

羽 (粵)jyu5〔乳〕(普)yǔ

❶雀鳥身上的毛。許慎《説文解字》:「～,鳥長毛也。」蘇軾《念奴嬌・赤壁懷古》:「～扇綸巾,談笑間、檣櫓灰飛煙滅。」❷借指雀鳥、飛鳥。袁宏道《滿井遊記》:「毛～鱗鬣之間皆有喜氣。」❸同伴、黨羽。韓非《韓非子・外儲説右上》:「時季～在側。」❹古時五音(宮、商、角、徵【(粵)zi2〔止〕(普)zhǐ】、羽)之一,相當於現代音樂簡譜上的「la」。見第126頁「音」字條。司馬遷《史記・刺客列傳》:「復為～聲忼慨。」

六畫

老 （粵）lou5〔魯〕（普）lǎo

❶年老，與「幼」相對。許慎《説文解字》:「～……言須髮變白也。」（須:通「鬚」。）陸以湉《冷廬雜識·卷七·陳忠愍公》:「～幼男女無不號泣奔走。」❷長者，老人家。《孟子·梁惠王上》:「老吾～，以及人之～。」❸照顧，愛護長者。《孟子·梁惠王上》:「～吾老，以及人之老。」❹老死。張溥《五人墓碑記》:「今五人者保其首領以～於戶牖之下。」❺陳舊。歸有光《項脊軒志》:「百年～屋，塵泥滲漉。」（漉【粵】luk6〔六〕（普）lù】:滲透。）❻經驗老到。《論語·子路》:「吾不如～圃。」讓人疲乏。❼《資治通鑑·晉紀·烈宗孝武皇帝上之下》:「石聞堅在壽陽，甚懼，欲不戰以～秦師。」（石:謝石。堅:苻堅。）

考 一 （粵）haau2〔巧〕（普）kǎo

❶年長，長壽。許慎《説文解字》:「～，老也。」《詩經·商頌·殷武》:「壽～且寧，以保我後生。」（後生:子孫。）❷父親，特指亡故的父親。屈原《楚辭·離騷》:「帝高陽之苗裔兮，朕皇～曰伯庸。」❸成全。《禮記·禮運》:「以著其義，以～其信。」（以禮義表彰民眾做對了的事，以禮義成全他們講信用的事。）❹考核，考察。《禮記·禮運》:「以～其信。」

二 （粵）haau1〔輕膠切〕（普）kǎo

通「敲」。《莊子·天地》:「故金石有聲，不～不鳴。」

而 （粵）ji4〔怡〕（普）ér

❶人稱代詞，你（的）。司馬遷《史記·孔子世家》:「賜，～志不遠矣！」❷連詞，相當於「而且」，表示遞進。韓愈《師説》:「吾從～師之。」（我跟從而且跟他學習。）❸連詞，相當於「可是」、「卻」，表示轉折。蘇洵《六國論》:「與嬴～不助五國也。」（親近秦國卻不幫助其餘五國。）❹連詞，相當於「於是」、「就」，表示承接。諸葛亮《出師表》:「先帝創業未半，～中道崩殂。」❺連詞，如果，表示假設。《史記·魏公子列傳》:「～諸侯敢救趙者，已拔趙，必移兵先擊之。」❻連詞，相當於「和」，表示並列。歐陽修《醉翁亭記》:「山水之樂，得之心～寓之酒也。」（山水的樂趣，就領略在心和寄寓於酒。）❼連詞，相當於「所以」，表示結果。《莊子·逍遙遊》:「吾為其無用～掊之。」❽連詞，相當於「來」、「去」，表示目的。班固《漢書·霍光金日磾傳》:「今論功～請賞。」❾助詞，連接狀語（修飾性詞組）和中心語（主要動詞），相當於動態助詞「着」或結構助詞「地」。柳宗元《永州八記·始得西山宴遊記》:「其隙也，則施施～行，漫漫～遊。」（空閒的時候，就慢慢地行走，自由地遊

覽。）❿猶如。《呂氏春秋·慎大覽·察今》：「軍驚～壞都舍。」（士卒驚駭的聲音如同大房子崩塌一樣。）⓫副詞，難道。《論語·顏淵》：「～由人乎哉？」⓬副詞，竟然。《世說新語·德行》：「汝何男子，～敢獨止？」⓭語氣助詞，無實義。《莊子·逍遙遊》：「此亦飛之至也，～彼且奚適也？」（這已經是飛行的極限了，牠還要到哪裏去呢？）

耳 粵ji5〔爾〕普ěr

❶耳朵。許慎《說文解字》：「～，主聽也。」李白《將進酒》：「與君歌一曲，請君為我傾～聽。」❷聞，聽。班固《漢書·外戚傳上》：「又～曩者所夢日符，計未有所定。」（日符：夢兆。）❸語氣助詞，用於句末，相當於「罷了」、「而已」，表示限制。《孟子·告子上》：「非獨賢者有是心也，人皆有之，賢者能勿喪～。」❹語氣助詞，用在句末，同「矣」，表示肯定。李贄《初潭集·五》：「中心感傷，故泣～。」❺語氣助詞，用在句末，表示疑問。歸有光《歸氏二孝子傳》：「有子不居家，在外作賊～？」❻語氣助詞，用在句末，表示感歎。司馬遷《史記·淮陰侯列傳》：「臣多多而益善～！」

臣 粵san4〔晨〕普chén

❶臣服，服從。韓非《韓非子·五蠹》：「境內之民，莫敢不～。」❷

統治。《戰國策·秦策四》：「兵甲之強，壹毀魏氏之威，而欲以力～天下之主，臣恐有後患。」❸臣子，與「君」相對。蘇洵《六國論》：「以賂秦之地，封天下之謀～。」❹古時臣子對國君的自稱，表示謙卑。諸葛亮《出師表》：「～亮言：先帝創業未半，而中道崩殂。」❺奴隸，俘虜。《韓非子·五蠹》：「雖～虜之勞，不苦於此矣。」

自 粵zi6〔字〕普zì

❶起初解作鼻子，後來假借為「～己」。許慎《說文解字》：「～，鼻也。」段玉裁《說文解字注》：「今義從也，已也。」諸葛亮《出師表》：「不宜妄～菲薄。」❷親自。《出師表》：「陛下亦宜～謀。」❸自然，一定。司馬光《涑水記聞·卷一》：「臣不能訟陛下，～當有史官書之。」❹如果。酈道元《水經注·江水》：「～非亭午夜分，不見曦月。」（亭午：中午。夜分：半夜。）❺介詞，從。柳宗元《永州八記·始得西山宴遊記》：「～余為僇人，居是州，恆惴慄。」

至 粵zi3〔志〕普zhì

❶到，及。許慎《說文解字》：「鳥飛從高下～地也。」段玉裁《說文解字注》：「凡云來～者，皆於此義引申叚借。」（叚：通「假」。）蘇洵《六國論》：「起視四境，而秦兵又～矣。」❷介詞，給、予。司馬

遷《史記・廉頗藺相如列傳》：「使人發書～趙王。」❸獲得、得到。《禮記・大學》：「物格而後知～。」（格：推究。）❹極，最。《世説新語・德行》：「吳郡陳遺，家～孝。」❺至於。歐陽修《醉翁亭記》：「～於負者歌於途，行者休於樹，前者呼，後者應。」❻副詞，甚至。《宋史・司馬光傳》：「～不知饑渴寒暑。」

色 粵 sik1〔式〕普 sè

❶臉色，臉容，有成語「～衰愛弛」。許慎《説文解字》：「～，顏色也。」歸有光《歸氏二孝子傳》：「孝子得食，先母弟，而己有饑～。」❷顏色。《莊子・逍遙遊》：「天之蒼蒼，其正～邪？」❸景色。杜甫《登樓》：「錦江春～來天地。」❹種類。田汝成《西湖清明節》：「及諸～禽蟲之戲。」❺色慾。《孟子・告子上》：「食～，性也。」

行 一 粵 hang4〔恆〕普 xíng

❶行走。許慎《説文解字》：「～，人之步趨也。」陶潛《桃花源記》：「復～數十步。」❷行程。歐陽修《醉翁亭記》：「山～六七里，漸聞水聲潺潺。」❸巡行。《國語・越語上》：「勾踐載稻與脂於舟以～。」❹行軍。陸以湉《冷廬雜識・卷七・陳忠愍公》：「有武進士太湖劉國標為公所賞識，隨～戎間。」❺運行。《荀子・天論》：「天～有

常。」（大自然的運行有其規律。）❻發出。方苞《獄中雜記》：「文書下～直省。」（直省：直隸省，當時直屬清中央政府的省分。）❼實行。諸葛亮《出師表》：「事無大小，悉以咨之，然後施～。」❽實現，實踐。魏禧《吾廬記》：「且夫人各以得～其志為適。」（再者，人人都因能夠實現自己的志向而感到舒暢。）❾行為，行事。蘇洵《六國論》：「刺客不～，良將猶在。」❿採用、採納。《戰國策・秦策》：「書十上而説不～。」⓫副詞，將要，有成語「行將入～」。陶潛《歸去來辭》：「感吾生之～休。」

二 粵 hang6〔幸〕普 xíng

品行。諸葛亮《出師表》：「將軍向寵，性～淑均。」

三 粵 hong4〔杭〕普 háng

❶行輩，行列。杜甫《絕句》（其三）：「一～白鷺上青天。」❷計算喝酒或敬酒的次數，相當於「輪」。司馬光《訓儉示康》：「客至未嘗不置酒，或三～、五～，多不過七～。」❸軍隊。《出師表》：「必能使～陣和睦。」

衣 一 粵 ji1〔依〕普 yī

衣服。許慎《説文解字》：「～，依也。上曰～，下曰裳。」陸以湉《冷廬雜識・卷七・陳忠愍公》：「未嘗解～安寢。」

二 粵 ji3〔意〕普 yì

穿（衣服），有成語「～錦還鄉」。司馬遷《史記・廉頗藺相如列

傳》：「乃使其從者～褐。」

西 （粵）sai1〔犀〕（普）xī

❶西方。許慎《說文解字》：「日在～方而鳥棲，故因以為東～之～。」歐陽修《醉翁亭記》：「其～南諸峯，林壑尤美。」❷向西。司馬遷《史記‧廉頗藺相如列傳》：「趙王於是遂遣相如奉璧～入秦。」❸在西面。《孟子‧梁惠王上》：「～喪地於秦七百里。」

七畫

住 （粵）zyu6〔自預切〕（普）zhù

❶停留，留下。杜甫《哀江頭》詩：「去～彼此無消息。」❷居住。白居易《琵琶行》：「家在蝦蟆陵下～。」（蝦蟆【（粵）haa4 maa4〔霞麻〕（普）há má】陵：位於長安南面，為唐代歌樓酒館的集中地。）❸停止。李白《早發白帝城》：「兩岸猿聲啼不～，輕舟已過萬重山。」❹等待。陳琳《飲馬長城窟行》：「便嫁莫留～。」❺通「駐」，進駐，駐軍。《資治通鑑‧漢紀‧孝獻皇帝庚》：「瑜請得精兵數萬人，進～夏口。」

佞 （粵）ning6〔內認切〕（普）nìng

❶能言善道。許慎《說文解字》：「～，巧讇高材也。」（讇【（粵）cim2〔請險切〕（普）chǎn】：同「諂」，奉承。）《論語‧公冶長》：「雍也仁而不～。」❷巧言諂媚。王充《論衡‧答佞》：「何心為～，以取富貴？」❸迷惑。元稹《和李校書新題樂府‧立部伎》：「奸聲入耳～人心。」

何 一 （粵）ho6〔賀〕（普）hè

負荷，這個意思後來被寫成「荷」。許慎《說文解字》：「～，儋也。」（儋【（粵）daam1〔擔〕（普）dān】：通「擔」，負擔，負荷。）《詩經‧曹風‧候人》：「～戈與祋。」（祋【（粵）deoi3〔對〕（普）duì】：古代兵器。）

二 （粵）ho4〔河〕（普）hé

❶疑問代詞，甚麼。《論語‧顏淵》：「內省不疚，夫～憂～懼？」❷疑問代詞，為何，為甚麼，有成語「～樂不為」。蘇洵《六國論》：「齊人未嘗賂秦，終繼五國遷滅，～哉？」❸疑問代詞，哪裏。杜甫《兵車行》：「縣官急索租，租稅從～出？」❹疑問代詞，哪個。范曄《後漢書‧列女傳》：「不知～氏之女也。」❺副詞，難道。杜甫《存歿口號》（其二）：「天下～曾有山水？」❻副詞，怎麼。《莊子‧逍遙遊》：「之二蟲又～知？」（這兩隻動物又怎會知道？）❼副詞，多麼。范仲淹《岳陽樓記》：「漁歌互答，此樂～極。」

佐 （粵）zo3〔最課切〕（普）zuǒ

❶輔助，幫助。賈誼《過秦論》：「商君～之，內立法度。」（商君：指商鞅。之：指秦孝公。）❷輔助的官員，助手。《左傳・襄公三十年》：「有趙孟以為大夫，有伯瑕以為～。」❸補助。班固《漢書・嚴朱吾丘主父徐嚴終王賈傳下》：「造鹽鐵酒榷之利以～用度。」（榷：專賣；用度：開支。）

佑 （粵）jau6〔右〕（普）yòu

保佑。《左傳・昭公元年》：「良臣將死，天命不～。」（天命：指人的壽命。）

伺 （粵）zi6〔字〕（普）sì

❶伺機，等待。李華《弔古戰場文》：「吾想夫北風振漠，胡兵～便。」❷窺察，偵察。方苞《左忠毅公軼事》：「逆閹防～甚嚴。」

但 （粵）daan6〔蛋〕（普）dàn

❶副詞，只，僅。李白《將進酒》：「鐘鼓饌玉不足貴，～願長醉不願醒。」❷副詞，只是。宋濂《杜環小傳》：「吾亦知之，～道遠不能至耳。」❸凡是。余繼登《典故紀聞・卷五》：「～遇有罪，必罰無赦。」❹連詞，表示轉折，不過。陸以湉《冷廬雜識・卷七・陳忠愍公》：「此戰最危險，～有兩陳公，安能破耶？」

作 （粵）zok3〔最各切〕（普）zuò

❶站起，起身。許慎《說文解字》：「～，起也。」《論語・先進》：「舍瑟而～。」（放下琴瑟，然後站起來。）❷振作，奮發有為。《左傳・莊公十年》：「一鼓～氣。」（第一次敲響戰鼓時，就能振作士氣。）❸發起，做。諸葛亮《出師表》：「若有～姦犯科及為忠善者。」❹呈現，出現。韓非《韓非子・五蠹》：「有聖人～，構木為巢以避羣害。」❺建造，製造。魏禧《吾廬記》：「於是一屋於勺庭之左肩。」（肩：角落。）❻勞作，工作。陶潛《桃花源記》：「其中往來種～，男女衣着，悉如外人。」❼寫作，有成語「述而不～」。韓愈《師說》：「余嘉其能行古道，～《師說》以貽之。」❽變化、變成。司馬遷《史記・孔子世家》：「子貢色～。」❾表演、演出。劉向《說苑・佚文》：「子為寡人～之。」

伯 一 （粵）baak3〔祕格切〕（普）bó

❶兄弟中排行第一的。許慎《說文解字》：「～，長也。」（長：年長。）魏禧《吾廬記》：「自～兄而下皆有詩。」❷伯父，父親的兄長。李密《陳情表》：「既無～叔，終鮮兄弟。」❸古代五等爵位（公、侯、伯、子、男）的第三等。《左傳・僖公三十年》：「晉侯、秦～圍鄭。」（晉侯：指晉文公。秦伯：指秦穆公。）❹地方長官。《禮記・

王制》：「二百一十國以為州，州有～。」

二 (粵)baa3〔壩〕(普)bà

❶通「霸」，春秋時諸侯的盟主。《荀子·王霸》：「雖在僻陋之國，威動天下，五～是也。」（五～：即「春秋五霸」。）❷當上諸侯之長，成為霸主。《荀子·儒效》：「一朝而～。」

余 (粵)jyu4〔如〕(普)yú

❶人稱代詞，我。韓愈《師説》：「～嘉其能行古道，作《師説》以貽之。」❷人稱代詞，我的。柳宗元《永州八記·小石潭記》：「～弟宗玄。」❸通「餘」，餘下。周邦彥《浪淘沙慢》：「空～滿地梨花雪。」

克 (粵)hak1〔刻〕(普)kè

❶能夠。《尚書·虞書·大禹謨》：「～勤于邦，～儉于家，不自滿假，惟汝賢。」❷戰勝，攻下，有成語「攻無不～」。《左傳·莊公十年》：「既～，公問其故。」❸克制。《論語·顏淵》：「～己復禮為仁。」

免 (粵)min5〔勉〕(普)miǎn

❶赦免，免除。《莊子·逍遙遊》：「此雖～乎行，猶有所待者也。」❷免於禍患，倖免。蘇洵《六國論》：「五國既喪，齊亦不～矣。」❸脱下。《左傳·僖公三十三年》：「秦師過周北門，左右～冑而下。」❹罷免，免職。陶潛《歸去來辭·序》：「自～去職。」❺通「娩」，分娩，這個意思後來被寫成「娩」。《國語·越語上》：「將～者以告，公令醫守之。」

兕 (粵)zi6〔字〕(普)sì

古代一種似牛的野獸。司馬遷《史記·孔子世家》：「匪～匪虎。」

兵 (粵)bing1〔波英切〕(普)bīng

❶兵器，武器，有成語「短～相接」。許慎《説文解字》：「～，械也。」蘇洵《六國論》：「非～不利，戰不善。」❷士兵。陸以湉《冷廬雜識·卷七·陳忠愍公》：「牛懼亦遁，眾～隨之皆竄。」❸軍隊。司馬遷《史記·廉頗藺相如列傳》：「趙亦盛設～以待秦，秦不敢動。」❹軍事，戰爭。《六國論》：「是故燕雖小國而後亡，斯用～之效也。」❺殺死。《史記·伯夷列傳》：「左右欲～之。」

判 (粵)pun3〔破罐切〕(普)pàn

❶分開。許慎《説文解字》：「～，分也。」柳宗元《封建論》：「遂～為十二，合為七國。」❷區別，區分。《莊子·天下》：「～天地之美，析萬物之理。」❸判斷，評判。蘇洵《六國論》：「故不戰而強弱勝負已～矣。」

別 (粵)bit6〔並列切〕(普)bié

❶辨別，區分。司馬遷《史記·

滑稽列傳》:「楚王及左右不能～也。」❷分開。班固《漢書·敍傳下》:「劉向司籍,九流以～。」❸告別,離別。柳永《雨霖鈴》:「多情自古傷離～。」❹另外,其他。姚瑩《捕鼠説》:「日益肥,毛色光澤,任遊於～舍,惟食時則歸。」❺副詞,另行。鄭瑄《昨非庵日纂二集·汪度》:「～擇所安。」❻副詞,特別。王韜《物外清遊》:「～饒勝趣。」

利 ⟨粵⟩lei6〔吏〕⟨普⟩lì

❶銳利,鋒利。許慎《説文解字》:「～,銛也。」(銛【粵】cim1〔簽〕⟨普⟩xiān:初指古代農具,引申為鋒利。)《荀子·勸學》:「金就礪則～。」(礪:磨刀石。)蘇洵《六國論》:「非兵不～。」(兵:兵器。) ❷利益,好處,有成語「漁人得～」。《論語·里仁》:「君子喻於義,小人喻於～。」❸有利。《論語·里仁》:「知者～仁。」(有智慧的人知道仁對自己有好處而行仁。) ❹順利,勝利,有成語「大吉大～」。司馬遷《史記·高祖本紀》:「因與俱攻秦軍,戰不～。」❺優勢。《孟子·公孫丑下》:「天時不如地～。」❻利潤。歸有光《項脊軒志》:「蜀清守丹穴,～甲天下。」❼速度快。《荀子·勸學》:「假輿馬者,非～足也,而致千里。」(輿:車。)

劫 ⟨粵⟩gip3〔記接切〕⟨普⟩jié

❶威脅,威逼。許慎《説文解字》:「人欲去,以力脅止曰～。」蘇洵《六國論》:「有如此之勢,而為秦人積威之所～。」❷劫掠,搶奪。《宋書·宗愨傳》:「夜被～。」❸劫持、脅持。劉向《説苑·立節》:「往～其父以兵。」

匣 ⟨粵⟩haap6〔峽〕⟨普⟩xiá

❶盒子。袁宏道《滿井遊記》:「冷光之乍出於～也。」(乍:突然。)❷藏在盒子裏。劉基《郁離子·卷上》:「～而埋諸土。」

即 ⟨粵⟩zik1〔績〕⟨普⟩jí

❶走進,靠近。戴名世《南山集·鳥説》:「～而視之,則二鳥巢於其枝幹之間。」❷登上君位。韓非《韓非子·定法》:「惠王～位。」❸副詞,當即,馬上。陸以湉《冷廬雜識·卷七·陳忠愍公》:「聞舟山失守,～帥師馳赴吳淞口。」❹連詞,即使。司馬遷《史記·魏公子列傳》:「公子～合符,而晉鄙不授公子兵而復請之,事必危矣。」❺連詞,假如。《史記·高祖本紀》:「蕭相國～死,令誰代之?」❻連詞,同「則」,那就。《史記·廉頗藺相如列傳》:「欲勿予,～患秦兵之來。」❼介詞,依照,依據。韓愈《原毀》:「～其新,不究其舊。」(就他現在的表現看,不追究他的過去。)❽介詞,趁着。《史記·

項羽本紀》:「～其帳中斬宋義頭。」（趁着宋義在軍營裏就斬下他的頭顱。）

吾 (粵)ng4〔吳〕(普)wú

❶代詞，我，我的。蘇洵《六國論》:「則～恐秦人食之不得下咽也。」❷代詞，我們，我們的。《孟子・梁惠王上》:「老～老，以及人之老；幼～幼，以及人之幼。」

否

一 (粵)fau2〔粉狗切〕(普)fǒu

❶不然，不是這樣。許慎《説文解字》:「～，不也。」《孟子・梁惠王上》:「曰：『則王許之乎？』曰：『～。』」❷肯定和否定並列時，表示否定的一方面。《列子・力命》:「然農有水旱，商有得失，工有成敗，仕有遇～，命使然也。」❸語氣助詞，用於句末，表示疑問的語氣，相當於「嗎」。辛棄疾《永遇樂・京口北固亭懷古》:「廉頗老矣，尚能～否？」

二 (粵)pei2〔鄙〕(普)pǐ

❶邪惡的，壞的。諸葛亮《出師表》:「陟罰臧～，不宜異同。」❷貶斥。俞長城《全鏡文》:「有善～，無愛憎。」（善：稱讚。）

君 (粵)gwan1〔軍〕(普)jūn

❶君主，君王。許慎《説文解字》:「～，尊也。」蘇洵《六國論》:「燕、趙之～，始有遠略。」❷封號。賈誼《過秦論》:「商～佐之，內立法度。」（商～：商鞅，本姓

衞，又名公孫鞅。後因軍功而封於商，號為「商～」，故又稱為商鞅。）❸地方長官。劉向《説苑・佚文》:「魏聞童子為～。」❹父親。《世説新語・方正》:「君與家～期日中。」❺對對方的敬稱，相當於「您」。司馬遷《史記・廉頗藺相如列傳》:「～何以知燕王？」

告

一 (粵)gou3〔據報切〕(普)gào

❶揭發，控告。許慎《説文解字》:「牛觸人，角箸橫木，所以～人也。」（古人在牛角上繫上橫木，用牠來揭發罪人，橫木撞到誰，誰就是罪人。）司馬遷《史記・佞倖列傳》:「有人～鄧通盜出徼外鑄錢。」❷告訴，告慰。諸葛亮《出師表》:「以～先帝之靈。」❸請求。《國語・魯語上》:「國有饑饉，卿出～糴，古之制也。」（糴【(粵)dek6〔笛〕(普)dí】：買入糧食。）❹古代官吏休假。《史記・汲鄭列傳》:「黯多病，病且滿三月，上常賜～者數，終不愈。」

二 (粵)guk1〔菊〕(普)gào

告誡，勸勉。《論語・顏淵》:「忠～而善道之。」

吻 (粵)man5〔敏〕(普)wěn

嘴脣。許慎《説文解字》:「～，口邊也。」《墨子・尚同中》:「夫唯能使人之耳目助己視聽，使人之～助己言談，使人之心助己思慮。」

吟　(粵)jam4〔淫〕(普)yín

❶詠唱、唱誦，有詞語「吟詠」。許慎《說文解字》：「～，呻也。」（呻：詠唱。）司馬遷《史記・屈原賈生列傳》：「被髮行～澤畔。」❷嘆息。《戰國策・楚策一》：「晝～宵哭。」❸鳥鳴、獸啼。司馬相如《長門賦》：「玄猿嘯而長～。」曹植《雜詩》（其二）：「孤雁飛南遊，過庭長哀～。」❹古代一種詩體的名稱，如《白頭～》等。杜甫《登樓》：「日暮聊為梁甫～。」

困　(粵)kwan3〔睏〕(普)kùn

❶困難、困窘。司馬遷《史記・魏公子列傳》：「以公子之高義，為能急人之～。」❷圍困、困住。蘇軾《前赤壁賦》：「此非孟德之～於周郎者乎？」❸困擾。《新五代史・伶官傳》：「智勇多～於所溺。」❹貧困。《史記・滑稽列傳》：「我死，汝必貧～。」❺疲乏、困倦。白居易《賣炭翁》：「牛～人飢日已高，市南門外泥中歇。」❻困惑、疑惑。《禮記・學記》：「是故學然後知不足，教然後知～。」❼貧困、困苦。方苞《弟椒塗墓誌銘》：「家益～。」

均　(粵)gwan1〔君〕(普)jūn

❶均勻、平均。許慎《說文解字》：「～，平徧也。」歸有光《歸氏二孝子傳》：「華伯妻朱氏，每製衣，

必三襲，令兄弟～平。」❷公平、公正。諸葛亮《出師表》：「將軍向寵，性行淑～。」❸權衡、衡量。司馬遷《史記・廉頗藺相如列傳》：「～之二策，寧許以負秦曲。」❹副詞，都。畢沅《續資治通鑑・南宋紀・高宗・紹興十一年》：「有頒犒，～給軍吏，秋毫無犯。」

坎　(粵)ham2〔砍〕(普)kǎn

❶坑。許慎《說文解字》：「～，陷也。」紀昀《閱微草堂筆記・卷十六》：「其反激之力，必於石下迎水處齧沙為～穴。」（齧【(粵)jit6〔熱〕(普)niè】：侵蝕。）❷挖掘。蒲松齡《聊齋誌異・種梨》：「～地深數寸納之。」

坐　(粵)zo6〔座〕(普)zuò

❶跪坐。《世說新語・德行》：「寧割席分～。」❷用屁股坐下，有成語「～視不理」。柳宗元《永州八記・始得西山宴遊記》：「到則披草而～，傾壺而醉。」❷座位，這個意思後來被寫成「座」。宋濂《杜環小傳》：「環亦泣，扶就～。」❸干犯。班固《漢書・武帝紀》：「諸邑公主、陽石公主皆～巫蠱死。」❹入罪，干犯（法律）。《晏子春秋・內篇》：「～盜。」❺因為。《陌上桑》：「耕者忘其耕，鋤者忘其鋤，來歸相怨怒，但～觀羅敷。」

壯　(粵)zong3〔葬〕(普)zhuàng

❶壯年，古時三十歲以上為壯年。

《禮記·禮運》:「使老有所終,～
有所用,幼有所長。」❷年少的。
《國語·越語上》:「今～者無取老
婦,令老者無取～妻。」(取:通
「娶」,娶妻。)❸強壯。謝肇淛
《五雜組·物部三》:「十餘歲不知
酒肉,而強～自如。」❹勇武、
豪邁、豪壯。岳飛《滿江紅》:「～
懷激烈。」❺意動用法,認為別
人豪壯。司馬遷《史記·淮陰侯列
傳》:「何為斬～士!」❻稱讚。韓
愈《新修滕王閣記》:「～其文辭。」

妍 粵 jin4〔言〕普 yán

美好,妍麗。袁宏道《滿井遊
記》:「鮮～明媚。」(媚:嫵媚。)

完 粵 jyun4〔圓〕普 wán

❶保全。許慎《說文解字》:「～,
全也。」蘇洵《六國論》:「不賂
者以賂者喪,蓋失強援,不能獨
～。」❷完整,完好,有成語「～
璧歸趙」。司馬遷《史記·廉頗藺
相如列傳》:「城不入,臣請～璧歸
趙。」戴名世《南山集·鳥說》:「巢
大如盞,精密～固。」❸堅固。《孟
子·離婁上》:「城郭不～。」❹充
足。范曄《後漢書·隗囂公孫述列
傳》:「今天水～富。」❺修繕,
修補。《孟子·萬章上》:「父母使
舜～廩。」(廩【粵 lam5〔凜〕普
lǐn】:糧倉。)❻完成。劉元卿《應
諧錄·萬字》:「自晨起至今,才～
五百畫也。」

岈 粵 haa1〔哈〕普 yá

山勢隆起的樣子。柳宗元《永州八
記·始得西山宴遊記》:「其高下之
勢,～然窪然。」

序 粵 zeoi6〔罪〕普 xù

❶古代地方辦的學校。《孟子·梁
惠王上》:「謹庠～之教。」❷秩
序,次序。《孟子·滕文公上》:
「父子有親,君臣有義,夫婦有
別,長幼有～,朋友有信。」❸
時序。王勃《滕王閣記》:「時維九
月,～屬三秋。」❹依次序排列。
《荀子·王制》:「故～四時,裁萬
物,兼利天下。」❺古代文體一
種,多為臨別贈言,如宋濂有《送
東陽馬生～》。❻序言,序文。文
天祥《指南錄·後序》:「文天祥自
～其詩,名曰《指南錄》。」❼通
「敍」,細說。李白《春夜宴從弟桃
花園序》:「～天倫之樂事。」

弄 一 粵 lung6〔龍【陽去】〕普 nòng

❶把玩,賞玩。許慎《說文解字》:
「～,玩也。」李白《別山僧》:
「乘舟～月宿涇溪。」❷戲弄,玩
弄。司馬遷《史記·廉頗藺相如列
傳》:「得璧,傳之美人,以戲～
臣。」❸妝飾,修飾,有成語「搔
首～姿」。溫庭筠《菩薩蠻》:「～
妝梳洗遲。」❹演奏,彈奏。王涯
《秋夜曲》:「銀箏夜久殷勤～,心
怯空房不忍歸。」

二　(粵) lung6〔龍【陽去】〕(普) lòng

小巷、巷弄。《南史・齊廢帝鬱林王本紀》:「出西～,遇弒。」

弟

一　(粵) dai6〔第〕(普) dì

❶ 次序,這個意思後來被寫成「第」。許慎《說文解字》:「～,韋束之次～也。」司馬遷《史記・循吏列傳》:「公儀休者,魯博士也。以高～為魯相。」❷ 弟弟。《木蘭辭》:「小～聞姊來,磨刀霍霍向豬羊。」❸ 副詞,通「第」,只管、儘管。《史記・孫子吳起列傳》:「君～重射。」

二　(粵) dai6〔第〕(普) tì

通「悌」,弟妹順從兄長,這個意思後來被寫成「悌」。《孟子・告子下》:「堯舜之道,孝～而已矣。」

形

(粵) jing4〔刑〕(普) xíng

❶ 形狀,外表。許慎《說文解字》:「～,象～也。」范曄《後漢書・張衡列傳》:「～似酒尊。」❷ 形體,身體。柳宗元《永州八記・始得西山宴遊記》:「心凝～釋,與萬化冥合。」❸ 地形、地勢。司馬遷《史記・高祖本紀》:「秦,～勝之國。」❹ 形勢。《荀子・彊國》:「其固塞險,～埶便,山林川谷美,天材之利多,是～勝也。」(埶:通「勢」。)❺ 表現。《孟子・梁惠王上》:「不為者與不能者之～何以異?」❻ 比較。俞長城《全鏡文》:「相～則爭。」

彷

一　(粵) pong4〔龐〕(普) páng

多與「徨」組成詞語「～徨」,指徘徊不前。《莊子・逍遙遊》:「～徨乎無為其側。」

二　(粵) fong2〔訪〕(普) fǎng

多與「佛」組成詞語「～佛」,解作相似、好像,或通「髣髴」,解作隱隱約約。劉勰《文心雕龍・哀弔》:「頗似歌謠,亦～佛乎漢武也。」陶潛《桃花源記》:「～佛若有光。」(隱隱約約的好像有亮光。)

役

(粵) jik6〔亦〕(普) yì

❶ 服役,特指兵役。許慎《說文解字》:「～,戍邊也。」杜甫《兵車行》:「長者雖有問,～夫敢申恨?」❷ 役使,奴使。柳宗元《送薛存義序》:「蓋民之役,非以～民而已也。」(官員是來當百姓的僕人,而非奴役百姓的。)❸ 驅使,迫使。陶潛《歸去來辭・序》:「嘗從人事,皆口腹自～。」❹ 差役。司馬遷《史記・孔子世家》:「於是乃相與發徒～圍孔子於野。」(於是就一起派徒眾服勞役的徒眾把孔子圍困在野外。)❺ 差事,任務。蘇軾《留侯論》:「而命以僕妾之～。」❻ 戰役。陳壽《三國志・蜀書・諸葛亮傳》:「街亭之～,咎由馬謖。」

忌

(粵) gei6〔技〕(普) jì

❶ 憎惡,痛恨。許慎《說文解字》:「～,憎惡也。」韓非《韓非子・

說疑》：「彼誠喜，則能利己；～怒，則能害己。」❷妒忌，嫉妒。韓愈《原毀》：「怠者不能修，而～者畏人修。」（懶惰的人不能進步，而嫉妒別人的人害怕別人進步。）❸顧忌，畏懼，有成語「肆無～憚」。《資治通鑑·唐紀·玄宗至道大聖大明孝皇帝中之下》：「尤～文學之士。」❹禁忌，忌諱，有成語「百無禁～」。《資治通鑑·漢紀·孝獻皇帝庚》：「故兵法～之。」❺雙親喪亡的日子。顏之推《顏氏家訓·風操》：「～日不樂。」

志 (粵)zi3〔至〕(普)zhì

❶心意，志向。許慎《說文解字》：「～，意也。」諸葛亮《出師表》：「忠～之士忘身於外者。」❷志氣。《論語·衛靈公》：「～士仁人，無求生以害仁，有殺身以成仁。」❸記，記住，這個意思後來被寫成「誌」。柳宗元《永州八記·始得西山宴遊記》：「然後知吾嚮之未始遊，遊於是乎始，故為之文以～。」❹標誌，作記號，這個意思後來被寫成「誌」。陶潛《桃花源記》：「既出，得其船，便扶向路，處處～之。」

忍 (粵)jan2〔影粉切〕(普)rěn

❶忍耐，忍受。司馬遷《史記·廉頗藺相如列傳》：「吾羞，不～為之下。」❷抑制，有成語「～俊不禁」。《呂氏春秋·孟春紀·去私》：「～所私以行大義，鉅子可謂

公矣。」❸狠心，殘忍。《孟子·梁惠王上》：「臣固知王之不～也。」《孟子·公孫丑上》：「人皆有不～人之心。」（不～人之心：對人不殘忍的心，即同情心。）❹連詞，寧願。柳永《鶴沖天》：「～把浮名，換了淺斟低唱！」

忼 (粵)hong1〔康〕(普)kāng

通「慷」，激昂。司馬遷《史記·刺客列傳》：「復為羽聲～慨。」（羽聲：古代五音之一，見第47頁「羽」字條。）

忤 (粵)ng5〔午〕(普)wǔ

忤逆，不聽從，抵觸。司馬遷《史記·魏其武安侯列傳》：「灌將軍得罪丞相，與太后家～，寧可救邪？」

抗 (粵)kong3〔卻況切〕(普)kàng

❶抵禦，對抗。許慎《說文解字》：「～，扞也。」（扞【粵】hon6〔翰〕(普)hàn】：同「捍」，捍衞。）李華《弔古戰場文》：「古稱戎、夏，不～王師。」❷違抗，不順從。《荀子·問辨》：「其觀行也，以離群為賢，以犯上為～。」❸匹敵，相當。司馬遷《史記·貨殖列傳》：「禮～萬乘，名顯天下，豈非以富邪？」❹剛直，正直。蕭統《文選·序》：「忠臣之～直。」

扶 (粵)fu4〔芙〕(普)fú

❶攙扶，有成語「～老攜幼」。

許慎《說文解字》:「～,左也。」（左:通「佐」,輔助。）宋濂《杜環小傳》:「環亦泣,～就坐。」❷扶持。《荀子·勸學》:「蓬生麻中,不～自直。」❸支援,幫助。《戰國策·宋衞策》:「若～梁,梁伐趙,以害趙國,則寡人不忍也。」❹沿着。陶潛《桃花源記》:「便～向路,處處志之。」

把　(粵)baa2〔補耍切〕(普)bǎ

❶持,握住。許慎《說文解字》:「～,握也。」范仲淹《岳陽樓記》:「～酒臨風,其喜洋洋者矣。」❷介詞,看守。羅貫中《三國演義·第九十五回》:「若街亭有兵～守。」❸介詞,將。蘇軾《飲湖上初晴後雨》:「欲～西湖比西子。」（西子:西施。）

扼　(粵)ak1〔鴉德切〕(普)è

❶用力握住。班固《漢書·李廣蘇建傳》:「臣所將屯邊者,皆荊楚勇士奇材劍客也,力～虎,射命中。」❷控制,把守。《宋史·馮拯傳》:「備邊之要,不～險以制敵之衝,未易勝也。」❸堵塞。《晉書·宣帝紀》:「必～其喉。」

批　(粵)pai1〔丕雞切〕(普)pī

❶用手打。《左傳·莊公十二年》:「遇仇牧于門,～而殺之。」（仇牧:人名。）❷攻擊,劈開。《莊子·養生主》:「依乎天理,～大郤。」❸排除,消除。司馬遷《史

記·范睢蔡澤列傳》:「～患折難。」（排除患難,解決問題。）

抑　(粵)jik1〔憶〕(普)yì

❶向下按,與「揚」相對,有成語「～揚頓挫」。《道德經》:「高者～之,下者舉之。」❷抑制,克制。司馬遷《史記·屈原賈生列傳》:「撫情效志兮,冤屈而自～。」（反省自己的志向,並沒有做錯,因此遇上冤屈也只能忍受着。）❸阻止,遏止。桓寬《鹽鐵論·本議》:「～末利而開仁義。」（末:指商業。）❹謙讓,謙虛。《史記·管晏列傳》:「其後夫自～損。」❺連詞,更,而且。陳壽《三國志·蜀書·諸葛亮傳》:「非惟天時,～亦人謀也!」❻連詞,但是。《荀子·儒效》:「因天下之和,遂文、武之業,明枝主之義,～亦變化矣。」❼連詞,抑或,用於疑問句,表示選擇。《論語·學而》:「求之與?～與之與?」

投　(粵)tau4〔頭〕(普)tóu

❶投擲,扔。許慎《說文解字》:「～,擿也。」（擿【(粵)zaak6〔擇〕(普)zhì】:同「擲」。）司馬遷《史記·魏公子列傳》:「譬若以肉～餒虎,何功之有哉?」（餒【(粵)neoi5〔你呂切〕(普)něi】:飢餓。）❷拋棄,扔掉。《列子·湯問》:「～諸渤海之尾,隱土之北。」❸投奔,投靠,有成語「～懷送抱」。《資治通鑑·漢紀·孝獻皇帝庚》:「與

蒼梧太守吳巨有舊，欲往～之。」❹跳。范曄《後漢書‧荀韓鍾陳列傳》：「盜大驚，自～於地。」❺贈送。《詩經‧衞風‧木瓜》：「～我以木瓜。」

攻 ⑳gung1〔恭〕⑭gōng

❶進攻，攻打。許慎《說文解字》：「～，擊也。」蘇洵《六國論》：「秦以～取之外，小則獲邑，大則得城。」❷抨擊，指責。《論語‧先進》：「小子鳴鼓而～之，可也！」❸鑽研，有詞語「～讀」。韓愈《師說》：「聞道有先後，術業有專～。」

更 一 ⑳gang1〔羹〕⑭gēng

❶改變，更改。許慎《說文解字》：「～，改也。」歸有光《歸氏二孝子傳》：「早喪母，父～娶繼母。」❷更換。《莊子‧養生主》：「良庖歲～刀。」❸調動，調配。范曄《後漢書‧馮岑賈列傳》：「乃～部分諸將。」（於是調配屬下一眾將領。）❹輪流。方苞《左忠毅公軼事》：「使將士～休。」

二 ⑳gaang1〔耕〕⑭gēng

古時夜間計時單位，一夜分五更，一更約二小時，有成語「三～半夜」。張岱《湖心亭看雪》：「是日～定矣。」

三 ⑳gang3〔個凳切〕⑭gèng

❶副詞，另外，再。《列子‧湯問》：「初為霖雨之操，～造崩山之音。」❷副詞，又，更加。辛棄疾《青玉案‧元夕》：「～吹落、星如

雨。」❸另外、另行。范曄《後漢書‧班梁列傳》：「～立元孟為焉耆王。」❹越。杜甫《春望》：「白頭搔～短。」

杖 ⑳zoeng6〔丈〕⑭zhàng

❶執，拿。許慎《說文解字》：「～，持也。」馬中錫《中山狼傳》：「遙望老子～藜而來。」（藜：一種植物。）❷枴杖。陶潛《歸去來辭》：「懷良辰以孤往，或植～而耘耔。」（植：插在地上。）❸棍棒。《孔子家語‧六本》：「曾皙怒，建大～以擊其背，曾子仆地而不知人。」（曾皙：曾子父親。建：舉起。不知人：不省人事。）❹杖打。馮翊子《桂苑叢談》：「皆～焉。」

杓 一 ⑳biu1〔標〕⑭biāo

勺子的柄，亦借指北斗星。許慎《說文解字》：「～，枓柄也。」劉禹錫《七夕》（其二）：「初喜渡河漢，頻驚轉斗～。」

二 ⑳soek3〔削〕⑭sháo

古代的一種酒器。司馬遷《史記‧項羽本紀》：「沛公不勝桮～，不能辭。」（沛公：指劉邦。勝【⑳sing1〔星〕⑭shèng】：承受。桮：通「杯」。）

束 ⑳cuk1〔速〕⑭shù

❶綁，捆。許慎《說文解字》：「～，縛也。」司馬遷《史記‧廉頗藺相如列傳》：「燕畏趙，其勢必

不敢留君，而～君歸趙矣。」❷約束，約定。《史記‧廉頗藺相如列傳》：「秦自繆公以來二十餘君，未嘗有堅明約～者也。」❸擱置，收起。蘇軾《李氏山房藏書記》：「～書不觀。」

步

粵 bou6〔部〕普 bù

❶行走。許慎《說文解字》：「～，行也。」蘇軾《記承天寺夜遊》：「懷民亦未寢，相與～於中庭。」（懷民：張懷民。）❷踩踏。薛瑄《遊龍門記》：「～石磴，登絕頂。」（磴【粵 dang3〔凳〕普 dèng】：石級。）❸步伐。《列子‧說符》：「視其行～。」❹跟隨，仿效。《國語‧周語下》：「足不～目。」（雙腳不跟隨目光走。）❺古代舉足一次前行為「跬」，兩次為「～」。司馬遷《史記‧廉頗藺相如列傳》：「五～之內，相如請得以頸血濺大王矣！」❻步兵。《資治通鑑‧漢紀‧孝獻皇帝庚》：「諸人徒見操書言水～八十萬而各恐懼。」（水：指水兵。）

求

粵 kau4〔球〕普 qiú

❶尋找。范仲淹《岳陽樓記》：「予嘗～古仁人之心。」❷需求。諸葛亮《出師表》：「不～聞達於諸侯。」❸請求，有成語「～神拜佛」。《論語‧衞靈公》：「君子～諸己，小人～諸人。」❹索求。司馬遷《史記‧廉頗藺相如列傳》：「秦以城～璧而趙不許，曲在趙。」❺請求，講

究。王韜《物外清遊》：「亦講～武備如此。」❻貪求、奢求。《論語‧子罕》：「不忮不～。」❼尋訪。魏禧《吾廬記》：「～朋友。」❽追求異性。《詩經‧周南‧關雎》：「寤寐～之。」

沛

粵 pui3〔配〕普 pèi

❶沼澤。《管子‧揆度》：「焚～澤，逐禽獸。」❷充沛，旺盛。《孟子‧梁惠王上》：「天油然作雲，～然下雨。」❸多於「顛」組成詞語「顛～」，表示跌倒。見第 411 頁「顛」字條。

決

粵 kyut3〔缺〕普 jué

❶疏通水道。許慎《說文解字》：「～，行流也。」韓非《韓非子‧五蠹》：「中古之世，天下大水，而鯀、禹～瀆。」❷決堤。《岳飛之少年時代》：「河～內黃。」❸決定。《資治通鑑‧漢紀‧孝獻皇帝庚》：「吾計～矣！」❹張開。杜甫《望嶽》：「～眥入歸鳥。」（張開眼眶，遠看歸來的雀鳥。）❺決戰。李華《弔古戰場文》：「白刃交兮寶刀折，兩軍蹙兮生死～。」（蹙【粵 cuk1〔促〕普 cù】：靠近，緊迫。）❻判決。方苞《獄中雜記》：「每歲大～，勾者十三四。」（勾：指皇帝用朱砂筆在判決書上畫上勾號的話，要立即處死。）❼通「訣」，辭別，告別，這個意思後來被寫成「訣」。司馬遷《史記‧魏公子列傳》：「公子與侯生～。」（侯生：

侯嬴，戰國時代魏國的隱士。）❽副詞，一定，必定。《史記・廉頗藺相如列傳》：「相如度秦王雖齋，～負約不償城。」

沒 （粵）mut6〔末〕（普）mò

❶沉沒。許慎《說文解字》：「～，沉也。」《宋史・司馬光傳》：「足跌～水中。」❷淹沒。李華《弔古戰場文》：「積雪～脛，堅冰在鬚。」（脛【（粵）ging3〔敬〕（普）jìng】：小腿。）❸隱沒，消失。李白《把酒問月》：「寧知曉向雲間～？」❹沒收。韓愈《柳子厚墓誌銘》：「則～為奴婢。」❺同「歿」，死。司馬遷《史記・秦始皇本紀》：「孝公既～，惠王、武王蒙故業。」（蒙：繼承。）❻埋葬。杜甫《兵車行》：「生男埋～隨百草。」

沃 （粵）juk1〔旭〕（普）wò

❶澆灌。宋濂《送東陽馬生序》：「媵人持湯～灌。」（媵【（粵）jing6〔認〕（普）yìng】人：侍婢。）❷肥沃，肥美。《資治通鑑・漢紀・孝獻皇帝庚》：「荊州與國鄰接，江山險固，～野萬里。」❸淹浸。周密《武林舊事・觀潮》：「吞天～日。」

汲 （粵）kap1〔級〕（普）jí

從井裏取水，後引申為打水、取水。許慎《說文解字》：「～，引水於井也。」韓非《韓非子・五蠹》：「夫山居而谷～者。」（住在山中而到河谷打水的人。）

沉 （粵）cam4〔尋〕（普）chén

❶沉沒，沒入水中，與「浮」相對，有成語「石～大海」。范仲淹《岳陽樓記》：「靜影～璧。」❷陷入。杜牧《赤壁》：「折戟～沙鐵未銷。」❸潛心體會。韓愈《進學解》：「～浸醲郁。」❹沉穩。《岳飛之少年時代》：「～厚寡言。」❺副詞，表示程度深，有詞語「～思」。杜甫《新婚別》：「君今往死地，～痛迫中腸。」

牢 （粵）lou4〔爐〕（普）láo

❶關牲畜的圈。許慎《說文解字》：「～，養牛馬圈也。」《戰國策・楚策四》：「亡羊而補～，未為遲也。」❷祭祀和宴享用的牲畜。司馬遷《史記・滑稽列傳》：「廟食太～，奉以萬戶之邑。」（以牛、羊、豬祭祀的叫「太～」或「大～」，只用羊、豬的叫「少～」。）❸監牢，監獄。司馬遷《報任少卿書》：「故士有畫地為～勢不入，削木為吏議不對。」（士子看見地上畫的假監獄，決不進入，面對削木而成的假獄吏，也決不能接受他的審訊。）❹堅固，牢固，有成語「～不可破」。柳宗元《童區寄傳》：「持童抵主人所，愈束縛～甚。」

狄 （粵）dik6〔迪〕（普）dí

古代對北部少數民族的統稱。《論語・子路》：「雖之夷～，不可棄也。」（之：前往。夷：古代對東

部少數民族的統稱。）

甫 （粵）fu2〔苦〕（普）fú

❶古人在男子名字後所加的美稱。魏學洢《核舟記》：「虞山王毅叔遠～刻。」（虞山：位於江蘇省常熟市的一座山。王毅：明代著名雕刻家。叔遠：王毅的表字。刻：雕刻。）❷開始，剛剛。陸以湉《冷廬雜識·卷七·陳忠愍公》：「抵署～六日，聞舟山失守。」（舟山：今浙江省舟山羣島。）

矣 （粵）ji5〔以〕（普）yǐ

❶許慎《說文解字》：「～，語已詞也。」語氣助詞，表示陳述的語氣，不用語譯。司馬遷《史記·廉頗藺相如列傳》：「而束君歸趙～。」❷語氣助詞，表示事情已經發生，相當於「了」。諸葛亮《出師表》：「爾來二十有一年～。」❸語氣助詞，表示感歎，相當於「啊」。韓愈《師說》：「欲人之無惑也難～！」❹語氣助詞，表示請求或命令，相當於「了」。《左傳·莊公十年》：「劌曰：『可～！』」❺語氣助詞，表示疑問或反問，相當於「呢」、「嗎」。《孟子·梁惠王上》：「德何如，則可以王～？」❻語氣助詞，表示推測的語氣，相當於「吧」。劉基《賣柑者言》：「世之為欺者，不寡～。」

社 （粵）se5〔市野切〕（普）shè

❶土地神。許慎《說文解字》：

「～，地主也。」《左傳·昭公二十九年》：「后土為～。」❷祭祀土地神的節日、會場或活動。辛棄疾《永遇樂·京口北固亭懷古》：「可堪回首，佛狸祠下，一片神鴉～鼓。」（佛狸【粵】bat6 lei4〔拔離〕【普】bì lí】：北魏太武帝拓跋燾的乳名。）

私 （粵）si1〔思〕（普）sī

❶私人的，自己的，與「公」相對。司馬遷《史記·廉頗藺相如列傳》：「吾所以為此者，以先國家之急而後～讎也。」❷不公正，與「公」相對，有成語「大公無～」。諸葛亮《出師表》：「不宜偏～，使內外異法也。」❸偏私，偏愛。《戰國策·齊策一》：「吾妻之美我者，～我也。」❹私利。李翱《命解》：「～於己者寡。」（對自己有私利的地方少。）❺財產。吳敬梓《儒林外史·第三回》：「都有萬貫家～。」❻私下，暗地裏，有成語「～相授受」。《史記·廉頗藺相如列傳》：「燕王～握臣手，曰『願結友』。」❼私通，祕密交往。《史記·項羽本紀》：「項王乃疑范增與漢有～，稍奪之權。」

秀 （粵）sau3〔瘦〕（普）xiù

❶穀類作物開花。《論語·子罕》：「苗而不～者有矣夫！～而不實者有矣夫！」（禾苗長成後但不開花，是有這情況的啊！開花後但不結出穀物的，是有這情況啊！）❷

美好，秀麗。《世説新語・言語》：「千巖競〜，萬壑爭流。」❸茂盛。歐陽修《醉翁亭記》：「佳木〜而繁陰。」❹優秀，特異，有成語「後起之〜」。《呂氏春秋・孟秋紀・懷寵》：「舉其〜士而封侯之，選其賢良而尊顯之。」❺高出。李白《廬山謠寄盧侍御虛舟》：「廬山〜出南斗傍，屏風九疊雲錦張。」❻人才。《晉書・王導傳》：「顧榮、賀循、紀瞻、周玘，皆南土之〜。」

究 粵gau3〔救〕普jiū

❶到底，終極，終究。許慎《説文解字》：「〜，窮也。」龔自珍《己亥雜詩》（其二百二十）：「萬馬齊喑〜可哀。」（喑【粵jam1〔音〕普yīn】：沉默。）❷探究，探求。紀昀《閲微草堂筆記・卷十六》：「爾輩不能〜物理。」❸窮盡、追究。司馬遷《史記・孔子世家》：「當年不能〜其禮。」

肖 粵ciu3〔俏〕普xiào

❶本指子女與父母相像，後泛指事物相似，有詞語「生〜」、「〜像」。許慎《説文解字》：「〜，骨肉相似也。」蘇軾《影答形》：「我依月燈出，相〜兩奇絕。」❷模仿。宋起鳳《核工記》：「俱一一〜之。」❸多與「不」組成詞語「不〜」，指子女不像父母，比喻沒有才能。《説文解字》：「不似其先，故曰不〜也。」司馬遷《史記・廉頗藺相如列傳》：「臣等不〜，請辭

去。」

肓 粵fong1〔芳〕普huāng

心臟和橫膈膜之間的部位，有成語「病入膏〜」。《左傳・成公十年》：「疾不可為也，在〜之上，膏之下。」（為：醫治。膏：心尖，與「肓」一樣，被古中醫認為是藥力達不到的地方。）

良 粵loeng4〔梁〕普liáng

❶良善。許慎《説文解字》：「〜，善也。」諸葛亮《出師表》：「此皆〜實，志慮忠純。」❷優良。司馬遷《史記・廉頗藺相如列傳》：「廉頗者，趙之〜將也。」❸副詞，很，非常。酈道元《水經注・江水》：「〜多趣味。」❹副詞，確實。柳宗元《三戒・臨江之麋》：「麋麑稍大，忘己之麋也，以為犬〜我友。」❹副詞，很，非常，十分。蒲松齡《聊齋誌異・種梨》：「丁丁〜久方斷。」

初 粵co1〔清波切〕普chū

❶開始，起初。許慎《説文解字》：「〜，始也。」王羲之《蘭亭集序》：「暮春之〜。」❷首個。陸以湉《冷廬雜識・卷七・陳忠愍公》：「〜八日，自卯至巳。」（卯：卯時，凌晨五時至七時。巳：巳時，早上九時至十一時。）❸副詞，起初。宋濂《龍門子凝道記・尉遲樞第八》：「予〜怒鼠甚。」❹副詞，剛剛。蘇軾《念奴嬌・赤壁

懷古》:「小喬～嫁了,雄姿英發。」

見

一　（粵）gin3〔建〕（普）jiàn

❶看見,發現。許慎《説文解字》:「～,視也。」韓愈《師説》:「吾未～其明也。」❷相見,會見。司馬遷《史記・孫子吳起列傳》:「孫臏以刑徒陰～,説齊使。」《莊子・逍遙遊》:「堯治天下之民,平海内之政,往～四子藐姑射之山。」(四子:王倪、齧缺、被衣、許由四人,實為虛構人物。藐【粵】miu5〔秒〕（普）miǎo】:通「邈」,遙遠。姑射【粵】je〔夜〕（普）yè】:傳説中的山名。)❸視野。《荀子・勸學》:「不如登高之博～也。」❹見識。謝肇淛《五雜組・物部三》:「二蘇之學力、識～,優劣皆於是卜之。」❺看法。俞長城《全鏡文》:「子何～之謬也!」❻介詞,被。《史記・廉頗藺相如列傳》:「欲予秦,秦城恐不可得,徒～欺。」❼助詞,用在動詞前,表示別人對自己的行動,不用語譯。李密《陳情表》:「生孩六月,父～背。」(出生後六個月,父過身,離開自己。)

二　（粵）jin6〔現〕（普）xiàn

❶同「現」,顯露,出現,有成語「圖窮匕～」。陶潛《飲酒》(其五):「悠然～南山。」❷推薦,介紹。陳壽《三國志・魏書・王衞二劉傳》:「欲與為婚,～其二子。」

言

（粵）jin4〔延〕（普）yán

❶説話。許慎《説文解字》:「直～曰～。」諸葛亮《出師表》:「臣亮～:先帝創業未半,而中道崩殂。」❷告訴。司馬遷《史記・項羽本紀》:「沛公左司馬曹無傷使人～於項羽曰。」❸言語,言論。《出師表》:「進盡忠～,則攸之、禕、允之任也。」❹奏報,上奏。李密《陳情表》:「臣密～。」❺意見,建議。《戰國策・齊策一》:「雖欲～,無可進者。」❻【名】諫言、請求、命令。《出師表》:「進盡忠～。」(盡力進獻忠誠的諫言。)❼言論、學説。《莊子・逍遙遊》:「今子之～。」❽【名】承諾。《史記・廉頗藺相如列傳》:「以空～求璧。」(用虛假的承諾來求取和氏璧。)❾【名】言談、談吐。《列子・説符》:「～語,竊斧也。」❿一個字,一句話,有成語「三～兩語」。《史記・魏公子列傳》:「今昔且死而侯生曾無一～半辭送我。」(侯生:侯嬴,戰國時代魏國的隱士。)

豆

（粵）dau6〔逗〕（普）dòu

❶一種古代食器,形似高腳盤。許慎《説文解字》:「～,古食肉器也。」《孟子・告子上》:「一簞食,一～羹,得之則生,弗得則死。」❷豆類植物。曹植《七步詩》:「煮～燃～萁,～在釜中泣。」(釜:古代一種煮食器具。)❸古代容量

單位。《左傳・昭公三年》：「齊舊四量：～、區、釜、鍾。四升為～。」

走　⟨粵⟩zau2〔酒〕⟨普⟩zǒu

❶跑。許慎《說文解字》：「～，趨也。」杜甫《兵車行》：「爺娘妻子～相送，塵埃不見咸陽橋。」❷奔馳。司馬遷《史記・孫子吳起列傳》：「齊使田忌將而往，直～大梁。」❸逃跑。《史記・廉頗藺相如列傳》：「臣嘗有罪，竊計欲亡～燕。」❹滾動。袁宏道《滿井遊記》：「作則飛沙～礫。」❺朝向。杜牧《阿房宮賦》：「驪山北構而西折，直～咸陽。」

足　⟨粵⟩zuk1〔竹〕⟨普⟩zú

❶人、動物、器物的腳。許慎《說文解字》：「～，人之～也。」杜甫《兵車行》：「牽衣頓～攔道哭，哭聲直上干雲霄。」陳壽《三國志・蜀書・諸葛亮傳》：「操軍破，必北還，如此則荊、吳之勢彊，鼎～之形成矣。」❷行走、走路。《荀子・勸學》：「非利～也。」❸足夠，充足。諸葛亮《出師表》：「今南方已定，甲兵已～。」❹值得，足以。韓愈《師說》：「位卑則～羞，官盛則近諛。」❺能夠。宋濂《杜環小傳》：「不～付。」（不能夠託付他們。）

身　⟨粵⟩san1〔新〕⟨普⟩shēn

❶身體。許慎《說文解字》：「～，

躬也。」（躬【⟨粵⟩gung1〔公〕⟨普⟩gōng】同「躬」，身體。）李白《月下獨酌》（其一）：「影徒隨我～。」❷自身。韓愈《師說》：「於其～也則恥師焉。」❸娘胎。魏禧《吾廬記》：「子之兄弟一～矣。」❹借指生命，有成語「抱憾終～」。魏禧《吾廬記》：「終～守閨門之內。」❺親身，親自。韓非《韓非子・五蠹》：「～執耒臿。」（耒臿【⟨粵⟩leoi6 caap3〔類插〕⟨普⟩lěi chā】：古代農具。）❻生活。《孟子・告子下》：「空乏其～。」❼體驗、經歷。《孟子・盡心上》：「湯、武，～之也。」

車　⟨粵⟩ce1〔奢〕/ geoi1〔居〕⟨普⟩chē

❶車子。許慎《說文解字》：「～，輿輪之總名。」（總：通「總」。）辛棄疾《青玉案・元夕》：「寶馬雕～香滿路。」❷乘車。張岱《西湖七月半》：「不舟不～。」

辛　⟨粵⟩san1〔新〕⟨普⟩xīn

❶辣，五味之一。許慎《說文解字》：「味～，～痛即泣出。」宋玉《楚辭・招魂》：「大苦鹹酸，～甘行些。」❷辛苦，勞苦。白居易《燕詩示劉叟》：「～勤三十日，母瘦雛漸肥。」❸悲痛，痛苦。李白《陳情贈友人》：「英豪未豹變，自古多艱～。」❹天干的第八位，見第8頁「干」字條。

迄 （粵）ngat6〔兀〕（普）qì

❶到，至。許慎《說文解字》：「～，至也。」班固《漢書·藝文志》：「～孝武世，書缺簡脫，禮壞樂崩。」（孝武：指漢武帝。）❷副詞，畢竟，到底。范曄《後漢書·鄭孔荀列傳》：「融負其高氣，志在靖難，而才疏意廣，～無成功。」（融：指孔融。）

 巡 （粵）ceon4〔秦〕（普）xún

來回查看，細察。許慎《說文解字》：「～，延行皃。」（皃：通「貌」。）《左傳·襄公三十一年》：「諸侯賓至，甸設庭燎，僕人～宮。」

 邑 （粵）jap1〔泣〕（普）yì

❶封地，諸侯國。《左傳·桓公十一年》：「日虞四～之至也。」（每天都期待隨、絞、州、蓼四個諸侯國的軍隊到來。）❷國都。《詩經·商頌·殷武》：「商～翼翼。」（翼翼：整齊的樣子。）❸建國都。《左傳·隱公十一年》：「吾先君新～於此。」❹人們聚居的地方，相當於城鎮、鄉村。蘇洵《六國論》：「小則得～，大則得城。」

 邪 一 （粵）ce4〔瑒〕（普）xié

邪惡，不正當。劉基《賣柑者言》：「豈其忿世嫉～者耶？」

二 （粵）je4〔爺〕（普）yé

❶通「耶」，語氣助詞，表示疑問，相當於「呢」、「嗎」。《莊子·逍遙遊》：「天之蒼蒼，其正色～？」（蒼蒼：深藍色。）❷通「耶」，語氣助詞，表示感歎，相當於「呢」、「啊」。方苞《弟椒塗墓誌銘》：「毋視余之自痛而更酷～！」

 邦 （粵）bong1〔幫〕（普）bāng

❶分封的諸侯國。許慎《說文解字》：「～，國也。」韓非《韓非子·喻老》：「簡公失之於田成，晉公失之於六卿，而～亡身死。」❷國家，有成語「多難興～」。宋之問《范陽王挽詞》（其一）：「賢相稱～傑，清流舉代推。」❸分封。《墨子·非攻下》：「唐叔與呂尚～齊、晉。」❹國都。蔡琰《悲憤詩》：「逼迫遷舊～。」

 里 （粵）lei5〔李〕（普）lǐ

❶居住的地方，家鄉。許慎《說文解字》：「～，居也。」《莊子·外篇·天運》：「西施病心而矉其～。」❷同鄉。歸有光《歸氏二孝子傳》：「獨其宗親鄉～知之。」❸古代居民組織。杜甫《兵車行》：「去時～正與裹頭，歸來頭白還戍邊。」（～正：里的管理者。）❹里巷，街巷。《晏子春秋·內篇》：「所睹于～者。」❺長度單位。《莊子·逍遙遊》：「鯤之大，不知其幾千～也。」

八畫

 （粵）bing6〔避靜切〕（普）bìng

❶並列，並行。《荀子·強國》：「今君人者，譬稱比方則欲自~乎湯武。」（湯：商湯。武：周武王。）❷副詞，一起。蘇洵《六國論》：「~力西嚮。」❸副詞，全、都。《宋書·宗愨傳》：「士人~以文義為業。」❹連詞，和、與、還有。方苞《弟椒塗墓誌銘》：「弟與兄~女兄弟數人皆瘡痍。」❺連詞，並且、而且。王安石《傷仲永》：「~自為其名。」

乖 （粵）gwaai1〔光猜切〕（普）guāi

❶違背，不協調。范曄《後漢書·獨行列傳》：「巨卿信士，必不~違。」❷錯誤。《遼史·穆宗本紀下》：「朕醉中處事有~。」❸不順利。韓愈《贈崔立之評事》：「時命雖~心轉壯。」

事 （粵）si6〔士〕（普）shì

❶事業。許慎《說文解字》：「~，職也。」《莊子·逍遙遊》：「世世以洴澼絖為~。」（洴澼絖【粵】ping4 pik1 kwong3〔平僻礦〕（普）píng pì kuàng】：在水上漂洗棉絮。）❷事情。諸葛亮《出師表》：「愚以為宮中之~，~無大小，悉以咨之。」❸從事，做。《論語·顏淵》：「回雖不敏，請~斯語矣。」❹服侍，侍奉，對待。蘇洵《六國論》：「以地~秦，猶抱薪救火。」❺輔助。司馬遷《史記·廉頗藺相如列傳》：「臣所以去親戚而~君者。」

 （粵）aa3〔鴉【陰去】〕（普）yà

次於，次一等的。許慎《說文解字》：「~，醜也。」司馬遷《史記·項羽本紀》：「~父者，范增也。」（~父：敬稱，表示地位僅次於父親。）

京 （粵）ging1〔經〕（普）jīng

❶人工築起的土丘。許慎《說文解字》：「~，人所為絕高丘也。」《詩經·小雅·甫田》：「如坻如~。」（坻【粵】ci4〔詞〕（普）chí）：水中高地。）❷大。《左傳·莊公二十二年》：「八世之後，莫之與~。」（八世後的子孫，偉大得沒有誰可與他們相比。）❸穀倉。司馬遷《史記·扁鵲倉公列傳》：「見建家~下方石，即弄之。」（方石：鋪路用的石塊或石板。）❹國都，都城。《舊唐書·文苑傳下》：「既而玄宗詔筠赴~師。」

 （粵）joeng4〔楊〕（普）yáng

假裝。司馬遷《史記·廉頗藺相如列傳》：「相如度秦王特以詐~為予趙城。」

併 （粵）bing3〔報性切〕（普）bìng

❶合在一起，有詞語「吞～」、「兼～」。賈誼《過秦論》：「～吞八荒之心。」（八荒：借指天下。）❷通「並」，一同。賈誼《治安策》：「高皇帝與諸公～起。」（漢高祖與其他諸侯一同起義。）❸並排、並列。陳壽《三國志·魏書·董二袁劉傳》：「卓與王～馬而行也。」（董卓與陳留王騎馬，並排前行。）

侍 （粵）si6〔事〕（普）shì

❶陪伴。《宋史·呂蒙正傳》：「蒙正～。」（呂蒙正在旁邊陪伴坐着。）❷侍奉，侍候。諸葛亮《出師表》：「然～衞之臣不懈於內。」

使 一 （粵）si2〔史〕（普）shǐ

❶派遣，命令。司馬遷《史記·廉頗藺相如列傳》：「秦昭王聞之，～人遺趙王書。」❷導致，令。諸葛亮《出師表》：「不宜偏私，～內外異法也。」❸讓。《史記·廉頗藺相如列傳》：「不如因而厚遇之，～歸趙。」❹請託。《孔子家語·六本》：「～人請於孔子。」❺連詞，假使，假如。蘇洵《六國論》：「向～三國各愛其地，齊人勿附於秦。」

二 （粵）si3〔試〕（普）shì

❶出使。司馬遷《史記·廉頗藺相如列傳》：「臣舍人藺相如可～。」❷使者。《史記·廉頗藺相如列傳》：「大王遣一介之～至趙。」❸

使命。《資治通鑑·漢紀·孝獻皇帝庚》：「時周瑜受～至番陽。」

供 一 （粵）gung1〔工〕（普）gōng

陳設，提供。許慎《說文解字》：「～，設也。」《宋史·文天祥傳》：「至燕，館人～張甚盛。」

二 （粵）gung3〔貢〕（普）gòng

❶供奉神明。《呂氏春秋·季夏紀·六月紀》：「令民無不咸出其力，以～皇天上帝、名山大川、四方之神。」❷供給，供養。韓非《韓非子·五蠹》：「是以人民眾而貨財寡，事力勞而～養薄。」

侈 （粵）ci2〔此〕（普）chǐ

奢侈，鋪張，浪費。司馬光《訓儉示康》：「儉，德之共也；～，惡之大也。」

佩 （粵）pui3〔配〕（普）pèi

❶繫掛在衣服上的裝飾物。許慎《說文解字》：「～，大帶～也。」屈原《楚辭·離騷》：「紉秋蘭以為～。」（紉：佩戴。）❷懸掛，佩帶。司馬遷《史記·項羽本紀》：「范增數目項王，舉所～玉玦以示之者三。」柳宗元《永州八記·小石潭記》：「聞水聲，如鳴～環。」❸佩服。杜甫《湘江宴餞裴二端公赴道州》：「鄙人奉末眷，～服自早年。」

具 （粵）geoi6〔巨〕（普）jù

❶準備，備辦。宋濂《杜環小傳》：「環～棺槨殮殯之禮。」❷具有，

具備，有成語「獨～慧眼」。魏學洢《核舟記》：「各～情態。」❸聚集。《詩經・小雅・常棣》：「兄弟既～，和樂且孺。」❹同「俱」，全，都，這個意思後來被寫成「俱」。范仲淹《岳陽樓記》：「政通人和，百廢～興。」❺器具，器物。《荀子・禮論》：「然而殯斂之～，未有求也。」❻條件。韓非《韓非子・定法》：「此不可一無，皆帝王之～也。」❼詳細。陶潛《桃花源記》：「此人一一為～言所聞。」❽撰寫。李密《陳情表》：「臣～以表聞。」

其 粵kei4〔旗〕 普qí

❶代詞，相當於「他（們）的」、「她（們）的」、「它（們）的」等。諸葛亮《出師表》：「論～刑賞。」（評定他們的懲罰或獎賞。）❷代詞，相當於「他（們）」、「她（們）」、「它（們）」等。蘇洵《六國論》：「惜～用武而不終也。」❸代詞，我（的）。柳宗元《永州八記・始得西山宴遊記》：「日與～徒上高山。」❹代詞，你（的）。《戰國策・趙策四》：「老臣以媼為長安君計短也，故以為～愛不若燕后。」俞長城《全鏡文》：「爾乃增～美而飾～惡。」❺代詞，自己（的）。《論語・先進》：「亦各言～志也。」❻代詞，這，那，有成語「不厭～煩」。班固《漢書・霍光金日磾傳》：「遠徙～薪。」❼代詞，其中的。《論語・顏淵》：「請問～目。」

❽連詞，假如。方苞《獄中雜記》：「～極刑，日：『順我，即先刺心；否則四肢解盡，心猶不死。』」❾副詞，表示反問語氣。韓愈《師說》：「今其智乃反不能及，～可怪也歟？」❿副詞，千萬。《新五代史・伶官傳》：「爾～無忘乃父之志！」⓫副詞，大概，也許，恐怕。《師說》：「～皆出於此乎！」⓬連詞，還是。司馬遷《史記・趙世家》：「秦誠愛趙乎？～實憎齊乎？」⓭發語詞，用於句首，無實義，可不譯。李翱《命解》：「～孰是耶？」（哪一個才是正確的呢？）

典 粵din2〔頂展切〕 普diǎn

❶重要的書籍、文獻等。許慎《說文解字》：「～，五帝之書也。」《呂氏春秋・慎大覽・察今》：「古今之法，言異而～殊。」❷法令，制度。《孟子・萬章上》：「太甲顛覆湯之～刑，伊尹放之於桐三年。」❸典範。文天祥《正氣歌》：「～刑在夙昔。」❹主管。司馬遷《史記・陳丞相世家》：「是日乃拜平為都尉，使為參乘，～護軍。」❺典當。杜甫《曲江》：「朝回日日～春衣。」

冽 粵lit6〔列〕 普liè

❶寒冷。《詩經・小雅・下泉》：「～彼下泉，浸彼苞稂。」（那寒冷的下泉水，浸壞了茂盛的野草。）❷清澈。歐陽修《醉翁亭記》：「釀泉為酒，泉香而酒～。」

函 ⟨粵⟩haam4〔咸〕⟨普⟩hán

❶包容，包含。班固《漢書·董仲舒傳》：「臣聞天者羣物之祖也，故遍覆包～而無所殊。」❷匣子。司馬遷《史記·刺客列傳》：「荊軻奉樊於期頭～。」❸裝進匣子。《史記·刺客列傳》：「乃遂盛樊於期首～封之。」❹信封。吳質《答東阿王書》：「發～伸紙。」（打開信封，拿出信紙。）❺書信，信函。李商隱《隋宮詩》：「九重誰省諫書～。」❻特指函谷關。《史記·秦始皇本紀》：「秦孝公據殽～之固。」（殽【粵】ngaau4〔餚〕⟨普⟩yáo〕：崤山。）

刻 ⟨粵⟩hak1〔克〕⟨普⟩kè

❶石刻，雕刻。許慎《説文解字》：「～，鏤也。」（鏤【粵】lau6〔漏〕⟨普⟩lòu〕：雕刻。）范仲淹《岳陽樓記》：「～唐賢今人詩賦於其上。」❷削減，侵奪，損害。司馬遷《史記·孝景本紀》：「而晁錯～削諸侯，遂使七國俱起。」❸刻薄。《史記·秦始皇本紀》：「～削毋仁恩和義。」❹計時單位。古代以漏壺計時，一晝一夜分為一百刻，即每刻為今之十五分鐘。班固《漢書·宣帝紀》：「燭燿齊宮，十有餘～。」❺借指短時間，有成語「～不容緩」。司馬冀甫《廣東軍務記》：「情願～即撤兵下船，不敢復行滋擾。」

刺 ⟨粵⟩ci3〔次〕⟨普⟩cì

❶殺。許慎《説文解字》：「君殺大夫曰～。」蘇洵《六國論》：「～客不行。」❷刺傷。司馬遷《史記·淮陰侯列傳》：「信能死，～我。」❸譏諷，斥責。《史記·孔子世家》：「孔子賢者，所～譏皆中諸侯之疾。」《戰國策·齊策一》：「能面～寡人之過者，受上賞。」（面：當面。）❹刺探。班固《漢書·魏相丙吉傳》：「至公車～取。」

制 ⟨粵⟩zai3〔際〕⟨普⟩zhì

❶裁製，製造，建造，這個意思後來被寫成「製」。許慎《説文解字》：「～，裁也。」（裁：裁製衣服。）宋濂《杜環小傳》：「環購布帛，令妻為～衣衾。」❷規定，制定，有成語「因時～宜」。《荀子·大略》：「三王既已定法度，～禮樂而傳之。」❸管束，制衡。《荀子·富國》：「無君以～臣，無上以～下。」❹制服。宋濂《猿説》：「斂手就～。」❺管理，統治。《資治通鑑·漢紀·孝獻皇帝庚》：「吾不能舉全吳之地，十萬之眾，受～於人。」❻制度。《禮記·禮運》：「以設～度，以立田里。」❼規模。范仲淹《岳陽樓記》：「乃重修岳陽樓，增其舊～。」

卒 ⟨粵⟩zeot1〔之恤切〕⟨普⟩zú

❶差役，僕人，有成語「販夫走～」。許慎《説文解字》：「隸人給

事者衣為～。」劉基《郁離子・卷上》：「北郭氏之老～、僮僕爭政。」❷步兵。杜甫《兵車行》：「且如今年冬，未休關西～。」❸死。歸有光《歸氏二孝子傳》：「父～，母獨與其子居。」❹結束，完畢。《論語・子張》：「有始有～者，其惟聖人乎！」❺副詞，最終。司馬遷《史記・廉頗藺相如列傳》：「～廷見相如，畢禮而歸之。」

二 〔粵〕cyut3〔撮〕〔普〕cù

副詞，通「猝」，倉促，突然。《列子・湯問》：「伯牙游於泰山之陰，～逢暴雨。」

協 〔粵〕hip6〔杏業切〕/ hip3〔脅〕〔普〕xié

❶和諧，融洽。許慎《說文解字》：「～，眾之同和也。」司馬遷《史記・太史公自序》：「武王克紂，天下未～而崩。」❷協同，合作。《資治通鑑・漢紀・孝獻皇帝庚》：「若備與彼～心，上下齊同，則宜撫安，與結盟好。」

卑 〔粵〕bei1〔悲〕〔普〕bēi

❶卑賤，地位低下，有成語「不～不亢」。許慎《說文解字》：「～，賤也。」韓愈《師說》：「位～則足羞，官盛則近諛。」❷貶低，鄙視，看不起。韓非《韓非子・有度》：「～主之名以顯其身，毀國之厚以利其家。」❸低下。《莊子・逍遙遊》：「～身而伏。」❹衰弱。司馬遷《史記・李斯列傳》：「自秦孝公以來，周室～微。」❺謙卑、

謙恭。《戰國策・秦策一》：「嫂何前倨而後～也？」

取 〔粵〕ceoi2〔娶〕〔普〕qǔ

❶本指割取敵軍俘虜的耳朵，後引申為拿取，獲取，與「舍」、「捨」相對。許慎《說文解字》：「～，捕取也。」《孟子・告子上》：「二者不可得兼，舍魚而～熊掌者也。」❷求取。李翱《命解》：「如～之不循其方。」（如果不遵循正當的方法來求取官位。）❸提取，取出。《荀子・勸學》：「青，～之於藍，而青於藍。」❹選取，揀選。司馬光《訓儉示康》：「平生衣～蔽寒，食～充腹。」❺購買。劉基《賣柑者言》：「人～之。」❻接受。《命解》：「吾無～焉。」❼通「娶」，娶妻，這個意思後來被寫成「娶」。《國語・越語上》：「令壯者無～老婦，令老者無～壯妻。」❽副詞，只，只是。魏禧《吾廬記》：「～蔽風雨足矣。」❾動態助詞，用在動詞後，相當於「着」。文天祥《過零丁洋》：「留～丹心照汗青。」

受 〔粵〕sau6〔售〕〔普〕shòu

❶接受，有成語「私相授～」。許慎《說文解字》：「～，相付也。」諸葛亮《出師表》：「～任於敗軍之際，奉命於危難之間。」❷遭受，遭到。《出師表》：「臣不勝～恩感激。」❸承受，容納。《荀子・勸學》：「故木～繩則直。」❹通「授」，傳授，授予，這個意思後

來被寫成「授」。韓愈《師説》:「師者,所以傳道、～業、解惑也。」❺通「授」,授予。《戰國策‧秦策一》:「～相印。」

 味 粵 mei6〔未〕 普 wèi

❶滋味,味道。許慎《説文解字》:「～,味也。」《晏子春秋‧內篇》:「其實～不同。」❷辨別味道。《荀子‧哀公》:「非口不能～也。」❸體會事物的道理,感受。曹雪芹《紅樓夢‧第一回》:「誰解其中～?」❹意味,韻味。劉勰《文心雕龍‧宗經》:「餘～日新。」

和 一 粵 wo6〔禍〕 普 hè

唱和,和應。許慎《説文解字》:「～,相應也。」(應:同「應」,和應。)司馬遷《史記‧刺客列傳》:「高漸離擊筑,荊軻～而歌。」

二 粵 wo4〔禾〕 普 hé

❶和悅,和諧。諸葛亮《出師表》:「必能使行陣～睦,優劣得所也。」❷溫和,溫暖。范仲淹《岳陽樓記》:「至若春～景明。」❸和好,有成語「～好如初」。司馬遷《史記‧屈原賈生列傳》:「明年,秦割漢中地與楚以～。」❹和平。《戰國策‧趙策三》:「故不若亟割地求～。」❺連詞,和、與、跟。岳飛《滿江紅》:「八千里路雲～月。」

周 粵 zau1〔州〕 普 zhōu

❶周密。許慎《説文解字》:「～,密也。」《左傳‧昭公四年》:「其藏之也～。」(之:指冰。)❷圍繞,有成語「～而復始」。歸有光《項脊軒志》:「前闢四窗,垣牆～庭。」❸四周觀察。魏禧《吾廬記》:「目之所～。」❹周遊。司馬遷《史記‧秦始皇本紀》:「三十有七年,親巡天下,～覽遠方。」❺團結。《論語‧為政》:「君子～而不比。」❻周濟,救濟。宋濂《杜環小傳》:「好～人急。」

 命 粵 ming6〔未認切〕 普 mìng

❶命令。許慎《説文解字》:「～,使也。」諸葛亮《出師表》:「奉～於危難之間。」❷下命令。柳宗元《永州八記‧始得西山宴遊記》:「遂～僕人,過湘江。」❸任命。李密《陳情表》:「寵～優渥。」❹諫言。《晏子春秋‧外篇》:「寡人聞～矣。」❺天命,命運。《論語‧學而》:「五十而知天～。」❻生命,性命。《出師表》:「苟全性～於亂世。」❼取名,命名。陶潛《歸去來辭‧序》:「～篇曰《歸去來兮》。」

咎 粵 gau3〔救〕 普 jiù

❶災禍。許慎《説文解字》:「～,災也。」《左傳‧昭公八年》:「諸侯必叛,君必有～。」❷過失,過錯。諸葛亮《出師表》:「則責攸之、禕、允等之慢,以彰其～。」❸埋怨,怪罪。王安石《遊褒禪山記》:「則或～其欲出者。」

呺 粵 hiu1〔囂〕普 xiāo

外表巨大而虛空。《莊子‧逍遙遊》:「非本～然大也。」

固 粵 gu3〔故〕普 gù

❶險要。許慎《說文解字》:「～，四塞也。」賈誼《過秦論》:「秦孝公據殽函之～。」(殽函:崤山和函谷關。) ❷堅固，牢固，穩固。《論語‧學而》:「君子不重，則不威，學則不～。」❸鞏固。《孟子‧公孫丑下》:「～國不以山谿之險，威天下不以兵革之利。」(谿:同「溪」。) ❹保衛，堅守。《禮記‧禮運》:「城郭溝池以為～。」❺堅決。司馬遷《史記‧廉頗藺相如列傳》:「藺相如～止之。」❻頑固。杜牧《阿房宮賦》:「獨夫之心，日益驕～。」(獨夫:指秦始皇。) ❼鄙陋，寒酸。司馬光《訓儉示康》:「人皆嗤吾～陋，吾不以為病。」❽副詞，本來。蘇洵《六國論》:「則秦之所大欲，諸侯之所大患，～不在戰矣。」❾副詞，絕對，必定。《戰國策‧宋衛策》:「吾義～不殺王。」

困 粵 kwan1〔昆〕普 qūn

❶圓形的穀倉。許慎《說文解字》:「～，廩之圜者。」(圜:同「圓」，圓形。)《詩經‧魏風‧伐檀》:「不稼不穡，胡取禾三百～兮!」❷曲折迴旋的樣子。杜牧《阿房宮賦》:「盤盤焉，～～焉。」

奉 粵 fung6〔鳳〕普 fèng

❶接受。許慎《說文解字》:「～，承也。」諸葛亮《出師表》:「受任於敗軍之際，～命於危難之間。」❷拿取。《魏書‧吐谷渾傳》:「汝等各～吾一支箭。」❸進獻。蘇洵《六國論》:「然則諸侯之地有限，暴秦之欲無厭，～之彌繁，侵之愈急。」❹供奉。司馬遷《史記‧滑稽列傳》:「封之寢丘四百戶，以～其祀。」❺供給，供養。陸以湉《冷廬雜識‧卷七‧陳忠愍公》:「優待士卒，犒之厚，而自～甚儉。」❻俸祿，這個意思後來被寫成「俸」。《史記‧趙世家》:「位尊而無功，～厚而無勞。」❼享用，使用。朱用純《朱子家訓》:「自～必須儉約。」❽侍奉。李密《陳情表》:「逮～聖朝。」(聖朝:指西晉。) ❾通「捧」，捧着，拿着。《史記‧廉頗藺相如列傳》:「臣願～璧往使。」

奇 一 粵 kei4〔旗〕普 qí

❶奇異的，罕見的，奇特的。許慎《說文解字》:「～，異也。」蘇洵《六國論》:「以事秦之心，禮天下之～才。」❷出人意料的。李華《弔古戰場文》:「～兵有異於仁義。」❸感到奇特。司馬遷《史記‧項羽本紀》:「梁以此～籍。」❹看重。《史記‧淮陰侯列傳》:「上未之～也。」❺奇觀，勝境，佳境。陶弘景《與謝中書書》:「未復有能與其

～者。」

（二）（粵）gei1〔基〕（普）jī

❶單，單數的。《山海經·海外西經》：「～肱之國在其北，其人一臂三目。」❷餘數，零頭。魏學洢《核舟記》：「舟首尾長約八分有～。」❸不順利。司馬遷《史記·李將軍列傳》：「以為李廣老，數～。」

 （粵）noi6〔內外切〕（普）nài

❶處理，應付。黃庭堅《和文潛舟中所題》：「誰～離愁得？」❷多與「何」連用，表示「如何」、「怎麼辦」、「為甚麼」。司馬遷《史記·廉頗藺相如列傳》：「取吾璧，不予我城，～何？」司馬光《訓儉示康》：「卿為清望官，～何飲於酒肆？」

 （一）（粵）jim2〔掩〕（普）yǎn

❶副詞，完全。許慎《說文解字》：「～，覆也。」《資治通鑑·漢紀·孝獻皇帝庚》：「今操得荊州，～有其地。」❷副詞，突然，忽然。《古詩十九首·今日良宴會》：「人生寄一世，～忽若飆塵。」❸急速。陳壽《三國志·蜀書·蔣琬費禕姜維傳》：「～至廣都。」（急速前往廣都。）

（二）（粵）jim1〔閹〕（普）yǎn

氣息微弱的樣子，有成語「～～一息」。李密《陳情表》：「但以劉日薄西山，氣息～～。」

 （粵）gu1〔孤〕（普）gū

❶丈夫的母親。許慎《說文解字》：「～，夫母也。」杜甫《新婚別》：「妾身未分明，何以拜～嫜？」（嫜：丈夫的父親。）❷丈夫的姐妹。《孔雀東南飛》：「新婦初來時，小～始扶牀。」❸父親的姐妹。《詩經·邶風·泉水》：「問我諸～，遂及伯姊。」（伯姊：大姐。）❹副詞，姑且，帶有讓步、無奈的意思。曾衍東《小豆棚·物類》：「～徐徐。」（姑且讓我慢慢考慮。）

委 （一）（粵）wai2〔毀〕（普）wěi

❶跟隨，順從。許慎《說文解字》：「～，隨也。」陶潛《歸去來辭》：「曷不～心任去留？」（為何不順從心性，決定官職的去留？）❷託付，有成語「～身於人」。《孔子家語·六本》：「今參事父～身以待暴怒。」（參【（粵）sam1〔心〕（普）shēn】：曾參。）❸進獻。司馬遷《史記·屈原賈生列傳》：「厚幣～質事楚。」（質【（粵）zi3〔志〕（普）zhì】：禮物。）❹拋棄、棄置、丟下。方苞《弟椒塗墓誌銘》：「有壞木～西階下。」❺散落。《莊子·養生主》：「如土～地。」❻憔悴。《世說新語·容止》：「～頓而返。」（既憔悴、又疲乏地回去。）

（二）（粵）wai1〔威〕（普）wēi

曲折，多與「蛇【（粵）ji4〔怡〕（普）yí】」連用，表示像蛇一樣彎曲身

（左側豎排）八畫

體，俯伏爬行。司馬遷《史記‧蘇秦列傳》：「嫂～蛇蒲服，以面掩地而謝曰。」（蒲服：以跪姿坐於地上。）

始 _粵ci2〔此〕_普shǐ

❶開始。許慎《說文解字》：「～，女之初也。」劉蓉《習慣說》：「故君子之學貴慎～。」❷起初。蘇洵《六國論》：「燕、趙之君，～有遠略。」❸副詞，方，才。柳宗元《永州八記‧始得西山宴遊記》：「望西山，～指異之。」❹副詞，曾經。《永州八記‧始得西山宴遊記》：「而未～知西山之怪特。」❺副詞，剛剛。宋濂《龍門子凝道記‧尉遲樞第八》：「～就枕。」

孤 _粵gu1〔姑〕_普gū

❶失去父親或雙親。許慎《說文解字》：「～，無父也。」李贄《初潭集‧五》：「邴原少～。」❷孤兒。《禮記‧禮運》：「矜寡～獨廢疾者，皆有所養。」❸孤獨，孤單。蘇洵《六國論》：「且燕、趙處秦革滅殆盡之際，可謂智力～危。」❹孤立。韓非《韓非子‧姦劫弒臣》：「主～於上而臣成黨於下。」❺單薄。《六國論》：「可謂智力～危。」❻獨特。龔自珍《病梅館記》：「或以文人畫士～癖之隱。」❼諸侯國君王自稱的謙詞。《道德經》：「是以侯王自謂～、寡、不穀。」

季 _粵gwai3〔貴〕_普jì

❶排行在後的。許慎《說文解字》：「～，少偁也。」（偁：同「稱」，稱呼。）司馬遷《史記‧項羽本紀》：「楚左尹項伯者，項羽～父也。」（左尹：楚國官名。～父，年齡最小的叔父。）❷朝代的尾段。蔡琰《悲憤詩》：「漢～失權柄，董卓亂天常。」❸季節。張蠙《次韻和友人冬月書齋》：「四～多花木，窮冬亦不凋。」❹每季的最後一個月稱為「～」，有詞語「～春」（農曆三月）。

孥 _粵nou4〔奴〕_普nú

兒子。謝肇淛《五雜俎‧物部三》：「每每以語妻～，然未必知此旨也。」

宗 _粵zung1〔終〕_普zōng

❶宗廟，古代帝王、諸侯祭祀的地方。許慎《說文解字》：「～，尊祖廟也。」《荀子‧樂論》：「故樂在～廟之中，君臣上下同聽之。」（樂：音樂。）❷王室。《宋史‧文天祥傳》：「忠臣但為～廟社稷計。」❸宗族。歸有光《歸氏二孝子傳》：「獨其～親鄉里知之。」❹嫡長子。《隋書‧張衡列傳》：「奪～之計。」❺根本，宗旨。《莊子‧天道》：「夫帝王之德，以天地為～。」

定 _粵ding6〔代靜切〕_普dìng

❶穩定，安定。許慎《說文解字》：

「～，安也。」諸葛亮《出師表》：「今南方已～，兵甲已足。」❷集中。沈復《閒情記趣》：「～神細視。」❸平定。《出師表》：「當獎率三軍，北～中原。」❹決定，確定。司馬遷《史記‧廉頗藺相如列傳》：「計未～，求人可使報秦者，未得。」❺副詞，一定。杜甫《寄高適》：「～知相見日，爛漫倒芳樽。」❻志向。《禮記‧大學》：「知止而后有～。」（止：目標。）

宜 粵ji4〔怡〕普yí

❶合適，適宜。周敦頤《愛蓮説》：「牡丹之愛，～乎眾矣！」❷應當。諸葛亮《出師表》：「誠～開張聖聽，以光先帝遺德。」❸副詞，大概，或許。司馬遷《史記‧廉頗藺相如列傳》：「臣竊以為其人勇士，有智謀，～可使。」

宙 粵zau6〔就〕普zhòu

❶古往今來無限的時間。俞長城《全鏡文》：「庶其～乎！」（但願返回那時候啊！）❷天空。王勃《七夕賦》：「霜凝碧～。」

宛 粵jyun2〔阮〕普wǎn

❶彎曲，曲折。張若虛《春江花月夜》：「江流～轉遶芳甸。」（芳甸【粵din6〔電〕普diàn】：芳草茂盛的草原。）❷轉向。姚鼐《遊媚筆泉記》：「振鬣～首而顧其侶。」❸好像，彷彿。《詩經‧秦風‧蒹葭》：「～在水中央。」

尚 粵soeng6〔視像切〕普shàng

❶高尚。陶潛《桃花源記》：「南陽劉子驥，高～士也。」❷崇尚，尊崇。蒲松齡《聊齋誌異‧促織》：「宣德問，宮中～促織之戲。」（促織：蟋蟀的別稱。）❸專門管理皇帝事務。諸葛亮《出師表》：「侍中、～書、長史、參軍，此悉貞良死節之臣也。」（～書：負責處理皇帝文書的官職。）❹尚且。司馬遷《史記‧廉頗藺相如列傳》：「臣以為布衣之交～不相欺，況大國乎！」❺副詞，還。王安石《遊褒禪山記》：「蓋予所至，比好遊者～不能十一。」（十一：十分之一。）❻副詞，依然，繼續。陸游《老學庵筆記‧卷十》：「京都街鼓今～廢。」

居 粵geoi1〔加推切〕普jū

❶居住。柳宗元《永州八記‧始得西山宴遊記》：「自余為僇人，～是州，恆惴慄。」❷日常生活。《論語‧子路》：「～處恭。」❸留下，停留。《永州八記‧小石潭記》：「以其境過清，不可久～，乃記之而去。」❹處在，位處，位居。范仲淹《岳陽樓記》：「～廟堂之高，則憂其民。」❺有，佔有，佔上。《晉書‧羊祜傳》：「天下不如意，恆十～七八。」❻遭逢，經歷，過了。劉向《説苑‧立節》：「～三年，白公為亂。」❼囤積，存留，有成語「奇貨可～」。司馬

遷《史記‧呂不韋列傳》:「呂不韋賈邯鄲,見而憐之,曰『此奇貨可~』。」(之:指秦王嬴政。)❽當官。方孝孺《試筆說》:「~廟朝。」

 屈 粵 wat1〔鬱〕 普 qū

❶彎曲,有成語「卑躬~膝」。宋濂《送東陽馬生序》:「手指不可~伸。」❷委屈,屈就。諸葛亮《出師表》:「先帝不以臣卑鄙,猥自枉~。」❸屈服。《孟子‧滕文公下》:「威武不能~。」(威武:以武力威嚇。)❹強迫。柳宗元《童區寄傳》:「皆~為僮。」❺虧缺。賈誼《論積貯疏》:「生之有時,而用之亡度,則物力必~。」

 帛 粵 baak6〔白〕 普 bó

絲織品。許慎《說文解字》:「~,繒也。」(繒【粵 zang1〔爭〕普 zēng】:絲織品總稱。)《左傳‧莊公十年》:「犧牲玉~,弗敢加也,必以信。」

幸 粵 hang6〔杏〕 普 xìng

❶幸運,福分,有成語「三生有~」。謝肇淛《五雜組‧物部三》:「~而處富貴。」❷僥倖。司馬遷《史記‧廉頗藺相如列傳》:「君不如肉袒伏斧質請罪,則~得脫矣。」❸幸虧,有成語「~不辱命」。《史記‧廉頗藺相如列傳》:「臣從其計,大王亦~赦臣。」❹希望。班固《漢書‧李廣蘇建傳》:「吾母與弟在漢,~蒙其賞賜。」❺寵愛,寵信。《史記‧廉頗藺相如列傳》:「而君~於趙王。」❻巡幸,指帝王到某處去。杜牧《阿房宮賦》:「縵立遠視,而望~焉,有不得見者,三十六年。」(縵【粵 maan6〔慢〕普 màn】立:久立。)

 府 粵 fu2〔苦〕 普 fǔ

❶古時國家收藏文書或財物的地方。許慎《說文解字》:「~,文書藏也。」《呂氏春秋‧季冬紀‧士節》:「晏子使人分倉粟分~金而遺之。」❷政府辦公地,官府。諸葛亮《出師表》:「宮中~中,俱為一體。」❸行政區劃名,唐、宋時大州稱「~」。王勃《滕王閣序》:「豫章故郡,洪都新~。」❹達官貴人的住宅。文天祥《指南錄‧後序》:「縉紳、大夫、士萃於左丞相~。」

 庖 粵 paau4〔刨〕 普 páo

❶廚房。許慎《說文解字》:「~,廚也。」《孟子‧梁惠王上》:「是以君子遠~廚也。」❷廚師。《莊子‧養生主》:「良~歲更刀。」(優秀的廚師每年才換一次刀。)❸烹調。楊萬里《西溪先生和陶詩序》:「東坡以烹龍~鳳之手。」

延 粵 jin4〔言〕 普 yán

❶延長,伸長。許慎《說文解字》:「~,長行也。」《墨子‧明鬼》:

「若無鬼神，彼豈有所～年壽哉！」❷延及，牽連。《資治通鑑·漢紀·孝獻皇帝庚》：「燒盡北船，～及岸上營落。」❸邀請。陶潛《桃花源記》：「餘人各復～至其家，皆出酒食。」❹迎接。司馬遷《史記·秦始皇本紀》：「秦人開關～敵。」

弩 ⓟnou5〔努〕⒨nǔ

一種利用機械力量發射箭的弓。許慎《説文解字》：「～，弓有臂者。」《墨子·備城門》：「二步一木～，必射五十步以上。」

征 ⓟzing1〔蒸〕⒨zhēng

❶出征，征伐，有成語「南～北討」。《世説新語·德行》：「袁府君即日便～～。」❷遠行。李白《送友人》：「此地一為別，孤蓬萬里～。」❸徵收。蒲松齡《聊齋誌異·促織》：「宣德間，宮中尚促織之戲，歲～民間。」（促織：蟋蟀。）❹通「徵」，税項，賦税。《孟子·盡心下》：「粟米之～。」

彼 ⓟbei2〔髀〕⒨bǐ

❶指示代詞，那，與「這」相對。韓愈《師説》：「～童子之師，授之書而習其句讀者。」❷人稱代詞，他，他們。《莊子·逍遙遊》：「～且奚適也？」❸人稱代詞，他的，他們的。司馬遷《史記·孫子吳起列傳》：「今以君之下駟與～上駟。」❹對方。《左傳·莊公十年》：「～竭我盈，故克之。」

忠 ⓟzung1〔終〕⒨zhōng

❶盡力，竭力。許慎《説文解字》：「～，敬也。」《論語·學而》：「為人謀而不～乎？」❷忠心。諸葛亮《出師表》：「此臣所以報先帝，而～陛下之職分也。」❸忠誠。歐陽修《朋黨論》：「所守者道義，所行者～信，所惜者名節。」

忽 ⓟfat1〔窟〕⒨hū

❶不重視，不經心。許慎《説文解字》：「～，忘也。」韓非《韓非子·存韓》：「願陛下幸察愚臣之計，無～。」❷疏忽。劉基《郁離子·卷上》：「一室不保，何其～也！」❸迅速，突然。劉蓉《習慣説》：「如土～隆起者。」❹遼闊渺茫的樣子。屈原《楚辭·九歌·國殤》：「平原～兮路超遠。」❺失意。失意茫然。屈原《楚辭·九章·涉江》：「～乎吾將行兮！」

怯 ⓟhip3〔歉〕⒨qiè

膽怯，儒怯。司馬遷《史記·廉頗藺相如列傳》：「王不行，示趙弱且～也。」

怪 ⓟgwaai3〔貴快切〕⒨guài

❶奇異，不常見。許慎《説文解字》：「～，異也。」柳宗元《永州八記·始得西山宴遊記》：「幽泉～石，無遠不到。」❷怪事。《莊子·逍遙遊》：「《齊諧》者，志～者也。」❸驚疑，驚奇。韓愈《師

說》:「今其智乃反不能及,其可～也歟!」❹怪怨,怪責。范曄《後漢書‧張衡列傳》:「嘗一龍機發而地不覺動,京師學者咸～其無徵。」❺邪惡。《荀子‧君道》:「姦～之屬莫不反愨。」

恒 （粵）daat3〔對剎切〕（普）dá

❶憂傷,悲痛。許慎《說文解字》:「～,憯也。」（憯:同「慘」,淒慘。）司馬遷《史記‧屈原賈生列傳》:「疾痛慘～,未嘗不呼父母也。」❷驚訝。潘岳《寡婦賦》:「～驚悟兮無聞!」❸恐嚇,驚嚇。柳宗元《三戒‧臨江之麋》:「入門,羣犬垂涎,揚尾皆來。其人怒,～之。」

性 （粵）sing3〔姓〕（普）xìng

❶人的本性。許慎《說文解字》:「人之陽氣～善者也。」司馬光《訓儉示康》:「吾～不喜華靡。」❷事物固有的特質。紀昀《閱微草堂筆記‧卷十六》:「乃石～堅重,沙～鬆浮。」❸性格,性情,有成語「～情中人」。諸葛亮《出師表》:「將軍向寵,～行淑均。」❹性命。《出師表》:「苟全～命於亂世。」

或 （粵）waak6〔惑〕（普）huò

❶有的,有的人。蘇洵《六國論》:「～曰:『六國互喪,率賂秦耶?』」❷或許。《六國論》:「當與秦相較,～未易量。」❸或者。歐陽修《朋黨論》:「及其見利而爭先,～利盡而交疏。」❹偶爾,有時。韓愈《雜說（四）》:「一食～盡粟一石。」❺通「惑」,疑惑,迷惑。《管子‧四稱》:「迷～其君。」（迷惑他們的君主。）

戾 （粵）leoi6〔淚〕（普）lì

❶暴戾,殘忍。韓非《韓非子‧五蠹》:「誅嚴不為～。」（誅:誅殺。）❷屈曲、扭曲。《呂氏春秋‧季春紀‧盡數》:「端直無～。」❸違背。《淮南子‧覽冥訓》:「舉事～蒼天。」❹到達。吳均《與宋元思書》:「鳶飛～天者,望峯息心。」（鳶【（粵）jyun1〔冤〕（普）yuān】:老鷹。）

所 （粵）so2〔鎖〕（普）suǒ

❶住所,處所。戴名世《南山集‧鳥說》:「乃托身非～。」❷位置。諸葛亮《出師表》:「必能使行陣和睦,優劣得～也。」❸代詞,用在動詞前面,組成名詞性詞組,相當於「……的人/事物」。《孟子‧告子上》:「魚,我～欲也;熊掌,亦我～欲也。」❹與「為」組成「為……～……」句式,表示被動。蘇洵《六國論》:「有如此之勢,而為秦人積威之～劫。」

承 （粵）sing4〔城〕（普）chéng

❶接受,承受,一般指在下的接受在上的命令或吩咐。許慎《說文解字》:「～,奉也,受也。」宋濂《送東陽馬生序》:「猶幸預君子之

列，而～天子之寵光。」❷承托，托起，烘托。姚鼐《登泰山記》：「日上，正赤如丹，下有紅光動搖～之。」❸承續，繼續。司馬光《訓儉示康》：「吾本寒家，世以清白相～。」❹承認。沈括《夢溪筆談・權智》：「遂～為盜。」❺瀰漫。屈原《楚辭・九章・涉江》：「霰雪其無垠兮，雲霏霏而～宇。」

拄 ⟨粵⟩zyu2〔主〕⟨普⟩zhǔ

支撐。方苞《左忠毅公軼事》：「天下事誰可支～者？」

拂 一 ⟨粵⟩fat1〔忽〕⟨普⟩fú

❶輕輕擦過。劉基《郁離子・卷下》：「有鵲集王旃而過。」❷挫折，不順利。《孟子・告子下》：「行～亂其所為。」（今所做的事都不順利。）❸抖擻、顛抖。范曄《後漢書・荀韓鍾陳列傳》：「乃起自整～。」❹塵拂，掃走灰塵用的器具。杜光庭《虬髯客傳》：「執紅～立於前。」

二 ⟨粵⟩bat6〔拔〕⟨普⟩bì

同「弼」，輔助。《孟子・告子下》：「入則無法家～士。」（國內如果沒有堅持法度的人和輔助的賢士）。

招 ⟨粵⟩ziu1〔焦〕⟨普⟩zhāo

❶招手呼喚別人。許慎《説文解字》：「～，手呼也。」司馬遷《史記・項羽本紀》：「沛公起如廁，因～樊噲出。」❷招來，召集。《史記・袁盎鼂錯列傳》：「上～賢良。」❸招降。《宋史・文天祥傳》：「使為書～張世傑。」❹箭靶。《呂氏春秋・孟春紀・本生》：「萬人操弓，共射一～，～無不中。」

拔 ⟨粵⟩bat6〔弼〕⟨普⟩bá

❶抽出來。許慎《説文解字》：「～，擢也。」（擢【⟨粵⟩zok6〔鑿〕⟨普⟩zhuó：拔起。）司馬遷《史記・項羽本紀》：「力～山兮氣蓋世。」❷剷除。韓愈《進學解》：「～去兇邪。」❸提拔。諸葛亮《出師表》：「是以先帝簡～以遺陛下。」❹突出，超出。李白《夢遊天姥吟留別》：「勢～五嶽掩赤城。」（赤城：山名，在今浙江省天台縣北。）❺攻取。《史記・廉頗藺相如列傳》：「其後秦伐趙，～石城。」❻移動、遷徙。陳壽《三國志・蜀書・諸葛亮傳》：「亮～西縣千餘家，還于漢中。」

披 ⟨粵⟩pei1〔丕〕⟨普⟩pī

❶揭開，撥開，散開。柳宗元《永州八記・始得西山宴遊記》：「到則～草而坐，傾壺而醉。」❷表露，披露。司馬遷《史記・淮陰侯列傳》：「臣願～腹心，輸肝膽，效愚計。」❸翻閱。韓愈《進學解》：「先生口不絕吟於六藝之文，手不停～於百家之編。」❹披上，穿衣服。羅貫中《三國演義・第四十三回》：「帳下偏裨將校，都～銀鎧，分兩行而入。」（偏裨【⟨粵⟩pei4〔皮〕

（普 pí）：副將。）❺敗退。《宋書·宗愨傳》：「賊十餘人皆～散。」

抵

一 （粵）dai2〔等鬼切〕（普）dǐ

❶抵擋，抵抗。羅貫中《三國演義·第四十五回》：「萬弩齊發，曹軍不能～當。」（弩【粵 nou5〔努〕（普）nǔ】：一種利用機械力量發射箭的弓。）❷抵觸。紀昀《劉東堂言》：「惟樹後坐一人抗詞與辯，連～其隙。」（隙：破綻。）❸排擠。班固《漢書·揚雄傳下》：「～穰侯而代之。」❹抵得上，相當。杜甫《春望》：「家書～萬金。」❺抵償。司馬遷《史記·高祖本紀》：「殺人者死，傷人及盜～罪。」❻抵達。陸以湉《冷廬雜識·卷七·陳忠愍公》：「～署甫六日，聞舟山失守。」（舟山：今浙江省舟山羣島。）❼副詞，表示總括。吳訥《文章辨體序說·記》：「大～記者，蓋所以備忘。」（記：以敍事為主的文體。）

二 （粵）zi2〔止〕（普）zhǐ

擊打。司馬遷《史記·滑稽列傳》：「即為孫叔敖衣冠，～掌談語。」（～掌：拍掌。）

抱

（粵）pou5〔婢老切〕（普）bào

❶抱着。《岳飛之少年時代》：「～飛坐巨甕中。」❷環抱，圍繞。杜牧《阿房宮賦》：「各～地勢，鈎心鬥角。」❸懷抱，抱負。王羲之《蘭亭集序》：「或取諸懷～，悟言一室之內。」（說出自己的想法。

和友人在室內交談，有所感悟。）❹守護。司馬遷《史記·魏公子列傳》：「嬴乃夷門～關者也。」（嬴：侯嬴，戰國時魏國隱士。夷門：魏國都城的東門。）❺通「拋」，拋擲。蘇洵《六國論》：「猶～薪救火。」

拘

（粵）keoi1〔軀〕（普）jū

❶拘捕，逮捕。許慎《說文解字》：「～，止也。」《左傳·僖公三十三年》：「武夫力而～諸原，婦人暫而免諸國。」（戰士們花了很大的力氣，才把他們從戰場上抓回來；婦人的幾句謊話卻把他們放走。）❷拘束，約束。韓愈《師說》：「六藝經傳，皆通習之，不～於時。」❸阻止。《管子·君臣下》：「止詐～姦。」❹拘泥，有成語「不～小節」。司馬遷《史記·太史公自序》：「使人～而多畏。」❺忌諱、禁忌。柳宗元《三戒·永某氏之鼠》：「～忌特甚。」

放

（粵）fong3〔況〕（普）fàng

❶流放，放逐。許慎《說文解字》：「～，逐也。」司馬遷《史記·屈原賈生列傳》：「眾人皆醉而我獨醒，是以見～。」❷釋放。柳宗元《三戒·黔之驢》：「至則無可用，～之山下。」❸放縱，放任。《宋史·文天祥傳》：「日～意文墨，以泄悲憤。」❹發放。辛棄疾《青玉案·元夕》：「東風夜～花千樹。」❺安放。白居易《琵琶行》：「沉吟

～撥插弦中，整頓衣裳起斂容。」
❻失去。《孟子·告子上》:「其所
以～其良心者。」

 於 一 粵 jyu1〔淤〕普 yú

❶介詞，表示地點、處所，相當於
「在」。諸葛亮《出師表》:「然侍衞
之臣不懈～內。」(然而侍衞之臣
在宮內不敢懈懈。)❷介詞，表示
時間，相當於「在」。《出師表》:
「試用～昔日。」(在從前被試用。)
❸介詞，表示來源、起點，相當
於「從」。《荀子·勸學》:「青，
取之～藍。」(青色，是從藍草提
煉出來的。)❹介詞，表示終點，
相當於「到」。《出師表》:「還～
舊都。」(回歸到舊都城。)❺介
詞，引出動作的方向、對象，相當
於「向」、「給」。《論語·為政》:
「孟孫問孝～我。」(孟孫向我問孝
道。)《莊子·逍遙遊》:「堯讓天
下～許由。」(堯將天下禪讓給許
由。)❻介詞，引出發表意見的對
象，相當於「對」。《出師表》:「未
嘗不歎息痛恨～桓、靈也。」(未
嘗不對漢桓帝和靈帝不感到歎息、痛
恨。)❼介詞，表示比較，相當於
「比」、「過」。蘇洵《六國論》:「夫
六國與秦皆諸侯，其勢弱～秦。」
(山東六國和秦國都是諸侯，他們
的勢力比秦國的弱。)❽介詞，表
示共同，相當於「和」、「跟」。《六
國論》:「趙嘗五戰～秦。」(趙國
曾經和秦國五次交戰。)❾介詞，
表示被動，相當於「被」。司馬遷

《史記·廉頗藺相如列傳》:「而君
幸～趙王。」(而您被趙王寵幸。)
❿介詞，表示原因，相當於「由
於」、「因為」。《孟子·告子下》:
「生～憂患。」(因為困苦和禍患而
掙扎求存。)

二 粵 wu1〔烏〕普 wū

歎詞，表示讚美、感歎。《尚書·
虞書·大禹謨》:「～!帝念哉!」

易 一 粵 jik6〔亦〕普 yì

❶換，交換，有詞語「交～」。司
馬遷《史記·廉頗藺相如列傳》:
「願以十五城請～璧。」❷交易、
購買。劉基《郁離子·卷上》:「易
之以～金。」❸改變。韓非《韓非
子·五蠹》:「變其節，～其行矣。」
❹代替、更換、替換。《列子·湯
問》:「寒暑～節。」

二 粵 ji6〔義〕普 yì

❶容易，有成語「～如反掌」。蘇
洵《六國論》:「當與秦相較，或未
～量。」❷輕視，小看。柳宗元《童
區寄傳》:「賊～之，對飲酒醉。」
❸平和、平靜、心安理得。《禮
記·中庸》:「故君子居～以俟命。」

昂 粵 ngong4〔牙郎切〕普 áng

❶抬起，有成語「～首闊步」。許
慎《說文解字》:「～，舉也。」魏
學洢《核舟記》:「矯首～視。」
❷抬高。蒲松齡《聊齋誌異·促
織》:「～其直。」❸高、高昂。柳
宗元《乞巧文》:「左低右～。」

明 （粵）ming4〔鳴〕（普）míng

❶光明，明亮。許慎《說文解字》：「朙，照也。（朙：古文「明」字。）」李白《月下獨酌》（其一）：「舉杯邀〜月，對影成三人。」❷照明。王安石《遊褒禪山記》：「火尚足以〜也。」❸明確，清楚。司馬遷《史記・廉頗藺相如列傳》：「秦自繆公以來二十餘君，未嘗有堅〜約束者也。」❹精通。《史記・屈原賈生列傳》：「〜於治亂，嫻于辭令。」（嫻：嫻熟，熟練。）❺闡明。張溥《五人墓碑記》：「亦以〜死生之大，匹夫之有重於社稷也。」❻聰明，英明。韓愈《師說》：「小學而大遺，吾未見其〜也。」❼開明。諸葛亮《出師表》：「以昭陛下平〜之治。」❽心智，智慧。《荀子・勸學》：「神〜自得。」❾視力。《孟子・梁惠王上》：「〜足以察秋毫之末。」❿視覺靈敏。范曄《後漢書・班梁列傳》：「耳目不聰〜。」⓫弘揚，彰顯。《禮記・大學》：「大學之道在〜明德。」⓬公開。龔自珍《病梅館記》：「未可一〜詔大號。」

昏 （粵）fan1〔芬〕（普）hūn

❶天剛黑，傍晚。許慎《說文解字》：「〜，日冥也。」李清照《聲聲慢・秋情》：「到黃〜、點點滴滴。」❷昏暗，黑暗。歸有光《項脊軒志》：「不能得日，日過午已〜。」❸糊塗，迷亂，有成語「利令智〜」。王安石《遊褒禪山記》：

「至於幽暗〜惑，而無物以相之，亦不能至也。」❹昏花。韓愈《與崔羣書》：「目視〜花，尋常間便不問人顏色。」❺迷惑。《呂氏春秋・孟夏紀・誣徒》：「〜於小利。」❻昏迷，失去知覺。韓愈《贈太傅董公行狀》：「萬榮病風，〜不知事。」（萬榮：李萬榮，唐代將領。病風：中風。）❼通「婚」，結婚，這個意思後來被寫成「婚」。《詩經・邶風・谷風》：「宴爾新〜，如兄如弟。」

服 （粵）fuk6〔伏〕（普）fú

❶服用，吃，食用。許慎《說文解字》：「〜，用也。」司馬遷《史記・扁鵲倉公列傳》：「但〜湯二旬而復故。」❷服侍，負責，從事。韓非《韓非子・五蠹》：「雖監門之〜養，不虧於此矣。」❸衣服。司馬光《訓儉示康》：「長者加以金銀華美之〜。」❹穿（衣服）。《韓非子・外儲說左上》：「齊桓公好〜紫。」❺居喪，守喪。《史記・魏其武安侯傳》：「會仲孺有〜。」❻敬服，佩服。陸以湉《冷廬雜識・卷七・陳忠愍公》：「近者皆有家室慮，且〜吾久，無離心。」❼降服。賈誼《過秦論》：「彊國請〜，弱國入朝。」❽【動】思念。《詩經・周南・關雎》：「寤寐思〜。」

枉 （粵）wong2〔毀爽切〕（普）wǎng

❶彎曲，與「直」相對。許慎《說文解字》：「〜，衺曲也。」（衺【粵】

ce4〔邪〕**普** xié】：通「邪」。《荀子・王霸》：「辟之是猶立直木而求其景之～也。」❷不正直的。司馬光《訓儉示康》：「君子多欲則貪慕富貴，～道速禍。」❸歪曲，殘害，有成語「寧～無縱」。司馬遷《史記・滑稽列傳》：「身死家室富，又恐受賕～法。」（賕【**粵**kau4〔求〕**普**qiú】：賄賂。）❹委屈。諸葛亮《出師表》：「先帝不以臣卑鄙，猥自～屈。」❺冤枉。《新唐書・高仙芝傳》：「我有罪，若輩可言；不爾，當呼～。」❻副詞，白白、徒然。蘇軾《賀新郎》：「～教人、夢斷瑤臺曲。」

果
粵 gwo2〔裹〕**普** guǒ

❶果子，果實。許慎《說文解字》：「～，木實也。」司馬光《訓儉示康》：「～止於梨、栗、棗、柿之類。」❷成為事實，實現。陶潛《桃花源記》：「欣然規往，未～，尋病終。」❸副詞，結果。宋濂《杜環小傳》：「～無所遇而返。」❹果腹，充實，飽。《莊子・逍遙遊》：「三餐而反，腹猶～然。」❺副詞，果真，果然。陸以湉《冷廬雜識・卷七・陳忠愍公》：「及戰，～先遁。」

杳
粵 miu5〔秒〕**普** miǎo / yǎo

❶昏暗幽深。許慎《說文解字》：「～，冥也。」屈原《楚辭・九章・涉江》：「深林～以冥冥兮。」❷遠得無盡頭。杜牧《阿房宮賦》：「～不知其所之也。」❸消失、不知所終。林景熙《仙壇寺西林》：「古壇仙鶴～。」

析
粵 sik1〔色〕**普** xī

❶劈開，剖開。許慎《說文解字》：「～，破木也。」《詩經・齊風・南山》：「～薪如之何？匪斧不克。」（想去砍柴怎麼辦？沒有斧子砍不倒。）❷離散。《論語・季氏》：「邦分崩離～而不能守也。」❸辨析，分析。陶潛《移居》：「奇文共欣賞，疑義相與～。」

歧
粵 kei4〔旗〕**普** qí

❶分岔路，有詞語「～途」。王勃《送杜少府之任蜀州》：「無為在～路，兒女共沾巾。」❷差別，有詞語「～義」。劉勰《文心雕龍・銓賦》：「賦自詩出，分～異派。」❸出眾。《新唐書・張仲方傳》：「仲方，生～秀。」

殀
粵 jiu2〔綺小切〕**普** yāo

❶摧折。許慎《說文解字》：「～，屈也。」龔自珍《病梅館記》：「以～梅、病梅為業以求錢也。」❷夭折，早死。《孟子・盡心上》：「～壽不貳。」（不管是短命還是長壽，也不改變修身的態度。）

歿
粵 mut6〔沒〕**普** mò

❶死亡。司馬遷《史記・屈原賈生列傳》：「伯樂既～兮，驥將焉程兮？」（伯樂：人名，善於相馬。）

❷消滅、殲滅。范曄《後漢書·耿弇列傳》:「道逢匈奴騎多,皆為所~。」

 粵man4〔民〕普méng

平民。《詩經·衞風·氓》:「~之蚩蚩,抱布貿絲。」(蚩【粵ci1〔痴〕普chī】蚩:笑嘻嘻的樣子。)

泣 粵jap1〔邑〕普qì

❶眼淚。許慎《說文解字》:「無聲出涕曰~。」(涕【粵tai3〔替〕普tì】:眼淚。)魏禧《吾廬記》:「家人憂恐,~下。」❷流淚。方苞《左忠毅公軼事》:「涕~於禁卒。」❸低聲哭,有詞語「哭~」。宋濂《燕書》:「豹喪欲~~。」❹使動用法,使人哭泣。蘇軾《前赤壁賦》:「~孤舟之嫠婦。」(嫠【粵lei4〔梨〕普lí】婦:寡婦。)

注 粵zyu3〔駐〕普zhù

❶注入,流入。許慎《說文解字》:「~,灌也。」《孟子·滕文公上》:「決汝、漢,排淮、泗,而~之江。」(江:指長江。)❷滲出,流下。歸有光《項脊軒志》:「雨澤下~。」❸集中,有詞語「~意」。司馬遷《史記·酈生陸賈列傳》:「天下安,~意相;天下危,~意將。」(相:相國,丞相。)❹注解、注釋。《世說新語·文學》:「鄭玄欲~春秋傳。」(鄭玄:東漢古文經學家。)❺注釋典籍內容的文字。《世說新語·文學》:「向秀

於舊~外為解義。」(向秀:西晉玄學家。)❻記載。陳壽《三國志·蜀書·後主傳》:「國不置史,~記無官。」

泥 一 粵nai4〔奴圍切〕普ní

❶泥土。周敦頤《愛蓮說》:「予獨愛蓮之出淤~而不染。」❷牆壁的塗料。《世說新語·汰侈》:「石以椒為~。」

二 粵nei6〔膩〕普nì

❶用泥或泥狀物塗抹。《世說新語·汰侈》:「王以赤石脂~壁。」(赤石脂:中藥名,砂石中矽酸類的含鐵陶土,多呈粉紅色。)❷拘泥,不變通。《戰國策·趙策二》:「常民~於習俗。」

河 粵ho4〔鞋禾切〕普hé

❶特指黃河。許慎《說文解字》:「~,水。出焞煌塞外昆侖山,發原注海。」(昆侖:即崑崙山。焞煌:通「敦煌」。)《孟子·梁惠王上》:「~內凶,則移其民於~東。」(凶:水災。)❷泛指河流,河道。《莊子·逍遙遊》:「偃鼠飲~,不過滿腹。」❸銀河。《古詩十九首·迢迢牽牛星》:「~漢清且淺,相去復幾許。」

泄 (洩) 粵sit3〔屑〕普xiè

❶水或液體流出。司馬遷《史記·扁鵲倉公列傳》:「至春果病,至四月,~血死。」❷發泄,散發。王充《論衡·訂鬼》:「夫精念存

想，或～於目，或～於口，或～於耳。」❸泄露，暴露。《史記·刺客列傳》：「所言者，國之大事也，願先生勿～。」

法 （粵）faat3〔髮〕（普）fǎ

❶法律，法令，制度。諸葛亮《出師表》：「不宜偏私，使內外異～也。」❷懲罰。方孝孺《試筆說》：「且加不勝之～焉者。」❸方法。《禮記·學記》：「大學之～，禁於未發之謂豫，當其可之謂時。」（大學的教育方法是：在不合正道的事發生之前加以禁止，叫做「預防」；在適當的時候加以教導，叫做「合時」。）❹效法。韓非《韓非子·五蠹》：「是以聖人不期循古，不～常行。」❺變法、改革。《韓非子·定法》：「秦～未敗也。」❻法術。蒲松齡《聊齋誌異·種梨》：「道士作～時。」

沾 （粵）zim1〔瞻〕（普）zhān

❶沾濕，浸濕。《十五從軍征》：「出門東向看，淚落～我衣。」王勃《送杜少府之任蜀州》：「無為在歧路，兒女共～巾。」❷潮濕、濕潤。杜甫《茅屋為秋風所破歌》：「長夜～濕何由徹？」❸接觸、觸碰。沈括《夢溪筆談·技藝》：「～水則高下不平。」❹得到、獲得。鄭瑄《昨非庵日纂二集·汪度》：「此奴竟不～祿。」❺佈施，施與。《宋書·文帝紀》：「二千石官長，並勤勞王務，宜有～錫。」

況 （粵）fong3〔放〕（普）kuàng

❶比擬，比喻。班固《漢書·高惠高后文功臣表》：「以往～今，甚可悲傷。」❷連詞，何況。司馬遷《史記·廉頗藺相如列傳》：「臣以為布衣之交尚不相欺，～大國乎！」❸副詞，況且。文天祥《正氣歌·序》：「～浩然者，乃天地之正氣也！」❹情形，狀況。《莊子·知北遊》：「每下愈～。」（越是從基本之處向下推求，越能看清事物的真實情況。）❺比擬、譬喻。《漢書·高惠高后文功臣表》：「以往～今。」

沮 （粵）zeoi2〔咀〕（普）jǔ

❶阻止，終止。《墨子·尚同中》：「賞譽不足以勸善，而刑罰不足以～暴。」❷敗壞，毀壞。韓非《韓非子·二柄》：「妄舉，則事～不勝。」❸恐嚇。《禮記·儒行》：「～之以兵。」❹沮喪，喪氣，頹喪。《莊子·逍遙遊》：「舉世而非之而不加～。」

治 （粵）zi6〔字〕（普）zhì

❶治理洪水。酈道元《水經注·河水》：「昔禹～洪水。」❷治理，管理。諸葛亮《出師表》：「以昭陛下平明之～。」❸地方政府所在地。班固《漢書·魏相丙吉傳》：「西河太守杜延年明於法度，曉國家故事，前為九卿十餘年，今在郡～有能名。」❹懲處。《出師表》：

「則～臣之罪，以告先帝之靈。」❺醫治。司馬遷《史記‧扁鵲倉公列傳》：「君有疾在血脈，不～恐深。」❻整治，整頓。劉蓉《習慣說》：「一室之不～，何以天下國家為？」❼訓練，部署。《資治通鑑‧漢紀‧孝獻皇帝庚》：「今～水軍八十萬眾，方與將軍會獵於吳。」❽對付。《資治通鑑‧漢紀‧孝獻皇帝庚》：「同心一意，共～曹操。」❾治理得好，與「亂」相對。《莊子‧逍遙遊》：「夫子立而天下～。」❿修建、修葺。司馬光《訓儉示康》：「～居第於封丘門內。」

 （粵）faan3〔快燦切〕（普）fàn

❶漂浮，泛舟。許慎《說文解字》：「～，浮也。」蘇軾《前赤壁賦》：「蘇子與客一舟遊於赤壁之下。」❷通「氾」，泛濫。《孟子‧滕文公上》：「洪水橫流，～濫於天下。」❸廣泛，普遍。方苞《獄中雜記》：「余感焉，以杜君言～訊之，眾言同，於是書書。」

炎 （粵）jim4〔嚴〕（普）yán

❶燃燒，焚燒。許慎《說文解字》：「～，火光上也。」《尚書‧夏書‧胤征》：「火～崑岡，玉石俱焚。」❷熱，炎熱。屈原《楚辭‧九章‧悲回風》：「觀～氣之相仍兮。」❸通「焰」，火焰。司馬遷《史記‧孝文本紀》：「光～如火。」

 （粵）ceoi1〔催〕（普）chuī

❶煮食，煮飯，有詞語「～煙」。謝肇淛《五雜俎‧物部三》：「飲食必用煉炭所～。」（煉炭：經過提煉的木炭。）❷米飯，有成語「米已成～」。歸有光《歸氏二孝子傳》：「～將熟。」

 （粵）zek3〔隻〕（普）zhì

❶烤的肉，有成語「膾～人口」。許慎《說文解字》：「～，炮肉也。」辛棄疾《破陣子‧為陳同甫賦壯詞以寄之》：「八百里分麾下～。」（八百里：牛的名稱。）❷燒烤。曹丕《豔歌何嘗行》：「但當飲醇酒，～肥牛。」

牧 （粵）muk6〔木〕（普）mù

❶放牧牲畜的人。許慎《說文解字》：「～，養牛人也。」王安石《謝公墩》：「問樵樵不知，問～～不言。」❷放牧。李華《弔古戰場文》：「沙草晨～，河冰夜渡。」❸比喻統治人民。晁錯《論貴粟疏》：「民者，在上所以～之。」❹官名，在東漢為一州的長官，後指地方長官。司馬光《訓儉示康》：「先公為羣～判官。」（判官：唐、宋時輔助地方長官處理公事的人員。）❹修養。魏徵《諫太宗十思疏》：「念高危，則思謙沖而自～。」

物 （粵）mat6〔勿〕（普）wù

❶事物，東西。許慎《說文解字》：

「～，萬～也。」柳宗元《永州八記・始得西山宴遊記》：「洋洋乎與造～者遊，而不知其所窮。」❷除自己外的物和人。范仲淹《岳陽樓記》：「不以～喜，不以～悲。」❸實質內容。《道德經》：「恍兮惚兮，其中有～。」❹物色，觀察。《左傳・昭公三十二年》：「～土方。」（觀察地勢。）

狀　(粵)zong6〔撞〕(普)zhuàng

❶形狀，樣子。許慎《説文解字》：「～，犬形也。」俞長城《全鏡文》：「非人～也。」❷狀況，情形，景象。范仲淹《岳陽樓記》：「予觀夫巴陵勝～，在洞庭一湖。」❸描述，講述。劉勰《文心雕龍・物色》：「『灼灼』～桃花之鮮。」❹推測。司馬遷《史記・滑稽列傳》：「～河伯留客之久，若皆罷去歸矣。」（若：你們。）❺成績，功績。《史記・夏本紀》：「鯀之治水無～。」（鯀治理洪水沒有成績。）❻文書，信函。劉元卿《應諧錄・萬字》：「今子晨起治～。」

狎　(粵)haap6〔峽〕(普)xiá

❶安於，習慣於。許慎《説文解字》：「～，犬可習也。」王充《論衡・程材》：「日見之，日為之，手～也。」❷親近而不莊重。柳宗元《三戒・黔之驢》：「稍近，益～。」❸輕侮。《論語・季氏》：「小人不知天命而不畏也，～大人，侮聖人之言。」（大人：在上位者。）❹

輪流，交替。《左傳・襄公二十七年》：「且晉、楚～主諸侯之盟也久矣，豈專在晉？」

玩　(粵)waan4〔環〕/ wun6〔換〕(普)wán

❶玩弄，戲弄。許慎《説文解字》：「～，弄也。」周敦頤《愛蓮説》：「可遠觀而不可褻～焉。」❷賞玩，欣賞。蒲松齡《聊齋誌異・促織》：「方共瞻～，一雞瞥來，徑進以啄。」（瞥【(粵)pit3〔撇〕(普)piē】：一瞬間。）❸玩物。范曄《後漢書・循吏列傳》：「手不持珠玉之～。」❹琢磨，研究。王充《論衡・訂鬼》：「伯樂學相馬，顧～所見無非馬者。」❺輕視。《左傳・僖公五年》：「寇不可～。」

玦　(粵)kyut3〔缺〕(普)jué

一種半環形的佩玉。許慎《説文解字》：「～，玉佩也。」司馬遷《史記・項羽本紀》：「范增數目項王，舉所佩玉～以示之者三，項王默然不應。」

畀　(粵)bei3〔祕〕/ bei2〔俾〕(普)bì

支付，給予。許慎《説文解字》：「～，相付與之。」陳壽《三國志・吳書・吳主傳》：「是以春秋晉侯伐衞，先分其田以～宋人，斯其義也。」（斯：盡責。）

的　一　(粵)dik1〔嫡〕(普)dì

❶鮮明，明亮。許慎《説文解字》：「旳，明也。」（「旳」是「的」之

本字。）宋玉《神女賦》:「朱唇
～其若丹。」（其【粵 gei6〔技〕普
jì】:語氣詞。丹:丹砂,一種鮮紅
色的礦物。）❷箭靶,箭靶的中
心,有成語「有～放矢」。韓非《韓
非子・用人》:「發矢中～。」

二 (粵 dik1〔嫡〕普 dí

的確,確實。柳宗元《送薛存義
序》:「其為不虛取直也～矣。」（他
沒有白取報酬是確實的。）

直 (粵 zik6〔夕〕普 zhí

❶筆直,與「曲」相對。許慎《說
文解字》:「～,正見也。」（正見:
直望。）《荀子・勸學》:「故木受
繩則～,金就礪則利。」❷正直。
司馬光《訓儉示康》:「君子寡欲,
則不役於物,可以～道而行。」❸
位處。宋濂《杜環小傳》:「其家～
鷺洲坊中。」❹副詞,只是,僅
僅。《孟子・梁惠王上》:「～不百
步耳,是亦走也。」❺副詞,直
接。杜甫《兵車行》:「哭聲～上干
雲霄。」❻同「值」,報酬。柳宗
元《送薛存義序》:「其為不虛取～
也的矣。」❼同「值」,價值,這
個意思後來被寫成「值」。白居易
《賣炭翁》:「半匹紅紗一丈綾,繫
向牛頭充炭～!」❽同「值」,值
班,這個意思後來被寫成「值」。
《金史・哀宗本紀上》:「日二人
～,備顧問。」❾同「值」,正值,
這個意思後來被寫成「值」。柳宗
元《三戒・永某氏之鼠》:「以為己
生歲～子。」

知 一 (粵 zi1〔支〕普 zhī

❶知道,懂得。諸葛亮《出師表》:
「先帝～臣謹慎,故臨崩寄臣以大
事也。」❷感受。歐陽修《醉翁亭
記》:「然而禽鳥～山林之樂。」❸
獲得。《論語・為政》:「溫故而～
新。」❹知識,見解。《莊子・養
生主》:「吾生也有涯,而～也无
涯。」❺了解。司馬遷《史記・項
羽本紀》:「以為～其能。」❻主
持,掌管。《國語・越語上》:「有
乃助寡人謀而退吳者,吾與之共～
越國之政。」❼意識。韓嬰《韓詩
外傳・卷九》:「今適有～而欺之。」
❽朋友。李商隱《涼思》:「疑誤有
新～。」

二 (粵 zi3〔至〕普 zhì

通「智」,智慧,這個意思後來被
寫成「智」。《論語・里仁》:「仁者
安仁,～者利仁。」

空 一 (粵 hung1〔兇〕普 kǒng

❶孔洞。許慎《說文解字》:「～,
竅也。」（竅【粵 hiu3〔氣笑切〕普
qiào】:孔洞。）司馬遷《史記・五
帝本紀》:「舜穿井為匿～旁出。」
❷空隙,空子。陳壽《三國志・吳
書・周魴傳》:「看伺～隙,欲復為
亂。」

二 (粵 hung1〔兇〕普 kōng

❶空空,甚麼也沒有。王維《山居
秋暝》:「～山新雨後,天氣晚來
秋。」❷空洞,不實際。司馬遷《史
記・廉頗藺相如列傳》:「秦貪,

負其彊，以～言求璧，償城恐不可得。」❸副詞，徒然，白白地。李白《將進酒》：「人生得意須盡歡，莫使金樽～對月。」❹副詞，只，只是。僧伽斯那《百喻經·卷上》：「愚人無智，便～食鹽。」❺天空。范仲淹《岳陽樓記》：「陰風怒號，濁浪排～。」❻清澈。蘇軾《前赤壁賦》：「擊～明兮泝流光。」

三 粵hung3〔控〕普kòng

❶缺少，缺乏。白居易《春憶二林寺舊遊因寄朗、滿、晦三上人》：「十八人名～一人。」❷使動用法，使他人貧窮。《孟子·告子下》：「～乏其身。」（使他遭受貧窮。）

穹 粵kung4〔窮〕普qióng

❶隆起的樣子。《敕勒歌》：「天似～廬。」❷大，高，深。沈括《夢溪筆談·雁蕩山》：「山聳千尺，～崖巨谷，不類他山。」

罔 粵mong5〔網〕普wǎng

❶漁獵用的網，這個意思後來被寫成「網」。《莊子·逍遙遊》：「死於～罟。」❷欺騙，陷害，戲弄。《孟子·梁惠王上》：「及陷乎罪，然後從而刑之，是～民也。」❸沒有，無。魏學洢《核舟記》：「～不因勢象形，各具情態。」❹同「惘」，困惑，迷惑，這個意思後來被寫成「惘」。《論語·為政》：「學而不思則～。」

者 粵ze2〔姐〕普zhě

❶代詞，放在主語後面，表示判斷，無實義。許慎《說文解字》：「～，別事詞也。」（即表示事物判斷的代詞。）司馬遷《史記·廉頗藺相如列傳》：「廉頗～，趙之良將也。」❷代詞，用來指代人、事、物、時間、地點等，可以譯作「的」、「的人」、「的東西」、「的事情」等。諸葛亮《出師表》：「若有作姦犯科及為忠善～。」（如果有作姦犯科以及忠心善良的人。）蘇洵《六國論》：「不賂～以賂～喪。」（不賂秦的國家因賂秦的國家而滅亡。）韓愈《師說》：「授之書而習其句讀～。」（教授書本、學習句讀的事情。）❸代詞，放在主語後面，引出原因。《戰國策·齊策一》：「吾妻之美我～，私我也。」❹代詞，用在「今」、「昔」等時間名詞後面，相當於「的時候」。《孝經·諫諍》：「昔～天子有爭臣七人。」❺代詞，多用於「如」、「似」、「若」等喻詞之後，表示比擬，相當於「……的樣子」。劉蓉《習慣說》：「如土忽隆起～。」❻連詞，表示假設，相當於「的話」。班固《漢書·霍光金日磾傳》：「不～且有火患。」❼結構助詞，表示句中的定語和中心語對調。《莊子·逍遙遊》：「宋人有善為不龜手之藥～。」（宋國有個善於製作防止雙手龜裂的藥物的人。）

股　粵 gu2〔古〕普 gǔ

大腿。許慎《說文解字》：「～，髀也。」（髀【粵 bei2〔彼〕普 bì】：大腿。）韓非《韓非子・五蠹》：「～無胈，脛不生毛。」（胈【粵 bat6〔拔〕普 bá】：大腿上的白肉。脛【粵 ging3〔敬〕普 jìng】：小腿。）

肴　粵 ngaau4〔淆〕普 yáo

肉類食物。歐陽修《醉翁亭記》：「山～野蔌。」（蔌【粵 cuk1〔速〕普 sù】：蔬菜。）

卧　粵 ngo6〔餓〕普 wò

❶躺，睡。許慎《說文解字》：「～，休也。」柳宗元《永州八記・始得西山宴遊記》：「醉則更相枕而～，～而夢。」❷平卧，橫放。姚瑩《捕鼠說》：「夜則～之榻而撫弄之。」（榻【粵 taap3〔塔〕普 tà】：牀。）❸寢室。司馬遷《史記・魏公子列傳》：「嬴聞晉鄙之兵符常在王～內。」（嬴：侯嬴，戰國時魏國隱士。晉鄙：魏國大將。）❹隱居。關漢卿《四塊玉・閒適》（其四）：「東山～。」（東山：東晉謝安隱居的地方。）

叟　粵 jyu4〔餘〕普 yú

多與「須」組成詞語「須～」，指片刻。見第 241 頁「須」字條。

舍　粵 se3〔瀉〕普 shè

❶房舍，屋子，有成語「神不守～」。許慎《說文解字》：「市居曰～。」姚瑩《捕鼠說》：「日益肥，毛色光澤，任遊於別～，惟食時則歸。」❷住宿，居住。王安石《遊褒禪山記》：「唐浮圖慧褒始～於其址。」（浮圖：指和尚。）❸安頓。司馬遷《史記・廉頗藺相如列傳》：「～相如廣成傳。」❹行軍三十里為一舍。《左傳・僖公二十三年》：「晉楚治兵，遇於中原，其辟君三～。」

粵 se2〔寫〕普 shě

❶通「捨」，捨掉，放棄，這個意思後來被寫成「捨」。《孟子・告子上》：「～魚而取熊掌者也。」❷撤除、丟下。《世說新語・方正》：「太丘～去。」❸停止。《論語・子罕》：「不～晝夜。」❹放下。《列子・湯問》：「伯牙乃～琴而歎曰。」❺釋放。《左傳・僖公三十三年》：「夫人請之，吾～之矣。」❻厭惡、討厭。王羲之《蘭亭集序》：「雖趣～萬殊。」

芳　粵 fong1〔方〕普 fāng

❶香草，香花，有成語「孤～自賞」。許慎《說文解字》：「～，香艸也。」（艸：通「草」。）王維《山居秋暝》：「隨意春～歇。」❷花草的香氣，有詞語「～香」。陶潛《桃花源記》：「～草鮮美，落英繽紛。」❸比喻美好的德性或聲譽，有成語「流～百世」。王勃《滕王閣序》：「接孟氏之～鄰。」（孟氏：指孟母。）❹美好。盧照鄰《長安

古意》:「曾經學舞度～年。」

艽 （粵）saam1〔衫〕（普）shān

❶除草。許慎《說文解字》:「～，刈艸也。」(刈艸【粵】ngaai6 cou2〔艾草〕（普）yì cǎo】:割草。)徐光啟《農政全書・農事・營治上》:「凡開荒山澤田，皆七月～艾之。草乾，即放火。」❷割除，削除。《資治通鑑・漢紀・孝獻皇帝庚》:「今操～夷大難，略已平矣。」(～夷:借指討平。)

表 （粵）biu2〔裱〕（普）biǎo

❶外衣。《莊子・讓王》:「子貢乘大馬，中紺而～素。」(紺【粵】gam3〔敢沁切〕（普）gàn】:紅黑色。素:白色。)❷外。張養浩《山坡羊・潼關懷古》:「山河～裏潼關路。」❸標記。《呂氏春秋・慎大覽・察今》:「今水已變而益多矣，荊人尚猶循～而導之，此其所以敗也。」(荊:楚國。)❹設標記。《呂氏春秋・慎大覽・察今》:「荊人欲襲宋，使人先～澭水。」(澭【粵】jung1〔翁〕（普）yōng】:水:河流名，在今河南省商丘市一帶。)❺標準，榜樣。司馬遷《史記・太史公自序》:「國有賢相良將，民之師～也。」❻古代的一種文體，臣子寫給皇帝的奏章，如李密的《陳情～》等。諸葛亮《出師表》:「臨～涕零，不知所云。」❼表達，告知。劉知幾《史通・外篇》:「援誓以～心。」❽表揚，獎勵。《史記・

留侯世家》:「～賢者之閭。」

近 （粵）gan6〔局問切〕（普）jìn

❶距離小，與「遠」相對。陶潛《桃花源記》:「緣溪行，忘路之遠～。」❷接近。韓愈《師說》:「位卑則足羞，官盛則～諛。」❸靠近，有成語「～水樓台」。杜甫《登樓》:「花～高樓傷客心，萬方多難此登臨。」❹追求。《莊子・養生主》:「為善無～名。」❺切合。《禮記・大學》:「則～道矣。」❻親近，寵愛。班固《漢書・李廣蘇建傳》:「漢使張勝謀殺單于～臣。」

金 （粵）gam1〔今〕（普）jīn

❶金屬。許慎《說文解字》:「～，五色～也。」《荀子・勸學》:「～就礪則利。」❷黃金。李白《將進酒》:「人生得意須盡歡，莫使～樽空對月。」❸古代計算貨幣的單位，如先秦以二十兩黃金為一「～」。《莊子・逍遙遊》:「客聞之，請買其方百～。」❹資金。紀昀《閱微草堂筆記・卷十六》:「僧募～重修。」❺兵器。魏禧《吾廬記》:「～鳴於堂戶。」(金鐵:泛指兵器。)❻堅固。班固《漢書・蒯伍江息夫傳》:「皆為～城湯池，不可攻也。」

長 一 （粵）coeng4〔場〕（普）cháng

❶時間長久。許慎《說文解字》:「～，久遠也。」《論語・里仁》:「不仁者，不可以久處約，不可以

～處樂。」❷副詞，經常。王安石《書湖陰先生壁》(其一)：「茅簷～掃淨無苔。」❸距離大，與「短」相對。范仲淹《岳陽樓記》：「而或～煙一空，皓月千里。」❹長度。司馬遷《史記·滑稽列傳》：「～八尺，多辯。」(這裏指身高。)❺長於，善於。徐珂《清稗類鈔·戰事類二·馮婉貞勝英人於謝莊》：「西人～火器而短技擊。」❻優點。韓愈《進學解》：「校短量～。」

二 (粵) zoeng2〔掌〕(普) zhǎng

❶年齡大的。韓愈《師說》：「是故無貴、無賤、無～、無少。」❷長者，老人。韓非《韓非子·五蠹》：「師～教之弗為變。」❸生長，成長。《荀子·勸學》：「生而同聲，～而異俗。」❹促進，增長。《禮記·學記》：「教學相～也。」❺撫養，養育。《禮記·禮運》：「使老有所終，壯有所用，幼有所～。」❻頭目，長官。李華《弔古戰場文》：「亭～告余曰。」(亭：古代軍事組織，設在邊境地區，以防禦外敵。)❼做頭目，領導。《戰國策·楚策一》：「天帝使我～百獸。」

三 (粵) zoeng6〔像〕(普) zhàng

多餘的。白居易《無長物》：「只緣無～物。」

阿

一 (粵) o1〔柯〕(普) ē

❶大山。許慎《說文解字》：「～，大陵也。」王勃《滕王閣序》：「訪風景於崇～。」(崇：高。)❷

偏袒，偏私。韓非《韓非子·六反》：「必於賞罰，賞罰不～則民用。」❸迎合，曲從。司馬遷《史記·秦始皇本紀》：「或言馬以～順趙高。」

二 (粵) aa3〔亞〕(普) ā

名詞詞頭，多用於親屬名稱或人名前面。《木蘭辭》：「～爺無大兒，木蘭無長兄。」(爺：父親。)

阻 (粵) zo2〔左〕(普) zǔ

❶險阻。許慎《說文解字》：「～，險也。」《左傳·僖公二十二年》：「古之為軍也，不以～隘也。」(古代用兵的道理，不憑藉地形險阻來狙擊敵人。)❷艱險。《古詩十九首·行行重行行》：「道路～且長，會面安可知？」❸阻隔。酈道元《水經注·江水》：「至於夏水襄陵，沿溯～絕。」(夏天時江水暴漲至山上，上、下游航道都被阻隔。)

附 (粵) fu6〔付〕(普) fù

❶靠近，挨着。馬中錫《中山狼傳》：「丈人～耳謂先生曰：『有匕首否？』」❷依附，投降。蘇洵《六國論》：「向使三國各愛其地，齊人勿～於秦。」❸託付。宋濂《杜環小傳》：「環知故人無在者，不足～。」❹乘搭。《杜環小傳》：「母如其言，～舟詣譚。」❺寄送。杜甫《石壕吏》：「一男～書至。」

雨

一　（粵）jyu5〔羽〕（普）yǔ

❶雨水。許慎《說文解字》：「～，水从雲下也。」辛棄疾《青玉案·元夕》：「更吹落、星如～。」❷朋友。杜甫《秋述》：「今～不來。」

二　（粵）jyu6〔預〕（普）yù

❶降雨或降雪。宋濂《杜環小傳》：「天方～。」❷降下。司馬遷《史記·刺客列傳》：「世言荊軻，其稱太子丹之命，『天～粟，馬生角』也，太過。」

青

（粵）cing1〔清〕（普）qīng

❶青藍色染料，有成語「～出於藍」。《荀子·勸學》：「～，取之於藍。」❷青色。《荀子·勸學》：「而～於藍。」柳宗元《永州八記·始得西山宴遊記》：「縈～繚白，外與天際，四望如一。」❸綠色。魏禧《吾廬記》：「樹無～皮。」❹黑色。李白《將進酒》：「君不見高堂明鏡悲白髮，朝如～絲暮成雪。」❺枝葉茂盛。范仲淹《岳陽樓記》：「岸芷汀蘭，郁郁～～。」

非

（粵）fei1〔飛〕（普）fēi

❶錯誤的，與「是」相對。許慎《說文解字》：「～，違也。」（指違背正確的道理。）陶潛《歸去來辭》：「覺今是而昨～。」❷並非，不是。蘇洵《六國論》：「六國破滅，～兵不利，戰不善，弊在賂秦。」❸不同。柳宗元《三戒·序》：「依勢力以干其～類。」❹違背。司馬遷《史記·孔子世家》：「諸大夫所設行皆～仲尼之意。」（仲尼：孔子。）❺非議，責怪。俞長城《全鏡文》：「有是～，無毀譽。」（是：稱讚。）

九畫

亟

一　（粵）gik1〔激〕（普）jí

❶急切，趕忙。許慎《說文解字》：「～，敏疾也。」司馬遷《史記·陳涉世家》：「趣趙兵～入關。」（趣：同「趨」，催促。）❷馬上。江盈科《雪濤小説·任事》：「須～治。」

二　（粵）kei3〔冀〕（普）qì

屢次，多次。《論語·陽貨》：「好從事而～失時，可謂知乎？」

亭

（粵）ting4〔停〕（普）tíng

❶古代設在道路旁，供旅客停宿的房子。李白《菩薩蠻》：「何處是歸程？長～更短～。」❷秦漢時期的基層行政單位。李華《弔古戰場文》：「～長告余曰。」❸亭子。歐陽修《醉翁亭記》：「有～翼然臨於泉上者，醉翁～也。」

信

一　（粵）seon3〔訊〕（普）xìn

❶信實，信用，有成語「言而有～」。許慎《說文解字》：「～，誠

也。」《論語・學而》:「主忠～。」
❷確切,不虛。韓非《韓非子・五蠹》:「是以賞莫如厚而～,使民利之。」❸副詞,真的。杜甫《兵車行》:「～知生男惡,反是生女好。」❹相信。諸葛亮《出師表》:「願陛下親之～之。」❺信物,使人取信的憑據。《戰國策・燕策三》:「今行而無～,則秦未可親也。」❻通「訊」,音訊,消息,有成語「杳無音～」。杜甫《喜達行在所》(其一):「西憶岐陽～,無人遂卻回。」❼書信,消息。元稹《書樂天紙》:「半封京～半題詩。」❽副詞,隨意。白居易《琵琶行》:「低眉～手續續彈,說盡心中無限事。」

二 (粵)san1〔新〕(普)shēn
❶通「伸」,伸展。馬中錫《中山狼傳》:「狼欣然從之,～足先生。」❷通「伸」,伸張。陳壽《三國志・蜀書・諸葛亮傳》:「孤不度德量力,欲～大義於天下。」

侵 (粵)cam1〔痴心切〕(普)qīn

❶進攻,侵犯。杜甫《登樓》:「北極朝庭終不改,西山寇盜莫相～。」❷欺凌,欺負。司馬遷《史記・游俠列傳》:「豪暴以～凌孤弱。」❸接近,逼近。邯鄲淳《笑林》:「～晨而起。」❹漸漸。文天祥《正氣歌・序》:「當～沴。」(當時逐漸變成瘟疫。)

保 (粵)bou2〔寶〕(普)bǎo

❶保留。司馬冀甫《廣東軍務記》:

「城樓不能完～。」❷保證。《資治通鑑・漢紀・孝獻皇帝庚》:「瑜請得精兵數萬人,進住夏口,～為將軍破之!」❸保護。宋濂《杜環小傳》:「民骨肉不相～。」❹養育。《荀子・王霸》:「上之於下,如～赤子。」

促 (粵)cuk1〔速〕(普)cù

❶靠近,迫近。許慎《說文解字》:「～,迫也。」白居易《琵琶行》:「感我此言良久立,卻坐～弦弦轉急。」❷催逼。李白《魯郡堯祠送吳王之瑯琊》:「日色～歸人。」❸短促,急迫。司馬遷《史記・秦始皇本紀》:「殘虐以～期,雖居形便之國,猶不得存。」

俟 (粵)zi6〔字〕(普)sì

等待。周暉《金陵瑣事・卷一》:「～他日來取去。」

俗 (粵)zuk6〔族〕(普)sú

❶風俗。許慎《說文解字》:「～,習也。」《荀子・勸學》:「生而同聲,長而異～,教使之然也。」❷世俗,一般人的。韓非《韓非子・五蠹》:「故罰薄不為慈,誅嚴不為戾,稱～而行也。」❸庸俗,有成語「～不可耐」。范曄《後漢書・張衡列傳》:「不好交接～人。」

俄 (粵)ngo4〔鵝〕(普)é

頃刻,片刻。許慎《說文解字》:「～,行頃也。」阮閱《詩話總龜・

前集》：「～為左右擁至尹前。」

俎 （粵）zo2〔阻〕（普）zǔ

❶祭祀時盛放祭品的禮器。許慎《説文解字》：「～，禮～也。」《左傳・隱公五年》：「鳥獸之肉，不登於～……則公不射，古之制也。」（射：射獵。）❷泛指食器。馬中錫《中山狼傳》：「與其飢死道路，為羣獸食，毋寧斃於虞人，以～豆於貴家。」（虞人：古代掌管山林的官員。）❸切肉的砧板。司馬遷《史記・項羽本紀》：「如今人方為刀～，我為魚肉。」

冒 （粵）mou6〔霧〕（普）mào

❶覆蓋。《詩經・邶風・日月》：「日居月諸，下土是～。」❷頂着，冒着。袁宏道《滿井遊記》：「每～風馳行，未百步輒返。」（輒【粵】zip3〔接〕（普）zhé：就。）❸冒犯，觸犯。柳宗元《三戒・黔之驢》：「蕩倚衝～。」（碰撞牠、挨近牠、衝擊牠、冒犯牠。）❹冒昧，冒失。《資治通鑑・漢紀・漢獻皇帝庚》：「此數者用兵之患也，而操皆～行之。」❺假冒，假託。班固《漢書・衞青霍去病傳》：「青～姓為衞氏。」

胄 （粵）zau6〔就〕（普）zhòu

❶頭盔。《左傳・僖公三十三年》：「晉秦師過周北門，左右免～而下。」（免：脱掉。）❷後裔。《資治通鑑・漢紀・漢獻皇帝庚》：「劉

豫州王室之～，英才蓋世。」（劉豫州：劉備。）

冠 一 （粵）gun1〔官〕（普）guān

❶帽子。許慎《説文解字》：「～，縈也，所以縈髮。」（縈【粵】gyun3〔絹〕（普）juàn：束縛。）司馬遷《史記・廉頗藺相如列傳》：「怒髮上衝～，謂秦王曰。」❷像帽子的東西。唐寅《畫雞》：「頭上紅～不用裁。」

二 （粵）gun3〔灌〕（普）guàn

❶戴帽子。司馬遷《史記・酈生陸賈列傳》：「沛公不好儒，諸客～儒冠來者，沛公輒解其冠。」❷古代的一種禮儀，男子二十歲束髮加冠，表示已成年。《論語・先進》：「～者五六人，童子六七人。」❸位居第一。司馬光《訓儉示康》：「近世寇萊公豪侈～一時。」（寇萊公：北宋宰相寇準。）❹超越。《史記・蕭相國世家》：「位～羣臣。」

前 （粵）cin4〔詞言切〕（普）qián

❶前進，向前，有成語「停滯不～」。許慎《説文解字》：「不行而進謂之歬」。（歬：「～」的本字，意指腳踏船上就能前進。）司馬遷《史記・廉頗藺相如列傳》：「相如視秦王無意償趙城，乃一曰。」❷前的，前面，與「後」相對。韓愈《師説》：「生乎吾～，其聞道也，固先乎吾。」❸早、早前，時間上較先的。《師説》：「生乎吾～。」❹以前，舊有的。范仲淹《岳陽樓

記》:「～人之述備矣。」

刎 粵ging2〔境〕 普jǐng

用刀割頸自殺。司馬遷《史記·白起王翦列傳》:「武安君引劍將自～。」

則 粵zak1〔仄〕 普zé

❶法則,原理。許慎《説文解字》:「～,等畫物也。」(意指均等分物,後比喻為法則。)裴松之《三國志·魏書·方技傳·注》:「以機鼓輪為常～,以斷懸石。」❷榜樣,有成語「以身作～」。屈原《楚辭·離騷》:「雖不周於今之人兮,願依彭咸之遺～。」(彭咸:彭祖第三十四代孫,商末賢大夫。)❸效法。司馬遷《史記·夏本紀》:「皋陶於是敬禹之德,令民皆～禹。」(皋陶【粵gou1 jiu4〔高搖〕普gāo yáo】:帝舜時期的賢臣。)❹連詞,那麼,就,表示結果。蘇洵《六國論》:「並力西嚮,～吾恐秦人食之不得下嚥也。」❺連詞,就,表示承接。柳宗元《永州八記·始得西山宴遊記》:「其隙也,～施施而行,漫漫而遊。」❻副詞,就是。范仲淹《岳陽樓記》:「此～岳陽樓之大觀也。」❼連詞,雖然。陸游《老學庵筆記·卷十》:「句則佳矣,其如夜半不是打鐘時。」(詩句雖然寫得很好,無奈午夜不是敲鐘的時候。)❽連詞,卻,表示轉折。韓愈《師説》:「愛其子,擇師而教之,於

其身也～恥師焉,惑矣!」❾連詞,所以,因此。劉基《郁離子·卷下》:「又倍其力焉,～人之食於虎也無怪矣。」❿連詞,如果。白珽《湛淵靜語·卷二》:「我食梨～嚼而不咽。」(我吃梨子時,如果只咀嚼,卻不吞嚥。)⓫副詞,原來,竟然。《永州八記·始得西山宴遊記》:「～凡數州之土壤。」⓬語氣助詞,表示疑問的語氣,相當於「呢」。劉元卿《賢奕編·卷三》:「何～?」

匍 粵pou4〔葡〕 普pú

以手、腳爬行。許慎《説文解字》:「～,手行也。」《戰國策·秦策一》:「嫂蛇行～伏,四拜自跪謝。」歸有光《歸氏二孝子傳》:「孝子數困,～匐道中。」

卻 粵koek3〔缺削切〕 普què

❶退,後退。韓非《韓非子·定法》:「是以其民用力勞而不休,逐敵危而不～。」❷擊退。蘇洵《六國論》:「後秦擊趙者再,李牧連～之。」❸回憶、追憶。李商隱《夜雨寄北》:「～話巴山夜雨時。」❹推辭,不接受,有成語「～之不恭」。陸以湉《冷廬雜識·卷七·陳忠愍公》:「或饋酒肉,必峻～之。」(峻:嚴厲,堅決。)❺連詞,可是,表示轉折。辛棄疾《青玉案·元夕》:「那人～在,燈火闌珊處。」❻動態助詞,表示事情完結,相當於「了」。辛棄疾《破陣

子・為陳同甫賦壯詞以寄之》：「了
～君王天下事。」

厚　(粵)hau5〔旱友切〕(普)hòu

❶厚，與「薄」相對。許慎《説文
解字》：「～，山陵之～也。」《荀
子・勸學》：「不臨深谿，不知地之
～也。」（谿：通「溪」，山谷。）
❷豐厚。韓非《韓非子・五蠹》：
「是以～賞不行，重罰不用，而民
自治。」❸累積，增加。柳宗元《蝜
蝂傳》：「以～其室。」❹看重。宋
濂《杜環小傳》：「母問其平生所
～故人及幼子伯章。」❺厚道，不
刻薄。《岳飛之少年時代》：「沉～
寡言。」❻肥美，味濃。《韓非子・
揚權》：「夫香美脆味，～酒肥肉。」

叟　(粵)sau2〔手〕(普)sǒu

❶老人。《列子・湯問》：「河曲智
～笑而止之。」（之：指愚公。）
❷對長輩的尊稱，相當於「您」。
《孟子・梁惠王上》：「～之所知
也。」

哀　(粵)oi1〔埃〕(普)āi

❶哀憐。許慎《説文解字》：「～，
閔也。」（閔【(粵)man5〔敏〕(普)
mǐn】：通「憫」，憐憫。）《戰國
策・齊策四》：「是其為人，～鰥
寡，卹孤獨，振困窮，補不足。」
（卹：通「恤」，體恤。）❷哀傷，
痛心。杜牧《阿房宮賦》：「秦人不
暇自～，而後人～之。」❸感到悲
哀。蘇軾《前赤壁賦》：「～吾生之

須臾，羨長江之無窮。」（須臾：
短暫的時間。）❹哀歎。柳宗元《蝜
蝂傳》：「亦足～夫！」❺喪事。司
馬遷《史記・項羽本紀》：「漢王為
發～，泣之而去。」（漢王：劉邦。
之：指項羽。）

咨　(粵)zi1〔滋〕(普)zī

❶同「諮」，諮詢，商議。許慎《行
為舉止》：「謀事曰～。」諸葛亮《出
師表》：「事無大小，悉以～之。」
❷嗟歎，慨歎。徐珂《清稗類鈔・
音樂類》：「～嗟惋歎。」❸歎詞，
表示慨歎的語氣，相當於「啊」。
《論語・堯曰》：「堯曰：『～！爾
舜！』」

哉　(粵)zoi1〔災〕(普)zāi

❶語氣助詞，表示感歎的語氣，相
當於「啊」。《論語・衛靈公》：「君
子～！」❷語氣助詞，表示疑問的
語氣，相當於「呢」、「嗎」。蘇洵
《六國論》：「齊人未嘗賂秦，終繼
五國遷滅，何～？」❸語氣助詞，
表示反問的語氣，相當於「嗎」。
謝肇淛《五雜組・物部三》：「此豈
口腹貴於前而賤於後～？」❹語氣
助詞，表示推測的語氣，相當於
「吧」。宋濂《龍門子凝道記・秋風
樞第一》：「其亦狸牲～！」

哂　(粵)can2〔診〕(普)shěn

笑，取笑。《論語・先進》：「為國
以禮，其言不讓，是故～之。」

品 粵 ban2〔本狠切〕普 pǐn

❶眾多。許慎《說文解字》:「～,眾庶也。」左思《吳都賦》:「混～物而同廛。」(廛【粵 cin4〔前〕普 chán】:市集。)❷種類。司馬光《訓儉示康》:「食非多～,器皿非滿案,不敢會賓友。」❸官階。《國語·周語中》:「外官不過九～。」❹論定,評定。陳壽《三國志·吳書·魯肅傳》:「～其名位,猶不失下曹從事。」(下曹從事:低級官職。)

咸 粵 haam4〔鹹〕普 xián

副詞,全部,都,有成語「老少～宜」。許慎《說文解字》:「～,皆也,悉也。」陶潛《桃花源記》:「村中聞有此人,～來問訊。」

囿 粵 jau6〔右〕普 yòu

❶養禽獸的園地。許慎《說文解字》:「～,苑有垣也。」(苑:圈養動物的地方。垣【粵 wun4〔援〕普 yuán】:矮牆。)《孟子·梁惠王下》:「文王之～方七十里。」❷局限。《莊子·天下》:「能勝人之口,不能服人之心,辯者之～也。」

垂 粵 seoi4〔誰〕普 chuí

❶邊境,邊陲,這個意思後來被寫成「陲」。許慎《說文解字》:「～,遠邊也。」❷垂掛。《莊子·逍遙遊》:「怒而飛,其翼若～天之雲。」

❸低垂,垂下。劉基《郁離子·卷下》:「翼若～雲。」❹落下。司馬遷《史記·刺客列傳》:「士皆～淚涕零。」❺流傳,有成語「名～不朽」。《荀子·王霸》:「不隱乎天下,名～乎後世。」(乎:於,相當於「到」。)❻臨近。杜甫《垂老別》:「～老不得安。」

垤 粵 dit6〔秩〕普 dié

原指螞蟻穴口的小土堆,後泛指小土堆。許慎《說文解字》:「～,螘封也。」(螘,同「蟻」。)柳宗元《永州八記·始得西山宴遊記》:「若～若穴。」

垠 粵 ngan4〔銀〕普 yín

❶岸。柳宗元《永州八記·小石城山記》:「有積石橫當其～。」❷邊際。李華《弔古戰場文》:「浩浩乎平沙無～。」

契 粵 kai3〔確細切〕普 qì

❶契約,古人在木、竹上刻好約定文字後,分成兩半,雙方收存作為憑據。許慎《說文解字》:「～,大約也。」司馬遷《史記·刺客列傳》:「必得約～以報太子也。」❷契合,相合。王羲之《蘭亭集序》:「每覽昔人興感之由,若合一～。」❸同「鍥」,用刀刻,這個意思後來被寫成「鍥」。《呂氏春秋·慎大覽·察今》:「楚人有涉江者,其劍自舟中墜於水,遽～其舟曰。」

九畫

二 ⑧ sit3〔薛〕⑧ xiè

人名,傳說中商朝的始祖。司馬遷《史記‧五帝本紀》:「～為商,姓子氏。」俞長城《全鏡文》:「稷、～、伊、周,臣之鏡也。」(稷【⑧ zik1〔即〕⑧ jì】:后稷,周朝的先祖;伊:指伊尹,商初的賢相;周:指周公旦,輔佐周武王伐商紂王,輔助成王攝政。)

奏 ⑧ zau3〔畫〕⑧ zòu

❶進入。許慎《説文解字》:「～,進也。」《莊子‧養生主》:「～刀騞然。」(騞【⑧ waak6〔或〕⑧ huō】然:刀子割東西的聲音。)❷呈獻,獻上。司馬遷《史記‧廉頗藺相如列傳》:「秦王坐章台見相如,相如奉璧～秦王。」❸臣子向君王進言或上書,有成語「先斬後～」。司馬光《涑水記聞‧卷一》:「其所～乃常事耳。」❹奏章。方苞《獄中雜記》:「俟封～時潛易之而已。」❺彈奏,演奏。《列子‧湯問》:「曲每～,鍾子期輒窮其趣。」

姝 ⑧ zyu1〔珠〕⑧ shū

❶美好,美麗。許慎《説文解字》:「～,好也。」《詩經‧邶風‧靜女》:「靜女其～,俟我於城隅。」❷美女。《陌上桑》:「使君遣吏往,問此誰家～?」❸嫻淑。宋玉《神女賦》:「貌豐～以莊姝兮。」(外貌豐滿,端莊嫻淑。)

姦 ⑧ gaan1〔奸〕⑧ jiān

❶男女私通。許慎《説文解字》:「～,私也。」《左傳‧莊公二年》:「夫人姜氏會齊侯于禚,書～也。」(禚【⑧ zoek3〔爵〕⑧ zhuó】:古地名,在今山東省。)❷邪惡,這個意思後來被寫成「奸」。韓非《韓非子‧定法》:「主無術以知～也。」❸犯法。《韓非子‧五蠹》:「求索～人。」❹壞事、違法的事。《韓非子‧定法》:「不一其憲令則～多。」

威 ⑧ wai1〔蛙西切〕⑧ wēi

❶威勢。許慎《説文解字》:「～,姑也。」(姑:即丈夫的母親,是威勢的象徵,後來比喻為威勢。)蘇洵《六國論》:「為國者無使為積～之所劫哉!」❷威望。司馬遷《史記‧廉頗藺相如列傳》:「嚴大國之～以修敬也。」❸威嚴。《論語‧學而》:「君子不重,則不～,學則不固。」❹樹立權威,震懾他人。《史記‧陳涉世家》:「此教我先～眾耳。」

宣 ⑧ syun1〔酸〕⑧ xuān

❶宣佈詔諭。許慎《説文解字》:「～,天子～室也。」(～室:天子宣佈詔諭的大殿,後比喻為宣佈詔諭。)酈道元《水經注‧江水》:「或王命急～。」❷宣佈,公開說出,有成語「祕而不～」。司馬遷《史記‧廉頗藺相如列傳》:「～言曰:

『我見相如，必辱之。』」❸宣揚，發揚。李華《弔古戰場文》：「文教失～，武臣用奇。」（禮樂教化不再被宣揚，將士們紛紛用奇謀詭計。）❹宣洩，抒發，發洩。范曄《後漢書・張衡列傳》：「乃作《思玄賦》，以～其志。」

宦 （粵）waan6〔幻〕（普）huàn

❶做官。許慎《說文解字》：「～，仕也。」王勃《送杜少府之任蜀州》：「與君離別意，同是～遊人。」（～遊：出外做官。）❷仕途，官運。李密《陳情表》：「本圖～達。」❸貴族的奴僕，後特指宦官、太監。司馬遷《史記・廉頗藺相如列傳》：「藺相如者，趙人也，為趙～者令繆賢舍人。」

室 （粵）sat1〔膝〕（普）shì

❶內室，房間。《孟子・告子上》：「為宮～之美、妻妾之奉。」（奉：侍奉。）❷家，家庭，有成語「成家立～」。陸以湉《冷廬雜識・卷七・陳忠愍公》：「近者皆有家～慮。」❸家人。《列子・湯問》：「聚～而謀曰。」❹妻子。歸有光《歸氏二孝子傳》：「二叔無～。」❺家財。《墨子・兼愛上》：「盜愛其～。」❻王室。諸葛亮《出師表》：「則漢～之隆，可計日而待也。」

客 （粵）haak3〔氣格切〕（普）kè

❶寄居，客居。許慎《說文解字》：「～，寄也。」張岱《湖心亭看雪》：「問其姓氏，是金陵人，～此。」❷副詞，表示不在家鄉，有成語「～死異鄉」。魏禧《吾廬記》：「視～死如家。」❸在外的人。杜甫《登樓》：「花近高樓傷～心。」（這裏指在外漂泊的杜甫。）范仲淹《岳陽樓記》：「遷～騷人，多會於此。」❹門客，賓客。司馬遷《史記・廉頗藺相如列傳》：「因賓～至藺相如門謝罪。」❺客人。司馬光《訓儉示康》：「～至未嘗不置酒。」❻朋友。俞長城《全鏡文》：「～過之，視而笑。」（過：拜訪。）❼招待。《史記・孟嘗君列傳》：「孟嘗君過趙，趙平原君～之。」❽從事某種活動或具有某種身份的人。蘇洵《六國論》：「刺～不行，良將猶在。」

封 （粵）fung1〔峯〕（普）fēng

❶封地。許慎《說文解字》：「～，爵諸侯之土也。」司馬遷《史記・李斯列傳》：「使秦無尺土之～，不立子弟為王。」❷帝王以爵位、土地、名號等封賞他人，有成語「～疆列土」。蘇洵《六國論》：「以賂秦之地，～天下之謀臣。」❸界域，邊界。《國語・越語上》：「越四～之內，親吾君也，猶父兄父母也。」（四～：東、南、西、北四方邊界。）❹帝王或大臣在山上築壇祭神的活動。辛棄疾《永遇樂・京口北固亭懷古》：「元嘉草草，～狼居胥。」（元嘉：南朝宋文帝的年號。）❺封閉，閉合。《史記・

九畫

項羽本紀》：「吾入關，秋豪不敢有所近，籍吏民，～府庫，而待將軍。」（將軍：指項羽。）❻封條。周暉《金陵瑣事·卷一》：「至問其銀數與～識。」

屏

（一）（粵）ping4〔評〕（普）píng

❶屏障。許慎《說文解字》：「～，蔽也。」白居易《冷泉亭記》：「山樹為蓋，巖石為～。」❷屏風。《世說新語·言語》：「北窗作琉璃～，實密似疏。」

（二）（粵）bing2〔丙〕（普）bǐng

❶排除，除去。司馬遷《史記·蘇秦列傳》：「臣聞明主絕疑去讒，～流言之跡，塞朋黨之門。」❷使人退避。《史記·孟子荀卿列傳》：「惠王～左右，獨坐而再見之，終無言也。」❸匿藏。范曄《後漢書·馮岑賈列傳》：「異常獨～樹下。」❹隱退。《後漢書·王充王符仲長統列傳》：「後歸鄉里，～居教授。」❺停止。魏禧《大鐵椎傳》：「宋將軍～息觀之。」

帥

（一）（粵）seot1〔恤〕（普）shuài

❶率領。陸以湉《冷廬雜識·卷七·陳忠愍公》：「即～師馳赴吳淞口。」❷表率、榜樣。班固《漢書·循吏傳》：「而相國蕭、曹以寬厚清靜為天下～。」

（二）（粵）seoi3〔歲〕（普）shuài

主帥。《論語·子罕》：「三軍可奪～也，匹夫不可奪志也。」

幽

（粵）jau1〔憂〕（普）yōu

❶幽暗，黑暗。許慎《說文解字》：「～，隱也。」王安石《遊褒禪山記》：「至於～暗昏惑，而無物以相之，亦不能至也。」❷幽深，深沉。柳宗元《永州八記·始得西山宴遊記》：「～泉怪石，無遠不到。」❸幽禁。謝肇淛《五雜組·物部三》：「及為冉閔所篡，～廢。」（這裏指五胡十六國後趙武帝石虎被冉閔篡位、拘禁及廢棄。）❹低微。杜甫《石壕吏》：「如聞泣～咽。」

庠

（粵）coeng4〔場〕（普）xiáng

古代地方學校。《孟子·梁惠王上》：「謹～序之教，申之以孝悌之養。」

度

（一）（粵）dou6〔杜〕（普）dù

❶制度，法度。許慎《說文解字》：「～，法制也。」《禮記·禮運》：「以設制～，以立田里。」❷限度，有成語「荒淫無～」。賈誼《論積貯疏》：「生之有時，而用之亡～，則物力必屈。」❸尺寸，尺度。韓非《韓非子·外儲說左上》：「寧信～，無自信也。」❹量詞，次，回。辛棄疾《青玉案·元夕》：「眾裏尋他千百～。」❺渡過，越過，這個意思後來被寫成「渡」。張若虛《春江花月夜》：「鴻雁長飛光不～，魚龍潛躍水成文。」❻譜寫樂曲。《舊唐書·文苑傳下》：「玄宗～曲。」

二 (粵)dok6〔踱〕(普)duó

❶量長短。《孟子‧梁惠王上》：「～，然後知長短。」❷衡量，考慮，估計。司馬遷《史記‧廉頗藺相如列傳》：「相如～秦王特以詐詳為予趙城，實不可得。」

建 (粵)gin3〔夠線切〕(普)jiàn

❶設立，建立。劉基《賣柑者言》：「果能～伊、皋之業耶？」（伊：即伊尹，商湯時期的賢臣。皋【粵】gou1〔高〕(普)gāo】：即皋陶，帝舜時期的賢臣。）❷豎立，舉起。《孔子家語‧六本》：「曾皙怒～大杖以擊其背。」（曾皙【粵】sik1〔昔〕(普)xī】：曾子的父親。）❸建議。班固《漢書‧賈鄒枚路傳》：「爰盎等皆～以為不可。」（爰【粵】wun4〔胡門切〕(普)yuán】盎【粵】ong3〔昂陰去〕(普)àng】：人名，漢代大臣。）❹建造。張衡《東京賦》：「趙～叢台於後。」（叢台：戰國時期趙王檢閱軍隊與觀賞歌舞之地。）

弈 (粵)jik6〔亦〕(普)yì

❶棋子。許慎《說文解字》：「～，圍棊也。」（棊：同「棋」，棋子。）《論語‧陽貨》：「不有博～者乎？為之猶賢乎已。」（不是有下棋的遊戲嗎？下棋總比甚麼都不做要好。）❷下棋。歐陽修《醉翁亭記》：「射者中，～者勝。」

待 (粵)doi6〔代〕(普)dài

❶等待。許慎《說文解字》：「～，竢也。」（竢【粵】zi6〔字〕(普)sì】：同「俟」，等待。）諸葛亮《出師表》：「則漢室之隆，可計日而～也。」❷依靠。《莊子‧逍遙遊》：「此雖免乎行，猶有所～者也。」❸防備。司馬遷《史記‧廉頗藺相如列傳》：「趙亦盛設兵以～秦，秦不敢動。」❹對待。陸以湉《冷廬雜識‧卷七‧陳忠愍公》：「優～士卒，犒之厚。」（犒【粵】hou3〔耗〕(普)kào】：慰勞。）❺需要。白居易《冷泉亭記》：「不～盥滌。」（不需要洗滌。）

律 (粵)leot6〔栗〕(普)lǜ

❶法令，法律。《荀子‧成相》：「罪禍有～，莫得輕重威不分。」❷特指刑法的條文。班固《漢書‧高帝紀下》：「命蕭何次～令。」（次：編排。）❸規律，規則。《商君書‧戰法》：「兵大～在謹。」❹格式，格律。杜甫《遣悶戲呈路十九曹長》：「晚節漸於詩～細。」❺以竹管做成的定音器。《孟子‧離婁上》：「師曠之聰，不以六～，不能正五音。」❻音律。《漢書‧律曆志上》：「～十有二，陽六為～，陰六為呂。」❼近體詩中「律詩」的簡稱。

徇 (粵)seon1〔詢〕(普)xùn

❶巡行。司馬遷《史記‧陳涉世家》：「乃令符離人葛嬰將兵～蘄以東。」（符離：地名。葛嬰：人名。蘄【粵】kei4〔旗〕(普)qí】：地名，

在今湖北省。）❷示眾。高啟《書博雞者事》：「麾眾擁豪民馬前，反接，～諸市。」（反接：雙手反綁。）❸順從，曲從，有詞語「～私」。《史記・項羽本紀》：「今不恤士卒而～其私，非社稷之臣。」❹通「殉」，為某事而死。《史記・秦本紀》：「鞅亡，因以為反，而卒車裂以～秦國。」

後 ⑨hau6〔后〕⑯hòu

❶晚，遲，與「先」相對。許慎《説文解字》：「～，遲也。」韓愈《師説》：「生乎吾～，其聞道也，亦先乎吾，吾從而師之。」❷時間或位置在後的，與「前」相對。諸葛亮《出師表》：「親小人，遠賢臣，此～漢所以傾頹也。」❸後裔。司馬光《訓儉示康》：「孟僖子知其～必有達人。」❹後退。韓愈《進學解》：「跋前躓～。」（不論前進還是後退，都會絆倒。）

思 一⑨si1〔司〕⑯sī

❶思考。劉蓉《習慣説》：「俛而讀，仰而～。」（俛：同「俯」，低頭。）❷思念。李清照《一剪梅》：「一種相～，兩處閒愁。」❸追懷。歸有光《歸氏二孝子傳》：「於是～以廣其傳焉。」

二⑨si3〔試〕⑯sì

心情，想法。《孔雀東南飛》：「晻晻日欲瞑，愁～出門啼。」宋濂《杜環小傳》：「願母無他～。」

怒 ⑨nou6〔奈霧切〕⑯nù

❶憤怒，憤恨，生氣。許慎《説文解字》：「～，恚也。」（恚⑨wai6〔衞〕⑯huì：憤恨。）《孔子家語・六本》：「孔子聞之而～。」❷討厭。宋濂《龍門子凝道記・尉遲樞第八》：「予初～鼠甚。」❸副詞，形容氣勢強盛，有成語「心花～放」。范仲淹《岳陽樓記》：「陰風～號，濁浪排空。」（號⑨hou4〔豪〕⑯háo：吼叫。）

怠 ⑨toi5〔殆〕⑯dài

❶怠慢，傲慢，不恭敬。許慎《説文解字》：「～，慢也。」《荀子・儒效》：「以是尊賢畏法而不敢～傲，是雅儒者也。」❷鬆懈，懶惰。柳宗元《蝜蝂傳》：「及其～而躓也。」❸疲倦。王安石《遊褒禪山記》：「有～而欲出者。」

急 ⑨gap1〔驚執切〕⑯jí

❶性情急躁。司馬遷《史記・刺客列傳》：「時惶～，劍堅，故不可立拔。」❷逼迫。《史記・廉頗藺相如列傳》：「大王必欲～臣，臣頭今與璧俱碎於柱矣！」❸副詞，表示逼迫。杜甫《兵車行》：「縣官～索租，租稅從何出？」❹急切。韓非《韓非子・定法》：「此二家之言孰～於國？」❺副詞，緊急。陸以湉《冷廬雜識・卷七・陳忠愍公》：「牛～召守小沙背之徐州總兵王志元來。」❻危急。諸葛亮《出

師表》：「今天下三分，益州疲弊，此誠危～存亡之秋也。」❼着緊他人的事情。《史記・魏公子列傳》：「今邯鄲旦暮降秦而魏救不至，安在公子能～人之困也！」❽快，急速。李清照《聲聲慢・秋情》：「怎敵他、晚來風～？」

怨 粵jyun3〔意算切〕 普yuàn

❶怨恨，怨憤。許慎《説文解字》：「～，恚也。」（恚【粵wai6〔衞〕普huì】：憤恨。）蘇軾《前赤壁賦》：「如～如慕，如泣如訴。」❷埋怨，責備，有成語「～天尤人」。王之渙《涼州詞》：「羌笛何須～楊柳？春風不度玉門關。」❹諷喻。《論語・陽貨》：「可以羣，可以～。」

恨 粵han6〔廈問切〕 普hèn

❶怨恨，不滿意。許慎《説文解字》：「～，怨也。」諸葛亮《出師表》：「未嘗不歎息痛～於桓、靈也。」❷後悔，遺憾。邯鄲淳《笑林》：「惟～不得以獻耳。」❸恨意。杜甫《兵車行》：「長者雖有問，役夫敢申～？」❹憤怒。蒲松齡《聊齋誌異・種梨》：「心大憤～。」

恢 粵fui1〔灰〕 普huī

❶廣大，宏大，有成語「天網～～」。許慎《説文解字》：「～，大也。」《莊子・養生主》：「～～乎其於遊刃必有餘地矣。」❷發揚。

諸葛亮《出師表》：「～弘志士之氣。」

恆 粵hang4〔韓層切〕 普héng

❶副詞，經常。許慎《説文解字》：「～，常也。」柳宗元《永州八記・始得西山宴遊記》：「居是州，～惴慄。」❷固定的。歸有光《歸氏二孝子傳》：「無～產以自潤。」❸一般。《戰國策・秦策二》：「甘茂賢人，非～士也。」❹恆心。《論語・子路》：「人而無～，不可以作巫醫。」❺長久。柳宗元《三戒・永某氏之鼠》：「彼以其飽食無禍為可～也哉！」

恤 粵seot1〔蟀〕 普xù

❶憂慮，擔憂。許慎《説文解字》：「～，憂也。收也。」（擔憂、體恤他人的苦況，並收容救濟他們。）王安石《答司馬諫議書》：「士大夫多以不～國事。」❷體恤，憐憫。司馬遷《史記・項羽本紀》：「今不～上卒而徇私，非社稷之臣。」❸周濟，救濟。賈誼《論積貯疏》：「即不幸有方二三千里之旱，國胡以相～？」

扃 粵gwing1〔瓜升切〕 普jiōng

❶門閂，古代關門用的橫木。許慎《説文解字》：「～，外閉之關也。」白居易《遊悟真寺》：「門戶無～關。」❷從內關閉。歸有光《項脊軒志》：「余～牖而居。」

拜

（粵）baai3〔八戒切〕（普）bài

❶作揖，叩拜。古代表示恭敬的禮節，兩手合掌於胸前，頭低到挨着手，後世指下跪叩頭。司馬遷《史記・孔子世家》：「孔子將往～禮，陳蔡大夫謀曰。」❷拜見。《孔雀東南飛》：「上堂～阿母，母聽去不止。」❸授官，委任。《史記・廉頗藺相如列傳》：「以相如功大，～為上卿，位在廉頗之右。」❹呈上，奉上。李密《陳情表》：「謹～表以聞。」

按

（粵）on3〔案〕（普）àn

❶用手壓。許慎《說文解字》：「～，下也。」施耐庵《水滸傳・第三十一回》：「武松左腳早起，翻筋斗踢一腳，～住也割了頭。」❷抑壓，止住。《資治通鑑・漢紀・孝獻皇帝庚》：「何不～兵束甲，北面而事之？」（束：收起。北面：指稱臣。）❸緊握，握着。司馬遷《史記・項羽本紀》：「項王～劍而跽曰。」❹考察，追查。韓非《韓非子・外儲說左上》：「考實～形，不能謾於一人。」（謾【粵】maan4〔蠻〕（普）mán〕於一人：被一人所欺騙。）❺按照。《商君書・君臣》：「明王之治天下也，緣法而治，～功而賞。」❻巡視。《史記・衞將軍驃騎列傳》：「遂西定河南地，～榆谿舊塞。」

持

（粵）ci4〔詞〕（普）chí

❶拿着。許慎《說文解字》：「～，握也。」司馬遷《史記・廉頗藺相如列傳》：「相如因～璧卻立。」❷掌握。王充《論衡・效力》：「諸有鋒刃之器，所以能斷斬割削者，手能把～之也。」❸控制。方苞《獄中雜記》：「有某姓兄弟，以把～公倉，法應立決。」❹保持，堅持。謝肇淛《五雜組・物部三》：「至於宦中，尤～此戒。」❺扶持。宋濂《杜環小傳》：「母見少子，相～大哭。」❻挾持。劉向《說苑・立節》：「～之以兵。」❼對立。《資治通鑑・漢紀・孝獻皇帝庚》：「今寇眾我寡，難與～久。」

指

（粵）zi2〔旨〕（普）zhǐ

❶手指。許慎《說文解字》：「～，手～也。」李華《弔古戰場文》：「墮～裂膚。」❷指示。司馬遷《史記・廉頗藺相如列傳》：「璧有瑕，請～示王。」❸指向。柳宗元《永州八記・始得西山宴遊記》：「始～異之。」❹直立，豎起，有成語「令人髮～」。《史記・項羽本紀》：「頭髮上～。」❺指責。班固《漢書・何武王嘉師丹傳》：「里諺曰：『千人所～，無病而死。』」❻通「旨」，意圖，意旨，這個意思後來被寫成「旨」。《史記・屈原賈生列傳》：「其稱文小而～極大。」

拱 （粵）gung2〔鞏〕（普）gǒng

❶拱手，兩手在胸前相合，表示恭敬。《論語·微子》：「子路～而立。」❷比喻輕而易舉。賈誼《過秦論》：「於是秦人～手而取西河之外。」❸環繞。傅玄《晉睡舞歌明君篇》：「眾星～北辰。」（北辰：北極星。）

拭 （粵）sik1〔色〕（普）shì

擦拭。袁宏道《滿井遊記》：「娟然如～。」（娟：秀美。）

括 （粵）kut3〔咶〕（普）kuò

❶收攏，結紮。馬中錫《中山狼傳》：「内狼於囊，遂～囊口。」（内：通「納」，收入。）❷包容，包括。賈誼《過秦論》：「囊～四海之意。」❸搜求。《北史·孫搴傳》：「時大～人為軍士。」

政 一（粵）zing3〔證〕（普）zhèng

❶政治，政事。范仲淹《岳陽樓記》：「越明年，～通人和。」❷政策，政令。韓非《韓非子·五蠹》：「今欲以先王之～，治當世之民，皆守株之類也。」❸政權。《韓非子·內儲說下》：「州吁果殺其君而奪之～。」❹治理。范曄《後漢書·桓譚馮衍列傳上》：「善～者。」
二（粵）zing1〔晶〕（普）zhēng
通「征」，征伐。司馬遷《史記·范睢蔡澤列傳》：「～適伐國，莫敢不聽。」（適：通「敵」，敵人。）

故 （粵）gu3〔固〕（普）gù

❶故意，特意。許慎《說文解字》：「～，使為之也。」司馬遷《史記·魏公子列傳》：「今公子～過之。」❷原因，緣故。《史記·廉頗藺相如列傳》：「且以一璧之～逆彊秦之驩，不可。」（驩：通「歡」，交情。）左丘明《左傳·莊公十年》：「既克，公問其～。」❸由於，因為，常與「是」組合成詞語「是故」，為承上啟下之詞，相當於「因此」。俞長城《全鏡文》：「是～鏡美人惡人，而人不敢怒。」❹因此，所以。諸葛亮《出師表》：「先帝知臣謹慎，～臨崩寄臣以大事也。」❺舊，與「新」相對，有成語「溫～知新」。蘇軾《念奴嬌·赤壁懷古》：「～壘西邊，人道是，三國周郎赤壁。」❻原本，固有。陸以湉《冷廬雜識·卷七·陳忠愍公》：「～例，提鎮不得官本鄉。」（提鎮：清代提督和總兵的合稱。官：這裏作動詞用，管治。）❼老交情，老朋友。陶淵明《歸去來辭·序》：「親～多勸余為長吏。」（長【粵】zoeng2〔獎〕（普）zhǎng】吏：官職名。）❽副詞，仍舊。《孔雀東南飛》：「三日斷五疋，大人～嫌遲。」（大人：這裏指家翁和家姑。遲：慢。）❾故意。《史記·陳涉世家》：「廣～數言欲亡。」（吳廣多次故意說想逃亡。）

斫 粵zoek3〔爵〕普zhuó

❶用刀、斧砍削。許慎《說文解字》：「～，擊也。」段玉裁《說文解字·注》：「凡～木、～地、～人，皆曰～矣。」柳宗元《始得西山宴遊記》：「～榛莽。」❷襲擊。陳壽《三國志·吳書·甘寧傳》：「至二更時，銜枚出～敵。」

施 一 粵si1〔詩〕普shī

❶施行，推行。諸葛亮《出師表》：「事無大小，悉以咨之，然後～行。」❷施加。韓非《韓非子·五蠹》：「故主～賞不遷，行誅無赦。」❸擺放。劉向《新序·雜事五》：「～尾於堂。」❹恩惠。《左傳·僖公三十三年》：「未報秦～，而伐其師。」❺施恩，施捨。《孔雀東南飛》：「留待作遺～。」（遺【粵wai6〔惠〕普wèi】：贈與。）❻設置。范曄《後漢書·張衡列傳》：「～關發機。」（設有可撥動的機關。）❼運用。韓愈《進學解》：「各得其宜，～以成室。」

二 粵ji6〔義〕普yì

蔓延。李斯《諫逐客書》：「功～到今。」

既 粵gei3〔寄〕普jì

❶盡，完結，終了。韓愈《進學解》：「言未～，有笑於列者曰。」❷副詞，已經。蘇洵《六國論》：「五國～喪，齊亦不免矣。」❸既然。陶淵明《歸去來辭》：「～自以心為形役，奚惆悵而獨悲？」（既然為了溫飽，要自己的心靈被軀殼所役使，那麼為何還要悲愁失意？）❹副詞，不久，多與「而」並用。《列子·說符》：「～而相謂曰。」❺副詞，本來、本來就。《舊唐書·文苑傳下》：「白～嗜酒。」❻連詞，表示事物的並列。俞長城《全鏡文》：「～清且明，予實備之。」❼連詞，表示假設，相當於「既然」。蒲松齡《聊齋誌異·種梨》：「～有之何不自食？」

昭 粵ciu1〔超〕普zhāo

❶明顯，有成語「惡名～彰」。許慎《說文解字》：「～，日明也。」（本指太陽照耀大地，比喻為明顯。）《荀子·解蔽》：「治亂可否，～然明矣。」❷彰顯，表明。諸葛亮《出師表》：「宜付有司，論其刑賞，以～陛下平明之治。」❸聰慧。《左傳·宣公十四年》：「鄭～，宋聾。」（鄭國人聰慧，宋國人愚昧。）

昧 粵mui6〔妹〕普mèi

❶暗，昏暗。許慎《說文解字》：「～，旦明也。」段玉裁《說文解字注》：「各本『且』作『旦』。今正。且明者，將明未全明也。」劉向《說苑·建本》：「孰與～行乎？」❷愚昧，糊塗。《莊子·大宗師》：「然而夜半有力者負之而走，～者不知也。」❸冒犯，冒昧。韓非《韓非子·初見秦》：「臣～死願望見大

王，言所以破天下之從。」（從：通「縱」，山東六國合縱，對抗秦國。）❹陷入。劉熙載《海鷗》：「不若子之～於病而未見也。」❺不明白。方苞《左忠毅公軼事》：「汝復輕身而～大義。」

是 ⓟsi6〔事〕ⓜshì

❶正確，與「非」相對。許慎《説文解字》：「～，直也。」陶潛《歸去來辭》：「覺今～而昨非。」❷動詞，表示判斷。蘇軾《念奴嬌·赤壁懷古》：「故壘西邊，人道～，三國周郎赤壁。」❸認同，稱讚。俞長城《全鏡文》：「有～非，無毀譽。」（非：非議。）❹指示代詞，這。柳宗元《永州八記·始得西山宴遊記》：「～歲，元和四年也。」❺如此。《論語·顏淵》：「子曰：『君子成人之美，不成人之惡；小人反～。』」

曷 ⓟhot3〔氣割切〕ⓜhé

❶疑問代詞，同「何」，甚麼。許慎《説文解字》：「～，何也。」張溥《五人墓碑記》：「激昂大義，蹈死不顧，亦～故哉？」❷副詞，豈，難道，怎麼。《晏子春秋·內篇》：「～為不祥也？」❸怎麼。宋濂《燕書》：「～不用狸擒鼠，而縱豹捕獸哉？」（狸ⓟlei4〔梨〕ⓜlí〕：與貓類似的一種動物。）❹通「盍ⓟhap6〔盒〕ⓜhé〕」，兼詞，何不，為甚麼不。王士禎《池北偶談·談異·卷二十三·濮州女

子》：「此地不久必大亂，不可留也，～避之？」

枯 ⓟfu1〔膚〕ⓜkū

❶草木枯萎。許慎《説文解字》：「～，槀也。」（槀【ⓟgou2〔稿〕ⓜgǎo】：通「槁」，草木枯乾。）李白《蜀道難》：「連峯去天不盈尺，～松倒掛倚絕壁。」❷乾枯，乾涸。李華《弔古戰場文》：「無貴無賤，同為～骨。」❸多與「槁」連用，組成詞語「～槁」，表示憔悴。司馬遷《史記·屈原賈生列傳》：「顏色憔悴，形容～槁。」

柵 ⓟcaak3〔策〕ⓜzhà

❶圍欄。許慎《説文解字》：「～，編樹木。」（樹木：把直排的樹木編成圍欄。）范曄《後漢書·皇甫張段列傳》：「乃遣千人於西縣結木為～。」❷設柵欄。《資治通鑑·晉紀·烈宗孝武皇帝上之下》：「～淮以遏東兵。」（在淮水上設圍欄，以阻止東進的晉兵。）

殂 ⓟcou4〔曹〕ⓜcú

死亡。許慎《説文解字》：「～，往死也。」諸葛亮《出師表》：「先帝創業未半，而中道崩～。」

殃 ⓟjoeng1〔秧〕ⓜyāng

❶災害，禍害，有詞語「遭～」。許慎《説文解字》：「～，咎也。」（咎：上天的懲罰，即災害。）《禮記·禮運》：「眾以為～。」（老百

姓認為這種人是禍害。）❷殘害。《孟子·告子下》：「不教民而用之，謂之～民。」（不訓練人民就叫他們去打仗，這叫殘害百姓。）

殆 粵 toi5〔怠〕普 dài

❶危險。許慎《說文解字》：「～，危也。」韓非《韓非子·忠孝》：「此二者～物也。」❷失敗。孫武《孫子·謀攻》：「知彼知己，百戰不～。」❸副詞，近於，幾乎。蘇洵《六國論》：「且燕、趙處秦革滅～盡之際。」❹副詞，大概，恐怕。歸有光《項脊軒志》：「軒凡四遭火，得不焚，～有神護者。」❺迷惑。《論語·為政》：「思而不學則～。」

毒 粵 duk6〔獨〕普 dú

❶毒物。《左傳·僖公二十二年》：「蜂蠆有～。」（蠆【粵 caai3〔趁界切〕普 chài】：蠍子。）❷有毒的。《墨子·尚同上》：「天下之百姓，皆以水火～藥相虧害。」❸放毒，毒死。《左傳·襄公十四年》：「秦人～涇上流，師人多死。」（涇【粵 ging1〔經〕普 jīng】：河名，源頭在今甘肅省，流入陝西省。師人：軍人。）❹毒害。李華《弔古戰場文》：「荼～生靈。」❺狠毒，殘忍。吳承恩《西遊記·第六十五回》：「恐遭～手。」❻猛烈，兇狠。白居易《夏日與閑禪師林下避暑》：「每因～暑悲親故。」❼怨恨。柳宗元《捕蛇者說》：「又安敢

～耶？」

洋 粵 joeng4〔楊〕普 yáng

❶眾多。《爾雅·釋詁》：「～……多也。」《禮記·中庸》：「是以聲名～溢乎中國。」（溢：滿。）❷廣闊。柳宗元《永州八記·始得西山宴遊記》：「～～乎與造物者遊。」❸海洋。《莊子·秋水》：「於是焉河伯始旋其面目，望～向若而歎曰。」

洪 粵 hung4〔雄〕普 hóng

❶大水，洪水。屈原《楚辭·天問》：「～泉極深，何以寘之？」（寘：通「填」，填滿。）❷大。蘇軾《石鐘山記》：「水石相搏，聲如～鐘。」

津 粵 zeon1〔樽〕普 jīn

❶渡口，碼頭。許慎《說文解字》：「～，水渡也。」陶潛《桃花源記》：「後遂無問～者。」（指前往桃花源的渡頭。）❷交通要道。《宋書·武帝紀上》：「時議者謂宜分兵守諸～要。」❸津液，液汁。沈括《夢溪筆談·採藥》：「～澤皆歸其根。」❹唾液，口水，有成語「生～止渴」。陸佃《埤雅·釋草》：「今人望梅生～，食芥墜淚。」❺滋潤。劉歆《西京雜記·第五》：「雨不破塊，潤葉～莖而已。」

洞 粵 dung6〔動〕普 dòng

❶洞穴，孔洞。王安石《遊褒禪山

記》:「所謂華山～者,以其乃華山之陽名之也。」❷貫穿。司馬遷《史記‧司馬相如列傳》:「～胸達腋。」❸深入,鑽入。蒲松齡《聊齋誌異‧狼三則》(其二):「一狼～其中。」❹光明,光亮。歸有光《項脊軒志》:「日影反照,室始～然。」❺明白,洞察。劉勰《文心雕龍‧宗經》:「～性靈之奧區。」

洩 粵sit3〔屑〕普xiè

同「泄」,見第87頁「泄」字條。

活 一 粵kut3〔括〕普guō

流水聲,一般以疊詞形式「～～」出現。許慎《說文解字》:「～,水流聲。」李白《江上寄元六林宗》:「涼風何蕭蕭,流水鳴～～。」

二 粵wut6〔域未切〕普huó

❶生存,活動,與「死」相對。朱熹《觀書有感》(其一):「問渠哪得清如許?為有源頭～水來。」(～:指池塘的水。)❷使動用法,救活,使人存活。《列子‧說符》:「吾～汝弘矣,而追吾不已。」❸生動,活潑,靈活。杜牧《池州送孟遲先輩》:「雨餘山態～。」❹生計,謀生的手段。杜甫《聞斛斯六官未歸》:「本賣文為～。」

洎 粵gei3〔記〕普jì

❶潤飾。方孝孺《試筆說》:「遇佳紙墨～文辭則以書。」❷直到,直至。蘇洵《六國論》:「～牧以讒誅,邯鄲為郡。」

洶 粵hung1〔兇〕普xiōng

水向上湧,有成語「波濤～湧」。許慎《說文解字》:「～,涌也。」(涌:通「湧」,湧上。)韓非《韓非子‧揚權》:「填其～淵,毋使水清。」

洴 粵ping4〔評〕普píng

多與「澼」(【粵pik1〔闢〕普pì】)組成詞語「～澼」,解作「漂洗」,再與「絖」(【粵kwong3〔礦〕普kuàng】)組成詞語「～澼絖」,指漂洗棉絮。《莊子‧逍遙遊》:「世世以～澼絖為事。」

為 一 粵wai4〔圍〕普wéi

❶做,有成語「胡作非～」。《孟子‧梁惠王上》:「是不～也,非不能也。」❷接受。李翱《命解》:「故不～也。」(因此不會接受。)❸治理。蘇洵《六國論》:「～國者無使為積威之所劫哉!」❹作為。《六國論》:「至丹以荊卿～計,始速禍焉。」❺變為,成為。《荀子‧勸學》:「冰,水～之。」柳宗元《永州八記‧始得西山宴遊記》:「自余～僇人。」❻認為。《莊子‧逍遙遊》:「吾～其無用而掊之。」(掊【粵pau2〔鄙手切〕普pǒu】:破開。)❼是,屬於。諸葛亮《出師表》:「宮中府中,俱～一體。」❽處於,在。司馬遷《史記‧廉頗藺相如列傳》:「不忍～之下。」❾介詞,被。韓非《韓非子‧五蠹》:「然則

今有美堯、舜、禹、湯、武之道於當今之世者，必～新聖笑矣。」❿介詞，與，同。《論語·衞靈公》：「道不同不相～謀。」⓫語氣助詞，表示感歎或反問，相當於「呢」、「嗎」。《莊子·逍遙遊》：「予無所用天下～！」（天下對我來說沒有用處啊！）李翱《命解》：「何命之～？」（有甚麼命運可言呢？）⓬結構助詞，倒裝句中的標誌語詞。《孟子·告子上》：「惟奕秋之～聽。」

二 （粵）wai6〔胃〕（普）wèi
❶介詞，給，替，有成語「～虎作倀」。《史記·廉頗藺相如列傳》：「秦王～趙王擊缻。」❷介詞，因為。《孟子·告子上》：「～宮室之美、妻妾之奉。」❸介詞，向，對。魏禧《吾廬記》：「季子～余言。」❹介詞，為了。《吾廬記》：「而余～之記。」

爰 （粵）wun4〔援〕（普）yuán
❶連詞，才，乃，於是。《詩經·魏風·碩鼠》：「樂土樂土，～得我所。」❷語氣助詞，無實義。《詩經·邶風·凱風》：「～有寒泉，在浚之下。」（浚：衞國地名。）

狩 （粵）sau3〔秀〕（普）shòu
❶打獵，捕捉禽獸。《詩經·魏風·伐檀》：「不～不獵。」❷巡視。司馬遷《史記·晉世家》：「周襄王～于河陽。」

甚 （粵）sam6〔是朕切〕（普）shèn
❶過分，嚴重，重要。《孟子·告子上》：「生亦我所欲，所欲有～於生者，故不為苟得也。」❷厲害，深遠。劉蓉《習慣說》：「習之中人～矣哉！」❸副詞，非常，很，有成語「不求～解」。蘇洵《六國論》：「子孫視之不～惜，舉以予人，如棄草芥。」❹副詞，太，太過。《列子·湯問》：「～矣汝之不惠！」❺疑問代詞，甚麼。劉過《六州歌頭·鎮長淮》：「水東流，～時休？」❻疑問代詞，為甚麼。辛棄疾《八聲甘州》：「～當年健者也曾聞？」

畏 （粵）wai3〔餵〕（普）wèi
❶畏懼，懼怕。韓非《韓非子·五蠹》：「罰莫如重而必，使民～之。」❷恐嚇，嚇唬。班固《漢書·景十三王傳》：「前殺昭平，反來～我。」（昭平：人名。）❸敬服。陳壽《三國志·蜀書·諸葛亮傳》：「終於邦域之內，咸～而愛之。」（咸：全，都。）

畎 （粵）hyun2〔犬〕（普）quǎn
田野。《孟子·告子下》：「舜發於～畝之中。」

疫 （粵）jik6〔亦〕（普）yì
❶患病。許慎《說文解字》：「～，民皆疾也。」方苞《獄中雜記》：「春氣動，鮮不～矣。」（鮮【（粵）sin2〔冼〕

〔普〕xiǎn】：少。）❷瘟疫。《資治通鑑‧漢紀‧孝獻皇帝庚》：「時操軍眾，已有疾～。」

皇 〔粵〕wong4〔黃〕〔普〕huáng

❶大，偉大。許慎《說文解字》：「～，大也。」《詩經‧大雅‧皇矣》：「～矣上帝。」❷對已故長輩的尊稱。屈原《楚辭‧離騷》：「朕～考曰伯庸。」（我的先父叫伯庸。）❸傳說中遠古的帝王。《莊子‧天運》：「余語汝三～五帝之治天下。」（語【粵】jyu6〔預〕〔普〕yù】：告訴。三～：指伏羲、神農與女媧；或指伏羲、神農與黃帝。）❹「～帝」的簡稱。杜甫《兵車行》：「邊庭流血成海水，武～開邊意未已。」（武～：指漢武帝。）❺借指國家。文天祥《正氣歌》：「～路當清夷。」❻通「凰」，傳說中的雌鳳，這個意思後來被寫成「凰」。屈原《楚辭‧九章‧懷沙》：「鳳～在笯兮。」（笯【粵】nou4〔奴〕〔普〕nú】：鳥籠。）

皆 〔粵〕gaai1〔街〕〔普〕jiē

❶副詞，一同。許慎《說文解字》：「～，俱詞也。」（初指一致的口徑，後比喻為一同、俱。）范仲淹《岳陽樓記》：「寵辱～忘。」❷副詞，全，都。諸葛亮《出師表》：「侍中、侍郎郭攸之、費禕、董允等，此～良實。」

盈 〔粵〕jing4〔營〕〔普〕yíng

❶滿。許慎《說文解字》：「～，滿器也。」陶潛《歸去來辭‧序》：「幼稚～室。」（幼稚：比喻小孩。）❷圓滿。蘇軾《前赤壁賦》：「～虛者如彼。」（指月圓月缺。）❸富裕，盈餘。范曄《後漢書‧馬援列傳》：「致求～餘，但自苦耳。」❹旺盛。《左傳‧莊公十年》：「彼竭我～，故克之。」❺增長。司馬遷《史記‧范雎蔡澤列傳》：「進退～縮，與時變化，聖人之常道也。」❻自滿，驕傲。葛洪《抱朴子‧安貧》：「好謙者忌～。」

相

一 〔粵〕soeng3〔歲唱切〕〔普〕xiàng

❶鑑別。許慎《說文解字》：「～，省視也。」王充《論衡‧訂鬼》：「伯樂學～馬，顧玩所見無非馬者。」❷相貌。《孔雀東南飛》：「兒已薄祿～，幸復得此婦。」❸幫助，輔助，有成語「～夫教子」。王安石《遊褒禪山記》：「至於幽暗昏惑，而無物以～之，亦不能至也。」司馬光《訓儉示康》：「季文子～三君。」（季文子：春秋時代魯國正卿，曾輔助宣公、成公、襄公三代魯國國君。）❹宰相，相國，丞相。司馬遷《史記‧滑稽列傳》：「楚～孫叔敖知其賢人也。」

二 〔粵〕soeng1〔商〕〔普〕xiāng

❶副詞，互相，一起。李白《月下獨酌》（其一）：「永結無情遊，～期邈雲漢。」韓愈《師說》：「巫醫、

樂師、百工之人，不恥～師。」❷副詞，相繼，繼承。司馬光《訓儉示康》：「吾本寒家，世以清白～承。」

省

一 (粵)sing2〔史境切〕(普)xǐng

❶省察，省視。許慎《說文解字》：「～，視也。」《論語‧顏淵》：「內～不疚，夫何憂何懼？」❷領悟。司馬遷《史記‧留侯世家》：「皆不～。」❸問好，探望。魏禧《大鐵椎傳》：「北平陳子燦～兄河南。」

二 (粵)saang2〔水橙切〕(普)shěng

❶減省。韓非《韓非子‧用人》：「循天則用力寡而功立，順人則刑罰～而令行。」❷中央級別的官署名稱，特指隋、唐、宋時的「三～」，即「尚書～」、「中書～」和「門下～」。《新唐書‧百官志一》：「初，唐因隋制，以三～之長中書令、侍中、尚書令共議國政，此宰相職也。」❸自元朝起，中央之下最高級別的地方行政區，沿用至今。《大鐵椎傳》：「七～好事者皆來學。」（七～：指河南、河北、山東、山西、陝西、安徽和湖北七個省分。）

看

一 (粵)hon3〔漢〕(普)kàn

❶望。許慎《說文解字》：「～，睎也。」（睎【粵】hei1〔希〕(普)xī：遠望。）張若虛《春江花月夜》：「汀上白沙～不見。」（汀【粵】ting1〔他英切〕(普)tīng：水邊平地。）❷觀賞。張岱《湖心亭看雪》：「獨往湖心亭～雪。」❸看望，探訪。韓非《韓非子‧外儲說左下》：「梁車新為鄴令，其姊往～之。」（梁車：人名。鄴：地名。令：縣令，長官。）❹視乎，取決於。白居易《秦中吟‧買花》：「酬直～花數。」

二 (粵)hon1〔希肝切〕(普)kàn

看待。高適《詠史》：「不知天下士，猶作布衣～。」（知：認識。）

三 (粵)hon1〔希肝切〕(普)kǎn

看守，看護。施耐庵《水滸傳‧第十回》：「原是一個老軍～管。」

盾

(粵)teon5〔沌【陽上】〕(普)dùn

盾牌。許慎《說文解字》：「～，瞂也。」（瞂【粵】fat6〔罰〕(普)fá：盾牌。）司馬遷《史記‧項羽本紀》：「噲即帶劍擁～入軍門。」（噲：樊噲。）

盼

(粵)paan3〔破傘切〕(普)pàn

❶眼睛黑白分明。段玉裁《說文解字注》：「～，白黑分也。」《詩經‧衛風‧碩人》：「巧笑倩兮，美目～兮。」❷看。張岱《西湖七月半》：「左右～望。」❸探望。蒲松齡《聊齋誌異‧嬰寧》：「將以～親。」

矜

一 (粵)ging1〔經〕(普)jīn

❶憐憫。李密《陳情表》：「凡在故老，猶蒙～育。」（凡是年老而德高的舊臣，尚且受到憐憫養育。）❷注重，愛惜。《陳情表》：「本圖宦達，不～名節。」❸莊重。《論語‧衛靈公》：「君子～而不爭，羣

而不黨。」❹驕傲。韓愈《與汝州盧郎中論薦侯喜狀》:「辭氣激揚，面有~色。」❺誇耀。司馬遷《史記·項羽本紀》:「自~功伐，奮其私智而不師古，謂霸王之業。」

二 (粵)gwaan1〔關〕(普)guān

通「鰥」，老而無妻或妻子亡故的男人。《禮記·禮運》:「~寡孤獨廢疾者，皆有所養。」

砌 (粵)cai3〔策世切〕(普)qì

❶階，台階。李煜《虞美人》:「雕欄玉~應猶在，只是朱顏改。」❷堆砌。姚鼐《登泰山記》:「道皆~石為磴。」(磴【粵】dang3〔凳〕(普)dèng）：台階。)

祖 (粵)zou2〔組〕(普)zǔ

❶祖先，有成語「數典忘~」。蘇洵《六國論》:「思厥先~父。」❷祖輩，指祖父或祖母。李密《陳情表》:「~母劉愍臣孤弱，躬親撫養。」(愍：同「憫」，憐憫。)❸開始，創始者。《周禮·春官》:「祈年于田~。」(田~：發明耕田的人，即神農氏。)❹根源。《莊子·山木》:「浮游乎萬物之~。」❺模仿，效法。司馬遷《史記·屈原賈生列傳》:「然皆~屈原之從容辭令，終莫敢直諫。」

神 (粵)san4〔臣〕(普)shén

❶天神。許慎《說文解字》:「~，天~，引出萬物者也。」《左傳·莊公十年》:「小信未孚，~弗福也。」❷人死後所化為的「精靈」。《莊子·逍遙遊》:「藐姑射之山，有~人居焉。」❸自然規律。《荀子·天論》:「不見其事，而見其功，夫是之謂~。」❹精神。蘇軾《念奴嬌·赤壁懷古》:「故國~遊，多情應笑我，早生華髮。」❺神態，表情。范曄《後漢書·卓魯魏劉列傳》:「寬~色不異。」(寬：指劉寬，東漢宗室名臣。)❻神奇。沈括《夢溪筆談·活板》:「若印數十百千本，則極為~速。」❼高超。《荀子·勸學》:「~明自得。」

祚 (粵)zou6〔做〕(普)zuò

❶福氣，福分。許慎《說文解字》:「~，福也。」李密《陳情表》:「門衰~薄，晚有兒息。」(兒息：子孫。)❷君主寶座。司馬遷《史記·秦楚之際月表》:「卒踐帝~，成於漢家。」❸年歲，特指封建王朝的國運。羅貫中《三國演義·第四十四回》:「國~遷移，付之天命，何足惜哉？」

科 (粵)fo1〔蝌〕(普)kē

❶等級，類別。許慎《說文解字》:「~，程也。」(程：指衡量，後比喻為等級，類別。)王充《論衡·幸偶》:「邪人反道而受恩寵，與此同~。」❷法令條文。諸葛亮《出師表》:「若有作姦犯~及為忠善者。」❸科舉制取士的名目。班固《漢書·循吏傳》:「以明經甲~為

郎。」❹科舉考試的簡稱。司馬光《訓儉示康》：「二十忝～名，聞喜宴獨不戴花。」（忝【粵】tim2〔體檢切〕【普】tiǎn：自謙的謙詞。）❺判決。《資治通鑑·晉紀·世祖武皇帝中》：「請付廷尉～罪。」

秋

【粵】cau1〔抽〕【普】qiū

❶收成。許慎《說文解字》：「～，禾穀熟也。」（熟：通「熟」，成熟。）《尚書·商書·盤庚上》：「乃亦有～。」❷秋季。王維《山居秋暝》：「空山新雨後，天氣晚來～。」❸一年。王勃《滕王閣》：「物換星移幾度～。」❹一季。《詩經·王風·采葛》：「一日不見，如三～兮！」❺時候，時刻。諸葛亮《出師表》：「此誠危急存亡之～也。」

穿

【粵】cyun1〔川〕【普】chuān

❶貫穿，貫通。許慎《說文解字》：「～，通也。」白居易《與元九書》：「杜詩最多，可傳者千餘首。至於貫～古今……盡工盡善，又過於李焉。」（杜：指杜甫。李：指李白。）❷穿破，穿透。李華《弔古戰場文》：「利鏃～骨，驚沙入面。」（鏃【粵】zuk6〔族〕【普】zú：箭頭。）❸開挖，挖掘。司馬遷《史記·滑稽列傳》：「發甲卒為～壙，老弱負土。」（壙【粵】kwong3〔困葬切〕【普】kuàng：墓穴。）❹通過。杜甫《聞官軍收河南河北》：「即從巴峽～巫峽，便下襄陽向洛陽。」❺穿戴衣帽。《世說新語·雅量》：

「庾時頹然已醉，幘墜几上，以頭就～取。」（幘【粵】zik1〔即〕【普】zé：古代的一種頭巾。）

突

【粵】dat6〔凸〕【普】tū

❶急速地向前衝。許慎《說文解字》：「～，犬從穴中暫出也。」白居易《琵琶行》：「鐵騎～出刀槍鳴。」（暫：突然，忽然。）❷副詞，突然。薛福成《貓捕雀》：「～出噬雀母。」❸凸起來，鼓起來。徐宏祖《徐霞客遊記·滇遊日記一》：「南崖有亭前～。」❹煙囪，有成語「曲～徙薪」。班固《漢書·霍光金日磾傳》：「更為曲～。」

竽

【粵】jyu4〔餘〕【普】yú

古代的一種像笙的吹樂器，有成語「濫～充數」。許慎《說文解字》：「～，管三十六簧也。」韓非《韓非子·內儲說上》：「齊宣王使人吹～，必三百人。」

紀

【粵】gei2〔己〕【普】jǐ

❶法度，準則。《禮記·禮運》：「城郭溝池以為固，禮義以為～。」❷治理，管理。司馬遷《史記·孔子世家》：「君子能脩其道，綱而～之，統而理之。」❸記年單位。古代以十二年為一紀，今以百年為一世紀。李商隱《馬嵬詩》（其二）：「如何四～為天子，不及盧家有莫愁。」❹古代史書中記述帝王事跡的體裁。《史記·秦本紀》：「其語在《始皇本～》中。」❺通「記」，

記下。《史記・秦始皇本紀》：「天下多事，吏弗能～。」

約 (粵)joek3〔意削切〕(普)yuē

❶捆綁。許慎《說文解字》：「～，纏束也。」《詩經・小雅・斯干》：「～之閣閣。」（閣閣：嚴密的樣子。）❷束縛，規定。司馬遷《史記・絳侯周勃世家》：「將軍～，軍中不得驅馳。」❸簡練，簡約。《史記・屈原賈生列傳》：「其文～，其辭微。」（他的文章簡練，他的語言含蓄。）❹節約，節儉。司馬光《訓儉示康》：「又曰『以～失之者鮮矣』。」（失：犯錯。）❺窮困。《論語・里仁》：「不仁者，不可以久處～。」❻信約，約定。《史記・廉頗藺相如列傳》：「相如度秦王雖齋，決負～不償城。」❼大約。魏學洢《核舟記》：「舟首尾長～八分有奇。」（奇：(粵)gei1〔基〕(普)jī：餘。）❽隱約，不明顯。王孝通《上緝古算經表》：「其形祕而～。」

美 (粵)mei5〔尾〕(普)měi

❶味美。許慎《說文解字》：「～，甘也。」李白《將進酒》：「呼兒將出換～酒，與爾同銷萬古愁。」❷美好，與「惡」相對。謝肇淛《五雜組・物部三》：「物無精粗～惡。」❸茂盛。《孟子・告子上》：「牛山之木嘗～矣。」❹美麗，與「惡」相對。俞長城《全鏡文》：「予～予惡，汝何於焉！」❺好事。《論語・顏淵》：「君子成人之～，不成

人之惡。」❻優點，美德。韓愈《雜說（四）》：「才～不外見。」❼讚美。韓非《韓非子・五蠹》：「然則今有～堯、舜、禹、湯、武之道於當今之世者，必為新聖笑矣。」

耎 (粵)jyun5〔軟〕(普)ruǎn

❶通「軟」，軟弱。班固《漢書・司馬遷傳》：「僕雖怯～欲苟活，亦頗識去就之分矣。」❷退縮。魏禧《吾廬記》：「終身守閨門之內，選～趑趄。」

耶 (粵)je4〔爺〕(普)yé

❶語氣助詞，表示疑問或反問，相當於「呢」、「嗎」。蘇洵《六國論》：「六國互喪，率賂秦～？」❷表示感歎的語氣，相當於「啊」、「呀」、「呢」。薛福成《貓捕雀》：「何其性之忍～！」❸表示帶選擇的疑問語氣，相當於「是……嗎？還是……呢？」馬致遠《夜行船・秋思》：「魏～晉～？」❹語氣助詞，表示推測，相當於「吧」。司馬遷《史記・孔子世家》：「意者吾未仁～？」❺通「爺」，父親，這個意思後來被寫成「爺」。杜甫《兵車行》：「～娘妻子走相送。」

胥 (粵)seoi1〔需〕(普)xū

❶副詞，相互。王安石《答司馬諫議書》：「盤庚之遷，～怨者民也，非特朝廷士大夫而已。」❷小官吏。方苞《獄中雜記》：「部中老～，家藏偽章。」❸等候。司馬遷

《史記・趙世家》：「太后盛氣而～之。」

胡 ⟨粵⟩wu4〔狐〕⟨普⟩hú

❶下巴上的懸肉。馬中錫《中山狼傳》：「下首至尾，曲脊掩～。」（把頭彎下來，靠到尾巴上；彎着背脊，遮住垂肉。）❷疑問代詞，甚麼。班固《漢書・蕭何傳》：「相國～大罪？」❸疑問代詞，為甚麼。陶潛《歸去來辭》：「田園將蕪～不歸？」❹副詞，表示反問，相當於「怎麼」。《國語・周語上》：「～可壅也？」❺中國古代西北地區的少數民族，秦漢時多指匈奴，後泛指外族，有詞語「五～亂華」。《漢書・李廣蘇建傳》：「時漢連伐～。」❻通「鬍」，鬍鬚。司馬遷《史記・孝武本紀》：「有龍垂～髯下迎黃帝。」

背

一 ⟨粵⟩bui3〔貝〕⟨普⟩bèi

❶脊背。《莊子・逍遙遊》：「鵬之～，不知其幾千里也。」❷背面。司馬遷《史記・絳侯周勃世家》：「勃以千金與獄吏，獄吏乃書牘～示之，曰『以公主為證』。」（牘【⟨粵⟩duk6〔獨〕⟨普⟩dú】：書籍。）❸背對着，與「向」相對。《莊子・逍遙遊》：「～負青天而莫之夭閼者。」（夭閼【⟨粵⟩jiu1 aat3〔腰壓〕⟨普⟩yāo è】：阻礙。）❹違背，違抗。劉球《南岐瘻者說》：「而不念其背於道、外於義。」❺背叛，背離。宋濂《杜環小傳》：「不能蹈其

所言而～去多矣！」（蹈：實踐。）❻背上，背負。方苞《左忠毅公軼事》：「～筐，手長鑱。」

二 ⟨粵⟩bui6〔避妹切〕⟨普⟩bèi

背誦。陳壽《三國志・魏書・王粲傳》：「因使～而誦之，不失一字。」

致 ⟨粵⟩zi3〔志〕⟨普⟩zhì

❶致送，送達。許慎《說文解字》：「～，送詣也。」（詣【⟨粵⟩ngai6〔藝〕⟨普⟩yì】：到。）歸有光《歸氏二孝子傳》：「問母飲食，～甘鮮焉。」❷獻出。《莊子・逍遙遊》：「請～天下。」❸傳達，表達。司馬遷《史記・屈原賈生列傳》：「一篇之中三～志焉。」❹招來。司馬光《訓儉示康》：「家人習奢已久，不能頓儉，必～失所。」❺取得。謝肇淛《五雜俎・物部三》：「思其不裂者而無從～之。」❻到，達到。《荀子・勸學》：「假輿馬者，非利足也，而～千里。」❼集中。《孟子・告子上》：「不專心～志。」（不能夠專一心思、集中意志。）❽副詞，通「至」，盡，極，這個意思後來被寫成「至」。《荀子・禮論》：「臣之所以～重其君，子之所以～重其親，於是盡矣。」❾意態，情趣。王羲之《蘭亭集序》：「雖世殊事異，所以興懷，其～一也。」（一：一樣。）❿精密。班固《漢書・酷吏傳》：「桉其獄，皆文～不可得反。」（桉：通「案」，考察。獄：案件。反：推翻。）

异 （粵）jyu4〔餘〕（普）yú

抬。許慎《說文解字》：「～，共舉也。」《世說新語・術解》：「浩感其至性，遂令～來，為診脈處方。」

苦 （粵）fu2〔府〕（普）kǔ

❶苦味。許慎《說文解字》：「～，大～，苓也。」（本指一種苦草，後引申為苦味。）❷辛勞，辛苦。陶潛《歸去來辭・序》：「家叔以余貧～，遂見用於小邑。」❸使動用法，使他人勞苦。《孟子・告子下》：「必先～其心志，勞其筋骨。」❹刻苦。杜甫《兵車行》：「況復秦兵耐～戰，被驅不異犬與雞。」❺苦惱，被困擾。韓非《韓非子・五蠹》：「澤居～水者。」（澤居：住在水澤旁邊。）❻副詞，盡力，竭力。陸游《卜算子・詠梅》：「無意～爭春。」❼副詞，十分，太。曹操《短歌行》：「去日～多。」

若 （粵）joek6〔弱〕（普）ruò

❶好像，近似。韓愈《師說》：「彼與彼年相～也，道相似也。」❷比得上。司馬遷《史記・廉頗藺相如列傳》：「藺相如固止之，曰：『公之視廉將軍孰與秦王？』曰：『不～也。』」❸平順、自然，有詞語「自若」。魏禧《吾廬記》：「余談笑飲食自～也。」❹人稱代詞，你。歸有光《項脊軒志》：「吾兒，久不見～影，何竟日默默在此，大類

女郎也！」❺指示代詞，這，此。《孟子・梁惠王上》：「～無罪而就死地，故以羊易之也。」❻連詞，如果。諸葛亮《出師表》：「～有作姦犯科及為忠善者，宜付有司。」❼連詞，或者。《史記・魏其武安侯傳》：「願取吳王～將軍頭。」❽到。《國語・晉語五》：「病未～死。」❾多與「夫」組成詞語「～夫」，解作「至於」。范仲淹《岳陽樓記》：「～夫霪雨霏霏，連月不開。」

英 （粵）jing1〔鷹〕（普）yīng

❶花。許慎《說文解字》：「～，艸榮而不實者。」（艸：通「草」。榮：開花。實：結果。）陶潛《桃花源記》：「芳草鮮美，落～繽紛。」❷文采。劉勰《文心雕龍・體性》：「氣以實志，志以定言，吐納～華，莫非情性。」❸精粹，精華。杜牧《阿房宮賦》：「燕、趙之收藏，韓、魏之經營，齊、楚之精～。」（這裏指六國所收藏的珍寶。）❹美好，傑出，超羣。《孟子・盡心上》：「得天下～才而教育之，三樂也。」❺比喻才德出眾的人。《荀子・正論》：「堯舜者，天下之～也。」

苟 （粵）gau2〔狗〕（普）gǒu

❶副詞，苟且，隨便。《孟子・告子上》：「生亦我所欲，所欲有甚於生者，故不為～得也。」❷副詞，暫且，姑且。諸葛亮《出

師表》：「～全性命於亂世。」❸連詞，如果。蘇洵《六國論》：「～以天下之大，而從六國破亡之故事，是又在六國下矣！」❹貪求。陸賈《新語・慎微》：「不貪於財，不～於利。」

衍 （粵）jin5〔以勉切〕（普）yǎn

❶衍生，蔓延，擴展。范曄《後漢書・孝桓帝紀》：「流～四方。」❷餘裕，盛多。《荀子・君道》：「聖王財～，以明辨異。」❸書籍中由於排版、傳抄錯誤等原因造成多出來的字句。朱熹《中庸章句》：「『子曰』二字～文。」

衽 （粵）jam6〔任〕（普）rèn

❶衣襟。《戰國策・齊策一》：「連～成帷。」（帷【粵】wai4〔圍〕（普）wéi】：帳幕。）❷臥具，席子。柳宗元《永州八記・始得西山宴遊記》：「則凡數州之土壤，皆在～席之下。」

袂 （粵）mai6〔未胃切〕（普）mèi

衣袖。許慎《說文解字》：「～，袖也。」《戰國策・齊策一》：「舉～成幕。」

要 一 （粵）jiu1〔邀〕（普）yāo

❶通「腰」，腰部，這個意思後來被寫成「腰」。許慎《說文解字》：「～，身中也。」《荀子・禮論》：「故量食而食之，量～而帶之。」❷半路攔截。范曄《後漢書・班梁列傳》：「乃遣兵數百於東界～之。」❸通「邀」，邀請，這個意思後來被寫成「邀」。陶潛《桃花源記》：「便～還家，設酒、殺雞、作食。」❹求取，特指取得他人的信任或重用。《孟子・公孫丑上》：「非所以～譽於鄉黨朋友也。」❺要挾，勒索。方苞《獄中雜記》：「惟大劈無可～。」（大劈：斬首。）❻約定。《孔雀東南飛》：「雖與府吏～。」

二 （粵）jiu3〔意笑切〕（普）yào

❶要點，關鍵。《荀子・王霸》：「是百王之所同也，而禮法之樞～也。」❷險要。陸以湉《冷廬雜識・卷七・陳忠愍公》：「即帥師馳赴吳淞口，審度險～。」❸重要，顯要。司馬遷《史記・劉敬叔孫通列傳》：「叔孫生誠聖人也，知當世之～務。」（叔孫：叔孫通。）❹概括。《史記・高祖功臣侯者年表》：「帝王者各殊禮而異務，～以成功為統紀。」❺想要。韓愈《竹逕》：「若～添風月，應除數百竿。」❻通「約」，窮困。《論語・憲問》：「久～不忘平生之言。」

計 （粵）gai3〔繼〕（普）jì

❶計算，計數。許慎《說文解字》：「～，籌也。」（籌：通「算」，計算。）諸葛亮《出師表》：「可～日而待也。」❷計劃，謀略。司馬遷《史記・廉頗藺相如列傳》：「臣嘗有罪，竊～欲亡走燕。」❸計議，商量，商議。《史記・廉頗藺相如列傳》：「廉頗、藺相如～曰：『王

不行，示趙弱且怯也。』」❹斟酌，考慮。《史記・滑稽列傳》：「請歸與婦～之，三日而為相。」❺計策，辦法。蘇洵《六國論》：「至丹以荊卿為～，始速禍焉。」❻盤算，算計。柳宗元《三戒・黔之驢》：「～之曰。」

訂 粵ding3〔對性切〕普dìng

❶評議，評論。許慎《說文解字》：「～，平議也。」（平：通「評」，評論。）王充《論衡・案書》：「兩刃相割，利鈍乃知；二論相～，是非乃見。」❷修訂，修改。《晉書・荀崧傳》：「其書文清義約，諸所發明，或是《左氏》、《公羊》所不載，亦足有所～正。」❸效法。《新唐書・黎幹傳》：「～夏法漢。」

貞 粵zing1〔晶〕普zhēn

❶占卜。《周禮・春官宗伯》：「凡國大卜立君，卜大封。」❷堅定，有操守。諸葛亮《出師表》：「此悉～良死節之臣也，願陛下親之信之。」❸貞烈，指封建禮教壓迫束縛婦女的一種道德觀念，如婦女不改嫁等。司馬遷《史記・田單列傳》：「忠臣不事二君，～女不更二夫。」

負 粵fu6〔附〕普fù

❶憑藉。許慎《說文解字》：「～，恃也。」司馬遷《史記・廉頗藺相如列傳》：「秦貪，～其彊，以空言求璧，償城恐不可得。」❷背對

着。《莊子・逍遙遊》：「背～青天而莫之夭閼者。」（夭閼【粵jiu1 aat3〔腰壓〕普yāo è】：阻礙。）❸背負，用背揹，有成語「～荊請罪」。魏收《魏書・李惠傳》：「人有～鹽～薪者。」❹承托。《莊子・逍遙遊》：「且夫水之積也不厚，則其～大舟也無力。」❺懷有。《岳飛之少年時代》：「飛少～氣節。」❻承擔。《史記・廉頗藺相如列傳》：「寧許以～秦曲。」❼背棄，有成語「忘恩～義」。《史記・廉頗藺相如列傳》：「決～約不償城。」❽辜負。《史記・廉頗藺相如列傳》：「臣誠恐見欺於王而～趙。」❾敗，輸，與「勝」相對。蘇洵《六國論》：「故不戰而強弱勝～已判矣。」

赴 粵fu6〔附〕普fù

❶奔赴。許慎《說文解字》：「～，趨也。」陸以湉《冷廬雜識・卷七・陳忠愍公》：「即帥師馳～吳淞口，審度險要。」❷投進。《孔雀東南飛》：「舉身～清池。」❸赴任，履任。李密《陳情表》：「臣以供養無主，辭不～命。」❹通「訃」，報喪，這個意思後來被寫成「訃」。《左傳・隱公三年》：「平王崩，～以庚戌，故書之。」

軍 粵gwan1〔君〕普jūn

❶軍隊，士兵。諸葛亮《出師表》：「今南方已定，兵甲已足，當獎率三～。」❷軍營。司馬遷《史記・

項羽本紀》:「噲即帶劍擁盾入～門。」❸駐紮。《史記·孔子世家》:「楚救陳，～于城父。」❹徵兵。《木蘭辭》:「昨夜見～帖。」

迥

(粵)gwing2〔炯〕(普)jiǒng

❶遠，闊。許慎《説文解字》:「～，遠也。」王勃《滕王閣序》:「天高地～，覺宇宙之無窮。」❷差別很大。陸游《入蜀記·卷三》:「亦與它石～異。」

迫

(粵)bik1〔逼〕/ baak1〔卑握切〕(普)pò

❶近。許慎《説文解字》:「～，近也。」韓非《韓非子·外儲説左上》:「國小，～於荊、晉之間。」❷逼迫，被逼。司馬遷《史記·吳王濞列傳》:「為逆無道，起兵以危宗廟，賊殺大臣及漢使者，～劫萬民，夭殺無罪。」（無罪：無辜的人。）❸催促。李密《陳情表》:「郡縣逼～，催臣上道。」❹急促，急迫，危急，有成語「～不及待」。《史記·項羽本紀》:「此～矣！臣請入，與之同命。」❺狹窄。范曄《後漢書·竇融列傳》:「當今西州地執局～，人兵離散。」（執：同「勢」。）

迤

(粵)ji5〔耳〕(普)yǐ

多與「邐【(粵)lei5〔李〕(普)lǐ】」組成詞語「～邐」，表示連綿不斷，到處都是。杜牧《阿房宮賦》:「金塊珠礫，棄擲～邐。」（礫【(粵)lik1〔甩色切〕(普)lì】:小石子。）

郎

(粵)long4〔狼〕(普)láng

❶古代官名，帝王侍從官的總稱。諸葛亮《出師表》:「侍中、侍～郭攸之、費禕、董允等。」❷對青年男子或女子的美稱。蘇軾《念奴嬌·赤壁懷古》:「人道是、三國周～赤壁。」（周～:周瑜。）《木蘭辭》:「不知木蘭是女～。」❸女子對其丈夫或戀人的稱呼。劉禹錫《竹枝詞》:「楊柳青青江水平，聞～江上踏歌聲。」❹對別人兒子的稱呼。范公偁《過庭錄》:「賢～更在孫山外。」

郁

(粵)juk1〔旭〕(普)yù

❶豐盛，茂盛的樣子。范仲淹《岳陽樓記》:「岸芷汀蘭，～～青青。」❷文采豐富。韓愈《進學解》:「沉浸醲～。」（潛心體會文采豐富的地方。）

酋

(粵)jau4〔由〕(普)qiú

頭目，首領。陸以湉《冷廬雜識·卷七·陳忠愍公》:「夷～入城，登鎮海樓酣飲。」（夷:指英國軍隊。）

重

(粵)zung6〔仲〕/ cung5〔似勇切〕(普)zhòng

❶厚重，與「輕」相對。《孟子·梁惠王上》:「權，然後知輕～。」❷程度深，與「輕」相對。陸以湉《冷廬雜識·卷七·陳忠愍公》:「身受～傷。」❸重量。司馬遷《史記·秦始皇本紀》:「金人十二，～

各千石。」」

二 (粵) zung6〔仲〕(普) zhòng

❶重要。李華《弔古戰場文》:「法～心駭，威尊命賤。」（駭【粵】haai5〔蟹〕(普) hài】:懼怕。）❷貴重，珍貴。賈誼《過秦論》:「不愛珍器～寶、肥饒之地。」❸尊重，器重，與「輕」相對。司馬光《訓儉示康》:「上以無隱，益～之。」❹嚴格。韓愈《原毀》:「其責己也～以周，其待人也輕以約。」❺慎重，謹慎。司馬遷《報任少卿書》:「古人所以～施刑於大夫者。」❻屢次。《報任少卿書》:「～為天下觀笑。」

三 (粵) cung4〔蟲〕(普) chóng

❶一層。杜甫《茅屋為秋風所破歌》:「卷我屋上三～茅。」❷重複，重疊。酈道元《水經注·江水》:「～巖疊嶂，隱天蔽日。」（嶂【粵】zoeng3〔障〕(普) zhàng】:屏風似的山。）❸連詞，甚而，更，加上。《資治通鑑·晉紀·烈宗孝武皇帝上之下》:「草行露宿，～以飢凍，死者什七、八。」❹重新。范仲淹《岳陽樓記》:「乃～修岳陽樓。」

限 (粵) haan6〔恨慢切〕(普) xiàn

❶險阻。許慎《說文解字》:「～，阻也。」《戰國策·秦策一》:「南有巫山、黔中之～。」❷界限。張若虛《春江花月夜》:「碣石瀟湘無～路。」（碣【粵】kit3〔竭〕(普) jié】石、瀟湘:分別位於今河北省和湖

南省，借指兩地分隔遙遠。）❸限制，限定。《世說新語·政事》:「敕船官悉錄鋸木屑，不～多少。」（敕【粵】cik1〔戚〕(普) chì）:命令。錄:收藏。）❹限度。蘇洵《六國論》:「然則諸侯之地有～。」❺門檻。范曄《後漢書·吳蓋陳臧列傳》:「宮夜使鋸斷城門～。」

陋 (粵) lau6〔漏〕(普) lòu

❶狹小，簡陋。《論語·雍也》:「在～巷，人不堪其憂，回也不改其樂。」❷見識淺薄，有成語「孤～寡聞」。司馬光《訓儉示康》:「人皆嗤吾固～，吾不以為病。」❸地位卑賤。《北齊書·文苑傳》:「門族寒～。」❹醜陋。《舊唐書·盧杞傳》:「杞形～而心險。」

陌 (粵) mak6〔默〕(普) mò

❶田間小路，南北向者為「阡」，東西向者為「陌」。陶潛《桃花源記》:「阡～交通，雞犬相聞。」❷街巷，街道。辛棄疾《永遇樂·京口北固亭懷古》:「斜陽草樹，尋常巷～，人道寄奴曾住。」（寄奴:南朝宋高祖劉裕的乳名。）

降 一 (粵) gong3〔絳〕(普) jiàng

❶從高處往下走，與「升」相對。許慎《說文解字》:「～，下也。」《左傳·僖公二十三年》:「公～一級而辭焉。」（級:梯級，台階。）❷降下，降落，與「升」相對。《莊子·逍遙遊》:「時雨～矣而猶浸

九畫

灌。」❸降低，緩和。宋濂《送東陽馬生序》：「未嘗稍～辭色。」❹賜予。《孟子・告子下》：「故天將～大任於是人也。」

二（粵）hong4〔杭〕（普）xiáng

❶投降。班固《漢書・李廣蘇建傳》：「舉劍欲擊之，勝請～。」❷使動用法，使人投降，降服他人，有成語「～龍伏虎」。杜甫《秦州雜詩二十首》（其三）：「～虜兼千帳，居人有萬家。」

面 （粵）min6〔麵〕（普）miàn

❶臉。許慎《説文解字》：「～，顏前也。」俞長城《全鏡文》：「無心公首蓬而～垢。」❷容貌。宋濂《杜環小傳》：「頗若嘗見其～者。」❸面對。《列子・湯問》：「北山愚公者，年且九十，～山而居。」❹當面。《戰國策・齊策一》：「羣臣吏民，能～刺寡人之過者，受上賞。」（刺：指責。）❺方面。柳宗元《永州八記・小石潭記》：「坐潭上，四～竹樹環合。」

革 （粵）gaak3〔格〕（普）gé

❶去掉了毛的獸皮。許慎《説文解字》：「獸皮治去其毛，～更之。」《荀子・富國》：「麻葛、繭絲、鳥獸之羽毛齒～也固有餘，足以衣人矣。」❷以皮革製成的甲冑。《孟子・公孫丑下》：「兵～非不堅利也，米粟非不多也。」❸革除。蘇洵《六國論》：「且燕、趙處秦～滅殆盡之際。」❹變革。桓寬《鹽鐵論》：「～法明教，而秦人大治。」

韋（粵）wai4〔圍〕/ wai5〔偉〕（普）wéi

熟牛皮，有成語「～編三絕」。《左傳・僖公三十三年》：「以乘～先，牛十二犒師。」（乘：四。以四張熟牛皮和十二頭牛犒勞秦兵。）

音（粵）jam1〔欽〕（普）yīn

❶聲音。許慎《説文解字》：「～，聲也。」戴名世《南山集・鳥説》：「以此鳥之羽毛潔而～鳴好也。」❷讀音。王安石《遊褒禪山記》：「今言『華』如『華實』之『華』者，蓋～謬也。」❸音樂。司馬遷《史記・廉頗藺相如列傳》：「寡人竊聞趙王好～。」❹音律，即「宮、商、角、徵、羽」五音，有成語「五～不全」。《孟子・離婁上》：「不以六律，不能正五～。」❺樂曲。《列子・湯問》：「更造《崩山》之～。」❻古代對樂器的統稱，即「八～」，指以金、石、絲、竹、匏、土、革、木八種不同材質所製作的樂器。《周禮・春官・大師》：「皆播之以八～。」❼消息，有成語「杳無～訊」。李白《大堤曲》：「不見眼中人，天長～信斷。」

風 **一**（粵）fung1〔封〕（普）fēng

❶流動的空氣。辛棄疾《青玉案・元夕》：「東～夜放花千樹，更吹落、星如雨。」❷吹風，乘涼。《論語・先進》：「～乎舞雩。」（舞雩【粵】jyu4〔餘〕（普）yú：春秋時代

魯國求雨的神壇，在今山東省。）❸風聲，消息，有成語「通～報信」。施耐庵《水滸傳・第四十九回》：「伯伯，你的樂阿舅透～與我們了。」❹事端。陶潛《歸去來辭・序》：「於時～波未靜。」（～波：指東晉時的軍閥混戰。）❺風景，景象。王勃《滕王閣序》：「訪～景於崇阿。」（崇阿【粵 o1〔柯〕普 ē】：高大的山陵。）❻風俗，風氣，有成語「移～易俗」。魏禧《吾廬記》：「攬～土之變。」（土：地理環境。）❼作風。司馬光《訓儉示康》：「子孫習其家～，今多窮困。」❽《詩經》「六義」之一，屬於詩歌的體制，分為十五國風，每一國風是該地區的民歌、民謠，如《魏～》、《秦～》、《周南》等。司馬遷《史記・屈原賈生列傳》：「國～好色而不淫。」（《國～》雖然多寫男女愛情，但不過分。）❾泛指歌謠，民歌。班固《漢書・藝文志》：「自孝武立樂府而采歌謠，於是有代趙之謳，秦楚之～。」（代：戰國時諸侯國，在今河北省。謳【粵 au1〔歐〕普 ōu】：民歌。）

二 （粵 fung3〔廢送切〕普 fěng）
通「諷」，用含蓄的話來暗示或勸告，這個意思後來被寫成「諷」。司馬遷《史記・魏其武安侯列傳》：「武安侯乃微言太后～上。」（上：皇帝，即漢武帝。）

食 一 （粵 sik6〔甚覓切〕普 shí）

❶米飯，糧食，有成語「鳥為～亡」。許慎《說文解字》：「～，一米也。」《孟子・告子上》：「一簞～，一豆羹，得之則生，弗得則死。」❷吃，進食。蘇洵《六國論》：「則吾恐秦人～之不得下嚥也。」❸一餐。《論語・里仁》：「君子無終～之間違仁。」❹生活。司馬遷《史記・孟嘗君列傳》：「其～客三千人。」（～客：寄居於豪門貴族並為之服務的門客。）❺俸祿。《論語・衛靈公》：「君子謀道不謀～。」❻違背。《尚書・商書・湯誓》：「朕不～言。」❼通「蝕」，指日蝕、月蝕，這個意思後來被寫成「蝕」。《史記・秦本紀》：「三十四年，日～。」

二 （粵 zi6〔字〕普 sì）

❶給他人吃。韓非《韓非子・五蠹》：「穰歲之秋，疏客必～。」（穰【粵 joeng4〔楊〕普 ráng】：豐收。疏客：不熟悉的客人。）❷通「飼」，餵養，這個意思後來被寫成「飼」。宋濂《杜環小傳》：「奉糜～母。」（糜【粵 mei4〔眉〕普 mí】：粥。）

首 （粵 sau2〔手〕普 shǒu）

❶頭顱。辛棄疾《青玉案・元夕》：「驀然回～，那人卻在，燈火闌珊處。」❷頭髮。劉向《說苑・佚文》：「共載者皆白～者也。」❸朝向。屈原《楚辭・九章・哀郢》：

「狐死必～丘。」❹首領，有成語「羣龍無～」。《莊子·盜跖》：「成者為～。」❺第一，有成語「～屈一指」。韓非《韓非子·心度》：「故治民者，刑勝、治之～也。」❻初始，開端。陸游《入蜀記·卷三》：「自七月二十六日至是，～尾才六日。」❼自首。班固《漢書·文三王傳》：「恐復不～實對。」

十畫

乘 一 (粵)sing4〔城〕(普)chéng

❶策騎，乘坐。《左傳·莊公十年》：「公與之～。」（魯莊公與曹劌乘坐戰車。）❷登上。屈原《楚辭·九章·涉江》：「～鄂渚而反顧兮。」（鄂渚(粵)zyu2〔主〕(普)zhǔ：位於今湖北省武漢市的一個江中小島。）❸趁機，憑着，有成語「～人之危」。韓非《韓非子·定法》：「故～強秦之資，數十年而不至於帝王者。」❹順着。《莊子·逍遙遊》：「若夫～天地之正，而御六氣之辯。」❺連接。賈誼《論積貯疏》：「兵旱相～，天下大屈。」（兵：戰爭。旱：旱災。屈：困乏。）❻欺壓。《國語·周語中》：「佻天不祥，～人不義。」（佻【(粵)tiu4〔童謠切〕(普)tiāo】：輕薄。）

二 (粵)sing6〔事泳切〕(普)shèng

❶量詞，用於馬車，特指四馬拉動的車，相當於「輛」。李翱《命解》：「雖祿之以千～之富。」（即使給你千輛戰車財富的俸祿。）❷春秋時，晉國的史書稱為「～」，因此後世一般稱史書為「史～」。歸有光《歸氏二孝子傳》：「歸氏二孝子，余既列之家～矣。」（家～：家譜。）

倍 一 (粵)bui3〔貝〕(普)bèi

❶同「背」，背着，這個意思後來被寫成「背」。許慎《說文解字》：「～，反也。」司馬遷《史記·淮陰侯列傳》：「兵法右～山陵，前左水澤。」❷違背，這個意思後來被寫成「背」。《史記·項羽本紀》：「願伯具言臣之不敢～德也。」❸背叛，反叛，這個意思後來被寫成「背」。《史記·楚世家》：「～齊而合秦。」

二 (粵)pui5〔盛〕(普)bèi

❶倍數。蘇洵《六國論》：「較秦之所得，與戰勝而得者，其實百～。」❷加倍。韓非《韓非子·五蠹》：「雖～賞累罰而不免於亂。」

俯 (粵)fu2〔府〕(普)fǔ

❶低頭，與「仰」相對。歸有光《歸氏二孝子傳》：「～首竊淚下，鄰里莫不憐也。」❷彎身。宋濂《送東陽馬生序》：「～身傾耳以請。」❸蟄伏，動物冬眠。《禮記·月令》：「蟄蟲咸～在內。」（蟄【(粵)zat6〔室〕

（普 zhé）：冬眠。）

倦 （粵 gyun6〔極願切〕（普 juàn

❶疲倦。許慎《說文解字》：「～，罷也。」司馬遷《史記・屈原賈生列傳》：「故勞苦～極，未嘗不呼天也。」❷厭倦。魏禧《吾廬記》：「既～於遊。」

倩 一 （粵 sin3〔線〕/ sin6〔善〕（普 qiàn

漂亮、美好。袁宏道《滿井遊記》：「如～女之靧面而髻鬟之始掠也。」（靧：清洗。掠：梳理。）

二 （粵 cing3〔秤〕（普 qìng

請別人幫忙做事。陳壽《三國志・魏書・任城陳蕭王傳》：「汝～人邪？」

俸 （粵 fung2〔匪懂切〕（普 fèng

俸祿，古代官吏的薪金。司馬光《訓儉示康》：「公今受～不少，而自奉若此。」（奉：供養。）

借 （粵 ze3〔蔗〕（普 jiè

❶借入，借出。許慎《說文解字》：「～，假也。」宋濂《送東陽馬生序》：「每假～於藏書之家，手自筆錄，計日以還。」❷假托。羅貫中《三國演義・第七十二回》：「今乃～惑亂軍心之罪殺之。」❸多與「使」組成詞語「～使」，指假使。陳壽《三國志・魏書・荀攸傳》：「～使二子和睦以守其業，則天下之難未息也。」（二子：袁紹的兒子袁譚、袁尚兩兄弟。）

倒 一 （粵 dou2〔島〕（普 dǎo

❶向前跌倒，豎直的事物倒臥在地。許慎《說文解字》：「～，仆也。」（仆（粵 fu6〔附〕/ puk1〔篇幅切〕（普 pū）：向前跌倒。）紀昀《閱微草堂筆記・卷十六》：「石必～擲坎穴中。」（～擲：傾倒。坎【粵 ham2〔砍〕（普 kǎn】穴：洞坑。）❷失敗，垮台。裴松之《三國志・魏書・曹爽傳・注》：「於今日卿等門戶～矣！」

二 （粵 dou3〔到〕（普 dào

❶位置、順序、方向等相反變換，有成語「～戈相向」。酈道元《水經注・江水》：「回清～影。」（江水迴旋着清澈的波浪，潭水反映出山林的倒影。）❷不順。韓非《韓非子・難言》：「且至言忤於耳而～於心。」（忤：忤逆。）

倨 （粵 geoi3〔據〕（普 jù

倨傲，傲慢，有成語「前～後恭」。許慎《說文解字》：「～，不遜也。」（遜：謙遜。）司馬遷《史記・廉頗藺相如列傳》：「今臣至，大王見臣列觀，禮節甚～。」（觀【粵 gun3〔罐〕（普 guàn】：一般的亭台。）

俱 （粵 keoi1〔軀〕（普 jù

❶同在，在一起。許慎《說文解字》：「～，偕也。」（偕【粵 gaai1〔街〕（普 xié】：一起。）柳宗元《永州八記・始得西山宴遊記》：「悠悠

乎與灝氣～。」（灝氣：瀰漫於天地間的氣。）❷副詞，一同。司馬遷《史記・廉頗藺相如列傳》：「臣頭今與璧～碎於柱矣！」❸副詞，全部，都。諸葛亮《出師表》：「宮中府中，～為一體。」

候 （粵）hau6〔後〕（普）hòu

❶守望，偵察。司馬光《資治通鑑・漢紀・孝獻皇帝庚》：「劉備在樊口，日遣邏吏於水次～望權軍。」（水次：水邊。）❷觀察，觀測。范曄《後漢書・張衡列傳》：「復造～風地動儀。」❸等候。《莊子・逍遙遊》：「子獨不見狸狌乎？卑身而伏，以～敖者。」❹問候，探望。方苞《左忠毅公軼事》：「～太公、太母起居。」❺徵兆，狀態。杜牧《阿房宮賦》：「一宮之間，而氣～不齊。」（氣～：天氣狀態。）❻季節。徐宏祖《徐霞客遊記・遊太和山日記》：「山谷川原，～同氣異。」

倭 （粵）wo1〔窩〕（普）wō

古代對日本的稱呼，有詞語「～寇」。范曄《後漢書・東夷列傳》：「～在韓東南大海中，依山島為居，凡百餘國。」

修 （脩）（粵）sau1〔羞〕（普）xiū

❶修飾，裝飾，修葺。許慎《說文解字》：「～，飾也。」劉基《郁離子・卷上》：「室壞不修且～。」❷整理，治理。賈誼《過秦論》：「內立法度，務耕織，～守戰之具。」❸修建。范仲淹《岳陽樓記》：「乃重～岳陽樓。」❹修正，修改。王安石《答司馬諫議書》：「議法度而～之於朝廷。」❺修身，修養，有成語「～心養性」。歐陽修《朋黨論》：「以之～身，則同道而相益。」❻研究，學習。韓非《韓非子・五蠹》：「今～文學、習言談，則無耕之勞，而有富之實。」❼做，經營。方孝孺《試筆說》：「若姑～其可任者。」❽成功，成效。《禮記・學記》：「雜施而不孫，則壞亂而不～。」（如果教學雜亂無章而不能做到循序漸進，則教學會陷入混亂而學習沒有成效。）❾長，修長。《莊子・逍遙遊》：「有魚焉，其廣數千里，未有知其～者，其名為鯤。」

俾 （粵）bei2〔髀〕（普）bǐ

使。方苞《獄中雜記》：「苟入獄，不問罪之有無，必械手足，置老監，～困苦不可忍。」（苟：如果。械：戴上鐐銬。老監：牢房。）

倫 （粵）leon4〔輪〕（普）lún

❶同輩，同類。許慎《說文解字》：「～，輩也。」（「輩」原指百輛軍車，後引申為同輩、同類。）賈誼《過秦論》：「吳起、孫臏……田忌、廉頗、趙奢之～制其兵。」❷人倫，人與人之間的道德關係，古代以君臣、父子、夫妻、兄弟、朋友為「五～」，有成語「天～之

樂」。《孟子・滕文公上》:「教以人～：父子有親，君臣有義，夫婦有別，長幼有序，朋友有信。」❸條理，次序，有成語「語無～次」。《荀子・解蔽》:「是故眾異不得相蔽以亂其～也。」（眾異：事物之間的差別。）❹匹敵，有成語「無與～比」。陳子昂《堂弟孜墓誌銘》:「實為時輩所高，而莫敢與～也。」（高：尊敬。）

兼 (粵)gim1〔高瞻切〕(普)jiān

❶同時進行或擁有多件事或物。許慎《説文解字》:「～，并也。」（并：並，同時。）《孟子・告子上》:「二者不可得～，舍魚而取熊掌者也。」❷兼任。《荀子・富國》:「人不能～官。」❸兼併，併合。賈誼《過秦論》:「～韓、魏、燕、趙、宋、衞、中山之眾。」❹加倍。班固《漢書・韓彭英盧吳傳》:「受辱於跨下，無～人之勇，不足畏也。」（跨：通「胯」，兩腿之間。）❺並且。李清照《聲聲慢・秋情》:「梧桐更～細雨，到黃昏、點點滴滴。」❻超越。《論語・先進》:「由也～人。」（仲由的膽量超越他人。）

冢 (粵)cung2〔寵〕(普)zhǒng

通「塚」，墳墓，這個意思後來被寫成「塚」。許慎《説文解字》:「～，高墳也。」杜甫《詠懷古跡五首》（其三）:「獨留青～向黃昏。」

冥 (粵)ming4〔明〕(普)míng

❶昏暗，幽暗。許慎《説文解字》:「～，幽也。」范仲淹《岳陽樓記》:「薄暮～～，虎嘯猿啼。」❷副詞，暗地。柳宗元《永州八記・始得西山宴遊記》:「心凝形釋，與萬化～合。」❸夜晚。蔡琰《悲憤詩》（其二）:「～當寢兮不能安，飢當食兮不能餐。」❹深遠。杜牧《阿房宮賦》:「高低～迷，不知西東。」❺深沉，沉寂。歸有光《項脊軒志》:「～然兀坐。」（兀【粵】ngat6〔訖〕(普)wù】坐：獨自端坐。）❻海。《莊子・逍遙遊》:「北～有魚，其名曰鯤。」又:「南～者，天池也。」❼愚昧，有成語「～頑不靈」。韓愈《祭鱷魚文》:「則是鱷魚～頑不靈。」

冤 (粵)jyun1〔淵〕(普)yuān

❶冤屈。許慎《説文解字》:「～，屈也。」段玉裁《説文解字注》:「屈也。屈，不伸也。」（指正義不能伸張。）杜甫《兵車行》:「新鬼煩～舊鬼哭。」❷怨恨。韓愈《謝自然詩》:「孤魂抱深～。」

凌 (粵)ling4〔鈴〕(普)líng

❶超越，凌駕，跨越。蘇軾《前赤壁賦》:「縱一葦之所如，～萬頃之茫然。」（葦：指小艇。）❷上升，登上。杜甫《望嶽》:「會當～絕頂，一覽眾山小。」❸侵犯，欺凌。屈原《楚辭・九歌・國殤》:

十畫

「誠既勇兮又以武，終剛強兮不可～。」❹冒着。王安石《梅花》：「～寒獨自開。」❺接近、迫近。杜甫《自京赴奉先縣詠懷五百字》：「～晨過驪山。」❻冰。《周禮・天官冢宰》：「～人：掌冰政。歲十有二月，令斬冰，三其～。」（三其～：繳納三倍的冰塊。）

剖 （粵）pau2〔鉋狗切〕/ fau2〔缶〕（普）pōu

❶剖開，對分。許慎《說文解字》：「～，判也。」（判：對半分開。）《莊子・逍遙遊》：「～之以為瓢。」❷判斷。《北史・裴政傳》：「簿案盈几，～決如流。」

匿 （粵）fei2〔粉起切〕（普）fěi

❶不是。司馬遷《史記・孔子世家》：「～兕～虎，率彼曠野。」（兕【粵】zi6〔字〕（普）sì）：古代一種似牛的野獸，一說是犀牛。）❷品行不端正，有詞語「～徒」。李朝威《柳毅傳》：「不幸見辱於～人。」

卿 （粵）hing1〔馨〕（普）qīng

❶古代高級官爵名稱。司馬遷《史記・廉頗藺相如列傳》：「既罷歸國，以相如功大，拜為上～。」❷君王對臣下的美稱，相當於「你」。司馬光《訓儉示康》：「上曰：『～為清望官，奈何飲於酒肆？』」（上：指北宋真宗。）❸對對方的敬稱，相當於「您」。干寶《搜神記・第十六卷》：「～太重。」❹對對方表示親暱的稱呼，相當於「你」，有成語「～～本佳人」。《孔雀東南飛》：「我自不驅～，逼迫有阿母。」

厝 （粵）cou3〔燥〕（普）cuò

安放，放置。《列子・湯問》：「負二山，一～朔東，一～雍南。」

原 （粵）jyun4〔圓〕（普）yuán

❶通「源」，根源，起源，這個意思後來被寫成「源」。許慎《說文解字》：「～，水泉本也。」（本：通「本」，根本。本指水源，後引申為根源。）《荀子・君道》：「法者，治之端；君子者，法之～也。」❷追究，推究。《管子・小匡》：「～本窮末。」❸副詞，原本，原來。鄭燮《竹石》：「立根～在破岩中。」❹原野。諸葛亮《出師表》：「北定中～。」（中～：本指黃河中下游平原，後成為中國的泛稱。）❺原諒，赦免。陳壽《三國志・魏書・張魯傳》：「犯法者，三～，然後乃行刑。」

員 （粵）jyun4〔圓〕（普）yuán

❶人數，名額。許慎《說文解字》：「～，物數也。」段玉裁《說文解字注》：「本為物數。引申為人數。」司馬遷《史記・平原君虞卿列傳》：「今少一人，願君即以遂備～而行矣。」❷同「圓」，這個意思後來被寫成「圓」。范曄《後漢書・張衡列傳》：「復造候風地動儀。以精銅鑄成，～徑八尺。」（徑：直

徑。）

夏 (粵)haa6〔廈〕(普)xià

❶古代漢族的自稱。許慎《說文解字》：「～，中國之人也。」李華《弔古戰場文》：「古稱戎、～，不抗王師。」❷中原。《左傳·僖公二十一年》：「蠻夷猾～。」（四方外族侵擾中原。）❸夏季。韓非《韓非子·五蠹》：「～日葛衣。」（葛衣：用葛布製成的衣服，通風涼爽。）

奚 (粵)hai4〔兮〕(普)xī

❶本指女奴隸，後泛指奴隸。《新唐書·文藝傳下》：「每旦日出，騎弱馬，從小～奴。」❷疑問代詞，甚麼。《莊子·逍遙遊》：「～以之九萬里而南為？」（飛行九萬里到南方做甚麼？）❸疑問代詞，哪裏。《莊子·逍遙遊》：「彼且～適也？」（牠們將要到哪裏？）❹疑問代詞，為甚麼。《列子·說符》：「～亡之？」（為甚麼會丟失了牠？）

娛 (粵)jyu4〔餘〕(普)yú

❶娛樂，歡樂。許慎《說文解字》：「～，樂也。」司馬遷《史記·廉頗藺相如列傳》：「趙王竊聞秦王善為秦聲，請奏盆瓿秦王，以相～樂。」❷樂趣。王羲之《蘭亭集序》：「足以極視聽之～，信可樂也。」

娟 (粵)gyun1〔捐〕(普)juān

❶娟好、秀美。袁宏道《滿井遊記》：「～然如拭。」（秀美得好像擦拭過一樣。）❷多與「嬋」組成詞語「嬋～」，見第312頁「嬋」字條。

孫 一 (粵)syun1〔酸〕(普)sūn

❶孫子，兒子的兒子。許慎《說文解字》：「子之子曰～。」韓非《韓非子·五蠹》：「今人有五子不為多，子又有五子，大父未死而有二十五～。」（大父：祖父。）李密《陳情表》：「母～二人，更相為命。」（母：指祖母。）❷泛指後代。蘇洵《六國論》：「子～視之不甚惜，舉以予人，如棄草芥。」❸通「順」，順序。《禮記·學記》：「雜施而不～，則壞亂而不修。」（如果教學雜亂無章而不能做到循序漸進，則教學會陷入混亂而學習沒有成效。）

二 (粵)seon3〔迅〕(普)xùn

通「遜」，謙遜，這個意思後來被寫成「遜」。《論語·衛靈公》：「禮以行之，～以出之，信以成之。」

宰 (粵)zoi2〔止海切〕(普)zǎi

❶宰殺，屠宰。李白《將進酒》：「烹羊～牛且為樂，會須一飲三百杯。」❷分割。賈誼《過秦論》：「～割天下，分裂河山。」❸主宰。《道德經》：「長而不～，是謂玄德。」（養育了萬物而不自以為主宰，這

十畫

就是最深遠的德。）❹官名。其地位歷代各不相同，由奴隸的總管，卿大夫的家臣，到皇帝的輔臣。司馬光《訓儉示康》：「此為～相聽事誠隘。」❺地方長官，相當於縣令。王勃《滕王閣序》：「家君作～。」（家君：父親，指王勃的父親在交趾當縣令。）❻管家，助手。司馬遷《史記·孔子世家》：「使爾多財，吾為爾～。」（使：假使。）

家 粵 gaa1〔嘉〕普 jiā

❶居所。許慎《説文解字》：「～，居也。」陶潛《桃花源記》：「便要還～，設酒、殺雞、作食。」❷居住。宋濂《杜環小傳》：「遂～金陵。」❸家庭，家族。陶潛《歸去來辭·序》：「余～貧，耕植不足以自給。」❹家財、家產。邯鄲淳《笑林》：「我傾～贍君。」❺家境。《歐陽公事跡》：「～貧無資。」❻家聲。《宋書·宗愨傳》：「破我～矣。」❼朝廷。杜甫《兵車行》：「君不聞漢～山東二百州，千村萬落生荊杞。」❽學派，有成語「百～爭鳴」。韓非《韓非子·定法》：「申不害、公孫鞅，此二～之言孰急於國？」❾有專長或從事某種職業的人。《孟子·告子下》：「入則無法～拂士。」（法～：指掌管法律的大臣。拂：通「弼」，輔助。）

宴 粵 jin3〔讌〕普 yàn

❶安閒，安逸。許慎《説文解字》：「～，安也。」班固《漢書·景十三王傳》：「是以古人以～安為鴆毒。」（鴆【粵 jam6〔朕〕普 zhèn】毒：毒酒。）❷安樂，快樂。《左傳·成公二年》：「衡父不忍數年之不～。」❸宴請，請人聚在一起吃飯飲酒。李白《將進酒》：「陳王昔時～平樂，斗酒十千恣讙謔。」（平樂：東漢時代娛樂場所名稱，在今洛陽西門外。）❹宴會。歐陽修《醉翁亭記》：「山肴野蔌，雜然而前陳者，太守～也。」（蔌【粵 cuk1〔速〕普 sù】：蔬菜。）

 粵 gung1〔公〕普 gōng

❶古代房屋的通稱。許慎《説文解字》：「～，室也。」《孟子·告子上》：「今為～室之美為之。」❷專指皇帝的住所，宮殿。諸葛亮《出師表》：「～中府中，俱為一體。」❸古時五音（～、商、角、徵【粵 zi2〔止〕普 zhǐ】、羽）的第一音階，相當於現代音樂簡譜上的「do」。見第 126 頁「音」字條。❹古代刑罰，閹割男性生殖器。司馬遷《報任少卿書》：「行莫醜於辱先，詬莫大於～刑。」❺圍繞。魏禧《吾廬記》：「羣山～之。」（之：指「吾廬」。）

害 粵 hoi6〔亥〕普 hài

❶傷害，損害。許慎《説文解字》：「～，傷也。」《論語·衛靈公》：「無求生以～仁，有殺身以成仁。」❷殺害，危害。《列子·説符》：

「遂殺之，又傍～其黨四五人焉。」（傍：通「旁」，連累，旁及。）❸害處。韓非《韓非子‧五蠹》：「構木為巢以避群～。」（群～：指禽獸蟲蛇。）❹嫉妒。司馬遷《史記‧屈原賈生列傳》：「故上官大夫與之同列，爭寵而心～其能。」（之：指屈原。）❺害怕。《史記‧魏世家》：「楚～張儀、犀首、薛公。」❻要害，重要。賈誼《過秦論》：「北收要～之郡。」

容 （粵）jung4〔融〕（普）róng

❶盛載。許慎《說文解字》：「～，盛也。」《莊子‧逍遙遊》：「剖之以為瓢，則瓠落無所～。」❷容納。陶潛《歸去來辭》：「審～膝之易安。」（審：覺得。～膝：只能容納膝蓋，指簡陋的小屋。易安：舒適。）❸採納，接納。司馬遷《史記‧孔子世家》：「夫子之道至大也，故天下莫能～夫子。」❹寬容，容忍。《史記‧汲鄭列傳》：「不能～人之過。」❺容許，許可，有成語「刻不～緩」。宗臣《報劉一丈書》：「亡奈何矣，姑～我入。」❻容貌，面容。俞長城《全鏡文》：「鑑於水者，見其～也。」❼面色。《列子‧說符》：「楊子戚然變～。」

屑 （粵）sit3〔竊〕（普）xiè

❶碎末。《魏書‧李惠傳》：「見少鹽～。」❷微小的。木華《海賦》：「崩雲～雨。」❸重視，在乎，接受。《孟子‧告子上》：「蹴爾而與

之，乞人不～也。」

峨 （粵）ngo4〔俄〕（普）é

❶崇高。《列子‧湯問》：「善哉，～～兮若泰山！」❷戴上帽子。劉基《賣柑者言》：「～大冠。」

差 一 （粵）caai1〔又〕（普）chā

❶差別，等級。許慎《說文解字》：「～，不相值也。」（價值不相當，即指有差別。）《荀子‧富國》：「貴賤有等，長幼有～。」❷差錯，錯誤。羅貫中《三國演義‧第九十五回》：「若有～失，乞斬全家。」❸副詞，稍微，比較。《東觀漢記‧吳漢傳》：「吳公～強人意。」（吳漢比較令今人滿意。）❹副詞，差不多，大概。《世說新語‧言語》：「撒鹽空中～可擬。」

二 （粵）caai1〔猜〕（普）chāi

❶差遣。施耐庵《水滸傳‧第五十五回》：「出師之日，我自～官來點視。」❷被派遣去做的事，有詞語「差事」。曹雪芹《紅樓夢‧第六十回》：「寶玉房中的丫鬟～輕人多。」

三 （粵）ci1〔痴〕（普）cī

❶等級。《孟子‧滕文公上》：「愛無～等。」❷雜亂不齊。柳宗元《永州八記‧小石潭記》：「參～披拂。」（參差不齊，隨風飄拂。）

席 （粵）zik6〔夕〕（普）xí

❶席子。柳宗元《永州八記‧始得西山宴遊記》：「則凡數州之土壤，

皆在衽～之下。」❷席位，座位。班固《漢書‧霍光金日磾傳》：「離～按劍。」（按：按壓。）❸坐，躺。司馬遷《史記‧滑稽列傳》：「～以露牀。」（露牀：指鋪設竹蓆的涼牀。）❹酒席。《儀禮‧有司禮》：「主人～上拜受爵，賓北面答拜。」❺通「藉」，憑藉，這個意思後來被寫成「藉」。《漢書‧楚元王傳》：「呂產、呂祿～太后之寵，據將相之位。」（太后：指呂后。）

師 粵 si1〔詩〕普 shī

❶軍隊。許慎《説文解字》：「二千五百人為～。」《左傳‧莊公十年》：「齊～伐我。」❷軍師。司馬遷《史記‧孫子吳起列傳》：「於是乃以田忌為將，而孫子為～。」❸老師。韓愈《師説》：「古之學者必有～。」❹請教，學習。《師説》：「吾從而～之。」❺仿效對象、榜樣。杜甫《詠懷古跡》（其二）：「風流儒雅亦吾～。」❻具有專門技藝的人。《師説》：「巫醫、樂～、百工之人。」

庭 粵 ting4〔停〕普 tíng

❶廳堂。許慎《説文解字》：「～，宮中也。」（「宮」指居所，居所的中央位置即為廳堂。）魏禧《吾廬記》：「於是作屋於勺～之左肩。」（勺～：魏禧位於翠微山居所的廳堂。左肩：左邊。」❷庭院。陶潛《歸去來辭》：「眄～柯以怡顏。」（眄【粵 min5〔勉〕普 miǎn】：望，

看。柯：樹枝，借指樹木。）❸朝廷，宮廷，殿上，這個意思後來被寫成「廷」。司馬遷《史記‧廉頗藺相如列傳》：「拜送書於～。」❹地區。杜甫《兵車行》：「邊～流血成海水。」

弱 粵 joek6〔虐〕普 ruò

❶弱小，與「強」相對，有成語「～不禁風」。蘇洵《六國論》：「故不戰而強～勝負已判矣。」❷軟弱。司馬遷《史記‧廉頗藺相如列傳》：「示趙～且怯也。」❸削弱，削減。賈誼《過秦論》：「諸侯恐懼，會盟而謀～秦。」❹喪失，減少。《左傳‧昭公三年》：「又～一個焉。」（古代哀悼人去世的用語。）❺年少，年幼。李密《陳情表》：「祖母劉愍臣孤～。」

徒 粵 tou4〔圖〕普 tú

❶徒步，步行。韓非《韓非子》：「班白者多以～行。」❷步兵。《左傳‧襄公二十九年》：「臣帥～以討之。」❸徒黨，同一類的人。韓愈《師説》：「郯子之～，其賢不及孔子。」❹同伴。柳宗元《永州八記‧始得西山宴遊記》：「日與其～上高山。」❺門徒，徒弟。《孟子‧梁惠王上》：「仲尼之～，無道桓、文之事者，是以後世無傳焉。」（桓：指齊桓公。文：指晉文公。）❻被罰服勞役的人。司馬遷《史記‧孔子世家》：「於是乃相與發～役圍孔子於野。」（～役：服勞役的人。）

❼副詞，徒然，白白地，有成語「～勞無功」。李白《月下獨酌》（其一）：「月既不解飲，影～隨我身。」❽副詞，只，僅僅。《史記・廉頗藺相如列傳》：「而藺相如～以口舌為勞，而位居我上。」

徑 (粵)ging3〔敬〕(普)jìng

❶小路。許慎《説文解字》：「～，步道也。」司馬遷《史記・廉頗藺相如列傳》：「懷其璧，從～道亡，歸璧于趙。」❷行走、前往。姚鼐《遊媚筆泉記》：「嶄橫若不可～。」❸副詞，徑直，直接。李白《將進酒》：「～須沽取對君酌。」❹副詞，竟然。《史記・滑稽列傳》：「不過一斗～醉矣。」❺直徑。范曄《後漢書・張衡列傳》：「復造候風地動儀。以精銅鑄成，員～八尺。」

徐 (粵)ceoi4〔隨〕(普)xú

❶副詞，慢慢地。蘇軾《前赤壁賦》：「清風～來，水波不興。」❷舒緩。《世説新語・容止》：「高而～引。」（高遠、舒緩、悠長。）

恙 (粵)joeng6〔樣〕(普)yàng

❶憂心。許慎《説文解字》：「～，憂也。」宋濂《杜環小傳》：「一元今無～否？」（無～：平安。）❷病。秦觀《答文潛病中見寄》：「君其專精神，微～不足論。」❸生病。《宋書・袁粲傳》：「獨得無～。」

恣 (粵)zi3〔志〕(普)zì

❶放縱。許慎《説文解字》：「～，縱也。」李白《將進酒》：「斗酒十千～歡謔。」（歡謔(粵)joek6〔弱〕(普)xuè：盡情玩樂。）❷任憑。柳宗元《三戒・永某氏之鼠》：「悉以～鼠不問。」

恥 (粵)ci2〔齒〕(普)chǐ

❶恥辱。許慎《説文解字》：「～，辱也。」《呂氏春秋・季秋紀・順民》：「越王苦會稽之～。」❷羞恥。司馬遷《史記・滑稽列傳》：「起而為吏，身貪鄙者餘財，不顧～辱。」❸為某事感到羞愧。韓愈《師説》：「今之眾人，其下聖人也亦遠矣，而～學於師。」❹羞辱。《國語・越語上》：「昔者夫差～吾君于諸侯之國。」❺羞恥心。《孟子・盡心上》：「人不可以無～。」

恐 (粵)hung2〔孔〕(普)kǒng

❶恐懼，擔心。許慎《説文解字》：「～，懼也。」諸葛亮《出師表》：「～託付不效，以傷先帝之明。」❷威嚇，恐嚇。司馬遷《史記・秦始皇本紀》：「李斯因説秦王，請先取韓以～他國，於是使斯下韓。」❸副詞，恐怕，大概。《史記・廉頗藺相如列傳》：「償城～不可得。」

恭 (粵)gung1〔工〕(普)gōng

❶恭敬，謙遜有禮。許慎《説文解字》：「～，肅也。」《論語・子

路》：「居處～，執事敬。」（生活要謙厚，做事要專注。）❷遵行。陳壽《三國志・吳書・程黃韓蔣周陳董甘淩徐潘丁傳》：「夙夜～職。」

恩

（粵）jan1〔因〕（普）ēn

❶恩惠，恩德。許慎《說文解字》：「～，惠也。」《舊唐書・唐臨傳》：「囚等皆感～貸。」（囚犯們都感激唐臨的恩德和寬恕。）❷寵愛，厚愛。王勃《滕王閣序》：「臨別贈言，幸承～於偉餞。」❸親愛，有情義。韓非《韓非子・六反》：「故不養～愛之心而增威嚴之勢。」❹情誼、友誼。曹操《短歌行》：「心念舊～。」

恕

（粵）syu3〔庶〕（普）shù

❶以己心推想他人之心，即「～道」，是孔子所提倡的一種倫理道德。許慎《說文解字》：「～，仁也。」《論語・衞靈公》：「子貢問曰：『有一言而可以終身行之者乎？』子曰：『其～乎！己所不欲，勿施於人。』」❷寬恕，原諒。班固《漢書・酷吏傳》：「時黃霸在潁川以寬～為治，郡中亦平。」

息

（粵）sik1〔昔〕（普）xī

❶呼吸，許慎《說文解字》：「～，喘也。」（喘：喘氣，指呼吸。）李密《陳情表》：「氣～奄奄。」❷歎息。諸葛亮《出師表》：「先帝在時，每與臣論此事，未嘗不歎～痛恨於桓、靈也。」❸止息，停息，

有成語「生生不～」。陶潛《歸去來辭》：「請～交以絕遊。」（意指不再同官場中人有任何交往。）❹斷絕，廢除。韓非《韓非子・定法》：「晉之故法未～。」❺熄滅，這個意思後來被寫成「熄」。《莊子・逍遙遊》：「日月出矣而爝火不～。」（爝【粵】zoek3〔爵〕（普）jué】：火把。）❻休息。李清照《聲聲慢・秋情》：「乍暖還寒時候，最難將～。」（將～：休息。）❼生長，增長，有詞語「休養生～」。《戰國策・齊策四》：「振困窮，補不足，是助王～其民者也。」❽子嗣。《陳情表》：「晚有兒～。」❾利息。黃宗羲《明夷待訪錄・原君》：「此我產業之花～也。」

悌

（粵）dai6〔第〕（普）tì

敬愛，順從兄長。許慎《說文解字》：「～，善兄弟也。」《孝經・廣揚名》：「君子之事親孝，故忠可移於君；事兄～，故順可移於長。」（長：長輩。）

悟

（粵）ng6〔誤〕（普）wù

❶明白，理解，領悟。王羲之《蘭亭集序》：「～言一室之內。」（在室內與友人交談，有所領悟。）❷醒悟，覺悟。陶潛《歸去來辭》：「～已往之不諫，知來者之可追。」俞長城《全鏡文》：「無心公悔～。」❸啟發，使人覺悟。《宋史・儒林傳三》：「臣聞古者人君，人不能～之，則天地能～之。」

悖 粵 bui6〔避妹切〕 普 bèi

❶ 違背情理，違反規律。《呂氏春秋·孟夏紀·誣徒》：「問事則前後相～。」❷ 荒謬，謬誤。《荀子·彊國》：「若是其～繆也，而求有湯、武之功名，可乎？」❸ 糊塗。《戰國策·楚策四》：「先生老～乎？」❹ 叛亂。王充《論衡·恢國》：「周成王管、蔡～亂。」

 悚 粵 sung2〔聳〕 普 sǒng

恐懼。潘岳《射雉賦》：「情駭而神～。」

 悍 粵 hon6〔翰〕 普 hàn

❶ 勇猛。許慎《說文解字》：「～，勇也。」范曄《後漢書·袁紹劉表列傳下》：「及臨場決敵，則～夫爭命。」❷ 強勁。司馬遷《史記·扁鵲倉公列傳》：「夫～藥入中，則邪氣辟矣。」❸ 兇狠。《荀子·正論》：「夫征暴誅～，治之盛也。」

 挈 粵 kit3〔竭〕／hit3〔歇〕 普 qiè

❶ 提起。許慎《說文解字》：「～，縣持也。」（縣：通「懸」，懸起。）《墨子·兼愛中》：「譬若～太山越河濟也。」（太山：泰山。河濟：黃河與濟水。）❷ 帶領。《莊子·天運》：「貧人見之，～妻子而去走。」

挾 一 粵 hip3〔怯〕 普 xié

❶ 用胳膊夾住。許慎《說文解字》：「～，俾持也。」段玉裁《說文解字注》：「俾持，謂俾夾而持之也。」《孟子·梁惠王上》：「～太山以超北海，語人曰：『我不能。』」（太山：泰山。）❷ 攜同。蘇軾《前赤壁賦》：「～飛仙以遨遊。」❸ 懷着、收藏。韓非《韓非子·六反》：「人主～大利以聽治。」❹ 挾持，要挾。范曄《後漢書·袁紹劉表列傳上》：「～天子而令諸侯。」

二 粵 gaap3〔甲〕 普 jiá

❶ 通「夾」，夾帶，這個意思後來被寫成「夾」。《莊子·駢拇》：「問臧奚事，則～筴讀書。」（筴：通「策」，竹簡。）❷ 藏帶禁物，意圖蒙混過關而不被發現。文天祥《指南錄·後序》：「去京口，～匕首以備不測。」

振 粵 zan3〔震〕 普 zhèn

❶ 奮起，振作。許慎《說文解字》：「～……一曰奮也。」《呂氏春秋·孟春紀·正月紀》：「東風解凍，蟄蟲始～。」（蟄 粵 zat6〔室〕 普 zhé：冬眠。）❷ 振動，搖動。李華《弔古戰場文》：「吾想夫北風～漠，胡兵伺便。」❸ 揮動，抖動。賈誼《過秦論》：「～長策而御宇內，吞二周而亡諸侯。」（宇內：天下。）❹ 發抖，害怕。司馬遷《史記·刺客列傳》：「秦舞陽色變～恐，羣臣怪之。」❺ 驕橫。白居易《輕肥》：「酒酣氣益～。」

十畫

捍 （粵）hon6〔翰〕（普）hàn

❶ 抵禦，有詞語「～衞」。司馬遷《史記・楚世家》：「吳三公子奔楚，楚封之以～吳。」❷ 對抗。《北齊書・酷吏傳》：「對～詔使。」

捉 （粵）zuk1〔竹〕（普）zhuō

❶ 握，握住。許慎《説文解字》：「～，一曰握也。」《世説新語・容止》：「帝自～刀立牀頭。」❷ 捉住，逮捕。杜甫《石壕吏》：「暮投石壕村，有吏夜～人。」

捐 （粵）gyun1〔娟〕（普）juān

❶ 丟棄，捨棄。許慎《説文解字》：「～，棄也。」范曄《後漢書・列女傳》：「～失成功，稽廢時月。」❷ 除去，除掉。司馬遷《史記・孫子吳起列傳》：「明法審令，～不急之官。」（不急之官：無關要緊的官職。）❸ 捐獻，捐助。《史記・貨殖列傳》：「唯無鹽氏出～千金貸。」

挺 （粵）ting5〔肚永切〕（普）tǐng

❶ 拔出。許慎《説文解字》：「～，拔也。」司馬遷《史記・陳涉世家》：「尉劍～，廣起，奪而殺尉。」❷ 突出。《宋史・沈遼傳》：「幼～拔不羣，長而好學尚友。」（尚友：與古人為友，指思慕古人。）❸ 筆直，有成語「～身而出」。《荀子・勸學》：「不復～者，輮使之然也。」❹ 動搖。《呂氏春秋・仲冬紀・忠廉》：「不足以～其心矣。」

效 （粵）haau6〔傚〕（普）xiào

❶ 仿效。許慎《説文解字》：「～，象也。」（象：通「像」，相似，引申為仿效。）王勃《滕王閣序》：「阮籍猖狂，豈～窮途之哭？」（晉朝的阮籍放任不羈，怎能學他在走投無路時放聲痛哭？）❷ 使命。諸葛亮《出師表》：「願陛下託臣以討賊興復之～。」❸ 效力，盡力。司馬遷《史記・魏公子列傳》：「公子有急，此乃臣～命之秋也。」❹ 效果。蘇洵《六國論》：「是故燕雖小國而後亡，斯用兵之～也。」❺ 成功。歸有光《項脊軒志》：「吾家讀書久不～，兒之成，則可待乎？」❻ 見效。《出師表》：「恐託付不～，以傷先帝之明。」又：「不～，則治臣之罪。」❼ 勝任。《莊子・逍遙遊》：「故夫知～一官。」

料 （粵）liu6〔廖〕（普）liào

❶ 估量。許慎《説文解字》：「～，量也。」司馬遷《史記・項羽本紀》：「～大王士卒足以當項王乎？」（當：通「擋」，抵擋。）❷ 計算。《國語・周語上》：「宣王既喪南國之師，乃～民于太原。」（料民：統計人口。）❸ 照顧。陳壽《三國志・蜀書・龐統法正傳》：「當與卿共～四海之士。」❹ 物料。《宋史・河渠志一》：「然猶儲積物～。」

旁 〔粵〕pong4〔平黃切〕 〔普〕páng

❶副詞，普遍。許慎《說文解字》：「～，溥也。」（溥【粵】pou2〔普〕〔普〕pǔ〕：廣大，普遍。）陳壽《三國志・魏書・武帝紀》：「～施勤教，恤慎刑獄。」❷側邊，旁邊。王暉《虞初新志・卷十五》：「行里許，至岸～。」❸不正。龔自珍《病梅館記》：「斫其正，養其～條。」

二 〔粵〕bong6〔鎊〕〔普〕bàng

靠近，依傍，這個意思後來被寫成「傍」。班固《漢書・趙充國辛慶忌傳》：「匈奴大發十餘萬騎，南～塞。」

 旄 〔粵〕mou4〔模〕〔普〕máo

古代用牦牛尾裝飾的旗子。李華《弔古戰場文》：「野豎～旗。」

 旅 〔粵〕leoi5〔呂〕〔普〕lǚ

❶舊時軍隊編制，五百人為一旅，後借指軍隊。許慎《說文解字》：「軍之五百人為～。」桓寬《鹽鐵論》：「鹽、鐵之利，所以佐百姓之急，足軍～之費。」❷軍事。《資治通鑑・晉紀・烈宗孝武皇帝上之下》：「良家少年皆富饒子弟，不閑軍～。」❸旅行。杜甫《與嚴二郎奉禮別》：「題書報～人。」❹旅居，寄居。韓愈《祭十二郎文》：「故捨汝而～食京師。」（捨：離開。）❺旅客。范仲淹《岳陽樓記》：「商～不行。」❻野生。《十五從軍征》：「中庭生～穀，井上生～

葵。」

 晏 〔粵〕aan3〔亞歎切〕〔普〕yàn

❶天清無雲。許慎《說文解字》：「～，天清也。」班固《漢書・揚雄傳上》：「於是天清日～。」❷平靜，安定，有成語「海～河清」。《世說新語・品藻》：「荊門晝掩，閒庭～然。」❸晚，遲。《論語・子路》：「冉有退朝，子曰：『何～也？』」

時 〔粵〕si4〔常詞切〕〔普〕shí

❶季節。許慎《說文解字》：「～，四～也。」歐陽修《醉翁亭記》：「山間之四～也。」❷時候。蘇軾《念奴嬌・赤壁懷古》：「一～多少豪傑。」❸時代。《呂氏春秋・慎大覽・察今》：「世易～移，變法宜矣。」❹時俗，風尚。韓愈《師說》：「皆通習之，不拘於～。」❺時機，有成語「～不我與」。陶潛《歸去來辭》：「羨萬物之得～，感吾生之行休。」（行休：即將結束。）❻時局、時運。李華《弔古戰場文》：「～耶命耶？」❼適時，應時。《禮記・學記》：「當其可之謂～。」（趁適當的時機進行教育，叫做「及時」。）❽當時。范仲淹《岳陽樓記》：「～六年九月十五日。」（六年：宋仁宗慶曆六年。）❾副詞，經常。《論語・學而》：「學而～習之，不亦說乎？」❿副詞，有時。《莊子・逍遙遊》：「～則不至而控於地而已矣。」（控：

跌。）

書　（粵）syu1〔舒〕（普）shū

❶書寫，寫作。許慎《說文解字》：「～，箸也。」（箸：通「著」，書寫。）司馬遷《史記・廉頗藺相如列傳》：「秦御史前～曰『某年月日，秦王與趙王會飲，令趙王鼓瑟』。」❷文字。《史記・屈原賈生列傳》：「投～以弔屈原。」（～：這裏指賈誼的《弔屈原賦》。）❸書法，字體。宋濂《杜環小傳》：「環尤好學，工～。」❹書信。《史記・廉頗藺相如列傳》：「秦昭王聞之，使人遺趙王～。」❺文書，奏章。《戰國策・齊策一》：「上～諫寡人者，受中賞。」李密《陳情表》：「詔～特下，拜臣郎中。」❻書籍。韓愈《師說》：「授之～而習其句讀者。」❼讀書。陶潛《歸去來辭》：「樂琴～以消憂。」

朔　（粵）sok3〔四各切〕（普）shuò

❶農曆每月初一日。許慎《說文解字》：「～，月一日始蘇也。」《莊子・逍遙遊》：「朝菌不知晦～。」（晦：農曆每月最後一天，即初一的前一天。）❷北方。《木蘭辭》：「～氣傳金柝，寒光照鐵衣。」（柝【粵】tok3〔托〕（普）tuò】：打更用的梆子。）

朕　（粵）zam6〔自賃切〕（普）zhèn

❶人稱代詞，我，我的。許慎《說文解字》：「～，我也。」屈原《楚辭・離騷》：「～皇考曰伯庸。」（皇考：對遠祖的尊稱。）❷人稱代詞，秦始皇以後皇帝的專用自稱，相當於「我」。司馬遷《史記・秦始皇本紀》：「天子自稱曰『～』。」

校　一　（粵）gaau3〔教〕（普）jiào

❶對抗，計較，這個意思後來被寫成「較」。《論語・泰伯》：「有若無，實若虛，犯而不～。」（自己很有才能，卻像沒有才能；自己很充實，卻像很虛無；別人侵犯我，我也不和他計較。）❷校對。班固《漢書・張湯傳》：「後購求得書，以相～，無所遺失。」❸比較，較量，這個意思後來被寫成「較」。《資治通鑑・晉紀・烈宗孝武皇帝上之中》：「以吾擊晉，～其強弱之勢，猶疾風之掃秋葉。」❹計算。《荀子・彊國》：「然而憂患不可勝～也。」❺考核，核查。《資治通鑑・漢紀・孝靈皇帝庚》：「今以實～之，彼所將中國人不過十五六萬。」❻泛指刑具。《資治通鑑・後梁紀・均王上》：「劉仁恭父子皆荷～。」

二　（粵）haau6〔效〕（普）xiào

學校。《孟子・滕文公上》：「夏曰～，殷曰序，周曰庠。」

案　（粵）on3〔按〕（普）àn

❶几案，矮腳長桌。許慎《說文解字》：「～，几屬。」（几：矮腳長桌。）司馬光《訓儉示康》：「食非多品，器皿非滿～，不敢會賓

友。」❷文書。劉禹錫《陋室銘》：「無～牘之勞形。」❸同「按」，用手按壓，這個意思後來被寫成「按」。司馬遷《史記‧魏其武安侯列傳》：「～灌夫項令謝。」❹同「按」，止住，壓抑，這個意思後來被寫成「按」。陳壽《三國志‧蜀書‧諸葛亮傳》：「若不能當，何不～兵束甲，北面而事之？」（當：同「擋」，抵擋。束甲：收起盔甲。）❺檢視。《史記‧廉頗藺相如列傳》：「召有司～圖，指從此以往十五都予趙。」❻巡視。《三國志‧蜀書‧諸葛亮傳》：「宣王～行其營壘處所，曰：『天下奇才也！』」❼同「按」，按照，根據，這個意思後來被寫成「按」。韓非《韓非子‧孤憤》：「人臣循令而從事，～法而治官。」

根 粵gan1〔跟〕普gēn

❶樹根，泛指植物的根部。許慎《說文解字》：「～，木株也。」《世說新語‧文學》：「本自同～生。」❷扎根。《孟子‧盡心上》：「君子所性，仁義禮智～於心。」❸事物的根源、本源。蘇軾《李氏山房藏書記》：「而後科舉之士，皆束書不觀，遊談無～，此又何也？」（束：收起。）

株 粵zyu1〔珠〕普zhū

❶露出地面的樹根。許慎《說文解字》：「～，木根也。」韓非《韓非子‧五蠹》：「宋人有耕田者，田中有～，兔走觸～，折頸而死。」❷樹木的量詞。戴名世《南山集‧鳥說》：「余讀書之室，其旁有桂一～焉。」❸株連，牽連，連累。《新唐書‧酷吏傳》：「於是慎矜兄弟皆賜死，～連數十族。」（慎矜：人名。）

格 粵gaak3〔隔〕普gé

❶樹木的長枝條。庾信《小園賦》：「枝～相交。」❷格式、標準。龔自珍《己亥雜詩》（其一百二十五）：「不拘一～降人材。」❸個性、格調。李中《庭草》：「品～清於竹。」❹阻止。司馬遷《史記‧孫子吳起列傳》：「形～勢禁。」（形勢上必定會受到阻止。）❺抵抗，抵禦。《史記‧張儀列傳》：「虎之與羊不～明矣。」❻格鬥、搏鬥。陳琳《飲馬長城窟行》：「男兒寧當～鬥死。」❼推究。《禮記‧大學》：「致知在～物。」（致知：獲得知識。物：事物的道理。）❽糾正。《孟子‧離婁上》：「唯大人為能～君心之非。」（君：君主。）

殊 粵syu4〔薯〕普shū

❶特殊，特別。諸葛亮《出師表》：「蓋追先帝之～遇，欲報之於陛下也。」❷不同，有成語「～途同歸」。王羲之《蘭亭集序》：「雖世～事異，所以興懷，其致一也。」❸區分。司馬遷《史記‧太史公自序》：「不～貴賤。」❹副詞，極，非常。《史記‧廉頗藺相如列傳》：

「廉君宣惡言而君畏匿之，恐懼～甚。」❺完全。紀昀《閱微草堂筆記·卷一》：「曹～不畏。」

殉 （粵）seon1〔荀〕（普）xùn

❶用活人陪葬。《墨子·節葬下》：「若送從，曰天子殺～，眾者數百，寡者數十。」❷犧牲，為某目的而死。《孟子·盡心上》：「天下無道，以身～道。」韓非《韓非子·定法》：「張儀以秦～韓、魏。」（張儀以秦國來為韓國和魏國犧牲。）

殷 一 （粵）jan1〔因〕（普）yīn

❶多，富足。劉元卿《應諧錄·萬字》：「家貲～盛。」❷情意深，殷勤，周到。《舊唐書·音樂志三》：「有懷載～。」❸商朝遷都至殷以後的別稱。韓非《韓非子·五蠹》：「有決瀆於～、周之世者。」

二 （粵）jin1〔煙〕（普）yān

黑紅色。李華《弔古戰場文》：「荼毒生靈，萬里朱～。」（朱～：借指鮮血。）

三 （粵）jan2〔忍〕（普）yǐn

震動。李白《夢遊天姥吟留別》：「熊咆龍吟～岩泉。」（咆：咆哮。）

氣 （粵）hei3〔器〕（普）qì

❶氣體，空氣。謝肇淛《五雜組·物部三》：「唐東洛貴家子弟，飲食必用煉炭米炊，不爾便嫌煙～。」（不爾：否則。）❷雲氣。《莊子·逍遙遊》：「絕雲～，負青天，然後

圖南，且適南冥也。」❸氣息，呼吸。李密《陳情表》：「但以劉日薄西山，～息奄奄，人命危淺，朝不慮夕。」❹氣候，節氣。范仲淹《岳陽樓記》：「朝暉夕陰，～象萬千。」❺天氣。王維《山居秋暝》：「空山新雨後，天～晚來秋。」❻氣味。方苞《獄中雜記》：「矢溺皆閉其中，與飲食之～相薄。」（矢溺：大便與小便。）❼氣概，士氣。諸葛亮《出師表》：「以光先帝遺德，恢弘志士之～。」❽脾氣、脾性、情緒。蘇軾《留侯論》：「猶有剛強不能忍之～。」❾氣節、志氣。《岳飛之少年時代》：「飛少負～節。」❿天地間的正氣。柳宗元《永州八記·始得西山宴遊記》：「悠悠乎與灝～俱，而莫得其涯。」

泰 （粵）taai3〔太〕（普）tài

❶過分，過甚。《道德經》：「是以聖人去甚、去奢、去～。」❷通「太」，極，最，這個意思後來被寫成「太」。《莊子·天地》：「～初有無，無有無名；一之所起，有一而未形。」❸奢侈、闊綽。《論語·述而》：「約而為～。」（窮困卻裝作闊綽。）❹安定，平安。班固《漢書·楚元王傳》：「君子道長，小人道消，小人道消，則政日治，故為～。～者，通而治也。」

浣 （粵）wun5〔碗【陽上】〕（普）huàn

洗衣。許慎《說文解字》：「～，濯衣垢也。」王維《山居秋暝》：「竹

喧歸～女。」

 流 （粵）lau4〔留〕（普）liú

❶水流動。王維《山居秋暝》:「明月松間照，清泉石上～。」❷河流，河川，水流。陶潛《歸去來辭》:「臨清～而賦詩。」❸不固定，流動。《歸去來辭》:「策扶老以～憩。」（拄着枴杖到處休息。）❹流浪，飄蕩。李華《弔古戰場文》:「必有凶年，人其～離。」❺放逐，流放。司馬遷《史記・屈原賈生列傳》:「屈平既嫉之，雖放～，睠顧楚國。」（睠顧：即「眷顧」。）❻流傳。《史記・平津侯主父列傳》:「是故事無遺策而功～萬世。」❼流派，派別。班固《漢書・敍傳》:「羣言紛亂，諸子相騰。秦人是滅，漢修其缺，劉向司籍，九～以別。」

浪 （粵）long6〔力狀切〕（普）làng

❶波浪。李白《行路難》（其一）:「長風破～會有時，直挂雲帆濟滄海。」❷放浪，放縱，有成語「～跡天涯」。王羲之《蘭亭集序》:「或因寄所託，放～形骸之外。」（形骸：身體。）

涕 （粵）tai3〔替〕（普）tì

❶眼淚。許慎《說文解字》:「～，泣也。」諸葛亮《出師表》:「今當遠離，臨表～零，不知所云。」❷流下眼淚。杜甫《聞官軍收河南河北》:「初聞～淚滿衣裳。」❸鼻

涕。王褒《僮約》:「目淚下，鼻～長一尺。」

涇 （粵）ging1〔經〕（普）jīng

即涇河，源於甘肅省，流入陝西省時與渭河會合。由於涇河水清而渭河水濁，因此古人以「～渭」比喻「清濁」、「是非」，有成語「～渭分明」。《詩經・邶風・谷風》:「～以渭濁，湜湜其沚。」（湜（粵）zik6〔直〕（普）shí：湜：清澈的樣子。沚【（粵）zi2〔止〕（普）zhǐ：水中小塊陸地。）

浸 一 （粵）zam3〔再滲切〕（普）jìn

❶浸泡，淹沒。司馬遷《史記・趙世家》:「三國攻晉陽，歲餘，引汾水灌其城，城不～者三版。」（三國：韓、趙、魏三國。版：古代築城用的夾板。）❷灌溉，灌入。《莊子・逍遙遊》:「時雨降矣而猶～灌。」❸大水，洪水。《莊子・逍遙遊》:「之人也，物莫之傷，大浸稽天而不溺，大旱金石流土山焦而不熱。」（這種人啊，外物是傷不了他的，滔天大水不能淹沒他，天下大旱而使金石熔化、土山焦裂，他也不感到灼熱。）❹潛心體會。韓愈《進學解》:「沉～醲郁。」

二 （粵）cam1〔侵〕（普）jìn

副詞，漸漸。《列子・湯問》:「旬日之間～大也。」

消 （粵）siu1〔蕭〕（普）xiāo

❶消滅，消除。許慎《說文解字》：「～，盡也。」陶潛《歸去來辭》：「悅親戚之情話，樂琴書以～憂。」❷減少。蘇軾《前赤壁賦》：「盈虛者如彼，而卒莫～長也。」（事物像月亮那樣圓滿、虧缺，可是最終它沒有減少或增多。）❸經得起。辛棄疾《摸魚兒》：「更能～、幾番風雨，匆匆春又歸去。」❹值得。柳永《鳳棲梧》（其二）：「為伊～得人憔悴。」

涓 （粵）gyun1〔捐〕（普）juān

❶細小的水流。許慎《說文解字》：「～，小流也。」陶潛《歸去來辭》：「泉～～而始流。」（泉水逐點逐點流動，開始形成河流。）❷細小。杜甫《倦夜》：「重露成～滴。」

涉 （粵）sip3〔四接切〕（普）shè

❶渡河，有成語「攀山～水」。《詩經・衞風・氓》：「送子～淇，至於頓丘。」（子：你。淇：河流名。頓丘：地方名。）❷進入，到。陶潛《歸去來辭》：「園日～以成趣。」（天天到園裏行走，自成一種樂趣。）❸入侵。司馬遷《史記・齊太公世家》：「何故～吾地？」❹經歷。《列子・黃帝》：「火過，徐行而出，若無所經～者。」❺牽涉，牽連。劉知幾《史通・敍事》：「而言有關～，事便顯露。」❻閱覽。范曄《後漢書・王充王符仲長統列傳》：「少好學，博～書記。」

浮 （粵）fau4〔煩愁切〕（普）fú

❶漂浮於水上，與「沉」相對。許慎《說文解字》：「～，氾也。」（氾：通「泛」，漂浮。）范仲淹《岳陽樓記》：「～光躍金，靜影沉璧。」❷飄浮於空中。杜甫《登樓》：「玉壘～雲變古今。」❸借指浸泡。王韜《物外清遊》：「～瓜沉李也。」❹輕。紀昀《閱微草堂筆記・卷十六》：「蓋石性堅重，沙性鬆～。」❺浮華，虛浮。洪亮吉《治平篇》：「禁其～靡，抑其兼併。」❻輕浮，有成語「輕佻～躁」。《國語・楚語上》：「教之樂，以疏其穢而鎮其～。」

浚 （濬）（粵）zeon3〔俊〕（普）jùn

疏通河道。司馬遷《史記・太史公自序》：「維禹～川……決瀆通溝。」

浩 （粵）hou6〔顥〕（普）hào

❶水勢盛大的樣子。范仲淹《岳陽樓記》：「～～湯湯，橫無際涯。」❷浩大，廣大。李華《弔古戰場文》：「～～乎平沙無垠。」❸正大剛直。《孟子・公孫丑上》：「『敢問何謂～然之氣？』曰：『難言也。其為氣也至大至剛。』」

烈 （粵）lit6〔裂〕（普）liè

❶火勢猛烈。許慎《説文解字》：「～，火猛也。」《資治通鑑・漢紀・孝獻皇帝庚》：「火～風猛，船往如箭，燒盡北船，延及岸上營落。」❷放火，焚燒。《孟子・滕文公上》：「舜使益掌火，益～山澤而焚之，禽獸逃匿。」❸厲害，強烈。宋濂《送東陽馬生序》：「窮冬～風，大雪深數尺。」❹功業。陳壽《三國志・吳書・周瑜傳》：「將軍以神武雄才，兼仗父兄之～，割據江東。」（將軍：指孫權。）❺剛烈。宋濂《杜環小傳》：「吾觀杜環事，雖古所稱義～之士何以過？」

烏 （粵）wu1〔嗚〕（普）wū

❶烏鴉。許慎《説文解字》：「～，孝鳥也。」（烏鴉長大後會反哺雙親，故別稱「孝鳥」。）李密《陳情表》：「～鳥私情，願乞終養！」❷黑色。《國語・吳語》：「右軍亦如之，皆玄裳、玄旗、黑甲、～羽之矰，望之如墨。」（矰【粵】zang1〔憎〕（普）zēng】：短箭。）❸副詞，怎麼，有成語「子虛～有」。劉球《南岐癭者説》：「～用去乎哉？」

烝 （粵）zing1〔晶〕（普）zhēng

❶用火烘烤。許慎《説文解字》：「～，火气上行也。」《荀子・性惡》：「枸木必將待隱栝、～矯然後直者，以其性不直也。」（隱栝

【粵】jan2 kut3〔忍聒〕（普）yǐn kuò】：矯正木材的器具。）❷通「蒸」，用熱氣蒸，這個意思後來被寫成「蒸」。韓非《韓非子・難一》：「易牙為君主味，君惟人肉未嘗，易牙～其子首而進之。」（易【粵】jik6〔亦〕（普）yì】牙：齊桓公寵臣，善烹調。）❸眾多。《詩經・大雅・烝民》：「天生～民，有物有則。」（有物有則：天地間凡事物皆有其法則、規律。）

特 （粵）dak6〔讀默切〕（普）tè

❶特別。柳宗元《永州八記・始得西山宴遊記》：「而未始知西山之怪～。」❷副詞，特別，格外。柳宗元《三戒・永某氏之鼠》：「拘忌～甚。」❸副詞，特意。蒲松齡《聊齋誌異・種梨》：「我～需此核作種。」❹副詞，只是，僅，不過。司馬遷《史記・廉頗藺相如列傳》：「相如度秦王～以詐詳為予趙城，實不可得。」❺副詞，竟然。蘇軾《留侯論》：「～出於荊軻、聶政之計謀。」

班 （粵）baan1〔斑〕（普）bān

❶頒佈。班固《漢書・翟方進傳》：「成王幼弱，周公踐天子位以治天下……制禮樂，～度量，而天下大服。」❷排列。韓非《韓非子・存韓》：「韓居中國，地不能滿千里，而所以得與諸侯～位於天下。」❸等級，官階。《隋書・百官志上》：「徐勉為吏部尚書，定為

十八～。」❹撤退。羅貫中《三國演義・第七十二回》:「魏王必～師矣。」

畔 (粵)bun6〔叛〕(普)pàn

❶田地邊界。許慎《説文解字》:「～,田界也。」《左傳・襄公十四年》:「行無越思,如農之有～,其過鮮矣。」❷邊,岸邊。司馬遷《史記・屈原賈生列傳》:「被髮行吟澤～。」❸同「叛」,反叛,反對,這個意思後來被寫成「叛」。《孟子・公孫丑下》:「寡助之至,親戚～之;多助之至,天下順之。」

畜 一 (粵)cuk1〔速〕(普)xù

❶同「蓄」,積蓄,儲蓄,這個意思後來被寫成「蓄」。許慎《説文解字》:「～,田～也。」段玉裁《説文解字注》:「田～謂力田之～積也。」賈誼《論積貯疏》:「則～積足而人樂其所矣。」❷畜養。柳宗元《三戒・永某氏之鼠》:「因愛鼠,不～貓犬。」❸收容、收留。《左傳・襄公二十六年》:「獲罪於兩君,天下誰～之?」

二 (粵)cuk1〔速〕(普)chù

人類畜養的動物,即家畜,牲畜。司馬遷《史記・滑稽列傳》:「請為大王六～葬之。」(六～:馬、牛、羊、雞、犬和豬六種牲畜。)

留 (粵)lau4〔流〕(普)liú

❶停留,滯留。許慎《説文解字》:「～,止也。」王維《山居秋暝》:

「隨意春芳歇,王孫自可～。」❷扣留,扣押。司馬遷《史記・廉頗藺相如列傳》:「城入趙而璧～秦。」❸收留。《史記・廉頗藺相如列傳》:「燕畏趙,其勢必不敢～君。」❹遺留,存留。李白《將進酒》:「古來聖賢皆寂寞,惟有飲者～其名。」

疾 (粵)zat6〔窒〕(普)jí

❶得病,疾病。許慎《説文解字》:「～,病也。」邯鄲淳《笑林》:「魏人夜暴～。」❷痛苦,疾苦,有成語「民間～苦」。《管子・小問》:「凡牧民者,必知其～。」(牧民:管理人民。)❸毛病,缺點。司馬遷《史記・孔子世家》:「孔子賢者,所刺譏皆中諸侯之～。」❹通「嫉」,痛恨,這個意思後來被寫成「嫉」。《史記・屈原賈生列傳》:「屈平～王聽之不聰也。」(聰:明辨是非。)❺通「嫉」,嫉妒,妒忌,這個意思後來被寫成「嫉」。《史記・孫子吳起列傳》:「臏至,龐涓恐其賢於己,～之。」(臏:孫臏。)❻快速。酈道元《水經注・江水》:「雖乘奔御風,不以～也。」(即使是騎馬、乘風,也不比乘江船的快。)❼劇烈。《荀子・勸學》:「順風而呼,聲非加～也,而聞者彰。」

病 (粵)bing6〔並〕/beng6(普)bìng

❶生病,情況比「疾」嚴重,有成語「～入膏肓」。許慎《説文解

字》:「～,疾加也。」司馬遷《史記・廉頗藺相如列傳》:「相如每朝時,常稱～,不欲與廉頗爭列。」❷ 精疲力盡。陶潛《歸去來辭・序》:「飢凍雖切,違己交～。」（交～:指精神上受到折磨。）❸ 貧困。柳宗元《捕蛇者說》:「嚮吾不為斯役,則久已～矣。」（役:指捕蛇。）❹ 缺點,毛病。《史記・孔子世家》:「夫子推而行之,不容何～?不容然後見君子!」❺ 擔心,苦惱。《論語・衞靈公》:「君子～無能焉,不～人之不己知也。」❻ 痛苦,困苦。《歸去來辭・序》:「違己交～。」

疲 粵pei4〔皮〕普pí

❶ 疲勞,疲累。許慎《說文解字》:「～,勞也。」諸葛亮《出師表》:「今天下三分,益州～弊,此誠危急存亡之秋也。」❷ 瘦弱。《管子・小匡》:「桓公知諸侯之歸己也,故使輕其幣而重其禮,故使天下諸侯以～馬犬羊為幣,齊以良馬報。」

益 粵jik1〔億〕普yì

❶ 通「溢」,漲水,這個意思後來被寫成「溢」。《呂氏春秋・慎大覽・察今》:「灄水暴～,荊人弗知。」❷ 富足。《呂氏春秋・不苟論・貴當》:「其家必日～,身必日榮矣,所謂吉人也。」❸ 增加,壯大。姚瑩《捕鼠說》:「得鼠,然後～其食。」❹ 副詞,更加,越來越,有成語「精～求精」。韓愈《師

說》:「是故聖～聖,愚～愚。」❺ 益處,好處。諸葛亮《出師表》:「有所廣～。」❻ 益州的簡稱,在今四川省一帶。《出師表》:「～州疲弊。」❼ 副詞,逐漸。柳宗元《三戒・黔之驢》:「～習其聲。」

盍 粵hap6〔合〕普hé

❶ 兼詞,何不,為甚麼不。宋濂《杜環小傳》:「～往依之?」（何不投靠他呢?）❷ 怎麼,為甚麼。《管子・戒》:「～不出從乎?」（為甚麼不出去跟從呢?）

眩 粵jyun6〔願〕普xuàn

眼花。許慎《說文解字》:「～,目無常主也。」（指視線沒有固定目標,即眼花。）魏禧《吾廬記》:「渡海時舟中人～怖不敢起。」

矩 粵geoi2〔舉〕普jǔ

❶ 畫直角或方形的工具。《荀子・賦》:「圓者中規,方者中～。」（規:畫圓工具,即圓規。）❷ 方形。《六韜・虎韜》:「～內圓外。」❸ 規矩,比喻標準,法度。《論語・為政》:「七十而從心所欲,不踰～。」

砧 粵zam1〔針〕普zhēn

❶ 搗衣石,類似今天的洗衣板。張若虛《春江花月夜》:「玉戶簾中卷不去,擣衣～上拂還來。」❷ 切食物用的砧板。《太平廣記・詼諧八》:「饞犬舐魚～。」

十畫

破 粵 po3〔潑個切〕 普 pò

❶壞，不完整。許慎《説文解字》：「～，石碎也。」(後比喻不完整。)宋濂《杜環小傳》：「父友兵部主事常允恭，死於九江，家～焉。」❷殘破，破敗。《杜環小傳》：「母服～衣，雨行至環家。」❸破壞，毀壞。司馬遷《史記·廉頗藺相如列傳》：「秦王恐其～璧。」❹打敗。蘇洵《六國論》：「六國～滅，非兵不利，戰不善，弊在賂秦。」❺攻下。蘇軾《前赤壁賦》：「方其～荊州，下江陵，順流而東也。」❻破解，識破。蘇軾《教戰守策》：「～其奸謀。」

砥 粵 dai2〔底〕 普 dǐ

❶質地幼細、平滑的磨刀石。《墨子·親士》：「其直如矢，其平如～。」❷磨。《淮南子·脩務訓》：「劍待～而後能利。」❸磨練，修煉，有詞語「～礪」。司馬遷《史記·伯夷列傳》：「閭巷之人，欲～行立名者，非附青雲之士，惡能施于後世哉？」

祥 粵 coeng4〔場〕 普 xiáng

❶凶或吉的預兆。許慎《説文解字》：「～，福也。」段玉裁《説文解字注》：「凡統言則災亦謂之～。」《左傳·僖公十六年》：「是何～也，吉凶焉在？」❷特指吉兆。陳壽《三國志·吳書·吳主傳》：「昔武王伐紂，有赤烏之～，君臣觀

之，遂有天下。」❸吉祥，吉利。《晏子春秋·內篇》：「殆所謂不～也？」

秣 粵 mut3〔末【中入】〕 普 mò

餵馬。《左傳·文公七年》：「訓卒，利兵，～馬，蓐食，潛師夜起。」(兵：兵器。蓐 粵 juk6〔肉〕 普 rù) 食：早晨未起身，在牀席上進餐，謂早餐時間很早。)

秩 粵 dit6〔地熱切〕 普 zhì

❶次序。許慎《説文解字》：「～，積也。」段玉裁《説文解字注》：「積之必有次敍成文理，是曰～。」(起初解釋為堆積穀物，後引申為次序。)班固《漢書·谷永杜鄴傳》：「賤者咸得～進。」❷官吏的等級。《漢書·趙尹韓張兩王傳》：「有詔即訊，辭服，會赦，貶～一等。」❸官員的俸祿。韓愈《爭臣論》：「問其祿，則曰下大夫之～也。」❹十年為一秩。白居易《思舊》：「已開第七～，飽食仍安眠。」

窈 粵 jiu2〔妖【陰上】〕/ miu5〔秒〕 普 yǎo

❶幽深。許慎《説文解字》：「～，深遠也。」王安石《遊褒禪山記》：「由山以上五、六里，有穴～然，入之甚寒。」❷幽靜。蘇軾《與客遊道場何山得鳥字》：「禪室各深～。」❸多與「窕」組成詞語「～窕」，意指深居而姣好。《詩經·周南·關雎》：「～窕淑女。」

（粵）man6〔問〕（普）wěn

❶混亂。許慎《說文解字》：「～，亂也。」《尚書‧商書‧盤庚上》：「若網在綱，有條而不～。」❷擾亂。江淹《建平王讓鎮南徐州刺史啟》：「～禮滅經。」

素 （粵）sou3〔訴〕（普）sù

❶白色的絲織品。許慎《說文解字》：「～，白緻繒也。」（緻：細緻。繒【粵】zang1〔憎〕（普）zèng】：絲織品。）《孔雀東南飛》：「十三能織～，十四學裁衣。」❷白色。酈道元《水經注‧江水》：「春冬之時，則～湍綠潭，回清倒影。」（湍【粵】teon1〔天春切〕（普）tuān：激流。）❸副詞，空，白白地，有成語「尸位～餐」。《詩經‧魏風‧伐檀》：「彼君子兮，不～餐兮？」（～餐：不勞而食。）❹樸素。司馬光《訓儉示康》：「吾心獨以儉～為美。」❺副詞，向來，本來。司馬遷《史記‧廉頗藺相如列傳》：「且相如～賤人，吾羞，不忍為之下。」

 一 （粵）sok3〔朔〕（普）suǒ

❶大繩子。許慎《說文解字》：「艸有莖葉，可作繩～。」司馬遷《報任少卿書》：「今交手足，受木～，暴肌膚。」（木：即「三木」，指古代加在犯人頸、手、足上的三件刑具。）❷孤獨。陸游《釵頭鳳》：「一懷愁緒，幾年離～。」❸沒有、耗

盡。韓非《韓非子‧初見秦》：「蓄積～。」

二 （粵）saak3〔送客切〕（普）suǒ

❶尋找。魏禧《吾廬記》：「～人而殺之。」❷搜索。韓非《韓非子‧五蠹》：「州部之吏，操官兵、推公法而求～姦人。」❸索要。杜甫《兵車行》：「縣官急～租，租稅從何出？」

紓 （粵）syu1〔書〕（普）shū

❶延緩。許慎《說文解字》：「～，緩也。」《左傳‧文公十六年》：「姑～死焉。」❷解除。文天祥《指南錄‧後序》：「眾謂予一行，為可以～禍。」（大家都說我到元人那裏走一趟，可以給國家解除禍害。）

純 （粵）seon4〔脣〕（普）chún

❶絲。許慎《說文解字》：「～，絲也。」《論語‧子罕》：「今也～，儉，吾從眾。」（現在戴上以絲做的帽子來祭祀，是比較節省的做法，所以我跟從大家。）❷純正，不二。諸葛亮《出師表》：「此皆良實，志慮忠～。」（忠～：忠誠無二。）❸善，美。歸有光《歸氏二孝子傳》：「生平不識詩書，而能以～懿之行，自飭於無人之地。」❹副詞，極度。《世說新語‧德行》：「時人以為～孝之報也。」

納 （粵）naap6〔衲〕（普）nà

❶收進，納入。司馬遷《史記‧刺客列傳》：「今秦已虜韓王，盡其

地。」❷收容。宋濂《杜環小傳》：「譚謝不〜，母大困。」❸接受，接納，採納。諸葛亮《出師表》：「察〜雅言。」❹交納。桓寬《鹽鐵論・本議》：「農人〜其獲，女工效其功。」（獲：通「穫」，收穫。）❹迎娶。范曄《後漢書・皇后紀上》：「遂〜后於宛當成里。」

級 (粵)kap1〔給〕(普)jí

❶等級，次第。許慎《說文解字》：「〜，絲次弟也。」（後引申為事物的等級。）韓非《韓非子・定法》：「斬一首者爵一〜。」❷台階。《禮記・曲禮上》：「主人與客讓登，主人先登，客從之，拾〜聚足，連步以上。」❸首級，人頭。范曄《後漢書・班梁列傳》：「吏兵斬其使及從士三十餘〜，餘眾百許人悉燒死。」

罟 (粵)gu2〔古〕(普)gǔ

網。許慎《說文解字》：「〜，網也。」《莊子・逍遙遊》：「死於罔〜。」（罔：網。）

翁 (粵)jung1〔嗡〕(普)wēng

❶男性老人的尊稱。許慎《說文解字》：「〜，頸毛也。」段玉裁《說文解字注》：「按俗言老〜者，假〜為公也。」（公：老人。）歐陽修《醉翁亭記》：「飲少輒醉，而年又最高，故自號曰醉〜也。」❷父親。陸游《示兒》：「王師北定中原日，家祭無忘告乃〜。」❸家翁，

丈夫的父親。蒲松齡《聊齋誌異・小翠》：「此爾〜姑，奉侍宜謹。」

耆 (粵)kei4〔旗〕(普)qí

年老。許慎《說文解字》：「〜，老也。」《禮記・曲禮上》：「六十曰〜。」

耘 (粵)wan4〔雲〕(普)yún

❶除草，後泛指耕作。陶潛《歸去來辭》：「或植杖而〜耔。」（有時扶着枴杖除草培苗。）❷努力攻讀。韓愈《送劉師服》：「勉哉〜其業！」

耽 (粵)daam1〔擔【陰平】〕(普)dān

❶喜歡，鍾情。韓非《韓非子・十過》：「〜於女樂，不顧國政，則亡國之禍也。」❷迷戀。《詩經・衞風・氓》：「于嗟女兮，無與士〜。」

脅 (粵)hip3〔怯〕(普)xié

❶胸部兩側近腋下的位置。《儀禮・鄉射禮》：「折脊、〜、肺，皆有祭。」❷側旁，旁邊。顧況《廣陵白沙大雲寺碑》：「滄海之〜。」❸脅迫。班固《漢書・李廣蘇建傳》：「律知武終不可〜，白單于。」（律：指衞律。武：指蘇武。白：告知。）

脂 (粵)zi1〔之〕(普)zhī

❶動植物所含的油質。許慎《說文解字》：「戴角者〜，無角者膏。」（戴角者：沒有上齒的動物。無角

者：無前齒的動物。）《詩經・衞風・碩人》：「膚如凝～。」❷胭脂。杜牧《阿房宮賦》：「渭流漲膩，棄～水也。」（膩：指水上的一層污垢。）❸比喻財富。施耐庵《水滸傳・第九十四回》：「庫藏糧餉，都是民～民膏。」

能

一 〔粵〕nang4〔南層切〕〔普〕néng

❶才能，能力，有成語「選賢與～」。許慎《說文解字》：「熊屬……～獸堅中，故稱～；而彊壯，稱～傑也。」（能的本義是熊，熊既堅中強壯，因此引申為賢能、傑出。）諸葛亮《出師表》：「先帝稱之曰～。」❷能夠。《出師表》：「必～裨補闕漏，有所廣益。」❸善於，擅長。《荀子・勸學》：「假舟楫者，非～水也，而絕江河。」❹願意。司馬遷《史記・屈原賈生列傳》：「人又誰～以身之察察，受物之汶汶者乎！」（察察：潔淨。汶汶：骯髒。）❺達到，及。王安石《遊褒禪山記》：「蓋予所至，比好遊者尚不～十一。」（十一：十分之一。）❻這樣。杜甫《茅屋為秋風所破歌》：「忍～對面為盜賊，公然抱茅入竹去。」（怎可這樣當面做賊，公然把茅拿走，抱回家裏。）

二 〔粵〕noi6〔奈〕〔普〕nài

同「耐」，忍耐。班固《漢書・爰盎晁錯傳》：「鳥獸氄毛，其性～暑。」（氄【粵】ceoi3〔脆〕〔普〕cuì】：鳥獸的細毛。）

茫

〔粵〕mong4〔忙〕〔普〕máng

❶遼闊無邊，模糊不清。蘇軾《前赤壁賦》：「凌萬頃之～然。」❷時間久遠。韓愈《進學解》：「尋墜緒之～～。」❸迷惘、惆悵、若有所失的樣子。李白《行路難》（其一）：「拔劍四顧心～然。」

荒

〔粵〕fong1〔方〕〔普〕huāng

❶荒蕪。許慎《說文解字》：「～，蕪也。」陶潛《歸去來辭》：「三徑就～，松菊猶存。」（庭園中的小徑已經荒蕪，松樹和菊花還依然生長着。）❷荒地。陶潛《歸園田居》（其一）：「開～南野際，守拙歸園田。」❸荒廢。韓愈《進學解》：「業精於勤，～於嬉。」❹荒年。《管子・樞言》：「五日不食，比歲～。」❺極偏遠的地方。賈誼《過秦論》：「併吞八～之心。」（八荒：借指天下。）❻沉迷。《金史・撒改傳》：「遼主～于遊畋。」

荆

〔粵〕ging1〔經〕〔普〕jīng

❶一種帶刺的灌木。蘇洵《六國論》：「暴霜露，斬～棘，以有尺寸之地。」❷以荊條做成的鞭或刑杖，有成語「負～請罪」。司馬遷《史記・廉頗藺相如列傳》：「廉頗聞之，肉袒負～，因賓客至藺相如門謝罪。」❸周朝諸侯國楚國的別稱。《戰國策・楚策一》：「～宣王問羣臣曰。」（～宣王：即楚宣王熊良夫。）

草茹茲蚤衰

草 （粵）cou2〔採早切〕（普）cǎo

❶草，草本植物。柳宗元《永州八記·始得西山宴遊記》：「到則披～而坐，傾壺而醉。」❷荒地。韓非《韓非子·外儲說左下》：「墾～仞邑。」❸粗糙，有詞語「～率」。《戰國策·齊策四》：「左右以君賤之也，食以～具。」❹漢字書體的一種，即「～書」。顏之推《顏氏家訓·慕賢》：「殊工～隸。」（殊：特別。）❺草稿，初稿。方苞《左忠毅公軼事》：「文方成～。」（方：剛剛。）❻草擬。班固《漢書·藝文志》：「漢興，蕭何～律，亦著其法。」

茹 （粵）jyu4〔如〕（普）rú

❶吃。許慎《說文解字》：「～，飤馬也。」（飤【粵】zi6〔字〕（普）sì 馬：即以草餵馬，後引申為吃、進食。）馮翊子《桂苑叢談》：「寧～三斗艾。」❷含。范成大《相州》：「～痛含辛說亂華。」❸蔬菜的總稱。枚乘《七發》：「白露之～。」❹柔軟，軟弱，無力。韓非《韓非子·亡徵》：「柔～而寡斷。」

茲 （粵）zi1〔之〕（普）zī

❶更加。許慎《說文解字》：「～，艸木多益。」（艸：通「草」。初指草木滋長，越來越多，後借指更加。）《墨子·非攻》：「以虧人愈多，其不仁～甚，罪益厚。」❷指示代詞，此，這。歸有光《項脊軒志》：「某所，而母立於～。」（某所：指項脊軒。而：你的。）❸年。只用於「今～」、「來～」。王勃《滕王閣序》：「今～捧袂，喜托龍門。」

蚤 （粵）zou2〔早〕（普）zǎo

❶跳蚤。許慎《說文解字》：「～，齧人跳蟲。」（齧【粵】jit6〔熱〕（普）niè】：咬。）《續博物志》：「土乾則生～，地濕則生蚊。」❷副詞，同「早」，提早，趁早，這個意思後來被寫成「早」。司馬遷《史記·項羽本紀》：「旦日不可不～自來謝項王。」（旦日：第二天。）

衰 （一）（粵）ceoi1〔催〕（普）cuī

❶等級。許慎《說文解字》：「～，艸雨衣。」段玉裁《說文解字注》：「～，俗从艸作蓑……以艸為雨衣。必層次之。故引申為等衰。」（衰本來指雨衣，這個意思後來被寫成「蓑」。而雨衣按層次編織，因此引申為指等級的「等～」。）《左傳·桓公二年》：「庶人、工商，各有分親，皆有等～。」❷孝衣，喪服。段玉裁《說文解字注》：「～經本作縗。～其假借字也。」《左傳·僖公三十三年》：「子墨～經。」

（二）（粵）seoi1〔需〕（普）shuāi

❶衰弱，減弱。《左傳·莊公十年》：「一鼓作氣，再而～，三而竭。」❷減少。《戰國策·趙策四》：「日食飲得無～乎？」（每天

（粵）十畫

的飲食沒有減少吧？）❸停止，停下來。司馬遷《史記·孔子世家》：「孔子講誦弦歌不～。」❹差勁，難看。《新五代史·伶官傳》：「何其～也！」

衷 ⑧cung1〔充〕⑧zhōng

❶穿在裏面。許慎《説文解字》：「～，裏褻衣。」（褻：貼身的內衣。起初指內衣，後來引申為穿在裏面。）《左傳·襄公二十七年》：「楚人～甲。」❷通「中」，中間，裏面。《國語·晉語四》：「～而思始。」（事情做到中途時，要回想開始時的情形。）❸内心，有成語「言不由～」。《左傳·僖公二十八年》：「今天誘其～，使皆降心以相從也。」❹忠誠。《荀子·子道》：「孝子不從命乃～。」

衵 ⑧taan2〔坦〕⑧tǎn

脫去上衣，露出身體的一部分。許慎《説文解字》：「～，衣縫解也。」司馬遷《史記·廉頗藺相如列傳》：「君不如肉～伏斧質請罪，則幸得脫矣。」

袖 ⑧zau6〔就〕⑧xiù

❶衣袖。許慎《説文解字》：「～，袂也。」韓非《韓非子·五蠹》：「長～善舞，多錢善賈。」（賈【⑧gu2〔古〕⑧gǔ】：做買賣。）❷藏在衣袖裏。司馬遷《史記·魏公子列傳》：「朱亥～四十斤鐵椎，椎殺晉鄙。」

被 一 ⑧pei5〔婢〕⑧bèi

❶被子。司馬光《訓儉示康》：「公雖自信清約，外人頗有公孫布～之譏。」（公孫布～：西漢丞相公孫弘位列三公，卻依然蓋着粗布被子睡覺，因此被時人説是沽名釣譽的舉動。）

二 ⑧bei6〔備〕⑧bèi

❶覆蓋。張衡《東京賦》：「芙蓉覆水，秋蘭～涯。」❷加之於某事物上。屈原《楚辭·九章·哀郢》：「眾讒人之嫉妒兮，～以不之偽名。」❸蒙受，遭受。《孟子·離婁上》：「今有仁心仁聞而民不～其澤。」❹介詞，表示被動。司馬遷《史記·屈原賈生列傳》：「信而見疑，忠而～謗，能無怨乎？」（見：被。）

三 ⑧pei1〔丕〕⑧pī

通「披」，披在或穿在身上，這個意思後來被寫成「披」。宋濂《送東陽馬生序》：「同舍生皆～綺繡。」（綺繡：有紋飾的絲織衣服。）

記 ⑧gei3〔寄〕⑧jì

❶記得，記住，與「忘」相對。司馬光《訓儉示康》：「吾～天聖中，先公為羣牧判官，客至未嘗不置酒。」（天聖：北宋仁宗的年號。）❷記誦，背誦。《岳飛之少年時代》：「強～書傳。」❸記述，記載，記錄。范仲淹《岳陽樓記》：「屬予作文以～之。」❹一種以敍事為主的文體，如：《史

～》、《永州八～・始得西山宴遊～》、《岳陽樓～》等。吳訥《文章辨體序説》:「大抵～者,蓋所以備忘……敍事之後,略作議論以結之,此為正體。」

許 〔粵〕kit3〔竭〕〔普〕jié

揭發、攻擊別人的私隱、缺點。《論語・陽貨》:「惡～以為直者。」(厭惡那些揭發別人私隱還自以為是正直的人。)

討 〔粵〕tou2〔土〕〔普〕tǎo

❶ 治理,整頓。許慎《説文解字》:「～,治也。」《左傳・宣公十二年》:「在軍,無日不～軍實而申儆之。」(申儆【粵】ging2〔竟〕〔普〕jǐng〕:告誡。) ❷ 聲討,討伐。諸葛亮《出師表》:「願陛下託臣以～賊興復之效。」❸ 探討,研究。《論語・憲問》:「為命:裨諶草創之,世叔～論之,行人子羽修飾之,東里子產潤色之。」(命:指鄭國的外交辭令。) ❹ 索取,乞求。陳造《吟詩自笑》:「～飯充腸上岳陽。」

訊 〔粵〕soen3〔迅〕〔普〕xùn

❶ 詢問。許慎《説文解字》:「～,問也。」陳壽《三國志・吳書・呂蒙傳》:「羽人還,私相參～,咸知家門無恙。」(私相:私下。) ❷ 審問,拷問。《莊子・列禦寇》:「金木～之。」(金木:泛指以金屬和木材製造的刑具。) ❸ 音訊,消息,有成語「杳無音～」。陶潛《桃花源記》:「村中聞有此人,咸來問～。」

託 〔粵〕tok3〔托〕〔普〕tuō

❶ 寄託,假託。許慎《説文解字》:「～,寄也。」蘇軾《前赤壁賦》:「～遺響於悲風。」❷ 依靠。韓非《韓非子・定法》:「故～萬乘之勁韓,十七年而不至於霸王者。」❸ 託付,委託。諸葛亮《出師表》:「恐～付不效,以傷先帝之明。」❹ 寄託,容身。《荀子・勸學》:「非蛇蟺之穴無可寄～者。」❺ 推託,借故推辭。范曄《後漢書・周黃徐姜申屠列傳》:「既至郡中,見肱無衣服,怪問其故,肱～以它辭,終不言盜。」(它:其他。)

訓 〔粵〕fan3〔糞〕〔普〕xùn

❶ 教導,教誨。許慎《説文解字》:「～,説教也。」司馬光《訓儉示康》:「其餘以儉立名,以侈自敗者多矣,不可遍數,聊舉數人以～汝。」❷ 訓誡,告誡。范曄《後漢書・荀韓鍾陳列傳》:「正色～之曰。」❸ 訓練。《左傳・文公七年》:「～卒,利兵,秣馬,蓐食,潛師夜起。」(秣【粵】mut3〔末【中入】〕〔普〕mò〕:餵馬。蓐【粵】juk6〔肉〕〔普〕rù〕食:早晨未起身,在牀席上進餐,謂早餐時間很早。) ❹ 訓詁,詞義解釋。劉知幾《史通・言語》:「夫上古之世,人惟樸略,言語難曉,～釋方通。」

訖 粵ngat6〔兀〕普qì

❶完結，終止。許慎《說文解字》：「～，止也。」俞長城《全鏡文》：「言未～。」❷副詞，畢竟，終究。班固《漢書‧王莽傳中》：「莽以錢幣～不行，復下書曰。」❸通「迄」，到，至，這個意思後來被寫成「迄」。白居易《與元九書》：「又自武德～元和。」（武德、元和：分別為唐高祖和唐憲宗的年號，兩者相距約二百年。）

豈 粵hei2〔起〕普qǐ

❶副詞，相當於「難道」、「怎麼」，表示反問，多與「哉」、「乎」、「耶」、「邪」等語氣助詞連用，有成語「～有此理」。司馬遷《史記‧廉頗藺相如列傳》：「趙～敢留璧而得罪於大王乎？」❷副詞，相當於「是否」，表示疑問，多與「乎」等語氣助詞連用。《史記‧刺客列傳》：「將軍～有意乎？」

貢 粵gung3〔寄送切〕普gòng

❶將物品進獻給君王。許慎《說文解字》：「～，獻功也。」《左傳‧桓公十五年》：「諸侯不～車服。」（車服：車輿和禮服。）❷進獻的物品。司馬遷《史記‧孝文本紀》：「天下旱，蝗。帝加惠：令諸侯毋入～。」❸古時的賦稅。《史記‧刺客列傳》：「燕王誠振怖大王之威，不敢舉兵以逆軍吏，願舉國為內臣，比諸侯之列，給～職如郡縣。」（大王：指秦王嬴政。）❹贈送。《古詩十九首‧庭中有奇樹》：「此物何足～？」❺推薦，選舉。范曄《後漢書‧肅宗孝章帝紀》：「每尋前世舉人～士。」

起 粵hei2〔喜〕普qǐ

❶起立。許慎《說文解字》：「～，能立也。」歐陽修《醉翁亭記》：「～坐而諠譁者，眾賓歡也。」❷起來，凸起。蘇軾《念奴嬌‧赤壁懷古》：「捲～千堆雪。」❸起牀。蘇洵《六國論》：「今日割五城，明日割十城，然後得一夕安寢。～視四境，而秦兵又至矣。」❹興起，發動。全祖望《梅花嶺記》：「已而英、霍山師大～，皆託忠烈之名，彷彿陳涉之稱項燕。」（英、霍：山名，分別在湖北和安徽。大～：這裏指起義。）❺起用，有成語「東山再～」。司馬遷《史記‧滑稽列傳》：「山居耕田苦，難以得食。～而為吏，身貪鄙者餘財，不顧恥辱。」❻發生，出現。姜夔《揚州慢》：「入其城則四顧蕭條，寒水自碧，暮色漸～，戍角悲吟。」❼建造，有成語「白手～家」。李華《弔古戰場文》：「秦～長城，竟海為關。」（竟海為關：直到海邊也盡是關隘。）❽開始。《禮記‧禮運》：「故謀用是作，而兵由此～。」

躬 粵gung1〔弓〕普gōng

❶身體，有成語「卑～屈膝」。許

慎《説文解字》:「～,身也。」諸葛亮《後出師表》:「鞠～盡瘁,死而後已。」(死而後已:直到身亡為止。)❷自身。《詩經·衛風·氓》:「靜言思之,～自悼矣。」(悼:哀傷。)❸親自,親身。諸葛亮《出師表》:「臣本布衣,～耕於南陽。」

辱 （粵）juk6〔肉〕（普）rǔ

❶恥辱。許慎《説文解字》:「～,恥也。」司馬遷《史記·滑稽列傳》:「起而為吏,身貪鄙者餘財,不顧恥～。」❷辱沒,玷污,有成語「幸不～命」。《史記·廉頗藺相如列傳》:「相如既歸,趙王以為賢大夫使不～於諸侯,拜相如為上大夫。」❸摧殘。韓愈《雜説(四)》:「故雖有名馬,只～於奴隸人之手。」❹侮辱。《史記·廉頗藺相如列傳》:「我見相如,必～之。」❺謙詞,相當於「勞煩」、「勞駕」、「屈尊」,指由於自己而勞煩對方做事。《左傳·僖公三十三年》:「君何～討焉!」(你何必屈尊懲罰他們?)

迸 （粵）bing3〔臂敬切〕（普）bèng

❶散走,奔散。許慎《説文解字》:「～,散走也。」陳壽《三國志·魏書·滿田牽郭傳》:「布夜掩擊,督將～走,死傷過半。」❷噴射。白居易《琵琶行》:「銀瓶乍破水漿～。」(銀瓶:從井裏打水用的瓶子。乍:突然。漿:指水。)❸裂

開。方苞《左忠毅公軼事》:「甲上冰霜～落。」

逆 （粵）jik6〔亦〕（普）nì

❶迎,迎接,與「送」相對。許慎《説文解字》:「～,迎也。」《左傳·宣公元年》:「公子遂如齊～女。」❷對抗,迎擊。《資治通鑑·漢紀·孝獻皇帝庚》:「遂以周瑜、程普為左右督,將兵與備并力～操。」❸預先。諸葛亮《後出師表》:「至於成敗利鈍,非臣之明所能～睹也。」(睹:見。)❹往相反方向活動。紀昀《閲微草堂筆記·卷十六》:「遂反溯流～上矣。」(反溯:指逆流。)❺叛逆,背棄。司馬遷《史記·廉頗藺相如列傳》:「且以一璧之故～彊秦之驩,不可。」❻違背抵觸,有成語「忠言～耳」。《戰國策·楚策一》:「今子食我,是～天帝命也。」❼大逆不道。方苞《左忠毅公軼事》:「～閹防伺甚嚴。」

迷 （粵）mai4〔眉圍切〕（普）mí

❶分辨不清,迷亂,迷惑。許慎《説文解字》:「～,或也。」(或:通「惑」,迷惑。)陶潛《桃花源記》:「尋向所志,遂～,不復得路。」❷迷戀,沉迷。李白《夢遊天姥吟留別》:「千岩萬轉路不定,～花倚石忽已暝。」❸昏迷。《列子·湯問》:「～死三日。」

迺

（粵）naai5〔奶〕（普）nǎi

通「乃」，見第1頁「乃」字條。

迴

（粵）wui4〔回〕（普）huí

❶通「回」，迴旋，迂迴曲折。柳宗元《永州八記·始得西山宴遊記》：「入深林，窮～谿。」❷回向、掉轉。辛棄疾《青玉案·元夕》：「驀然～首。」❸避讓。阮閱《詩話總龜·前集》：「不知～避。」

追

（粵）zeoi1〔狙〕（普）zhuī

❶追逐，追趕。許慎《說文解字》：「～，逐也。」《列子·說符》：「盜～而問其故。」❷追隨。《資治通鑑·漢紀·孝獻皇帝庚》：「權起更衣，肅～於宇下。」❸追尋。司馬遷《史記·屈原賈生列傳》：「懷王悔，～張儀不及。」❹追念。諸葛亮《出師表》：「蓋～先帝之殊遇，欲報之於陛下也。」❺挽救，補救。陶潛《歸去來辭》：「悟已往之不諫，知來者之可～。」

郡

（粵）gwan6〔跪問切〕（普）jùn

古代的行政區域。許慎《說文解字》：「周制：天子地方千里，分為百縣，縣有四～……至秦初置三十六～，以監其縣。」蘇洵《六國論》：「洎牧以讒誅，邯鄲為～。」

郤

（粵）gwik1〔光色切〕/ kwik1〔誇色切〕（普）xì

❶同「隙」，空隙，這個意思後來被寫成「隙」。《莊子·養生主》：「依乎天理，批大～，導大窾，因其固然。」❷同「隙」，嫌怨，這個意思後來被寫成「隙」。司馬遷《史記·項羽本紀》：「今者有小人之言，令將軍與臣有～。」

配

（粵）pui3〔佩〕（普）pèi

❶配合，匹配。《周易·繫辭上》：「變通～四時，陰陽之義～日月。」❷許配，出嫁。羅貫中《三國演義·第六回》：「丞相有女，欲～將軍之子。」❸婚配，配偶。《左傳·隱公八年》：「陳鍼子送女，先～而後祖。」❹分配，分派。《晉書·殷仲堪傳》：「割此三郡，～隸益州。」❺夠得上，媲美。左思《魏都賦》：「元勛～管敬之績。」❻發配，流放。王昌齡《箜篌引》：「瘡病驅來～邊州。」（邊州：邊境地區。）

酌

（粵）zoek3〔爵〕（普）zhuó

❶斟酒。許慎《說文解字》：「～，盛酒行觴也。」柳宗元《永州八記·始得西山宴遊記》：「引觴滿～，頹然就醉，不知日之入。」❷喝，特指飲酒。李白《月下獨酌》（其一）：「花間一壺酒，獨～無相親。」❸酒。李白《陪族叔當塗宰遊化城寺升公清風亭》：「茗～待幽客。」❹取水，舀水。《宋書·袁粲傳》：「於是到泉所～水飲之。」❺酒席，宴會。鮑照《翫月城西門解中》：「留～待情人。」❻斟酌，指經過衡量決定取捨。諸葛亮《出

十畫

師表》：「至於斟～損益，進盡忠言，則攸之、褘、允之任也。」

陣 粵zan6〔站問切〕普zhèn

❶兩軍交戰時隊伍的行列。諸葛亮《出師表》：「必能使行～和睦，優劣得所也。」❷借指行列。王勃《滕王閣序》：「雁～驚寒，聲斷衡陽之浦。」❸軍隊所佈置的陣法。范曄《後漢書・禮儀志中》：「兵、官皆肄孫、吳兵法六十四～。」(肄【粵ji3〔意〕普yì】：學習。) ❹戰場。杜甫《高都護驄馬行》：「此馬臨～久無敵，與人一心成大功。」

陛 粵bai6〔弊〕普bì

台階，特指皇宮的台階。許慎《説文解字》：「～，升高階也。」司馬遷《史記・刺客列傳》：「至～，秦舞陽色變振恐，羣臣怪之。」

陟 粵zik1〔職〕普zhì

❶登，特指登山。許慎《説文解字》：「～，登也。」《詩經・衞風・陟岵》：「～彼岵兮。」(岵【粵wu6〔互〕普hù】：多草木的山。) ❷提拔，晉升。諸葛亮《出師表》：「～罰臧否，不宜異同。」

除 粵ceoi4〔隨〕普chú

❶宮殿的台階。許慎《説文解字》：「～，殿陛也。」司馬遷《史記・魏公子列傳》：「趙王埽～自迎，執主人之禮，引公子就西階。」(埽：通「掃」，清掃，清潔。) ❷除掉，

諸葛亮《出師表》：「攘～姦凶，興復漢室。」❸修整。張溥《五人墓碑記》：「郡之賢士大夫請於當道，即～魏閹廢祠之址以葬之。」(當道：當政者。魏閹：魏忠賢。) ❹打掃，清掃。方苞《左忠毅公軼事》：「偽為除～不潔者。」❺洗雪，雪恥，雪恨。《戰國策・燕策三》：「燕國見陵之恥～矣。」❻接受委任。李密《陳情表》：「尋蒙國恩，～臣洗馬。」(尋：不久。洗馬：太子的侍從官。) ❼連詞，除了。袁枚《祭妹文》：「～吾死外，當無見期。」

隻 粵zek3〔炙〕普zhī

❶一隻。許慎《説文解字》：「～，鳥一枚也。」(後來引申為一隻，用於所有動物或事物。) 范曄《後漢書・方術列傳上》：「於是候鳧至，舉羅張之，但得一～舄焉。(鳧【粵fu4〔芙〕普fú】：野鴨。舄【粵sik1〔色〕普xì】：鞋子。) ❷單個，單獨，有成語「形單影～」。關漢卿《竇娥冤・第三折》：「可憐我孤身～影無親眷。」❸單數，與「雙」相對。《宋史・張泊傳》：「自天寶兵興之後，四方多故，肅宗而下，咸～日臨朝，雙日不坐。」

飢 粵gei1〔基〕普jī

❶餓，與「飽」相對。許慎《説文解字》：「～，餓也。」宋濂《燕書》：「及微～而縱之，得鼠，然後益其食。」❷通「饑」，饑荒。賈

誼《論積貯疏》:「世之有～穰，天之行也。」

骨 （粵）gwat1〔橘〕（普）gǔ

❶骨頭。許慎《說文解字》:「～，肉之覈也。」（覈：通「核」，核心，內裏。）杜甫《兵車行》:「君不見青海頭，古來白～無人收。」❷屍體。杜甫《自京赴奉先縣詠懷五百字》:「朱門酒肉臭，路有凍死～。」❸人的氣質，氣概。《宋書‧武帝紀上》:「及長，身長七尺六寸，風～奇特。」

高 （粵）gou1〔糕〕（普）gāo

❶高，與「低」相對。許慎《說文解字》:「～，崇也。」杜甫《登樓》:「花近～樓傷客心。」❷高處，高層，頂層。柳宗元《永州八記‧始得西山宴遊記》:「窮山之～而止。」范仲淹《岳陽樓記》:「居廟堂之～，則憂其民。」❸高度。《列子‧湯問》:「太形、王屋二山，方七百里，～萬仞。」❹等級或程度高。王勃《滕王閣序》:「千里逢迎，～朋滿座。」（～朋：對朋友的尊稱。）❺年紀大。歐陽修《醉翁亭記》:「飲少輒醉，而年又最～，故自號曰醉翁也。」❻高超。班固《漢書‧爰盎晁錯傳》:「臣竊觀皇太子材智～奇。」❼高尚。司馬遷《史記‧廉頗藺相如列傳》:「臣所以去親戚而事君者，徒慕君之～義也。」

鬥 （鬭）（粵）dau3〔對決切〕（普）dòu

❶打鬥。許慎《說文解字》:「兩士相對，兵杖在後，象～之形。」柳宗元《三戒‧永某氏之鼠》:「夜則竊齧～暴。」❷戰鬥。司馬遷《史記‧李將軍列傳》:「且引且戰，連～八日。」❸爭鬥。《史記‧廉頗藺相如列傳》:「今兩虎共～，其勢不俱生。」

十一畫

乾 一 （粵）kin4〔虔〕（普）qián

易經八卦之一，代表天，多與「坤」連用，代表「天地」。《易經‧說卦》:「～，天也。」杜甫《登岳陽樓》:「～坤日夜浮。」

二 （粵）gon1〔肝〕（普）gān

乾燥，乾涸，與「濕」相對。孫詒讓《墨子後語上‧墨學傳授考第三》:「日夜而鳴，口～舌擗。」

偽 （粵）ngai6〔毅〕（普）wěi

❶人為的，後天形成的。《荀子‧性惡》:「人之性惡，其善者～也。」（指人性本惡，變回善良是人為──即教育所致的。）❷虛假，不真實。歐陽修《朋黨論》:「當其同利之時，暫相黨引以為朋者，～

也。」❸假裝，佯裝。柳宗元《童區寄傳》：「寄~兒啼。」❹非法的，不正統的。李密《陳情表》：「且臣少事~朝。」（~朝：指三國時期的蜀國。）❺通「為」，行為，行動。《荀子·儒效》：「其衣冠行~已同於世俗矣，然而不知惡。」

偏 （粵）pin1〔篇〕（普）piān

❶偏頗，偏向，不正的。許慎《說文解字》：「~，頗也。」諸葛亮《出師表》：「不宜~私，使內外異法也。」❷一邊，一側。劉蓉《習慣說》：「蓉少時，讀書養晦堂之西一室。」❸副詞，片面。顏之推《顏氏家訓·勉學》：「觀天下書未徧，不得妄下雌黃……不可~信一隅也。」❹偏遠，偏僻。陶潛《飲酒》（其五）：「心遠地自~。」❺副詞，特別，最。酈道元《水經注·沔水》：「沔水又東~淺，冬月可涉渡。」❻副詞，表示出乎意料。《伊川歌·第三》：「可憐閨裏月，~照漢家營。」

假 一 （粵）gaa2〔狗賈切〕（普）jiǎ

❶虛假，與「真」相對。許慎《說文解字》：「~，非真也。」杜甫《玉華宮》：「美人為黃土，況乃粉黛~？」（粉黛：敷面的白粉和畫眉的黛墨，均為化妝用品。）❷假裝。蒲松齡《聊齋誌異·狼三則》（其二）：「乃悟前狼~寐。」❸借。宋濂《送東陽馬生序》：「每~借於藏書之家，手自筆錄，計日以

還。」❹憑藉，依靠，有成語「~手於人」。韓非《韓非子·定法》：「今知而弗言，則人主尚安~借矣？」（如今臣子知道卻不說，那麼君主還可以憑藉誰作為自己的耳目？）❺代理。司馬遷《史記·項羽本紀》：「乃相與共立羽為~上將軍。」❻連詞，假如，如果。柳宗元《答韋中立論師道書》：「~今有取，亦不敢為人師。」（假使我的文章有可取的地方，我也不敢作為別人的老師。）

二 （粵）gaa3〔嫁〕（普）jià

假期。《孔雀東南飛》：「府吏聞此變，因求~暫歸。」（府吏：官吏。）

偃 （粵）jin2〔演〕（普）yǎn

❶仰臥。柳宗元《三戒·臨江之麋》：「牴觸~仆。」❷停息，止息，有成語「~旗息鼓」。《莊子》：「吾欲愛民而為義~兵，其可乎？」

偉 （粵）wai5〔煒〕（普）wěi

❶奇特。許慎《說文解字》：「~，奇也。」王安石《遊褒禪山記》：「而世之奇~瑰怪非常之觀，常在於險遠，而人之所罕至焉。」❷偉大，盛大。王勃《滕王閣序》：「臨別贈言，幸承恩於~餞。」（餞【粵】zin3〔戰〕（普）jiàn】：設酒食送行。）❸高大，壯美。陳壽《三國志·蜀書·諸葛亮傳》：「亮少有逸羣之才，英霸之器，身長八尺，容貌甚

～，時人異焉。」

健 (粵)gin6〔鍵〕(普)jiàn

❶強而有力。杜甫《兵車行》：「縱有～婦把鋤犁，禾生隴畝無東西。」❷有才能。《戰國策·秦策二》：「楚客來使者多～，與寡人爭辭，寡人數窮焉，為之奈何？」（窮：詞窮。）❸善於，長於。魏禧《大鐵椎傳》：「時座上有～啖客。」

偶 (粵)ngau5〔藕〕(普)ǒu

❶木偶。許慎《説文解字》：「～，桐人也。」司馬遷《史記·田叔列傳》：「今徒取虐人子上之，又無智略，如木～人衣之綺繡耳，將柰之何？」（盎：袁盎，人名。）❷成雙，與「奇【粵】gei1〔基〕(普)jī」相對。《列子·黃帝》：「牝牡相～，母子相親。」（牝【粵】pan5〔牌慎切〕(普)pìn）牡【粵】maau5〔卯〕(普)mǔ：鳥獸的雌性和雄性，借指男女。）❸面對面。《史記·秦始皇本紀》：「有敢～語詩書者棄市。」（詩書：泛指儒家典籍。棄市：即死刑。）❹配偶。《北史·劉延明傳》：「妙選良～，有心於延明。」（延明：人名。）❺副詞，偶然，碰巧。馮夢龍《古今譚概·不韻》：「～值石工甚便。」

偕 (粵)gaai1〔街〕(普)xié

副詞，一起。《呂氏春秋·先識覽·悔過》：「蹇叔有子曰申與視，與師～行。」（蹇【粵】gin2〔股癬切〕(普)jiǎn】叔：秦穆公時上大夫。師：軍隊。）

側 (粵)zak1〔則〕(普)cè

❶傾斜。段玉裁《説文解字注》：「不中曰～。」司馬遷《史記·蘇秦列傳》：「蘇秦之昆弟妻嫂～目不敢仰視。」（昆：兄長。）❷側旁，旁邊。《晏子春秋·內篇》：「坐堂～陛。」

倏 (粵)suk1〔叔〕(普)shù

❶迅速，極快。許慎《説文解字》：「～，走也。」《戰國策·楚策四》：「～忽之間，墜於公子之手。」❷副詞，忽然。徐珂《清稗類鈔·兵刑類》：「～聽槍聲一發。」

偷 (粵)tau1〔他收切〕(普)tōu

❶苟且，得過且過，有成語「苟且～生」。杜甫《石壕吏》：「一男附書致，二男新戰死。存者且～生，死者長已矣。」❷不厚道，刻薄。《論語·泰伯》：「故舊不遺，則民不～。」（在上位者不摒棄舊事物，那麼民風就會不刻薄。）❸偷竊，盜竊。《左傳·昭公元年》：「吾儕～食，朝不謀夕，何其長也？」（吾儕【粵】caai4〔豺〕(普)chái：我們。）❹小偷。《晉書·王獻之傳》：「羣～驚走。」

剪 （翦）(粵)zin2〔展〕(普)jiǎn

❶剪斷，修剪。許慎《説文解字》：

「～，齊斷也。」韓非《韓非子・五蠹》：「堯之王天下也，茅茨不～。」（茅茨【粵】ci4〔詞〕【普】cí：用茅草蓋的屋頂。原文作「翦」，與「～」通。）❷剪刀。江盈科《雪濤小説・任事》：「乃持并州～。」❸削弱，消滅。李華《弔古戰場文》：「以相～屠。」（斬伐屠戮我們的士兵。）

副 【粵】fu3〔富〕【普】fù

❶次要的，居次的，與「正」相對。司馬遷《史記・留侯世家》：「秦皇帝東游，良與客狙擊秦皇帝博浪沙中，誤中～車。」（良：指張良。）❷助手，副手。《史記・刺客列傳》：「乃令秦舞陽為～。」❸符合，有成語「名不～實」。范曄《後漢書・左周黃列傳》：「陽春之曲，和者必寡，盛名之下，其實難～。」

勒 【粵】lak6〔力特切〕【普】lè

❶原本指帶嚼子的籠頭，以控制馬匹，後比喻為約束，有成語「懸崖～馬」。許慎《説文解字》：「～，馬頭絡銜也。」范曄《後漢書・馬援列傳》：「廖性寬緩，不能教～子孫。」（廖：指馬援之子馬廖。）❷強制。《隋書・食貨志》：「於是僑居者各～還本屬，是後租調之入有加焉。」（租調：隋代稅收名目。）❸統轄。司馬遷《史記・項羽本紀》：「陰以兵法部～賓客及子弟。」❹雕刻。《呂氏春秋・孟冬紀・十月紀》：「物～工名，以考其誠；工有不當，必行其罪，以窮其情。」（工：工匠。）

務 【粵】mou6〔霧〕【普】wù

❶務求，追求。許慎《説文解字》：「～，趣也。」（趣：通「趨」，快跑，比喻追求事物。）王晫《虞初新志・卷十五》：「宴飲～極華侈。」❷從事，致力於。賈誼《過秦論》：「內立法度，～耕織，修守戰之具。」❸任務，事務。《荀子・非十二子》：「故勞力而不當民～，謂之姦事。」❹副詞，務必，一定。《呂氏春秋・慎大覽・察今》：「是故有天下七十一聖，其法皆不同，非～相反也，時勢異也。」

勘 【粵】ham3〔䤨〕【普】kān

❶校勘，校對。許慎《説文解字》：「～，校也。」白居易《題詩屏風絕句》：「相憶采君詩作障，自書自～不辭勞。」（采：搜集。障：屏風。書：書寫。）❷查問，審問。《舊唐書・酷吏傳上》：「請付來俊臣推～，必獲實情。」（付：交給。來俊臣：武則天時期的酷吏。）

動 【粵】dung6〔洞〕【普】dòng

❶移動，運動，與「靜」相反。許慎《説文解字》：「～，作也。」王維《山居秋暝》：「竹喧歸浣女，蓮～下漁舟。」（浣【粵】wun5〔碗【陽上】〕【普】huàn：洗衣。）❷行動。《論語・顏淵》：「非禮勿視，非禮

勿聽，非禮勿言，非禮勿～。」❸動作。《列子·說符》：「～作態度無似竊斧者。」❹變動。陸以湉《冷廬雜識·卷七·陳忠愍公》：「時他邑皆騷～。」❺振動，動搖。《孟子·告子下》：「所以～心忍性，曾益其所不能。」（所以動搖心志，鍛煉耐力，提升內在潛能。）❻打動，觸動。韓非《韓非子·五蠹》：「父母怒之弗為改，鄉人譙之弗為～，師長教之弗為變。」（譙【粵ziu6〔自耀切〕普qiáo〕：責備。）

匐 粵baak6〔白〕普fú

多與「匍」組成詞語「匍～」，指伏在地上，爬行，見第99頁「匍」字條。許慎《說文解字》：「～，伏地也。」歸有光《歸氏二孝子傳》：「孝子數困，匍～道中。」

匏 粵paau4〔刨〕普páo

葫蘆瓜的一種，可以做成飲器。蘇軾《前赤壁賦》：「舉～樽以相屬。」（～樽：以匏製作的酒器。）

匿 粵nik1〔暱〕普nì

匿藏，躲藏。許慎《說文解字》：「～，亡也。」（亡：逃亡，匿藏。）司馬遷《史記·廉頗藺相如列傳》：「已而相如出，望見廉頗，相如引車避～。」

區 一 粵keoi1〔驅〕普qū

❶區別，區分。《論語·子張》：「譬諸草木，～以別矣。」（就好比

草木，要按不同的特性來區分。）❷區域，地域。王勃《滕王閣序》：「路出名～。」（我在前往交趾的路上，有幸來到貴境。）

二 粵au1〔鷗〕普ōu

❶古代容量單位。《左傳·昭公三年》：「齊舊四量：豆、～、釜、鍾。」❷姓氏。如柳宗元《童～寄傳》的主角就是一名姓～的兒童。

參 一 粵sam1〔心〕普shēn

❶星宿名稱。許慎《說文解字》：「～，商星也。」杜甫《贈衞八處士》：「人生不相見，動如～與商。」（參星在西，商星在東，此出彼沒，比喻永不相見。）❷人參、沙參、黨參等藥材的總稱。沈括《夢溪筆談·人事一》：「藥用紫團山人～。」

二 粵caam1〔攙〕普cān

❶參加，參與。司馬光《訓儉示康》：「～政魯公為諫官。」（參政：宋代官職「～知政事」的省稱，表示「參與朝政」，是宰相的副職。魯公：指宋真宗時的魯宗道。）❷檢查，檢驗。《荀子·勸學》：「子博學而日～省乎己。」（～省：檢視反省。）❸進見。《北史·韋孝寬傳》：「每夷狄～謁。」（外族每當進見。）❹混入，摻入。魏徵《論時政疏》：「～玉砌於土階。」

三 粵caam1〔攙〕普cēn

多與「差【粵ci1〔雌〕普cī〕」組成詞語「～差」，指長短不齊。魏禧《吾廬記》：「～錯其下。」

四 ⑧saam1〔衫〕⑮sān

❶同「叄」，配合成三的。《商君書‧賞刑》：「此臣之所謂～教也。」（～教：指賞、刑、教。）❷同「叄」，指三等份。《左傳‧隱公元年》：「先王之制，大都不過～國之一。」（大都：大都邑的城牆。國：指國都的城牆。）

五 ⑧saam3〔四劃切〕⑮sàn

副詞，多次。《荀子‧勸學》：「君子博學而日～省乎己。」

曼 ⑧maan6〔慢〕⑮màn

❶長。許慎《説文解字》：「～，引也。」（引：長。）《詩經‧魯頌‧閟宮》：「孔～且碩。」❷柔美，細美。韓非《韓非子‧揚權》：「～理皓齒。」（理：皮膚上的紋理。）

商 ⑧soeng1〔傷〕⑮shāng

❶計算，估量。許慎《説文解字》：「～，從外知內也。」范曄《後漢書‧循吏列傳》：「景乃～度地執。」（景：王景，人名。度【⑧dok6〔鐸〕⑮duó】：量度。地執：即地勢。）❷商量，討論。羅貫中《三國演義‧第七十二回》：「操與眾～議。」❸商人，商業。范仲淹《岳陽樓記》：「～旅不行。」❹古代五音（宮、商、角、徵、羽）之一，相當於現代樂譜上的「re」，見第126頁「音」字條。宋玉《楚辭‧對楚王問》：「引～刻羽，雜以流徵。」（引其聲而為商音，壓其聲而為羽音，夾雜流動的徵【⑧zi2〔止〕⑮

十一畫

zhǐ】音。）❺星宿名。杜甫《贈衛八處士》：「人生不相見，動如參與～。」（參星在西，商星在東，此出彼沒，比喻永不相見。）

啖 ⑧daam6〔淡〕⑮dàn

❶吃，進食。謝肇淛《五雜俎‧物部三》：「北方嬰兒，臥土炕，～麥飯。」❷餵飼。宋濂《燕書》：「日割牲～之。」（牲：指一般牲畜。之：指豹。）❸舔。柳宗元《三戒‧臨江之麋》：「然時～其舌。」（不過偶然會舔着舌頭。）

唳 ⑧leoi6〔淚〕⑮lì

鶴叫，有成語「風聲鶴～」。許慎《説文解字》：「～，鶴鳴也。」《世説新語‧尤悔》：「欲聞華亭鶴～，可復得乎？」

啜 ⑧cyut3〔撮〕⑮chuò

喝。司馬遷《史記‧屈原賈生列傳》：「眾人皆醉，何不餔其糟而～其醨？」

唱 ⑧coeng3〔暢〕⑮chàng

❶同「倡」，倡導，帶頭，這個意思後來被寫成「倡」。許慎《説文解字》：「～，導也。」司馬遷《史記‧陳涉世家》：「為天下～，宜多應者。」❷領唱。《荀子‧樂論》：「～和有應，善惡相象，故君子慎其所去就也。」❸唱歌。王勃《滕王閣序》：「漁舟～晚，響窮彭蠡之濱。」（彭蠡【⑧lai5〔禮〕⑮lǐ】：

鄱陽湖的別稱。）

問 (粵)man6〔未笨切〕(普)wèn

❶詢問，與「答」相對。許慎《說文解字》：「～，訊也。」（訊：查問。）司馬遷《史記・廉頗藺相如列傳》：「於是王召見，～藺相如曰。」❷問學，請教。《論語・顏淵》：「顏淵～仁。」❸責問，追究。《左傳・僖公四年》：「昭王南征而不復，寡人是～。」❹慰問。歸有光《歸氏二孝子傳》：「～母飲食。」

啗 (粵)daam6〔淡〕(普)dàn

❶同「啖」，吃。許慎《說文解字》：「～，食也。」司馬遷《史記・項羽本紀》：「拔劍切而～之。」❷餵養，給或餵對方吃。《史記・滑稽列傳》：「～以棗脯。」（用棗子乾餵養牠。）❸引誘。《資治通鑑・唐紀・玄宗至道大聖大明孝皇帝中之下》：「～以甘言而陰陷之。」

唯 一 (粵)wai2〔毀〕(普)wěi

答應聲。許慎《說文解字》：「～，諾也。」韓非《韓非子・八姦》：「此人主未命而～～，未使而諾諾，先意承旨，觀貌察色以先主心者也。」

二 (粵)wai4〔圍〕(普)wéi

❶副詞，只，只有。魏禧《吾廬記》：「又～子言之從。」（又只聽您的話。）❷語氣助詞，用於句首，表示請求。司馬遷《史記・廉

頗藺相如列傳》：「～大王與羣臣孰計議之。」❸連詞，因為，由於。蘇軾《留侯論》：「項籍～不能忍，是以百戰百勝。」

售 (粵)sau6〔受〕(普)shòu

❶賣，賣出。許慎《說文解字》：「～，賣去手也。」《韓非子・外儲說右上》：「狗猛則酒何故而不～？」❷科舉及第。蒲松齡《聊齋誌異・促織》：「邑有成名者，操童子業，久不～。」（縣裏有個叫成名的人，是個讀書人，卻長期都沒有中舉。）❸買。《聊齋誌異・促織》：「欲居之以為利，而高其直，亦無～者。」

國 (粵)gwok3〔郭〕(普)guó

❶國家。許慎《說文解字》：「～，邦也。」蘇軾《念奴嬌・赤壁懷古》：「人道是、三～周郎赤壁。」❷特指周代諸侯國及漢以後侯王的封地。蘇洵《六國論》：「六～破滅，非兵不利，戰不善，弊在賂秦。」（六國：齊、楚、燕、韓、趙、魏六個諸侯國。）❸國都。范仲淹《岳陽樓記》：「登斯樓也，則有去～懷鄉。」（～：指北宋首都汴京。）❹地方，地域。王維《相思》：「紅豆生南～。」

培 一 (粵)pui4〔陪〕(普)péi

❶為保護植物或牆堤，在根基部分加土、堆土。《禮記・喪四制》：「墳墓不～。」❷培養或扶植人才。

《金史·韓企先傳》：「專以～植獎勵後進為己責任。」

（二）（粵）bau6〔備受切〕（普）pǒu

多與「壞【（粵）lau5〔柳〕（普）lǒu】」組成詞語「～壞」，指小土丘。柳宗元《永州八記·始得西山宴遊記》：「然後知是山之特出，不與～壞為類。」

堅 （粵）gin1〔肩〕（普）jiān

❶堅硬，堅固，結實。許慎《説文解字》：「～，剛也。」李華《弔古戰場文》：「積雪沒脛，～冰在鬚。」（脛【（粵）ging3〔徑〕（普）jìng】：小腿。）❷堅定，切實。司馬遷《史記·廉頗藺相如列傳》：「秦自繆公以來二十餘君，未嘗有～明約束者也。」❸堅持。宋濂《杜環小傳》：「母見環家貧，雨止，～欲出問他故人。」❹副詞，牢牢。《莊子·天運》：「～閉門而不出。」

堵 （粵）dou2〔賭〕（普）dǔ

牆壁。許慎《説文解字》：「～，垣也。」（垣【（粵）wun4〔胡門切〕（普）yuán】：牆壁。）陸以湉《冷廬雜識·卷七·陳忠愍公》：「安～如故。」（安：安居。）

執 （粵）zap1〔汁〕（普）zhí

❶捉拿，拘捕。許慎《説文解字》：「～，捕罪人也。」《莊子·逍遙遊》：「此能為大矣，而不能～鼠。」❷持着，拿着。俞長城《吾廬記》：「怒甚，～鏡而將毀焉。」❸握，

掌握。韓子《韓非子·定法》：「此人主之所～也。」❹堅持某種主張，有成語「擇善固～」。陳壽《三國志·吳書·吳主傳》：「惟瑜、蕭～拒之議，意與權同。」❺執行，處理。班固《漢書·元帝紀》：「至今有司～政，未得其中，施與禁切，未合民心。」

堂 （粵）tong4〔唐〕（普）táng

❶正屋。許慎《説文解字》：「～，殿也。」（殿：起初指高大的房屋。）魏禧《吾廬記》：「金鐵鳴於～戶。」❷殿堂，宮殿。范仲淹《岳陽樓記》：「居廟～之高，則憂其民。」（廟～：宗廟和宮殿，借指朝廷。）

堊 （粵）ok3〔惡〕（普）è

❶用白粉塗飾（牆壁、欄杆等）。《説文解字》：「～，白涂也。」魏禧《吾廬記》：「～以蜃灰。」❷白土，泛指可用來塗飾的泥土。《莊子·徐無鬼》：「盡～而鼻不傷。」（把鼻子上的白土全部削去，卻不傷鼻子。）

奢 （粵）ce1〔秋參切〕（普）shē

❶奢侈，不節儉。司馬光《訓儉示康》：「由儉入～易，由～入儉難。」❷大，多。司馬遷《史記·滑稽列傳》：「臣見其所持者狹而所欲者～，故笑之。」（狹：小。）❸誇大，過分的。司馬相如《子虛賦》：「～言淫樂而顯侈靡，竊為足

下不取也。」(侈靡【粵】ci2 mei4〔此眉〕【普】chǐ mí〕：奢侈靡爛。)

婚 【粵】fan1〔昏〕【普】hūn

締結婚約，通婚。許慎《說文解字》：「～，婦家也。」(家：通「嫁」。) 司馬遷《史記·屈原賈生列傳》：「時秦昭王與楚～，欲與懷王會。」

孰 【粵】suk6〔淑〕【普】shú

❶疑問代詞，哪個，哪樣。韓非《韓非子·定法》：「申不害、公孫鞅，此二家之言～急於國？」❷疑問代詞，誰。韓愈《師說》：「人非生而知之者，～能無惑？」❸多與「與」組成詞語「～與」，指「哪一個」，用於比較。司馬遷《史記·廉頗藺相如列傳》：「公之視廉將軍～與秦王？」❹通「熟」，煮熟，與「生」相對。范曄《後漢書·方術列傳下》：「既而爨～，屋無損異。」❺通「熟」，成熟。《荀子·富國》：「寒暑和節，而五穀以時～。」❻副詞，通「熟」，仔細。《史記·廉頗藺相如列傳》：「唯大王與羣臣～計議之。」

密 【粵】mat6〔蜜〕【普】mì

❶稠密，細密，與「疏」相對。戴名世《南山集·鳥說》：「巢大如盞，精～完固，細草盤結而成。」❷親密，親近。陳壽《三國志·蜀書·諸葛亮傳》：「於是與亮情好日～。」❸不宣露的。蒲松齡《聊齋誌異·促織》：「入其室，則～室垂簾。」❹祕密、機密。《三國志·魏書·劉放傳》：「放賜爵關內侯，資為關中侯，遂掌機～。」

寇 【粵】kau3〔扣〕【普】kòu

❶劫掠，入侵。許慎《說文解字》：「～，暴也。」司馬遷《史記·匈奴列傳》：「匈奴右賢王怨漢奪之河南地而筑朔方，數為～。」❷盜匪。《荀子·王制》：「聚斂者，召～、肥敵、亡國、危身之道也，故明君不踏也。」(踏：重蹈覆轍。) ❸敵寇。杜甫《登樓》：「西山～盜莫相侵。」

寅 【粵】jan4〔人〕【普】yín

❶地支中的第三位，多用於紀年、紀時。陸以湉《冷廬雜識·卷七·陳忠愍公》：「壬～四月。」(壬～：壬寅年，即道光二十二年，公元一八四二年。) ❷恭敬。劉勰《文心雕龍·祝盟》：「所以～虔於神祇。」

寄 【粵】gei3〔記〕【普】jì

❶寄託，託付。許慎《說文解字》：「～，託也。」諸葛亮《出師表》：「先帝知臣謹慎，故臨崩～臣以大事也。」❷暫時居住，寄身，依附。蘇軾《前赤壁賦》：「～蜉蝣於天地。」(蜉蝣【粵】fau4 jau4〔浮由〕【普】fú yóu)：一種朝生暮死的昆蟲。) ❸傳送。李清照《一剪梅》：「雲中誰～錦書來？」

寂 粵zik6〔值〕普jì

❶沒有聲音。李華《弔古戰場文》：「鳥無聲兮山～～。」❷寂寞，冷清。李白《將進酒》：「古來聖賢皆～寞。」

 宿 一 粵suk1〔叔〕普sù

❶歇息，住宿。許慎《説文解字》：「～，止也。」（止：停止，休息。）屈原《楚辭·九章·涉江》：「朝發枉陼兮，夕～辰陽。」（枉陼【粵zyu2〔主〕普zhǔ〕、辰陽：地名，都在今湖南省。）❷夜晚。邯鄲淳《笑林》：「經一而鳥死。」❸素來，有詞語「～怨」。陳壽《三國志·蜀書·諸葛亮傳》：「權既～服仰備。」（權：指孫權。備：指劉備。）❹有經驗的。司馬遷《史記·白起王翦列傳》：「當是時，翦為～將，始皇師之。」

二 粵sau3〔秀〕普xiù

星宿，星羣。《列子·天瑞》：「日月星～不當墜邪？」（邪【粵je4〔爺〕普yé〕：語氣助詞，表示反問。）

尉 一 粵wai3〔畏〕普wèi

❶古代的武官名稱。李華《弔古戰場文》：「都～新降，將軍覆沒。」（都～：官名，僅次於將軍。）❷通「慰」，慰問。班固《漢書·竇田灌韓傳》：「以～士大夫心。」

二 粵wat1〔鬱〕普yù

多用於「～遲」、「～繚」等複姓，如唐代名將「～遲敬德」。杜佑《通典·邊防十三·突厥上》：「行軍總管、左武候大將軍～遲敬德與之戰於涇陽。」

專 粵zyun1〔磚〕普zhuān

❶單獨佔有。《左傳·莊公十年》：「衣食所安，弗敢～也，必以分人。」❷專橫，獨斷獨行。《左傳·桓公十五年》：「祭仲～，鄭伯患之。」（祭仲：鄭國大臣。鄭伯：指鄭屬公。）❸專門，專一。韓愈《師説》：「聞道有先後，術業有～攻。」

將 一 粵zoeng3〔醬〕普jiàng

❶帶領，率領，特指帶兵。許慎《説文解字》：「～，帥也。」賈誼《過秦論》：「～數百之眾，轉而攻秦。」❷將領。蘇洵《六國論》：「刺客不行，良～猶在。」❸使他人為將領。司馬遷《史記·孫子吳起列傳》：「齊威王欲～孫臏，臏辭謝曰：『刑餘之人不可。』」（刑餘：受過肉刑。）

二 粵zoeng1〔章〕普jiāng

❶帶領。諸葛亮《出師表》：「～軍向寵，性行淑均。」（～軍：帶領軍隊的武官。）❷攙扶，扶持。《木蘭辭》：「爺娘聞女來，出郭相扶～。」（郭：城牆。）❸用。白居易《長恨歌》：「惟～舊物表深情。」❹打算。《左傳·莊公十年》：「十年，春，齊師伐我。公～戰。」❺副詞，將要，快要。陶潛《歸去來辭》：「歸去來兮，田園～蕪胡不

歸？」❻語氣助詞，用於動詞後，無實義。白居易《賣炭翁》：「一車炭，千餘斤，宮使驅～惜不得。」❼連詞，和。李白《月下獨酌》（其一）：「暫伴月～影，行樂須及春。」❽副詞，且。李華《弔古戰場文》：「人或有言，～信～疑。」❾連詞，抑或，還是。《弔古戰場文》：「秦歟？漢歟？～近代歟？」❿連詞，如果，假如。蘇軾《前赤壁賦》：「蓋～自其變者而觀之。」（如果從變化的角度去觀察。）

〔三〕（粵）coeng1〔窗〕（普）qiāng
請，願。李白《將進酒》：「～進酒，杯莫停。」

崇 （粵）sung4〔時窮切〕（普）chóng
❶高，特用於山，有成語「～山峻嶺」。許慎《説文解字》：「～，嵬高也。」（嵬（粵）ngai4〔危〕（普）wéi：高大。）魏禧《吾廬記》：「平疇～田。」❷崇高，重要。司馬遷《史記·屈原賈生列傳》：「明道德之廣～，治亂之條貫，靡不畢見。」❸尊崇，推崇。《禮記·中庸》：「温故而知新，敦厚以～禮。」❹重視。桓寬《鹽鐵論·本議》：「是以王者～本退末。」（本：指農業。末：指商業。）

崖 （粵）ngaai4〔捱〕（普）yá
❶山或高地陡立的側面。許慎《説文解字》：「～，高邊也。」曹丕《善哉行》：「高山有～，林木有枝。」❷邊際。蔡琰《胡笳十八拍》：「天

無～兮地無邊。」

崩 （粵）bang1〔兵燈切〕（普）bēng
❶山體倒塌。《列子·湯問》：「初為霖雨之操，更造～山之音。」❷倒塌，崩裂。蘇軾《念奴嬌·赤壁懷古》：「亂石～雲，驚濤裂岸，捲起千堆雪。」❸崩潰，敗壞，有成語「禮樂～壞」。白居易《議禮樂》：「禮之～也，何方以救之乎？」❹駕崩，帝王死。諸葛亮《出師表》：「先帝創業未半，而中道～殂。」

巢 （粵）caau4〔場茅切〕（普）cháo
❶鳥巢。許慎《説文解字》：「鳥在木上曰～。」謝肇淛《五雜俎·物部三》：「～大如盞，精密完固，細草盤結而成。」❷築巢。《莊子·逍遙遊》：「鷦鷯～於深林，不過一枝。」（鷦鷯【（粵）ziu1 liu4〔焦遼〕（普）jiāo liáo】：一種細小的鳥類。）❸人類在遠古時的居所。韓非《韓非子·五蠹》：「搆木為～以避羣害。」❹巢穴，比喻賊人盤踞的地方。《新唐書·杜佑傳》：「不數月必覆賊～。」

帶 （粵）daai3〔戴〕（普）dài
❶腰帶。許慎《説文解字》：「～，紳也。」（紳：古代士大夫束腰的大帶子。）《莊子·達生》：「忘要，～之適也。」（戴上了也不覺得腰部存在，這腰帶才為之合適。）❷圍繞。李華《弔古戰場文》：「河水

縈～。」❸佩帶，攜帶。《戰國策·楚策一》：「今王之地方五千里，～甲百萬。」（～甲：披着盔甲，借指士兵。）❹帶着，連帶，夾雜。司馬遷《史記·高祖本紀》：「秦，形勝之國，～河山之險。」❺地帶。《元史·世祖本紀一》：「率蒙古、漢軍駐燕京近郊，太行一～。」❻兼任、兼管。《世説新語·言語》：「王即取作長史，～晉陵郡。」

常 （粵）soeng4〔嘗〕（普）cháng

❶永久的，固定的。韓愈《師説》：「聖人無～師。」❷常規，規律，規範，有成語「三綱五～」。《禮記·禮運》：「示民有～。」（向人民昭示要遵守禮義規範。）❸副詞，經常。司馬遷《史記·廉頗藺相如列傳》：「相如每朝時，～稱病，不欲與廉頗爭列。」❹普遍，平常，有成語「人之～情」。王安石《遊褒禪山記》：「而世之奇偉瑰怪非～之觀。」❺古代長度單位，八尺為「尋」，兩尋為「～」。韓非《韓非子·五蠹》：「布帛尋～，庸人不釋。」（雖然布匹只有一尋或一常那麼短，可以百姓卻不會輕易丟失。）❻通「嘗」，曾經。《史記·淮陰侯列傳》：「上～從容與信言諸將能不。」

帷 （粵）wai4〔圍〕（普）wéi

圍在四周的布幕。司馬遷《史記·項羽本紀》：「噲遂入，披～西嚮立。」（披：揭開、翻開。）

康 （粵）hong1〔腔〕（普）kāng

❶平安，安樂。班固《漢書·元帝紀》：「黎庶～寧。」（黎庶：百姓。）❷寬廣，廣大。《列子·仲尼》：「堯乃微服，游於～衢。」❸健康。《孔子家語·六本》：「欲令曾晳而聞之，知其體～也。」❹豐饒。白居易《和微之詩·和三月三十日四十韻》：「杭土麗且～。」

庸 （粵）jung4〔容〕（普）yōng

❶用，任用。許慎《説文解字》：「～，用也。」《商君書·農戰》：「夫國～民以言，則民不畜於農。」（不畜：不止。）❷受僱用，出賣勞力。司馬遷《史記·陳涉世家》：「若為～耕，何富貴也？」（若：你。）❸受僱用的人。韓非《韓非子·五蠹》：「澤居苦水者，買～而決竇。」（決竇【（粵）dau6〔逗〕（普）dòu】：挖排水道排水。）❹酬謝，答謝。《孟子·盡心上》：「利之而不～。」❺平常。《史記·廉頗藺相如列傳》：「且～人尚羞之，況於將相乎！」❻副詞，難道，何必，表示反問的語氣。韓愈《師説》：「夫～知其年之先後生於吾乎？」

庶 （粵）syu3〔恕〕（普）shù

❶眾，多。許慎《説文解字》：「～，屋下眾也。」《莊子·漁父》：「且道者，萬物之所由也，～物失

之者死，得之者生。」（由：遵從。）❷平民，百姓。《荀子‧富國》：「眾～百姓則必以法數制之。」❸宗法制度中的旁支，指非正妻所出的後裔，與「嫡」相對。司馬遷《史記‧十二諸侯年表》：「襄仲殺嫡，立～子為宣公。」（襄仲：魯國大臣。）❹多與「幾【粵 gei1〔基〕普 jǐ】」組成詞語「～幾」，表示差不多，大概。《史記‧秦始皇本紀》：「寡人以為善，～幾息兵革。」❺副詞，表示祈願，期望。諸葛亮《出師表》：「～竭駑鈍。」（駑【粵 nou4〔奴〕普 nú】鈍：平庸的才能。）

庾 粵 jyu5〔宇〕普 yǔ

穀倉。許慎《説文解字》：「～，水槽倉也。」杜牧《阿房宮賦》：「多於在～之粟粒。」

張 一 粵 zoeng1〔章〕普 zhāng

❶拉開弓。許慎《説文解字》：「～，施弓弦也。」（本指將弦安在弓上，後引申為開弓。）《詩經‧小雅‧吉日》：「既～我弓，既挾我矢。」❷緊張。《禮記‧雜記下》：「～而不弛，文武弗能也；弛而不～，文武弗為也。一～一弛，文武之道也。」（弛：鬆懈。）❸張開。司馬遷《史記‧廉頗藺相如列傳》：「相如～目叱之。」❹展開，伸張。蒲松齡《聊齋誌異‧促織》：「～尾伸鬚。」❺擴張，擴大，有成語「明目～膽」。諸葛亮《出師表》：「誠宜開～聖聽。」（開

～：擴闊。聖聽：聖明的見聞。）❻誇張，誇大。范曄《後漢書‧皇甫張段列傳》：「微勝則虛～首級，軍敗則隱匿不言。」❼陳設，鋪張。《戰國策‧秦策一》：「～樂設飲，郊迎三十里。」❽縱容。薛福成《貓捕雀》：「～爪牙。」

二 粵 zoeng3〔脹〕普 zhàng

❶同「帳」，帳幕。《荀子‧正論》：「居則設～容，負依而立。」❷通「脹」，肚內膨脹。《左傳‧成公十年》：「將食，～，如廁。」

強 (彊) 一 粵 koeng4〔窮良切〕普 qiáng

❶弓硬而有力。杜甫《前出塞》（其六）：「挽弓當挽～，用箭當用長。」❷強大，強盛。蘇洵《六國論》：「不賂者以賂者喪，蓋失～援，不能獨完。」❸強硬。蘇軾《留侯論》：「猶有剛～不能忍之氣。」（依然有着剛直、強硬、不能忍耐的脾性。）❹堅持，堅決。紀昀《閱微草堂筆記‧卷一》：「曹～居之。」❺擅長。《岳飛之少年時代》：「～記書傳。」❻加強，強化，有成語「自～不息」。《禮記‧學記》：「知困，然後能自～也。」❼有餘。《木蘭辭》：「策勳十二轉，賞賜百千～。」

二 粵 koeng5〔拒氧切〕普 qiǎng

❶盡力，竭力。張岱《湖心亭看雪》：「余～飲三大白而別。」（這裏指盡情。）❷強迫，有成語「～人所難」。魏禧《吾廬記》：「吾不～之適江湖。」❸副詞，強行。司

馬遷《史記・廉頗藺相如列傳》：「秦王度之，終不可～奪。」❹副詞，勉強。蒲松齡《聊齋誌異・促織》：「乃～起扶杖。」

三 粵 goeng6〔倦樣切〕普 jiàng
倔強，固執。丘遲《與陳伯之書》：「唯北狄野心，掘～沙塞之間。」（掘：通「倔」。）

四 粵 goeng1〔薑〕普 jiāng
僵硬。沈復《閒情記趣》：「項為之～。」（脖子結果因這個動作而僵硬。）

彩 粵 coi2〔採〕普 cǎi

❶文章的辭藻。許慎《說文解字》：「～，文章也。」《宋書・顏延之傳》：「延之與陳郡謝靈運俱以詞～齊名。」（延之：顏延之，南朝宋代文學家。）❷彩色，光彩。王勃《滕王閣序》：「～徹區明。」（～：借指彩虹。徹：消失。區明：雲消天晴。）❸神態，有成語「神～飛揚」。《晉書・王戎傳》：「戎幼而穎悟，神～秀徹。」❹彩數、運氣。李白《送外甥鄭灌從軍》（其一）：「六博爭雄好～來。」

得 粵 dak1〔德〕普 dé

❶取得，獲得，招來，有成語「漁人～利」，與「失」相對。許慎《說文解字》：「～，行有所～也。」諸葛亮《出師表》：「必能使行陣和睦，優劣～所也。」（所：地方，借指安排。）❷收穫，心得。王安石《遊褒禪山記》：「古人之觀於天地、山川、草木、蟲魚、鳥獸，往往有～。」❸切合，契合。蘇洵《六國論》：「此言～之。」❹投契，契合。宋濂《杜環小傳》：「人當意氣相～時，以身相許，若無難事。」❺得意，滿意。司馬遷《史記・晏嬰列傳》：「意氣揚揚，甚自～也。」❻貪得，貪心。《論語・季氏》：「及其老也，血氣既衰，戒之在～。」❼能夠，可以。《六國論》：「則吾恐秦人食之不～下咽也。」❽了卻，了結。李清照《聲聲慢・秋情》：「怎一個愁字了～？」❾表示動作完成。聶夷中《田家》：「醫～眼前瘡，剜卻心頭肉。」（剜【粵 wun1〔威官切〕普 wān】：用刀挖。）❿通「德」，感激。《孟子・告子上》：「今為所識窮乏者～我而為之。」

徙 粵 saai2〔璽〕普 xǐ

❶遷移。《莊子・逍遙遊》：「是鳥也，海運則將～於南冥。」（海運：海風。南冥：南海。）❷遷徙。柳宗元《三戒・永某氏之鼠》：「某氏～居他州。」❸調動官職，特指貶官。司馬遷《史記・秦始皇本紀》：「益發謫～邊。」❹變化，改換。《呂氏春秋・慎大覽・察今》：「時已～矣，而法不～，以此為治，豈不難哉？」

從 一 粵 cung4〔蟲〕普 cóng

❶跟隨。許慎《說文解字》：「～，隨行也。」司馬遷《史記・廉頗

藺相如列傳》：「趙王遂行，相如～。」❷跟從。蘇洵《六國論》：「而～六國破亡之故事，是又在六國下矣！」❸跟隨對方學習。韓愈《師說》：「惑而不～師。」❹帶領。《史記‧項羽本紀》：「沛公旦日～百餘騎來見項王。」❺順從，聽從。《史記‧廉頗藺相如列傳》：「臣～其計，大王亦幸赦臣。」❻參與，從事。陶潛《歸去來辭‧序》：「嘗～人事。」（曾經從事仕途中的人事交往，即做官。）❼説出。《論語‧為政》：「先行其言，而後～之。」❽順暢。范曄《後漢書‧杜欒劉李劉謝列傳》：「貴在於意達言～。」❾介詞，由。《史記‧廉頗藺相如列傳》：「召有司案圖，指～此以往十五都予趙。」❿介詞，向。歸有光《項脊軒志》：「～余問古事。」

二 〔粵〕zung6〔仲〕〔普〕cóng

❶堂房親屬，如「～兄」等。賈誼《治安策》：「元王之子，帝之～弟也。」❷副，與「正」相對。《唐六典‧尚書吏部》：「二曰郡王，一品，食邑五千戶。」（～一品：從南北朝起「九品十八級」官制中的第二級。）

三 〔粵〕sung1〔鬆〕〔普〕cōng

多與「容」組成詞語「～容」，表示不慌不忙，有成語「～容不迫」。司馬遷《史記‧屈原賈生列傳》：「然皆祖屈原之～容辭令，終莫敢直諫。」

四 〔粵〕zung3〔眾〕〔普〕zòng

同「縱」，放縱，放肆，這個意思後來被寫成「縱」。柳宗元《送薛存義序》：「～而盜之。」

五 〔粵〕zung1〔終〕〔普〕zòng

通「縱」，直，與「橫」相對，這個意思後來被寫成「縱」。司馬遷《史記‧屈原賈生列傳》：「齊與楚～親，惠王患之。」（～親：合縱相親，指戰國時期山東六國聯合起來，成一直線地對抗西面的秦國。惠王：指秦惠王。）

御 〔粵〕jyu6〔預〕〔普〕yù

❶駕馭馬車。許慎《説文解字》：「～，使馬也。」《左傳‧僖公三十二年》：「梁弘～戎。」❷車夫，僕人。司馬遷《史記‧管晏列傳》：「其夫為相～。」❸駕馭，控制。賈誼《過秦論》：「振長策而～宇內。」（策：馬鞭。宇內：天下。）❹統治，治理。《詩經‧大雅‧文王之什》：「刑于寡妻，至于兄弟，以～于家邦。」（給嫡妻作為典範，以及自己的兄弟，最終能治理國家。）❺帶領、率領。《舊唐書‧鄭畋傳》：「皇帝親～六師。」❻限制。孫武《孫子‧謀攻》：「將能而君不～者勝。」❼侍奉，多指侍奉君主。《商君書‧更法》：「公孫鞅、甘龍、杜摯三大夫～於君。」（君：指秦孝公。）❽古時與皇帝有關的一切事物，有成語「～駕親征」。《史記‧張釋之馮唐列傳》：「釋之案律盜宗廟服～物者為奏，奏當棄市。」（釋之：張釋之。案：按照。）❾通「禦」，

抵擋，抵禦。《左傳・僖公三十二年》：「晉人～師必於殽。」

 患 （粵）waan6〔幻〕（普）huàn

❶擔憂。許慎《說文解字》：「～，憂也。」司馬遷《史記・廉頗藺相如列傳》：「欲勿予，即～秦兵之來。」❷禍患。《孟子・告子上》：「死亦我所惡，所惡有甚於死者，故～有所不辟也。」❸疾病。《魏書・裴宣傳》：「～篤，世宗遣太醫令馳驛就視，並賜御藥。」❹生病。《晉書・桓石虔傳》：「時有～瘧疾者。」❺侵略。《孟子・告子下》：「出則無敵國外～者。」

 悉 （粵）sik1〔昔〕（普）xī

❶完備，詳盡。許慎《說文解字》：「～，詳盡也。」賈誼《論積貯疏》：「古之治天下，至纖至～也。」（纖【（粵）cim1〔簽〕（普）xiān】：通「纖」，纖細。）❷詳盡地表達。司馬遷《報任少卿書》：「書不能～意。」❸詳盡地知道。《世說新語・德行》：「丈人不～恭。」（丈人：對老人的尊稱。恭：王恭。）❹副詞，全，都。諸葛亮《出師表》：「～以咨之，然後施行。」

悠 （粵）jau4〔由〕（普）yōu

❶思念。《詩經・周南・雎鳩》：「～哉～哉，輾轉反側。」❷長，遠。《禮記・中庸》：「博厚配地，高明配天，～久無疆。」❸悠閒自得。陶潛《飲酒》（其五）：「～然

見南山。」❹悲傷。江淹《雜體詩・休上人》：「楚客心～哉！」

 悴 （粵）seoi6〔睡〕（普）cuì

❶憂心，憂傷。許慎《說文解字》：「～，憂也。」趙至《與嵇茂齊書》：「心傷～矣。」❷面色黃瘦，有詞語「憔悴」。李清照《聲聲慢・秋情》：「滿地黃花堆積。憔～損，如今有誰堪摘？」（以菊花比喻人臉。）❸瘦弱。《南史・臧盾傳》：「形骸枯～。」

情 （粵）cing4〔呈〕（普）qíng

❶感情。許慎《說文解字》：「～，人之陰气有欲者。」蘇軾《念奴嬌・赤壁懷古》：「故國神遊，多～應笑我，早生華髮。」❷心意，想法。司馬光《訓儉示康》：「會數而禮勤，物薄而～厚。」❸友情，愛情。姜夔《揚州慢》：「縱荳蔻詞工，青樓夢好，難賦深～。」❹實情。《左傳・莊公十年》：「小大之獄，雖不能察，必以～。」❺本性。《孟子・告子上》：「是豈人之～也哉？」

悵 （粵）coeng3〔唱〕（普）chàng

❶懊惱。許慎《說文解字》：「～，望恨也。」《孔雀東南飛》：「阿兄得聞之，～然心中煩。」❷悵惘，惘恨，失意。陶潛《歸去來辭・序》：「於是～然慷慨，深愧平生之志。」（慷慨【（粵）hong1 koi3〔康鈣〕（普）kāng kǎi】：情緒激昂。）

惜 （粵）sik1〔色〕（普）xī

❶ 痛惜，憐惜。許慎《説文解字》：「～，痛也。」王勃《滕王閣序》：「楊意不逢，撫凌雲而自～。」（假如碰不上楊得意那樣可以引薦我的人，就只有撫拍着自己的文章而自我憐惜。）❷ 可惜。蘇洵《六國論》：「～其用武而不終也。」❸ 愛惜，珍惜。《六國論》：「子孫視之不甚～，舉以予人，如棄草芥。」❹ 吝嗇，捨不得。李陵《答蘇武書》：「子卿視陵，豈偷生之士，而～死之人哉？」（子卿：蘇武的別字。）

惟 （粵）wai4〔圍〕（普）wéi

❶ 思慮，考慮。許慎《説文解字》：「～，凡思也。」李密《陳情表》：「伏～聖朝以孝治天下。」（伏惟：伏在地上想，古代下對上陳述時的敬辭。聖朝：指晉朝。）❷ 副詞，只，只有。李白《將進酒》：「古來聖賢皆寂寞，～有飲者留其名。」❸ 語氣助詞，用於句首，表示請求。馬中錫《中山狼傳》：「事急矣！～先生速圖。」❹ 語氣助詞，用於句首，無實義。《論語·里仁》：「～仁者，能好人，能惡人。」❺ 連詞，可是。歐陽修《朋黨論》：「紂有臣億萬，～億萬心。」❻ 連詞，就算、即使。司馬遷《史記·淮陰侯列傳》：「～信亦為大王不如也。」

悸 （粵）gwai3〔季〕（普）jì

❶ 因緊張或害怕而不規則地心跳。許慎《説文解字》：「～，心動也。」李白《夢遊天姥吟留別》：「忽魂～以魄動，恍驚起而長嗟。」（恍（粵）fong2〔訪〕（普）huǎng】：忽然。）❷ 心悸病，一種心跳太快、太強或不規則的病症。《世説新語·紕漏》：「殷仲堪父病虛～，聞牀下蟻動，謂是牛鬥。」（殷仲堪：東晉大臣。）

戚 （粵）cik1〔斥〕（普）qī

❶ 古代一種像斧頭的兵器。許慎《説文解字》：「～，戉也。」（戉（粵）jyut6〔月〕（普）yuè】：一種像斧頭的兵器。）韓非《韓非子·五蠹》：「鎧甲不堅者傷乎體，是干～用於古不用於今也。」（干：古代一種兵器。）❷ 專指母親。司馬遷《史記·廉頗藺相如列傳》：「臣所以去親～而事君者，徒慕君之高義也。」（親～：父親和母親。）❸ 指母親或妻子的親屬，有詞語「外戚」。《史記·佞幸列傳》：「衞青、霍去病亦以外～貴幸，然頗用材能自進。」❹ 泛指親屬。《孟子·公孫丑下》：「寡助之至，親～畔之。」❺ 悲痛，愁悶，不安。《論語·述而》：「君子坦蕩蕩，小人長～～。」李清照《聲聲慢·秋情》：「尋尋覓覓，冷冷清清，淒淒慘慘～～。」

掠 （粵）loek6〔略〕（普）lüè

❶掠奪，搶掠。許慎《說文解字》：「～，奪取也。」杜牧《阿房宮賦》：「剽～其人，倚疊如山。」❷輕輕地擦過。陸游《入蜀記・卷三》：「有俊鶻搏水禽，～江東南去。」（俊：矯健。鶻【粵】gwat1〔橘〕（普）gǔ：古書上所說的一種鳥。搏【粵】tyun4〔圖〕（普）tuán：捉住。）❸梳理。袁宏道《滿井遊記》：「如倩女之靧面而髻鬟之始～也。」

探 一 （粵）taam3〔退鑒切〕（普）tàn

❶手伸進去摸取。許慎《說文解字》：「～，遠取之也。」段玉裁《說文解字注》：「～之言深也。」《新五代史・南唐世家》：「取江南如～囊中物爾。」❷探求，尋求，尋找。蒲松齡《聊齋誌異・促織》：「於敗堵叢草處，～石發穴。」（發：發現。）❸探測，測量。《商君書・禁使》：「～淵者知千仞之深。」❹探討，探索。王維《藍田山石門精舍》：「～奇不覺遠。」（奇：奇景。）❺探望。李商隱《無題》：「蓬山此去無多路，青鳥殷勤為～看。」❻偵察，偵探。羅貫中《三國演義・第四十五回》：「次日，瑜欲親往～看曹軍水寨。」（瑜：指周瑜。）

二 （粵）taam1〔貪〕（普）tàn

試探，用手觸摸。《列子・湯問》：「日初出滄滄涼涼，及其日中如～湯。」

接 （粵）zip3〔志怯切〕（普）jiē

❶交接，接觸，有成語「交頭～耳」。許慎《說文解字》：「～，交也。」《孟子・梁惠王上》：「填然鼓之，兵刃既～，棄甲曳兵而走。」❷接待。司馬遷《史記・屈原賈生列傳》：「出則～遇賓客，應對諸侯。」❸結交，交往。王勃《滕王閣序》：「～孟氏之芳鄰。」（孟氏：指孟母。）❹到達。《滕王閣序》：「北海雖賒，扶搖可～。」（賒【粵】se1〔詩遮切〕（普）shē：遙遠。扶搖：由下而上的旋風。）❺連接，連續。蘇軾《前赤壁賦》：「白露橫江，水光～天。」❻承接。《史記・平準書》：「漢興，～秦之弊。」（弊：通「斃」，指覆亡。）❼擊打。《孟子・梁惠王上》：「兵刃既～。」

捷 （粵）zit6〔截〕（普）jié

❶勝利，有成語「出師未～」。許慎《說文解字》：「～，獵也。軍獲得也。」司馬遷《史記・衛將軍驃騎列傳》：「師大～，獲匈奴王十有餘人。」❷戰利品。《左傳・襄公二十五年》：「鄭子產獻～于晉。」❸敏捷，快捷。馬中錫《中山狼傳》：「～禽鷙獸。」❹抄近路。《左傳・成公五年》：「待我，不如～之速也。」

措 （粵）cou3〔燥〕（普）cuò

❶放置，有成語「手足無～」。許

慎《説文解字》:「～,置也。」《論語・子路》:「刑罰不中,則民無所～手足。」(中【粵】zung3〔最貢切〕【普】zhòng】:公正。) ❷ 施行。《周易・繫辭上》:「舉而～之天下之民,謂之事業。」❸ 處理,置辦。《宋史・徽宗本紀三》:「今工部侍郎孟揆親往～置。」❹ 放棄,廢棄。柳宗元《斷刑論》:「此刑之所以不～也。」

掇 粵zyut3〔最血切〕普duō

拾取,摘取。許慎《説文解字》:「～,拾取也。」韓非《韓非子・五蠹》:「鑠金百溢,盜跖不～。」(鑠金:熔化了的金屬。盜跖【粵】jek3〔隻〕普zhí】:戰國時的大盜。)

推 粵teoi1〔他追切〕普tuī

❶ 用手向前推。許慎《説文解字》:「～,排也。」(「排」有着「推開」的意思。)《左傳・成公二年》:「苟有險,余必下～車。」(苟:如果。) ❷ 推移。司馬遷《史記・屈原賈生列傳》:「夫聖人者,不凝滯於物而能與世～移。」❸ 推論,推想。《史記・屈原賈生列傳》:「～此志也,雖與日月爭光可也。」❹ 推求,探求。柳宗元《三戒・序》:「不知～己之本。」❺ 推崇,稱讚。《晉書・劉寔傳》:「天下所共～,則天下士也。」❻ 推選,推薦。司馬遷《報任少卿書》:「教以慎於接物、～賢進士為務。」❼ 推廣。《孟子・梁惠王上》:「故～

恩足以保四海,不～恩無以保妻子。」❽ 推行。韓非《韓非子・五蠹》:「州部之吏,操官兵、～公法而求索姦。」(姦:奸臣。) ❾ 推卻,推辭。《史記・淮陰侯列傳》:「解衣衣【粵】ji3〔意〕普yì】我,～食食【粵】zi6〔字〕普sì】我。」(脫下衣服,來給我穿上;推辭美食,來給我吃飽。) ❿ 推諉,推託。馮夢龍《警世通言・白娘子永鎮雷峯塔》:「又～個事故,卻來白娘子家取傘。」

授 粵sau6〔受〕普shòu

❶ 授予,交給,有成語「私相～受」。許慎《説文解字》:「～,予也。」司馬遷《史記・廉頗藺相如列傳》:「王～璧,相如因持璧卻立,倚柱,怒髮上衝冠。」❷ 教授,傳授。韓愈《師説》:「～之書而習其句讀者,非我所謂傳其道、解其惑者也。」❸ 任命為。陸以湉《冷廬雜識・卷七・陳忠愍公》:「破格～廈門提督。」(提督:明清時官名,多為一省之最高武官。)

掬 粵guk1〔菊〕普jū

雙手捧取。戴名世《南山集・鳥説》:「鳥雌一雄一,小不能盈～。」

敖 粵ngou4〔遨〕普áo

同「遨」,遊玩。許慎《説文解字》:「～,出游也。」《莊子・逍遙遊》:「卑身而伏,以候～者。」

啟 （粵）kai2〔溪【陰上】〕（普）qǐ

❶教導，啟發。許慎《説文解字》：「～，教也。」《論語・述而》：「不憤不～，不悱【粵fei2〔匪〕（普）fěi】不發，舉一隅不以三隅反，則不復也。」（不到苦思冥想時，不去提醒；不到欲説無語時，不去引導。不能通過舉一例來理解三個類似的問題，就不要再教他了。）❷開啟，開放。司馬遷《史記・平原君虞卿列傳》：「～關通幣。」（開放關防，互贈禮物。）❸發生。《荀子・天論》：「繁～蕃長於春夏，畜積收藏於秋冬。」（藏：通「藏」，收藏。）❹開始。陳壽《三國志・魏書・武帝紀》：「首～戎行。」❺説明，告訴。《孔雀東南飛》：「府吏得聞之，堂上～阿母。」

救 （粵）gau3〔夠〕（普）jiù

❶阻止，止息。許慎《説文解字》：「～，止也。」蘇洵《六國論》：「以地事秦，猶抱薪～火。」❷補救。《禮記・學記》：「知其心，然後能～其失也。」❸營救。《呂氏春秋・慎行論・疑似》：「諸侯之兵皆至～天子。」

教 （一）（粵）gaau3〔窖〕（普）jiào

❶教育，教導。許慎《説文解字》：「～，上所施下所效也。」韓愈《師説》：「愛其子，擇師而～之。」❷教訓。《孔子家語・六本》：「大人用力～參。」❸禮儀，規矩。《孟子・滕文公上》：「人之有道也，飽食、煖衣、逸居而無～，則近於禽獸。」

（二）（粵）gaau1〔交〕（普）jiāo

❶把知識或技能傳授給別人。《孔雀東南飛》：「十三～汝織，十四能裁衣。」❷使，讓。白居易《琵琶行》：「曲罷曾～善才服。」（善才：唐代用來稱呼彈琵琶的藝人或樂師，意為「能手」。）

敕 （粵）cik1〔斥〕（普）chì

❶告誡。許慎《説文解字》：「～，誡也。」陳壽《三國志・魏書・武帝紀》：「公～諸將：『關西兵精悍，堅壁勿與戰。』」❷帝王的命令。白居易《賣炭翁》：「手把文書口稱～。」

敝 （粵）bai6〔幣〕（普）bì

❶破舊，有成語「～帚自珍」。許慎《説文解字》：「～，一曰敗衣。」宋濂《送東陽馬生序》：「余則縕袍～衣處其間，略無慕豔意。」（縕【粵wan2〔穩〕（普）yùn】：破絮。）❷疲困。《資治通鑑・漢紀・孝獻皇帝庚》：「曹操之眾，遠來疲～。」❸衰敗。司馬光《訓儉示康》：「風俗～如是，居位者雖不能禁，忍助之乎！」（助：助長。）❹擊敗，打敗。《左傳・僖公十年》：「～於韓。」（在韓地戰敗。）❺對自己或自己一方的謙稱。《左傳・僖公二年》：「以侵～邑之南鄙。」

敗 〔粵〕baai6〔病壞切〕〔普〕bài

❶敗壞，毀壞，廢除。許慎《說文解字》：「～，毀也。」司馬光《訓儉示康》：「小人多欲則多求妄用，～家喪身。」❷腐爛，食物變質。《論語・鄉黨》：「魚餒而肉～，不食。」❸衰敗，凋殘。劉基《賣柑者言》：「視其中，則乾若～絮。」❹戰敗。諸葛亮《出師表》：「後值傾覆，受任於～軍之際。」❺失敗，不成功，與「成」相對。謝肇淛《五雜組・物部三》：「一過禍～，求藜藿充飢而不可得。」（藜藿【粵】lai4 fok3〔黎霍〕〔普〕lí huò：粗劣的食物。）❻擊敗對方。《莊子・逍遙遊》：「冬與越人水戰，大～越人。」

敏 〔粵〕man5〔吻〕〔普〕mǐn

❶敏捷。許慎《說文解字》：「～，疾也。」《論語・學而》：「～於事而慎於言。」❷聰敏。《論語・顏淵》：「回雖不～，請事斯語矣。」❸勤勉。班固《漢書・東方朔傳》：「～行而不敢怠也。」

敘 （敍）〔粵〕zeoi6〔罪〕〔普〕xù

❶通「序」，次序，次第，這個意思後來被寫成「序」。許慎《說文解字》：「～，次第也。」《淮南子・本經訓》：「四時不失其～，風雨不降其虐。」❷排列次序。王羲之《蘭亭集序》：「故列～時人，錄其所述。」❸陳述，述說。《國語・晉語三》：「紀言以～之。」❹抒發。《蘭亭集序》：「亦足以暢～幽情。」❺通「序」，序文，序言，這個意思後來被寫成「序」，如《說文解字・～》。

族 〔粵〕zuk6〔俗〕〔普〕zú

❶族類，一類人。韓愈《師說》：「士大夫之～，曰師、曰弟子云者，則羣聚而笑之。」❷家族，同姓親屬。《莊子・逍遙遊》：「聚～而謀曰。」❸大眾。《莊子・養生主》：「～庖月更刀。」（庖：指一般的庖丁。）❹普通。《莊子・養生主》：「～庖月更刀。」❺聚集。《莊子・在宥》：「雲氣不待～而雨，草木不待黃而落。」❻滅族，古代刑罰，一人有罪，其三族或九族均遭誅滅。司馬遷《史記・項羽本紀》：「毋妄言，族矣！」❼使整個家族滅亡。杜牧《阿房宮賦》：「～秦者，秦也，非天下也。」

旋 〔粵〕syun4〔船〕〔普〕xuán

❶旋轉，轉動。許慎《說文解字》：「～，周旋。」司馬光《訓儉示康》：「廳事前僅容～馬，或言其太隘。」（～馬：使馬匹轉身。）❷環繞。劉蓉《習慣說》：「思而弗得，輒起，繞室以～。」（輒【粵】zip3〔接〕〔普〕zhé：總是。）❸副詞，旋即，隨後，不久。范曄《後漢書・董卓列傳》：「卓既殺瓊、珌，～亦悔之。」（瓊：伍瓊，東漢末侍中。珌【粵】bat1〔畢〕〔普〕bì：周

珌，東漢末吏部尚書。）❹小便。韓愈《張中丞傳後敍》：「及城陷，賊縛巡等數十人坐，且將戮，巡起～。」（巡：張巡，即張中丞。）

 旌 （粵）zing1〔晶〕（普）jīng

❶古代一種以五色羽毛裝飾的旗子，後泛稱旗子。蘇軾《前赤壁賦》：「～旗蔽空。」❷表彰。《左傳·僖公二十四年》：「以志吾過，且～善人。」（志：記錄。）

晦 （粵）fui3〔悔〕（普）huì

❶農曆每月的最後一天。許慎《說文解字》：「～，月盡也。」《莊子·逍遙遊》：「朝菌不知～朔。」（朝菌：一種朝生暮死的菌類植物。朔【（粵）sok3〔歲切〕（普）shuò】：農曆每月初一。）❷昏暗。歐陽修《醉翁亭記》：「～明變化者，山間之朝暮也。」❸隱晦，隱藏。杜甫《岳麓山道林二寺行》：「昔遭衰世皆～跡。」

曹 （粵）cou4〔槽〕（普）cáo

❶分科辦事的官署。許慎《說文解字》：「～，獄之兩～也。」段玉裁《說文解字注》：「今俗所謂原告被告也。」范曄《後漢書·百官志三》：「成帝初置尚書四人，分為四～。」❷【名】同伴。杜甫《曲江三章章五句》（其一）：「哀鴻獨叫求其～。」❸助詞，用在文言人稱代詞後，表示複數，相當於現代漢語的「們」。杜甫《戲為六絕句》：

「爾～身與名俱滅。」（爾～：你們。）

 望 （粵）mong6〔未旺切〕（普）wàng

❶遠望。柳宗元《永州八記·始得西山宴遊記》：「～西山，始指異之。」❷盼望，希望，欲望。司馬遷《史記·廉頗藺相如列傳》：「三十日不還，則請立太子為王，以絕秦～。」❸觀察。《左傳·莊公十年》：「下，視其轍，登軾而～之。」❹聲望，名望。司馬光《訓儉示康》：「卿為清～官，奈何飲於酒肆？」（奈何：怎麼。）❺農曆每月十五日。蘇軾《前赤壁賦》：「七月既～。」（既：已經。既～：指農曆十六日。）❻介詞，向着。徐宏祖《徐霞客遊記·後遊黃山日記》：「扶杖～硃砂庵而登。」

 桮 （粵）bui1〔杯〕（普）bēi

同「杯」，這個意思後來被寫成「杯」。《孟子·告子上》：「義，猶～棬也。」（～棬：即「杯圈」，木製飲器。）

梁 （粵）loeng4〔良〕（普）liáng

❶通「樑」，橋樑，這個意思後來被寫成「樑」。許慎《說文解字》：「～，水橋也。」《莊子·秋水》：「莊子與惠子遊於濠～之上。」（濠：河流。）❷通「樑」，屋子的橫樑，這個意思後來被寫成「樑」。杜牧《阿房宮賦》：「架～之椽，多於機上之工女。」（椽

【(粵)cyun4〔全〕(普)chuán】：放在橫樑上頂着屋頂的木條。機：指織布機。)❸通「跧」，跳躍。《莊子·逍遙遊》：「東西跳～，不避高下。」

梢 (粵)saau1〔筲〕(普)shāo

❶樹枝的末端。袁宏道《滿井遊記》：「柔～披風。」❷比喻事物的末尾。楊萬里《月下杲飲》（其三）：「六月～時七月頭。」

梓 (粵)zi2〔止〕(普)zǐ

❶一種樹木。賈思勰《齊民要術·自序》：「樊重欲作器物，先種～、漆。」❷刊刻，印刷刻板，有詞語「付～」。吳應箕《答陳定生書》：「今以原稿附上，幸即付～也。」

械 (粵)haai6〔廈賴切〕(普)xiè

❶腳鐐和手銬。許慎《說文解字》：「～，桎梏也。」（桎梏【(粵)zat6 guk1〔窒菊〕(普)zhì gù】：腳鐐和手銬。）方苞《左忠毅公逸事》：「因摸地上刑～，作投擊勢。」❷戴上鐐銬。方苞《獄中雜記》：「苟入獄，不問罪之有無，必～手足。」❸機械，器械。《墨子·公輸》：「公輸盤為楚造雲梯之～，成，將以攻宋。」（公輸盤：魯班。）❹兵器。鼂錯《言兵事疏》：「器～不利。」

梏 (粵)guk1〔菊〕(普)gù

❶手銬。許慎《說文解字》：「～，手械也。」柳宗元《童區寄傳》：「束

縛鉗～之。」❷上手銬，監禁。方苞《獄中雜記》：「主～撲者亦然。」（專管上刑具、打板子的人也是如此。）

條 (粵)tiu4〔童謠切〕(普)tiáo

❶小樹枝。許慎《說文解字》：「～，小枝也。」吳均《與宋元思書》：「疏～交映，有時見日。」❷條理。司馬遷《史記·屈原賈生列傳》：「治亂之～貫，靡不畢見。」（治理國家有條有理，都完全表現出來了。）❸條目。《戰國策·秦策一》：「科～既備，民多偽態。」（科～：法律條文。）

梟 (粵)hiu1〔囂〕(普)xiāo

❶一種兇猛的禽鳥。許慎《說文解字》：「～，不孝鳥也。」段玉裁《說文解字注》：「～，鳥名。食母。」（因食母，故曰不孝而兇猛。）白居易《凶宅》：「～鳴松桂樹。」❷兇悍，勇猛。《資治通鑑·漢紀·孝獻皇帝庚》：「劉備天下～雄，與操有隙。」❸砍頭後懸首示眾。司馬遷《史記·高祖本紀》：「～故塞王欣頭櫟陽市。」（欣：司馬欣。市：市集。）❹剷除。陳壽《三國志·蜀書·先主傳》：「寇賊不～，國難未已。」

欲 (粵)juk6〔肉〕(普)yù

❶欲望，貪欲。許慎《說文解字》：「～，貪～也。」蘇洵《六國論》：「則秦之所大～，諸侯之所大患。」

❷想要。諸葛亮《出師表》：「蓋追先帝之殊遇，～報之於陛下也。」❸願望，期望。《論語・里仁》：「富與貴，是人之所～也。」❹副詞，將要，有成語「搖搖～墜」。陸以湉《冷廬雜識・卷七・陳忠愍公》：「傷大夷船五，火輪船二，夷人勢～卻。」

殺　一（粵）saat3〔煞〕（普）shā

❶殺死，殺戮，犧牲性命。許慎《説文解字》：「～，戮也。」（戮【粵】luk6〔六〕【普】lù）：殺死。）《論語・衞靈公》：「無求生以害仁，有～身以成仁。」❷宰殺。韓非《韓非子・外儲説左上》：「顧反為女～彘。」❸衰敗，凋零。《呂氏春秋・有始覽・應同》：「及禹之時，天先見草木秋冬不～。」❹助詞，用於動詞後，表示極度。《古詩十九首・去者日以疏》：「白楊多悲風，蕭蕭愁～人。」

二（粵）saai3〔曬〕（普）shā

減少，削減。《荀子・儒效》：「法後王，一制度，隆禮義而～《詩》、《書》。」

毫　（粵）hou4〔豪〕（普）háo

❶長而尖的細毛，有成語「明察秋～」。《孟子・梁惠王上》：「明足以察秋～之末。」（明：視力敏銳。）❷比喻極其細微的事物。蘇軾《前赤壁賦》：「雖一～而莫取。」❸毛筆。黃庭堅《病起荊江亭即事》（其八）：「閉門覓句陳無己，對客

揮～秦少游。」（陳無己：即陳師道，北宋文學家。）

淡　（粵）daam6〔氮〕（普）dàn

❶味淡，與「濃」相對。許慎《説文解字》：「～，薄味也。」李清照《聲聲慢・秋情》：「三杯兩盞～酒。」❷不深厚。《莊子・山木》：「且君子之交～若水，小人之交甘若醴。」（醴【粵】lai5〔禮〕（普）lǐ）：甜酒。）

深　（粵）sam1〔心〕（普）shēn

❶水深，與「淺」相對。《荀子・勸學》：「不臨～谿，不知地之厚也。」（谿：山谷。）❷從面到底、從外到裏的距離大。柳宗元《永州八記・始得西山宴遊記》：「日與其徒上高山，入～林。」❸高，高度。宋濂《送東陽馬生序》：「大雪～數尺。」❹時間久。白居易《琵琶行》：「夜～忽夢少年事。」❺副詞，深入。司馬光《訓儉示康》：「大賢之～謀遠慮，豈庸人所及哉！」❻深重。陳壽《三國志・魏書・陳思王植傳》：「位益高者責益～。」❼副詞，表示程度深。諸葛亮《出師表》：「～追先帝遺詔，臣不勝受恩感激。」❽深沉，認真。范曄《後漢書・荀韓鍾陳列傳》：「宜～剋己反善。」

淺　（粵）cin2〔蠢展切〕（普）qiǎn

❶水淺，與「深」相對。許慎《説文解字》：「～，不深也。」《莊

子・逍遙遊》：「水～而舟大也。」❷低，不高。白居易《錢塘湖春行》：「～草才能沒馬蹄。」❸時間短，與「深」相對。李密《陳情表》：「人命危～。」（危～：危在旦夕。）❹顏色淺淡，與「深」相對。杜甫《江畔獨步尋花》（其五）：「桃花一簇開無主，可愛深紅愛～紅？」❺學識淺薄。陳壽《三國志・蜀書・諸葛亮傳》：「欲信大義於天下，而智術～短。」

清 〔粵〕cing1〔蜻〕〔普〕qīng

❶水清，與「濁」相對。許慎《說文解字》：「～，澂水之皃。」（澂：同「澄」，清澈。皃：通「貌」，狀態。）王維《山居秋暝》：「明月松間照，～泉石上流。」❷清楚。《荀子・解蔽》：「凡觀物有疑，中心不定，則外物不～。」❸清潔，清新。王羲之《蘭亭集序》：「天朗氣～，惠風和暢。」❹清淡。周敦頤《愛蓮說》：「香遠益～。」❺清靜，安靜。杜甫《大雲寺贊公房》（其三）：「心～聞妙香。」❻清白，純潔。司馬光《訓儉示康》：「吾本寒家，世以～白相承。」❼清除。《資治通鑑・晉紀・孝愍皇帝上》：「祖逖不能～中原而復濟者，有如大江！」❽清涼。蘇軾《前赤壁賦》：「～風徐來，水波不興。」❾冷清。李清照《聲聲慢・秋情》：「冷冷～～。」❿太平。李密《陳情表》：「沐浴～化。」（沉浸在政治清明的教化中。）⓫清雅，美好。張岱《西

湖七月半》：「～夢甚愜。」

涯 〔粵〕ngaai4〔崖〕〔普〕yá

❶水邊。許慎《說文解字》：「～，水邊也。」范仲淹《岳陽樓記》：「浩浩湯湯，橫無際～。」❷邊際，極限。柳宗元《永州八記・始得西山宴遊記》：「悠悠乎與灝氣俱，而莫得其～。」（悠悠：久長。）

淹 〔粵〕jim1〔閹〕〔普〕yān

❶淹浸，淹沒。劉向《楚辭・九歎・怨思》：「～芳芷於腐井兮。」❷停留，滯留。柳永《八聲甘州》：「歎年來蹤跡，何事苦～留？」❸精深。《新唐書・王韓蘇薛王柳馮蔣傳》：「～究經術。」

渚 〔粵〕zyu2〔主〕〔普〕zhǔ

水中的小塊陸地。《爾雅・釋水》：「小洲曰陼。」（陼：同「～」。）劉熙載《海鷗》：「鷗於海～遇巷燕。」

淑 〔粵〕suk6〔熟〕〔普〕shū

好，和善，有成語「窈窕～女」。諸葛亮《出師表》：「將軍向寵，性行～均。」

淖 〔粵〕naau6〔鬧〕〔普〕nào

污泥。許慎《說文解字》：「～，泥也。」司馬遷《史記・屈原賈生列傳》：「自疏濯～汙泥之中。」（自疏：自行疏遠。濯【粵】zok6〔鑿〕〔普〕zhuó】：清洗。汙泥：同「污泥」，

比喻朝中奸黨。）

涸 （粵）kok3〔確〕（普）hé

水乾，水盡。王勃《滕王閣序》：「處～轍以猶懽。」（～轍：乾涸了的車輪痕跡，後比喻為窮困的境地。

混 （粵）wan6〔運〕（普）hùn

❶水勢浩大。許慎《說文解字》：「～，豐流也。」司馬相如《上林賦》：「汩乎～流。」（汩【粵】gwat1〔橘〕（普）gǔ】：水急。）❷混濁，污濁。司馬遷《史記・屈原賈生列傳》：「舉世～濁而我獨清。」❸混雜，混合。《道德經》：「故～而為一。」

淘 （粵）tou4〔圖〕（普）táo

沖刷，指用水沖洗物件，去除當中雜質，有詞語「～米」、「浪～～」。蘇軾《念奴嬌・赤壁懷古》：「浪～盡、千古風流人物。」

焉 一 （粵）jin4〔言〕（普）yān

❶人稱代詞，相當於「之」、「他（們）」。馮翊子《桂苑叢談》：「皆杖～。」❷兼詞，用於「於此」。《荀子・勸學》：「積土成山，風雨興～。」❸結構助詞，用於形容詞後，相當於「的」、「地」。杜牧《阿房宮賦》：「盤盤～，困困～，蜂房水渦，矗不知乎幾千萬落。」（盤盤，困【粵】kwan1〔昆〕（普）qūn】困：曲折。）❹形容詞詞尾，用於形容

詞後，相當於「……的樣子」。《孟子・梁惠王上》：「夫子言之，於我心有戚戚～。」（戚戚：心動。）❺語氣助詞，表示肯定。蘇洵《六國論》：「至丹以荊卿為計，始速禍～。」❻語氣助詞，表示感歎，相當於「呢」、「啊」。俞長城《全鏡文》：「予美乎惡，汝何與～！」❼語氣助詞，表示疑問，相當於「呢」、「嗎」。《孟子・告子上》：「萬鍾於我何加～？」

二 （粵）jin1〔煙〕（普）yān

❶疑問代詞，相當於「哪裏」。《呂氏春秋・季冬紀・士節》：「夫子將～適？」（適：前往。）❷疑問代詞，相當於「甚麼」。陶潛《歸去來辭》：「世與我而相違，復駕言兮～求？」（駕：駕車，指出門營求名利。）❸疑問代詞，相當於「怎麼」、「安」。《列子・說符》：「既為盜矣，仁將～在？」

烽 （粵）fung1〔峯〕（普）fēng

烽火，古時邊疆在高台上燒柴以報警的火。杜甫《春望》：「～火連三月，家書抵萬金。」

爽 （粵）song2〔死黨切〕（普）shuǎng

❶明朗，明亮。許慎《說文解字》：「～，明也。」陸機《齊謳行》：「沃野～且平。」❷爽朗。王勃《滕王閣序》：「酌貪泉而覺～。」（飲了貪泉的水卻依然爽朗廉潔。）❸清爽。《滕王閣序》：「～籟發而清風生。」（籟：聲音。）❹爽直。《世

説新語・容止》:「～朗清舉。」(爽直磊落、清秀超逸。)❺差錯，過錯，有成語「報應不～」。《詩經・衞風・氓》:「女也不～，士貳其行。」(女的也沒有過錯，男的卻言行不一。)❻敗壞。僧伽斯那《百喻經・卷上》:「以鹽美故，而空食之，致令口～。」

猝 （粵）cyut3〔撮〕（普）cù

副詞，突然，有詞語「～死」。許慎《説文解字》:「～，犬从艸暴出逐人也。」(指狗隻從草叢裏突然撲出來追逐人，後引申為突然。)張溥《五人墓碑記》:「非常之謀難於～發。」

率 一 （粵）seot1〔恤〕（普）shuài

❶表率，榜樣。司馬遷《史記・平津侯主父傳》:「夫三公者，百寮之～，萬民之表也。」(三公:丞相、太尉及御史大夫，負責政務、軍事和監察。寮:同「僚」，官僚。)❷率領。諸葛亮《出師表》:「當獎～三軍，北定中原。」❸副詞，一概，都。蘇洵《六國論》:「六國互喪，～賂秦耶？」❹副詞，大約，通常。劉勰《文心雕龍・明詩》:「何晏之徒，～多浮淺。」(何晏:三國時期玄學家。)❺副詞，大概。柳宗元《三戒・永某氏之鼠》:「飲食率～鼠之餘也。」

二 （粵）seoi3〔歲〕（普）shuài

通「帥」，將領，這個意思後來被寫成「帥」。《荀子・富國》:「將～不能則兵弱。」

三 （粵）leot6〔律〕（普）lù

標準，規格，比例。司馬遷《史記・商君列傳》:「有軍功者，各以～受上爵。」

理 （粵）lei5〔李〕（普）lǐ

❶雕琢玉石。許慎《説文解字》:「～，治玉也。」韓非《韓非子・和氏》:「王乃使玉人～其璞而得寶焉。」(王:指楚文王。玉人:玉石加工匠。)❷治理，整理。俞長城《全鏡文》:「～其首，滌其面。」❸清理、梳理。陶潛《歸園田居》(其三):「晨興～荒穢。」❹紋理，條理。《荀子・儒效》:「井井兮其有～也。」❺道理，規律。蘇洵《六國論》:「勝負之數，存亡之～。」

瓠 一 （粵）wu6〔護〕（普）hù

一種葫蘆瓜，嫩時可吃，老時可用作器皿。《莊子・逍遙遊》:「魏王貽我大～之種。」

二 （粵）wok6〔鑊〕（普）huò

與「落」組成詞語「～落」，指事物大而無當。《莊子・逍遙遊》:「剖之以為瓢，則～落無所容。」

產 （粵）caan2〔鏟〕（普）chǎn

❶生產，生育。韓非《韓非子・六反》:「且父母之於子也，～男則相賀，～女則殺之。」❷出產。蘇軾《仇池筆記・卷上》:「以為非他～所及。」(認為不是其他地方出產的豬肉可以比得上。)❸財產，產

業。歸有光《歸氏二孝子傳》：「無恆～以自潤。」（恆產：即土地、農田、房屋等不動產。）

畦 粵 kwai4〔葵〕 普 qí

排列整齊的長方形田地，後指整齊的農田。許慎《説文解字》：「田五十畝曰～。」王安石《書湖陰先生壁》（其一）：「花木成～手自栽。」（手自：親手。）

異 粵 ji6〔義〕 普 yì

❶ 不同，與「同」相對。俞長城《全鏡文》：「何～秦皇之焚書以愚百姓乎？」❷ 分辨。《孟子·梁惠王上》：「不為者與不能者之形何以～？」❸ 別的，其他的。宋濂《杜環小傳》：「越十年，～地逢其子伯章。」❹ 奇特，與眾不同，有成語「標新立～」。柳宗元《永州八記·始得西山宴遊記》：「以為凡是州之山有～態者，皆我有也。」❺ 意動用法，感到驚奇，驚訝。陶潛《桃花源記》：「漁人甚～之。」

略 粵 loek6〔掠〕 普 lüè

❶ 邊疆。許慎《説文解字》：「～，經～土地也。」後借指為邊界。段玉裁《説文解字注》：「經營天下，～有四海，故曰經～。正封，封疆有定分也。」《左傳·莊公二十一年》：「王與之武公之～，自虎牢以東。」（武公：鄭武公。虎牢：春秋時鄭國地名，在今河南省。）❷ 巡視。《資治通鑑·晉紀·烈宗孝武皇帝上之下》：「融馳騎～陳，欲以帥退者，馬倒，為晉兵所殺，秦兵遂潰。」（融：苻融，五胡十六國時期前秦宣昭帝苻堅之弟。）❸ 通「掠」，搶掠，掠奪，這個意思後來被寫成「掠」。司馬遷《史記·刺客列傳》：「進兵北～地，至燕南界。」❹ 謀略，計謀。蘇洵《六國論》：「燕、趙之君，始有遠～。」❺ 簡略，與「詳」相對。劉知幾《史通·敍事》：「加以一字太詳，減以一字太～。」❻ 副詞，約略，大約。司馬遷《報任少卿書》：「書不能悉意，故～陳固陋。」（書信不能完全表達想法，因而只能簡單陳述我固執的愚見。）❼ 副詞，大致，幾乎。宋濂《送東陽馬生序》：「～無慕豔意。」

畢 粵 bat1〔筆〕 普 bì

❶ 完畢，完成。司馬遷《史記·廉頗藺相如列傳》：「～禮而歸之。」❷ 副詞，全，盡。《舊唐書·唐臨傳》：「至時～集詣獄。」❸ 包羅。《莊子·天下》：「萬物～羅。」

盛 一 粵 sing4〔繩〕 普 chéng

盛載，裝載。許慎《説文解字》：「～，黍稷在器中以祀者也。」（本指放在容器內用來祭祀的穀物，後引申為盛載。）《莊子·逍遙遊》：「我樹之成而實五石，以～水漿。」

二 粵 sing6〔是另切〕 普 shèng

❶ 豐盛，豐富，多。王羲之《蘭亭集序》：「雖無絲竹管弦之～。」（絲

竹管弦：泛指樂器。）❷旺盛，充足。韓愈《答李翊書》：「氣～則言之短長與聲之高下者皆宜。」❸茂盛。《莊子・山木》：「莊子行於山中，見大木，枝葉～茂。」❹盛大，高，大。韓愈《師說》：「位卑則足羞，官～則近諛。」❺副詞，程度深，規模大。司馬遷《史記・廉頗藺相如列傳》：「趙亦～設兵以待秦，秦不敢動。」

眷 粵 gyun3〔絹〕普 juàn

❶回望。許慎《說文解字》：「～，顧也。」（顧：回頭望。）《詩經・大雅・皇矣》：「乃～西顧。」❷眷戀，留戀。陶潛《歸去來辭・序》：「～然有歸歟之情。」（歸歟：回去。這裏指依戀故鄉的田園。）❸眷顧，關顧。班固《漢書・揚雄傳下》：「於是上帝～顧高祖。」（上帝：指漢武帝。高祖：漢高祖。）❹家眷，家屬。白居易《自詠老身示諸家屬》：「家居雖濩落，～屬幸團圓。」（濩【粵 wu6〔戶〕普 hù】落：淪落，淪陷。）

眾 粵 zung3〔最痛切〕普 zhòng

❶多，眾多，與「寡」相對，有成語「寡不敵～」。韓非《韓非子・五蠹》：「人民少而禽獸～。」（不勝：不敵。）❷眾人。辛棄疾《青玉案・元夕》：「～裏尋他千百度。」❸副詞，當眾。司馬遷《史記・淮陰侯列傳》：「～辱之曰。」❹一眾，所有。魏禧《大鐵椎傳》：「～

魁請長其羣。」❺一般，普通。韓愈《師說》：「今之～人，其下聖人也亦遠矣，而恥學於師。」

眺 粵 tiu3〔痛笑切〕普 tiào

遠望。薛瑄《遊龍門記》：「地勢與臨思閣相高下，亦可以～望河山之勝。」（臨思閣：位於陝西省龍門山頂。）

眥 粵 zi6〔字〕普 zì

眼眶，眼角。許慎《說文解字》：「～，目匡也。」（目匡：眼眶。）方苞《左忠毅公軼事》：「乃奮臂以指撥～。」

祭 粵 zai3〔際〕普 jì

祭祀。陸游《示兒》：「王師北定中原日，家～毋忘告乃翁。」（家～：家庭舉行祭祀，以追悼先人。乃翁：你的父親，即陸游自指。）

視 粵 si6〔事〕普 shì

❶看。許慎《說文解字》：「～，眾眺眥祭視移寤瞻也。」蘇洵《六國論》：「起～四境，而秦兵又至矣。」❷觀察，留意。司馬遷《史記・廉頗藺相如列傳》：「相如～秦王無意償趙城。」❸眼力。《莊子・養生主》：「～為止，行為遲。」（視力集中到一點，動作緩慢下來。）❹看待，有成語「～如己出」。《六國論》：「子孫～之不甚惜，舉以予人，如棄草芥。」（之：指土地。）❺探望。《世說新語・德行》：「遠

來相～。」❻治理。范曄《後漢書·張衡列傳》：「～事三年，上書乞骸骨。」（事：內政事務。乞骸骨：使骸骨得以歸葬故鄉，為古代官吏因年老而請求退職的一種理由。）❼相比，比較。張溥《五人墓碑記》：「其辱人賤行，～五人之死，輕重固何如哉？」

移 (粵) ji4〔宜〕(普) yí

❶遷移，移動。歸有光《項脊軒志》：「每～案，顧視無可置者。」（案：書桌。）❷變易，變動。《孟子·滕文公下》：「貧賤不能～。」（即使生活貧困、地位下賤，也不能動搖、改變我的志向。）❸調動。陸以湉《冷廬雜識·卷七·陳忠愍公》：「特～公江蘇。」（公：指陳化成。）❹經過，經歷。方苞《左忠毅公軼事》：「漏鼓～則番代。」（每次打更的時間一過，就讓他們輪流替換。）

宨 (粵) tiu5〔條【陽上】〕(普) tiǎo

多與「窕」組成詞語「窈～」，見第150頁「窈」字條。

窒 (粵) zat6〔疾〕(普) zhì

窒礙，阻塞，不通。許慎《說文解字》：「～，塞也。」劉蓉《習慣說》：「至使久而即乎其故，則反～焉而不寧。」（及至把長久以來的水坑填平，恢復原來的狀態，卻反而覺得是阻礙了自己而不能適應。）

笠 (粵) lap1〔啦濕切〕(普) lì

用竹篛或棕皮編織的帽子。張志和《漁歌子》：「青箬～，綠蓑衣。」（箬【粵】joek6〔虐〕(普) ruò）：一種竹子。蓑【粵】so1〔娑〕(普) suō）衣：用草編織成的雨衣。）

第 (粵) dai6〔弟〕(普) dì

❶次第，次序。《左傳·哀公十六年》：「楚國～，我死，令尹司馬非勝而誰？」（按照楚國的用人次序，我死後，令尹司馬的官職不是由勝來繼任，還有誰呢？）❷科舉考試的等級。李朝威《柳毅傳》：「有儒生柳毅者，應舉下～。」（下第：指殿試或鄉試沒考中。）❸數詞詞頭，表示次序。司馬遷《史記·太史公自序》：「作《五帝本紀》～一。」（指《史記》中的～一篇。）❹官僚或貴族的大宅院，有詞語「府～」。司馬光《訓儉示康》：「治居～於封丘門內。」（封丘門：汴京其中一道城門。）❺副詞，但，只管。宋濂《杜環小傳》：「伯章若無所聞，～曰。」（伯章：人名。）

符 (粵) fu4〔芙〕(普) fú

❶古代傳達命令，徵調兵將時所用的憑證，從中間剖分兩半，有關雙方各執一半，使用時對合驗證。許慎《說文解字》：「～，信也。」司馬遷《史記·魏公子列傳》：「如姬果盜晉鄙兵～與公子。」（如姬果然盜取了晉鄙的兵符給信陵君。）

❷符合，有成語「名實相～」。韓非《韓非子·用人》：「發矢中的，賞罰當～。」❸徵兆。范曄《後漢書·孝和孝殤帝紀》：「抑沒祥～。」❹符咒。葛洪《抱朴子·登涉》：「帶昇山～出門。」

答 ⑧ci1〔痴〕⑧chī

用竹板、荊條抽打。許慎《說文解字》：「～，擊也。」司馬遷《史記·陳涉世家》：「尉果～廣。」（廣：吳廣。）

粗 （麤）⑧cou1〔清高切〕⑧cū

❶粗劣，粗糙，不精細，與「精」相對。許慎《說文解字》：「～，疏也。」謝肇淛《五雜組·物部三》：「物無精～美惡。」（物：食物。）❷副詞，大概，大致，粗略。習鑿齒《漢晉春秋·後主》：「綱紀～定。」❸粗魯，魯莽。陳壽《三國志·吳書·呂蒙傳》：「甘寧～暴好殺。」

紹 ⑧siu6〔兆〕⑧shào

❶繼承，接續。許慎《說文解字》：「～，繼也。」《尚書·商書·盤庚上》：「～復先王之大業。」❷介紹。司馬遷《史記·魯仲連鄒陽列傳》：「勝請為～而見之於先生。」（勝：即趙國平原君趙勝。）

累

一 ⑧leoi4〔雷〕⑧léi

連接不斷，多以疊詞「～～」出現。許慎《說文解字》：「纍，綴得

理也。」（纍：「～」的本字。綴【⑧zeoi3〔最〕⑧zhuì】：連接。）班固《漢書·五行志下之下》：「明年，中國諸侯果～～從楚而圍蔡。」

二 ⑧leoi5〔呂〕⑧lěi

❶積累，聚集。柳宗元《永州八記·始得西山宴遊記》：「尺寸千里，攢蹙～積。」（攢蹙【⑧cyun4 cuk1〔全速〕⑧cuán cù】，指千里土地聚集成尺寸之大。）❷堆疊，有成語「日積月～」。司馬遷《史記·范睢蔡澤列傳》：「秦王之國危於～卵。」❸倍增。韓非《韓非子·五蠹》：「雖倍賞～罰而不免於亂。」❹連續，有成語「經年～月」。杜甫《贈衛八處士》：「主稱會面難，一舉～十觴。」

三 ⑧leoi6〔淚〕⑧lèi

❶牽累，連累。袁枚《祭妹文》：「然而～汝至此者，未嘗非予之過也。」（予：我。）❷憂患。《戰國策·秦策一》：「本漢中南邊為楚利，此國～也。」❸弊病，過失。曹丕《典論·論文》：「蓋君子審己以度人，故能免於斯～，而作論文。」

紿 ⑧toi5〔殆〕⑧dài

欺詐，藉故。宋濂《杜環小傳》：「竟～以他事辭去，不復顧。」（顧：回去。）

終 ⑧zung1〔忠〕⑧zhōng

❶終結。《禮記·禮運》：「故人不獨親其親，不獨子其子，使老有所

十一畫

~。」（老有所～：晚年有所依靠，直到老死。）❷死。陶潛《桃花源記》：「尋病～。」（尋：不久。）❸堅持到最後。蘇洵《六國論》：「惜其用武而不～也。」❹副詞，終究，最終。《六國論》：「齊人未嘗賂秦，～繼五國遷滅，何哉？」❺從開始到終結，有詞語「～身」。魏禧《吾廬記》：「～身守閨門之內。」❻副詞，由始至終，到底，永遠。杜甫《登樓》：「北極朝廷～不改。」❼全，盡。李華《弔古戰場文》：「降矣哉，～身夷狄！」❽整個。《管子·權修》：「～身之計。」

瓾 (粵)fau2〔匪口切〕(普)fǒu

同「缶」，一種酒器，或瓦製的敲擊樂器。司馬遷《史記·廉頗藺相如列傳》：「請奏盆～秦王，以相娛樂。」

羞 (粵)sau1〔修〕(普)xiū

❶進獻。許慎《說文解字》：「～，進獻也。」《左傳·隱公三年》：「可～於王公。」❷推薦。《國語·晉語九》：「有武德以～為正卿。」❸通「饈」，美食，這個意思後來被寫成「饈」。李白《行路難》（其一）：「玉盤珍～直萬錢。」❹羞愧。司馬遷《史記·廉頗藺相如列傳》：「且庸人尚～之，況於將相乎！」」❺羞辱，侮辱。《史記·孝文本紀》：「以～先帝之遺德。」

翌 (粵)jik6〔亦〕(普)yì

次的，第二的，多與「日」、「年」連用，表示明日、明年。班固《漢書·武帝紀》：「～日親登嵩高。」（嵩高：嵩山。）

習 (粵)zaap6〔雜〕(普)xí

❶熟習。許慎《說文解字》：「～，數飛也。」（數【(粵)sok3〔四各切〕(普)shuò】：屢次，多次。）段玉裁《說文解字注》：「《月令》：『鷹乃學～。』引伸之義為～孰。」（月令：指《禮記·月令》篇。）本指雀鳥多次飛翔，後引申為熟習。《資治通鑑·漢紀·孝獻皇帝庚》：「且北方之人，不～水戰。」❷習慣。劉蓉《習慣說》：「～之中人甚矣哉！」（中【(粵)zung3〔最痛切〕(普)zhòng】：影響。）❸習慣於某事物。司馬光《訓儉示康》：「家人～奢已久。」❹反覆練習。《論語·學而》：「學而時～之。」❺學習。韓愈《師說》：「授之書而～其句讀者。」❻副詞，經常。柳宗元《三戒·臨江之麋》：「～示之。」

聊 (粵)liu4〔遼〕(普)liáo

❶依靠，依賴，寄託。歸有光《項脊軒志》：「余久臥病無～，乃使人復葺南閣子。」（葺【(粵)cap1〔輯〕(普)qì】：修葺。）❷副詞，姑且。杜甫《登樓》：「日暮～為《梁父吟》。」

脫 ⓹tyut3〔痛雪切〕ⓟtuō

❶脫離，脫落，脫下。方苞《左忠毅公軼事》：「左膝以下，筋骨盡～矣。」❷遺漏。班固《漢書·藝文志》：「文字異者七百有餘，～字數十。」❸解脫。陶潛《歸去來辭·序》：「親故多勸余為長吏，～然有懷。」（長【⓹zoeng2〔獎〕ⓟzhǎng】吏：官職名。）❹逃脫。司馬遷《史記·項羽本紀》：「～身獨去，已至軍矣。」❺脫罪。《史記·廉頗藺相如列傳》：「君不如肉袒伏斧質請罪，則幸得～矣。」❻冒出，有成語「～穎而出」。《史記·平原君虞卿列傳》：「使遂蚤得處囊中，乃穎～而出。」（蚤：通「早」，一早。穎：錐子。）❼簡略。《左傳·僖公三十三年》：「無禮則～。」❽假如。馬中錫《中山狼傳》：「～有禍，固所不辭也。」

脯 ⓹fu2〔斧〕/ pou2〔普〕ⓟfǔ

乾肉，果乾。許慎《說文解字》：「～，乾肉也。」《呂氏春秋·慎大覽·報更》：「乃復賜之～二束與錢百。」

脩 ⓹sau1〔羞〕ⓟxiū

❶乾肉。許慎《說文解字》：「～，脯也。」（脯【⓹fu2〔斧〕/ pou2〔普〕ⓟfǔ】：肉乾。）《論語·述而》：「自行束～以上，吾未嘗無誨焉！」❷通「修」，見第130頁「修」字條。

舂 ⓹zung1〔終〕ⓟchōng

把穀物的殼搗掉。許慎《說文解字》：「～，搗粟也。」《十五從軍征》：「～穀持作飯。」

舸 ⓹go2〔竟所切〕ⓟgě

大船。許慎《說文解字》：「～，舟也。」王勃《滕王閣序》：「～艦彌津。」（艦：戰船。彌津：泊滿並堵塞了渡口。）

莞 一 ⓹gun1〔官〕ⓟguān

水草之類的植物。許慎《說文解字》：「～，帅也。」（帅：同「草」。）《詩經·小雅·斯干》：「下～上簟。」（～：指用莞草編織的蓆子。簟【⓹tim5〔肚染切〕ⓟdiàn】：竹蓆子。）

二 ⓹wun5〔碗【陽上】〕/ wun2〔碗〕ⓟwǎn

微笑的樣子，有成語「～爾一笑」。《論語·陽貨》：「夫子～而笑。」

莽 ⓹mong5〔網〕ⓟmǎng

❶草木叢生處，野外。《莊子·逍遙遊》：「適～蒼者，三餐而反，腹猶果然。」（～蒼：本指野草的顏色，借指郊外。）❷民間，有詞語「草～」。《呂氏春秋·慎行論·察傳》：「昔者舜欲以樂傳教於天下，乃令重黎舉夔於草～之中而進之。」（重黎、夔：人名，舜帝的臣子。）❸粗魯，不精細，有詞語

十一畫

「魯～」。《莊子・則陽》:「昔予為禾,耕而鹵～之。」(鹵～:通「魯～」。)

莖

一 （粵）mov6〔務〕（普）mò

通「暮」,黃昏、晚上。蘇軾《石鐘山記》:「至一夜月明。」

二 （粵）mok6〔漠〕（普）mò

❶無,沒有。陸以湉《冷廬雜識・卷七・陳忠愍公》:「上以非公～能膺海疆重任,破格授廈門提督。」(上:指清朝道光皇帝。膺【粵】jing1〔英〕（普）yīng:接受。)❷沒有誰,沒有甚麼。《孟子・告子上》:「如使人之所欲～甚於生。」(假如人的欲望沒有甚麼比生存更重要。)❸副詞,不,不要。杜甫《登樓》:「西山寇盜～相侵。」❹通「漠」,寬闊,廣大。《莊子・逍遙遊》:「何不樹之於無何有之鄉,廣～之野?」

莊

（粵）zong1〔裝〕（普）zhuāng

❶莊重,嚴肅。段玉裁《說文解字注》:「～,嚴也是也。」《論語・為政》:「臨之以～則敬,孝慈則忠。」(臨之:對待百姓。)❷四通八達的道路,大路,有成語「康～大道」。鮑照《蕪城賦》:「四會五達之～。」❸莊園,村莊。杜甫《懷錦水居止》(其二):「萬里橋西宅,百花潭北～。」(萬里橋、百花潭:位於今四川省成都市。)

荷

一 （粵）ho4〔河〕（普）hé

荷花,蓮花。許慎《說文解字》:「～,芙蕖葉。」(芙蕖【粵】fu4 keoi4〔芙渠〕（普）fú qú:荷花的別稱。)楊萬里《曉出淨慈寺送林子方》:「映日～花別樣紅。」

二 （粵）ho6〔賀〕（普）hè

❶挑,揹。《論語・憲問》:「子路從而後,遇丈人,以杖～蓧。」(丈人:對老人的尊稱。蓧【粵】diu6〔第耀切〕（普）diào:古代一種除草的農具。)❷肩負,擔負。張衡《東京賦》:「～天下之重任。」

茶

（粵）tou4〔圖〕（普）tú

多與「毒」組成詞語「～毒」,表示殘害,有成語「～毒生靈」。李華《弔古戰場文》:「～毒生靈,萬里朱殷。」(朱、殷:紅色,借指血。)

處

一 （粵）cyu5〔柱〕（普）chǔ

❶停留。許慎《說文解字》:「～,止也。」孫武《孫子兵法・軍爭》:「是故卷甲而趨,日夜不～。」❷處於,位處,有成語「設身～地」。蘇洵《六國論》:「且燕、趙～秦革滅殆盡之際,可謂智力孤危。」❸相處,居住。《論語・子路》:「居～恭。」(生活要謙恭。)❹處理,應付。陳壽《三國志・蜀書・諸葛亮傳》:「將軍量力而～之。」❺接受。《論語・里仁》:「不以其道得之,不～也。」

二 （粵）cyu3〔翠恕切〕（普）chù

❶處所，地點，位置。辛棄疾《青玉案・元夕》：「那人卻在，燈火闌珊～。」❷時候，時刻。柳永《雨霖鈴》：「留戀～，蘭舟催發。」

術 （粵）seot6〔述〕（普）shù

❶道路。許慎《說文解字》：「～，邑中道也。」左思《蜀都賦》：「亦有甲第，當衢向～。」（甲第：豪門貴族的府第。衢【粵】keoi4〔渠〕（普）qú：大路。）❷方法，辦法。陶潛《歸去來辭・序》：「生生所資，未見其～。」（生生所資：經營生計的本領。）❸技術，技藝。陶潛《詠荊軻》：「惜哉劍～疏，奇功遂不成！」❹特指君主控制和使用羣臣的策略和手段。韓非《韓非子・定法》：「君無～則弊於上，臣無法則亂於下。」❺思想，學說。《韓非子・外儲說右上》：「有道之士懷其～而欲以明萬乘之主。」❻想法，思維。李翱《命解》：「然則君子之～，其亦可知也已。」（既然如此，那麼君子的想法，大概也可以知道了。）❼學業，學術。韓愈《師說》：「聞道有先後，～業有專攻。」

規 （粵）kwai1〔虧〕（普）guī

❶圓規。段玉裁《說文解字注》：「～巨，有法度也。」（巨：通「矩」，畫直角或方形的工具。）《荀子・勸學》：「木直中繩，輮以為輪，其曲中～。」❷規矩，法度，準則，有成語「墨守成～」。陳壽《三國志・魏書七・臧洪傳》：「以趣舍異～，不得相見。」（趣舍：即「取捨」。）❸學習，效法。韓愈《進學解》：「上～姚、姒。」（姚、姒：指《尚書》中的《虞書》和《夏書》。）❹規劃，謀劃。陶潛《桃花源記》：「欣然～往。」❺規勸，告誡。司馬光《訓儉示康》：「張文節為相，自奉養如為河陽掌書記時，所親或～之曰。」（奉養：生活待遇。張文節：張知白，北宋大臣，「文節」為其死後的諡號。）

訪 （粵）fong2〔紡〕（普）fǎng

❶詢問。《左傳・僖公三十二年》：「穆公～諸蹇叔。」（穆公：秦穆公。蹇【粵】gin2〔狗展切〕（普）jiǎn】叔：秦穆公時的上大夫。）❷探訪，拜訪。王勃《滕王閣序》：「～風景於崇阿。」（崇阿【粵】o1〔柯〕（普）ē：高大的山嶺。）❸查訪。宋濂《杜環小傳》：「從人至金陵，因～一元家所在。」（一元：人名。）

訣 （粵）kyut3〔缺〕（普）jué

❶訣別，告別。許慎《說文解字》：「～，別也。」司馬遷《史記・廉頗藺相如列傳》：「廉頗送至境，與王～曰。」❷祕訣。《說文解字》：「一曰法也。」《魏書・釋老志》：「大禹聞長生之～。」❸自殺。《周書・后妃傳》：「逼令引～。」

許 〔粵〕heoi2〔栩〕〔普〕xǔ

❶ 應許，答應。許慎《說文解字》：「～，聽也。」諸葛亮《出師表》：「遂～先帝以驅馳。」❷ 准許。司馬遷《史記·廉頗藺相如列傳》：「王～之，遂與秦王會澠池。」❸ 讚許。《列子·湯問》：「雜然相～。」❹ 期許，期望。陸游《書憤》（其一）：「塞上長城空自～，鏡中衰鬢已先斑。」❺ 表示約數，相當於「左右」、「上下」。柳宗元《永州八記·小石潭記》：「潭中魚可百～頭。」❻ 地方，處所，多與「何」連用，表示疑問。陶潛《五柳先生傳》：「先生不知何～人也。」

設 〔粵〕cit3〔撤〕〔普〕shè

❶ 陳設，佈置。許慎《說文解字》：「～，施陳也。」司馬遷《史記·廉頗藺相如列傳》：「趙亦盛～兵以待秦，秦不敢動。」❷ 陳列，擺放。陶潛《桃花源記》：「～酒、殺雞、作食。」❸ 設置，安排。《史記·廉頗藺相如列傳》：「～九賓於廷。」❹ 設立。《禮記·禮運》：「以～制度，以立田里。」❺ 假設，有成語「～身處地」。《史記·魏其武安侯列傳》：「～百歲後，是屬寧有可信者乎？」

訟 〔粵〕zung6〔誦〕〔普〕sòng

❶ 爭辯，爭論。許慎《說文解字》：「～，爭也。」桓寬《鹽鐵論·利議》：「辯～公門之下。」❷ 訴訟。《論語·顏淵》：「聽～，吾猶人也。必也使無～乎！」（審案，我跟別人做得一樣好，但我想做的是不再讓案件出現！）❸ 控告。司馬光《涑水記聞·卷一》：「汝懷齒欲～我邪？」❹ 責備，檢討。《論語·公冶長》：「吾未見能見其過而內自～者也。」（我未見過知有錯而能自我批評的人。）

訛 〔粵〕ngo4〔俄〕〔普〕é

❶ 謠言，蠱惑人心的話。班固《漢書·成帝紀》：「京師無故～言大水至。」❷ 錯誤，有成語「以～傳～」。劉知幾《史通·自敍》：「～音鄙句。」（鄙：粗俗。）

豚 〔粵〕tyun4〔團〕〔普〕tún

小豬。許慎《說文解字》：「～，小豕也。」（豕【〔粵〕ci2〔此〕〔普〕shǐ】：豬。）陸游《遊山西村》：「豐年留客足雞～。」

販 〔粵〕faan3〔法傘切〕〔普〕fàn

❶ 買貨出賣，售賣。許慎《說文解字》：「～，買賤賣貴者。」歸有光《歸氏二孝子傳》：「因～鹽市中。」❷ 商人，有成語「～夫走卒」。《歸氏二孝子傳》：「二孝子出沒市～之間。」❸ 出賣，背叛。《宋書·沈攸之傳》：「呂布～君，酈寄賣友。」

責 一　〔粵〕zaak3〔窄〕〔普〕zé

❶ 責任。江盈科《雪濤小說·任事》：「～安能諉乎？」❷ 責求，督

促。韓非《韓非子·定法》:「循名而～實。」(按照名位責求實際效果。) ❸索取,要求。許慎《說文解字》:「～,求也。」《左傳·桓公十三年》:「宋多～賂於鄭。」❹責備,責罰。諸葛亮《出師表》:「若無興德之言,則～攸之、禕、允等之慢。」

二 (粵)zaai3〔債〕(普)zhài

通「債」,這個意思後來被寫成「債」。《戰國策·齊策四》:「先生不羞,乃有意欲為收～於薛乎?」(薛:地名。)

貫 (粵)gun3〔罐〕(普)guàn

❶穿銅錢的繩索。許慎《說文解字》:「～,錢貝之～。」司馬遷《史記·平準書》:「京師之錢累巨萬,～朽而不可校。」❷借指條理。《史記·屈原賈生列傳》:「治亂之條～,靡不畢見。」❸古代的銅錢以繩穿過,一千個為一貫,有成語「家財萬～」。馮夢龍《醒世恆言·十五貫戲言成巧禍》:「當下吃了午飯,丈人取出十五～錢來。」❹貫穿,穿過。《左傳·成公二年》:「矢～余手及肘。」❺貫通。《史記·孔子世家》:「予一以～之。」(我是以一套基本思想來貫徹始終的。)❻連貫,有成語「魚～而入」。《荀子·王霸》:「若夫～日而治詳。」❼侍候,服侍。《詩經·魏風·碩鼠》:「三歲～女。」

貨 (粵)fo3〔課〕(普)huò

❶財物,物資,資源。許慎《說文解字》:「～,財也。」韓非《韓非子·五蠹》:「是以人民眾而～財寡。」❷貨幣,錢財。歐陽修《朋黨論》:「所貪者,～財也。」❸售賣。《晉書·王戎傳》:「家有好李,常出～之,恐人得種,恆鑽其核。」❹買賣。方孝孺《試筆說》:「則紀錢粟~利卑猥事。」❺收買。《孟子·公孫丑下》:「無處而餽之,是～之也。」(別人沒有理由就送我黃金,這是收買我。)

貧 (粵)pan4〔頻〕(普)pín

❶貧窮。許慎《說文解字》:「～,財分少也。」《論語·里仁》:「～與賤,是人之所惡也。」(惡:憎惡。)❷貧乏,缺乏。劉勰《文心雕龍·練字》:「富於萬篇,～於一字。」

赦 (粵)se3〔瀉〕(普)shè

❶赦免。司馬遷《史記·廉頗藺相如列傳》:「大王亦幸～臣。」❷寬容。《論語·子路》:「～小過。」

跂 (粵)kei5〔企〕(普)qǐ

❶通「企」,踮腳,提起腳跟。《荀子·勸學》:「吾嘗～而望矣。」❷期望。班固《漢書·高祖本紀》:「日夜～而望歸。」

逋 (粵)bou1〔煲〕(普)bū

❶逃，逃亡。許慎《說文解字》：「～，亾也。」（亾：通「亡」，逃亡。）李密《陳情表》：「詔書切峻，責臣～慢。」（切峻：急切嚴厲。）❷拖欠。班固《漢書·成帝紀》：「～貸未入，皆勿收。」（入：繳納。）

通 (粵)tung1〔偷鐘切〕(普)tōng

❶通達，通行，通暢。許慎《說文解字》：「～，達也。」范仲淹《岳陽樓記》：「然則北～巫峽，南極瀟湘。」（瀟、湘：河流名，皆流入洞庭湖。）❷通順，順利。《岳陽樓記》：「越明年，政～人和。」❸通曉。范曄《後漢書·張衡列傳》：「遂～五經，貫六藝。」❹副詞，普遍，全。韓愈《師說》：「六藝經傳，皆～習之。」❺整個、全個。《孟子·告子上》：「弈秋，～國之善弈者也。」❻溝通，交往。班固《漢書·季布傳》：「吾聞曹丘生非長者，勿與～。」❼私通，男女不正當的關係。《漢書·衞青霍去病傳》：「季與主家僮衞媼～，生青。」（季：指鄭季。青：指衞青。）

連 (粵)lin4〔蓮〕(普)lián

❶連接。歸有光《項脊軒志》：「室西～於中閨。」（中閨：女子的臥室。）❷連同，聯同，聯合。張若虛《春江花月夜》：「春江潮水～海平，海上明月共潮生。」❸牽連，連累。韓非《韓非子·定法》：「～什伍而同其罪。」（什伍：秦國的戶籍制度，以十家為「什」，五家為「伍」，借指鄰里。）❹連續，不停止。酈道元《水經注·江水》：「兩岸～山，略無闕處。」（闕處：中斷。）❺連番，屢次。蘇洵《六國論》：「後秦擊趙者再，李牧～卻之。」❻遍佈。辛棄疾《破陣子·為陳同甫賦壯詞以寄之》：「夢回吹角～營。」

速 (粵)cuk1〔束〕(普)sù

❶快速，迅速。許慎《說文解字》：「～，疾也。」陳壽《三國志·魏書·郭嘉傳》：「兵貴神～。」❷招致。蘇洵《六國論》：「至丹以荊卿為計，始～禍焉。」❸邀請，有成語「不～之客」。《荀子·樂論》：「主人親～賓及介，而眾賓皆從之。」（介：中間人。）❹催促。張岱《西湖七月半》：「～舟子急放斷橋。」

逝 (粵)sai6〔誓〕(普)shì

❶離開，離去。許慎《說文解字》：「～，往也。」《論語·子罕》：「～者如斯夫！」❷前行。柳宗元《至小丘西小石潭記》：「俶爾遠～。」❸奔跑。司馬遷《史記·項羽本紀》：「時不利兮騅不～。」（騅：項羽的坐騎烏騅馬。）❹逝世，離世，死。司馬遷《報任少卿書》：「則長～者魂魄私恨無窮。」❺通

「誓」，立誓，這個意思後來被寫成「誓」。《詩經・魏風・碩鼠》：「～將去汝。」

逐 (粵)zuk6〔俗〕(普)zhú

❶追趕，追逐，有成語「隨波～流」。許慎《説文解字》：「～，追也。」張若虛《春江花月夜》：「願～月華流照君。」❷追求。黃宗羲《明夷待訪錄・原君》：「其～利之情，不覺溢之於辭矣。」❸競逐，角逐。韓非《韓非子・五蠹》：「上古競於道德，中世～於智謀，當今爭於氣力。」❹驅逐，趕走。《左傳・莊公十年》：「遂～齊師。」❺跟隨。陶潛《雜詩》（其一）：「分散～風轉。」

逑 (粵)kau4〔求〕(普)qiú

配偶。《詩經・周南・關雎》：「窈窕淑女，君子好～。」

逍 (粵)siu1〔消〕(普)xiāo

多與「遙」連用，組成詞語「逍～」，表示自由自在，有成語「逍～自在」。《莊子・逍遙遊》：「～遙乎寢臥其下。」

逞 (粵)cing2〔拯〕(普)chěng

❶得逞，實現。柳宗元《三戒・序》：「而乘物以～。」❷舒展，顯露。《論語・鄉黨》：「～顏色，怡怡如也。」（顏色：面容。怡怡：和順。）

造 一 (粵)zou6〔做〕(普)zào

❶造就，成就。許慎《説文解字》：「～，就也。」《詩經・大雅・思齊》：「小子有～。」❷製造，創造。柳宗元《永州八記・始得西山宴遊記》：「洋洋乎與～物者遊，而不知其所窮。」（洋洋：悠然自得的樣子。）❸制定。司馬遷《史記・屈原賈生列傳》：「懷王使屈原～為憲令。」❹時代、時期。《儀禮・士冠禮》：「公侯之有冠禮，夏之末～也。」（冠【(粵)gun3〔罐〕(普)guàn】禮：古代男子的成人禮。）❺彈奏。《列子・湯問》：「更～《崩山》之音。」

二 (粵)cou3〔噪〕(普)zào

❶前往，有詞語「～訪」。《孔子家語・六本》：「遂～孔子而謝過。」❷達到，有詞語「深～」。《孟子・離婁下》：「君子深～之以道。」❸拜訪。方苞《左忠毅公軼事》：「必躬～左公第。」

透 (粵)tau3〔退鉤切〕(普)tòu

❶跳。許慎《説文解字》：「～，跳也。」《南史・后妃傳下》：「妃知不免，乃～井死。」（不免：無法倖免。）❷透過，通過，穿透。賈島《病鶻吟》：「有時～霧凌空去，無事隨風入草迷。」

部 (粵)bou6〔捕〕(普)bù

❶部署，指揮。段玉裁《説文解字注》：「按廣韵曰：『～，署也。』」

《資治通鑑・晉紀・烈宗孝武皇帝上之下》:「見晉兵～陣嚴整,又望八公山上草木皆以為晉兵。」❷部下,部屬,有成語「按～就班」。《資治通鑑・漢紀・孝獻皇帝庚》:「瑜等在南岸,瑜～將黃蓋曰。」(瑜:周瑜。)❸部隊。陳壽《三國志・吳書・周瑜傳》:「權討江夏,瑜為前～大督。」(權:指孫權。江夏:地名。)❹部分,類別。白居易《琵琶行》:「名屬教坊第一～。」(教坊:唐代音樂官署名稱。)❺官署,行政機關。宋濂《杜環小傳》:「父友兵～主事常允恭。」(兵部:尚書六部之一,負責武官選用和兵籍、軍械、軍令之政。)❻部落。《晉書・慕容廆載記》:「魏初率其諸～入居遼西。」

郭 ⟨粵⟩gwok3〔國〕⟨普⟩guō

❶在城的外圍加築的城牆。《木蘭辭》:「爺娘聞女來,出～相扶將。」(扶將:扶持。)❷泛指城牆或城池。杜牧《阿房宮賦》:「多於九土之城～。」(九土:九州,借指中國。)

都 ㊀ ⟨粵⟩dou1〔刀〕⟨普⟩dū

❶有先帝宗廟的城市,後指首都,國都,京城。許慎《説文解字》:「有先君之舊宗廟曰～。」段玉裁《説文解字注》:「左傳曰:『凡邑有宗廟先君之主曰～,無曰邑。』」諸葛亮《出師表》:「興復漢室,還於舊～。」(舊～:指東漢首都洛

陽。)❷定都。揚雄《解嘲》:「～於洛陽。」❸都市,城市。司馬遷《史記・廉頗藺相如列傳》:「召有司案圖,指從此以往十五～予趙。」❹身居、處於。《史記・滑稽列傳》:「～卿相之位。」

㊁ ⟨粵⟩dou1〔刀〕⟨普⟩dōu

副詞,表示全部。姜夔《揚州慢》:「漸黃昏,清角吹寒,～在空城。」

野 ⟨粵⟩je5〔惹〕⟨普⟩yě

❶田野,郊野,野外。許慎《説文解字》:「～,郊外也。」《莊子・逍遙遊》:「何不樹之於無何有之鄉,廣莫之～。」❷野生的。歐陽修《醉翁亭記》:「～芳發而幽香。」❸民間,與「朝」相對。《尚書・虞書・大禹謨》:「君子在～,小人在位。」❹質樸,缺乏文采。《論語・雍也》:「質勝文則～,文勝質則史。」(史:浮誇。)❺不受束縛。劉熙載《海鷗》:「吾以傲～自適。」

閉 ⟨粵⟩bai3〔蔽〕⟨普⟩bì

❶閉門,關閉。許慎《説文解字》:「～,闔門也。」《莊子・天運》:「堅～門而不出。」❷閉上。司馬遷《史記・張儀列傳》:「願陳子～口,毋復言。」(陳子:陳軫【⟨粵⟩can2〔診〕⟨普⟩zhěn】,戰國時期縱橫家。❸堵塞。《史記・樂書》:「禮者,所以～淫也。」

陵 ⑧ling4〔齡〕⑧líng

❶大土山。孫武《孫子兵法·軍爭》:「故用兵之法,高～勿向。」
❷陵墓。酈道元《水經注·渭水》:「秦名天子冢曰山,漢曰～。」

陳 一 ⑧can4〔塵〕⑧chén

❶陳列,排列。歐陽修《醉翁亭記》:「山肴野蔌,雜然而前～者,太守宴也。」❷陳迹,述說。司馬遷《史記·老子韓非列傳》:「韓非欲自～,不得見。」❸陳舊,與「新」相對。王羲之《蘭亭集序》:「俛仰之間,以為～迹。」(俛:同「俯」,低頭。)

二 ⑧zan6〔陣〕⑧zhèn

❶通「陣」,軍陣,這個意思後來被寫成「陣」。《資治通鑑·晉紀·烈宗孝武皇帝上之下》:「朱序在～後呼曰:『秦兵敗矣!』」❷通「陣」,擺陣勢,這個意思後來被寫成「陣」。《資治通鑑·晉紀·烈宗孝武皇帝上之下》:「秦兵逼肥水而～,晉兵不得渡。」(肥水:即淝水。)

陸 ⑧luk6〔六〕⑧lù

❶陸地。許慎《說文解字》:「～,高平也。」周敦頤《愛蓮說》:「水～草木之花,可愛者甚蕃。」❷陸路,道路。《資治通鑑·漢紀·孝獻皇帝庚》:「劉備、周瑜水、～並進,追操至南郡。」

陰 一 ⑧jam1〔音〕⑧yīn

❶山的北面或水的南面,與「陽」相對。許慎《說文解字》:「～,水之南、山之北也。」《列子·湯問》:「伯牙游於泰山之～。」(泰山之～:即泰山北面。)❷陰暗,沒有陽光。范仲淹《岳陽樓記》:「朝暉夕～,氣象萬千。」❸陰天,與「晴」相對。杜甫《兵車行》:「天～雨濕聲啾啾。」❹暗中,與「陽」相對,有成語「陽奉～違」。《資治通鑑·唐紀·玄宗至道大聖大明孝皇帝中之下》:「啗以甘言而～陷之。」❺古代的哲學概念,將萬事萬物概括成「～」、「陽」兩個相對的範疇,例如:天地、日月、晝夜、男女等。《呂氏春秋·慎大覽·察今》:「知日月之行,～陽之變。」(～陽:這裏指寒暑。)❻陰險。《舊唐書·崔器傳》:「器性～刻樂禍。」

二 ⑧jam3〔意滲切〕⑧yīn

通「蔭」,樹蔭,這個意思後來被寫成「蔭」。歐陽修《醉翁亭記》:「佳木秀而繁～。」

陷 ⑧ham6〔憾〕⑧xiàn

❶陷阱。韓非《韓非子·六反》:「犯而誅之,是為民設～也。」❷陷入。司馬遷《史記·屈原賈生列傳》:「任重載盛兮,～滯而不濟。」(濟:成功。)❸陷害。《資治通鑑·唐紀·玄宗至道大聖大明孝皇帝中之下》:「啗以甘言而陰～

之。」❹穿破。《韓非子・難一》：「吾楯之堅，莫能～也。」（楯：同「盾」，盾牌。）❺攻陷，攻破。《舊唐書・黃巢傳》：「逼潼關，～華州。」（華州：在今陝西省華縣。）❻淪陷。《資治通鑑・晉紀・烈宗孝武皇帝上之下》：「胡彬聞壽陽～。」（胡彬：東晉將領。壽陽：在今安徽省壽縣。）

雪 （粵）syut3〔雪決切〕（普）xǔ

❶雪。《晏子春秋・內篇》：「雨～三日而不霽。」❷下雪。白居易《問劉十九》：「晚來天欲～～。」❸揩拭，洗刷。李白《獨漉篇》：「國恥未～，何由成名？」

章 （粵）zoeng1〔漿〕（普）zhāng

❶音樂的一曲。許慎《說文解字》：「樂竟為一～。」（竟：完結。）司馬遷《史記・呂太后本紀》：「王乃為歌詩四～，令樂人歌之。」❷文章或詩歌的一篇。蘇軾《前赤壁賦》：「歌窈窕之～。」（窈（粵）jiu2〔邀【陰上】〕（普）yǎo）窕（粵）tiu5〔肚了切〕（普）tiǎo）：指《詩經・周南・關雎》。）❸文章，有成語「出口成～」。陳壽《三國志・魏書・陳思王植傳》：「言出為論，下筆成～。」❹規章，規則，條理，有成語「雜亂無～」。《史記・高祖本紀》：「與父老約，法三～耳：殺人者死，傷人及盜抵罪。」❺奏章。方苞《獄中雜記》：「別具本～。」❻印章。魏學洢《核舟記》：「又用

篆～一，文曰『初平山人』，其色丹。」（篆～：刻有篆文的印章。）❼花紋。柳宗元《捕蛇者說》：「永州之野產異蛇，黑質而白～。」❽明顯，顯著。《史記・屈原賈生列傳》：「曚瞍之不～。」❾表彰，彰顯，這個意思後來被寫成「彰」。曾鞏《墨池記》：「教授王君盛恐其不～也。」

竟 （粵）ging2〔境〕（普）jìng

❶完結，終結。許慎《說文解字》：「樂曲盡為～。」司馬遷《史記・廉頗藺相如列傳》：「秦王～酒，終不能加勝於趙。」❷直到。《史記・滑稽列傳》：「念為廉吏，奉法守職，～死不敢為非。」❸追究。班固《漢書・霍光金日磾傳》：「此縣官重太后，故不～也。」❹副詞，終於。宋濂《杜環小傳》：「既而伯章見母老，恐不能行，～紿以他事辭去。」❺重頭到尾，全部。歸有光《項脊軒志》：「何～日默默在此，大類女郎也！」（～日：全日。）❻副詞，竟然，居然。魏禧《吾廬記》：「而季子～至燕。」❼直接。羅貫中《三國演義・第七十二回》：「～斬之可也。」❽通「境」，邊境，過境，這個意思後來被寫成「境」。《禮記・曲禮上》：「入～而問禁，入國而問俗，入門而問諱。」

頂 （粵）ding2〔鼎〕（普）dǐng

❶頭頂。許慎《說文解字》：「～，

顛也。」（顛：頭頂。）方苞《獄中雜記》：「生人與死者並踵～而臥。」❷物體最高的部分。《列子・湯問》：「其～平處九千里。」（指山頂。）❸頭戴。汪莘《行香子・臘八日與洪仲簡溪行其夜雪作》：「～漁笠。」❹頂替，冒充。馬端臨《文獻通考》：「～其名而盜取其錢。」

頃

一 (粵)king1〔傾〕(普)qīng

通「傾」，傾斜，這個意思後來被寫成「傾」。班固《漢書・嚴朱吾丘主父徐嚴終王賈傳下》：「是以聖王不遍窺望而視已明，不單～耳而聽已聰。」

二 (粵)king5〔拒永切〕(普)qǐng

❶一百畝為一頃。范仲淹《岳陽樓記》：「上下天光，一碧萬～。」❷片刻，時間段，與「久」相對。《舊唐書・文苑傳下》：「即令秉筆，～之成十餘章。」❸近來，不久前，剛才。曹丕《與吳質書》：「～何以自娛？」

鹵

(粵)lou5〔老〕(普)lǔ

❶鹽。司馬遷《史記・貨殖列傳》：「山西食鹽～。」❷通「魯」，愚鈍。《莊子・則陽》：「君為政焉勿～莽。」

十二畫

傍

一 (粵)bong6〔鎊〕(普)bàng

❶靠近，鄰近。許慎《說文解字》：「～，近也。」《木蘭辭》：「兩兔～地走，安能辨我是雄雌？」❷依靠，依附。《晉書・王彪之傳》：「公阿衡皇家，便當倚～先代耳。」（阿【粵】o1〔柯〕(普)ē】衡：輔助。）❸輔助，輔佐。賈誼《新書・胎教》：「四賢～之。」

二 (粵)pong4〔平黃切〕(普)páng

通「旁」，旁邊，側旁，旁及。《列女傳・母儀》：「乃去舍市～。」（於是搬家到市集旁邊。）

傅

(粵)fu6〔付〕(普)fù

❶教導、輔助帝王或王子。許慎《說文解字》：「～，相。」（相【粵】soeng3〔歲醬切〕(普)xiàng】：輔助。）司馬遷《史記・屈原賈生列傳》：「故令賈生～之。」❷教導、輔助帝王或王子的人。《史記・屈原賈生列傳》：「漢有賈生，為長沙王太～。」（賈生：賈誼。太：最大，最高。）❸依附。《左傳・僖公十四年》：「皮之不存，毛將安～？」

備

(粵)bei6〔鼻〕(普)bèi

❶準備，防備。許慎《說文解字》：「～，慎也。」宋濂《送東陽馬生

序》：「左佩刀，右～容臭。」（容臭：香袋。）❷事前的準備措施。韓非《韓非子·五蠹》：「論世之事，因為之～。」（因應實際情況，而作出準備。）❸齊備，齊全。范仲淹《岳陽樓記》：「此則岳陽樓之大觀也，前人之述～矣。」

傑　（粵）git6〔桀〕（普）jié

❶特別的，超出一般的。許慎《說文解字》：「～，傲也。」王勃《滕王閣序》：「人～地靈。」❷才能出眾的人。蘇軾《念奴嬌·赤壁懷古》：「江山如畫，一時多少豪～。」

最　（粵）zeoi3〔醉〕（普）zuì

❶最，極，非常。李清照《聲聲慢·秋情》：「乍暖還寒時候，～難將息。」❷副詞，正好。蘇軾《贈劉景文》：「～是橙黃橘綠時。」❸聚合。《管子·禁藏》：「冬收五藏，～萬物。」❹總計。司馬遷《史記·絳侯周勃世家》：「～從高帝得相國一人，丞相二人，將軍、二千石各三人。」

割　（粵）got3〔葛〕（普）gē

❶用刀切下。陸游《初夏幽居》：「雨霽郊原～麥忙。」（霽【粵】zai3〔際〕（普）jì：雨初停。）❷宰割，切肉。韓嬰《韓詩外傳·卷九》：「～不正，不食。」❸分割。杜甫《望嶽》（其一）：「陰陽～昏曉。」❹割讓。蘇洵《六國論》：「今日～五城，明日～十城。」

創

（一）（粵）cong1〔倉〕（普）chuāng

創傷。許慎《說文解字》：「刅，傷也。」（刅：「創」的本字。）陸以湉《冷廬雜識·卷七·陳忠愍公》：「忍～負公屍藏蘆叢中。」（公：指忠愍公陳化成。）

（二）（粵）cong3〔翠鋼切〕（普）chuàng

❶開創，創造。諸葛亮《出師表》：「先帝～業未半，而中道崩殂。」❷撰寫，創作。《論語·憲問》：「裨諶草～之。」

勞

（一）（粵）lou4〔爐〕（普）láo

❶勞苦，辛苦，吃力。許慎《說文解字》：「～，劇也。」韓非《韓非子·五蠹》：「是以人民眾而貨財寡，事力～而供養薄。」❷勞累，辛勞。《孟子·告子下》：「必先苦其心志，～其筋骨。」（這裏作動詞用。）❸徒勞。《莊子·逍遙遊》：「時雨降矣而猶浸灌，其於澤也，不亦～乎！」（雨已經下了，人們還要額外用水灌溉，這對於滋潤來說，不是徒勞嗎？）❹功勞，有成語「汗馬功～」。司馬遷《史記·廉頗藺相如列傳》：「藺相如徒以口舌為～，而位居我上。」❺勞役，差事。《韓非子·五蠹》：「雖臣虜之～不苦於此矣。」❻擔憂。《論語·里仁》：「～而不怨。」

（二）（粵）lou6〔路〕（普）lào

慰勞。司馬遷《史記·絳侯周勃世家》：「吾欲入～軍。」

勝

一　粵sing1〔升〕普shēng

❶勝任，能承擔，能承受。許慎《説文解字》：「～，任也。」柳宗元《三戒·黔之驢》：「驢不～怒，蹄之。」❷盡，有成語「不可～數」。諸葛亮《出師表》：「臣不～受恩感激。」

二　粵sing3〔聖〕普shèng

❶勝利，與「負」相對。蘇洵《六國論》：「故不戰而強弱～負已判矣。」❷戰勝。《六國論》：「猶有可以不賂而～之之勢。」（～之：戰勝秦國。）❸超過，好過。白居易《琵琶行》：「此時無聲～有聲。」❹制服，克服。《呂氏春秋·季春紀·先己》：「故欲～人者，必先自～。」❺上風、優勢。司馬遷《史記·廉頗藺相如列傳》：「終不能加～於趙。」❻優美的。范仲淹《岳陽樓記》：「予觀夫巴陵～狀，在洞庭一湖。」（狀：景色。）❼優美的景色。魏禧《吾廬記》：「故視匀庭為～焉。」

博

粵bok3〔駁〕普bó

❶廣博。許慎《説文解字》：「～，大通也。」李贄《初潭集·五》：「長則～物洽聞。」（長大後學識廣博。）❷眾多。司馬遷《史記·伯夷列傳》：「夫學者載籍極～。」❸副詞，廣泛地，有成語「～學多才」。《荀子·勸學》：「君子～學而日參省乎己。」❹古代一種賭輸贏的遊戲，後泛指賭博。《史記·刺客列傳》：「魯句踐與荊軻～。」（魯句踐：人名。）❺博取。黃宗羲《明夷待訪錄·原君》：「以～我一人之產業，曾不慘然。」

廄

粵kyut3〔缺〕普jué

❶人稱代詞，他的，他們的。蘇洵《六國論》：「思～先祖父，暴霜露，斬荊棘，以有尺寸之地。」（～：指割城給秦的諸侯國。）❷連詞，於是，就，因此。司馬遷《報任少卿書》：「左丘失明，～有《國語》。」（左丘：左丘明。）

啻

粵ci3〔翅〕普chì

❶副詞，只、止。劉基《郁離子·卷下》：「虎之力，於人不～倍也。」❷多與「不」、「何」等連用，成為「不～」、「何～」等詞，表示連接或比況，相當於「無異於」、「何異於」。謝肇淛《五雜俎·物部三》：「及其亂離饑餓，市脱粟飯食之，不～八珍。」（市：購買。脱粟飯：古時下層人民的主糧。八珍：泛指珍饈佳餚。）

喜

粵hei2〔起〕普xǐ

❶歡喜，喜樂，高興。許慎《説文解字》：「～，樂也。」范仲淹《岳陽樓記》：「不以物～，不以己悲。」❷喜愛，喜好。司馬光《訓儉示康》：「吾性不～華靡。」（華靡：奢華靡爛的生活。）❸喜事，喜慶。《國語·魯語下》：「夫義人者，固慶其～而吊其憂。」❹特

指女子懷孕，害喜。曹雪芹《紅樓夢・第十回》：「叫大夫瞧了，又說並不是～。」

喪 一 (粵) song3〔歲況切〕(普) sàng

❶喪失。許慎《說文解字》：「～，亡也。」（亡：通「亡」，沒有，失去。）段玉裁《說文解字注》：「亡，逃也。亡非死之謂……皆存亡與生死分別言之。」《孟子・告子上》：「非獨賢者有是心也，人皆有之，賢者能勿～耳。」❷死亡，滅亡。陶潛《歸去來辭・序》：「尋程氏妹～於武昌。」（程氏妹：嫁給程家的妹妹。）蘇洵《六國論》：「六國互～，率賂秦耶？」❸耗費。裴松之《三國志・魏書・方技傳・注》：「先生患其～功費日。」（先生：指馬鈞。功：心血。）

二 (粵) song1〔桑〕(普) sāng

❶喪事。錢公輔《義田記》：「子無以為～。」（子孫也沒有錢財來辦理喪葬事宜。）❷辦理喪事。司馬遷《史記・滑稽列傳》：「馬病肥死，使羣臣～之。」

單 一 (粵) daan1〔丹〕(普) dān

❶單一，單獨，與「雙」相對，有成語「形～影隻」。司馬遷《史記・魏公子列傳》：「今一車【(粵) geoi1〔居〕(普) jū】來代之，何如哉？」❷單薄。白居易《賣炭翁》：「可憐身上衣正～。」❸薄弱。范曄《後漢書・耿恭列傳》：「耿恭以～兵固守孤城。」

二 (粵) sin4〔時言切〕(普) chán

多與「于（【(粵) jyu4〔餘〕(普) yú】）」組成詞語～于，是匈奴君長的稱號。司馬遷《史記・廉頗藺相如列傳》：「破東胡，降林胡，～于奔走。其後十餘歲，匈奴不敢近趙邊城。」

啾 (粵) zau1〔周〕(普) jiū

❶小兒牙牙學語的聲音，或借指呻吟的聲音。許慎《說文解字》：「～，小兒聲也。」杜甫《兵車行》：「天陰雨濕聲～～。」（指鬼魂呻吟的聲音。）❷鳥獸鳴叫的聲音。白居易《燕詩示劉叟》：「卻入空巢裏，啁～終夜悲。」（啁【(粵) zau1〔周〕(普) zhōu】：鳥鳴聲。）

喧 (粵) hyun1〔圈〕(普) xuān

❶呼叫、喧嘩。王言《聖師錄・鶴》：「羣鵲～舞。」❷喧鬧、嘈吵。陶潛《飲酒》（其五）：「結廬在人境，而無車馬～。」

圍 (粵) wai4〔違〕(普) wéi

❶包圍。司馬遷《史記・孔子世家》：「於是乃相與發徒役～孔子於野。」（於是一起派遣服役的民眾，到郊野包圍孔子。）❷守城。《公羊傳・莊公十年》：「～不言戰。」❸圍繞，環繞。《莊子・則陽》：「大至於不可～。」❹周圍，四周。徐宏祖《徐霞客遊記・楚遊日記》：「四～垂幔。」（幔【(粵) maan6〔慢〕(普) màn】：帳幕。）

十二畫

報 (粵）bou3〔布〕(普）bào

❶判罪。許慎《説文解字》:「～,當罪人也。」韓非《韓非子‧五蠹》:「以為直於君而曲於父,～而罪之。」❷報告,告訴。司馬遷《史記‧項羽本紀》:「具以沛公言～項王。」(沛公:劉邦。項王:項羽。)❸報答。諸葛亮《出師表》:「蓋追先帝之殊遇,欲～之於陛下也。」(先帝:指劉備。陛下:指劉禪。)❹報復,報仇。賈誼《過秦論》:「胡人不敢南下而牧馬,士不敢彎弓而～怨。」❺回覆,答覆。《史記‧廉頗藺相如列傳》:「計未定,求人可使～秦者,未得。」❻報酬,酬謝。王充《論衡‧祭意》:「～功以勉力。」(～功:酬謝有功之人。)

堪 (粵）ham1〔虛心切〕(普）kān

❶經得起,忍受,有成語「情何以～」。《論語‧雍也》:「人不～其憂,回也不改其樂。」(回:指顏回。)❷可以,有成語「不～設想」。李清照《聲聲慢‧秋情》:「滿地黃花堆積。憔悴損,如今有誰～摘?」❸值得。歐陽修《清平樂》:「別來音信全乖,舊期前事～猜。」

壹 (粵）jat1〔一〕(普）yī

❶專一。許慎《説文解字》:「～,專～也。」《荀子‧成相》:「好而～之神以成。」❷統一,一致。《商君書‧壹言》:「治國貴民～;民～

則樸。」❸副詞,一概,都。班固《漢書‧公孫劉田王楊蔡陳鄭傳》:「政事～決大將軍光。」❹副詞,一旦。《漢書‧武五子傳》:「大王～起,國中雖男女子皆奮臂隨大王。」❺「一」的大寫。司馬遷《史記‧梁孝王世家》:「太后乃説,為帝加～餐。」

媚 (粵）mei6〔味〕(普）mèi

❶奉承,取悅,討好。許慎《説文解字》:「～,説也。」(説:通「悅」,取悅。)司馬遷《史記‧佞幸列傳》:「非獨女以色～,而士宦亦有之。」❷喜歡,喜愛。繁欽《定情詩》:「我既～君姿,君亦悅我顏。」❸嬌豔,美好,可愛。陸機《文賦》:「水懷珠而川～。」

媼 (粵）ou2〔澳【高上】〕(普）ǎo

❶對年長婦人的敬稱。許慎《説文解字》:「～,女老偁也。」(偁:通「稱」,稱呼。)司馬遷《史記‧趙世家》:「老臣以～為長安君之計短也。」(～:指趙太后。計短:考慮不周詳。)❷泛指婦女。王晫《虞初新志‧卷十五》:「有老～坐其中。」

寒 (粵）hon4〔韓〕(普）hán

❶寒冷,冰冷,與「暑」相對。許慎《説文解字》:「～,凍也。」《荀子‧勸學》:「冰,水為之,而～於水。」❷冷凍。《孟子‧告子上》:「一日暴之,十日～之。」❸貧困,

貧寒。司馬光《訓儉示康》：「吾本～家，世以清白相承。」❹地位卑微。杜甫《茅屋為秋風所破歌》：「大庇天下～士俱歡顏。」❺心寒，害怕。司馬遷《史記·春申君列傳》：「若是而王以十萬戍鄭，梁氏～心。」（王：指楚頃襄王。梁氏：指魏國。）

寓 粵 jyu6〔預〕 普 yù

❶寄寓，寄託。許慎《說文解字》：「～，寄也。」歐陽修《醉翁亭記》：「山水之樂，得之心而～之酒也。」❷寄居，居住。《晉書·陸機傳》：「既而羈～京師。」❸寓所，居所。班固《漢書·高惠高后文功臣表》：「高其位，大其～。」

寐 粵 mei6〔味〕 普 mèi

睡覺。許慎《說文解字》：「～，臥也。」范仲淹《漁家傲·秋思》：「人不～，將軍白髮征夫淚。」

尊 一 粵 zeon1〔津〕 普 zūn

通「樽」，酒器，這個意思後來被寫成「樽」。許慎《說文解字》：「～，酒器也。」蘇軾《念奴嬌·赤壁懷古》：「人生如夢，一～還酹江月。」

二 粵 zyun1〔專〕 普 zūn

❶尊貴，高貴。李華《弔古戰場文》：「威～命賤。」（當官的威權重大，當兵的性命低賤。）❷尊重，尊奉。賈誼《過秦論》：「～賢重士。」❸對長輩的稱呼，不用語

譯。范曄《後漢書·獨行列傳》：「將過拜～親，見孺子焉。」（將會拜訪您的父母和小孩。）

尋 粵 cam4〔潯〕 普 xún

❶古代長度單位，以八尺為一尋。韓非《韓非子·五蠹》：「布帛～常，庸人不釋。」（常：古代長度單位，十六尺為一常。釋：丟棄。）❷尋找，尋覓。辛棄疾《青玉案·元夕》：「眾裏～他千百度。」❸追尋，探索。紀昀《閱微草堂筆記·卷十六》：「～十餘里，無跡。」❹副詞，隨即，不久。陶潛《歸去來辭·序》：「～程氏妹喪於武昌。」（喪：死。）

就 粵 zau6〔宙〕 普 jiù

❶靠近，接近。《荀子·勸學》：「金～礪則利。」柳宗元《永州八記·始得西山宴遊記》：「頹然～醉。」（頹然：東倒西歪。）❷趨向，前往，有成語「避重～輕」。司馬遷《史記·廉頗藺相如列傳》：「臣知欺大王之罪當誅，臣請～湯鑊。」❸就職，到任。李密《陳情表》：「辭不～職。」❹成就，達到，完成。《史記·魏公子列傳》：「嬴欲～公子之名。」（嬴：指魏國隱士侯嬴。公子：指魏國的信陵君魏無忌，「戰國四公子」之一。）❺副詞，就要，快要。陶潛《歸去來辭》：「三徑～荒，松菊猶存。」（三徑：庭院中的小徑。）❻連詞，即使。陳壽《三國志·蜀書·法正

傳》:「～復東行,必不傾危矣。」

幾

一 (粵) gei1〔基〕(普) jǐ

❶ 副詞,幾乎,庶幾,差不多。文天祥《指南錄·後序》:「去京口,挾匕首以備不測,～自剄死。」❷ 相差不遠。《孟子·告子上》:「其好惡與人相近也者～。」(他們對正義的喜歡、對邪惡的討厭,與一般人非常接近,相差不遠。) ❸ 輕微,婉轉。《論語·里仁》:「事父母～諫。」

二 (粵) gei2〔紀〕(普) jǐ

❶ 疑問代詞,表示數量的多少。陶潛《歸去來辭》:「寓形宇內復～時?」(將身體寄居在天地之間,還有多少時日?) ❷ 數詞,表示不確定的數目。《莊子·逍遙遊》:「鯤之大,不知其～千里也。」

廂

(粵) soeng1〔商〕(普) xiāng

古代正房兩邊的房屋,即廂房,一般分為東、西廂,有成語「一～情願」。班固《漢書·佞幸傳》:「太皇太后召大司馬賢,引見東～。」(賢:指董賢。)

弼

(粵) bat6〔拔〕(普) bì

❶ 輔弼,輔助。許慎《說文解字》:「～,輔也。」司馬遷《史記·汲鄭列傳》:「天子置公卿輔～之臣。」❷ 輔助他人的人。《呂氏春秋·不苟論·自知》:「故天子立輔～,設師保,所以舉過也。」

彘

(粵) zi6〔字〕(普) zhì

豬。許慎《說文解字》:「～,豕也。」(豕【(粵) ci2〔此〕(普) shǐ】:豬。)《孟子·梁惠王上》:「雞、豚、狗、～之畜,無失其時,七十者可以食肉矣。」

復

(粵) fuk6〔服〕(普) fù

❶ 回來,回去。許慎《說文解字》:「～,往來也。」《左傳·僖公四年》:「昭王南征而不～。」(昭王:指周昭王。) ❷ 回復,恢復。《荀子·勸學》:「不～挺者,輮使之然也。」❸ 收復。《資治通鑑·晉紀·孝愍皇帝上》:「大王誠能命將出師,使如逖者統之以～中原。」(逖【(粵) tik1〔惕〕(普) tì】:指祖逖。) ❹ 報復,報仇。桓寬《鹽鐵論·本議》:「有北面～匈奴之志。」❺ 副詞,又,再,有成語「死灰～燃」。司馬遷《史記·廉頗藺相如列傳》:「明年,～攻趙,殺二萬人。」❻ 通「覆」,回覆,報告,這個意思後來被寫成「覆」。《孟子·梁惠王上》:「有～於王者曰:『吾力足以舉百鈞,而不足以舉一羽。』」

循

(粵) ceon4〔巡〕(普) xún

❶ 順着,沿着。許慎《說文解字》:「～,行順也。」《呂氏春秋·慎大覽·察今》:「荊人弗知,～表而夜涉。」(荊:指楚國。) ❷ 遵循,依照,有成語「～規蹈矩」。韓非

《韓非子·定法》:「～名而責實。」（按照名位求得實際的效果。）❸追溯。《莊子·秋水》:「請～其本。」❹慰問。班固《漢書·蕭何曹參傳》:「拊～勉百姓。」（拊:通「撫」,安撫。）

 徨 ⑧wong4〔黃〕⑦huáng

多與「彷」組成詞語「彷～」。見第58頁「彷」字條。

 徧 ⑧pin3〔騙〕⑦biàn

遍及。《左傳·莊公十年》:「小惠未～。」

惑 ⑧waak6〔或〕⑦huò

❶糊塗,惑亂。許慎《説文解字》:「～,亂也。」韓愈《師説》:「於其身也則恥師焉,～矣!」❷迷惑,蠱惑,誘惑。司馬遷《史記·屈原賈生列傳》:「懷王以不知忠臣之分,故內～於鄭袖,外欺於張儀。」（～於:被迷惑。鄭袖:楚懷王的妃子。欺:被欺騙。）❸疑惑,疑難。《師説》:「師者,所以傳道、授業、解～也。」

惡 一 ⑧ok3〔岳【中入】〕⑦è

❶罪惡,罪過,壞事,與「善」相對。許慎《説文解字》:「～,過也。」《論語·顏淵》:「君子成人之美,不成人之～。」司馬光《訓儉示康》:「侈,～之大也。」❷醜,簡陋,與「美」相對。俞長城《全鏡文》:「予美予～,汝何

與焉!」❸不好,有成語「～名昭彰」。司馬遷《史記·廉頗藺相如列傳》:「廉君宣～言而君畏匿之。」杜甫《兵車行》:「信知生男～,反是生女好。」❹粗糙,粗劣。方孝孺《試筆説》:「視之與里巷所為偏敧軟～者等。」（偏敧:歪斜。）

二 ⑧wu3〔烏【陰去】〕⑦wù

❶厭惡,憎厭。段玉裁《説文解字注》:「有過而人憎之亦曰～。」《論語·里仁》:「惟仁者,能好人,能～人。」❷羞恥。《孟子·公孫丑上》:「羞～之心,義之端也。」❸害怕。《晉書·樂廣傳》:「意甚～之。」

三 ⑧wu1〔烏〕⑦wū

❶疑問代詞,相當於「怎麼」、「哪裏」。《論語·里仁》:「君子去仁,～乎成名?」❷歎詞,表示強烈的語氣,相當於「啊」、「呀」。《孟子·公孫丑下》:「～!是何言也!」

 惠 ⑧wai6〔衞〕⑦huì

❶仁慈。許慎《説文解字》:「～,仁也。」陶潛《歸去來辭·序》:「諸侯以～愛為德。」（諸侯:指地方高官。）❷恩惠。《左傳·莊公十年》:「小～未遍,民弗從也。」（遍:遍及。）❸惠澤,給予好處。曹植《喜雨》:「棄之必憔悴,～之則滋榮。」❹溫和,溫順。王羲之《蘭亭集序》:「是日也,天朗氣清,～風和暢。」❺通「慧」,聰明,聰慧,這個意思後來被寫成

「慧」。《列子‧湯問》:「甚矣!汝之不~。」

悲 (粵)bei1〔卑〕(普)bēi

❶悲傷,悲痛,傷心,與「喜」相對。許慎《說文解字》:「~,痛也。」范仲淹《岳陽樓記》:「不以物喜,不以己~。」❷意動用法,為某事感到悲傷。李白《將進酒》:「君不見高堂明鏡~白髮,朝如青絲暮成雪。」❸憐憫。王勃《滕王閣序》:「關山難越,誰~失路之人?」❹悲涼,淒厲。蘇軾《前赤壁賦》:「託遺響於~風。」

惰 (粵)do6〔多【陽去】〕(普)duò

❶怠惰,鬆懈。許慎《說文解字》:「~,不敬也。」(敬:專心。)孫武《孫子兵法》:「避其銳氣,擊其~歸。」❷放縱。姚瑩《捕鼠說》:「任其遊出以~之。」(其:指貓。)

惻 (粵)cak1〔初德切〕/ caak1〔測〕(普)cè

❶悲痛,痛心。薛福成《貓捕雀》:「未有不~動於中者。」❷多與「隱」組成詞語「~隱」,表示悲痛、憐憫和同情別人的不幸。許慎《說文解字》:「~,痛也。」《孟子‧公孫丑上》:「~隱之心,仁之端也。」

惴 (粵)zeoi3〔醉〕(普)zhuì

憂心,懼怕。許慎《說文解字》:「~,憂懼也。」柳宗元《永州八記‧始得西山宴遊記》:「居是州,恆~慄。」

愠 (粵)wan3〔饋訓切〕(普)yùn

生氣。許慎《說文解字》:「~,怒也。」《論語‧學而》:「人不知而不~,不亦君子乎?」

愎 (粵)bik1〔碧〕(普)bì

❶任性,固執,有成語「剛~自用」。韓非《韓非子‧十過》:「五曰,貪~喜利則滅國殺身之本也。」❷拒絕。《韓非子‧亡徵》:「~諫而好勝。」

戟 (粵)gik1〔激〕(普)jǐ

一種古代兵器,為戈與矛的合體,兼有直刺、橫擊的功能。司馬遷《史記‧項羽本紀》:「交~之衞士欲止不內。」

扉 (粵)fei1〔飛〕(普)fēi

門。許慎《說文解字》:「~,戶扇也。」歸有光《項脊軒志》:「娘以指叩門~曰:『兒寒乎?欲食乎?』」

掌 (粵)zoeng2〔獎〕(普)zhǎng

❶人的手掌。許慎《說文解字》:「~,手中也。」司馬遷《史記‧滑稽列傳》:「即為孫叔敖衣冠,抵~談語。」❷動物的腳掌。《孟子‧告子上》:「熊~,亦我所欲也。」❸用手掌擊打。揚雄《羽獵賦》:「~蒺藜。」❹掌管,掌握。司馬光《訓儉示康》:「張文節為相,自

奉養如為河陽～書記時。」(張文節：張知白，北宋仁宗時的宰相。書記：指文書抄寫等工作。)

掣 ⟨粵⟩zai3〔製〕⟨普⟩chè

❶牽引，拉扯。岑參《白雪歌送武判官歸京》:「紛紛暮雪下轅門，風～紅旗凍不翻。」❷抽取。《晉書·王獻之傳》:「七八歲時學書，羲之密從後～其筆不得。」

揮 ⟨粵⟩fai1〔輝〕⟨普⟩huī

❶揮動，舞動。魏禧《大鐵椎傳》:「客從容～椎，人馬四面仆地下。」❷拋灑，甩落，有成語「～之即去」。《戰國策·齊策一》:「～汗成雨。」

揆 ⟨粵⟩kwai5〔愧【陽上】〕⟨普⟩kuí

❶度量，推測。屈原《楚辭·離騷》:「皇覽～余初度兮，肇錫余以嘉名。」(父親在我初生時，對我加以觀察和推測，於是給予我美好的名字。)❷道理。劉知幾《史通·疑古》:「以古方今，千載一～。」❸管理。《左傳·文公十八年》:「以～百事，莫不時序。」❹宰相。《晉書·禮志上》:「桓溫居～，政由己出。」

摳 ⟨粵⟩aat3〔壓〕⟨普⟩yà

拔起。《孟子·公孫丑上》:「宋人有閔其苗之不長而～之者。」

揣 ⟨粵⟩ceoi2〔取〕/ cyun2〔喘〕⟨普⟩chuǎi

❶揣測，測量，估計。許慎《説文解字》:「～，量也。」《左傳·昭公三十二年》:「計丈數，～高卑，度厚薄。」❷探求。《戰國策·秦策一》:「簡練以為～摩。」(揀選書中的精華部分，來探求和研究當中的意義。)

提 一 ⟨粵⟩tai4〔題〕⟨普⟩tí

❶提起，拿起。許慎《説文解字》:「～，挈也。」(挈【⟨粵⟩kit3〔竭〕⟨普⟩qiè】:提起。)《莊子·養生主》:「～刀而立，為之四顧。」❷提拔。《北史·魏收傳》:「然～獎後輩，以名行為先。」❸攜帶。李華《弔古戰場文》:「～攜捧負，畏其不壽。」(父母當初拖着他、帶着他、抱着他、揹着他，唯恐他長不大。)

二 ⟨粵⟩tai4〔題〕⟨普⟩dī

投擊，擲擊。司馬遷《史記·刺客列傳》:「是時，侍醫夏無且以其所奉藥曩～荊軻也。」(夏無且【⟨粵⟩zeoi1〔狙〕⟨普⟩jū】:秦王政侍醫。)

揖 ⟨粵⟩yap1〔泣〕⟨普⟩yī

拱手行禮。俞長城《全鏡文》:「遂～客而謝。」(～客：向客人拱手行禮。)

揭 ⟨粵⟩kit3〔竭〕⟨普⟩jiē

❶高舉，舉起。許慎《説文解字》:「～，高舉也。」賈誼《過秦論》:

「斬木為兵，～竿而起。」（兵：指兵器。）❷解開，翻開。《戰國策・韓策二》：「脣～者其齒寒。」❸標示，展示。曾鞏《墨池記》：「書『晉王右軍墨池』之六字於楹間以～之。」

揚 （粵）yang4〔揚〕（普）yáng

❶舉起，揚起。許慎《說文解字》：「～，飛舉也。」歸有光《項脊軒志》：「余區區處敗屋中，方～眉瞬目，謂有奇景。」❷飛揚。劉邦《大風歌》：「大風起兮雲飛～。」❸宣揚，稱頌，有成語「～名立萬」。《孝經・諫諍》：「若夫慈愛、恭敬、安親、～名，則聞命矣！」（聞命：接受教導。）❹提拔，推薦。韓愈《進學解》：「孰云多而不～？」❺顯露。陳壽《三國志・魏書・武帝紀》：「～兵河上。」（河：黃河。）❻振作。杜甫《新婚別》：「婦人在軍中，兵氣恐不～。」

援 （粵）wun4〔垣〕（普）yuán

❶拉。許慎《說文解字》：「～，引也。」（引：指拉引。）馬中錫《中山狼傳》：「簡子垂手登車，～烏號之弓。」（烏號：傳說為黃帝所用的弓，後指良弓。）❷攀登。柳宗元《永州八記・始得西山宴遊記》：「攀～而登。」❸拿着，持着。《孔子家語・六本》：「退而就房，～琴而歌。」❹引領。司馬遷《史記・酈生陸賈列傳》：「～上黨之兵。」（上黨：古地名，位於今

山西省長治市。）❺援引，引用。劉知幾《史通・惑經》：「或～誓以表心。」❻提出。宋濂《送東陽馬生序》：「余立侍左右，～疑質理。」❼援助，救援。蘇洵《六國論》：「蓋失強～，不能獨完。」

敦 （粵）deon1〔噸〕（普）dūn

❶敦促，督促。許慎《說文解字》：「～，怒也。」《晉書・謝安傳》：「累下郡縣～遍，不得已赴召。」❷厚。《荀子・儒效》：「知之而不行，雖～必困。」（指學識豐厚。）❸敦厚，厚道。《列女傳・節義・魏節乳母》：「君子謂節乳母慈惠～厚，重義輕財。」（節乳母：魏國公子魏節的乳娘。）

敢 （粵）gam2〔感〕（普）gǎn

❶勇敢，大膽。司馬遷《史記・刺客列傳》：「齊人或言聶政勇～士也。」❷有勇氣，敢於。《史記・廉頗藺相如列傳》：「燕畏趙，其勢必不～留君。」❸豈敢。杜甫《兵車行》：「長者雖有問，役夫～申恨？」❹謙辭，表示冒昧請求的意思。《孝經・諫諍》：「～問：子從父之令，可謂孝乎？」

散 一 （粵）saan3〔傘〕（普）sàn

❶散開，分離。李白《月下獨酌》（其一）：「醒時同交歡，醉後各分～。」❷飄散，散佈。班固《漢書・高后紀》：「乃悉出珠玉寶器～堂下。」❸驅散，排除。杜甫《落

日》:「一酌～千憂。」❹逃散，逃走。《孟子·梁惠王下》:「壯者～而之四方者，幾千人矣。」❺完結。張岱《西湖七月半》:「官府席～。」❻花費。李白《將進酒》:「千金～盡還復來。」

二 (粵)saan2〔死板切〕(普)sǎn

❶懶散。《荀子·修身》:「庸眾駑～，則劫之以師友。」(駑【粵】nou4〔奴〕(普)nú:愚鈍無能。劫:威迫。)❷散亂。歐陽修《醉翁亭記》:「已而夕陽在山，人影～亂。」❸閒散，借指閒散的職位。韓愈《進學解》:「投閒置～，乃分之宜。」

斐 (粵)fei2〔匪〕(普)fěi

有文采。王充《論衡·案書》:「文辭～炳。」

斯 (粵)si1〔私〕(普)sī

❶指示代詞，這，此。蘇洵《六國論》:「是故燕雖小國而後亡，～用兵之效也。」❷連詞，於是。《孟子·公孫丑上》:「先王有不忍人之心，～有不忍人之政矣。」

普 (粵)pou2〔譜〕(普)pǔ

❶周遍，整個。《孟子·萬章上》:「～天之下，莫非王土。」❷副詞，普遍，全面。司馬遷《史記·秦始皇本紀》:「～施明法。」

晰 (普) (粵)sik1〔色〕(普)xī

❶清晰，明白，清楚。劉勰《文心雕龍·總術》:「辯者昭～。」❷通「皙」，指皮膚潔白，這個意思後來被寫成「皙」。杜甫《送李校書二十六韻》:「人間好少年，不必須白～。」

景 一 (粵)ging2〔警〕(普)jǐng

❶日光。許慎《說文解字》:「～，光也。」陶潛《歸去來辭》:「～翳翳以將入。」(翳【粵】ai3〔縊〕(普)yì〕翳:昏暗。入:日落。)❷景色。范仲淹《岳陽樓記》:「至若春和～明。」❸景物。歸有光《項脊軒志》:「余區區處敗屋中，方揚眉瞬目，謂有奇～。」❹景仰。李白《與韓荊州書》:「何令人之～慕。」

二 (粵)jing2〔影〕(普)yǐng

通「影」，影子，這個意思後來被寫成「影」。賈誼《過秦論》:「揭竿為旗，天下雲集而響應，贏糧而～從。」

智 (粵)zi3〔志〕(普)zhì

❶智慧，智謀。蘇洵《六國論》:「且燕、趙處秦革滅殆盡之際，可謂～力孤危。」❷聰明。《孟子·梁惠王下》:「惟～者為能以小事大。」

曾 一 (粵)zang1〔憎〕(普)zēng

❶與自己相隔兩代的親屬，有詞語「～祖父」(父親的祖父)、「～孫」(孫子的兒子)等。杜甫《寄狄明府博濟》:「汝門請從～翁說，太后當朝多巧詆。」(～翁:對別人曾

祖父的尊稱。）❷同「增」，增加，這個意思後來被寫成「增」。《孟子‧告子下》：「～益其所不能。」❸副詞，尚且。《列子‧湯問》：「～不能毀山之一毛。」❹副詞，竟然。王羲之《蘭亭集序》：「～不知老之將至。」

（二）（粵）cang4〔層〕（普）céng
❶副詞，曾經。辛棄疾《永遇樂‧京口北固亭懷古》：「人道寄奴～往。」（寄奴：南朝宋武帝劉裕的小名。）❷通「層」，層疊，這個意思後來被寫成「層」。杜甫《望嶽》（其一）：「盪胸生～雲。」

替

（粵）tai3〔剃〕（普）tì
❶廢掉，廢棄。屈原《楚辭‧九章‧懷沙》：「常度未～。」❷衰落。《舊唐書‧魏徵傳》：「以古為鏡，可以知興～。」❸代替。《木蘭辭》：「從此～爺征。」（爺：父親。）❹介詞，相當於「給」、「為」。杜牧《贈別》（其二）：「～人垂淚到天明。」

期

（一）（粵）kei4〔旗〕（普）qī
❶約定，有成語「不～而遇」。許慎《說文解字》：「～，會也。」李白《月下獨酌》（其一）：「永結無情遊，相～邈雲漢。」❷期限。司馬遷《史記‧陳涉世家》：「失～，法皆斬。」（失～：失約。）❸期望，要求。陶潛《歸去來辭》：「富貴非吾願，帝鄉不可～。」（帝鄉：指神仙居住的地方。）❹日期，時

候。范曄《後漢書‧獨行列傳》：「後～方至。」

（二）（粵）gei1〔基〕（普）jī
❶滿一年。《戰國策‧齊策一》：「～年之後，雖欲言，無可進者。」❷古人為已故親人服喪一年，稱為「～」。李密《陳情表》：「外無～功強近之親。」（功：指服喪九個月或五個月。）

朝

（一）（粵）ziu1〔焦〕（普）zhāo
❶早晨，有成語「～三暮四」。范仲淹《岳陽樓記》：「～暉夕陰，氣象萬千。」❷一日，一天。《莊子‧逍遙遊》：「～菌不知晦朔。」（菌：指菌類植物。）❸短時間。《莊子‧逍遙遊》：「今一～而鬻技百金。」

（二）（粵）ciu4〔潮〕（普）cháo
❶朝拜，朝見。司馬遷《史記‧廉頗藺相如列傳》：「相如每～時，常稱病，不欲與廉頗爭列。」❷君主受臣子朝見。《荀子‧堯問》：「王～而有憂色，何也？」（王：指楚莊王。）❸朝廷。杜甫《登樓》：「北極～廷終不改。」❹朝代。李密《陳情表》：「伏惟聖～以孝治天下。」（聖～：對本朝的尊稱。）❺君主在位的時期。張籍《贈道士宜師》：「兩～侍從當時貴。」（兩～：兩任君主。）

棄

（粵）hei3〔氣〕（普）qì
❶捨棄，放棄。許慎《說文解字》：「～，捐也。」（捐：拋棄，捨棄。）蘇洵《六國論》：「子孫視之不甚

惜，舉以予人，如～草芥。」❷罷免官職。柳宗元《蝜蝂傳》：「黜～之，遷徙之。」

棧 粵zaan6〔賺〕普zhàn

❶竹、木編成的牲畜棚。許慎《說文解字》：「～，棚也。」宋濂《燕書》：「置之牛羊～中。」❷在險絕的山上用竹、木架成的道路，有詞語「～道」。司馬遷《史記・留侯世家》：「漢王燒絕～道，無還心矣。」（漢王：劉邦。）

棲 粵cai1〔淒〕普qī

❶鳥類棲息。許慎《說文解字》：「西，鳥在巢上，日在西方而鳥～。」（「棲」的本字為「西」，後來以「棲」代替。）戴名世《南山集・鳥說》：「以此鳥之羽毛潔而音鳴好也，奚不深山之適而茂林之～？」（奚【粵】hai4〔兮〕【普】xī）不：怎不。）❷停留，暫居。司馬遷《史記・蘇秦列傳》：「越王句踐～於會稽。」

植 粵zik6〔直〕普zhí

❶種植，栽種。陶潛《歸去來辭・序》：「余家貧，耕～不足以自給。」❷豎立，插。《歸去來辭》：「或～杖而耘耔。」（耔：播種。）❸通「直」，筆直，這個意思後來被寫成「直」。周敦頤《愛蓮說》：「亭亭淨～。」❹支柱。馮夢龍《智囊補・卷十五》：「法者國之～也。」

棘 粵gik1〔激〕普jí

❶荊棘，一種多刺的灌木，有成語「披荊斬～」。蘇洵《六國論》：「暴霜露，斬荊～，以有尺寸之地。」❷通「戟」，一種古代兵器，這個意思後來被寫成「戟」，見第211頁「戟」字條。《左傳・隱公十一年》：「子都拔～以逐之。」（子都：即公孫子都，春秋時期鄭國宗室。）

櫂 粵zaau6〔驟〕普zhào

❶船槳。蘇軾《前赤壁賦》：「桂～兮蘭槳。」❷用槳划船。紀昀《閱微草堂筆記・卷十六》：「～數小舟。」

椎 粵ceoi4〔徐〕普chuí

❶同「槌」，古代一種兵器。魏禧《大鐵椎傳》：「客從容揮～，人馬四面仆地下。」❷用椎擊打。司馬遷《史記・魏公子列傳》：「朱亥袖四十斤鐵椎，～殺晉鄙。」（朱亥：戰國時期魏國人。晉鄙：戰國時期魏國將領。）❸樸實，笨拙。《史記・絳侯周勃世家》：「勃不好文學……其～少文如此。」（勃：指周勃。少文：缺乏文采。）

款 粵fun2〔火本切〕普kuǎn

❶誠懇，有成語「～～情深」。《荀子・修身》：「愚～端愨。」（愚：老實。端：端莊。愨【粵】kok3〔確〕【普】què：忠厚。）❷款待，招待。

馮夢龍《警世通言・莊子休鼓盆成大道》:「當下治飯相～。」(治飯:做飯。)❸規格。蒲松齡《聊齋誌異・促織》:「即捕三兩頭,又劣弱,不中于～。」❹條文,條目。《宋史・張齊賢傳》:「命具～。」(吩咐下人撰寫條文。)❺刻在器具上的文字。班固《漢書・郊祀志下》:「今此鼎細小,又有～識。」

欺 粵 hei1〔希〕普 qī

❶欺騙,有成語「～世盜名」。許慎《說文解字》:「～,詐欺也。」司馬遷《史記・廉頗藺相如列傳》:「欲予秦,秦城恐不可得,徒見～。」❷欺負。杜甫《茅屋為秋風所破歌》:「南村羣童～我老無力。」

欹 粵 kei1〔崎〕普 qī

歪斜。龔自珍《病梅館記》:「以～為美。」

欽 粵 jam1〔音〕普 qīn

❶欽佩,敬重。《晉書・王獻之傳》:「謝安甚～愛之,請為長史。」(長史:官職名。)❷古代指有關皇帝的,有詞語「～差大臣」、「～點」等。《清史稿・選舉志三》:「按應試人數多寡,～定中額。」

殘 粵 caan4〔情煩切〕普 cán

❶殘害,有成語「手足相～」。許慎《說文解字》:「～,賊也。」(賊:傷害。)司馬遷《史記・商君列傳》:「～傷民以駿刑,是積怨畜禍也。」(駿刑:即「峻刑」,酷刑。)❷摧殘,摧毀。《國語・越語上》:「吾將～汝社稷,滅汝宗廟。」❸殘暴,殘忍。《史記・秦始皇本紀》:「呂政～虐。」(呂政:即秦始皇嬴政,有謂嬴政為呂不韋的私生子,故本姓「呂」。)❹殘缺。李清照《一剪梅》:「紅藕香～玉簟秋。」(簟【粵 tim5〔添【陽上】〕普 diàn】:指用莞草編織的蓆子。)❺凋謝。蘇軾《贈劉景文》:「菊～猶有傲霜枝。」❻餘下,剩下,殘餘。杜審言《大酺》:「梅花落處疑～雪。」

淵 粵 jyun1〔冤〕普 yuān

❶深水,深潭。《荀子・勸學》:「積水成～。」❷深,深沉。《莊子・在宥》:「其居也～而靜。」(居:坐下。)❸淵源。《新唐書・劉第五班王李傳》:「今之急在兵,兵強弱在賦,賦所出以江淮為～。」(賦:稅。)

游 粵 jau4〔由〕普 yóu

❶游泳,或在水上漂浮。范仲淹《岳陽樓記》:「沙鷗翔集,錦鱗～泳。」❷漂浮不定。《新唐書・竇軌傳》:「有～手末作者按之,由是威信大行,民皆趨本。」(～手:無所事事的人。末:商業。按:審問。本:農業。)❸虛浮,不實,有成語「氣若～絲」。陳壽《三國志・蜀書・諸葛亮傳》:「服罪

輸情者雖重必釋，～辭巧飾者雖輕必戮。」❹通「遊」，遊玩，遊覽，這個意思後來被寫成「遊」，見第273頁「遊」字條。《列子·湯問》：「伯牙～於泰山之陰。」❺通「遊」，出遊，遊歷，這個意思後來被寫成「遊」，見第273頁「遊」字條。司馬遷《史記·太史公自序》：「二十而南～江、淮。」❻寄居。《舊唐書·文苑傳下》：「客～會稽。」❼通「遊」，交遊，交際，交往，這個意思後來被寫成「遊」，見第273頁「遊」字條。陶潛《歸去來辭》：「歸去來兮，請息交以絕～。」（息交：謝絕交遊，不問世事。）❽特指請教學問。宋濂《送東陽馬生序》：「又患無碩師、名人與～。」

 渡 粵 dou6〔杜〕 普 dù

❶橫過江河。許慎《說文解字》：「～，濟也。」諸葛亮《出師表》：「故五月～瀘，深入不毛。」（瀘：瀘水，即今金沙江，位於四川省和雲南省交界。）❷橫越，越過。司馬遷《史記·高祖本紀》：「未～平原。」❸渡口，碼頭。白樸《沉醉東風·漁父》：「黃蘆岸白蘋～口。」（蘆：蘆葦。蘋：四葉草。）

 渾 一 粵 gwan2〔滾〕 普 gún

❶多組成疊詞「～～」，表示水勢盛大。《荀子·富國》：「財貨～～如泉源。」

二 粵 wan6〔運〕 普 hùn

通「混」，混同，這個意思後來被寫成「混」。班固《漢書·楚元王傳》：「今賢不肖～殽，白黑不分。」（殽：通「淆」，混淆。）

三 粵 wan4〔雲〕 普 hún

❶通「混」，渾濁，這個意思後來被寫成「混」。陸游《遊山西村》：「莫笑農家臘酒～。」（臘酒：農曆十二月釀製的酒。）❷通「混」，混同，這個意思後來被寫成「混」。班固《漢書·楚元王傳》：「今賢不肖～殽，白黑不分。」（殽：通「淆」，混淆。）❸滿，遍，有成語「～身是膽」。杜荀鶴《蠶婦》：「年年道我蠶辛苦，底事～身着苧麻？」（底事：何事。）❹副詞，幾乎，簡直。杜甫《春望》：「白頭搔更短，～欲不勝簪。」❺副詞，全，都。于謙《石灰吟》：「粉身碎骨～不怕，要留清白在人間。」

渠 粵 keoi4〔衢〕 普 qú

❶人工開鑿的水道。許慎《說文解字》：「～，水所居。」司馬遷《史記·河渠書》：「此～皆可行舟，有餘則用溉浸，百姓饗其利。」（此～：指四川省的都江堰。）❷人稱代詞，他，她，牠，它，通粵方言的「佢」。朱熹《觀書有感》：「問～哪得清如許？為有源頭活水來。」（～：指池塘的水。）

渥 （粵）ak1〔握〕（普）wò

❶沾濕，濕潤。許慎《説文解字》：「～，霑也。」《詩經・小雅・信南山》：「益之以霢霂，既優既～，既霑既足，生我百穀。」（霢霂（粵）mak6 muk6〔麥木〕（普）mài mù】：小雨。）❷優厚。李密《陳情表》：「寵命優～。」

湮 （粵）jin1〔煙〕（普）yān

❶湮沒，埋沒。許慎《説文解字》：「～，沒也。」紀昀《閲微草堂筆記・卷十六》：「乃石性堅重，沙性鬆浮，～於沙上。」❷填塞。《莊子・天下》：「昔禹之～洪水，決江河而通四夷九州也。」

渦 （粵）wo1〔窩〕（普）wō

漩渦。杜牧《阿房宮賦》：「蜂房水～，矗不知乎幾千萬落。」（矗：指宮殿矗立。）

湯 （粵）tong1〔劏〕（普）tāng

❶熱水，開水。許慎《説文解字》：「～，熱水也。」司馬遷《史記・廉頗藺相如列傳》：「臣知欺大王之罪當誅，臣請就～鑊。」❷溫泉。《太平廣記・伎巧三》：「又嘗於宮中置長～池數十間。」❸湯藥。李密《陳情表》：「臣侍～藥，未曾廢離。」❹菜湯。王建《新嫁娘》（其三）：「三日入廚下，洗手作羹～。」

二 （粵）soeng1〔商〕（普）shāng

水大流急的樣子，多以疊詞「～

～」出現。范仲淹《岳陽樓記》：「銜遠山，吞長江，浩浩～～，橫無際涯。」

渺 （粵）miu5〔秒〕（普）miǎo

❶遙遠，無邊無際。蘇軾《前赤壁賦》：「～～兮予懷，望美人兮天一方。」❷渺茫，微小。《前赤壁賦》：「～滄海之一粟。」

渝 （粵）jyu4〔餘〕（普）yú

❶改變，有成語「矢志不～」。許慎《説文解字》：「～，變汙也。」（汙：通「污」，不清潔。）魏徵《十漸不克終疏》：「儉約之志，始終而不～。」❷氾濫，溢出。劉孝威《都縣遇見人織率爾寄婦》：「芳脂口上～。」（脂：胭脂。）

渙 （粵）wun6〔換〕（普）huàn

❶離散，散開。柳宗元《愚溪對》：「西海有水，散～而無力，不能負芥。」（芥：船。）❷水流盛大的樣子。《詩經・鄭風・溱洧》：「溱與洧，方～～兮。」（溱【粵】ceon4〔秦〕（普）zhēn】、洧【粵】fui2〔火繪切〕（普）wěi】：河流名，都在今河南省。）

溫 （粵）wan1〔瘟〕（普）wēn

❶溫暖，暖和。《晏子春秋・內篇》：「～而知人之寒。」❷溫和，柔和。謝肇淛《五雜俎・物部三》：「吾見南方膏粱子弟……必擇甘毳～柔。」（甘毳：同「甘

十二畫

脆」，美味的食物。）❸温習，複習。《論語・為政》：「～故而知新，可以為師矣。」

無 ⟨粵⟩mou4〔模〕⟨普⟩wú

❶沒有。許慎《說文解字》：「～，亡也。」(亡：沒有。）李白《月下獨酌》（其一）：「花間一壺酒，獨酌～相親。」❷不。《論語・衞靈公》：「～求生以害仁，有殺身以成仁。」❸副詞，同「毋」，不要，這個意思後來被寫成「毋」。蘇洵《六國論》：「為國者～使為積威之所劫哉！」❹連詞，無論，不論。諸葛亮《出師表》：「愚以為宮中之事，事～大小，悉以咨之。」❺語氣助詞，用在句末，表示疑問，相當於「嗎」。杜甫《入奏行贈西山檢察使竇侍御》：「江花未落還成都，肯訪浣花老翁～？」（浣【粵】wun5〔碗【陽去】〕【普】huàn】花：即浣花溪，位於杜甫草堂附近。）

然 ⟨粵⟩jin4〔言〕⟨普⟩rán

❶通「燃」，燃燒，這個意思後來被寫成「燃」。許慎《說文解字》：「～，燒也。」《孟子・公孫丑上》：「若火之始～。」❷指示代詞，這樣，那樣。蘇洵《六國論》：「至於顛覆，理固宜～。」❸是的，對的，有成語「不以為～」。《戰國策・楚策一》：「虎以為～。」（老虎覺得狐狸的話很有道理。）❹表示同意，認為正確。蒲松齡《聊齋誌異・促織》：「妻曰：『死何益？

不如自行搜覓，冀有萬一之得。』成～之。」❺表示肯定的回答。《莊子・逍遙遊》：「～，瞽者無以與乎文章之觀。」❻助詞，用於形容詞之後，相當於「……的樣子」。柳宗元《永州八記・始得西山宴遊記》：「岈～窪～，若垤若穴。」❼助詞，相當於「地」。蘇軾《記承天寺夜遊》：「欣～起行。」❽助詞，相當於「的」。《永州八記・始得西山宴遊記》：「蒼～暮色。」❾連詞，然而，但是。諸葛亮《出師表》：「～侍衞之臣不懈於內。」

猶 ⟨粵⟩jau4〔由〕⟨普⟩yóu

❶猶如，好像，一樣。蘇洵《六國論》：「以地事秦，～抱薪救火。」❷副詞，依然。《六國論》：「刺客不行，良將～在。」❸副詞，尚且。韓愈《師說》：「古之聖人，其出人也遠矣，～且從師而問焉。」

猥 ⟨粵⟩wai2〔毀〕⟨普⟩wěi

❶眾多。王充《論衡・宣漢篇》：「周有三聖，文王、武王、周公並時～出。」❷雜，不純正，瑣碎。《晉書・劉弘傳》：「又酒室中云齊中酒、聽事酒、～酒，同用麴米，而優劣三品。」❸卑賤，下流，低俗。方孝孺《試筆說》：「紀錢粟貨利卑～事。」❹表示謙卑。諸葛亮《出師表》：「先帝不以臣卑鄙，～自枉屈，三顧臣於草廬之中。」

甥 ⑨sang1〔生〕⑬shēng

❶外甥，稱呼自己姐妹的子女。劉熙《釋名‧釋親屬》：「舅謂姊妹之子曰～。」（舅父稱呼姐妹的子女做「外甥」。）❷女婿。方苞《左忠毅公軼事》：「余宗老塗山，左公～也。」（宗老：同族長輩。塗山：指方塗山。）

畫 一 ⑨waak6〔或〕⑬huà

❶通「劃」，劃分，這個意思後來被寫成「劃」。許慎《說文解字》：「～，界也。」白居易《琵琶行》：「曲終收撥當心～」。❷繪畫，畫圖。司馬遷《史記‧楚世家》：「請遂～地為蛇，蛇先成者獨飲之。」❸筆畫。劉元卿《應諧錄‧萬字》：「書二～，訓曰『二』字。」❹通「劃」，謀劃，這個意思後來被寫成「劃」。陳壽《三國志‧吳書‧魯肅傳》：「以肅為贊軍校尉，助～方略。」❺通「劃」，計劃，計謀，這個意思後來被寫成「劃」。柳宗元《封建論》：「後乃謀臣獻～。」

二 ⑨waa6〔話〕/waa2〔枉打切〕⑬huà

圖畫。蘇軾《念奴嬌‧赤壁懷古》：「江山如～，一時多少豪傑。」

番 一 ⑨faan1〔翻〕⑬fān

❶更替，替代，輪流。方苞《左忠毅公軼事》：「漏鼓移則～代。」（每次打更的時間一過，就讓他們輪流替換。）❷次，回，有成語「三～四次」。辛棄疾《摸魚兒》：「更能消、幾～風雨。」❸通「蕃」，古代西部民族的統稱，泛指少數民族及外國。周慶雲《南潯志‧南潯絲市行》：「～舶來銀百萬計，中國商人皆若狂。」（舶：船。）

二 ⑨pun1〔潘〕⑬pān

番禺，地名，漢代南越國的首都，即今廣州。司馬遷《史記‧南越列傳》：「且～禺負山險，阻南海，東西數千里，頗有中國人相輔，此亦一州之主也，可以立國。」

疏 一 ⑨so1〔蔬〕⑬shū

❶疏通。許慎《說文解字》：「～，通也。」柳宗元《答韋中立論師道書》：「～之欲其通。」❷疏散，分散。劉向《說苑‧建本》：「襄子～隊而擊之。」❸疏遠。司馬遷《史記‧屈原賈生列傳》：「王怒而～屈平。」（王：指楚懷王。）❹稀疏，與「密」相對。吳均《與宋元思書》：「～條交映，有時見日。」（條：樹枝。）❺粗，粗糙。《論語‧述而》：「飯～食。」（吃粗糙的米飯。）❻疏忽。《史記‧范雎蔡澤列傳》：「其於計～矣。」

二 ⑨so3〔四個切〕⑬shù

❶分條陳述。蒲松齡《聊齋誌異‧促織》：「細～其能。」❷奏章，如西漢賈誼的《論積貯～》，晁錯的《論貴粟～》。❸古代經書注釋的一種，為「經」作解釋的叫「注」，為「注」作解釋的叫「～」。如《爾雅》是儒家「十三經」之一，西晉的郭璞為其作解釋，稱為《爾雅

注》，北宋邢昺為《爾雅注》作解釋，稱為《爾雅～》。柳冕《與權德輿書》：「其有明聖人之道，盡六經之意，而不能誦～與注，一切棄之。」

痛 （粵）tung3〔退凍切〕（普）tòng

❶病痛，疼痛。許慎《説文解字》：「～，病也。」白居易《新豐折臂翁》：「至今風雨陰寒夜，直到天明～不眠。」❷痛苦。司馬遷《史記·屈原賈生列傳》：「疾～慘怛，未嘗不呼父母也。」（慘怛【粵】daat3〔對擦切〕（普）dá：憂傷。）❸悲痛，悲哀。王羲之《蘭亭集序》：「豈不～哉！」❹痛心。諸葛亮《出師表》：「未嘗不歎息～恨於桓、靈也！」❺痛恨，怨恨。《史記·淮陰侯列傳》：「秦父兄怨此三人，～入骨髓。」❻憐惜。蒲松齡《聊齋誌異·胭脂》：「似有～惜之詞。」❼副詞，痛快地，盡情地。羅貫中《三國演義·第七十二回》：「操～哭。」

登 （粵）dang1〔燈〕（普）dēng

❶登車，後泛指登上車船。許慎《説文解字》：「～，上車也。」《左傳·莊公十年》：「～軾而望之。」（軾【粵】sik1〔式〕（普）shì：古代車子前用作扶手的橫木。）❷從低處走到高處。杜甫《登樓》：「花近高樓傷客心，萬方多難此～臨。」❸提拔。《管子·小匡》：「退而察問其鄉里，以觀其所能，而無大

過，～以為上卿之佐。」❹登記，記載。《周禮·地官司徒》：「以歲時～其夫家之眾寡及其六畜、車輦。」（輦【粵】lin5〔李勉切〕（普）niǎn：以手拉動的車子。）❺科舉考試合格被錄取。鄭谷《贈劉神童》：「還家雖解喜，～第未知榮。」❻農作物成熟，成語有「五穀豐～」。《孟子·滕文公上》：「五穀不～，禽獸偪人。」（偪：通「逼」，侵害。）

發 （粵）faat3〔髮〕（普）fā

❶發射，特指射箭。歐陽修《賣油翁》：「見其～矢十中八九。」陸以湉《冷廬雜識·卷七·陳忠愍公》：「～礟千餘門。」（礟：同「炮」，炮彈。）❷出發，動身。酈道元《水經注·江水》：「有時朝～白帝，暮到江陵。」（白帝：位於今重慶市。江陵：位於今湖北省。）❸派遣。司馬遷《史記·滑稽列傳》：「～甲卒為穿壙，老弱負土。」（壙【粵】kwong3〔曠〕（普）kuàng：墓穴。）❹被起用。《孟子·告子下》：「舜～於畎畝之中。」（畎【粵】hyun2〔犬〕（普）quǎn：畎：田畝。）❺發生，顯露。《禮記·學記》：「禁於未～之謂豫。」（豫：預防。）❻發出，發佈，發放。《史記·廉頗藺相如列傳》：「大王欲得璧，使人～書至趙王。」❼散發。蘇軾《念奴嬌·赤壁懷古》：「遙想公瑾當年，小喬初嫁了，雄姿英～。」❽抒發。張溥《五人墓

碑記》:「～其志士之悲哉？」❾啟發,引導,有成語「振聾～瞶」。《論語·述而》:「不悱不～。」(悱【粵】fei2〔匪〕【普】fěi】:想説卻説不出。) ❿打開。《史記·刺客列傳》:「秦王～圖,圖窮而匕首見。」⓫開花。歐陽修《醉翁亭記》:「野芳～而幽香。」⓬毀壞。魏禧《吾廬記》:「至則颶風夜～屋。」

皓 (粵)hou6〔浩〕(普)hào

❶明亮。范仲淹《岳陽樓記》:「～月千里。」❷潔白,有成語「明眸～齒」。司馬遷《史記·屈原賈生列傳》:「又安能以～～之白,而蒙世之溫蠖乎？」(溫蠖【粵】wok6〔鑊〕【普】huò}:昏憒,神志不清。)

盜 (粵)dou6〔杜〕(普)dào

❶盜竊,偷竊。許慎《説文解字》:「～,私利物也。」司馬光《訓儉示康》:「小人多欲則多求妄用,敗家喪身;是以居官必賄,居鄉必～。」❷盜賊。《列子·説符》:「俄而其弟適秦,至關下,果遇～。」(俄而:不久。) ❸對動搖國家統治的人的貶稱。杜甫《登樓》:「西山寇～莫相侵。」❹抄襲、剽竊。韓愈《進學解》:「窺陳編以～竊。」

睇 (粵)tai2〔體〕(普)dì

斜視。許慎《説文解字》:「～,目小視也……南楚謂眄曰睇。」(眄【粵】min5〔勉〕【普】miǎn】:斜視。)司馬遷《史記·屈原賈生列傳》:「離婁微～兮。」(離婁【粵】lau4〔留〕【普】lóu】:傳説中的視力特強的人。)

短 (粵)dyun2〔等損切〕(普)duǎn

❶短,距離小,與「長」相對。《孟子·梁惠王上》:「度,然後知長～。」❷不足,缺陷。屈原《楚辭·卜居》:「夫尺有所～,寸有所長。」❸短處,缺點。韓愈《進學解》:「校～量長。」❹誹謗。司馬遷《史記·屈原賈生列傳》:「令尹子蘭聞之大怒,卒使上官大夫～屈原於頃襄王。」(子蘭:楚頃襄王的弟弟。上官大夫:靳尚。)

祿 (粵)luk6〔六〕(普)lù

❶福祿,福氣。許慎《説文解字》:「～,福也。」《孔雀東南飛》:「兒已薄～相,幸復得此婦。」❷俸祿,官吏的薪俸。歐陽修《朋黨論》:「小人所好者,利～也。」

稍 (粵)saau2〔水餃切〕(普)shāo

❶小,微小。許慎《説文解字》:「～,出物有漸也。」《周禮·天官冢宰》:「王之～事。」❷副詞,稍為,稍微。姚瑩《捕鼠説》:「鼠～斂。」(斂:收斂。) ❸副詞,慢慢地,逐漸。柳宗元《三戒·黔之驢》:「～出近之。」

程 (粵)cing4〔情〕(普)chéng

❶度量衡的總稱。《荀子·致仕》:「～者,物之準也。」❷斷定,定

量。班固《漢書・刑法志》：「晝斷獄，夜理書，自～決事。」❸衡量。《漢書・東方朔傳》：「武帝既招英俊，～其器能。」❹比較。韓非《韓非子・定法》：「是不可～也。」❺路程，旅程，有成語「鵬～萬里」。姜夔《揚州慢》：「解鞍少駐初～。」❻法度。《韓非子・難一》：「中～者賞，弗中～者誅。」❼期限。陳琳《飲馬長城窟行》：「官作自有～。」

 稀 (粵)hei1〔希〕(普)xī

❶稀少，稀疏。陶潛《歸田園居》（其三）：「種豆南山下，草盛豆苗～。」❷模糊，隱約。韓愈《山石》：「以火來照所見～。」

窘 (粵)kwan3〔困〕(普)jiǒng

❶窘迫，生活或處境困迫。許慎《説文解字》：「～，迫也。」蒲松齡《聊齋誌異・狼三則》（其二）：「屠大～，恐前後受其敵。」❷讓對方陷入困境。司馬遷《史記・季布欒布列傳》：「數～漢王。」

 童 (粵)tung4〔同〕(普)tóng

❶男性奴僕。許慎《説文解字》：「男有辠曰奴，奴曰～，女曰妾。」（辠：同「罪」，犯罪。）劉蓉《習慣説》：「命～子取土平之。」❷兒童，小童。韓愈《師説》：「彼～子之師，授之書而習其句讀者。」❸禿頭。韓愈《進學解》：「頭～齒豁。」❹愚昧無知。《國語・晉

語四》：「～昏不可使謀。」❺通「瞳」，瞳孔。班固《漢書・陳勝項籍傳》：「項羽又重～子。」

 等 (粵)dang2〔頂梗切〕(普)děng

❶相等，一樣。許慎《説文解字》：「～，齊簡也。」段玉裁《説文解字注》：「如今人整齊書籍也。」韓愈《雜説（四）》：「且欲與常馬～不可得，安求其能千里也？」（與普通馬匹看齊尚且不可，更何況要日行千里？）❷等級，次序。謝肇淛《五雜俎・物部三》：「又下一～，若乞丐之子，生即受凍忍餓。」❸台階。《呂氏春秋・恃君覽・召類》：「土階三～，以見節儉。」❹等待。范成大《州橋》：「父老年年～駕回。」❺用在名詞後，表示列舉未盡。諸葛亮《出師表》：「侍中、侍郎郭攸之、費禕、董允～，此皆良實。」❻用於人稱代詞後，表示眾數，相當於現代漢語的「們」，有詞語「吾～」、「爾～」等。《淮南子・氾論訓》：「吾恐其傷汝～。」

筑 (粵)zuk1〔竹〕(普)zhú

古代的一種竹製樂器。許慎《説文解字》：「～，以竹曲五弦之樂也。」司馬遷《史記・刺客列傳》：「高漸離擊～。」（高漸離：人名，戰國末期燕國人。）

策 (粵)caak3〔冊〕(普)cè

❶馬鞭。許慎《説文解字》：「～，

馬箠也。」韓愈《雜説(四)》:「執~而臨之。」(之:指千里馬。)❷鞭策,驅趕。《雜説(四)》:「~之不以其道。」❸成編的竹簡。《左傳・隱公十一年》:「雖及滅國,滅不告敗,勝不告克,不書于~。」(書:書寫。)❹登記。《木蘭辭》:「~動十二轉。」(~動:記功。)❺冊封。陳壽《三國志・蜀書・諸葛亮傳》:「先主於是即帝位,~亮為丞相曰。」❻文體名稱,內容以陳述政事的計劃為主。漢武帝《詔賢良》:「賢良明於古今王事之體,受~察問,咸以書對。」❼文體名稱,一般為古代政論性文章,如西漢賈誼的《治安~》、北宋蘇軾的《教戰守~》等。❽計策,計謀,有成語「束手無~」。司馬遷《史記・廉頗藺相如列傳》:「均之二~,寧許以負秦曲。」❾扶着(枴杖)。陶潛《歸去來辭》:「~扶老以流憩。」(扶老:枴杖。)

筆 (粵)bat1〔畢〕(普)bǐ

❶寫字、畫畫等的工具,與紙、墨、硯合稱為「文房四寶」。許慎《説文解字》:「~,秦謂之~。」王勃《滕王閣序》:「有懷投~,慕宗慤之長風。」(投~:指棄筆從戎。宗慤【(粵)kok3〔確〕(普)què】,南朝宋時期著名的將領。)❷書寫,記載。宋濂《送東陽馬生序》:「每假借於藏書之家,手自~錄。」❸筆跡,書畫墨跡。《新唐書・文藝傳中》:「觀公~奇妙,欲

以藏家爾。」(公:指張旭,唐文宗時著名書法家。)❹散文。劉勰《文心雕龍・總述》:「今之常言,有『文』有『~』,以為無韻者『~』也,有韻者『文』也。」

答 (粵)daap3〔搭〕(普)dá

❶回答。陶潛《桃花源記》:「問所從來,具~之。」❷唱和。范仲淹《岳陽樓記》:「漁歌互~,此樂何極。」❸報答,答謝。班固《漢書・李廣蘇建傳》:「~其善意。」❹答覆,回覆。宗臣《報劉一丈書》:「門者~揖。」

粟 (粵)suk1〔叔〕(普)sù

❶小米,古稱「稷」,後來泛指糧食。司馬光《訓儉示康》:「妾不衣帛,馬不食~,君子以為忠。」❷俸祿。司馬遷《史記・伯夷列傳》:「義不食周~。」

絜 一 (粵)kit3〔竭〕(普)xié

❶約束。韓非《韓非子・五蠹》:「一日身死,子孫累世~駕。」(一旦死去,子孫世世代代都要乘車。)❷衡量。賈誼《過秦論》:「度長~大。」

二 (粵)git3〔潔〕(普)jié

通「潔」,純潔,廉潔,這個意思後來被寫成「潔」。司馬遷《史記・屈原賈生列傳》:「其志~,其行廉。」

統 （粵）tung2〔桶〕（普）tǒng

❶大統，一脈相承的系統，多用於政治、文化等方面。許慎《說文解字》：「～，紀也。」韓愈《進學解》：「今先生學雖勤而不繇其～。」❷綱領。《荀子‧非十二子》：「略法先王而不知其～。」❸總括，綜合。司馬遷《史記‧孔子世家》：「綱而紀之，～而理之。」❹統領，率領。陳壽《三國志‧蜀書‧諸葛亮傳》：「今將軍誠能命猛將～兵數萬。」

結 （一）（粵）git3〔潔〕（普）jié

❶打繩結，打結。《道德經》：「使民復～繩而用之。」❷編織。《呂氏春秋‧季冬紀‧士節》：「齊有北郭騷者，～罘罔。」（罘罔【粵】fau4 mong5〔浮網〕（普）fú wǎng：網的統稱。）❸交纏。戴名世《南山集‧鳥說》：「巢大如盞，精密完固，細草盤～而成。」❹繩結。王充《論衡‧實知》：「天下事有不可知，猶～有不可解也。」❺癥結，問題所在。司馬遷《史記‧扁鵲倉公列傳》：「以此視病，盡見五藏癥～。」（藏：通「臟」，器官。）❻補丁，為衣服上的破洞而補上的小布塊。杜甫《北征》：「妻子衣百～。」❼結交。《史記‧廉頗藺相如列傳》：「燕王私握臣手，曰『願～友』。」❽凝結。《孔雀東南飛》：「寒風摧樹木，嚴霜～庭蘭。」❾搭建。陶潛《飲酒》（其五）：「～

廬在人境，而無車馬喧。」

（二）（粵）git3〔潔〕（普）jié
結下果實。杜甫《少年行》（其二）：「江花～子已無多。」

経 （粵）dit6〔秩〕（普）dié

服孝期間所用的孝帶。許慎《說文解字》：「～，喪首絰也。」《左傳‧僖公三十三年》：「墨衰～。」（把孝衣帶都染成黑色。）

絕 （粵）jyut6〔拙【陽入】〕（普）jué

❶斷絕。許慎《說文解字》：「～，斷絲也。」司馬遷《史記‧廉頗藺相如列傳》：「～秦趙之讙。」❷隔絕。陶潛《桃花源記》：「率妻子邑人來此～境。」（～境：與世隔絕的地方。）❸停止，有成語「滔滔不～」。歐陽修《醉翁亭記》：「往來而不～者，滁人遊也。」❹絕交。《史記‧屈原賈生列傳》：「楚誠能～齊。」❺沒有，清光魏禧《吾廬記》：「千里之地，草～根。」❻絕妙。吳均《與宋元思書》：「奇山異水，天下獨～。」❼副詞，最，極。《史記‧伍子胥列傳》：「秦女～美，王可自取，而更為太子取婦。」❽副詞，絕對，完全，有成語「～無僅有」。蒲松齡《聊齋誌異‧促織》：「而心、目、耳力俱窮，～無蹤響。」❾副詞，非常。《世說新語‧容止》：「左太沖～醜。」❿橫渡。《荀子‧勸學》：「非能水也，而～江河。」⓫不留餘地。《墨子‧公輸》：「雖殺

臣，不能～也。」⓬近體詩中「絕句」的簡稱。

 絮 ⓟseoi5〔緒〕ⓟxù

❶棉絮，粗絲棉。劉基《賣柑者言》：「視其中，則乾若敗～。」❷像絲絮或棉絮的東西。文天祥《過零丁洋》：「山河破碎風飄～。」❸在衣服、被褥裏鋪絲棉。李白《子夜吳歌》：「明朝驛使發，一夜～征袍。」❹說話囉嗦，嘮嘮叨叨。林嗣環《口技》：「～～不止。」

絲 ⓟsi1〔斯〕ⓟsī

❶蠶絲。許慎《說文解字》：「～，蠶所吐也。」《陌上桑》：「青～為籠繫。」（籠繫：套在籃子上的繩子。）❷絲織品。司馬光《訓儉示康》：「農夫躡～履。」❸像絲的事物。李白《將進酒》：「朝如青～暮成雪。」（以絲比喻為頭髮。）❹古代「八音」（金、石、絲、竹、匏、土、革、木）之一，即弦樂，見第126頁「音」字條。歐陽修《醉翁亭記》：宴酣之樂，非～非竹。」

絳 ⓟgong3〔鋼〕ⓟjiàng

深紅色。許慎《說文解字》：「～，大赤也。」陳壽《三國志・吳書・呂蒙傳》：「為兵作～衣行縢。」（行縢【ⓟtang4〔騰〕ⓟténg】：綁腿布。）

絡 ⓟlok3〔犖各切〕/ lok6〔利鑊切〕ⓟluò

❶纏繞。柳宗元《永州八記・小石潭記》：「青樹翠蔓，蒙～搖綴。」（樹枝藤蔓，遮掩、纏繞、搖曳、下垂。）❷環繞。《山海經・海內經》：「有九丘，以水～之。」❸網，網絡。張衡《西京賦》：「振天維，衍地～。」（維：繩子。）❹包羅，覆蓋。班固《西都賦》：「籠山～野。」（籠：籠罩。）❺罩住。《陌上桑》：「青絲繫馬尾，黃金～馬頭。」（黃金：指以黃金鑄造的馬籠頭。）❻馬籠頭，用來約束馬匹頭部。李白《陌上桑》：「青絲結金～。」

給 ⓟkap1〔級〕ⓟjǐ

❶豐足，富足。許慎《說文解字》：「～，相足也。」司馬遷《史記・扁鵲倉公列傳》：「其人亦老矣，其家～富。」❷供給。陶潛《歸去來辭・序》：「余家貧，耕植不足以自～。」❸賜予。《墨子・號令》：「傷甚者令歸治病家善養，予醫～藥，賜酒日二升、肉二斤。」❹派給差事。晁錯《論貴粟疏》：「～繇役。」（繇役：同「徭役」。）❺口齒伶俐。《論語・公冶長》：「禦人以口～，屢憎於人。」（禦：辯駁。）

絖 ⓟkwang3〔礦〕ⓟkuàng

❶棉絮。許慎《說文解字》：「纊，絮也。」（纊：通「～」，指棉絮。）❷常與「洴澼」（ⓟping4 pik1〔評闢〕ⓟpíng pì，指漂洗）組成詞語「洴澼～」，指漂洗棉絮。《莊子・逍遙遊》：「世世以洴澼～為事。」

善 (粵)sin6〔膳〕(普)shàn

❶ 好，善良，與「惡」相對，有成語「隱惡揚～」。諸葛亮《出師表》：「若有作姦犯科及為忠～者，宜付有司。」❷ 善事，好事。《莊子・養生主》：「為～無近名。」（做好事不要為了博取名聲。）❸ 好處，優點，長處。《禮記・學記》：「雖有至道，弗學，不知其～也。」❹ 讚賞。俞長城《全鏡文》：「有～否，無愛憎。」❺ 善於，擅長，有成語「驍勇～戰」。《莊子・逍遙遊》：「宋人有～為不龜手之藥者。」❻ 交好，友善。司馬遷《史記・平原君虞卿列傳》：「他日三晉之交於秦，相～也。」❼ 善待，愛惜。《莊子・養生主》：「～刀而藏之。」❽ 喜歡。《史記・孫子吳起列傳》：「齊將田忌～而客待之。」❾ 應對之詞，表示同意。《戰國策・齊策一》：「王曰：『～。』乃下令。」（王：指齊威王。）❿ 副詞，好好地。《史記・滑稽列傳》：「楚相孫叔敖知其賢人也，～待之。」（其：指孟優。）

腆 (粵)tin2〔討顯切〕(普)tiǎn

❶ 豐厚。《左傳・僖公三十三年》：「不～敝邑，為從者之淹，居則具一日之積，行則備一夕之衞。」（敝國不富裕，但您的部下要久住，住一天就供給一天的食糧；要走，就準備好那一夜的保衞工作。）❷ 厚顏，不知羞恥。沈約《奏彈王源》：「明目～顏，曾無愧焉。」❸ 挺起。吳敬梓《儒林外史・第三回》：「屠户横披了衣服，～着肚子去了。」

 舒 (粵)syu1〔書〕(普)shū

❶ 舒展，展開，伸展。許慎《説文解字》：「～，伸也。」陶潛《歸去來辭》：「登東皋以～嘯。」（皋（粵）gou1〔高〕(普)gāo）：高地。）❷ 舒緩，放鬆。林嗣環《口技》：「賓客意少～，稍稍正坐。」❸ 抒發，宣泄。司馬遷《報任少卿書》：「以～其憤。」

舜 (粵)seon3〔迅〕(普)shùn

傳説中的遠古共主，被尊為「五帝」之一。俞長城《全鏡文》：「是故堯、～、禹、湯，君之鏡也。」

萃 (粵)seoi6〔睡〕(普)cuì

❶ 本指草木叢生茂盛，後引申為聚集。《左傳・宣公十二年》：「楚師方壯，若～於我，我師必盡，不如收而去之。」❷ 指人羣、物類，有成語「出類拔～」。《孟子・公孫丑上》：「出於其類，拔乎其～。」❸ 停止。《詩經・陳風・墓門》：「墓門有梅，有鴞～止。」（鴞（粵）hiu1〔囂〕(普)xiāo）：貓頭鷹的泛稱。）

 萍 (粵)ping4〔評〕(普)píng

浮萍，一種浮於水面的水生植物，多比喻漂泊不定的生活。許慎《説

文解字》：「～，水艸也。」（艸：同「草」。）文天祥《過零丁洋》：「身世浮沉雨打〇。」

 萋 (粵)cai1〔凄〕(普)qī

草木茂盛的樣子，多以疊詞「～～」出現。許慎《說文解字》：「～，艸盛。」（艸：同「草」。）崔顥《黃鶴樓》：「芳草～～鸚鵡洲。」（鸚鵡洲：地名，在今湖北省武漢市。）

 菁 (粵)zing1〔晶〕(普)jīng

通「精」，精華，與「蕪」相對，有成語「去蕪存～」。劉知幾《史通·書志》：「撮其機要，收彼菁華。」

 華 一 (粵)faa1〔花〕(普)huā

❶通「花」，花朵，這個意思後來被寫成「花」。許慎《說文解字》：「～，榮也。」魏禧《吾廬記》：「桃、李、梅、梨、梧桐、桂、辛夷之～。」❷開花。《詩經·小雅·出車》：「昔我往矣，黍稷方～。」（黍稷【粵syu2 zik1〔鼠跡〕(普)shǔ jì】：穀物的一種。）

二 (粵)faa1〔花〕(普)huá

花白。蘇軾《念奴嬌·赤壁懷古》：「早生～髮。」

三 (粵)waa4〔胡麻切〕(普)huá

❶華麗，美麗。司馬遷《史記·滑稽列傳》：「置之～屋之下。」（之：指楚莊王的愛馬。）❷浮華，浮誇，有成語「～而不實」。司馬光

《訓儉示康》：「吾性不喜～靡。」❸光華，光彩。張若虛《春江花月夜》：「願逐月～流照君。」❹精華，事物最精要的部分。韓愈《進學解》：「含英咀～。」❺時光。戴叔倫《暮春感懷》：「東皇去後韶～盡。」❻漢族的古稱，亦稱為「～夏」、「中～」，與「夷」、「洋」相對。《左傳·襄公十四年》：「我諸戎飲食衣服，不與～同。」

四 (粵)waa6〔話〕(普)huà

華山：五嶽中的西嶽，在今陝西省。賈誼《過秦論》：「然後踐～為城。」

著 一 (粵)zyu3〔注〕(普)zhù

❶顯著，明顯。《列子·說符》：「吾活汝弘矣，而追吾不已，跡將～焉。」❷彰顯。《禮記·禮運》：「以～其義。」❸著名。諸葛亮《隆中對》：「信義～於四海。」❹書寫，有成語「～書立說」。韓非《韓非子·定法》：「法者，憲令～於官府。」

二 (粵)zoek6〔自虐切〕(普)zhuó

❶開花，盛開。王維《雜詩》（其二）：「寒梅～花未？」❷土著，原住民。范曄《後漢書·任李萬邳劉耿列傳》：「三歲閒流民占～者五萬餘口。」❸通「着」，着力，盡力，從事，這個意思後來被寫成「着」。賈誼《論積貯疏》：「今毆民而歸之農，皆～於本。」（本：農業。）

三 (粵)zoek3〔爵〕(普)zhuó

通「着」，穿着，這個意思後來被寫成「着」。《呂氏春秋·季冬紀·士節》：「～衣冠。」

菽 (粵)suk6〔淑〕(普)shū

豆的總稱。《詩經·豳風·七月》：「七月烹葵及～。」

菲 一 (粵)fei2〔匪〕(普)fěi

❶微薄。梁武帝《入屯閱武堂下令》：「～食薄衣。」❷多與「薄」組成詞語「～薄」，解作輕視。諸葛亮《出師表》：「妄自～薄。」

二 (粵)fei1〔飛〕(普)fēi

多與「芳」組成詞語「芳～」，指花草芳香。陸龜蒙《闔閭城北有賣花翁討春之士往往造焉因招襲美》：「十畝芳～為舊業。」

虛 (粵)heoi1〔墟〕(普)xū

❶通「墟」，廢墟，這個意思後來被寫成「墟」。班固《漢書·賈誼傳》：「凡十三歲，社稷為～。」（歲：年。）❷空，與「實」、「盈」相對。蘇軾《前赤壁賦》：「盈～者如彼。」（彼：指月亮。）❸空出，騰出。李商隱《賈生》：「可憐夜半～前席，不問蒼生問鬼神。」❹謙虛。《晉書·周訪傳》：「性謙～，未嘗論功伐。」（功伐：功勞。）❺空氣，天空。《前赤壁賦》：「浩浩乎如馮～御風。」❻虛假，虛無。王羲之《蘭亭集序》：「固知一死生為～誕。」（一死生：將生、死視作等同。誕：荒誕。）❼簡樸。陶潛《歸園田居》（其一）：「～室有餘閒。」❽副詞，白白地。李商隱《安定城樓》：「賈生年少～垂淚。」❾通「墟」，集市，這個意思後來被寫成「墟」。柳宗元《童區寄傳》：「之～所賣之。」（之：前往。）

裁 (粵)coi4〔才〕(普)cái

❶裁剪衣服。許慎《說文解字》：「～，制衣也。」（制：製作。）《古詩十九首·客從遠方來》：「～為合歡被。」❷剪裁，刪減。唐·賀知章：「不知細葉誰～出？二月春風似剪刀。」❸裁判，裁決。《戰國策·秦策一》：「臣願悉言所聞，大王～其罪。」❹多與「自」組成詞語「自～」，指自殺。司馬遷《報任少卿書》：「不能引決自～。」（引決：自殺。）❺體裁，格式。張衡《西京賦》：「取殊～於八都。」（殊：特別。八都：八方。）❻副詞，通「才」，僅僅。司馬遷《史記·張儀列傳》：「雖大男子～如嬰兒。」❼通「材」，材器，材質。《管子·形勢》：「～大者，眾之所比也。」

裂 (粵)lit6〔列〕(普)liè

❶剪，裁。《左傳·昭公元年》：「召使者～裳帛而與之。」❷撕裂，撕開。白居易《琵琶行》：「四弦一聲如～帛。」❸分裂，分割。《莊子·逍遙遊》：「～地而封之。」❹

十二畫

破裂，開裂。蘇軾《念奴嬌·赤壁懷古》：「亂石崩雲，驚濤～岸。」❺皮膚龜裂。李華《弔古戰場文》：「繒纊無暖，墮指～膚。」（繒纊【粵】zang1 kwong3〔憎鄺〕【普】zēng kuàng】：泛指絲織品。）

補 【粵】bou2〔寶〕【普】bǔ

❶補衣服。許慎《說文解字》：「～，完衣也。」宋濂《燕書》：「劍雖利，～履不如利錐。」（履：鞋子。錐：針。）❷修補，補綴。《淮南子·覽冥訓》：「於是女媧煉五色石以～蒼天。」❸彌補缺失。諸葛亮《出師表》：「必能裨～闕漏，有所廣益。」❹補充。《國語·越語上》：「去民之所惡，～民之不足。」❺補助。《荀子·王制》：「收孤寡，～貧窮。」❻益處，好處。晁錯《論貴粟疏》：「順於民心，所～者三：一曰主用足，二曰民賦少，三曰勸農功。」

註 【粵】zyu3〔蛀〕【普】zhù

❶記載。范曄《後漢書·律曆志下》：「重黎記～。」（重黎：人名。）❷同「注」，注釋，見第87頁「注」字條。仇兆鰲《進杜少陵詳註表》：「～詩賦二十四卷。」

詠 【粵】wing6〔泳〕【普】yǒng

❶歌唱，吟詠。許慎《說文解字》：「～，歌也。」王羲之《蘭亭集序》：「一觴一～，亦足以暢敘幽情。」（觴【粵】soeng1〔商〕【普】

shāng】：本指古代酒器，這裏借指喝酒。）❷用詩歌等頌讚人物或記述事情。曹操《觀滄海》：「幸甚至哉！歌以～志。」❸詩歌。李白《春夜宴從弟桃花園序》：「不有佳～。」

詞 【粵】ci4〔慈〕【普】cí

❶通「辭」，言詞，用詞，這個意思後來被寫成「辭」。許慎《說文解字》：「～，意內而言外也。」王勃《滕王閣序》：「騰蛟起鳳，孟學士之～宗。」（文壇領袖孟學士遣詞用字的氣勢，像騰起的蛟龍。）❷一種押韻的文學體裁，又叫「長短句」、「詩餘」等，興起於唐末，盛行於兩宋。辛棄疾《醜奴兒》：「為賦新～強說愁。」

詔 【粵】ziu3〔照〕/ ziu6〔焦【陽去】〕【普】zhào

❶告知。許慎《說文解字》：「～，告也。」《莊子·盜跖》：「先生言為人父者必能～其子。」❷帝王的命令。諸葛亮《出師表》：「深追先帝遺～，臣不勝受恩感激。」❸皇帝下命令。陸以湉《冷廬雜識·卷七·陳忠愍公》：「事聞，～賜專祠，予騎都尉世職。」

詛 【粵】zo3〔佐〕【普】zǔ

❶詛咒。《晏子春秋·諫上》：「百姓之咎怨誹謗，～君上於上帝者多矣。」（上帝：君王。）❷盟誓。范曄《後漢書·西羌傳》：「乃解仇～盟。」

詐

（粵）zaa3〔炸〕（普）zhà

❶ 欺詐，詐騙。許慎《説文解字》：「～，欺也。」司馬遷《史記‧屈原賈生列傳》：「張儀～之曰：『儀與王約六里，不聞六百里。』」（之：指楚懷王。）❷ 假裝。《史記‧廉頗藺相如列傳》：「相如度秦王特以～詳為予趙城，實不可得。」❸ 巧詐、狡詐。蒲松齡《聊齋誌異‧狼三則》（其二）：「禽獸之變～幾何哉？」

詆

（粵）dai2〔底〕（普）dǐ

❶ 斥責，辱罵。許慎《説文解字》：「～，苛也。」（苛：苛責。）文天祥《指南錄‧後序》：「～大酋當死。」（大酋：舊稱少數民族或外族的首領，這裏指元朝的統治者。）❷ 詆毀，毀謗。班固《漢書‧楚元王傳》：「巧言醜～，流言飛文。」

訴

（粵）sou3〔素〕（普）sù

❶ 訴説，訴苦。許慎《説文解字》：「～，告也。」白居易《琵琶行》：「似～平生不得志。」❷ 控訴，控告。高啟《書博雞者事》：「大書一『屈』字，以兩竿夾揭之，走～行御史台。」（行御史台：元朝在全國各行省所設立的機構，負責監察百官。）

象

（粵）zoeng6〔匠〕（普）xiàng

❶ 一種哺乳類動物。許慎《説文解字》：「～，長鼻牙，南越大獸，三秊一乳，象耳牙四足之形。」（秊：同「年」。）韓非《韓非子‧解老》：「人希見生～也，而得死～之骨，案其圖以想其生也。」（希見：少見。）❷ 象牙。歸有光《項脊軒志》：「持一～笏至。」（笏（粵）fat1〔忽〕（普）hù：古代大臣上朝拿着的手板，用玉、象牙或竹片製成，上面可以記事。）❸ 形象，景象，現象。范仲淹《岳陽樓記》：「朝暉夕陰，氣～萬千。」❹ 世界。阮閱《詩話總龜‧前集》：「神遊～外。」（心神在世界之外遨遊。）❺ 通「像」，肖像，相貌，這個意思後來被寫成「像」。《晉書‧文苑傳》：「嘗圖裴楷～，名垂後世。」（圖：繪畫。裴楷：西晉名士。）❻ 榜樣。司馬遷《史記‧屈原賈生列傳》：「願志之有～。」❼ 通「像」，相像，相似，這個意思後來被寫成「像」。李白《古風》（其三）：「額鼻～五嶽，揚波噴雲雷。」❽ 效法，模仿。班固《漢書‧藝文志》：「教之六書，謂～形、～事、～意、～聲、轉注、假借，造字之本也。」

貳

（粵）ji6〔二〕（普）èr

❶ 副的，與「正」相對。許慎《説文解字》：「～，副、益也。」段玉裁《説文解字注》：「當云副也、益也。」《周禮‧天官書‧大宰》：「乃施法于官府，而建其正，立其～。」❷ 不專一，生出二心，與「壹」相對。《荀子‧天論》：「修道

而不～，則天不能禍。」❸侍奉二主，不忠心。《左傳・襄公二十六年》：「敬以待命，敢有～心乎？」❹不一致。《荀子・王制》：「法不～後王。」（後王：指當代聖明君王。）❺副詞，重複。《論語・雍也》：「有顏回者好學，不遷怒，不～過。」

 貴 （粵）gwai3〔桂〕（普）guì

❶昂貴，物價高，與「賤」相對。許慎《說文解字》：「～，物不賤也。」韓非《韓非子・外儲說左上》：「寡人好服紫，紫～甚。」❷珍貴，可貴。《論語・學而》：「禮之用，和為～。」❸地位顯貴，尊貴，與「卑賤」相對。《論語・里仁》：「富與～，是人之所欲也。」❹權貴，地位高的人。李白《夢遊天姥吟留別》：「安能摧眉折腰侍權～，使我不得開心顏？」❺珍惜，看重，與「賤」相對。司馬遷《史記・滑稽列傳》：「皆知大王賤人而～馬也。」

貽 （粵）ji4〔怡〕（普）yí

❶贈送。許慎《說文解字》：「～，贈遺也。」（遺【粵】wai6〔胃〕（普）wèi】：贈予。）韓愈《師說》：「余嘉其能行古道，作《師說》以～之。」❷遺留，有成語「～笑大方」。《尚書・夏書・五子之歌》：「有典有則，～厥子孫。」

貶 （粵）bin2〔扁〕（普）biǎn

❶減少，省減。許慎《說文解字》：「～，損也。」（損：損失。）《左傳・僖公二十一年》：「修城郭、～食，省用。」❷降低。司馬遷《史記・孔子世家》：「夫子之道至大也，故天下莫能容夫子。夫子蓋少～焉？」（老師您的思想精深博大到極點，所以天下沒有人能容納您。您何不把標準稍為降低呢？）❸貶抑，給予不好的評價，與「褒」相對。王充《論衡・齊世》：「故孔子作《春秋》，采毫毛之善，～纖介之惡。」❹貶官，貶謫，降職。韓愈《左遷至藍關示姪孫湘》：「一封朝奏九重天，夕～潮陽路八千。」

 貸 （粵）taai3〔泰〕（普）dài

❶借，借出，借入。許慎《說文解字》：「～，施也。」段玉裁《說文解字注》：「謂我施人曰～也。」《莊子・外物》：「莊周家貧，故往～粟於監河侯。」（監河侯：監河的官。）❷寬恕，寬免。范曄《後漢書・袁張韓周列傳》：「還之足示中國優～，而使邊人得寧。」❸推卸。《清史稿・袁甲三傳》：「責無旁～。」

 越 （粵）jyut6〔月〕（普）yuè

❶經過，多用於時間。許慎《說文解字》：「～，度也。」范仲淹《岳陽樓記》：「～明年，政通人和。」

（這裏指到了明年。）❷翻越，攀越。王勃《滕王閣序》：「關山難～，誰悲失路之人？」❸超越，超過，不按常規，有成語「～俎代庖」。《莊子·逍遙遊》：「尸祝不～樽俎而代之矣。」（尸祝：祭祀主管。樽俎【粵 zo2〔左〕普 zǔ】：古代酒器和盛肉的器具，借指祭祀中的廚師。）❹悠揚。《禮記·聘義》：「叩之其聲清～以長。」（之：指玉石。）❺墜落。《左傳·成公二年》：「射其左，～于車下；射其右，斃于車中。」❻古代華夏對南方和東南部各外族的統稱。《莊子·逍遙遊》：「～人斷髮文身。」（文身：紋身。）

超 粵 ciu1〔昭〕普 chāo

❶跳躍。許慎《說文解字》：「～，跳也。」《左傳·昭公元年》：「子南戎服入，左右射，～乘而出。」（子南：春秋時代楚莊王之子。）❷跳過，越過。《孟子·梁惠王上》：「挾太山以～北海。」（太山：即泰山。）❸超然，勝過。韓非《韓非子·五蠹》：「～五帝，侔三王者，必此法也。」（侔【粵 mau4〔謀〕普 móu】：等同。）❹遙遠。屈原《楚辭·九歌·國殤》：「出不入兮往不反，平原忽兮路～遠。」（反：通「返」，回去。忽：渺茫。）

趄 （一） 粵 zeoi1〔狙〕普 jū

多與「趑」或「趔」組成詞語「趑～」或「趔～」，指想前進卻又不

敢，遲疑不前，見第 271 頁「趑」字條。許慎《說文解字》：「～，趑～也。」魏禧《吾廬記》：「終身守閨門之內，選耎趄～。」

（二） 粵 ce3〔奢【陰去】〕普 qiè

歪斜，不正。施耐庵《水滸傳·第二十二回》：「宋江已有八分酒，腳步～了，只顧踏去。」

距 粵 keoi5〔拒〕普 jù

❶到。司馬遷《史記·蘇秦列傳》：「不至四五日而～國都矣。」❷距離。王安石《遊褒禪山記》：「～其院東五里，所謂華山洞者。」❸通「拒」，抵抗，抵禦，這個意思後來被寫成「拒」。《墨子·公輸》：「公輸盤九設攻城之機變，子墨子九～之。」（公輸盤：公輸班，即魯班。）❹守衛。《史記·項羽本紀》：「～關，毋內諸侯。」（內：通「納」，讓別人進入。）❺背靠。薛瑄《遊龍門記》：「東～山，西臨河。」❻通「巨」，巨大，這個意思後來被寫成「巨」。范曄《後漢書·祭祀志上》：「其下用～石十八枚，皆高三尺。」

跋 粵 bat6〔拔〕普 bá

❶翻山越嶺。《詩經·鄘風·載馳》：「大夫～涉，我心則憂。」（涉【粵 sip3〔攝〕普 shè】：徒步渡水。）❷踩，踏。韓愈《進學解》：「～前躓後，動輒得咎。」（躓【粵 zi3〔志〕普 zhì】：被東西絆倒。）❸一種文體，寫在書籍或文章之後，用來評

價內容或説明寫作經過。沈括《夢溪筆談》:「後人題~多盈巨軸矣。」（題：在書籍、文章前後寫文字。巨軸：大卷的著作。）

跌 (粵)dit3〔對結切〕(普)diē

❶跌倒，摔倒。晁錯《言兵事疏》:「~而不振。」（這裏比喻為挫折。）❷錯誤。《荀子·王霸》:「過舉蹞步，而覺~千里。」（蹞【粵kwai2〔菌鬼切〕(普)kuǐ】:同「跬」，半步。）

軼 (粵)jat6〔逸〕(普)yì

❶超越。許慎《説文解字》:「~，車相出也。」（本指超車，後比喻為超越。）班固《漢書·揚雄傳上》:「~五帝之遐跡。」❷超羣。《漢書·嚴朱吾丘主父徐嚴終王賈傳下》:「益州刺史因奏褒有~材。」❸通「溢」，水溢出，這個意思後來被寫成「溢」。《漢書·地理志上》:「入於河，~為滎。」（河：黃河。滎【粵jing4〔形〕(普)xíng】:河流名，在今河南省。）❹通「佚」，散失，這個意思後來被寫成「佚」。司馬遷《史記·管晏列傳》:「至其書，世多有之，是以不論，論其~事。」❺通「逸」，隱逸，這個意思後來被寫成「逸」。《淮南子·泰族訓》:「無隱士，無~民。」

辜 (粵)gu1〔孤〕(普)gū

❶罪。許慎《説文解字》:「~，辠也。」（辠：通「罪」，罪過。）《明史·太祖本紀二》:「君則有罪，民復何~？」❷辜負。周邦彥《一寸金·小石江路》:「終~前約。」

逮 (粵)dai6〔第〕(普)dài

❶趕上，趕及，比得上，有成語「力有不~」。許慎《説文解字》:「~，及也。」宋濂《杜環小傳》:「而世俗恆謂今人不~古人，不亦誣天下士人哉！」❷到了，直到。李密《陳情表》:「~奉聖朝。」（奉：侍奉。聖朝：指西晉。）❸拘捕。班固《漢書·趙尹韓張兩王傳》:「禹坐要斬，請~捕廣漢。」（禹：人名，霍禹。廣漢：人名，趙廣漢。）

逸 (粵)jat6〔溢〕(普)yì

❶逃逸，逃跑。許慎《説文解字》:「~，失也。从辵、兔。兔謾訑善逃也。」（謾訑【粵maan4 ji4〔蠻夷〕(普)màn yí】:欺詐。）《左傳·桓公八年》:「隨師敗績，隨侯~。」（隨侯：春秋初期隨國國君。）❷隱逸。周敦頤《愛蓮説》:「菊，花之隱~者也。」❸釋放。《左傳·成公十六年》:「乃~楚囚。」❹安逸，閒適，有成語「好~惡勞」。《詩經·小雅·祈父之什·十月之交》:「民莫不~，我獨不敢休。」❺放蕩。《戰國策·楚策四》:「專淫~侈靡，不顧國政，郢都必危矣。」（郢【粵jing5〔也永切〕(普)yǐng】:春秋戰國時期楚國國都，在今湖北省荊州市江陵縣。）❻通

「佚」，散失，這個意思後來被寫成「佚」。柳宗元《武功縣丞廳壁記》：「壁壞文～。」❼通「軼」，超越，出眾，這個意思後來被寫成「軼」。《舊唐書・文苑傳下》：「少有～才。」

進 ⓹zeon3〔晉〕⓹jìn

❶前進，與「退」相對。王安石《遊褒禪山記》：「入之愈深，其～愈難，而其見愈奇。」❷出仕，做官。范仲淹《岳陽樓記》：「是～亦憂，退亦憂。」❸超乎，超越。《莊子・養生主》：「臣之所好者道也，～乎技矣。」（為臣所追求的是規律，已經超越了宰牛技術了。）❹進獻，呈獻。司馬遷《史記・廉頗藺相如列傳》：「於是相如前～瓿，因跪請秦王。」❺進言，進諫。諸葛亮《出師表》：「～盡忠言。」❻推薦，進用。《史記・孫子吳起列傳》：「於是忌～孫子於威王。」（忌：田忌。戰國時齊國名將。孫子：孫臏，戰國時齊國軍事家。威王：齊威王。）❼進入。謝肇淛《五雜組・物部三》：「其有不堪，更強為～。」（這裏比喻為吞下食物。）

鄉 一 ⓹hoeng1〔香〕⓹xiāng

❶古代地方基層組織之一，歷代架構不一，周代以一萬二千五百戶為一鄉。陸以湉《冷廬雜識・卷七・陳忠愍公》：「提鎮不得官本～。」（提鎮：清代提督與總兵的合稱。官：管治。）❷家鄉。范仲淹《岳陽樓記》：「登斯樓也，則有去國懷～。」❸鄉村，鄉郊，泛指城市以外的地區。《莊子・逍遙遊》：「何不樹之於無何有之～，廣莫之野？」

二 ⓹hoeng3〔向〕⓹xiàng

❶通「向」，面向，朝向，面對，這個意思後來被寫成「向」。班固《漢書・張陳王周傳》：「背河～雒，其固亦足恃。」（河：黃河。雒：通「洛」，洛水。）❷從前，往時，這個意思後來被寫成「向」、「嚮」、「曏」。《孟子・告子上》：「～為身死而不受，今為宮室之美為之。」

三 ⓹hoeng2〔享〕⓹xiǎng

❶通「享」，享用，享受，這個意思後來被寫成「享」。《漢書・文帝紀》：「夫以朕之不德，而專～獨美其福，百姓不與焉，是重吾不德也。」❷通「響」，影響，這個意思後來被寫成「響」。《漢書・董仲舒傳》：「夫善惡之相從，如景～之應形聲也。」

酣 ⓹ham4〔含〕⓹hān

❶酒喝得暢快。許慎《說文解字》：「～，酒樂也。」司馬遷《史記・廉頗藺相如列傳》：「秦王飲酒～。」❷副詞，暢快，盡情。曹丕《善哉行》（其三）：「～飲不知醉。」❸表示睡得很沉。張岱《西湖七月半》：「～睡於十里荷花之中。」

量

一 (粵)loeng4〔良〕(普)liáng

❶稱量，量度。許慎《說文解字》：「～，稱輕重也。」《莊子·胠篋》：「為之斗斛以～之。」（斛【粵】huk6〔酷〕(普)hú：古代容量單位，十斗為斛。）❷思量，商量，考慮。蘇軾《江城子》：「不思～，自難忘。」

二 (粵)loeng6〔亮〕(普)liàng

❶升、斗之類的量器。班固《漢書·律曆志上》：「斗者，聚升之～也。」（斗【粵】dau2〔抖〕(普)dǒu：古代容量單位，十升為斗。）❷限量，數量。《論語·鄉黨》：「惟酒無～，不及亂。」（只有酒不限量，但不要喝醉。）❸計量，斷定，估計，有成語「～入為出」。蘇洵《六國論》：「當與秦相較，或未易～。」❹氣量，氣度。《資治通鑑·晉紀·烈宗孝武皇帝上之下》：「謝安石有廟堂之～。」

鈔

(粵)caau1〔抄〕(普)chāo

❶掠取，掠奪。段玉裁《說文解字注》：「手指突入其閒而取之，是之謂『～』。」范曄《後漢書·劉虞公孫瓚陶謙列傳》：「攻～郡縣。」❷通「抄」，抄寫，這個意思後來被寫成「抄」。杜甫《贈李八祕書別三十韻》：「～詩聽小胥。」（小胥【粵】seoi1〔需〕(普)xū：古代專任謄寫的小吏。）❸鈔票，紙幣。《金史·食貨志三》：「遂制交～，與錢並用。」（制：通「製」，製作。交～：金、元兩朝所用的紙幣。）

鈞

(粵)gwan1〔軍〕(普)jūn

古代重量單位，三十斤為鈞。許慎《說文解字》：「～，三十斤也。」《孟子·梁惠王上》：「吾力足以舉百～，而不足以舉一羽。」

鈎

（鉤）(粵)ngau1〔勾〕(普)gōu

❶衣帶上的鈎。許慎《說文解字》：「～，曲也。」《莊子·胠篋》：「彼竊～者誅，竊國者為諸侯。」❷鈎取物件用的工具。《陌上桑》：「桂枝為籠～。」❸鈎取，勾連。李白《蜀道難》：「然後天梯石棧相～連」。

閔

(粵)man5〔敏〕(普)mǐn

❶憂患，凶喪。李密《陳情表》：「夙遭～凶。」❷憂慮，擔心。《孟子·公孫丑上》：「宋人有～其苗之不長而揠之者。」❸通「憫」，憐憫，這個意思後來被寫成「憫」。班固《漢書·李廣蘇建傳》：「武年老，子前坐事死，上～之。」（武：蘇武。前：早前。坐事死：因犯事而遭死刑。）

開

(粵)hoi1〔凶災切〕(普)kāi

❶開門。杜甫《客至》：「蓬門今始為君～。」（蓬門：柴門。）❷張開，打開。諸葛亮《出師表》：「誠宜～張聖聽。」（聖聽：聖明的見聞。）❸開放，開花。岑參《白雪歌送武判官歸京》：「千樹萬樹梨花～。」❹分開，散開。范仲淹《岳

陽樓記》:「連月不～。」(指烏雲連續幾個月沒有消散。) ❺開拓，開墾。陶潛《歸園田居》(其一):「～荒南野際。」❻開發，開闢。杜甫《兵車行》:「武皇～邊意未已。」(武皇:指漢武帝，實指唐玄宗。未已:不停止。) ❼開創。王符《潛夫論·思賢》:「三代～國建侯。」(三代:夏代、商代、周代。) ❽開導。《禮記·學記》:「故君子之教喻也……～而弗達。」(～而弗達:啟發學生而不代替學生作出結論。) ❾設置。白居易《琵琶行》:「添酒回燈重～宴。」

閑 粵haan4〔嫻〕普xián

❶圍欄。許慎《説文解字》:「～，闌也。从門中有木。」(闌:通「欄」，圍欄。) 班固《漢書·賈誼傳》:「內之～中。」(內:收入。) ❷界限。《論語·子張》:「大德不踰～。」(德行上的大是大非不能超越界限。) ❸通「嫻」，嫻熟，熟習，這個意思後來被寫成「嫻」。《資治通鑑·晉紀·烈宗孝武皇帝上之下》:「良家少年皆富饒子弟，不～軍旅。」❹通「閒」，空閒，嫻靜。張若虛《春江花月夜》:「昨夜～潭夢落花。」

間 (間) 一 粵gaan3〔諫〕普jiàn

❶間隙，空隙，機會。《資治通鑑·魏紀·烈祖門皇帝中之上》:「苟有～隙，應機而至。」❷間隔，間斷。陶潛《桃花源記》:「不復出焉，遂與外人～隔。」❸副詞，間或，斷斷續續地。《戰國策·齊策一》:「數月之後，時時而～進。」❹離間。《資治通鑑·漢紀·孝靈皇帝上之下》:「～離～骨肉母子之恩。」❺夾雜。林嗣環《口技》:「則二人語漸～雜。」❻一會兒。《呂氏春秋·季冬紀·士節》:「有～，晏子見疑於齊君。」❼嫌隙，疏遠。歸有光《歸氏二孝子傳》:「與弟紋、緯友愛無～。」

二 粵gaan1〔奸〕普jiān

❶兩者之間，中間。李白《月下獨酌》(其一):「花～一壺酒，獨酌無相親。」❷期間，時間。蘇軾《念奴嬌·赤壁懷古》:「談笑～、檣櫓灰飛煙滅。」❸量詞，計算房屋的單位。陶潛《歸園田居》(其一):「方宅十餘畝，草屋八九～。」

閒 (間) 一 粵gaan3〔諫〕普jiàn

❶通「間」，間隙，空隙，這個意思後來被寫成「間」。許慎《説文解字》:「～，隙也。」(隙:通「隙」，空隙。) ❷副詞，私下。司馬遷《史記·魏公子列傳》:「侯生乃屏人～語。」(侯生:侯嬴，戰國時代魏國的隱士。) ❸副詞，祕密地。《史記·廉頗藺相如列傳》:「故令人持璧歸，～至趙矣。」❹參與。《左傳·莊公十年》:「肉食者謀之，又何～焉?」(肉食者:指官員。) ❺通「間」，離間，這個意思後來被寫成「間」。《史記·屈原賈生列傳》:「讒人～之。」

（之：指屈原。）

二 (粵)haan4〔嫻〕(普)xián

❶空閒。蘇軾《記承天寺夜遊》：「但少～人如吾兩人者耳。」❷不要緊的，無關重要的。李清照《一剪梅》：「一種相思，兩處～愁。」

三 (粵)gaan1〔奸〕(普)jiān

通「間」，中間，這個意思後來被寫成「間」。杜牧《阿房宮賦》：「一旦不能有，輸來其～。」（其：指阿房宮。）

 隊 一 (粵)zeoi6〔罪〕(普)zhuì

通「墜」，墜下，從高處掉下來，這個意思後來被寫成「墜」。《荀子‧天論》：「星之～，木之鳴，是天地之變。」（變：反常。）

二 (粵)deoi6〔地畏切〕(普)duì

軍隊的編制單位，古以一百人為～。司馬遷《史記‧孫子吳起列傳》：「孫子分為二～，以王之寵姬二人各為～長。」

階 (粵)gaai1〔街〕(普)jiē

❶台階。劉禹錫《陋室銘》：「苔痕上～綠，草色入簾青。」❷階梯，梯子。桓寬《鹽鐵論‧刑德》：「猶釋～而欲登高。」❸官階。《左傳‧襄公二十四年》：「敢問降～何由？」❹緣由，原因。《國語‧周語中》：「夫婚姻，禍福之～也。」❺憑藉。班固《漢書‧異姓諸侯王表》：「漢亡尺土之～。」（亡：沒有。）

陽 (粵)joeng4〔楊〕(普)yáng

❶山的南面或水的北面，與「陰」相對。諸葛亮《出師表》：「臣本布衣，躬耕於南～。」（南～：位於今河南省、湖北省、陝西省交界地帶，因地處伏牛山以南，漢水以北而得名。）❷太陽，陽光。歐陽修《醉翁亭記》：「已而夕～在山，人影散亂。」❸温暖，明亮。《長歌行》：「～春布德澤，萬物生光輝。」❹表面上，假裝，與「陰」相對，有成語「～奉陰違」。韓非《韓非子‧說難》：「則～收其身而實疏之。」❺古代的哲學概念，萬事萬物概括成「陰」、「～」兩個相對的範疇，例如：天地、日月、晝夜、男女等，見第201頁「陰」字條。

隅 (粵)jyu4〔餘〕(普)yú

❶角落。許慎《說文解字》：「～，陬也。」段玉裁《說文解字注》：「《廣雅》曰：『陬，角也。』」（陬【(粵)zau1〔周〕(普)zōu】：角落。）歸有光《項脊軒志》：「方二人之昧昧於一～也。」（二人：指蜀寡婦清及諸葛孔明。）❷靠邊的地方。李華《弔古戰場文》：「凜冽海～。」

隆 (粵)lung4〔龍〕(普)lóng

❶山中央高起的地方。孫武《孫子兵法‧行軍》：「戰～無登。」（打仗時，敵人在山的高處，不要登山作戰。）❷升起，凸起。劉蓉《習慣說》：「如土忽～起者。」❸興

隆。諸葛亮《出師表》：「親賢臣，遠小人，此先漢所以興～也。」❹顯赫、尊貴。《戰國策・秦策一》：「當秦之～。」（秦：蘇秦。）❺極點。韓非《韓非子・定法》：「大寒之～，不衣亦死。」

陲　⟨粵⟩seoi4〔誰〕⟨普⟩chuí

邊陲，邊境。王維《送別》：「君言不得意，歸臥南山～。」

雅　⟨粵⟩ngaa5〔瓦〕⟨普⟩yǎ

❶雅正，正確。諸葛亮《出師表》：「察納～言。」❷《詩經》「六義」之一，屬於詩歌的體制，分為小、大二雅，《小雅》為宴請賓客之音樂，《大雅》則為國君接受臣下朝拜、陳述勸戒的音樂。司馬遷《史記・屈原賈生列傳》：「小～怨誹而不亂。」❸高尚，高雅。王勃《滕王閣序》：「都督閻公之～望。」❹副詞，素雅，向來。范曄《後漢書・張衡傳》：「安帝～聞衡善術學。」❺副詞，甚，很。蒲松齡《聊齋誌異・青鳳》：「傾吐間，～相愛悅。」

雄　⟨粵⟩hung4〔洪〕⟨普⟩xióng

❶公鳥。許慎《說文解字》：「～，鳥父也。」（本指雀鳥的父親，後引申為公鳥。）李白《蜀道難》：「但見悲鳥號古木，～飛雌從繞林間。」❷雄性，與「雌」相對。《木蘭辭》：「雙兔傍地走，安能辨我是～雌？」❸雄健，勇武。蘇軾《念

奴嬌・赤壁懷古》：「～姿英發。」❹英雄。蘇軾《前赤壁賦》：「固一世之～也，而今安在哉？」❺勝利。司馬遷《史記・項羽本紀》：「願與漢王挑戰決雌～。」

集　⟨粵⟩jaap6〔雜〕⟨普⟩jí

❶羣鳥停留在樹上。許慎《說文解字》：「雧，羣鳥在木上也。」（原文作「雧」，後簡化為「～」。）范仲淹《岳陽樓記》：「沙鷗翔～。」❷停留。蒲松齡《聊齋誌異・促織》：「蟲～冠上，力叮不釋。」❸聚集。陸以湉《冷廬雜識・卷七・陳忠愍公》：「五月，夷船大～，公登台守禦，日夜不怠。」❹集會。王羲之《蘭亭集序》：「羣賢畢至，少長咸～。」（咸：全部。）❺市集。吳敬梓《儒林外史・第三回》：「他妻子乃是～上胡屠戶的女兒。」❻詩文集子。曹丕《與吳質書》：「頃撰其遺文，都為一～。」❼《四庫全書》中「～部」的簡稱，為古代圖書四大類別之一，與「經」（儒經）、「史」（史書）、「子」（諸子百家）並列，一般為詩詞作品。

雋　一　⟨粵⟩syun5〔吮〕⟨普⟩juàn

鳥肉肥美，味道好。許慎《說文解字》：「～，肥肉也。」後比喻言辭文章含蓄有內容，值得咀嚼，常以「～永」連用。趙蕃《次韻斯遠三十日見寄》：「書味真～永。」

二 (粵)zeon3〔俊〕(普)jùn

通「俊」，才智出眾，這個意思後來被寫成「俊」。班固《漢書・禮樂志》：「至武帝即位，進用英～。」

項 (粵)hong6〔巷〕(普)xiàng

❶頸的後部，有成語「望其～背」。許慎《説文解字》：「～，頭後也。」司馬遷《史記・魏其武安侯列傳》：「案灌夫～令謝。」（案：按住。灌夫：人名，西漢將領。）❷頸，脖子。駱賓王《詠鵝》：「鵝，鵝，鵝，曲～向天歌。」❸項目。《宋史・兵志七》：「依逐～名目權攝部領。」（權攝部領：暫時代理統帥一職。）

順 (粵)seon6〔事鈍切〕(普)shùn

❶順應，順從。司馬遷《史記・秦始皇本紀》：「或言ხ以阿～趙高。」❷歸順。《孟子・公孫丑下》：「天下～之。」❸和順。方苞《獄中雜記》：「今天時～正，死者尚稀。」❹順着，沿着。蘇軾《前赤壁賦》：「～流而東也。」❺順理。《論語・子路》：「名不正則言不～。」❻通順。韓愈《南陽樊紹述墓志銘》：「文從字～各識職。」

須 一 (粵)sou1〔蘇〕(普)xū

通「鬚」，鬍鬚，這個意思後來被寫成「鬚」。許慎《説文解字》：「～，面毛也。」《陌上桑》：「鬑鬑頗有～。」（鬑【(粵)lim4〔廉〕(普)lián】鬑：鬍鬚稀疏的樣子。）

二 (粵)seoi1〔需〕(普)xū

❶需要。陳壽《三國志・蜀書・諸葛亮傳》：「歛以時服，不～器物。」（歛【(粵)lim6〔利驗切〕(普)liàn】：通「殮」，將屍首移入棺木。）❷副詞，必須，應該。李白《月下獨酌》（其一）：「行樂～及春。」❸等待。李白《夢遊天姥吟留別》：「且放白鹿青崖間，～行即騎訪名山。」❹多與「臾」（【(粵)jyu4〔餘〕(普)yú）組成詞語「～臾」，指片刻。《荀子・勸學》：「吾嘗終日而思矣，不如～臾之所學也。」

飧 (粵)syun1〔酸〕(普)sūn

糧食，米飯。李紳《憫農》（其二）：「誰知盤中～，粒粒皆辛苦？」

飯 (粵)faan6〔範〕(普)fàn

❶吃飯。辛棄疾《永遇樂・京口北固亭懷古》：「廉頗老矣，尚能～否？」❷米飯。謝肇淛《五雜組・物部三》：「北方嬰兒，臥土炕，啖麥～。」（啖：吃。）

飲 一 (粵)jam2〔忍影切〕(普)yǐn

❶喝。陸以湉《冷廬雜識・卷七・陳忠愍公》：「官兵都吸民膏髓，陳公但～吳淞水。」❷特指飲酒。李白《月下獨酌》（其一）：「月既不解～。」（解：懂得。）❸所喝的東西，多指水。《論語・雍也》：「一瓢～。」

十二畫

二 ⟨粵⟩jam3〔陰【陰去】〕⟨普⟩yìn

給他人喝，餵他人飲。岑參《白雪歌送武判官歸京》：「中軍置酒～歸客。」

飭 ⟨粵⟩cik1〔斥〕⟨普⟩chì

❶ 整飭，整治。歸有光《歸氏二孝子傳》：「自～於無人之地。」❷ 謹慎。《宋史·程元鳳傳》：「程元鳳謹～而有餘而乏風節。」（乏風節：缺少氣節。）❸ 通「敕」，告誡，命令，這個意思後來被寫成「敕」。班固《漢書·五行志上》：「又～眾官，各慎其職。」

馮 一 ⟨粵⟩pang2〔朋〕⟨普⟩píng

❶ 涉水，有成語「暴虎～河」。《詩經·小雅·小旻》：「不敢暴虎，不敢～河。」（暴虎：徒手和老虎搏鬥。）❷ 通「憑」，憑藉，依靠，這個意思後來被寫成「憑」。蘇軾《前赤壁賦》：「浩浩乎如～虛御風。」（虛：空氣。）

二 ⟨粵⟩fung4〔封【陽平】〕⟨普⟩féng

姓氏。王勃《滕王閣序》：「～唐易老。」（馮唐：西漢大臣。）

十三畫

亂 ⟨粵⟩lyun6〔類願切〕⟨普⟩luàn

❶ 無秩序，不太平，與「治」相對。許慎《說文解字》：「～，治也。」段玉裁《說文解字注》：「～本訓不治，不治則欲其治。」諸葛亮《出師表》：「苟全性命於～世，不求聞達於諸侯。」❷ 紊亂，混亂。蘇軾《念奴嬌·赤壁懷古》：「～石崩雲，驚濤裂岸，捲起千堆雪。」❸ 擾亂。《孟子·告子上》：「行拂～其所為。」（拂【粵】fat1〔忽〕⟨普⟩fú）：拂擦，比喻擾亂。）❹ 煩亂。鮑照《採菱歌》（其三）：「愁心不可盪，春思～如麻。」❺ 戰亂，動亂。陶潛《桃花源記》：「自云先世避秦時～。」❻ 叛亂，暴亂。司馬遷《史記·秦始皇本紀》：「趙高欲為～。」❼ 樂曲的最後一章，或辭賦中總括全文要旨的末段。屈原《楚辭·九章·懷沙》：「～曰：浩浩沅、湘兮，分流汨兮。」（沅、湘：河流名稱。汨【粵】gwat1〔骨〕⟨普⟩gǔ：波浪聲。）

傭 ⟨粵⟩jung4〔容〕⟨普⟩yōng

❶ 被僱用，出賣勞動力。司馬遷《史記·陳涉世家》：「陳涉少時，嘗與人～耕。」（陳涉：陳勝。）❷ 傭工。范曄《後漢書·黨錮列傳》：「為冶家～。」

傲 ⑧ngou6〔餓傲切〕⑧ào

❶傲慢，倨慢。許慎《說文解字》：「～，倨也。」（倨【⑧geoi3〔據〕⑧jù】：傲慢。）韓非《韓非子·內儲說下六微》：「今尹甚～而好兵。」（兵：打仗。）❷傲視，輕視，有成語「～視同儕」。白樸《沉醉東風·漁父》：「～煞人間萬戶侯。」（煞：極度。）❸急躁。《荀子·勸學》：「故不問而告謂之～。」（告：回答。）

傳 一 ⑧zyun3〔再算切〕⑧zhuàn

客舍，驛舍。許慎《說文解字》：「～，遽也。」段玉裁《說文解字注》：「～，遽，若今時乘～騎驛而使者也。」（乘：同「乘」。）司馬遷《史記·廉頗藺相如列傳》：「舍相如廣成～。」

二 ⑧zyun6〔自願切〕⑧zhuàn

❶傳記，事跡。司馬遷《史記·太史公自序》：「作七十列～。」歸有光《歸氏二孝子傳》：「獨其宗親鄉里知之，於是思以廣其～焉。」❷解釋經書的文字，例如《春秋》是孔子編訂的經書，春秋時代魯國史官左丘明為其作注，稱《左氏春秋～》，簡稱《左～》。韓愈《師說》：「六藝經～，皆通習之。」（六藝：指「六經」——《易經》、《尚書》、《詩經》、《禮記》、《樂經》、《春秋》。）❸泛指古書。王充《論衡·訂鬼》：「～曰：『伯樂學相馬，顧玩所見無非馬者。』」

三 ⑧cyun4〔全〕⑧chuán

❶傳遞，傳送。司馬遷《史記·廉頗藺相如列傳》：「秦王大喜，～以示美人及左右。」❷傳授。《師說》：「師者，所以～道、授業、解惑也。」❸流傳，延續。《師說》：「師道之不～也久矣！」❹轉述。《呂氏春秋·慎行論·察傳》：「數～而白為黑。」❺流傳下來的文字。王安石《遊褒禪山記》：「後世之謬其～而莫能名者。」（莫能名：不能清楚說明。）

僅 一 ⑧gan2〔緊〕⑧jǐn

副詞，僅僅，不過，才。司馬光《訓儉示康》：「廳事前～容旋馬，或言其太隘。」（旋馬：掉轉馬身。）

二 ⑧gan2〔緊〕⑧jìn

副詞，幾乎，將近，差不多。《晉書·趙王倫傳》：「自兵興六十余日，戰所殺害～十萬人。」

傾 ⑧king1〔軀升切〕⑧qīng

❶傾側，傾斜。許慎《說文解字》：「～，仄也。」（仄：通「側」，傾斜。）李白《將進酒》：「請君為我傾耳聽。」❷倒塌。范仲淹《岳陽樓記》：「檣～楫摧。」❸傾覆。諸葛亮《出師表》：「此後漢所以～頹也。」❹排擠，傾軋。《宋史·蘇轍傳》：「及勢鈞力敵，則～陷安石。」（安石：王安石。）❺傾慕，欽佩。司馬遷《史記·司馬相如列傳》：「一坐盡～。」❻倒出來。

柳宗元《永州八記·始得西山宴遊記》:「到則披草而坐,〜壺而醉。」❼盡其所有。李華《弔古戰場文》:「漢〜天下,財殫力痡。」(天下:全國人力物力力。痡【粵 pou1〔鋪〕普 pū〕:疲累致病。)

僂 粵 lau4〔樓〕普 lóu

駝背。歐陽修《醉翁亭記》:「傴〜提攜。」(傴【粵 jyu2〔於【陰上】〕普 yǔ〕:背部彎曲,駝背,借指老人。提攜:借指小孩。)

僗 粵 leoi4〔雷〕普 lěi

通「儡」,疲憊、沮喪的樣子。許慎《說文解字》:「〜,一曰嬾解。」(嬾解:懶散、鬆懈。)俞長城《全鏡文》:「窺鏡而觀,則〜然者,非人狀也。」

傷 粵 soeng1〔商〕普 shāng

❶創傷,受傷。許慎《說文解字》:「〜,創也。」《莊子·徐無鬼》:「盡堊而鼻不〜。」❷傷害,損害。諸葛亮《出師表》:「恐託付不效,以〜先帝之明。」❸損毀。陸以湉《冷廬雜識·卷七·陳忠愍公》:「〜大夷船五,火輪船二。」❹妨礙。《孟子·梁惠王上》:「無〜也。」(無〜:不要緊。)❺中傷,詆毀。《呂氏春秋·離俗覽·舉難》:「人〜堯以不慈之名。」❻哀傷,悲傷。李華《弔古戰場文》:「〜心哉!秦歟?漢歟?將近代歟?」❼喪祭。《管子·君臣下》:

「是故明君飾食飲弔〜之禮。」

僇 粵 luk6〔六〕普 lù

侮辱,羞辱。柳宗元《始得西山宴遊記》:「自余為〜人。」(〜人:被羞辱的人,指自己是罪人。)

剽 粵 piu5〔婢秒切〕普 piào

❶搶劫。杜牧《阿房宮賦》:「〜掠其人。」❷剽竊,抄襲。韓愈《南陽樊紹述墓誌銘》:「惟古於詞必己出,降而不能乃〜賊。」(只有古人對於詩文的用字必定由自己創作出來,水平再低也不會做剽竊的賊。)❸迅捷,勇悍。班固《漢書·傅常鄭甘陳段傳》:「且其人〜悍,好戰伐。」

募 粵 mou6〔霧〕普 mù

徵求,招募。許慎《說文解字》:「〜,廣求也。」紀昀《閱微草堂筆記·卷十六》:「僧〜金重修,求石獸於水中。」

勤 粵 kan4〔芹〕普 qín

❶勞苦,辛苦,與「逸」相對。許慎《說文解字》:「〜,勞也。」司馬遷《史記·吳太伯世家》:「然〜而不怨。」❷勤勉,努力,盡力,與「惰」相對。宋濂《送東陽馬生序》:「蓋余之〜且艱若此。」❸殷勤。司馬光《訓儉示康》:「會數而禮〜,物薄而情厚。」

勢 (粵)sai3〔世〕(普)shì

❶勢力，權勢。許慎《説文解字》：「～，盛力權也。」韓非《韓非子・五蠹》：「輕辭天子，非高也，～薄也。」（輕易地辭讓天子之位，不是因為品行高尚，而是因為權勢薄弱。）❷勢頭，趨勢。蘇洵《六國論》：「而猶有可以不賂而勝之之～。」❸形勢。《六國論》：「有如此之～，而為秦人積威之所劫。」❹氣勢。李白《夢遊天姥吟留別》：「～拔五嶽掩赤城。」❺時勢，時機。《孟子・公孫丑上》：「雖有智慧，不如乘～。」❻地勢，形狀。柳宗元《永州八記・始得西山宴遊記》：「其高下之～。」❼姿勢。阮閱《詩話總龜・前集》：「引手作推、敲之～。」❽副詞，勢必。陸以湉《冷廬雜識・卷七・陳忠愍公》：「夷人～欲卻。」❾男性生殖器。《晉書・刑罰志》：「淫者割其～。」

嗟 (粵)ze1〔遮〕(普)jiē

❶嗟歎。王羲之《蘭亭集序》：「未嘗不臨文～悼，不能喻之於懷。」（悼：追思。）❷歎詞，相當於「唉」。韓愈《師説》：「～乎！師道之不傳也久矣！」❸歎詞，相當於「喂」。《禮記・檀弓下》：「～！來食！」

嗜 (粵)si3〔弒〕(普)shì

❶嗜好，喜歡。許慎《説文解字》：「～，～欲，喜之也。」宋濂《送東陽馬生序》：「余幼時即～學。」❷貪求。柳宗元《蝜蝂傳》：「今世之～取者。」

嗇 (粵)sik1〔色〕(普)sè

❶吝嗇。《戰國策・韓策一》：「仲～於財。」（仲：人名，公仲。）❷節省，節儉。《管子・五輔》：「纖～省用，以備饑饉。」（纖：儉省。）

嗣 (粵)zi6〔字〕(普)sì

❶繼承。許慎《説文解字》：「～，諸侯～國也。」柳宗元《捕蛇者説》：「今吾～為之十二年。」（之：指捕蛇。）❷繼承人。柳宗元《封建論》：「卒不能定魯侯之～。」❸子孫。《封建論》：「其德在人者，死必求其～而奉之。」

嗤 (粵)ci1〔痴〕(普)chī

譏笑。司馬光《訓儉示康》：「人皆～吾固陋，吾不以為病。」

嗚 (粵)wu1〔烏〕(普)wū

歎詞，多與「呼」組成詞語「～呼」，相當於「唉」。蘇洵《六國論》：「～呼！以賂秦之地，封天下之謀臣。」

園 (粵)jyun4〔元〕(普)yuán

❶果園。許慎《説文解字》：「～，所以樹果也。」《墨子・非攻上》：「今有一人，入人～圃，竊其桃

李。」❷泛指種樹木或蔬菜的地方。陶潛《歸去來辭》:「田～將蕪胡不歸?」❸帝王貴族遊玩的地方。司馬遷《史記・高祖本紀》:「諸故秦苑囿～池,皆令人得田之。」(苑囿【粵】jyun2 jau6〔婉右〕【普】yuàn yòu】:古代畜養禽獸,供帝王打獵玩樂的園林。田:耕種。)❹帝王后妃的墓地。《史記・劉敬叔孫通列傳》:「先帝～陵寢廟。」

圓 【粵】jyun4〔元〕【普】yuán

❶圓形,與「方」相對。許慎《說文解字》:「～,圜全也。」(圜:同「圓」,圓形。)《荀子・賦篇》:「～者中規。」❷完備,周全,圓滿,有成語「自～其說」。劉勰《文心雕龍・明詩》:「《雅》、《頌》～備。」❸婉轉。白居易《題周家歌者》:「深～似轉簧。」❹指天,古人認為天是圓形的,地是方形的,與「方」相對。《淮南子・本經訓》:「戴～履方。」

塞 一【粵】sak1〔色德切〕【普】sāi

❶堵塞,阻隔。許慎《說文解字》:「～,隔也。」諸葛亮《出師表》:「以～忠諫之路也。」❷填滿。《禮記・孔子閒居》:「志氣～乎天地。」❸補救。班固《漢書・雋疏于薛平彭傳》:「今丞相、御史將欲何施以～此咎?」

二【粵】sak1〔色德切〕【普】sè

敷衍,推搪,有成語「敷衍～

責」。蒲松齡《聊齋誌異・促織》:「留待限期,以～官責。」

三【粵】coi3〔菜〕【普】sài

❶要塞,險要之地。《呂氏春秋・有始覽・有始》:「山有九～。」❷邊塞,邊境。王維《使至塞上》:「征蓬出漢～。」

塗 【粵】tou4〔圖〕【普】tú

❶泥。許慎《說文解字》:「～,泥也。」韓非《韓非子・外儲說左上》:「夫嬰兒相與戲也,以塵為飯,以～為羹。」❷塗飾,塗抹。陸游《阿姥》:「猶有塵埃嫁時鏡,東～西抹不成妝。」❸通「途」,路途,道路,這個意思後來被寫成「途」。《莊子・逍遙遊》:「其小枝卷曲而不中規矩,立之～,匠者不顧。」❹通「途」,途徑,方法,這個意思後來被寫成「途」。《商君書・畫策》:「國之所以取爵祿者多～,亡國。」

塚 【粵】cung2〔寵〕【普】zhǒng

同「冢」,見第131頁「冢」字條。

填 【粵】tin4〔田〕【普】tián

❶填塞。司馬遷《史記・趙世家》:「雖少,願及未～溝壑而託之。」(～溝壑【粵】kok3〔確〕【普】hè】:死的婉辭。)❷充塞,充滿。宋濂《送東陽馬生序》:「門人弟子～其室。」❸形容鼓聲。《孟子・梁惠王上》:「～然鼓之。」

塊 (粵)faai3〔快〕(普)kuài

❶土塊。《左傳‧僖公二十三年》：「乞食於野人，野人與之～。」（與：給予。）❷塊狀物品。杜牧《阿房宮賦》：「金～珠礫。」❸孤獨。宋玉《楚辭‧九辯》：「～獨守此無澤兮。」

奧 (粵)ou〔澳〕(普)ǎo

❶幽深隱祕或機要地方。張協《七命》：「吞響乎幽山之窮～。」❷深。《明史‧廣西土司列傳一》：「其中多冥岩～谷。」❸深奧。王安石《詩義序》：「微言～義，既自得之。」

嫉 (粵)zat6〔窒〕(普)jí

❶嫉妒，妒忌。許慎《說文解字》：「～，妎也。」（妎【粵】gaai3〔界〕(普)hài】：妒忌。）屈原《楚辭‧離騷》：「世溷濁而～賢兮，好蔽美而稱惡。」（溷濁：同「混濁」。好：喜歡。）❷痛恨，憎惡。司馬遷《史記‧屈原賈生列傳》：「屈平既～之，雖放流，睠顧楚國。」（之：指楚懷王。睠顧：同「眷顧」，關心。）

嫌 (粵)jim4〔嚴〕(普)xián

❶嫌疑，疑惑，猜疑。許慎《說文解字》：「～，不平於心也。」司馬遷《史記‧太史公自序》：「別～疑，明是非。」❷嫌隙，仇怨。陳壽《三國志‧蜀書‧先主傳》：「於

是璋收斬松，～隙始構矣。」（璋：劉璋。松：張松。）❸嫌棄，討厭，不滿意。馮夢龍《古今譚概‧不韻》：「某～其微凸。」❹接近。《荀子‧禮論》：「一朝而喪其嚴親，而所以送葬之者，不哀不敬，則～於禽獸矣。」

媾 (粵)gau3〔究〕(普)gòu

❶結親，結婚。《國語‧晉語四》：「今將婚～以從秦。」❷講和。司馬遷《史記‧平原君虞卿列傳》：「割六縣而～。」❸厚愛，寵愛。《詩經‧曹風‧候人》：「彼其之子，不遂其～。」

媲 (粵)pei3〔屁〕(普)pì

匹配，比得上，有詞語「～美」。韓愈《醉贈張祕書》：「險語破鬼膽，高詞～皇墳。」（皇墳：傳說中三皇時代的典籍。）

幌 (粵)fong2〔訪〕(普)huǎng

❶帷幔，窗簾。杜甫《月夜》：「何時倚虛～，雙照淚痕乾。」❷古代酒店、酒館的幌子。陸龜蒙《和襲美初冬偶作》：「小爐低～還遮掩，酒滴灰香似去年。」

幹 (粵)gon3〔肝【陰去】〕(普)gàn

❶樹幹。戴名世《南山集‧鳥說》：「則二鳥巢於其枝～之間。」❷軀幹，借喻事物的主體或重要部分。《隴上歌》：「隴上壯士有陳安，軀～雖小腹中寬，愛養將士同心

肝。」❸才幹，才能。陳壽《三國志・蜀書・諸葛亮傳》：「然亮才，於治戎為長，奇謀為短，理民之～，優於將略。」（亮：指諸葛亮。）

廉 (粵)lim4〔簾〕(普)lián

❶正直，方正。司馬遷《史記・屈原賈生列傳》：「其行～。」❷廉潔，與「貪」相對。《史記・滑稽列傳》：「楚相孫叔敖持～至死，方今妻子窮困負薪而食。」❸節儉。黃宗羲《明夷待訪錄・原君》：「其待己也～。」❹廉價。王禹偁《黃崗竹樓記》：「以其價～而工省也。」（省：節省。）

廈 (粵)haa6〔暇〕(普)shà

房屋。許慎《説文解字》：「～，屋也。」杜甫《茅屋為秋風所破歌》：「安得廣～千萬間？」（廣～：大屋子。）

弒 (粵)si3〔嗜〕(普)shì

臣下殺君主，子女殺父親。許慎《説文解字》：「～，臣殺君也。」《論語・先進》：「～父與君，亦不從也。」

微 (粵)mei4〔眉〕(普)wēi

❶隱蔽，匿藏，不顯露，有成語「～服出巡」。許慎《説文解字》：「～，隱行也。」方苞《左忠毅公逸事》：「～行入古寺。」❷含蓄。司馬遷《史記・屈原賈生列傳》：「其文約，其辭～。」❸副詞，暗地裏。《史記・魏公子列傳》：「與其客語，～察公子。」（公子：指魏公子信陵君。）❹微小，微弱。陶潛《歸去來辭》：「恨晨光之熹～。」❺輕微。《莊子・養生主》：「動刀甚～。」❻副詞，稍為。姚瑩《捕鼠説》：「勿以美食，及～飢而縱之，得鼠，然後益其食。」❼卑微。歸有光《歸氏二孝子傳》：「以其行之卓而身～賤。」❽衰微，衰敗。蘇軾《較戰守策》：「天下分裂，而唐室因以～矣。」（天下分裂：指藩鎮割據。）❾沒有，不。范仲淹《岳陽樓記》：「～斯人，吾誰與歸？」

意 (粵)ji3〔懿〕(普)yì

❶意志，心意。許慎《説文解字》：「～，志也。」王維《山居秋暝》：「隨～春芳歇，王孫自可留。」❷意圖。司馬遷《史記・項羽本紀》：「今者項莊拔劍舞，其～常在沛公也。」❸意思。韓愈《雜説（四）》：「鳴之而不能通其～。」（鳴：馬匹嘶叫。）❹懷疑。《列子・説符》：「人有亡鈇者，～其鄰之子。」（鈇【粵)fu1〔膚〕(普)fū】：鍘刀，用於剪草。）❺意料，有成語「出人～表」。《史記・項羽本紀》：「將軍戰河北，臣戰河南，然不自～能先入關破秦，得復見將軍於此。」（將軍：指項羽。臣：劉邦自稱。）❻表示選擇，相當於「是……還是……」的句式。《史記・

孔子世家》:「～者吾未仁邪?人之
不我信也。～者吾未知邪?人之
不我行也。」(是因為我們不夠仁愛,
所以別人不信任我們?還是因為我
們不夠智慧,所以別人不實行我們
的主張?)

想 粵 soeng2〔賞〕普 xiǎng

❶想像。許慎《說文解字》:「～,
冀思也。」《列子·湯問》:「志
～象猶吾心也。」(象:事物。)
❷思索,思考。李華《弔古戰場
文》:「吾～夫北風振漠,胡兵伺
便。」❸想念,懷念。蘇軾《念奴
嬌·赤壁懷古》:「遙～公瑾當年,
小喬初嫁了,雄姿英發。」❹觀
念,想法。陶潛《歸園田居》(其
二):「虛室絕塵～。」

愚 粵 jyu4〔餘〕普 yú

❶愚蠢。許慎《說文解字》:「～,
戇也。」(戇【粵 zong3〔葬〕/
ngong6〔戇【陽去】〕普 gàng】:愚
笨。)韓愈《師說》:「是故聖益聖,
愚益～。」❷愚蠢的人。《師說》:
「是故聖益聖,～益愚。」❸欺騙,
愚弄。俞長城《全鏡文》:「何異秦
皇之焚書以～百姓乎?」❹自稱的
謙詞,相當於「我」。諸葛亮《出
師表》:「～以為宮中之事。」

感 粵 gam2〔敢〕普 gǎn

❶感動。許慎《說文解字》:「～,
動人心也。」歸有光《歸氏二孝子
傳》:「母內自慚,終～孝子誠懇,

從之。」(之:指歸鉞。)❷感
觸,感慨。范仲淹《岳陽樓記》:
「滿目蕭然,～極而悲者矣!」❸
感歎。陶潛《歸去來辭》:「羨萬物
之得時,～吾生之行休。」(行:
快要。休:完結。)❹感傷。杜甫
《春望》:「～時花濺淚,恨別鳥驚
心。」❺感激,感謝。諸葛亮《出
師表》:「由是～激,遂許先帝以驅
馳。」❻感覺,感受。《莊子·刻
意》:「～而後應,迫而後動。」

愛 粵 oi3〔哀【陰去】〕普 ài

❶疼愛。韓愈《師說》:「～其子,
擇師而教之。」❷喜歡。周敦頤《愛
蓮說》:「晉陶淵明獨～菊。」❸寵
愛。姚瑩《捕鼠說》:「鄰人大喜,
益～貓,非魚鮮不飼。」❹相親相
愛。歸有光《歸氏二孝子傳》:「與
弟紋、緯友～無間。」❺仁愛。陶
潛《歸去來辭·序》:「諸侯以惠～
為德。」❻憐惜,同情。《左傳·
僖公二十二年》:「～其二毛。」(二
毛:指老人。)❼愛惜。蘇洵《六
國論》:「向使三國各～其地。」❽
吝嗇。《孟子·梁惠王上》:「齊國
雖褊小,吾何～一牛?」(褊【粵
bin2〔貶〕普 biǎn】:狹小。)

愁 粵 sau4〔收【陽平】〕普 chóu

❶憂愁。許慎《說文解字》:「～,
憂也。」李白《將進酒》:「與爾同
銷萬古～。」❷擔心。高適《別董
大》(其一):「莫～前路無知己,
天下誰人不識君?」❸淒慘。岑參

《白雪歌送武判官歸京》：「～雲慘淡萬里凝。」

 （粵）jyu6〔預〕（普）yù

❶通「癒」，疾病痊癒，這個意思後來被寫成「癒」。《孟子・公孫丑下》：「昔者疾，今日～。」❷勝過，優秀。《論語・公冶長》：「女與回也孰～？」（女【粵】jyu5〔語〕（普）rǔ】：通「汝」，你。回：指顏回。）❸副詞，更加。蘇洵《六國論》：「奉之彌繁，侵之～急。」

 （粵）san6〔腎〕（普）shèn

❶謹慎，慎重。諸葛亮《出師表》：「先帝知臣謹～。」❷副詞，表示告誡，相當於「千萬」，多與「無」、「毋」、「勿」等否定副詞連用。司馬遷《史記・滑稽列傳》：「婦言～無為，楚相不足為也。」（為：指擔任。）

 （粵）gau3〔救〕（普）gòu

❶架起。韓非《韓非子・五蠹》：「搆木為巢以避羣害。」❷設下計謀，捏造罪名。方苞《左忠毅公軼事》：「無俟姦人～陷。」

 （粵）leot6〔律〕（普）lì

戰慄，害怕得發抖。柳宗元《永州八記・始得西山宴遊記》：「恒惴～。」

慴 （粵）cong3〔創〕（普）chuàng

悽愴，悲愴，悲痛。許慎《說文解字》：「～，傷也。」姜夔《揚州慢・序》：「予懷～然，感慨今昔。」

 （粵）kwai3〔葵【陽去】〕/ kwai5〔葵【陽上】〕（普）kuì

慚愧，愧對。陶潛《歸去來辭・序》：「深～平生之志。」

愍 （粵）man5〔敏〕（普）mǐn

憐憫。李密《陳情表》：「祖母劉，～臣孤弱。」

搏 （粵）bok3〔博〕（普）bó

❶抓住，捉住。司馬遷《史記・李斯列傳》：「鑠金百溢，盜跖不～。」（熔化了的黃金即使有過百鎰那麼多，大盜盜跖也不會拿取。）❷搏擊，搏鬥。柳宗元《三戒・黔之驢》：「終不敢～。」❸撞擊。蘇軾《石鐘山記》：「水石相～，聲如洪鐘。」

搔 （粵）sou1〔蘇〕（普）sāo

用手指甲輕抓。桓寬《鹽鐵論・利議》：「議論無所依，如膝癢而～背。」

 （粵）syun2〔酸【陰去】〕（普）sǔn

❶減少，與「益」相對。許慎《說文解字》：「～，減也。」諸葛亮《出師表》：「至於斟酌～益，進盡忠言。」❷損害，與「益」相對。《尚書・虞書・大禹謨》：「滿招～，謙受益。」❸損失，喪失。《商君書・慎法》：「以戰必～其將。」❹謙讓，謙虛。司馬遷《史記・管晏列

傳》：「其後夫自抑～。」

「廚人進～。」

搶

一 （粵）coeng1〔窗〕（普）qiāng

碰，撞，這個意思亦寫作「槍」。《莊子·逍遙遊》：「我決起而飛，～榆枋而止。」（決：急速。榆、枋：樹木名稱。）

二 （粵）coeng2〔此想切〕（普）qiǎng

搶奪，爭奪。林嗣環《口技》：「～奪聲，潑水聲。」

搗

（擣）（粵）dou2〔島〕普 dǎo

❶ 捶打。李白《擣衣篇》：「夜～戎衣向明月。」❷ 攻擊。《宋史·岳飛傳》：「如以精兵二十萬，直～中原，恢復故疆，誠易為力。」

敬

（粵）ging3〔徑〕（普）jìng

❶ 嚴肅，慎重。許慎《說文解字》：「～，肅也。」《論語·子路》：「執事～。」❷ 尊敬，敬重。陳壽《三國志·蜀書·諸葛亮傳》：「甚～重之。」❸ 敬意。司馬遷《史記·廉頗藺相如列傳》：「嚴大國之威以修～也。」❹ 副詞，恭敬地。《史記·魏公子列傳》：「公子使客斬其仇頭，～進如姬。」（公子：魏公子，即信陵君。其仇：指如姬的殺父仇人。）

斟

（粵）zam1〔針〕（普）zhēn

❶ 往杯子或碗裏倒，多指酒和茶。李白《悲歌行》：「主人有酒且莫～，聽我一曲悲來吟。」❷ 帶汁的肉。司馬遷《史記·張儀列傳》：

新

（粵）san1〔辛〕（普）xīn

❶ 新的，後來出現的，與「舊」相對。韓非《韓非子·五蠹》：「必為～聖笑矣。」❷ 新出現的事物。《論語·為政》：「温故而知～，可以為師矣。」❸ 清新，新鮮。王維《送元二使安西》：「客舍青青柳色～。」❹ 革新，改進。《禮記·大學》：「在～民。」（民：民風。）❺ 副詞，剛，才。王維《山居秋暝》：「空山～雨後，天氣晚來秋。」

暗

（粵）am3〔阿滲切〕（普）àn

❶ 昏暗，無光亮，與「明」相對。許慎《說文解字》：「～，日無光也。」王安石《遊褒禪山記》：「至於幽～昏惑，而無物以相之，亦不能至也。」❷ 愚昧，糊塗。陳壽《三國志·蜀書·後主傳》：「否德～弱。」（毫無道德，愚昧無能。）❸ 不明顯的。辛棄疾《青玉案·元夕》：「笑語盈盈～香去。」❹ 副詞，暗地裏。羅貫中《三國演義·第四十五回》：「遂將書～藏於衣內。」❺ 副詞，悄悄地。白居易《琵琶行》：「尋聲～問彈者誰。」

暉

（粵）fai1〔揮〕（普）huī

❶ 陽光。許慎《說文解字》：「～，光也。」孟郊《遊子吟》：「誰言寸草心，報得三春～？」❷ 通「輝」，光明，這個意思後來被寫成「輝」。范仲淹《岳陽樓記》：「朝

～夕陰，氣象萬千。」

 ⓟwan4〔雲〕⒫yùn

❶日、月周圍形成的光圈。許慎《說文解字》：「～，日月气也。」韓非《韓非子·備內》：「日月～圍於外。」❷光影模糊的部分。韓愈《宿龍宮灘》：「夢覺燈生～。」❸頭暈，昏眩，眼花。姚合《閒居》：「眼～夜書多。」

暇 ⓟhaa6〔廈〕⒫xiá

❶閒暇，空閒。許慎《說文解字》：「～，閑也。」魏禧《吾廬記》：「其志且樂為之，而吾何～禁？」❷悠閒。王勃《滕王閣序》：「極娛遊於～日。」

 一 ⓟwui6〔匯〕⒫huì

❶會合。許慎《說文解字》：「～，合也。」范仲淹《岳陽樓記》：「遷客騷人，多～於此。」❷盟會，宴會。司馬遷《史記·廉頗藺相如列傳》：「秦王與趙王～飲。」❸會見，見面。《史記·廉頗藺相如列傳》：「臣嘗從大王與燕王～境上。」❹領會。陶潛《五柳先生傳》：「好讀書，不求甚解；每有～意，便欣然忘食。」❺機會。王充《論衡·命祿》：「逢時遇～。」❻副詞，恰巧，正趕上。陶潛《歸去來辭·序》：「～有四方之事，諸侯以惠愛為德。」❼副詞，必定。李白《行路難》（其一）：「長風破浪～有時。」❽副詞，應當。李白《將進酒》：「～須一飲三百杯。」

二 ⓟkui2〔繪〕⒫kuài

算帳，結帳，有詞語「～計」。《戰國策·齊策四》：「誰習計～，能為文收責於薛者乎？」（文：田文，即孟嘗君。責：通「債」，債務。薛：古地名，在今山東省。）

極 ⓟgik6〔技力切〕⒫jí

❶極點，盡頭。《莊子·逍遙遊》：「上下四方有～乎？」❷最高境界。柳宗元《永州八記·始得西山宴遊記》：「意有所～。」❸副詞，到極點。范仲淹《岳陽樓記》：「感～而悲者矣！」❹到盡頭。《岳陽樓記》：「然則北通巫峽，南～瀟湘。」❺窮盡，完全。王安石《遊褒禪山記》：「不得～乎遊之樂也。」❻副詞，最，非常。陶潛《桃花源記》：「初～狹，才通人。」❼疲倦，疲憊。司馬遷《史記·屈原賈生列傳》：「故勞苦倦～，未嘗不呼天也。」

概 ⓟkoi3〔慨〕⒫gài

❶大概，梗概，有成語「一～而論」。司馬遷《史記·伯夷列傳》：「其文辭不少～見，何哉？」❷氣概，風度。《晉書·桓溫傳》：「溫豪爽有風～。」（溫：指桓溫，東晉權臣。）❸概況，狀況，景象。杜甫《奉留贈集賢院崔于二學士》：「故山多藥物，勝～憶桃源。」（勝～：勝景。）

業 〔粵〕jip6〔鄴〕〔普〕yè

❶事業，功業。諸葛亮《出師表》：「先帝創～未半。」❷職業。陶潛《桃花源記》：「晉太元中，武陵人捕魚為～。」❸從事。劉基《賣柑者言》：「吾～是有年矣。」（是：指賣柑這行業。）❹學業。韓愈《師說》：「師者，所以傳道、授～、解惑也。」❺產業。班固《漢書・楊胡朱梅云傳》：「學黃老之術，家～千金。」❻繼承。司馬遷《史記・太史公自序》：「項梁～之，子羽接之。」（子羽：項羽。）❼副詞，已經。《史記・留侯世家》：「良～為取履，因長跪履之。」

楷 一 〔粵〕gaai1〔街〕〔普〕jiē

❶楷樹，也叫黃連木。許慎《說文解字》：「～，木也。孔子冢蓋樹之者。」❷剛直。劉劭《人物志・體別》：「強～堅勁，用在楨幹，失在專固。」（楨【粵】zing1〔貞〕〔普〕zhēn】：堅硬的木頭。）

二 〔粵〕kaai2〔啟置切〕〔普〕kǎi

❶楷模，法式，典範。《禮記・儒行》：「今世行之，後世以為～。」❷楷書，現在通行的一種漢字字體。張懷瓘《書斷・八分》：「本謂之～書。～者，法也，式也，模也。」

楫 〔粵〕zip3〔接〕〔普〕jí

船槳。許慎《說文解字》：「～，舟櫂也。」（櫂【粵】zaau6〔驟〕〔普〕zhào〕：船槳。）范仲淹《岳陽樓記》：「商旅不行，檣傾～摧。」

楹 〔粵〕jing4〔盈〕〔普〕yíng

廳堂前的直柱。許慎《說文解字》：「～，柱也。」曾鞏《墨池記》：「書『晉王右軍墨池』之六字於～間以揭之。」

歇 〔粵〕hit3〔棄屑切〕〔普〕xiē

❶歇息，休息。許慎《說文解字》：「～，息也。」白居易《賣炭翁》：「牛困人飢日已高，市南門外泥中～。」❷盡，完結。王維《山居秋暝》：「隨意春芳～，王孫自可留。」❸衰落，凋零。陳子昂《與東方左史虬修竹篇》：「春木有榮～，此節無凋零。」（此節：指竹子。）❹散開。陶弘景《與謝中書書》：「曉霧將～。」

 歲 〔粵〕seoi3〔碎〕〔普〕suì

❶歲星，即木星。許慎《說文解字》：「～，木星也。」《左傳・襄公二十八年》：「～在星紀。」❷一年，由於木星公轉週期為十二年，與地支週期相同，因此以一年為一歲。柳宗元《永州八記・始得西山宴遊記》：「是～，元和四年也。」❸每年。《莊子・養生主》：「良庖～更刀。」❹年歲，年紀，年齡。謝肇淛《五雜組・物部三》：「十餘～不知酒肉。」❺收成。韓非《韓非子・五蠹》：「故饑～之春。」（饑～：歉收。）

毀 (粵) wai2〔燬〕(普) huǐ

❶ 毀壞，破壞。許慎《說文解字》：「～，缺也。」俞長城《全鏡文》：「執鏡而將～焉。」❷ 特指哀痛過度而傷害身體。韓非《韓非子・內儲說上》：「宋崇門之巷人服喪，而～甚瘠。」（巷人：鄰里。）❸ 損失，虧損。韓愈《進學解》：「行成於思～於隨。」❹ 通「譭」，詆毀，誹謗，與「譽」相對。《全鏡文》：「有是非，無～譽。」

殿 (粵) din6〔電〕(普) diàn

❶ 高大的房屋。王勃《滕王閣序》：「桂～蘭宮。」（指滕王閣以桂、蘭等上等木材建造。）❷ 特指帝王居住的宮殿或供奉神佛的地方，例如紫禁城有「太和～」、佛寺有「大雄寶～」等。司馬遷《史記・滑稽列傳》：「優孟聞之，入～門。」❸ 行軍走在最後，後來引申為排在最後，有詞語「～後」。《左傳・襄公二十六年》：「晉人寘諸戎車之～，以為謀主。」（寘：通「置」，設置，放置。）

溯 (粵) sou3〔訴〕(普) sù

❶ 逆流而上。紀昀《閱微草堂筆記・卷十六》：「遂反～流逆上矣。」❷ 追溯，回顧。黃遵憲《罷美國留學生感賦》：「～自西學行，極盛推康熙。」

滓 (粵) zi2〔止〕(普) zǐ

❶ 渣滓。馬融《長笛賦》：「澡雪垢～矣。」❷ 污穢。蒲松齡《聊齋誌異・仙人島》：「驅馬至西村，見父衣服～敝，衰老堪憐。」❸ 染黑，污染。司馬遷《史記・屈原賈生列傳》：「皭然泥而不～者也。」

滂 (粵) pong1〔拋剛切〕(普) pāng

❶ 大水湧流的樣子。許慎《說文解字》：「～，沛也。」（沛：水勢充沛。）班固《漢書・宣帝紀》：「醴泉～流，枯槁榮茂。」❷ 淚湧的樣子。蘇軾《贈寫御容妙善師》：「孤臣入門涕自～。」

溢 (粵) jat6〔逸〕(普) yì

❶ 液體泛出外流。許慎《說文解字》：「～，器滿也。」陳壽《三國志・吳書・吳主傳》：「諸山崩，鴻水～。」❷ 洋溢，充分流露。黃宗羲《明夷待訪錄・原君》：「其逐利之情，不覺～之於辭矣。」（其：指劉邦。）❸ 自滿。司馬光《訓儉示康》：「何曾日食萬錢，至孫以驕～傾家。」❹ 通「鎰」，古代重量單位，二十兩為鎰，這個意思後來被寫成「鎰」。韓非《韓非子・五蠹》：「鑠金百～。」

源 (粵) jyun4〔元〕(普) yuán

❶ 水源。陶潛《桃花源記》：「林盡水～，便得一山。」❷ 事物的起源。韓非《韓非子・主道》：「是以

明君守始以知萬物之～。」

溝 粵 kau1〔傾收切〕普 gōu

❶溝渠，水渠。許慎《說文解字》：「～，水瀆。」（瀆【粵 duk6〔讀〕普 dú】：水渠。）《周禮·冬官考工記·匠人》：「九夫為井，井間廣四尺、深四尺謂之～。」❷疏通（河道）。《管子·度地》：「地高則～之。」❸護城河。《禮記·禮運》：「城郭～池以為固。」❹溪谷。魏禧《吾廬記》：「志士不忘在～壑。」

滅 粵 mit6〔蔑〕普 miè

❶火熄滅。許慎《說文解字》：「～，盡也。」蘇洵《六國論》：「以地事秦，猶抱薪救火，薪不盡，火不～。」❷滅亡，消滅。《六國論》：「六國破～，非兵不利，戰不善，弊在賂秦。」❸消失，磨滅。王安石《遊褒禪山記》：「其文漫～。」❹昏暗。柳宗元《永州八記·小石潭記》：「潭西南而望，斗折蛇行，明～可見。」

溺 一 粵 nik6〔奈力切〕/ nik1〔呢色切〕普 nì

❶溺水，淹沒。《莊子·逍遙遊》：「大浸稽天而不～。」❷沉溺，沉迷不悟。《新五代史·伶官傳》：「夫禍患常積於忽微，而智勇多困於所～。」（忽微：小事。）

二 粵 niu6〔尿〕普 niào

❶同「尿」，小便，這個意思後來被寫成「尿」。方苞《獄中雜記》：「矢～皆閉其中。」❷撒尿。司馬

遷《史記·范雎蔡澤列傳》：「賓客飲者醉，更～雎。」（雎：范雎。）

滋 粵 zi1〔支〕普 zī

❶生長。許慎《說文解字》：「～，益也。」（益：增加。）《呂氏春秋·季夏紀·明理》：「草木庫小不～，五穀萎敗不成。」（庫【粵 pei5〔婢〕普 bēi】：矮小。）❷培植。屈原《楚辭·離騷》：「余既～蘭之九畹兮。」（畹【粵 jyun2〔苑〕普 wǎn】：古代面積單位，三十畝為畹。）❸汁液。左思《魏都賦》：「墨井鹽池，玄～素液。」（玄：黑色。素：白色。）❹滋味。謝肇淛《五雜組·物部三》：「富貴之時，窮極～味。」❺污濁。司馬遷《史記·屈原賈生列傳》：「不獲世之～垢。」

滑 一 粵 waat6〔猾〕普 huá

❶流利，流暢。許慎《說文解字》：「～，利也。」白居易《琵琶行》：「間關鶯語花底～。」（間【粵 gaan3〔諫〕普 jiàn】關：擬聲詞，模仿黃鶯的鳴叫。）❷光滑，滑溜。姚鼐《登泰山記》：「道中迷霧，冰～。」

二 粵 gwat1〔骨〕普 huá

多與「稽」組成詞語「～稽」，指能言善辯。劉勰《文心雕龍·諧讔》：「是以子長編史，列傳～稽。」（子長：司馬遷的別字。）

準 粵 zeon2〔准〕普 zhǔn

❶一種測量水平面的器具。許慎

《説文解字》：「～，平也。」班固《漢書‧律曆志上》：「～者，所以揆平取正也。」❷測量。《漢書‧溝洫志》：「令水工～高下。」❸標準，準則。《荀子‧致士》：「程者，物之～也。」（程：度量衡的總稱。）❹鼻子。范曄《後漢書‧光武帝紀上》：「美須眉，大口，隆～。」（須：通「鬚」，鬍鬚。隆：大而厚。）

滄 粵cong1〔倉〕普cāng

❶寒冷。許慎《説文解字》：「～，寒也。」《列子‧湯問》：「日初出，～～涼涼。」❷青綠色。陸機《塘上行》：「垂影～浪泉。」

滔 粵tou1〔劊糕切〕普tāo

大水瀰漫。許慎《説文解字》：「～，水漫漫大兒。」（兒：通「貌」，情景。）王充《論衡‧吉驗》：「洪水～天，蛇龍為害。」

煎 粵zin1〔支煙切〕普jiān

❶一種烹飪方法，熬煮，有詞語「～藥」。許慎《説文解字》：「～，熬也。」蘇軾《絕句》（其二）：「偶為老僧～茗粥。」❷熔煉金屬。《清史稿‧交通志一》：「用西法以～鎔，礦產日多。」❸煎熬，折磨。《孔雀東南飛》：「恐不任我意，逆以～我懷。」

煙 粵jin1〔胭〕普yān

❶物質燃燒時所產生的氣體。許慎《説文解字》：「～，火气也。」蘇軾《念奴嬌‧赤壁懷古》：「檣櫓灰飛～滅。」❷雲氣。范仲淹《岳陽樓記》：「而或長～一空，皓月千里。」❸煙氣所凝結而成的黑灰，常用以製墨。曹植《樂府詩》：「墨出青松～。」

煩 粵faan4〔凡〕普fán

❶煩悶，煩躁。杜甫《兵車行》：「新鬼～冤舊鬼哭。」❷通「繁」，繁瑣，繁多，這個意思後來被寫成「繁」。《尚書‧商書‧説命》：「禮～則亂。」❸煩擾。司馬遷《史記‧樂書》：「水～則魚鱉不大。」❹勞煩，煩請。《史記‧滑稽列傳》：「～大巫嫗為入報河伯。」（大巫嫗【粵jyu2〔於〔陰上〕〕普yù】：大巫婆。河伯：黃河之神。）

煉 粵lin6〔練〕普liàn

❶提煉，冶煉。許慎《説文解字》：「～，鑠冶金也。」（鑠【粵soek3〔削〕普shuò】：熔化。）謝肇淛《五雜組‧物部三》：「唐東洛貴家子弟，飲食必用～炭所炊。」（～炭：經過提煉的木炭。）❷鍛煉，磨練。紀昀《閱微草堂筆記‧卷十一》：「老翁自言～臂十年，～目十年。」

照 粵ziu3〔醮〕普zhào

❶光明。許慎《説文解字》：「～，明也。」（明著：顯明。）俞長城《全鏡文》：「火明故～。」❷照射，

照耀。王維《山居秋暝》:「明月松間~,清泉石上流。」❸日光。杜甫《秋野》(其四):「連山晚~紅。」❹照影。李白《夢遊天姥吟留別》:「湖月~我影。」

 ⑧heoi2〔許〕⑧xù

溫暖,有詞語「和~」。顏延之《陶徵士誄》:「春~秋陰。」

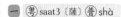 一 ⑧saat3〔薩〕⑧shà

副詞,極,甚,有成語「~費苦心」。白樸《沉醉東風·漁父》:「傲~人間萬戶侯。」
二 ⑧saat3〔薩〕⑧shā
❶同「殺」,殺死。朱有燉《清河縣繼母大賢》:「王謙在莒城打~人了。」❷停止。高鶚《紅樓夢·第九十六回》:「黛玉~住腳聽時,又聽不出是誰的聲音。」

煖 ⑧nyun5〔暖〕⑧nuǎn

通「暖」,溫暖。李清照《聲聲慢·秋情》:「乍~還寒時候,最難將息。」

爺 ⑧je4〔椰〕⑧yé

父親。《木蘭辭》:「卷卷有~名。」

牒 ⑧dip6〔蝶〕⑧dié

❶古代用來書寫、小而薄的竹簡或木片。班固《漢書·賈鄒枚路傳》:「溫舒取澤中蒲,截以為~,編用寫書。」(溫舒:人名。蒲:水生植物。)❷各種記錄文件。司馬遷《史記·太史公自序》:「維三代尚矣,年紀不可考,蓋取之譜~舊聞。」❸官方文書或證件,有成語「最後通~」。《左傳·昭公二十五年》:「右師不敢對,受~而退。」❹訟辭,狀子。高啟《書博雞者事》:「台臣慚,追受其~。」(台:御史台,古代監察官員的機構。)

瑕 ⑧haa4〔霞〕⑧xiá

❶玉上的紅色斑點,泛指玉上的斑點。許慎《說文解字》:「~,玉小赤也。」司馬遷《史記·廉頗藺相如列傳》:「璧有~,請指示王。」❷瑕疵,缺點,過失,與「瑜」相對。丘遲《與陳伯之書》:「聖朝赦罪責功,棄~錄用。」(責功:戴罪立功。棄~:赦免過失。)❸裂縫,空隙。《管子·制分》:「故凡用兵書,攻堅則軔,乘~則神。」

瑟 ⑧sat1〔室〕⑧sè

古代一種彈撥樂器,一般有二十五根弦。許慎《說文解字》:「~,庖犧所作弦樂也。」(庖犧:即伏羲氏,遠古先民,發明了結罘網、造弓箭、養六畜、庖犧牲、種五穀。)司馬遷《史記·廉頗藺相如列傳》:「寡人竊聞趙王好音,請奏~。」

瑞 ⑧seoi6〔睡〕⑧ruì

❶吉凶的預兆。《荀子·天論》:「日月、星辰、~厤,是禹、桀之

十三畫

所同也。」（厤：通「曆」，這裏指典籍。）❷特指吉兆，有詞語「祥～」。《新唐書・鄭仁表傳》：「天～有五色雲，人～有鄭仁表。」❸吉利。孟浩然《寒夜張明府宅宴》：「～雪初盈尺。」

瑜 〔粵〕jyu4〔餘〕〔普〕yú

❶美玉。許慎《說文解字》：「瑾、～，美玉也。」司馬遷《史記・屈原賈生列傳》：「何故懷瑾握～而自令見放為？」（見放：被放逐。）❷玉的光彩，比喻優點，與「瑕」相對。《禮記・聘義》：「瑕不掩～，～不掩瑕，忠也。」

當 〔一〕〔粵〕dong1〔噹〕〔普〕dāng

❶符合。許慎《說文解字》：「～，田相值也。」韓非《韓非子・定法》：「夫匠者手巧也，而醫者齊藥也，以斬首之功為之，則不～其能。」（能：才能。）❷正值，處在某時或某處，有詞語「～場」、「～時」等。蘇軾《念奴嬌・赤壁懷古》：「遙想公瑾～年，小喬初嫁了，雄姿英發。」❸副詞，應當，應該。諸葛亮《出師表》：「～獎率三軍，北定中原。」❹判罪。司馬遷《史記・廉頗藺相如列傳》：「臣知欺大王之罪～誅。」❺把持，佔着。李白《蜀道難》：「一夫～關，萬夫莫開。」❻面對，當着，有成語「門～戶對」。《孝經・諫諍》：「故～不義，則子不可以不爭於父，臣不可以不爭於君。」❼

擔當。陸以湉《冷廬雜識・卷七・陳忠愍公》：「是可～前鋒乎？」❽副詞，將要。《出師表》：「今～遠離。」

〔二〕〔粵〕dong3〔當【陰去】〕〔普〕dàng

❶恰當，適合。《禮記・樂記》：「天地順而四時～。」❷當作，當做。《戰國策・齊策四》：「安步以～車。」❸典當，抵押。司馬遷《史記・屈原賈生列傳》：「以一儀而～漢中地。」（將一個張儀作抵押，拿回漢中地。）❹底部，底線。《莊子・逍遙遊》：「大而無～。」❺應有的數量。謝肇淛《五雜組・物部三》：「窮極滋味，暴殄過～。」

〔三〕〔粵〕dong2〔黨〕〔普〕dǎng

❶通「擋」，遮擋，抵擋。歸有光《項脊軒志》：「前闢四窗，垣牆周庭，以～南日。」❷通「擋」，抵擋、對抗。司馬遷《史記・蘇秦列傳》：「天下莫能～。」

瘁 〔粵〕seoi6〔睡〕〔普〕cuì

勞苦，因病。諸葛亮《後出師表》：「鞠躬盡～，死而後已。」（小心謹慎，竭盡勞苦，到死為止。）

盞 〔粵〕zaan2〔紙版切〕〔普〕zhǎn

淺而小的杯子。李清照《聲聲慢・秋情》：「三杯兩～淡酒，怎敵他、晚來風急？」

盟 〔粵〕mang4〔萌〕〔普〕méng

❶在神明前訂立誓約。賈誼《過秦論》：「諸侯恐懼，會～而謀弱秦。」

❷盟約。陸游《釵頭鳳》：「山～雖在，錦書難託。」❸結盟。《左傳·僖公三十年》：「秦伯說，與鄭人～。」

睠 (粵)gyun3〔絹〕(普)juàn

❶回頭看。《詩經·小雅·大東》：「～言顧之。」❷通「眷」，關心，顧念，這個意思後來被寫成「眷」。司馬遷《史記·屈原賈生列傳》：「屈平既嫉之，雖放流，～顧楚國，繫心懷王。」

睦 (粵)muk6〔木〕(普)mù

❶和睦。許慎《說文解字》：「目順也……一曰敬和也。」諸葛亮《出師表》：「必能使行陣和～。」❷親密，親近。《禮記·坊記》：「～於父母之黨，可謂孝矣。」

睹 (粵)dou2〔賭〕(普)dǔ

❶看，目睹。許慎《說文解字》：「～，見也。」李白《夢遊天姥吟留別》：「越人語天姥，雲霞明滅或可～。」❷觀察，察看。《呂氏春秋·恃君覽·召類》：「趙簡子將襲衛，使史默往～之。」（趙簡子：春秋時晉國權臣。史默：人名。）

督 (粵)duk1〔篤〕(普)dū

❶監督，督察。許慎《說文解字》：「～，察也。」《管子·心術上》：「故事～乎法，法出乎權。」❷率領。徐珂《清稗類鈔·戰事類二》：「旋見一白酋～印度卒約百人。」❸統率諸軍的將領，如周瑜為三國時期吳國的「大都督」。諸葛亮《出師表》：「將軍向寵……先帝稱之曰能，是以眾議舉寵為～。」❹責備，責罰。司馬遷《史記·項羽本紀》：「聞大王有意～過之，脫身獨去，已至軍矣。」（大王：指項羽。之：指劉邦。）❺人體「奇經八脈」之一，即「～脈」。《莊子·養生主》：「緣～以為經。」（這裏比喻為清靜無為之正道。）

睨 (粵)ngai6〔藝〕(普)nì

斜視。許慎《說文解字》：「～，衺視也。」（衺：通「邪」，歪斜，不正。）司馬遷《史記·廉頗藺相如列傳》：「相如持其璧～柱，欲以擊柱。」

碑 (粵)bei1〔悲〕(普)bēi

本指立於宮門、廟門前，用來觀測日影的豎石，後指「石～」，在上刻有標記或文告。許慎《說文解字》：「～，豎石也。」王安石《遊褒禪山記》：「距洞百餘步，有～仆道。」

禁 一 (粵)gam3〔據滲切〕(普)jìn

❶禁忌，有成語「入境問～」。許慎《說文解字》：「～，吉凶之忌也。」王充《論衡·譏日》：「衰世好信～。」❷禁止。魏禧《吾廬記》：「而子不～，何也？」❸停止。歸有光《項脊軒志》：「令人長號不自～。」❹禁令。韓非《韓非

子·五蠹》:「儒以文亂法，俠以武犯～。」❺宮禁，皇帝居住及活動的地方，如「紫禁城」是明、清時代皇帝居住和辦公的地方。司馬遷《史記·秦始皇本紀》:「於是二世常居～中，與高決諸事。」（高：指趙高。）❻囚禁。《魏書·獻文六王傳》:「～於永寧佛寺，未幾賜死。」❼監牢。方苞《左忠毅公軼事》:「涕泣於～卒。」

二 (粵) gam1〔今〕(普) jīn

經得起，承受得住，有成語「弱不～風」。林覺民《與妻書》:「吾之意蓋謂以汝之弱，必不能～失吾之悲。」

福 (粵) fuk1〔輻〕(普) fú

❶福氣，與「禍」相對。許慎《說文解字》:「～，祐也。」《道德經》:「禍兮～所倚，～兮禍所伏。」❷賜福，保佑。《左傳·莊公十年》:「小信未孚，神弗～也。」

禍 (粵) wo6〔壞助切〕(普) huò

❶災禍，禍害，與「福」相對。許慎《說文解字》:「～，害也，神不福也。」蘇洵《六國論》:「至丹以荊卿為計，始速～焉。」❷降禍，危害，有成語「～國殃民」。《左傳·昭公元年》:「子木有～人之心。」（子木：春秋時楚國貴族。）

萬 (粵) maan6〔慢〕(普) wàn

❶數詞，千的十倍。許慎《說文解字》:「～，蟲也。」段玉裁《說文解字注》:「謂蟲名也。段借為十千數名。」（段借：同「假借」。）司馬遷《史記·廉頗藺相如列傳》:「明年，復攻趙，殺二～人。」❷比喻眾多。杜甫《登樓》:「～方多難此登臨。」❸副詞，絕對，有成語「～不得已」、「～全之策」等。班固《漢書·韓彭英盧吳傳》:「我之取天下可以～全。」

禽 (粵) kam4〔琴〕(普) qín

❶鳥獸的總稱。許慎《說文解字》:「～，走獸總名。」（總：同「總」。）陳壽《三國志·魏書·華佗傳》:「吾有一術，名五～之戲，一曰虎，二曰鹿，三曰熊，四曰猨，五曰鳥。」（猨：通「猿」，猿猴。）❷禽鳥，鳥類總稱。歐陽修《醉翁亭記》:「鳴聲上下，遊人去而～鳥樂也。」❸通「擒」，擒拿，捕捉，這個意思後來被寫成「擒」。班固《漢書·韓彭英盧吳傳》:「陛下不能將兵，而善將將，此乃信之為陛下～也。」（陛下：指劉邦。將兵：帶兵。將將：帶領將領。信：指韓信。）

稟 (粵) ban2〔品〕(普) bǐng

❶賜予穀物。許慎《說文解字》:「～，賜穀也。」范曄《後漢書·虞傅蓋臧列傳》:「時人飢，相漁食，勳調穀～之。」（勳：指蓋勳，東漢末名將。）❷授與，賜與。班固《漢書·禮樂志》:「天～其性而不能節也。」❸秉承，承受，

領受。司馬遷《史記・屈原賈生列傳》:「人生～命兮。」❹稟告,下對上的報告。《宋書・劉穆之傳》:「求訴百端,內外諮～。」

稚 粵 zi6〔字〕普 zhì

❶幼小。司馬遷《史記・屈原賈生列傳》:「懷王～子子蘭勸王行。」(懷王:楚懷王。)❷幼兒。陶潛《歸去來辭・序》:「幼～盈室。」❸幼稚,不成熟。王充《論衡・超奇》:「長生家在會稽,生在今世,文章雖奇,論者猶謂～於前人。」(長生:人名。)

稠 粵 cau4〔籌〕普 chóu

❶稠密,多而密,與「稀」相對。許慎《說文解字》:「～,多也。」謝枋得《蠶婦吟》:「起視蠶～怕葉稀。」❷濃稠,與「稀」相對。賈思勰《齊民要術・種穀》:「洞洞如～粥。」(洞洞:濃厚的樣子。)

窟 粵 fat1〔忽〕普 kū

洞穴,有詞語「石～」。《戰國策・齊策四》:「狡兔有三～,僅得免其死耳。今君有一～,未得高枕而臥也。」(君:指孟嘗君。)

節 粵 zit3〔哲〕普 jié

❶竹節。許慎《說文解字》:「～,竹約也。」《晉書・杜預傳》:「譬如破竹,數～之後,皆迎刃而解。」❷枝節,植物分枝長葉之處。杜甫《建都十二韻》:「風斷青

蒲～,霜埋翠竹根。」(青蒲:蒲草,一種水生植物。)❸人或動物的關節。《莊子・養生主》:「彼～者有閒。」(閒:空位。)❹時節,季節。《列子・湯問》:「寒暑易～,始一反焉。」(反:通「返」,回去。)❺節日。王維《九月九日憶山東兄弟》:「獨在異鄉為異客,每逢佳～倍思親。」❻節制,節約。司馬光《訓儉示康》:「小人寡欲,則能謹身～用。」❼限度,常度。方苞《獄中雜記》:「寢食違～。」(睡覺吃飯違反常度,不正常。)❽禮節,禮儀。司馬遷《史記・廉頗藺相如列傳》:「禮～甚倨。」❾符節,古代使者所執的信物,用以證明身分。《周禮・地官司徒》:「掌～,掌守邦～而辨其用,以輔王命。」❿氣節,節操。諸葛亮《出師表》:「此悉貞良死～之臣也。」(死節:為氣節而死。)⓫婦女的貞節。《孔雀東南飛》:「守～情不移。」⓬比喻細碎的事情。《史記・管晏列傳》:「知我不羞小～。」

梁 粵 loeng4〔梁〕普 liáng

小米,穀類中的優良品種,也泛指精美的飯食。《左傳・哀公十三年》:「～則無矣,麤則有之。」(麤:同「粗」,指粗糧。)

粵 粵 jyut6〔月〕普 yuè

❶語氣助詞,用於句首或句中,無實義。庾信《哀江南賦序》:「～以

戊辰之年，建亥之月。」❷古代民族名。班固《漢書・高帝紀上》：「～人之俗，好相攻擊。」❸廣東省的簡稱，有詞語「～語」、「～劇」等。

經 （粵）ging1〔荆〕（普）jīng

❶織布的縱線為「經」，與橫線「緯」相對。許慎《說文解字》：「～，織也。」劉勰《文心雕龍・情采》：「～正而後緯成，理定而後辭暢。」❷中醫稱人體氣血運行通路的主幹。《莊子・養生主》：「技～肯綮之未嘗。」（技：通「枝」，指支脈。肯：緊附在骨上的肉。綮【粵】hing3〔罄〕（普）qìng】：筋肉聚結處。）❸常規，原則。《莊子・養生主》：「緣督以為～。」（以正道作為做事原則。）❹界線。《呂氏春秋・慎行論・察傳》：「是非之～，不可不分。」❺經典，經籍，或專講某種事物或技藝的著作。如《詩～》、《道德～》、《黃帝內～》、《山海～》等。韓愈《師說》：「六藝～傳，皆通習之。」❻《四庫全書》中經部的簡稱，為古代圖書四大類別之一，與「史」（史書）、「子」（諸子百家）、「集」（詩詞作品）並列，指儒家典籍。❼經過。邯鄲淳《笑林》：「～宿而雞死。」（過了一夜後，山雞卻死了。）❽治理，經營。杜牧《阿房宮賦》：「韓、魏之～營。」（這裏借指珍寶。）

置 （粵）zi3〔志〕（普）zhì

❶釋放，赦免。許慎《說文解字》：「～，赦也。」司馬遷《史記・吳王濞列傳》：「斬首捕虜比三百石以上者皆殺之，無有所～。」❷棄置，扔到一邊，有成語「一笑～之」。宋濂《燕書》：「鞭之，～之牛羊棧中。」（之：指豹。）❸放置，安放。《魏書・李惠傳》：「惠令人～羊皮蓆上。」❹設置，擺設。《史記・滑稽列傳》：「莊王～酒，優孟前為壽。」（酒：酒宴。壽：祝壽。）❺建置，建立。歸有光《項脊軒志》：「內外多～小門牆。」❻購置，添置。韓非《韓非子・外儲說左上》：「鄭人有且～履者。」（履：鞋。）❼驛站。蘇軾《荔枝歎》：「十里一～飛塵灰。」

署 （粵）cyu5〔柱〕（普）shǔ

❶部署，安排。許慎《說文解字》：「～，部～。」班固《漢書・高帝紀上》：「漢王大說，遂聽信策，部～諸將。」（說：通「悅」，喜悅。信：指韓信。）❷官署，衙門，官吏辦公的地方。陸以湉《冷廬雜識・卷七・陳忠愍公》：「抵～甫六日，聞舟山失守。」❸署理，代理，暫任。陳壽《三國志・蜀書・諸葛亮傳》：「成都平，以亮為軍師將軍，～左將軍府事。」❹簽署，簽名，題寫。方苞《左忠毅公軼事》：「呈卷，即面～第一。」（面：當面。）

罪 ⊕zeoi6〔墜〕 ⊜zuì

❶罪行，罪過。諸葛亮《出師表》：「不效，則治臣之～。」❷判罪。司馬遷《史記·廉頗藺相如列傳》：「君不如肉袒伏斧質請～，則幸得脫矣。」（請～：請求判罪。）❸怪罪。《史記·孔子世家》：「後世知丘者以《春秋》，而～丘者亦以《春秋》。」（丘：指孔丘，即孔子。）❹懲罰，刑罰。《史記·廉頗藺相如列傳》：「君不如肉袒伏斧質請～。」

羣 ⊕kwan4〔裙〕 ⊜qún

❶聚在一起的人或物，有成語「傲視同～」。司馬遷《史記·廉頗藺相如列傳》：「趙王悉召～臣議。」❷同類。《禮記·樂記》：「方以類聚，物以～分。」❸副詞，成羣地。《史記·屈原賈生列傳》：「邑犬～吠兮，吠所怪也。」❹集合。韓愈《師說》：「曰師、曰弟子云者，則～聚而笑之。」

義 ⊕ji6〔異〕 ⊜yì

❶合宜的道德、行為或道理。許慎《說文解字》：「～，己之威儀也。」《孟子·告子上》：「生，亦我所欲也；～，亦我所欲也，二者不可得兼，舍生而取～者也。」❷有道理，正確的。《論語·述而》：「不～而富且貴，於我如浮雲。」❸氣節。《呂氏春秋·季冬紀·士節》：「此齊國之賢者也，其～不臣乎天

子。」❹有氣節，有義氣。蘇洵《六國論》：「能守其土，～不賂秦。」❺副詞，堅決。《六國論》：「～不賂秦。」❻恩義，恩情。《孔雀東南飛》：「吾已失恩～。」❼意義，意思。司馬遷《史記·屈原賈生列傳》：「舉類邇而見～遠。」（舉類邇【⊕ji5〔以〕 ⊜ěr】：引用的比喻淺顯。）❽指通過拜認的親屬關係，有詞語「～父」、「～子」等。羅貫中《三國演義·第三回》：「公若不棄，布請拜為～父。」（公：指董卓。布：指呂布。）

聖 ⊕sing3〔性〕 ⊜shèng

❶通達事理，才智非凡。許慎《說文解字》：「～，通也。」韓愈《師說》：「古之～人，其出人也遠矣，猶且從師而問焉。」❷具有最高智慧和道德的人。韓非《韓非子·五蠹》：「然則今有美堯、舜、禹、湯、武之道於當今之世者，必為新～笑矣。」《師說》：「是故～益聖，愚益愚。」❸在某範疇、領域最傑出，或精通某種技藝、業務的人，如「詩～」。❹古代對當時的王朝或帝王的尊稱，有詞語「～上」。諸葛亮《出師表》：「誠宜開張～聽，以光先帝遺德。」

聘 ⊕ping3〔碰性切〕 ⊜pìn

❶訪問，問候。許慎《說文解字》：「～，訪也。」司馬遷《史記·孔子世家》：「聞孔子在陳蔡之間，楚使人～孔子。」❷專指古時諸侯之

間或天子與諸侯之間派使節問候。《左傳・宣公十年》:「季文子初～於齊。」（季文子：春秋時代魯國的大臣。） ❸聘請，招請。劉元卿《應諧錄・萬字》:「～楚士訓其子。」❹交換禮物以訂婚。《史記・陳丞相世家》:「為平貧，乃假貸幣以～。」（平：指陳平，西漢初丞相。假貸：借貸。）

肆 （粵）si3〔嗜〕（普）sì

❶放肆，縱情。韓愈《柳子厚墓誌銘》:「自～於山水間。」❷盡情釋放。嵇康《琴賦・序》:「則吟詠以～志。」❸擴張。《左傳・僖公三十年》:「又欲～其西封。」❹店舖，有詞語「食～」。司馬光《訓儉示康》:「卿為清望官，奈何飲於酒～?」

腰 （粵）jiu1〔邀〕（普）yāo

❶腰部。杜甫《兵車行》:「行人弓箭各在～。」❷佩戴在腰上。宋濂《送東陽馬生序》:「～白玉之環。」❸腰帶。魏禧《大鐵椎傳》:「～多白金。」

腥 （粵）sing1〔猩〕／seng1〔需釘切〕（普）xīng

❶生肉。《論語・鄉黨》:「君賜～，必熟而薦之。」（君主賜的鮮肉，一定要煮熟供奉祖先。）❷腥味，腥氣。韓非《韓非子・五蠹》:「～臊惡臭而傷害腹胃，民多疾病。」（臊【粵】sou1〔蘇〕（普）sāo】:泛指臭味。）❸比喻小人。

屈原《楚辭・九章・涉江》:「～臊並御。」（像魚腥、尿餿般醜惡的小人同時進讒。）

與 一 （粵）jyu5〔乳〕（普）yǔ

❶給與，授予。《孟子・告子上》:「嘑爾而～之，行道之人弗受。」❷結交，依附。蘇洵《六國論》:「～嬴而不助五國也。」❸贊成，允許。司馬遷《史記・屈原賈生列傳》:「上官大夫見而欲奪之，屈平不～。」❹等待。《論語・陽貨》:「日月逝矣，歲不我～。」（歲不我～:即「歲不～我」的倒裝。）❺通「舉」，推舉，這個意思後來被寫成「舉」。《禮記・禮運》:「選賢～能。」❻朋友，同類者。韓愈《原毀》:「其應者，必其人之～也。」❼連詞，相當於「同」、「和」、「跟」。《六國論》:「夫六國～秦皆諸侯。」❽一起。《列子・說符》:「乃相～追而殺之。」（相～:一起。）❾關聯詞，相當於「與其」。司馬光《訓儉示康》:「～其不遜也寧固。」（與其驕傲自大，寧可寒酸固陋。）❿介詞，相當於「同」、「跟」、「和」。諸葛亮《出師表》:「每～臣論此事，未嘗不歎息痛恨於桓、靈也。」⓫介詞，相當於「對」。《論語・子路》:「～人忠。」（對別人忠誠。）⓬介詞，相當於「同……相比」的句式，表示比較。《六國論》:「較秦之所得，～戰勝而得者，其實百倍。」⓭介詞，替，為。杜甫《兵車行》:

「去時里正～裹頭。」（里正：古代基層長官。）

二 粵jyu6〔預〕普yù

參與。司馬遷《史記·廉頗藺相如列傳》：「相如聞，不肯～會。」

三 粵jyu4〔餘〕普yú

通「歟」，語氣助詞，表示疑問或感歎，相當於「呢」、「嗎」、「啊」這個意思後來被寫成「歟」，見第368頁「歟」字條。《孟子·告子上》：「為宮室之美、妻妾之奉、所識窮乏者得我～？」《孝經·諫諍》：「是何言～！」

落 粵lok6〔駱【陽入】〕普luò

❶花、葉脫落。許慎《說文解字》：「凡艸曰零，木曰～。」（艸：通「草」。）張若虛《春江花月夜》：「昨夜閑潭夢～花。」❷物件落下。辛棄疾《青玉案·元夕》：「東風夜放花千樹，更吹～、星如雨。」（指的是煙花。）❸零落，衰落。司馬遷《史記·汲鄭列傳》：「家貧，賓客益～。」❹居住的地方，有詞語「部～」。杜甫《兵車行》：「千村萬～生荊杞。」

葵 粵kwai4〔攜〕普kuí

一種蔬菜，即滑菜或冬莧菜。許慎《說文解字》：「～，菜也。」《十五從軍征》：「采～持作羹。」（採摘葵菜用來煮濃湯。）

葦 粵wai5〔偉〕普wěi

蘆葦。蘇軾《前赤壁賦》：「縱一～之所如。」

葬 粵zong3〔壯〕普zàng

❶安葬，掩埋屍體。許慎《說文解字》：「～，藏也。从死在茻中。」（茻【粵mong5〔網〕普mǎng】：草叢。）司馬遷《史記·滑稽列傳》：「欲以棺槨大夫禮～之。」（棺槨【粵gwok3〔國〕普guǒ】：棺材和套棺（套於棺外的大棺），泛指棺材。❷葬身，死。《史記·屈原賈生列傳》：「寧赴常流而～乎江魚腹中耳。」（常流：長河。）❸葬禮。錢公輔《義田記》：「嫁娶凶～。」（嫁女兒、娶媳婦、喪禮、葬禮。）

葛 粵got3〔割〕普gé

❶一種蔓生植物，其纖維可以織布成衣，多在夏天穿着。韓非《韓非子·五蠹》：「夏日～衣。」❷代指葛布或葛衣。宋濂《送東陽馬生序》：「父母歲有裘、～之遺。」

葩 粵paa1〔趴〕/ baa1〔巴〕普pā

❶花。許慎《說文解字》：「～，華也。」（華：同「花」。）李漁《閒情偶寄·芙蕖》：「蔕～當令時，只在花開之數日。」❷華麗，華美。韓愈《進學解》：「《詩》正而～。」

虞 粵jyu4〔餘〕普yú

❶預料，意料，有成語「不～有詐」。《左傳·僖公四年》：「不～君之涉吾地也。」❷預備。孫武《孫子·謀攻》：「以～待不～者勝。」

（以有準備的軍隊對付沒防備的敵軍，可以取勝。）❸欺詐，欺騙，有成語「爾～我詐」。《左傳・宣公十五年》：「盟曰：我無爾詐，爾無我～。」（爾：你。）❹擔心，憂慮。司馬遷《史記・屈原賈生列傳》：「含憂～哀兮。」❺管理山澤的官。劉基《郁離子・卷下》：「楚王田於雲夢，使～人起禽而射之。」

虜 （粵）lou5〔魯〕（普）lǔ

❶通「擄」，虜獲，擄走，俘獲，這個意思後來被寫成「擄」。許慎《説文解字》：「～，獲也。」司馬遷《史記・屈原賈生列傳》：「～楚將屈匄。」（屈匄【粵】koi3〔丐〕（普）gài：人名，戰國末期楚國將領。）❷俘虜。韓非《韓非子・五蠹》：「雖臣～之勞，不苦於此矣。」❸對仇敵的蔑稱。《史記・高祖本紀》：「～中吾指！」（項羽他射中我的手指！）

號 一（粵）hou4〔豪〕（普）háo

❶大聲喊叫。許慎《説文解字》：「～，呼也。」范仲淹《岳陽樓記》：「陰風怒～。」❷哭號，大聲哭。陸以湉《冷廬雜識・卷七・陳忠愍公》：「老幼男女無不～泣奔走。」

二（粵）hou6〔浩〕（普）hào

❶號稱，宣稱。司馬遷《史記・高祖本紀》：「是時項羽兵四十萬，～百萬。沛公兵十萬，～二十萬。」

❷號令，命令。《史記・屈原賈生列傳》：「入則與王圖議國事，以出～令。」❸稱號，別號。歐陽修《醉翁亭記》：「故自～曰醉翁也。」

蜃 （粵）san5〔神【陽上】〕（普）shèn

一種蜆類動物，其殼可以磨成灰，塗在牆壁上。許慎《説文解字》：「雉入海，化為～。」魏禧《吾廬記》：「堊以～灰。」（用～灰來塗飾。）

裘 （粵）kau4〔求〕（普）qiú

皮衣。韓非《韓非子・五蠹》：「冬日麑～，夏日葛衣。」（麑【粵】ngai4〔危〕（普）ní：幼鹿。）

裔 （粵）jeoi6〔鋭〕（普）yì

❶邊遠。柳宗元《自衡陽移桂十餘本植零陵所住精舍》：「謫官去南～。」❷子孫後代，有詞語「後～」、「華～」等。左思《吳都賦》：「虞、魏之昆，顧、陸之～。」（昆：後代。）

裝 （粵）zong1〔莊〕（普）zhuāng

❶行裝，衣裝，衣服。段玉裁《説文解字注》：「束其外曰～。」《列子・説符》：「盡取其衣～車。」❷裝飾，裝扮。杜甫《後出塞》（其五）：「千金買馬鞭，百金～刀頭。」❸裝設。羅貫中《三國演義・第一百零六回》：「築土山，掘地道，立礮架，～雲梯。」❹裝載，放入。《晉書・戴若思傳》：「船～甚

盛，遂與其徒掠之。」

裏 粵leoi5〔呂〕普lǐ

❶衣服內層。許慎《說文解字》：「～，衣內也。」杜甫《茅屋為秋風所破歌》：「布衾多年冷似鐵，嬌兒惡臥踏～裂。」（被子多年來冷得像鐵一樣，兒子睡得不好，不停往被子裏踏，被子裂開了。）❷裏面，內部，當中，與「外」相對。辛棄疾《青玉案·元夕》：「眾～尋他千百度。」

裨 一 粵bei1〔卑〕普bì

❶裨益，益處，好處。許慎《說文解字》：「～，接益也。」韓愈《進學解》：「竟死何～？」（竟死：直到死時。）❷彌補，補救，補助。諸葛亮《出師表》：「必能～補闕漏，有所廣益。」

二 粵pei4〔皮〕普pí

副的，輔助的。江盈科《雪濤小說·任事》：「一～將陣回。」（有一位副級將領從戰場回來。）

觥 粵gwang1〔轟〕普gōng

古代的一種酒器。歐陽修《醉翁亭記》：「～籌交錯。」（籌：用來計算飲酒數量的小木條。）

解 一 粵gaai2〔竟薑切〕普jiě

❶解剖，分割動物的肢體。許慎《說文解字》：「～，判也。從刀判牛角。」（判：分開。）《莊子·養生主》：「庖丁為文惠君～牛。」（文惠君：即戰國時代魏國的君主梁惠王。）❷解開，脫下，分開。方苞《左忠毅公軼事》：「公閱畢，即～貂覆生。」（貂：貂皮外衣。）❸解除，消除。司馬遷《史記·刺客列傳》：「今有一言可以～燕國之患，報將軍之仇者，何如？」❹瓦解，潰散。《史記·魏公子列傳》：「秦軍～去，遂救邯鄲，存趙。」❺勸解，調解。陳壽《三國志·蜀書·諸葛亮傳》：「關羽、張飛等不悅，先主～之。」❻解釋，解答。韓愈《師說》：「師者，所以傳道、授業、～惑也。」❼緩解。《戰國策·趙策四》：「太后之色少～。」❽理解，懂得，有成語「不求甚～」。李白《月下獨酌》（其一）：「月既不～飲。」❾解手，大小便，有詞語「小～」。馮夢龍《警世通言·趙太祖千里送京娘》：「於路只推腹痛難忍，幾遍要～。」❿古代的一種文體，旨在辯論解說，如韓愈的《進學～》。

二 粵gaai3〔界〕普jiè

❶押解，押送。《京本通俗小說·碾玉觀音》：「當下喝賜錢酒賞犒捉事人，～這崔寧到臨安府，一一從頭供說。」❷鄉試，在州縣或省城舉行的科舉考試。范公偁《過庭錄》：「～名盡處是孫山。」（～名：鄉試的取錄名單。）

三 粵haai6〔械〕普xiè

通「懈」，鬆懈，懈怠，這個意思後來被寫成「懈」。《孔子家語·子貢問》：「父母之喪，三日不怠，三

十三畫

月不～。」（喪：服喪。）

（粵）heoi2〔許〕（普）xǔ

誇耀，説大話。許慎《説文解字》：「～，大言也。」方苞《獄中雜記》：「一一詳述之，意氣揚揚，若自矜～。」

（粵）goi1〔驚哀切〕（普）gāi

❶ 具備，完備。《管子·小問》：「昔者天子中立，地方千里，四言者～焉，何為其寡也？」❷ 包括，包羅。《晉書·祖逖傳》：「後乃博覽書記，～涉古今。」

一（粵）coeng4〔翔〕（普）xiáng

❶ 審議。許慎《説文解字》：「～，審議也。」《資治通鑑·魏紀·元皇帝上》：「禍殆不測，宜見重～。」❷ 詳盡，詳細，與「略」相對。韓愈《原毀》：「今之君子則不然。其責人也～，其待己也廉。」（現在的君子卻不是這樣，他要求別人全面，要求自己卻很簡單。）❸ 詳細地知道。陶潛《五柳先生傳》：「先生不知何許人也，亦不～其姓字。」❹ 詳細地記述。《隋書·律曆志下》：「古史所～，事有紛互。」❺ 安詳。宋玉《神女賦》：「性沉～而不煩。」

二（粵）joeng4〔楊〕（普）yáng

通「佯」，佯裝，假裝，這個意思後來被寫成「佯」。司馬遷《史記·殷本紀》：「箕子懼，乃～狂為奴。」

（粵）si3〔嗜〕（普）shì

❶ 用，任用。許慎《説文解字》：「～，用也。」諸葛亮《出師表》：「～用於昔日，先帝稱之曰能。」❷ 嘗試。韓非《韓非子·外儲説左上》：「何不～勿衣紫也？」❸ 試探，刺探。《韓非子·外儲説左下》：「主賢明，則悉心以事之；不肖，則飾姦而～之。」❹ 考試。方苞《左忠毅公軼事》：「及～，吏呼名，至史公，公瞿然注視。」

（粵）si1〔司〕（普）shī

❶ 詩歌。范仲淹《岳陽樓記》：「刻唐賢今人～賦於其上。」❷ 特指《詩經》。司馬遷《史記·孔子世家》：「《～》云『匪兕匪虎，率彼曠野』。」（「匪兕」（【粵】zi6〔字〕（普）sì】：犀牛。）匪虎，率彼曠野」：語出《～經·小雅·何草不黃》。）

詰
（粵）kit3〔竭〕（普）jié

❶ 詰問，追問，責問，審問。許慎《説文解字》：「～，問也。」方苞《獄中雜記》：「九門提督所訪緝糾～，皆歸刑部。」❷ 查辦，追究，處罰。《管子·五輔》：「～詐偽，屏讒慝。」

誇
（粵）kwaa1〔跨〕（普）kuā

誇口，誇耀，有成語「～～其談」。司馬光《訓儉示康》：「石崇以奢靡～人。」（石崇：西晉權臣。）

詣 （粵）ngai6〔藝〕（普）yì

❶ 前往。蒲松齡《聊齋誌異・促織》：「乃強起扶杖，執圖〜寺後，有古陵蔚起。」❷ 拜訪。陶潛《桃花源記》：「及郡下，〜太守，説如此。」（郡下：郡太守所在地。）❸ 造詣，水平。《世説新語・文學》：「便已超〜。」

誠 （粵）sing4〔繩〕（普）chéng

❶ 誠意，誠懇。許慎《説文解字》：「〜，信也。」歸有光《歸氏二孝子傳》：「母内自慚，終感孝子〜懇，從之。」❷ 副詞，誠然，果然，確實。諸葛亮《出師表》：「此〜危急存亡之秋也。」❸ 連詞，假如，相當於「果真」。司馬遷《史記・屈原賈生列傳》：「楚〜能絕齊，秦願獻商、於之地六百里。」

誅 （粵）zyu1〔珠〕（普）zhū

❶ 討伐。許慎《説文解字》：「〜，討也。」司馬遷《史記・陳涉世家》：「伐無道，〜暴秦。」❷ 責問，譴責，有成語「口〜筆伐」。《論語・公冶長》：「於予與何〜？」（對於宰予我還可以怎樣責備他？）❸ 懲罰。韓非《韓非子・五蠹》：「罰薄不為慈，〜嚴不為戾。」❹ 判處死罪，有詞語「〜殺」。《史記・廉頗藺相如列傳》：「臣知欺大王之罪當〜。」

詭 （粵）gwai2〔鬼〕（普）guǐ

❶ 要求，責成。許慎《説文解字》：「〜，責也。」班固《漢書・睢兩夏侯京翼李傳》：「今臣得出守郡，自〜效功，恐未效而死。」❷ 欺詐。司馬遷《史記・屈原賈生列傳》：「而設〜辯於懷王之寵姬鄭袖。」❸ 隱藏，藏匿。文天祥《指南錄・後序》：「不得已，變姓名，〜蹤跡。」❹ 詭異，奇異。《新唐書・吐蕃傳上》：「上寶器數百具，製冶〜殊。」❺ 違反。《呂氏春秋・審應覽・淫辭》：「言行相〜，不祥莫大焉。」

詬 （粵）gau3〔救〕（普）gòu

❶ 詬罵，辱罵，指罵。許慎《説文解字》：「〜，謑〜，恥也。」（謑【粵】hai5〔厚禮切〕（普）xǐ：詬罵）張夷令《迂仙別記》：「妻兒交〜。」❷ 恥辱，侮辱。司馬遷《報任少卿書》：「行莫醜於辱先，〜莫大於宮刑。」

豢 （粵）waan6〔幻〕（普）huàn

❶ 餵養，飼養。許慎《説文解字》：「〜，以穀圈養豕也。」（豕【粵】ci2〔此〕（普）shǐ：豬。）《禮記・樂記》：「夫〜豕、為酒，非以為禍也。」❷ 所豢養的牲畜或牠們的肉。司馬遷《史記・貨殖列傳》：「口欲窮芻〜之味。」（芻【粵】co1〔初〕（普）chú：餵牲畜的草。）❸ 收買。《左傳・哀公十一年》：「吳

人皆喜，唯子胥懼，日：『是～吳也夫！』」❹沉溺。蘇軾《教戰守策》：「其民安於太平之樂，～於遊戲酒食之間。」

貉

一 （粵）hok6〔學〕（普）hé

一種野獸，有成語「一丘之～」。《列子・湯問》：「～逾汶則死矣。」（逾：越過。汶【粵】man6〔問〕（普）wèn）：河流名，在今山東省。）

二 （粵）mak6〔默〕（普）mò

通「貊」，古代中國東北部外族的名稱，這個意思後來被寫成「貊」。《荀子・勸學》：「干、越、夷、～之子，生而同聲，長而異俗，教使之然也。」（干、越、夷：都是古代外族名稱。）

賅

（粵）goi1〔該〕（普）gāi

完備，俱全，有成語「言簡意～」。《莊子・齊物論》：「百骸、九竅、六藏，～而存焉。」

資

（粵）zi1〔滋〕（普）zī

❶資本，資產，財貨。許慎《說文解字》：「～，貨也。」《國語・齊語》：「正其封疆，無受其～。」❷儲備。《莊子・逍遙遊》：「宋人～章甫而適諸越，越人斷髮文身，無所用之。」（章甫：古代的帽子。文身：紋身。）❸根基，基礎，有成語「天～聰敏」。韓非《韓非子・定法》：「商君雖十飾其法，人臣反用其～。」❹存心，蓄意。司馬遷《史記・魏公子列傳》：「如姬～之

三年。」（之：指如姬為父報仇一事。）❺資助，幫助。《韓非子・定法》：「則以其富強也～人臣而已矣。」❻支付。李贄《初潭集・五》：「苟欲學，不須～也。」❼憑藉。陶潛《歸去來辭・序》：「生生所～，未見其術。」❽資歷。韓愈《永貞行》：「夜作詔書朝拜官，超～越序曾無難。」❾資質。《荀子・性惡》：「今人之性，生而離其朴，離其～，必失而喪之。」（朴【粵】pok3〔璞〕（普）pǔ：本質。）

賊

（粵）caak6〔冊【陽入】〕（普）zéi

❶賊害，傷害，危害。李翱《命解》：「而～於道者多。」（但危害道義的地方多。）❷殺害。韓非《韓非子・內儲說下》：「二人相憎而欲相～也，田恆因行私惠以取其國，遂殺簡公而奪之政。」❸有害。《命解》：「～於道者多。」❹對敵人的蔑稱。諸葛亮《出師表》：「願陛下託臣以討～興復之效。」❺強盜。歸有光《歸氏二孝子傳》：「有子不居家，在外作～耳？」

賈

一 （粵）gu2〔古〕（普）gǔ

❶買入。許慎《說文解字》：「～，市也。」（市：買。）《左傳・昭公二十九年》：「平子每歲～馬。」❷賣出。司馬遷《史記・酷吏列傳》：「仕不至二千石，～不至千萬。」❸做買賣，行商。《史記・管晏列傳》：「嘗與鮑叔～。」❹商人。《孟子・梁惠王上》：「耕者皆

欲耕於王之野，商～皆欲藏於王之市。」❺招引，招致。《左傳・昭公十六年》：「且吾以玉～罪，不亦銳乎？」（銳：小。）

二 （粵）gaa3〔嫁〕（普）jià

通「價」，價格。這個意思後來被寫成「價」。劉基《賣柑者言》：「置於市，～十倍。」

三 （粵）gaa2〔嘉【陰上】〕（普）jiǎ

姓氏，三國時代曹魏有謀士賈詡，唐代有詩人賈島。司馬遷《史記・屈原賈生列傳》：「自屈原沉汨羅後百有餘年，漢有～生。」（～生：即賈誼，西漢文學家。）

貲 （粵）zi1〔滋〕（普）zī

❶罰錢。許慎《説文解字》：「～，小罰以財自贖也。」（贖：贖罪。）《秦律・校律》：「斗不正，半升以上，～一甲。」（一甲：一件盔甲的錢。）❷通「資」，錢財，這個意思後來被寫成「資」。范曄《後漢書・劉玄劉盆子列傳》：「母家素豐，～產數百萬。」❸計算。《後漢書・陳王列傳》：「脂油粉黛，不可～計。」

賄 （粵）kui2〔潰〕（普）huì

❶財物。許慎《説文解字》：「～，財也。」《左傳・文公十八年》：「竊～為盜。」❷贈人財物。《左傳・宣公九年》：「王以為有禮，厚～之。」❸賄賂。司馬光《訓儉示康》：「是以居官必～，居鄉必盜。」

賂 （粵）lou6〔路〕（普）lù

❶贈送。許慎《説文解字》：「～，遺也。」（遺【粵】wai6〔惠〕（普）wèi】：贈與。）班固《漢書・武帝紀》：「朕飾子女以配單于，金幣文繡～之甚厚。」❷財物。司馬遷《史記・周本紀》：「遂殺幽王驪山下，虜褒姒，盡取周～而去。」❸賄賂，收買。蘇洵《六國論》：「弊在～秦。」

趑 （趦）（粵）zi1〔滋〕（普）zī

多與「趄」（【粵】zeoi1〔狙〕（普）jū】）組成詞語「～趄」，指想前進卻又不敢，遲疑不前。許慎《説文解字》：「～趄，行不進也。」魏禧《吾廬記》：「終身守閨門之內，選耎～趄。」

跬 （粵）kwai2〔虧【陰上】〕（普）kuǐ

半步。古人稱行走時，舉足一次為「～」，舉足兩次為「步」，有成語「～步千里」。《荀子・勸學》：「故不積～步，無以至千里。」

跨 （粵）kwaa1〔誇〕（普）kuà

❶跨越，越過。許慎《説文解字》：「～，渡也。」張衡《西京賦》：「上林禁苑，～谷彌阜。」（彌阜：滿佈山頭。）❷騎。司馬相如《上林賦》：「～野馬。」❸控制，佔據。陳壽《三國志・蜀書・諸葛亮傳》：「自董卓已來，豪傑並起，～州連郡者不可勝數。」

十三畫

路 粵lou6〔露〕普lù

❶道路。許慎《説文解字》:「～,道也。」辛棄疾《青玉案·元夕》:「寶馬雕車香滿～。」❷門路,途徑。諸葛亮《出師表》:「以塞忠諫之～也。」❸路程,路途。陶潛《桃花源記》:「緣溪行,忘～之遠近。」

跪 粵gwai6〔櫃〕普guì

❶跪拜。許慎《説文解字》:「～,拜也。」司馬遷《史記·屈原賈生列傳》:「其有大罪者,聞命則北面再拜,～而自裁。」❷跪着,下跪。《史記·廉頗藺相如列傳》:「因～請秦王。」❸腳,足。《荀子·勸學》:「蟹六～而二螯。」(螯【粵ngou4〔熬〕普áo】:蟹鉗。)

較 粵gaau3〔窖〕普jiào

❶比較。蘇洵《六國論》:「～秦之所得,與戰勝而得者,其實百倍。」❷計較。蒲松齡《聊齋誌異·種梨》:「～盡錙銖。」❸明顯,明白。陸以湉《冷廬雜識·卷七·陳忠愍公》:「見近地兵多弱,而上江各營～強。」❹略微,稍稍。杜甫《人日》(其一):「冰雪鶯難至,春寒花～遲。」

載

一 粵zoi3〔再〕普zài

❶乘坐。許慎《説文解字》:「～,乘也。」《陌上桑》:「寧可共～不?」❷裝載。《資治通鑑·漢紀·孝獻皇帝庚》:「乃取蒙衝鬥艦十艘,～燥荻、枯柴。」(蒙衝:古代戰船名稱。)❸承載。《淮南子·覽冥訓》:「往古之時,四極廢,九州裂,天不兼覆,地不周～。」❹充滿,有成語「怨聲～道」。《詩經·大雅·生民》:「厥聲～路。」(厥:其。)❺助詞,多見於句首或句中,無實義。陶潛《歸去來辭·序》:「～欣～奔。」

二 粵zoi2〔宰〕普zǎi

一年,有成語「十年八～」。司馬遷《史記·孝文本紀》:「漢興,至孝文四十有餘～。」

三 粵zoi3〔再〕普zǎi

記載。《左傳·昭公十五年》:「夫有勳而不廢,有績而～。」

軾 粵sik1〔色〕普shì

❶古代車前用作扶手的橫木。許慎《説文解字》:「～,車前也。」《左傳·莊公十年》:「登～而望之。」❷扶着車前的橫木,以示尊敬。《禮記·檀弓下》:「夫子～而聽之。」

辟

一 粵bei6〔鼻〕普bì

通「避」,避開,這個意思後來被寫成「避」。《孟子·告子上》:「死亦我所惡,所惡有甚於死者,故患有所不～也。」

二 粵pik1〔闢〕普pì

❶通「闢」,開闢,這個意思後來被寫成「闢」。《孟子·梁惠王上》:「欲～土地。」❷通「僻」,偏僻,僻靜,這個意思後來被寫

成「僻」。班固《漢書・蕭何曹參傳》：「何買田宅必居窮～處。」（何：指蕭何。）

三 (粵) pei3〔屁〕(普) pì

通「譬」，譬喻，打比方，這個意思後來被寫成「譬」。《孟子・盡心上》：「有為者～若掘井，掘井九軔而不及泉，猶為棄井也。」（軔：通「仞」，古代長度單位。）

四 (粵) bei3〔臂〕(普) bì

通「臂」，與「機」組成詞語「機～」，指捕捉鳥獸的工具或陷阱。《莊子・逍遙遊》：「中於機～。」

五 (粵) bik1〔碧〕(普) pì

刑法。桓寬《鹽鐵論・周秦》：「立法制～。」

農 (粵) nung4〔膿〕(普) nóng

❶種植，耕種。鼂錯《論貴粟疏》：「貧生於不足，不足生於不～。」司馬光《訓儉示康》：「～夫躡絲履。」❷農夫。司馬遷《史記・孔子世家》：「良～能稼而不能為穡。」（優秀的農夫善於播種耕耘卻不能保證獲得好收成。）❸農業。《論貴粟疏》：「使民務～而已矣。」❹努力，勤勉。《左傳・襄公十三年》：「小人～力以事其上。」

運 (粵) wan6〔溫【陽去】〕(普) yùn

❶運行，運轉，移動。許慎《說文解字》：「～，迻徙也。」（迻：同「移」，移動。）《莊子・徐無鬼》：「匠石～斤成風。」（斤：斧頭。）❷運送。《列子・湯問》：「箕畚～於渤海之尾。」（箕畚【(粵) gei1 bun2（基本）(普) jī běn】：盛物用的竹器。）❸運用。孫武《孫子兵法・九地》：「～兵計謀，為不可測。」❹運數，運氣，命運，有成語「時來～到」。王勃《滕王閣序》：「時～不齊。」（每個人的命數時機都不同。）

遊 (粵) jau4〔由〕(普) yóu

❶遊覽，遊玩。《列女傳・母儀》：「嬉～為墓間之事。」❷出遊，遠遊，遠行。《論語・里仁》：「父母在，不遠～，～必有方。」❸行走。柳宗元《永州八記・始得西山宴遊記》：「施施而行，漫漫而～。」❹遠離家鄉到外地任官。宋濂《杜環小傳》：「侍父一元～宦江東。」（一元：人名。）❺交遊，交際。李白《月下獨酌》（其一）：「永結無情～，相期邈雲漢。」❻自由運轉。《莊子・養生主》：「恢恢乎其於～刃必有餘地矣。」（恢恢：廣闊。）

道 (粵) dou6〔稻〕(普) dào

❶道路，路。許慎《說文解字》：「～，所行～也。」杜甫《兵車行》：「牽衣頓足攔～哭。」❷引申為過程。諸葛亮《出師表》：「先帝創業未半，而中～崩殂。」❸方法，辦法。《出師表》：「陛下亦宜自謀，以諮諏善～。」（善～：治國良策。）❹規律。《莊子・養生主》：「臣之所好者～也。」❺道

理。蘇洵《六國論》:「賂秦而力虧,破滅之～也。」❻道德,道義。司馬光《訓儉示康》:「士志於～,而恥惡衣惡食者,未足與議也。」(惡:惡劣。)❼學問。韓愈《師說》:「～相似也。」❽主張,學說。司馬遷《史記·孔子世家》:「夫子之～至大,故天下莫能容。」❾道家、道教的簡稱。班固《漢書·藝文志》:「～家者流,蓋出於史官。」❿説,有成語「能言善～」。蘇軾《念奴嬌·赤壁懷古》:「人～是、三國周郎赤壁。」⓫風尚。韓愈《師說》:「師～之不傳也久矣。」(師～:從師的風尚。)⓬通「導」,引導,這個意思後來被寫成「導」。《論語·為政》:「～之以德,齊之以禮。」

遂

粵 seoi6〔睡〕普 suì

❶田間小溝。《周禮·冬官考工記》:「田首倍之,廣二尺,深二尺,謂之～。」❷達到,通達。《淮南子·精神訓》:「能知大貴,何往而不～!」❸成功。司馬遷《報任少卿書》:「四者無一～。」❹順利成長。《墨子·天志中》:「五穀孰,六畜～。」(孰:通「熟」,成熟。)❺連詞,然後。馬中錫《中山狼傳》:「入狼於囊,～括囊口。」❻連詞,於是,就。諸葛亮《出師表》:「～許先帝以驅馳。」❼副詞,最終。司馬遷《史記·高祖本紀》:「及高祖貴,～不知老父處。」

遍

粵 pin3〔騙〕普 biàn

❶副詞,逐一。司馬光《訓儉示康》:「其餘以儉立名,以侈自敗者多矣,不可～數。」❷連詞,計算動作的單位,相當於「次」。朱熹《訓學齋規》:「讀書千～。」

達

粵 daat6〔動猾切〕普 dá

❶通,通達,有成語「四通八～」。《孟子·公孫丑上》:「若火之始然,泉之始～。」❷到達,抵達。《列子·湯問》:「指通豫南,～於漢陰。」(漢陰:漢水南岸。)❸通曉。《論語·雍也》:「賜也～,於從政乎何有?」(子貢精明,當好官有甚麼問題?)❹表達。《論語·衞靈公》:「辭～而已矣。」❺豁達。王勃《滕王閣序》:「所賴君子安貧,～人知命。」(～人:豁達於人情世道。)❻顯貴,有成語「飛黃騰～」。諸葛亮《出師表》:「不求聞～於諸侯。」❼有道德、學有問的人。司馬光《訓儉示康》:「孟僖子知其後必有～人。」

逼

粵 bik1〔碧〕普 bī

❶逼近,靠近。許慎《説文解字》:「～,近也。」《資治通鑑·晉紀·烈宗孝武皇帝上之下》:「秦兵～肥水而陳,晉兵不得渡。」(肥水:即淝水。)❷強逼,威逼。李密《陳情表》:「郡縣～迫,催臣上道。」(上道:赴任。)❸狹窄。曹植《七啟》:「人稠網密,地～勢脅。」❹

危急。范曄《後漢書・鄭孔荀列傳》：「融～急，乃遣東萊太史慈求救於平原相劉備。」❺侵襲。文天祥《正氣歌・序》：「倉腐寄頓，陳陳～人。」（積存在倉庫裏的糧食都腐爛了，發出的霉氣向人侵襲。）❻副詞，非常，極度，有詞語「～真」。蒲松齡《聊齋誌異・促織》：「細矚景狀，與村東大佛閣真～似。」

違 粵 wai4〔圍〕 普 wéi

❶避開，離開。許慎《説文解字》：「～，離也。」王充《論衡・知實》：「當早易道，以～其害。」❷違反，違背。《論語・里仁》：「君子無終食之間～仁。」❸耽誤。《孟子・梁惠王上》：「不～農時，穀不可勝食也。」❹邪惡，過失。《左傳・桓公二年》：「君人者，將昭德塞～。」（塞：補償，補救。）

遐 粵 haa4〔霞〕 普 xiá

遠，與「邇」相對，有成語「名聞～邇」。陶潛《歸去來辭》：「時矯首而～觀。」（矯首：抬頭。）

遇 粵 jyu6〔預〕 普 yù

❶相遇，遇見，有成語「不期而～」。許慎《説文解字》：「～，逢也。」魏禧《吾廬記》：「～三尺之溝。」❷會見。司馬遷《史記・廉頗藺相如列傳》：「度道里會～之禮畢，還，不過三十日。」❸遭遇，際遇。謝肇淛《五雜組・物部三》：「隨～而安，無有選擇於胸中。」❹接觸。蘇軾《前赤壁賦》：「耳得之而為聲，目～之而成色。」❺對待。《史記・廉頗藺相如列傳》：「不如因而厚～之。」❻待遇。諸葛亮《出師表》：「蓋追先帝之殊～。」

過 粵 aat3〔壓〕 普 è

阻止，抑制，有詞語「～止」。許慎《説文解字》：「～，微止也。」王勃《滕王閣序》：「纖歌凝而白雲～。」（纖歌：清細的歌聲。）

過 粵 gwo3〔怪個切〕 普 guò

❶經過，走過，度過。許慎《説文解字》：「～，度也。」李清照《聲聲慢・秋情》：「雁～也，正傷心，卻是舊時相識。」❷過去。杜甫《阻雨不得歸瀼西甘林》：「三伏適已～。」（三伏：一年中最熱的時節。）❸勝過，超過。《論語・憲問》：「君子恥其言而～其行。」❹過分。宋濂《杜環小傳》：「吾觀杜環事，雖古所稱義烈之士何以～。」❺過失，過錯。《荀子・勸學》：「君子博學而日參省乎己，則智明而行無～矣。」❻犯錯。《論語・學而》：「～則勿憚改。」❼責備。司馬遷《史記・項羽本紀》：「聞大王有意督～之。」❽訪問，拜訪。俞長城《全鏡文》：「客～之，視而笑。」（客：指無心公。）

遑

（粵）wong4〔黃〕（普）huáng

❶急速。許慎《說文解字》：「～，急也。」陶潛《歸去來辭》：「胡為乎～～欲何之？」（為甚麼心神不定、匆匆忙忙，想到哪裏去呢？）❷閒暇。劉勰《文心雕龍・養氣》：「古人所以餘裕，后進所以莫～也。」❸心神不安。《歸去來辭》：「胡為乎～～欲何之？

逾

（粵）jyu4〔餘〕（普）yú

❶超過。宋濂《送東陽馬生序》：「不敢稍～約。」（約：約定的日期。）❷越過。歸有光《項脊軒志》：「客～庖而宴。」❸通「愈」，更加，這個意思後來被寫成「愈」。《明史・忠義傳七》：「其墨跡久～新。」

遁

（遯）（粵）deon6〔鈍〕（普）dùn

❶逃跑。李華《弔古戰場文》：「牧用趙卒，大破林胡，開地千里，～逃匈奴。」（林胡：北方外族名稱。）❷隱藏，隱遁，有成語「飛天～地」。柳宗元《永州八記・始得西山宴遊記》：「莫得～隱。」（～：原文作「遯」，與「～」通。）

酬

（粵）cau4〔籌〕（普）chóu

❶客人給主人祝酒後，主人再次給客人敬酒。《荀子・樂論》：「賓～主人，主人～介，介～眾賓。」（介：中間人。）❷酬報，報答。蒲松齡《聊齋誌異・促織》：「天將

以～長厚者。」（長【粵】zoeng2〔獎〕（普）zhǎng：恭謹寬厚。）❸償付，償還。《新唐書・李朝隱傳》：「成安公主奪民園，不～直。」❹實現願望。李頻《春日思歸》：「壯志未～三尺劍，故鄉空隔萬重山。」❺價格。白居易《秦中吟・買花》：「～直看花數。」（價格要視乎花的品種。）

酪

（粵）lok3〔落【中入】〕（普）lǎo

乳酪，奶酪。白居易《荔枝圖序》：「漿液甘酸如醴～。」（醴：甜酒。）

隘

（粵）aai3〔挨【陰去】〕（普）ài

❶狹隘，狹窄，也指人氣量狹小。司馬光《訓儉示康》：「廳事前僅容旋馬，或言其太～。」（旋馬：讓馬匹轉身。）❷關隘，險要的地方。左思《蜀都賦》：「一人守～，萬夫莫向。」（向：接近。）

隔

（粵）gaak3〔格〕（普）gé

❶阻隔，隔開，隔離。許慎《說文解字》：「～，障也。」陶潛《桃花源記》：「遂與外人間～。」❷隔閡。李白《君馬黃》：「馬色雖不同，人心本無～。」❸相隔，間隔。李商隱《無題詩》（其一）：「劉郎已恨蓬山遠，更～蓬山一萬重。」

隕

（粵）wan5〔允〕（普）yǔn

❶落下。許慎《說文解字》：「～，

從高下也。」李密《陳情表》:「非臣～首所能上報。」(～首:掉腦袋。)❷毀壞。《淮南子·覽冥訓》:「雷電下擊,景公台～。」❸通「殞」,死亡,這個意思後來被寫成「殞」。韓非《韓非子·説疑》:「則一身滅國矣。」

隙

(粵)gwik1〔軍色切〕/ kwik1〔坤色切〕(普)xì

❶牆壁交界處的裂縫。許慎《説文解字》:「～,壁際孔也。」《商君書·修權》:「～大而牆壞。」❷裂縫,空隙,有成語「白駒過～」。干寶《搜神記·第十九卷》:「東越閩中,有庸嶺,高數十里,其西北～中,有大蛇。」❸仇隙,仇怨。《資治通鑑·漢紀·孝獻皇帝庚》:「劉備天下梟雄,與操有～。」(操:指曹操。)❹機會,空子。李适《西平王李晟東渭橋紀功碑》:「覷～乘便。」(窺伺機會,乘着便利。)❺空閒。柳宗元《永州八記·始得西山宴遊記》:「其～也,則施施而行,漫漫而遊。」

雎

(粵)zeoi1〔追〕(普)jū

多與「鳩」組成詞語「～鳩」,即「魚鷹」,是一種水鳥。《詩經·周南·關雎》:「關關～鳩。」(關關:雀鳥鳴叫聲。)

雉

(粵)zi6〔字〕(普)zhì

一種雀鳥,俗稱野雞。《十五從軍征》:「兔從狗竇入,～從樑上飛。」

雷

(粵)leoi4〔鐳〕(普)léi

❶雷電。李華《弔古戰場文》:「聲析江河,勢崩～電。」❷比喻兇殘。《孔雀東南飛》:「我有親父兄,性行暴如～。」❸通「擂」,擊打,敲擊,這個意思後來被寫成「擂」。《資治通鑑·漢紀·孝獻皇帝庚》:「～鼓大震,北軍大壞。」

零

(粵)ling4〔鈴〕(普)líng

❶雨、霜、露等降落。許慎《説文解字》:「～,餘雨也。」陶潛《歸園田居》(其二):「常恐霜霰至,～落同草莽。」(霰【粵)sin3〔線〕(普)xiàn】:雪珠。)❷落下,零落。諸葛亮《出師表》:「臨表涕～。」❸零散。李白《月下獨酌》(其一):「我舞影～亂。」

靖

(粵)zing6〔靜〕(普)jìng

❶安定,平定。《左傳·昭公十三年》:「諸侯～兵。」❷安靜、平安。俞長城《全鏡文》:「人之不～,職汝之因。」❸恭敬。《管子·大匡》:「士處～,敬老與貴,交不失禮。」

預

(粵)jyu6〔遇〕(普)yù

❶事先,事前。《戰國策·燕策三》:「於是,太子～求天下之利匕首,得趙人徐夫人之匕首。」❷通「與」,參與,有詞語「干～」。羅貫中《三國演義·第二回》:「封皇子協為陳留王,董重為驃騎將軍,

張讓等共～朝政。」❸置身。宋濂《送東陽馬生序》:「猶幸～君子之列。」

頑 ⓹waan4〔環〕⓹wán

❶愚蠢，遲鈍。歸有光《歸氏二孝子傳》:「汝威卒變～囂。」(汝威:人名，姓歸名鉞。囂【⓹ngan4〔銀〕⓹yín】:頑固。) ❷兇暴。《呂氏春秋·慎大覽·慎大》:「暴戾～貪。」❸貪婪。《孟子·萬章下》:「故聞伯夷之風者，～夫廉，懦夫有立志。」❹頑抗。白居易《自蜀江至洞庭湖口有感而作》:「疑此苗人～。」

頓 ⓹deon6〔鈍〕⓹dùn

❶叩頭。許慎《說文解字》:「～，下首也。」司馬遷《史記·孝文本紀》:「羣臣皆～首上尊號曰孝文皇帝。」❷踏，跺。杜甫《兵車行》:「牽衣～足攔道哭。」❸整頓。白居易《琵琶行》:「整～衣裳起斂容。」❹停頓。郭璞《遊仙詩》(其四):「六龍安可～，運流有代謝。」(六龍:替日神拉車的六條龍。) ❺倒下。班固《漢書·游俠傳》:「～仆坐上。」(仆:向前跌倒。坐:座位。) ❻困頓。韓非《韓非子·初見秦》:「兵甲～，士民病，蓄積索，田疇荒，困倉虛。」(索:用盡。) ❼副詞，頓時，馬上，有成語「茅塞～開」。司馬光《訓儉示康》:「家人習奢已久，不能～儉。」

頌 ⓹zung6〔仲〕⓹sòng

❶歌頌，頌揚，有成語「歌功～德」。司馬遷《史記·秦始皇本紀》:「立石，與魯諸儒生議，刻石～秦德。」❷一種以讚美表揚為內容的文體，例如戰國時代屈原的《橘～》、西晉陸機的《漢高祖功臣～》等。劉勰《文心雕龍·頌贊》:「～惟典懿。」(典懿【⓹ji3〔意〕⓹yì】:典雅美好。) ❸通「誦」，朗讀，背誦，這個意思後來被寫成「誦」。《孟子·萬章下》:「～其詩，讀其書，不知其人，可乎?」

飼 ⓹zi6〔字〕⓹sì

飼養，餵飼。姚瑩《捕鼠說》:「鄰人大喜，益愛貓，非魚鮮不～。」

飽 ⓹baau2〔丙搞切〕⓹bǎo

❶吃得滿足的狀態。韓愈《雜說(四)》:「食不～，力不足。」❷副詞，充分地，滿足地，有成語「～讀詩書」。歸有光《歸氏二孝子傳》:「於是母子得以～食。」❸豐富。劉勰《文心雕龍·事類》:「有學～而才餒。」

飾 ⓹sik1〔色〕⓹shì

❶裝飾，打扮。范曄《後漢書·張衡列傳》:「～以篆文山龜鳥獸之形。」❷裝飾品。宋濂《送東陽馬生序》:「戴朱纓寶～之帽。」(朱纓:紅色的帽帶。) ❸服飾。司馬遷《史記·魯仲連鄒陽列傳》:「臣

聞盛～入朝者不以利汙義。」（汙：通「污」，污辱。）❹掩飾，粉飾。俞長城《全鏡文》：「爾乃增其美而～其惡。」❺整治。韓非《韓非子・定法》：「法不勤～於官之患也。」

馳 ⓹ci4〔持〕⓹chí

❶驅趕馬匹奔跑。許慎《說文解字》：「～，大驅也。」諸葛亮《出師表》：「遂許先帝以驅～。」❷驅馬進擊。《左傳・莊公十年》：「公將～之。」（之：指齊師。）❸車馬快行，有成語「風～電掣」。陸以湉《冷廬雜識・卷七・陳忠愍公》：「聞舟山失守，即帥師～赴吳淞口。」（帥師：帶領軍隊。）❹傳揚，有詞語「～名」。常璩《華陽國志・後賢志》：「辭章燦麗，～名當世。」❺嚮往，有成語「心往神～」。《隋書・史祥傳》：「身在邊隅，情～魏闕。」（魏闕：指朝廷。）

馴 ⓹seon4〔唇〕⓹xùn

❶馬被馴服，泛指馴服。許慎《說文解字》：「～，馬順也。」《淮南子・說林訓》：「馬先～而後求良，人先信而後求能。」❷順服，溫和，有詞語「溫～」。宋濂《猿說》：「性可～。」❸善良。司馬遷《史記・萬石張叔列傳》：「皆以～行孝謹，官皆至二千石。」

鳩 ⓹gau1〔高州切〕/ kau1〔曲州切〕⓹jū

一種雀鳥名稱，即斑～，有成語

「鵲巢～佔」。《詩經・召南・鵲巢》：「維鵲有巢，維～居之。」（維：語氣助詞，無實義。）

鼎 ⓹ding2〔頂〕⓹dǐng

❶古時煮食用的器物，圓形三足兩耳或方形四足，多以青銅製成。許慎《說文解字》：「～，三足兩耳，和五味之寶器也。」王勃《滕王閣序》：「鍾鳴～食之家。」❷副詞，以鼎的三足比喻三方並立。《資治通鑑・漢紀・孝獻皇帝庚》：「操軍破，必北還；如此，則荊、吳之勢強，～足之形成矣。」❸鼎曾用作傳國寶器，因此比喻為王位、帝業。《宋書・武帝紀中》：「問～之跡日彰，人臣之禮頓缺。」❹顯赫，有成語「～～有名」。左思《吳都賦》：「其居則高門～貴。」

鼓 ⓹gu2〔古〕⓹gǔ

❶鼓，一種樂器。《莊子・逍遙遊》：「聾者無以與乎鐘～之聲。」❷擊鼓，播鼓。《詩經・唐風・山有樞》：「子有鐘鼓，弗～弗考。」（考：通「敲」，敲打。）❸彈奏樂器。司馬遷《史記・廉頗藺相如列傳》：「趙王～瑟。」❹古代夜間報時用的更鼓，一更即一鼓。姚鼐《登泰山記》：「五～，與子穎坐日觀亭，待日出。」❺振動。《莊子・盜跖》：「搖脣～舌，擅生是非。」❻鼓舞，激勵。陸以湉《冷廬雜識・卷七・陳忠愍公》：「公益～勵軍士。」

十四畫

僮 粵 tung4〔童〕 普 tóng

❶ 兒童，少年。許慎《說文解字》：「～，未冠也。」（冠【粵 gun3〔罐〕普 guàn】：成年。）《左傳·哀公十一年》：「公為與其嬖～汪錡乘。」（公為：魯國公子。嬖【粵 pei3〔屁〕普 bì】：寵幸。汪錡：人名。）❷ 年輕的僕人或奴僕。戴名世《南山集·鳥說》：「余之～奴以手撼其巢。」

僥 粵 hiu1〔梟〕普 jiǎo

偶然得到的成功或免去的不幸，有詞語「～倖」。李密《陳情表》：「庶劉～倖，保卒餘年。」（希望祖母可以得到幸運，安然過完餘下的時光。）

僭 粵 zim3〔佔〕/ cim5〔似染切〕普 jiàn

假冒在上位者的名義，超越本分地行事，有詞語「～越」。許慎《說文解字》：「～，假也。」《南史·宋本紀上》：「～偽亦滅。」

僚 粵 liu4〔聊〕普 liáo

❶ 官僚，官。《尚書·虞書·皋陶謨》：「百～師師。」（師師：互相教誨。）❷ 同僚。范曄《後漢書·張曹鄭列傳》：「顯譽成於～友，德行立於己志。」❸ 奴隸的一個等級。《左傳·昭公七年》：「隸臣～。」（臣：管理。）

僕 粵 buk6〔病服切〕普 pú

❶ 奴隸的一個等級。許慎《說文解字》：「～，給事者。」《左傳·昭公七年》：「僚臣～。」（臣：管理。）❷ 僕人，奴僕。柳宗元《永州八記·始得西山宴遊記》：「遂命～人，過湘江。」❸ 駕車的人，車伕。曹植《雜詩》：「～夫早嚴駕，吾行將遠遊。」（嚴駕：整理車駕。）❹ 古時男子對自己的謙稱，相當於「我」。司馬遷《報任少卿書》：「～非敢如此也。」

像 粵 zoeng6〔象〕普 xiàng

❶ 肖像，相貌。范曄《後漢書·吳延史盧趙列傳》：「又自畫其～居主位。」❷ 相像，好像。司馬遷《史記·滑稽列傳》：「～孫叔敖，楚王及左右不能別也。」❸ 模仿，依順。《荀子·議兵》：「～上之志，而安樂之。」（上：在上位者。）❹ 法式，榜樣。屈原《楚辭·九章·抽思》：「望三五以為～兮。」（三五：三皇五帝。）

僑 粵 kiu4〔橋〕普 qiáo

僑居，旅居，寄居。《魏書·杜銓傳》：「杜銓，字士衡，京兆人……父毚，慕容垂祕書監，仍～居趙郡。」

匱 (粵)gwai6〔跪〕(普)kuì

❶通「櫃」,櫃子,這個意思後來被寫成「櫃」。許慎《說文解字》:「～,匣也。」韓愈《送權秀才序》:「卞和之～多美玉。」(卞和:人名,春秋時楚國人。) ❷匱乏,缺乏。《列子·湯問》:「子子孫孫,無窮～也。」

厭 一(粵)aat3〔壓〕(普)yā

❶通「壓」,壓迫,壓住,這個意思後來被寫成「壓」。許慎《說文解字》:「～,笮也。」段玉裁《說文解字注》:「笮者,迫也。此義今人字作壓。」(笮【粵】zaa3〔炸〕(普)zé:壓迫。) 班固《漢書·五行志下之上》:「地震隴西,～四百餘家。」(隴【粵】lung5〔壟〕(普)lǒng】:指位於陝西省和甘肅省交界處的隴山。) ❷通「壓」,壓抑,壓住,這個意思後來被寫成「壓」。《漢書·眭兩夏侯京翼李傳》:「東～諸侯之權。」 ❸通「壓」,堵塞,這個意思後來被寫成「壓」。《荀子·脩身》:「～其源,開其瀆,江河可竭。」

二(粵)jim3〔意劍切〕(普)yàn

❶討厭,厭惡。姜夔《揚州慢》:「猶～言兵。」❷厭棄,嫌棄。《論語·憲問》:「樂然後笑,人不～其笑。」❸通「饜」,飽,這個意思後來被寫成「饜」。《道德經》:「～飲食,財貨有餘,是謂盜誇,非道也哉。」(盜誇:指不正確地取得

富貴或名位。) ❹通「饜」,滿足,這個意思後來被寫成「饜」。蘇洵《六國論》:「暴秦之欲無～。」

三(粵)jim1〔淹〕(普)yān

安靜。《荀子·王制》:「是以～然畜積修飾。」

嘉 (粵)gaa1〔枷〕(普)jiā

❶美好。許慎《說文解字》:「～,美也。」屈原《楚辭·離騷》:「肇錫余以～名。」(肇【粵】siu6〔兆〕(普)zhào】:卦兆。) ❷美味。《禮記·學記》:「雖有～肴,弗食,不知其旨也。」(旨:美味。) ❸上等,尊貴。曹操《短歌行》:「我有～賓。」❹嘉獎,表彰。韓愈《師說》:「余～其能行古道。」(其:指李蟠。)

嘗 (粵)soeng4〔常〕(普)cháng

❶品嘗。許慎《說文解字》:「～,口味之也。」《呂氏春秋·慎大覽·察今》:「～一脟肉,而知一鑊之味。」(脟【粵】lyun5〔李軟切〕(普)liè:切成小塊的肉。) ❷嘗試。《孟子·梁惠王上》:「我雖不敏,請～試之。」❸經歷。《莊子·養生主》:「技經肯綮之未～,而況大軱乎!」(技經:經脈。肯:緊附在骨上的肉。綮【粵】hing3〔罄〕(普)qìng】:筋肉聚結處。大軱【粵】gu1〔孤〕(普)gū】:股部的大骨。) ❹副詞,曾經。諸葛亮《出師表》:「未～不歎息痛恨於桓、靈也。」(桓、靈:指東漢桓帝和靈帝。)

嘑 (粵) fu1〔呼〕(普) hū

同「呼」，呼叫，呼喚。許慎《說文解字》：「～，嘑也。」（嘑【粵】fu2〔虎〕[普] hǔ：威嚇。）《孟子·告子上》：「～爾而與之。」

團 (粵) tyun4〔臀〕(普) tuán

❶圓。許慎《說文解字》：「～，圜也。」（圜：通「圓」，圓形。）吳均《八公山賦》：「掛皎月而常～。」❷聚集，集合，有詞語「～結」、「～圓」等。顏延之《應詔觀北湖田收》：「陽陸～精氣。」（陽陸：山之南。）

圖 (粵) tou4〔途〕(普) tú

❶反覆考慮。許慎《說文解字》：「～，畫計難也。」段玉裁《說文解字注》：「畫計難者，謀之而苦其難也。」《左傳·僖公三十年》：「闕秦以利晉，唯君～之。」❷商議。司馬遷《史記·屈原賈生列傳》：「入則與王～議國事。」❸圖謀，謀劃，有成語「～謀不軌」。《莊子·逍遙遊》：「而後乃今將～南。」（～南：計劃向南飛。）❹貪圖，有成語「唯利是～」。李密《陳情表》：「本～宦達。」❺圖畫。《莊子·田子方》：「宋元君將畫～。」（宋元君：人名，春秋時代宋國國君。）❻地圖。《史記·廉頗藺相如列傳》：「召有司案～，指從此以往十五都予趙。」（有司：有關官員。案：查閱。）❼繪圖，畫圖。

白居易《荔枝圖序》：「南賓守樂天命工吏～而書之。」（南賓：地名，位於今重慶市忠縣。守：太守，縣令。樂天：白居易的別字。）

塵 (粵) can4〔陳〕(普) chén

❶塵土，塵埃。《莊子·逍遙遊》：「野馬也，～埃也。」（野馬：春天時在野外游動的霧氣。）❷蹤跡，事跡，有詞語「前～往事」。李白《憶秦娥》：「樂遊原上清秋節，咸陽古道音～絕。」❸塵俗，世俗，現實社會。王維《愚公谷》（其三）：「寄言～世客，何處欲歸臨？」

塾 (粵) suk6〔淑〕(普) shú

私塾，舊時私人設立的學堂。《禮記·學記》：「古之教者，家有～，黨有庠，術有序，國有學。」

境 (粵) ging2〔竟〕(普) jìng

❶邊境，邊疆。許慎《說文解字》：「～，疆也。」蘇洵《六國論》：「起視四～，而秦兵又至矣。」❷地域，區域。陶潛《桃花源記》：「自云先世避秦時亂，率妻子邑人來此絕～。」（絕：與世隔絕。）❸環境，境地。柳宗元《永州八記·小石潭記》：「以其～過清，不可久居，乃記之而去。」❹境況，處境，境界。《世說新語·排調》：「顧長康噉甘蔗，先食尾。問所以，云：『漸至佳～。』」（顧長康：東晉時代畫家顧愷之的別字。

噉【粵 daam6〔啖〕普 dàn】，同「啖」，吃。）

墓 粵mou6〔霧〕普 mù

墳墓，古代稱隆起的墳墓為「丘」，平的墳墓為「～」。許慎《説文解字》：「～，丘也。」宋濂《杜環小傳》：「歲時常祭其～云。」

塹 粵cim3〔賜劍切〕普 qiàn

護城河，壕溝，有詞語「天～」（指天險）。許慎《説文解字》：「～，阬也。」（阬：同「坑」，深坑。）司馬遷《史記・高祖本紀》：「使高壘深～，勿與戰。」

墅 粵seoi5〔緒〕/ seoi6〔睡〕普 shù

在住宅以外，專供休養、遊樂的園林房屋，有詞語「別～」。《晉書・謝安傳》：「又於土山營～，樓館林竹甚盛。」

塿 粵lau5〔柳〕普 lǒu

多於「培」（【粵 bau6〔備受切〕普 pǒu】）組成詞語「培～」，指小土山。見第 167 頁「培」字條。

壽 粵sau6〔售〕普 shòu

❶長壽，有成語「～比南山」。許慎《説文解字》：「～，久也。」李華《弔古戰場文》：「畏其不～。」（父母擔心子女活得不長久。）❷祝壽，敬酒或以禮物贈人。司馬遷《史記・廉頗藺相如列傳》：「請以趙十五城為秦王～。」❸壽命。《左傳・襄公八年》：「人～幾何？」

奪 粵dyut6〔地閱切〕普 duó

❶失去，喪失。許慎《説文解字》：「～，手持佳失之也。」（佳【粵 zoei1〔狙〕普 zhuī】：雀鳥。）《孟子・梁惠王上》：「百畝之田，勿～其時。」（時：種植的時機。）❷奪取，強取。司馬遷《史記・廉頗藺相如列傳》：「秦王度之，終不可彊～。」❸剝奪，削去。《論語・子罕》：「匹夫不可～志也。」

嫡 粵dik1〔的〕普 dí

❶正妻，與「庶」相對。《爾雅・釋親》：「子之妻為婦，長婦為～婦，眾婦為庶婦。」（長：年長。）❷正妻所生的兒子，有時也指正妻所生的長子，有成語「長子～孫」。韓非《韓非子・愛臣》：「主妾無等，必危～子孫。」（主妾無等：正室與妾侍沒有等級差別。）❸血統最近的。曹雪芹《紅樓夢・第三回》：「竟是個～親的孫女。」

嫗 粵jyu2〔餘【陰上】〕普 yù

老婦。許慎《説文解字》：「～，母也。」歸有光《項脊軒志》：「家有老～，嘗居於此。」

寧 一 粵ning4〔檸〕普 nìng

❶連詞，寧可，寧願，有成語「～死不屈」。許慎《説文解字》：「～，願詞也。」司馬遷《史記・廉頗藺相如列傳》：「均之二策，～許以負

秦曲。」❷副詞，豈，難道。俞長城《全鏡文》：「夫美惡之所以分，～獨予乎？」

㊁（粵）ning4〔檸〕（普）níng

❶安寧，平安。劉蓉《習慣説》：「至使久而即乎其故，則反窒焉而不～。」（因為習慣久了，因此回復原來的狀態，卻反而感到不舒服。）❷問安。歸有光《項脊軒志》：「吾妻歸～。」（歸～：回娘家問安。）

 寡（粵）gwaa2〔瓜【陰上】〕（普）guǎ

❶少，與「多」相對，有成語「～不敵眾」。許慎《説文解字》：「～，少也。」李翱《命解》：「私於己者～。」（對自己有私利的地方少。）❷婦人喪夫，有詞語「～婦」。《禮記·禮運》：「矜孤獨廢疾者，皆有所養。」（獨：獨居老人。）❸諸侯王的自稱，相當於「我」，有詞語「～人」。《道德經》：「是以侯王自謂孤、～、不穀。」（不穀：古代君王對自己的謙稱。）

 寥（粵）liu4〔聊〕（普）liáo

寂寥，空虛。柳宗元《永州八記·小石潭記》：「坐潭上，四面竹樹環合，寂～無人。」

寨（粵）zaai6〔賤邁切〕（普）zhài

防禦盜匪的柵欄，有詞語「軍～」、「營～」等。劉向《新序·善謀下》：「其後蒙恬為秦侵胡，以河為境，累石為城，積木為～，匈奴不敢飲馬北河。」（飲馬：給馬喝水。）

 實（粵）sat6〔是拔切〕（普）shí

❶充實，充滿，與「虛」相對。許慎《説文解字》：「～，富也。」司馬遷《史記·貨殖列傳》：「倉廩～而知禮節，衣食足而知榮辱。」（廩【粵】lam5〔凜〕（普）lǐn：米倉。）❷堅實，與「虛」相對，有成語「華而不～」。孫武《孫子兵法·虛實》：「避～而擊虛。」❸裝進。劉基《賣柑者言》：「將以～籩豆，奉祭祀，供賓客乎？」（籩【粵】bin1〔邊〕（普）biān：祭祀用的竹器。）❹果實。《莊子·逍遙遊》：「我樹之成而～五石。」（樹：種植。之：指種子。）❺結果。韓非《韓非子·定法》：「循名而責～。」❻利益。《韓非子·五蠹》：「薄厚之～異也。」❼事實，實際。蘇洵《六國論》：「較秦之所得，與戰勝而得者，其～百倍。」❽誠實，忠實。諸葛亮《出師表》：「此皆良～，志慮忠純。」❾副詞，確實，實在。《史記·廉頗藺相如列傳》：「相如度秦王特以詐詳為予趙城，～不可得。」

 寢（粵）cam2〔此審切〕（普）qǐn

❶寢室，卧室，睡房。《左傳·昭公十八年》：「子大叔之廟在道南，其～在道北。」（子大叔：春秋時代鄭國正卿。）❷就寢，睡覺，有成語「～食不安」。蘇軾《記承天

寺夜遊》：「懷民亦未〜，相與步於中庭。」（懷民：指張懷民，蘇軾的好友。）❸橫臥。《莊子·逍遙遊》：「逍遙乎〜臥其下。」（其：指大樹。）❹止息。班固《漢書·禮樂志》：「故其議遂〜。」（其：指西漢大臣賈誼。）❺貌醜。魏禧《大鐵椎傳》：「時座上有健啖客，貌甚〜。」

寤 _粵ng6〔誤〕_普wù

❶睡醒，與「寐」相對。許慎《説文解字》：「寐覺而有信曰〜。」（覺：醒覺。信：疑為「言」的誤寫。）《詩經·周南·關雎》：「窈窕淑女，〜寐求之。」❷通「悟」，覺悟，醒悟，這個意思後來被寫成「悟」。屈原《楚辭·離騷》：「哲王又不〜。」（哲王：賢明的君主。）

察 _粵caat3〔擦〕_普chá

❶觀察，仔細看。《左傳·莊公十年》：「小大之獄，雖不能〜，必以情。」❷看清楚。《孟子·梁惠王上》：「明足以〜秋毫之末。」❸審察，考察。諸葛亮《出師表》：「〜納雅言。」

對 _粵deoi3〔到醉切〕_普duì

❶對答，應對，回答。《左傳·莊公十年》：「〜曰：『夫戰，勇氣也。』」❷古代的文體，即對策，例如東漢末諸葛亮所寫的《隆中〜》。❸面對，對着，並着，向着。李白《月下獨酌》（其一）：「舉杯邀明月，〜影成三人。」❹敵對，對立。陳壽《三國志·蜀書·諸葛亮傳》：「而所與〜敵，或值人傑。」❺對手，敵手。《三國志·吳書·陸遜傳》：「劉備天下知名，曹操所憚，今在境界，此彊〜也。」（憚【_粵daan6〔但〕_普dàn】：忌憚，害怕。彊：通「強」，強大。）❻對付。韓非《韓非子·初見秦》：「夫一人奮死可以〜十，十可以〜百，百可以〜千，千可以〜萬。」❼配偶。范曄《後漢書·逸民列傳》：「擇〜不嫁，至年三十。」❽對偶的詞句，有詞語「〜聯」、「〜仗」等。

屢 _粵leoi5〔呂〕_普lǚ

副詞，屢次，多次。許慎《説文解字》：「〜，數也。」歸有光《歸氏二孝子傳》：「又復杖之，〜瀕於死。」（杖：用棍打。）

幣 _粵bai6〔弊〕_普bì

❶古時以束帛為祭祀或贈送賓客的禮物。許慎《説文解字》：「〜，帛也。」司馬遷《史記·屈原賈生列傳》：「厚〜委質事楚。」（委質：臣服。）❷貨幣，錢財。《管子·國蓄》：「以珠玉為上〜，以黃金為中〜，以刀布為下〜。」（刀布：古代貨幣的名稱，形狀像刀。）

幕 _粵mok6〔漠〕_普mù

❶帳篷的頂部。許慎《説文解字》：「帷在上曰〜。」《戰國策·齊策

十四畫

一）：「舉袂成～，揮汗成雨。」❷
幕布，帷幕。岑參《白雪歌送武判
官歸京》：「散入珠簾濕羅～。」❸
覆蓋。《莊子・則陽》：「解朝服而
～之。」❹作戰用的臂、腿護甲。
司馬遷《史記・蘇秦列傳》：「當敵
則斬堅甲鐵～。」

 幗　（簡）（粵）gwok3〔國〕（普）guó

古代婦女頭上的巾帕和髮飾，後指
代女性，有詞語「巾～」。許慎《説
文解字》：「～，婦人首飾。」李白
《贈張相鎬》（其二）：「可貽～與
巾。」

弊　（粵）bai6〔幣〕（普）bì

❶敗壞。韓非《韓非子・定法》：
「君無術則～於上。」❷弊病，害
處。蘇洵《六國論》：「六國破滅，
非兵不利，戰不善，～在賂秦。」
❸困乏，疲憊。諸葛亮《出師表》：
「今天下三分，益州疲～。」

彰　（粵）zoeng1〔章〕（普）zhāng

❶彰明，顯明，顯著。《荀子・勸
學》：「順風而呼，聲非加疾也，而
聞者～。」❷表彰，表揚。諸葛亮
《出師表》：「以～其咎。」

 慈　（粵）ci4〔詞〕（普）cí

❶慈愛，特指父母的愛，有成語
「父～子孝」。許慎《説文解字》：
「～，愛也。」李密《陳情表》：「生
孩六月，～父見背。」（見背：過
身。）❷仁慈。韓非《韓非子・五

蠹》：「故罰薄不為～，誅嚴不為
戾。」❸對父母的孝敬奉養。《孝
經・諫諍》：「若夫～愛、恭敬、安
親、揚名，則聞命矣！」

 態　（粵）taai3〔泰〕（普）tài

❶意態，姿態。許慎《説文解字》：
「～，意也。」杜牧《阿房宮賦》：
「一肌一容，盡～極妍。」❷形態，
狀態。柳宗元《永州八記・始得西
山宴遊記》：「以為凡是州之山有
異～者，皆我有也。」❸狀況，
情況。柳宗元《三戒・永某氏之
鼠》：「鼠為～如故。」

慷　（粵）hong1〔康〕（普）kāng

❶多與「慨」組成詞語「～慨」，指
情緒激昂，有成語「～慨激昂」。
曹操《短歌行》：「慨當以～，憂思
難忘。」（慨當以～：「～慨」的間
隔用法，當中「當以」只用作調節
音韻，並無實義。）❷多與「慨」
組成詞語「～慨」，表示感慨，歎
息。陶潛《歸去來辭・序》：「於是
悵然～慨，深愧平生之志。」

慢　（粵）maan6〔慢〕（普）màn

❶怠慢，怠惰。許慎《説文解字》：
「～，惰也。」諸葛亮《出師表》：
「若無興德之言，則責攸之、褘、
允等之～。」❷傲慢，不敬。司
馬遷《史記・淮陰侯列傳》：「王素
～無禮，今拜大將如呼小兒耳，
此乃信所以去也。」（王：指漢
王劉邦。）❸緩慢，與「快」相

對。白居易《琵琶行》：「輕攏～撚抹復挑。」（攏【粵lung5〔籠〕普lǒng】、撚【粵nin2〔年【陰上】〕普niǎn】、抹、挑：彈琵琶的指法。）

 慟 粵dung6〔動〕普tòng

悲傷過度，大哭。許慎《說文解字》：「～，大哭也。」《論語·先進》：「顏淵死，子哭之～。」（子：指孔子。）

 慘 粵caam2〔此減切〕普cǎn

❶狠毒，殘酷。許慎《說文解字》：「～，毒也。」陳壽《三國志·吳書·吳主傳》：「壹性苛～，用法深刻。」（壹：指呂壹，三國時代吳國人，官至中書典校郎。深刻：嚴苛。）❷淒慘，悲痛。李清照《聲聲慢·秋情》：「淒淒～～戚戚。」❸慘淡，暗淡，陰暗。李華《弔古戰場文》：「黯兮～悴。」

摧 粵ceoi1〔催〕普cuī

❶摧折，折斷。范仲淹《岳陽樓記》：「檣傾楫～。」❷摧毀，敗壞。李白《夢遊天姥吟留別》：「丘巒崩～。」❸挫敗，沮喪。黃宗羲《明夷待訪錄·原君》：「回思創業時，其欲得天下之心，有不廢然～沮者乎？」（回想他們的祖上闖霸業之時，志在佔擄天下的雄心，哪有不垂頭沮喪的時候呢？）❹悲傷。《孔雀東南飛》：「阿母大悲～。」

 暨 粵kei3〔冀〕普jì

❶到，至。劉勰《文心雕龍·明詩》：「自商～周，《雅》、《頌》圓備。」❷連詞，與，及，和。司馬遷《史記·秦始皇本紀》：「地東至海～朝鮮。」

 暝 一 粵ming4〔明〕普míng

昏暗。歐陽修《醉翁亭記》：「雲歸而巖穴～。」（巖：山洞。）

二 粵ming6〔命〕普míng

天黑。李白《夢遊天姥吟留別》：「千岩萬轉路不定，迷花倚石忽已～。」

暢 粵coeng3〔唱〕普chàng

❶暢通。宋濂《送東陽馬生序》：「辭甚～達。」❷通曉。諸葛亮《出師表》：「曉～軍事。」❸舒暢。王羲之《蘭亭集序》：「天朗氣清，惠風和～。」❹盡情，有成語「～所欲言」。《蘭亭集序》：「亦足以～敍幽情。」

槁 粵gou2〔稿〕普gǎo

❶草木乾枯。《荀子·勸學》：「雖有～暴，不復挺者。」❷事物乾枯。司馬遷《史記·屈原賈生列傳》：「顏色憔悴，形容枯～。」（憔悴：臉色難看。）

 榮 粵wing4〔黃明切〕普róng

❶開花。陶潛《桃花源詩》：「草～識節和，木衰知風厲。」（節：

節氣。）❷花朵。《古詩十九首‧庭中有奇樹》：「攀條折其～。」❸繁茂。陶潛《歸去來辭》：「木欣欣以向～。」（欣欣：草木茂盛。）❹榮耀，光榮，與「辱」相對，有成語「～華富貴」。司馬光《訓儉示康》：「眾人皆以奢靡為～。」

榷

一 (粵)gok3〔各〕(普)què

專營，專賣。班固《漢書‧嚴朱吾丘主父徐嚴終王賈傳下》：「造鹽鐵酒～之利以佐用度，猶不能足。」（用度：開支。）

二 (粵)kok3〔確〕(普)què

商榷，商討，商量。《北史‧崔孝芬傳》：「商～古今，間以嘲謔，聽者忘疲。」

構

(粵)gau3〔夠〕/ kau3〔扣〕(普)gòu

❶架木，搭建。許慎《説文解字》：「～，蓋也。」《淮南子‧氾論訓》：「聖人乃作，為之築土～木，以為宮室。」❷結構，構造。杜牧《阿房宮賦》：「驪山北～而西折。」❸結仇。《孟子‧梁惠王上》：「興甲兵，危士臣，～怨於諸侯。」

榻

(粵)taap3〔塔〕(普)tà

本指狹長低矮的牀，後泛指睡牀，有詞語「下～」。許慎《説文解字》：「～，牀也。」姚瑩《捕鼠説》：「夜則卧之～而撫弄之。」（之：指所養的貓。）

榭

(粵)ze6〔謝〕(普)xiè

建築在高土台上房子，有成語「歌台舞～」。許慎《説文解字》：「～，台有屋也。」辛棄疾《永遇樂‧京口北固亭懷古》：「舞～歌台，風流總被，雨打風吹去。」

榦

(粵)gon3〔肝【陰去】〕(普)gàn

通「幹」，樹幹，這個意思後來被寫成「幹」，見第 247 頁「幹」字條。桓寬《鹽鐵論‧刺權》：「枝大而折～。」

歉

(粵)hip3〔怯〕(普)qiàn

年歲欠收，收成不好，與「豐」相對，有詞語「～收」。許慎《説文解字》：「～，食不滿。」《宋史‧黃廉傳》：「是使民遇豐年而思～歲也。」

殞

(粵)wan5〔尹〕(普)yǔn

❶死亡，滅亡。司馬遷《史記‧漢興以來諸侯王年表》：「大者叛逆，小者不軌於法，以危其命，～身亡國。」❷通「隕」，落下，這個意思後來被寫成「隕」。《荀子‧賦篇》：「列星～墜。」

滴

(粵)dik6〔敵〕(普)dī

❶液體一點一點地下落，有詞語「～下」。許慎《説文解字》：「～，水注也。」李煜《憶江南》（其二）：「心事莫將和淚～，鳳笙休向月明吹。」❷用於滴下液體的數量。李

清照《聲聲慢・秋情》:「到黃昏、點點~~。」

 滸 粵wu2〔烏【陰上】〕 普hǔ

水邊。柳宗元《送薛存義序》:「追而送之江之~上。」

漏 粵lau6〔陋〕 普lòu

❶古代滴水計時的漏壺,也即是「銅壺滴~」。許慎《説文解字》:「~,以銅受水,刻節,晝夜百刻。」權德輿《奉和李給事省中書情寄劉苗崔三曹長因呈許陳二閣老》:「五夜~清天欲曙。」❷水從孔隙透過或滴干。杜甫《茅屋為秋風所破歌》:「牀頭屋~無乾處。」❸遺漏,錯漏。諸葛亮《出師表》:「必能裨補闕~,有所廣益。」

漂 一 粵piu1〔飄〕 普piāo

❶浮,液體浮於表面上,有詞語「~浮」。許慎《説文解字》:「~,浮也。」司馬遷《史記・秦始皇本紀》:「伏尸百萬,流血~鹵。」(鹵:通「櫓」,大盾牌。)❷漂流,漂泊,流浪。白居易《琵琶行・序》:「今~淪憔悴,轉徙於江湖間。」(淪:淪落。)

二 粵piu3〔飄【陰去】〕 普piǎo

用水沖洗。《史記・淮陰侯列傳》:「信釣於城下,諸母~。」(信:指韓信。)

漢 粵hon3〔氣案切〕 普hàn

❶漢水,發源於陝西省,向東南流,到湖北省武漢市注入長江。司馬遷《史記・屈原賈生列傳》:「遂取楚之~中地。」(~中:漢水的發源地,位於陝西省。)❷天河,銀河,有詞語「銀~」。李白《月下獨酌》(其一):「永結無情遊,相期邈雲~。」❸漢子,男子。《北齊書・魏愷傳》:「何慮無人作官職,苦用此~何為。」

滿 粵mun5〔瞞【陽上】〕 普mǎn

❶佈滿,遍佈。許慎《説文解字》:「~,盈溢也。」辛棄疾《青玉案・元夕》:「寶馬雕車香~路。」❷充滿,充實。《莊子・養生主》:「為之躊躇~志,善刀而藏之。」(躊躇【粵cau4 cyu4〔籌廚〕普chóu chú】:得意的樣子。)❸自滿。《尚書・虞書・大禹謨》:「~招損,謙受益。」❹全,遍。李清照《聲聲慢・秋情》:「~地黃花堆積。」❺副詞,滿滿地。柳宗元《永州八記・始得西山宴遊記》:「引觴~酌,頹然就醉,不知日之入。」

滯 粵zai6〔自衛切〕 普zhì

停滯,滯留,有成語「停~不前」。許慎《説文解字》:「~,凝也。」司馬遷《史記・屈原賈生列傳》:「夫聖人者,不凝~於物而能與世推移。」

漸 一 粵zim1〔尖〕 普jiān

❶浸濕,沾濕。《詩經・衞風・氓》:「~車帷裳。」(帷裳:車兩

邊的布幔。）❷浸染，沾染。班固《漢書・循吏傳》：「今大王親近羣小，～漬邪惡所習，存亡之機，不可不慎也。」（漬【粵】zi3〔志〕【普】zì〕：浸染。）❸逐漸傳入，有成語「西學東～」。宋應星《天工開物・蔗種》：「今蜀中盛種，亦自西域～來也。」

二 【粵】zim6〔自驗切〕【普】jiàn

❶漸進，逐步發展。《周易・坤卦》：「非一朝一夕之故，其所由來者～矣。」❷副詞，漸漸，逐漸。歐陽修《醉翁亭記》：「山行六七里，～聞水聲潺潺。」

漲

一 【粵】zoeng3〔障〕【普】zhǎng

❶水面高起來，有成語「水～船高」。紀昀《閱微草堂筆記・卷十六》：「豈能為暴～攜之去？」❷增高。杜甫《纜船苦風戲題四韻奉簡鄭十三判官》：「～沙霾草樹。」（霾：通「埋」，遮掩。）

二 【粵】zoeng3〔障〕【普】zhàng

瀰漫。《南史・陳本紀上》：「煙塵～天。」

漕 【粵】cou4〔曹〕【普】cáo

通過水道運送糧食，有詞語「～運」。許慎《説文解字》：「～，人之所乘及船也。」司馬遷《史記・蕭相國世家》：「軍無見糧，蕭何轉～關中，給食不乏。」

漠 【粵】mok6〔幕〕【普】mò

❶沙漠。許慎《説文解字》：「～，北方流沙也。」李華《弔古戰場文》：「吾想夫北風振～，胡兵伺便。」❷通「寞」，寂靜無聲，這個意思後來被寫成「寞」。方苞《獄中雜記》：「居數月，～然無所事。」❸冷漠。王安石《論陶冶人才》：「學者亦～然，自以禮樂刑政為有司之事，而非己所當知也。」（有司：相關部門。）

漫 【粵】maan6〔慢〕【普】màn

❶水漲溢流的樣子。宋之問《自湘源至潭州衡山縣》：「漸見江勢闊，行嗟水流～。」❷無邊無際，有成語「～無邊際」。姚鼐《登泰山記》：「亭東，自足下皆雲～。」❸副詞，隨便，隨意。柳宗元《永州八記・始得西山宴遊記》：「～～而遊。」❹模糊。王安石《遊褒禪山記》：「其文～滅。」

滌 【粵】dik6〔敵〕【普】dí

洗滌，清洗。許慎《説文解字》：「～，洒也。」（洒：通「洗」，清洗。）俞長城《全鏡文》：「理其首，～其面。」

熒 【粵】jing4〔刑〕【普】yíng

❶微弱的光線。左思《蜀都賦》：「火井沉～於幽泉。」❷光線閃動。杜牧《阿房宮賦》：「明星～～。」❸使人目眩。《莊子・人間世》：「目將～之。」

熙 粵hei1〔希〕普xī

❶光明。曹植《七啟》:「～天曜日。」❷興起,興盛。范曄《後漢書·竇何列傳》:「是以君臣並～,名奮百世。」❸和樂,喜悅。柳宗元《捕蛇者説》:「蓋一歲之犯死者二焉,其餘(其餘時間)則～～而樂。」(犯死:冒死捕蛇。)❹通「嬉」,嬉戲、開玩笑。《晏子春秋·內篇》:「聖人非所與～也。」

熏 粵fan1〔芬〕普xūn

❶火煙。許慎《説文解字》:「～,火煙上出也。」陶弘景《許長史舊館壇碑》:「金爐揚～。」❷煙熏。《詩經·大雅·雲漢》:「憂心如～。」❸氣味侵襲。鮑照《苦熱行》:「瘴氣晝～體。」❹暖,熱。唐文宗《夏日聯句》:「～風自南來,殿閣生微涼。」

爾 粵ji5〔耳〕普ěr

❶人稱代詞,你,你們。俞長城《全鏡文》:「予非欺～也,予實助～。」❷人稱代詞,你的,你們的。司馬遷《史記·孔子世家》:「吾為～宰。」(宰:管家。)❸指示代詞,這,那。諸葛亮《出師表》:「～來二十有一年矣。」(從那時【指諸葛亮受命於劉備之時】到現在,已經有二十一年了。)❹助詞,用於動詞、形容詞或副詞的詞尾,無實義。《孟子·告子上》:「嘑～而與之,行道之人弗受。」

❺通「耳」,語氣助詞,相當於「而已」、「罷了」等。歐陽修《賣油翁》:「我亦無他,惟手熟～。」❻語氣助詞,表示肯定,相當於「了」。柳宗元《捕蛇者説》:「今其室十無四五焉,非死即徙～。」

犒 粵hou3〔耗〕普kào

用酒食款待、慰問士兵。陸以湉《冷廬雜識·卷七·陳忠愍公》:「優待士卒,～之厚,而自奉甚儉。」

獄 粵juk6〔肉〕普yù

❶訟案,官司。《左傳·莊公十年》:「小大之～,雖不能察,必以情。」❷監獄,牢獄。《舊唐書·唐臨傳》:「至時畢集詣～。」

疑 粵ji4〔移〕普yí

❶疑惑,迷惑,惑亂。許慎《説文解字》:「～,惑也。」韓非《韓非子·五蠹》:「盛容服而飾辯説,以～當世之法而貳人主之心。」❷猜疑,懷疑。《呂氏春秋·季冬紀·士節》:「晏子見～於齊君。」(見:遭受。)❸遲疑,猶豫不決。柳宗元《三戒·黔之驢》:「虎雖猛,～畏,卒不敢取。」❹通「擬」,比擬,好像,這個意思後來被寫成「擬」。陸游《遊山西村》:「山重水複～無路,柳暗花明又一村。」

盡 一 粵zeon6〔自潤切〕普jìn

❶完,沒了,後來引申為沒有。許

慎《説文解字》:「～，器中空也。」蘇洵《六國論》:「薪不～，火不滅。」❷盡頭。蘇軾《前赤壁賦》:「自其不變者而觀之，則物與我皆無～也。」❸全部用出，有詞語「～力」、「～心」。諸葛亮《出師表》:「進～忠言。」❹達到頂點。王勃《滕王閣序》:「興～悲來。」❺副詞，全部，都。姜夔《揚州慢》:「過春風十里，～薺麥青青。」(薺【粵】cai5〔似米切〕【普】jì）: 薺菜。）❻副詞，最。杜牧《阿房宮賦》:「～態極妍。」

二【粵】zeon2〔准〕【普】jǐn

儘量，盡可能。《禮記·曲禮上》:「虛坐～後，食坐～前。」(虛坐: 進餐前後的座位。食坐: 進餐期間的座位。）

監

一【粵】gaam1〔經衫切〕【普】jiān

❶監視，監督。許慎《説文解字》:「～，臨下也。」(臨下: 本指從上往下看，即俯瞰，後來引申為在上位者監督在下位者。）《左傳·莊公三十二年》:「國之將興，明神降之，～其德也。」❷監守，看守，有成語「～守自盜」。韓非《韓非子·五蠹》:「雖～門之服養，不虧於此矣。」(服養: 衣食供養。）❸監獄，監牢，牢房。方苞《獄中雜記》:「其次求脫械居～外板屋，費亦數十金。」

二【粵】gaam3〔鑒〕【普】jiàn

❶通「鑑」，鏡子，這個意思後來被寫成「鑑」。賈誼《新書·胎教》:「～，所以照形也。」通「鑑」，映照，這個意思後來被寫成通「鑑」。《新唐書·魏徵傳》:「夫～形之美惡，必就止水。」(要映照自己的樣貌是美是醜，必定到靜止的水前。）❸通「鑒」，借鑒，鑒戒，這個意思後來被寫成「鑒」。《論語·八佾》:「周～於二代，郁郁乎文哉！」(《周禮》借鑒了夏、商兩朝的禮法，真是豐富多彩啊！）❹職官名，主管監察或事務的官員，例如:「祕書～」、「少府～」等。《新唐書·魏徵傳》:「以祕書～參豫朝政。」(豫: 通「與」，參與。）❺古代官署的名稱，如「國子～」、「欽天～」等。❻官名，太監，宦官。司馬遷《史記·秦本紀》:「衞鞅聞是令下，西入秦，因景～求見孝公。」(衞鞅: 即商鞅。因: 通過。景: 人名。）

睿

【粵】jeoi6〔鋭〕【普】ruì

明智，通達，看得深遠，有詞語「～智」。許慎《説文解字》:「～，深明也。通也。」《禮記·中庸》:「唯天下至聖，為能聰明～知。」

碩

【粵】sek6〔石〕【普】shuò

❶大，高大。許慎《説文解字》:「～，頭大也。」《詩經·魏風·碩鼠》:「～鼠，～鼠，無食我黍。」❷德高望重，學識淵博，有詞語「～士」。宋濂《送東陽馬生序》:「又患無～師、名人與游。」

種

一 (粵)zung2〔腫〕(普)zhǒng

❶種子。《莊子‧逍遙遊》:「魏王貽我大瓠之~。」❷後代,有詞語「絕~」。《晉書‧劉頌傳》:「卿尚有~也!」❸種族。司馬遷《史記‧陳涉世家》:「王侯將相寧有~乎!」(王侯將相難道有貴種和賤種之分嗎?)❹種類。李清照《一剪梅》:「一~相思,兩處閒愁。」

二 (粵)zung3〔眾〕(普)zhòng

耕種,栽種,種植。賈思勰《齊民要術‧自序》:「樊重欲作器物,先~梓、漆。」

稱

一 (粵)cing3〔情【陰去】〕(普)chēng

稱量,衡量。許慎《說文解字》:「~,銓也。」(銓【(粵)cyun4〔全〕(普)quán】:衡量輕重。)班固《漢書‧賈鄒枚路傳》:「夫銖銖而~之,至石必差。」

二 (粵)cing3〔情【陰去】〕(普)chèng

通「秤」,稱量輕重的器具,這個意思後來被寫成「秤」。《淮南子‧時則訓》:「角鬥~。」

三 (粵)cing1〔蜻〕(普)chēng

❶稱讚,稱許。諸葛亮《出師表》:「先帝~之曰能。」❷稱述,述說。李華《弔古戰場文》:「古~戎、夏,不抗王師。」❸稱作,號稱,有成語「~兄道弟」。宋濂《杜環小傳》:「雖古所~義烈之士何以過。」(何以過:比不上。)❹聲稱。司馬遷《史記‧廉頗藺相如列傳》:「相如每朝時,常~病,不欲與廉頗爭列。」❺呼喚。《戰國策‧齊策四》:「因燒其券,民~萬歲。」(券:借據。)❻稱著,著名。韓愈《雜說(四)》:「不以千里~也。」

四 (粵)cing3〔情【陰去】〕(普)chèn

相稱,相配,有成語「衣不~身」。韓非《韓非子‧定法》:「官爵之遷與斬首之功相~也。」(遷:升遷。)

窪

(粵)waa1〔蛙〕(普)wā

❶低下,凹陷。柳宗元《永州八記‧始得西山宴遊記》:「其高下之勢,岈然~然。」❷深陷。劉蓉《習慣說》:「及其久而~者若平。」❸低下、凹陷的地方,有詞語「水~」。《習慣說》:「室有~徑尺。」

竭

(粵)kit3〔碣〕(普)jié

❶盡,完。許慎《說文解字》:「~,負舉也。」《左傳‧莊公十年》:「一鼓作氣,再而衰,三而~。」❷竭盡,用盡,有成語「~盡所能」。諸葛亮《出師表》:「庶~駑鈍。」❸枯乾,乾涸。《國語‧周語上》:「昔伊、洛~而夏亡。」(伊、洛:河流名。)

端

(粵)dyun1〔多酸切〕(普)duān

❶端正,正直。許慎《說文解字》:「~,直也。」《孟子‧離婁下》:「夫尹公之他,~人也,其取友必~矣。」(尹公之他:人名。)❷事物的一頭或一方。《莊子‧徐無鬼》:「郢人堊慢其鼻~若蠅翼。」

❸開端，開首。《孟子‧公孫丑上》：「惻隱之心，仁之～也。」❹方面，有成語「詭計多～」。謝肇淛《五雜組‧物部三》：「此亦『動心忍性』之一～也。」❺副詞，到底，究竟。陸游《幽事》：「餘年～有幾？風月且婆娑。」❻副詞，果真，果然。蘇軾《水龍吟》：「料多情夢裏，～來見我，也參差是。」

管 ⓹gun2〔館〕ⓟguǎn

❶一種像笛子的樂器，後引申為管樂器的統稱。許慎《説文解字》：「～，如篪，六孔。」（篪【粵】ci4〔詞〕ⓟchí：像笛子的樂器。）王羲之《蘭亭集序》：「雖無絲竹～弦之盛。」❷竹管，管子，後借指筆。劉元卿《應諧錄‧萬字》：「搦～臨朱。」❸鑰匙，鎖匙。《左傳‧僖公三十二年》：「鄭人使我掌其北門之～。」❹掌管，管理。司馬遷《史記‧李斯列傳》：「～事二十餘年。」

箕 ⓹gei1〔基〕ⓟjī

❶簸箕，筲箕。許慎《説文解字》：「～，簸也。」（簸【粵】bo3〔播〕ⓟbǒ：收集垃圾的工具。）《列子‧湯問》：「叩石墾壤，～畚運於渤海之尾。」（畚【粵】bun2〔本〕ⓟběn：類似筲箕的器具。）❷一種坐的方式，兩腿隨意伸開坐着，形如簸箕，是一種傲視對方的坐姿。柳宗元《永州八記‧始得西山宴遊記》：「攀援而登，～踞而遨。」

箋 ⓹zin1〔煎〕ⓟjiān

❶一種文體，寫給尊貴者的書信。許慎《説文解字》：「～，表識書也。」《晉書‧謝安傳》：「安投～求歸。」❷一種注釋。范曄《後漢書‧儒林列傳下》：「鄭玄作《毛詩》～。」（毛詩：指西漢時期魯國人毛亨學派的《詩經》。）❸精美的紙張，供題詩或寫字用，有詞語「信～」。李白《草書歌行》：「～麻素絹排數廂。」（廂：正房前面加兩邊的房子。）

筵 ⓹jin4〔延〕ⓟyán

❶竹製的蓆子。許慎《説文解字》：「～，竹蓆也。」司馬遷《史記‧樂書》：「布～席。」❷古人飲食宴會在席上舉行，後來泛指所有酒席，有詞語「大排～席」。宋濂《燕書》：「且設～，召所與遊者飲。」

算 ⓹syun3〔蒜〕ⓟsuàn

❶數數目，計算。許慎《説文解字》：「～，數也。」宋濂《燕書》：「豹獲獐、鹿、麕、兔以歸無～者。」（獐【粵】zoeng1〔章〕ⓟzhāng、麕【粵】paau4〔刨〕ⓟpáo：像鹿的哺乳類動物。無～：多得無法計算。）❷估算，估計。姜夔《揚州慢》：「杜郎俊賞，～而今、重到須驚。」❸計劃，謀劃。盧綸《皇帝感詞》：「妙～干戈止，神謀宇宙清。」❹通「籌」，古代計算時用的籌碼，這個意思後來被

寫成「筭」。《資治通鑑·唐紀·德宗神武聖文皇帝三》：「吏執筆握～，入人室廬計其數。」

箇 （粵）go3〔個〕（普）gè

通「個」，一個。李清照《聲聲慢·秋情》：「怎一～愁字了得！」

粹 （粵）seoi6〔睡〕（普）cuì

❶純美無雜，有詞語「純～」。許慎《說文解字》：「～，不雜也。」《淮南子·說山訓》：「貂裘而雜，不若狐裘而～。」❷精華。王安石《讀史》：「糟粕所傳非～美，丹青難寫是精神。」（糟粕：本指垃圾，借指歷史。丹青：本指圖畫，借指史書。）

精 （粵）zing1〔晶〕（普）jīng

❶上等的細米，與「粗」相對。謝肇淛《五雜俎·物部三》：「彼其當時所為揀擇～好，動以為粗惡而不能下咽者。」❷精細，精純，與「粗」相對。《五雜俎·物部三》：「物無～粗美惡。」❸精緻，細密，與「粗」相對。戴名世《南山集·鳥說》：「～密完固。」❹精華。杜牧《阿房宮賦》：「齊、楚之～英，幾世幾年。」❺精良，精銳。范曄《後漢書·張衡列傳》：「復造候風地動儀，以～銅鑄成。」❻精美。司馬遷《史記·龜策列傳》：「婦女不彊，布帛不～。」（彊：通「強」，努力。）❼精心，專注。《後漢書·張衡列傳》：「衡乃擬班

固《兩都》，作《二京賦》，因以諷諫。～思傅會，十年乃成。」（衡：指張衡。擬：模擬。）❽精通。韓愈《進學解》：「業～於勤荒於嬉。」❾精氣，元氣。李華《弔古戰場文》：「～魂何依？」❿精神，有成語「聚～會神」。《莊子·刻意》：「形勞而不休則弊，～用而不已則勞。」⓫精靈，妖精。《隋書·五行志上》：「門衞甚嚴，人何從而入？當是妖～耳。」

綜 （粵）zung3〔眾〕（普）zōng

綜合。司馬遷《史記·周本紀》：「太史公曰：學者皆稱周伐紂，居洛邑，～其實不然。」（洛邑：洛陽的古稱。實：事實。）

綴 （粵）zeoi3〔最〕（普）zhuì

❶縫合，連結。《戰國策·秦策一》：「～甲厲兵。」（厲：磨。兵：兵器。）❷點綴，裝飾，裝點。柳宗元《永州八記·小石潭記》：「青樹翠蔓，蒙絡搖～。」（蒙：遮擋。絡：纏繞。搖：搖曳。）❸跟隨，追隨。蒲松齡《聊齋誌異·狼三則》：「～行甚遠。」

綺 （粵）ji2〔倚〕（普）qǐ

❶有花紋的絲織品。許慎《說文解字》：「～，文繒也。」（文繒【粵】zang1〔憎〕（普）zēng】：有花紋的絲織品。）宋濂《送東陽馬生序》：「同舍生皆被～繡。」❷華美的，珍貴的。王維《雜詩》（其二）：「來

十四畫

日～窗前，寒梅著花未？」（著【粵zeok6〔爵〕 普zhuó】花：開花。）

緒 粵seoi5〔市呂切〕 普xù

❶絲的開首。許慎《説文解字》：「～，絲耑也。」（耑：通「端」，開頭。）焦贛《易林・兌之坎》：「絲多亂～。」❷頭緒，開頭。《晉書・陶侃傳》：「千～萬端，罔有遺漏。」（罔：沒，不。）❸次序，有成語「一切就～」。《莊子・山木》：「進不敢為前，退不敢為後，食不敢先嘗，必取其～。」❹思緒，情緒。柳永《雨霖鈴》：「都門帳飲無～。」（都門：汴京的城門。）❺前人傳留下來的事業。韓愈《進學解》：「尋墜～之茫茫。」（墜緒：將衰絕的事業。）

緋 粵fei1〔飛〕 普fēi

紅色。許慎《説文解字》：「～，帛赤色也。」于謙《村舍桃花》：「短牆不解遮春意，露出～桃半樹花。」

綱 粵gong1〔剛〕 普gāng

❶魚網上的總繩。韓非《韓非子・外儲説右下》：「説在搖木之本，與引網之～。」（本：樹根。）❷起決定作用的部分，有成語「提～挈領」。司馬遷《史記・孔子世家》：「～而紀之，統而理之。」（這裏作動詞用，指統領。）❸綱紀，法紀，秩序，有成語「三～五常」。《史記・淮陰侯列傳》：「秦之～絕

而維弛，山東大擾。」（山：指崤山，戰國時期秦國與其餘六國的天然分界線。）

綵 粵coi2〔彩〕 普cǎi

彩色的絲織品。范曄《後漢書・孝安帝紀》：「食不兼味，衣無二～。」

綸 一 粵leon4〔倫〕 普lún

青色絲帶。許慎《説文解字》：「～，青絲綬也。」（綬【粵sau6〔受〕 普shòu】：絲質帶子。范曄《後漢書・王充王符仲長統列傳》：「身無半通青～之命。」（青～：繫有官印的藍色絲帶。）

二 粵gwaan1〔關〕 普guān

綸巾，古代用青絲帶做的頭巾，相傳為諸葛亮所製。蘇軾《念奴嬌・赤壁懷古》：「羽扇～巾。」

維 粵wai4〔圍〕 普wéi

❶繫物用的大繩子。《淮南子・天文訓》：「天柱折，地～絕。」❷國家法度。《管子・禁藏》：「法令為～綱。」❸繫緊，綁緊。元稹《大嘴烏》：「白鶴門外養，花鷹架上～。」❹維持，維繫。韓非《韓非子・心度》：「世知、～之以刑則從。」❺語氣助詞，用於句首或句中，無實義。司馬遷《史記・秦始皇本紀》：「～秦王兼有天下，立名為皇帝。」王勃《滕王閣序》：「時～九月。」

翠 （粵）ceoi3〔脆〕（普）cuì

青綠色。許慎《說文解字》：「～，青羽雀也。」（青羽雀：即翠鳥，後引申為青綠色。）柳宗元《永州八記・小石潭記》：「青樹～蔓。」

聞 一 （粵）man4〔民〕（普）wén

❶聽見。柳宗元《永州八記・小石潭記》：「～水聲，如鳴佩環，心樂之。」❷聽聞，聞說。周敦頤《愛蓮說》：「菊之愛，陶後鮮有～。」（陶：指陶潛。）❸告訴，報告。李密《陳情表》：「臣具以表～，辭不就職。」（就職：當官。）魏禧《吾廬記》：「客或以～諸家。」❹所傳達的消息，有詞語「新～」。司馬遷《報任少卿書》：「網羅天下放失舊～。」（失：通「佚」，散失。）❺見聞，知識，有成語「孤陋寡～」。宋濂《送東陽馬生序》：「故余雖愚，卒獲有所～。」❻用鼻子嗅，有成語「望～問切」。韓非《韓非・十過》：「～酒臭而還。」

二 （粵）man6〔問〕（普）wèn

❶名望，聲譽。韓愈《原毀》：「恐恐然惟懼其人之又～也」。❷聞名，傳揚。諸葛亮《出師表》：「不求～達於諸侯。」❸著名的。《吾廬記》：「四方之士～者。」

聚 （粵）zeoi6〔罪〕（普）jù

❶聚集，集合。許慎《說文解字》：「～，會也。」韓愈《師說》：「士大夫之族，曰師、曰弟子云者，則

羣～而笑之。」❷收集。《莊子・逍遙遊》：「適千里者，三月～糧。」（適：前往。）

肅 （粵）suk1〔叔〕（普）sù

❶恭敬。許慎《說文解字》：「～，持事振敬也。」《左傳・僖公二十三年》：「其從者～而寬，忠而能力。」❷深深地作揖。《左傳・成公十六年》：「三～使者而退。」❸嚴肅。陳壽《三國志・蜀書・諸葛亮傳》：「賞罰～而號令明。」❹收斂，萎縮。《禮記・月令》：「季春行冬令，則寒氣時發，草木皆～。」❺肅靜。酈道元《水經注・江水》：「林寒澗～。」

肇 （粵）siu6〔紹〕（普）zhào

肇始，開始。司馬遷《史記・五帝本紀》：「～十有二州，決川。」

腐 （粵）fu6〔付〕（普）fǔ

❶腐爛，腐臭。許慎《說文解字》：「～，爛也。」《荀子・勸學》：「肉～出蟲。」❷思想陳腐，迂腐。司馬遷《史記・黥布列傳》：「為天下安用～儒？」（為：治理。安：哪裏。）❸腐刑，宮刑，即一種割去男性生殖器的刑罰。司馬遷《報任少卿書》：「最下～刑極矣。」

膏 一 （粵）gou1〔高〕（普）gāo

❶油脂，脂肪。陸以湉《冷廬雜識・卷七・陳忠愍公》：「時有『官兵都吸民～髓，陳公但飲吳淞水』

之謠。」（～髓：比喻百姓的財富。吳淞：位於今上海市北部。）❷肥肉。謝肇淛《五雜組・物部三》：「吾見南方～粱子弟。」（～粱：肥肉與精糧，比喻富家子弟。）❸膏狀物件。范曄《後漢書・方術列傳下》：「既而縫合，傅以神～。」（傅：通「敷」，塗上。）❹肥沃的。袁宏道《滿井遊記》：「土～微潤。」（土膏：肥沃的土地。）❺心尖，有成語「病入～肓」。《左傳・成公十年》：「疾不可為也，在肓之上，～之下。」（為：醫治。肓【粵fong1〔芳〕普huāng】：心臟和橫膈膜之間，與「膏」一樣，被古中醫認為是藥力不能到達的地方。）

二 粵gou3〔誥〕普gào

以油膏加以潤滑，滋潤。韓愈《送李愿歸盤谷序》：「～吾車兮秣吾馬。」（秣【粵mut3〔抹〕普mò】：餵飼牲口。）

十四畫

臧 一 粵zong1〔裝〕普zāng

❶善，好。許慎《說文解字》：「～，善也。」《詩經・邶風・雄雉》：「何用不～？」（為何事事不順暢。）❷褒揚。諸葛亮《出師表》：「陟罰～否，不宜異同。」❸男性奴隸。《莊子・駢拇》：「～與穀，二人相與牧羊，而俱亡其羊。」（穀：童僕。）❹通「贓」，賊贓，這個意思後來被寫成「贓」。范曄《後漢書・李陳龐陳橋列傳》：「時刺史為人所上受納

～賂。」

二 粵cong4〔牀〕普cáng

通「藏」，收藏，這個意思後來被寫成「藏」。《管子・侈靡》：「故天子～珠玉，諸侯～金石，大夫畜狗馬，百姓～布帛。」

三 粵zong6〔狀〕普zàng

❶通「藏」，倉庫，這個意思後來被寫成「藏」。司馬遷《史記・孟嘗君列傳》：「乃夜為狗，以入秦宮～中。」❷通「臟」，內臟，這個意思後來被寫成「臟」。班固《漢書・王貢兩龔鮑傳》：「吸新吐故以練～。」

舞 粵mou5〔武〕普wǔ

❶舞蹈，舞曲。許慎《說文解字》：「～，樂也。用足相背。」《莊子・養生主》：「合於桑林之～。」（桑林：傳說中商湯的樂曲名。）❷跳舞。李白《月下獨酌》（其一）：「我歌月徘徊，我～影零亂。」❸飛舞，舞動，有成語「眉飛色～」。辛棄疾《青玉案・元夕》：「一夜魚龍～。」（魚龍：指魚形和龍形的花燈。）❹舞弄，玩弄，有成語「～文弄墨」。司馬遷《史記・汲鄭列傳》：「好興事，～文法。」（好興事：喜歡招惹是非。文法：法令條文。）

蓑 粵so1〔疏〕普suō

❶蓑衣，以草或棕櫚編織成的雨衣。張志和《漁歌子》：「青箬笠，綠～衣，斜風細雨不須歸。」（箬

笠【粵joek6 lap1〔弱粒〕普ruò lì】：用竹子編成的帽子。）❷以草覆蓋。《公羊傳·定公元年》：「仲幾之罪何？不~城也。」（仲幾：春秋時代宋國官員。）

蓄 粵cuk1〔速〕普xù

❶儲藏，積聚。許慎《說文解字》：「~，積也。」《戰國策·秦策一》：「沃野千里，~積饒多。」❷蓄養，保存，有成語「養精~銳」。曾衍東《小豆棚·物類》：「家~一狍。」❸等待。范曄《後漢書·張衡列傳》：「孰謂時之可~？」

蒙 粵mung4〔矇〕普méng

❶覆蓋。柳宗元《永州八記·小石潭記》：「青樹翠蔓，~絡搖綴。」（絡：纏繞。搖：搖曳。綴【粵zeoi3〔最〕普zhuì】：點綴。）❷蒙蔽，矇騙。《左傳·僖公二十四年》：「上下相~，難與處矣！」❸蒙受，遭受，承受。司馬遷《史記·屈原賈生列傳》：「又安能以皓皓之白而~世俗之溫蠖乎！」（溫蠖【粵wok6〔鑊〕普huò】：昏憒，神志不清。）❹愚昧，無知，有詞語「啟~」。《戰國策·韓策一》：「民非~愚也。」❺敬辭，相當於「承~」。李密《陳情表》：「尋~國恩，除臣洗馬。」（除：授予新官職。洗馬：太子侍從官。）

蒞 粵lei6〔利〕普lì

到。《孟子·梁惠王上》：「~中國而撫四夷也。」（中國：中原。）

蓋

一 粵goi3〔鉤愛切〕/ koi3〔鈣〕普gài

❶裝在車上的傘狀物，以遮擋陽光風雨。歸有光《項脊軒志》：「庭有枇杷樹，吾妻死之年所手植也；今已亭亭如~矣。」❷搭蓋。王褒《僮約》：「治舍~屋。」❸器物的蓋子。范曄《後漢書·張衡列傳》：「合~隆起，形似酒尊。」（尊：通「樽」。）❹遮蓋，掩蓋。《孔雀東南飛》：「枝枝相覆~，葉葉相交通。」❺勝過。司馬遷《史記·項羽本紀》：「力拔山兮氣~世。」❻副詞，大概。司馬光《訓儉示康》：「故不隨俗靡者~鮮矣。」❼連詞，連接上一句或上一段，表示原因。諸葛亮《出師表》：「然侍衛之臣不懈於內，忠志之士忘身於外者，~追先帝之殊遇，欲報之於陛下也。」❽語氣助詞，用在句中，引起下文，無實義。《史記·孝文本紀》：「朕聞~天下萬物之萌生，靡不有死。」

二 粵hap6〔盒〕普hé

❶通「盍」，何，怎麼，這個意思後來被寫成通「盍」。《莊子·養生主》：「技~至此乎？」（你的技術何以去到這個地步？）❷通「盍」，兼詞，何不，這個意思後來被寫成通「盍」。《史記·孔子世家》：「夫子~少貶焉？」（老師何不稍為降低標準呢？）

蒸 ⟨粵⟩ jing1〔征〕⟨普⟩ zhēng

❶氣體上升。《國語・周語上》：「陽氣俱～。」❷用熱氣蒸。謝肇淛《五雜組・物部三》：「石虎食～餅。」（石虎：五胡十六國後趙武帝的名字。）❸通「烝」，眾多，這個意思後來被寫成「烝」。李華《弔古戰場文》：「蒼蒼～民，誰無父母？」

蒼 ⟨粵⟩ cong1〔倉〕⟨普⟩ cāng

❶深綠色。許慎《說文解字》：「～，艸色也。」（艸：通「草」。）《莊子・逍遙遊》：「適莽～者，三餐而反。」（莽～：本指草木顏色，借指郊野。反：通「返」，回去。）❷深藍色。柳宗元《永州八記・始得西山宴遊記》：「～然暮色，自遠而至，至無所見，而猶不欲歸。」❸青黑色。李華《弔古戰場文》：「～～蒸民，誰無父母？」（以頭髮的顏色借代人類。）❹灰白色。歐陽修《醉翁亭記》：「～顏白髮，頹然乎其間者，太守醉也。」

蜚

一 ⟨粵⟩ fei2〔匪〕⟨普⟩ fěi

一種有害的飛蟲。許慎《說文解字》：「～，臭蟲。」《左傳・莊公二十九年》：「秋，有～，為災也。」

二 ⟨粵⟩ fei1〔飛〕⟨普⟩ fēi

通「飛」，飛行，這個意思後來被寫成「飛」，有成語「流言～語」。司馬遷《史記・越王句踐世家》：「～鳥盡，良弓藏；狡兔死，走狗

烹。」

蝕 ⟨粵⟩ sik6〔食〕⟨普⟩ shí

❶侵蝕，腐蝕。梅堯臣《劉原甫古錢勸酒》：「精銅不蠹～。」❷日食，月食。司馬遷《史記・天官書》：「諸呂作亂，日～，晝晦。」（晝晦：白天變得晦暗。）

裳 ⟨粵⟩ soeng6〔常〕⟨普⟩ cháng

古人所穿的下衣，是裙的一種，但不同於今天的裙。段玉裁《說文解字注》：「上曰衣，下曰～。」李清照《一剪梅》：「輕解羅～，獨上蘭舟。」

裹 ⟨粵⟩ gwo2〔果〕⟨普⟩ guǒ

包裹，纏。許慎《說文解字》：「～，纏也。」杜甫《兵車行》：「去時里正與～頭。」（里正：即里長，唐代以一百戶為一里，設里長作為首長。）

製 ⟨粵⟩ zai3〔制〕⟨普⟩ zhì

❶裁製衣服。許慎《說文解字》：「～，裁也。」歸有光《歸氏二孝子傳》：「華伯妻朱氏，每～衣，必三襲，令兄弟均平。」（襲：量詞，指成套的衣服。）❷製造，製作。《新唐書・孔穆崔柳楊馬傳》：「置權量於東西市，使貿易用之，禁私～者。」（權量：權與量，測定物體輕重、大小的器具。）

褐 粵 hot3〔喝〕普 hè

❶粗布或粗布衣，古時貧賤者所穿。許慎《説文解字》：「～……一曰粗衣。」司馬遷《史記·廉頗藺相如列傳》：「乃使其從者衣～，懷其璧，從徑道亡，歸璧於趙。」❷黃黑色。白居易《三適贈道友》：「～綾袍厚暖。」（綾：古代一種絲織品。）

褓 粵 bou2〔保〕普 bǎo

嬰兒的被子，多與繈（【粵 koeng5〔拒氧切〕普 qiǎng，亦解作嬰兒的被子。）組合成「繈～」一詞。謝肇淛《五雜組·物部三》：「吾見南方膏粱子弟，一離繈～。」（膏粱：肥肉和精糧，比喻富有人家。一：一旦。）

説

一 粵 syut3〔雪〕普 shuō

❶解説，解釋。許慎《説文解字》：「～，釋也……一曰談説。」《荀子·正名》：「～不喻，然後辨。」（解釋得不夠清晰，就要採用辯論的方式。）❷陳説，講述。陶潛《桃花源記》：「及郡下，詣太守，～如此。」（詣【粵 ngai6〔藝〕普 yì】：拜見。）❸學説，主張，言論。王充《論衡·問孔》：「伐孔子之～，何逆於理？」（伐：攻擊。）❹文體的一種，多用於説明事物，講述道理。如唐代韓愈的《師～》、柳宗元的《捕蛇者～》、北宋周敦頤《愛蓮～》、清代劉蓉的《習慣～》

等。

二 粵 seoi3〔碎〕普 shuì

説服，遊説。《莊子·逍遙遊》：「客得之，以～吳王。」

三 粵 jyut6〔月〕普 yuè

❶通「悦」，高興，這個意思後來被寫成「悦」。《論語·學而》：「學而時習之，不亦～乎？」❷喜歡、愛戴、擁戴。韓非《韓非子·五蠹》：「而民～之。」（之：指燧人氏。）

誦 粵 zung6〔仲〕普 sòng

❶朗誦，誦讀。司馬遷《史記·孔子世家》：「孔子講～弦歌不衰。」❷背誦。范曄《後漢書·荀韓鍾陳列傳》：「所見篇牘，一覽多能～記。」

誌 粵 zi3〔志〕普 zhì

❶記住，記憶，有成語「永～不忘」。許慎《説文解字》：「～，記誌也。」《新唐書·岑虞李褚姚令狐傳》：「博見圖史，一經目輒～於心。」❷記錄，記載。《列子·楊朱》：「太古之事滅矣，孰～之哉？」❸標誌，記號。《南齊書·孝義傳》：「襄陽土俗，鄰居種桑樹於界上為～。」

語

一 粵 jyu5〔乳〕普 yǔ

❶談論，説話。許慎《説文解字》：「～，論也。」辛棄疾《青玉案·元夕》：「笑～盈盈暗香去。」❷言論。《論語·顏淵》：「回雖不敏，

請事斯～矣。」❸語言，有成語「～重心長」。陸以湉《冷廬雜識・卷七・陳忠愍公》：「夷酋入城，登鎮海樓酣飲，或作華～曰。」(夷酋：洋人首領。華～：漢語。) ❹俗語，諺語。《穀梁傳・僖公二年》：「～曰：『脣亡則齒寒』。」

二 (粵)jyu6〔遇〕(普)yù

告訴，對別人說。《孟子・梁惠王上》：「挾太山以超北海，～人曰：『我不能。』」

誣 (粵)mou4〔模〕(普)wū

❶言語不真實，欺騙。《孟子・滕文公下》：「楊墨之道不息，孔子之道不著，是邪說～民。」(楊墨：楊朱和墨子。) ❷誣陷，捏造罪狀陷害人。宋濂《杜環小傳》：「而世俗恆謂今人不逮古人，不亦～天下士人哉！」(逮：及。)

誡 (粵)gaai3〔界〕(普)jiè

❶告誡，警告。許慎《說文解字》：「～，敕也。」司馬遷《史記・魯周公世家》：「～守者勿敢言。」❷通「戒」，警戒，戒備，這個意思後來被寫成「戒」。班固《漢書・賈誼傳》：「前車覆，後車～。」❸戒條。范曄《後漢書・循吏列傳》：「乃為人設四～。」

誓 (粵)sai6〔逝〕(普)shì

❶誓言，盟約，諾言。許慎《說文解字》：「～，約束也。」《詩經・衛風・氓》：「信～旦旦，不思其反。」(發誓時樣子如此誠懇，想不到竟然會反口。) ❷立誓。《左傳・隱公元年》：「～之日：『不及黃泉，無相見也！』」❸古代告誡將士的言辭。《周禮・秋官・士師》：「一曰～，用之於軍旅。」

誤 (粵)ng6〔悟〕(普)wù

❶副詞，錯誤，謬誤。許慎《說文解字》：「～，謬也。」司馬遷《史記・秦始皇本紀》：「丞相～邪？」❷副詞，不慎，錯誤地。《孔子家語・六本》：「曾子耘瓜，～斬其根。」❸耽誤，妨害。杜甫《奉贈韋左丞丈二十二韻》：「紈褲不餓死，儒冠多～身。」(紈 (粵)jyun4〔元〕(普)wán〕褲：細絲製造的褲子，比喻富家子弟。) ❹誤導，迷惑。《資治通鑑・漢紀・孝獻皇帝庚》：「向察眾人之議，專欲～將軍，不足與圖大事。」

誥 (粵)gou3〔高〔陰去〕〕(普)gào

❶通「告」，告訴，這個意思後來被寫成「告」。許慎《說文解字》：「～，告也。」《尚書・商書・太甲下》：「伊尹申～于王曰。」❷君主給臣子的命令。司馬遷《史記・魯周公世家》：「周公乃奉成王命，興師東伐，作大～。」❸告誡，勸勉。《國語・楚語上》：「近臣諫，遠臣謗，輿人誦，以自～也。」(輿人：眾人。)

誨 粵fui3〔悔〕普huì

教誨，教導。許慎《說文解字》：「～，曉教也。」《論語‧述而》：「學而不厭，～人不倦。」

誘 粵jav5〔友〕普yòu

❶誘導，引導。《論語‧子罕》：「夫子循循然善～人。」（循循：按部就班的樣子。）❷引誘，誘惑。《尚書‧周書‧費誓》：「竊馬牛，～臣妾，汝則有常刑！」❸迷惑。蒲松齡《聊齋誌異‧狼三則》：「蓋以～敵。」

誑 粵gwong2〔廣〕普kuáng

欺騙，迷惑。許慎《說文解字》：「～，欺也。」司馬遷《史記‧樂毅列傳》：「齊田單後與騎劫戰，果設詐～燕軍，遂破騎劫於即墨下。」

豪 粵hou4〔毫〕普háo

❶本指豪豬脊背上長而尖硬的毛，後泛指長而尖銳的毛，通「毫」，這個意思後來被寫成「毫」。《莊子‧秋水》：「然則吾大天地而小～末，可乎？」❷豪放，豪壯。司馬遷《史記‧魏公子列傳》：「平原君之遊，徒～舉耳，不求士也。」❸豪傑，卓越的人物。蘇軾《念奴嬌‧赤壁懷古》：「江山如畫，一時多少～傑。」❹勢大而量多，有詞語「～雨」。陸游《雪夜》：「雪急風愈～。」❺有勢力的人，有成

語「土～惡霸」。《史記‧滑稽列傳》：「三老、官屬、～長者、里父老皆會。」（三老：指掌管地方教化的鄉官。）❻豪華，闊綽。司馬光《訓儉示康》：「近世寇萊公～侈冠一時。」（寇萊公：即寇準，北宋將領。）❼副詞，強橫，橫暴，有成語「巧取～奪」。班固《漢書‧食貨志下》：「故大賈畜家不得～奪吾民矣。」（大賈粵gu2〔古〕普gǔ：巨商。畜家：囤積居奇的商人。）

賓 一 粵ban1〔奔〕普bīn

❶賓客，客人，與「主」相對，有成語「相敬如～」。許慎《說文解字》：「～，所敬也。」司馬遷《史記‧項羽本紀》：「陰以兵法部勒～客及子弟。」❷附帶的事物。《莊子‧逍遙遊》：「名者，實之～也。」❸賓服，歸順。《國語‧楚語上》：「蠻、夷、戎、狄，其不～也久矣，中國所不能用也。」（蠻、夷、戎、狄：古代外族的統稱。）

二 粵ban3〔殯〕普bìn

主持禮贊的官員。司馬遷《史記‧廉頗藺相如列傳》：「今大王亦宜齋戒五日，設九～於廷。」（九～：古代的一種外交禮儀。）

賒 粵se1〔些〕普shē

❶賒欠，指買賣貨物時先記賬，以延期付款或收款。《宋書‧劉秀之傳》：「時～市百姓物，不還錢，市道嗟怨，秀之以為非宜。」❷寬

恕。江淹《尚書符》:「此而可~,
孰不可有?」(宥【粵】jau6〔又〕【普】
yòu】:寬恕。) ❸少,稀少。錢
起《送費秀才歸衡州》:「不畏心期
阻,惟愁面會~。」❹遙遠。王
勃《滕王閣序》:「北海雖~,扶搖
可接。」(扶搖:旋風。) ❺遲。
杜甫《喜晴》:「且耕今未~。」❻
寬鬆。駱賓王《晚度天山有懷京
邑》:「坐憐衣帶~。」

輔　【粵】fu6〔付〕【普】fǔ

❶輔助,協助。《論語・顏淵》:
「君子以文會友,以友~仁。」❷
助手。孫武《孫子兵法・謀攻》:
「夫將者,國之~也。」(將領,是
國家的助手。) ❸保衛。王勃《送
杜少府之任蜀州》:「城闕~三秦。」
❹緊隨,附帶。韓非《韓非子・五
蠹》:「譽~其賞,毀隨其罰。」❺
古代指京城附近的地區。范曄《後
漢書・張衡列傳》:「遊於三~,
因入京師。」(三~:本指漢代治
理長安附近的京兆、左馮翊、右扶
風三個京畿地區,隋唐後簡稱為
「~」。)

輒　【粵】zip3〔接〕【普】zhé

❶副詞,總是,常常,有成語「動
~得咎」。歐陽修《醉翁亭記》:「飲
少~醉。」❷連詞,立即,就,於
是。劉元卿《應諧錄・萬字》:「其
子~欣然擱筆。」

輕　【粵】hing1〔卿〕【普】qīng

❶輕快,輕便。許慎《說文解字》:
「~,~車。」(~車:一種輕便
的戰車,引申為輕便。) 王維《觀
獵》:「雪盡馬蹄~。」❷(重量)
輕,與「重」相對。《孟子・梁惠
王上》:「權,然後知~重。」❸(分
量)輕,次要,不重要,與「重」
相對,有成語「人微言~」。《孟
子・盡心下》:「民為貴,社稷次
之,君為~。」❹副詞,輕易,
隨便。韓非《韓非子・五蠹》:「~
辭天子,非高也,勢薄也。」❺
輕微,程度淺。蕭綱《與蕭臨川
書》:「零雨送秋,~寒迎節。」
(零:零落。) ❻寬鬆。韓愈《原
毀》:「其待人也~以約……~以
約,故人樂為善。」(約:簡單。)
❼輕視,看不起,有詞語「~敵」。
曹丕《典論・論文》:「文人相~,
自古而然。」❽輕率。《左傳・僖
公三十三年》:「秦師~而無禮,
必敗。~則寡謀。」❾糟蹋、不珍
惜。方苞《左忠毅公軼事》:「汝復
~身而昧大義。」

輓　【粵】waan5〔挽〕【普】wǎn

❶拉,牽引。許慎《說文解字》:
「~,引車也。」《左傳・襄公十四
年》:「夫二子者,或~之,或推
之。」❷運送。司馬遷《史記・留
侯世家》:「諸侯安定,河、渭漕~
天下,西給京師。」(河:黃河。
渭:渭水。) ❸哀悼死者,有詞

語「～聯」。《新唐書・十一宗諸子傳》：「泌為～詞二解，追述佚志。」（泌：指李泌，唐肅宗時宰相。二解：兩章。佚【粵 taam4〔談〕普 tán】：指李佚，唐肅宗的第三子。）

遠

一 粵 jyun5〔軟〕普 yuǎn

❶ 空間距離大，與「近」相對。許慎《說文解字》：「～，遼也。」陶潛《桃花源記》：「忘路之～近。」❷ 差距大。韓愈《師說》：「古之聖人，其出人也～矣。」❸ 時間長久。司馬遷《史記・屈原賈生列傳》：「湯禹久～兮，邈不可慕也。」（湯：商湯。禹：大禹。）❹ 遠方。柳宗元《永州八記・始得西山宴遊記》：「幽泉怪石，無～不到。」❺ 長遠，遠大，深遠，有成語「深謀～慮」。蘇洵《六國論》：「燕、趙之君，始有～略。」❻ 遠播。周敦頤《愛蓮說》：「香～益清。」

二 粵 jyun6〔願〕普 yuàn

❶ 疏遠。諸葛亮《出師表》：「親賢臣，～小人。」❷ 遠離。《孟子・梁惠王上》：「是以君子～庖廚也。」

遘

粵 gau3〔夠〕普 gòu

❶ 遭遇，罹患。許慎《說文解字》：「～，遇也。」方苞《獄中雜記》：「是疾易傳染，～者雖戚屬，不敢同臥起。」（戚屬：親屬。）❷ 通「構」，構成，造成，這個意思後來被寫成「構」。王粲《七哀詩》（其二）：「豺狼方～患。」

遜

粵 seon3〔訊〕普 xùn

❶ 逃避，躲開。許慎《說文解字》：「～，遁也。」（遁【粵 deon6〔鈍〕普 dùn】：逃走。）揚雄《劇秦美新》：「抱其書而遠～。」❷ 退讓，辭讓，有詞語「～位」。《尚書・虞書・堯典》：「將～于位，讓于虞舜。」❸ 謙遜。司馬光《訓儉示康》：「與其不～也寧固。」（與其沒有禮節，不如寒酸一點。）❹ 遜色，差一點。徐宏祖《徐霞客遊記・滇遊日記十二》：「蓋北崖至是稍～。」

遣

粵 hin2〔顯〕普 qiǎn

❶ 派遣，差遣。司馬遷《史記・廉頗藺相如列傳》：「趙王於是遂～相如奉璧西入秦。」❷ 貶謫。韓愈《柳子厚墓志銘》：「中山劉夢得禹錫，亦在～中。」❸ 遣送，送走。歐陽修《賣油翁》：「康肅笑而～之。」（康肅：人名，即陳堯咨。之：指賣油翁。）❹ 排遣，消遣。袁枚《祭妹文》：「無所娛～。」❺ 使，令。《魏書・李惠傳》：「惠～爭者出。」

遙

粵 jiu4〔搖〕普 yáo

❶ 遙遠，有成語「～不可及」。劉義慶《宣驗記》：「山中大火，鸚鵡～見。」❷ 長。白居易《和談校書秋夜感懷呈朝中親友》：「～夜涼風楚客悲。」

（粵）dai6〔第〕（普）dì

❶輪流，交替。許慎《說文解字》：「～，更易也。」（更【（粵）gang1〔庚〕（普）gēng】：更替。易【（粵）jik6〔亦〕（普）yì】：改換。）《荀子·天論》：「日月～炤。」（炤：通「照」，照耀。）❷副詞，逐步。杜牧《阿房宮賦》：「使秦復愛六國之人，則～三世可至萬世而為君。」❸傳遞，傳達。《阿房宮賦》：「秦復愛六國之人，則～三世可至萬世而為君。」

鄙

（粵）pei2〔普匪切〕（普）bǐ

❶邊遠的地方。韓愈《爭臣論》：「居於晉之～。」（晉：晉地，今山西一帶。）❷鄙陋，鄙俗。司馬遷《史記·廉頗藺相如列傳》：「～賤之人，不知將軍寬之至此也。」❸寒酸。司馬光《訓儉示康》：「以為～吝。」❹鄙視，輕視。《訓儉示康》：「孔子～其小器。」（其：指管仲。）❺見識淺薄。《左傳·莊公十年》：「肉食者～。」（肉食者：當官的人。）❻謙詞，謙稱自己。王勃《滕王閣序》：「敢竭～誠。」（竭：盡。）

酷

（粵）huk6〔後續切〕（普）kù

❶本指酒味濃，後引申為程度深，相當於副詞「很」、「極」等，有詞語「～熱」。許慎《說文解字》：「～，酒厚味也。」《晉書·何無忌傳》：「何無忌，劉牢之之甥，～似

其舅。」❷殘酷，暴虐。晁錯《賢良對策》：「刑罰暴～，輕絕人命。」

銘

（粵）ming4〔明〕（普）míng

❶刻在金屬器物上，來記述生平、事業或警戒自己的文字。許慎《說文解字》：「～，記也。」《禮記·祭統》：「夫鼎有～。～者，自名也。自名以稱揚其先祖之美，而明著之後世者也。」❷銘記，有成語「刻骨～心」。陳壽《三國志·吳書·周魴傳》：「～心立報，永矣無貳。」❸在石碑上刻字。李白《古風》（其三）：「～功會稽嶺。」❹一種文體，用來記述個人志向、他人事跡等，例如唐代劉禹錫的《陋室～》、韓愈的《柳子厚墓誌～》等。

銖

（粵）zyu1〔豬〕（普）zhū

❶古代重量單位，二十四銖為一兩。《商君書·定分》：「雖有千金，不能以用一～。」❷比喻很小，有成語「錙～必較」。杜牧《阿房宮賦》：「奈何取之盡錙～，用之如泥沙！」（錙【（粵）zi1〔滋〕（普）zī】銖：分別為一兩的四分一和二十四分之一，比喻極為微小。）

銓

（粵）cyun4〔全〕（普）quán

❶衡量，稱量。許慎《說文解字》：「～，衡也。」《國語·吳語》：「不智，則不知民之極，無以～度天下之眾寡。」❷選拔人才，選授官職。《魏書·世宗紀》：「而中正所

~，但存門第。」（中正：即九品中正制，為魏晉南北朝時代的人才選拔制度。門第：顯貴之家。）

銜 ⓹haam4〔咸〕ⓟxián

❶馬嚼子，即連着韁繩上、套在馬嘴巴上的金屬部件，後來引申為用嘴含。許慎《說文解字》：「～，馬勒口中。」王言《聖師錄·鶴》：「～一赤蛇吞之。」❷心懷，懷着。韓愈《祭十二郎文》：「聞汝喪之七日，乃能～哀致誠。」❸奉，接受。《禮記·檀弓》：「～君命而使，雖遇之不鬥。」❹銜接，相接。范仲淹《岳陽樓記》：「～遠山，吞長江。」❺頭銜，官階。白居易《重和元少尹》：「朝散何時得入～。」

閡 ⓹hat6〔轄〕ⓟhé

❶隔閡，阻礙，阻隔。許慎《說文解字》：「～，外閉也。」葛洪《抱朴子·博喻》：「學而不思則疑～實繁，講而不精則長惑喪功。」❷邊際。陸機《文賦》：「恢萬里而無～。」

閨 ⓹gwai1〔歸〕ⓟguī

❶內室，臥室，睡房。魏禧《吾廬記》：「終身守～門之內。」❷女子居住的內室。歸有光《項脊軒志》：「室西連於中～。」

閣 ⓹gok3〔各〕ⓟgé

❶用木材架於空中，或建於樓與樓之間的道路或通道。謝朓《和江丞北戍琅邪城》：「春成麗白日，阿～跨層樓。」❷一種類似樓的建築物，分兩層，底層為支撐層，上層立於支撐平臺上。杜牧《阿房宮賦》：「五步一樓，十步一～。」❸內室或貯藏物品的房間。歸有光《項脊軒志》：「項脊軒，舊南～子也。」❹閨閣，女子的睡房。《木蘭辭》：「開我東～門，坐我西～牀。」❺收藏書籍或供佛的地方。班固《漢書·揚雄傳下》：「時雄校書天祿～上。」（天祿～：漢代的皇家圖書館。）

際 ⓹zai3〔制〕ⓟjì

❶邊際，邊緣。范仲淹《岳陽樓記》：「橫無～涯。」❷分界，區別。蘇軾《應制與上兩制書》：「古者有貴賤之～，有聖賢之分。」❸空隙，縫隙。范曄《後漢書·張衡列傳》：「覆蓋周密無～。」❹之間。陶潛《歸園田居》（其一）：「開荒南野～，守拙歸園田。」❺接近，交接。柳宗元《永州八記·始得西山宴遊記》：「外與天～，四望如一。」❻時候，時期，特指前後時期交接之時。諸葛亮《出師表》：「受任於敗軍之～，奉命於危難之間。」

雌 ⓹ci1〔痴〕ⓟcí

❶母鳥，與「雄」相對。許慎《說文解字》：「～，鳥母也。」李白《蜀道難》：「但見悲鳥號古木，雄飛

〜從繞林間。」❷母的，與「雄」相對。《木蘭辭》：「安能辨我是雄〜？」（安能：怎能。）❸落敗。司馬遷《史記·項羽本紀》：「願與漢王挑戰決〜雄。」

需 粵seoi1〔須〕普xū

❶等待。《周易·需卦》：「雲上於天，〜。」（指等待下雨。）❷遲疑。司馬遷《史記·田敬仲完世家》：「〜，事之賊也。」（賊：絆腳石。）❸需要，需求。《元史·成宗本紀一》：「令陝西省臣給其所〜。」❹需要的東西。《元史·成宗本紀二》：「居上都、大都、隆興者，與民均納供〜。」

靻 粵daat3〔對煞切〕普dá

多與「韃粵taat3〔撻〕普dá」組成詞語「韃〜」，指唐末蒙古種族之一，或對北方異族的泛稱，見第430頁「韃」字條。

韶 粵siu4〔誰搖切〕普sháo

❶傳說舜帝時代的樂曲名。許慎《説文解字》：「〜，虞舜樂也。」《論語·述而》：「子在齊聞《〜》，三月不知肉味。」❷美，美好，有詞語「〜光」。白居易《歲暮》：「窮陰急景坐相催，壯齒〜顏去不回。」

頗 一 粵po1〔婆【陰平】〕普pō

偏頗，偏斜，偏差。屈原《楚辭·離騷》：「舉賢而授能兮，循繩墨而

不〜。」（繩墨：古代畫直線的器具。）

二 粵po2〔普火切〕普pō

❶副詞，略微，稍微。《陌上桑》：「二十尚不足，十五〜有餘。」❷副詞，很，甚。《舊唐書·文苑傳下》：「帝〜嘉之。」

領 粵ling5〔嶺〕普lǐng

❶頸項。許慎《説文解字》：「〜，項也。」《孟子·梁惠王上》：「如有不嗜殺人者，則天下之民皆引〜而望之矣。」❷衣領，有成語「不得要〜」。《荀子·勸學》：「若挈裘〜。」❸率領，帶領。羅貫中《三國演義·第四十五回》：「吾自〜軍以來，滴酒不飲。」❹領會，領略。陶潛《飲酒》（其十三）：「醒醉還相笑，發言各不〜。」❺接受。《三國演義·第六十七回》：「李典〜命。」❻通「嶺」，山嶺，這個意思後來被寫成「嶺」。王羲之《蘭亭集序》：「此地有崇山峻〜。」

駁 粵bok3〔博〕普bó

❶本指馬的毛色不純，後指事物雜亂。許慎《説文解字》：「〜，馬色不純。」歸有光《項脊軒志》：「桂影斑〜。」❷反駁，辯駁。《舊唐書·王世充傳》：「或有〜難之者，世充利口飾非。」

魁 粵fui1〔灰〕普kuí

❶頭目，首領。班固《漢書·游俠

傳》：「閭里之俠，原涉為～。」（閭【粵】leoi4〔雷〕【普】lǘ〕里：平民聚居處。）❷科舉考試中第一名。《宋史·章衡傳》：「卿為仁宗朝～甲。」❸魁梧，高大。柳宗元《蝜蝂傳》：「雖其形～然大者也。」

鳴　【粵】ming4〔明〕【普】míng

❶鳥叫。許慎《說文解字》：「～，鳥聲也。」歐陽修《醉翁亭記》：「～聲上下，遊人去而禽鳥樂也。」❷動物鳴叫。柳宗元《三戒·黔之驢》：「他日，驢一～。」❸專物發出聲響。魏禧《吾廬記》：「松～於屋上。」（迎風的松樹在屋上發出聲響。）❹敲擊發聲。柳宗元《永州八記·小石潭記》：「聞水聲，如～佩環。」❺申訴，呼喊，有成語「不平則～」。韓愈《送孟東野序》：「大凡物不得其平則～。」❻揚名，出名。黃宗羲《柳敬亭傳》：「此子機變，可使以其技～。」（此子：指柳敬亭。技：指說書。）

齊　一 【粵】cai4〔詞迷切〕【普】qí

❶整齊，一致，達到同一高度，有成語「參差不～」。許慎《說文解字》：「～，禾麥吐穗上平也。」（本指稻穗生長高度一致，後引申為一致。）姚鼐《登泰山記》：「至日觀數里內無樹，而雪與人膝～。」（日觀：日觀峯。）❷相同。王勃《滕王閣序》：「時運不～。」（每個人的時機和運氣都不一樣。）❸達成一致。王羲之《蘭亭集序》：「～彭

殤為妄作。」（彭：八百歲的彭祖，借指長壽。殤：二十歲不足而死，借指早夭。）❹副詞，一同，有成語「百花～放」。《滕王閣序》：「落霞與孤鶩～飛。」（鶩【粵】mou6〔務〕【普】wù：鴨子的一種。）❺齊備。《荀子·王霸》：「四者～也。」❻整頓，管治。《禮記·大學》：「欲治其國者，先～其家。」❼周代至戰國時期的諸侯國，在今山東省一帶，或指南北朝時的南齊、北齊。蘇洵《六國論》：「～人未嘗賂秦，終繼五國遷滅。」

二 【粵】zai6〔滯〕【普】jì

❶通「劑」，調配，配製，這個意思後來被寫成「劑」。韓非《韓非子·定法》：「夫匠者手巧也，而醫者～藥也。」❷通「劑」，藥劑，這個意思後來被寫成「劑」。《韓非子·喻老》：「在腸胃，火～之所及也。」

十五畫

億　【粵】jik1〔益〕【普】yì

❶安寧。許慎《說文解字》：「～，安也。」《左傳·昭公二十一年》：「故和聲入於耳而藏於心，心～則樂。」❷數詞，一萬萬，或指十萬。《國語·越語上》：「今夫差衣

十五畫

水犀之甲者～有三千。」❸比喻數目很大。賈誼《過秦論》：「據～丈之城，臨不測之淵以為固。」❹通「臆」，臆測，推測，這個意思後來被寫成「臆」。《新唐書·宗室傳》：「不宜輕～度，使自猜危。」（輕：輕易。度【粵】dok6〔鐸〕【普】duó：猜度。）

儀 【粵】ji4〔怡〕【普】yí

❶法度，準則。許慎《説文解字》：「～，度也。」陳壽《三國志·蜀書·諸葛亮傳》：「諸葛亮之為相國也，撫百姓，示～軌。」❷典範，表率，榜樣。《荀子·正論》：「上者，下之～也。」❸禮儀，儀式。《荀子·正論》：「故諸夏之國同服同～，蠻夷戎狄之國同服不同制。」（諸夏：華夏，中原。）❹儀容，儀表。司馬遷《史記·儒林列傳》：「～狀端正者，補博士弟子。」❺威儀。《詩經·鄘風·相鼠》：「相鼠有皮，人而無～。」❻儀器。范曄《後漢書·張衡列傳》：「作渾天～。」❼禮物，有詞語「吉～」。吳敬梓《儒林外史·第三回》：「弟卻也無以為敬，謹具賀～五十兩，世先生權且收着。」（世先生：對有世交的人的敬稱。）

僻 【粵】pik1〔闢〕【普】pì

❶偏僻，僻遠。白居易《琵琶行》：「潯陽地～無音樂，終歲不聞絲竹聲。」（絲竹：借指樂器。）❷邪僻，不正。韓非《韓非子·八説》：「弱子有～行，使之隨師。」（弱子：年幼的孩子。）❸孤僻，怪僻。曹雪芹《紅樓夢·第三回》：「行為偏～性乖張，那管世人誹謗！」（乖張：偏執，不馴服。）

僵 【粵】goeng1〔薑〕【普】jiāng

❶倒下。許慎《説文解字》：「～，謂仰倒。」司馬遷《史記·蘇秦列傳》：「於是乎詳～而棄酒。」（詳：通「佯」，假裝。棄酒：把酒倒掉。）❷僵硬。宋濂《送東陽馬生序》：「四肢～勁不能動。」

儂 【粵】nung4〔農〕【普】nóng

吳地方言，我。曹雪芹《紅樓夢·第二十七回》：「～今葬花人笑痴，他年葬～知是誰？」

儉 【粵】gim6〔件驗切〕【普】jiǎn

❶節儉，儉約。許慎《説文解字》：「～，約也。」司馬光《訓儉示康》：「吾心獨以～素為美。」❷約束，不放縱。《左傳·僖公二十三年》：「晉公子廣而～，文而有禮。」（廣：遠大。）❸歉收，年成不好。范曄《後漢書·竇何列傳》：「歲～民饑。」❹窮困。《後漢書·荀韓鍾陳列傳》：「時歲荒民～。」

凜 【粵】lam5〔林【陽上】〕【普】lǐn

❶寒冷，有詞語「～列」、「～～」等。李華《弔古戰場文》：「～若霜晨。」❷嚴肅，令人敬畏的樣子，

有成語「大義～然」等。孟郊《送韓愈從軍》：「淒淒天地秋，～～軍馬令。」

劇 （粵）kek6〔屐〕（普）jù

❶厲害，嚴重，有詞語「加～」。許慎《説文解字》：「～，尤甚也。」《世説新語·自新》：「義興人謂三橫，而處尤～。」（義興：古地名，在今江蘇省宜興市。橫【（粵）waang6〔禍硬切〕（普）hèng】：蠻橫。處：指周處。）❷複雜，艱難，與「易」相對。陸機《苦寒行》：「～哉行役人，慓慓恆苦寒。」（慓【（粵）him3〔欠〕（普）qiàn】慓：不滿。）❸險峻。陳壽《三國志·吳書·呂範傳》：「諸深惡～地，所擊皆破。」❹強悍。《新唐書·高祖諸子傳》：「秦王數平～寇，功冠天下。」❺急劇，迅速。揚雄《劇秦美新》：「二世而亡，何其～與！」❻繁多。《荀子·非十二子》：「然而猶材～志大，聞見雜博。」❼遊戲，嬉戲，玩弄。李白《長干行》（其一）：「妾髮初覆額，折花門前～。」❽副詞，激烈地，痛快地。班固《漢書·揚雄傳上》：「口吃不能～談。」❾副詞，極度。柳宗元《蝜蝂傳》：「背愈重，雖困～不止也。」❿雜技，雜耍。蒲松齡《聊齋誌異·偷桃》：「其人應命方興，問：『作何～？』」⓫戲劇，如元代有「雜～」。陶宗義《南村輟耕錄》：「金有院本、雜～、諸宮調。」（院本：金朝時妓院演唱用的戲曲劇本。諸宮調：宋、金、元時期流行的一種説唱文學，取用同一宮調的若干曲牌聯成「短套」，再用不同宮調的許多短套聯成長篇，雜以説白，以説唱長篇故事。）

屬 （粵）lai6〔例〕（普）lì

❶通「礪」，磨刀石，這個意思後來被寫成「礪」。許慎《説文解字》：「～，旱石也。」司馬遷《史記·高祖功臣侯者年表》：「使河如帶，泰山若～。」（河：指黃河。）❷通「礪」，磨，這個意思後來被寫成「礪」。陶潛《歸去來辭·序》：「質性自然，非矯～所得。」❸通「勵」，勉勵，激勵，這個意思後來被寫成「勵」。柳宗元《答韋中立論師道書》：「參之《穀梁氏》以～其氣。」（《穀梁氏》：指《春秋穀梁傳》。氣：指文氣。）❹嚴屬。《論語·述而》：「子温而～。」❺厲害，猛烈，劇烈。袁宏道《滿井遊記》：「餘寒猶～。」❻疾病、災禍。文天祥《正氣歌·序》：「鮮不為～。」（很少人不被感染，患上疾病。）

嘻 （粵）hei1〔希〕（普）xī

❶笑。柳宗元《種樹郭橐駝傳》：「問者～曰：『不亦善夫！吾問養樹，得養人術。』」❷歎息。司馬遷《史記·廉頗藺相如列傳》：「秦王與羣臣相視而～。」❸歎詞，表示驚歎、讚歎、悲歎等。俞長城《全鏡文》：「～！子何見之謬也！」

增

一 (粵)zang1〔憎〕(普)zēng

❶增加，增長。許慎《說文解字》：「～，益也。」歸有光《項脊軒志》：「亦遂～勝。」（勝：美景。）❷增大，擴大。范仲淹《岳陽樓記》：「乃重修岳陽樓，～其舊制。」（舊制：原有規模。）

二 (粵)cang4〔層〕(普)céng

通「層」，層疊，重疊，這個意思後來被寫成「層」。劉向《說苑·反質》：「宮室台閣，連屬～累。」（連屬：連接。累【(粵)leoi5〔呂〕(普)lěi】：堆疊。）

墜

(粵)zeoi6〔罪〕(普)zhuì

❶墜落，落下，下墜，有成語「天花亂～」。許慎《說文解字》：「～，陊也。」（陊：通「墮」，下墜。）《列子·天瑞》：「杞國有人憂天地崩～。」❷衰落。韓愈《進學解》：「尋～緒之茫茫。」（尋找衰落已久的儒家道統。）❸喪失，失掉。王勃《滕王閣序》：「窮且益堅，不～青雲之志。」

墮

一 (粵)do6〔惰〕(普)duò

❶墜落。《淮南子·人閒訓》：「家富良馬，其子好騎，～而折其髀。」（髀【(粵)bei2〔彼〕(普)bì】：大腿。）❷脫下。司馬光《涑水記聞·卷一》：「上愈怒，舉柱斧柄撞其口，～兩齒。」❸通「惰」，懈怠，這個意思後來被寫成「惰」。《淮南子·兵略訓》：「動無～容，

口無虛言。」

二 (粵)fai1〔輝〕(普)huī

❶通「隳」，損毀，敗壞。《資治通鑑·漢紀·世宗孝武皇帝上之下》：「伐國～城。」❷耽誤，荒廢。袁宏道《滿井遊記》：「夫能不以遊～事。」

墟

(粵)heoi1〔虛〕(普)xū

❶大土山。《孔子家語·執轡》：「弱土之人柔，～土之人大，沙土之人細。」❷廢墟。王勃《滕王閣序》：「蘭亭已矣，梓澤丘～。」（蘭亭：在浙江省紹興市，是東晉王羲之與羣賢宴集之地。梓澤：指東晉巨富石崇在洛陽所建的金穀園。）❸泛指村莊。陶淵明《歸園田居》（其一）：「依依～里煙。」❹集市，墟市，香港有地名曰「大埔～」。范成大《豫章南浦亭泊舟》（其二）：「趁～猶市井。」（趁～：趕集。）

嬋

(粵)sim4〔蟬〕(普)chán

多與「娟」組成詞語「～娟」，指明月、美好的月色。蘇軾《水調歌頭》：「千里共～娟。」

嫻

(粵)haan4〔閒〕(普)xián

❶文雅，雅靜。《東觀漢記·朱勃傳》：「辭言～雅。」❷嫻熟，熟習。司馬遷《史記·屈原賈生列傳》：「明於治亂，～於辭令。」

（粵）giu1〔驕〕（普）jiāo

❶ 美好可愛的姿態。許慎《説文解字》：「～，姿也。」《孔雀東南飛》：「云有第五郎，～逸未成婚。」❷ 嬌柔，嬌氣。白居易《長恨歌》：「侍兒扶起～無力。」❸ 受寵的，被寵愛的，有成語「～生慣養」。杜甫《茅屋為秋風所破歌》：「～兒惡臥踏裏裂。」（惡臥：睡相不好。裏：指棉被的內層。）

 （粵）fun1〔歡〕（普）kuān

❶ 寬闊，寬大。許慎《説文解字》：「～，屋～大也。」司馬光《訓儉示康》：「此為宰相廳事誠隘，為太祝奉禮郎事已～矣。」❷ 寬容，有成語「～宏大量」。司馬遷《史記·廉頗藺相如列傳》：「鄙賤之人，不知將軍～之至此也。」（之：指廉頗自己。）❸ 寬鬆。柳永《鳳棲梧》（其二）：「衣帶漸～終不悔。」❹ 放寬。方苞《獄中雜記》：「果無有，終亦稍～之，非仁術乎？」

 （粵）sam2〔燖〕（普）shěn

❶ 清晰，仔細。許慎《説文解字》：「～，悉也。」柳宗元《送薛存義序》：「其知恐而畏也～矣。」❷ 清楚，明白。陶潛《歸去來辭》：「～容膝之易安。」（容膝：借指小屋。易安：住得舒適。）❸ 副詞，審慎，謹慎。韓非《韓非子·存韓》：「兵者，凶器也，不可不～用也。」❹ 副詞，確切。蒲松齡《聊

齋誌異·促織》：「～視，巨身修尾，青項金翅。」❺ 副詞，認真。范曄《後漢書·獨行列傳》：「爾何相信之～邪？」❻ 審察，審查。陸以湉《冷廬雜識·卷七·陳忠愍公》：「～度險要。」（度【粵】dok6〔鐸〕（普）duó）：衡量，考慮。）

 （粵）se2〔捨〕（普）xiě

❶ 描畫，摹畫，有詞語「～生」。蒲松齡《聊齋誌異·寄生》：「口～而手狀之。」❷ 抄寫，謄寫。《晉書·文苑傳》：「於是豪貴之家競相傳～，洛陽為之紙貴。」❸ 模仿。韓非《韓非子·十過》：「有鼓新聲者……子為我聽而～之。」❹ 書寫，寫字。吳文英《鶯啼序》：「殷勤待～，書中長恨。」❺ 抒發，有詞語「～意」。李白《扶風豪士歌》：「開心～意君所知。」❻ 運送。司馬遷《史記·秦始皇本紀》：「乃～蜀、荆地材。」

層 （粵）cang4〔詞萌切〕（普）céng

❶ 重疊的。許慎《説文解字》：「～，重屋也。」王勃《滕王閣序》：「～巒聳翠，上出重霄。」❷ 重複，反覆，不斷，有成語「～出不窮」。文天祥《指南錄·後序》：「死生晝夜事也，死而死矣，而境界危惡，～見錯出，非人世所堪。」❸ 房屋的樓層。劉向《説苑·佚文》：「晉靈公造九～臺。」

十五畫

履 (粵)lei5〔里〕(普)lǚ

❶鞋子。許慎《說文解字》:「～,足所依也。」段玉裁《說文解字注》:「今曰鞵。」(鞵:同「鞋」,鞋子。)宋濂《燕書》:「劍雖利,補～不如利錐。」司馬光《訓儉示康》:「農夫躡絲～。」❷穿鞋。晁錯《論貴粟疏》:「～絲曳縞。」(曳【粵】jai6〔豔例切〕(普)yè】縞【粵】gou2〔稿〕(普)gǎo】:穿絲質衣服。)❸踐踏,踩。《莊子·養生主》:「庖丁為文惠君解牛,手之所觸,肩之所倚,足之所～。」❹親歷,經歷,有詞語「～歷」。范曄《後漢書·張衡列傳》:「親～艱難者知下情。」❺履行,實行,做。《禮記·表記》:「處其位而不～其事則亂也。」

廢 (粵)fai3〔沸〕(普)fèi

❶倒塌,毀壞。許慎《說文解字》:「～,屋頓也。」(頓:廢棄。)《淮南子·覽冥訓》:「四極～,九州裂。」❷荒廢,廢棄,停止。陸游《老學庵筆記·卷十》:「京都街鼓今尚～。」(街鼓:在晚上警報用的警夜鼓。)❸衰敗。范仲淹《岳陽樓記》:「政通人和,百～具興。」❹廢黜,罷黜。謝肇淛《五雜俎·物部三》:「及為冉閔所篡,幽～。」(冉閔【粵】jim5 man5〔染敏〕(普)rǎn mǐn】:人名,五胡十六國後趙武帝石虎之養孫。)❺頹廢。黃宗羲《明夷待訪錄·原君》:「回思創業時,其欲得天下之心,有不～然摧沮者乎?」❻浪費。范曄《後漢書·列女傳》:「稽～時月。」❼殘廢。《禮記·禮運》:「矜寡孤獨～疾者,皆有所養。」

廟 (粵)miu6〔妙〕(普)miào

❶宗廟,供奉和祭祀祖先的處所。許慎《說文解字》:「～,尊先祖皃也。」(皃:通「貌」。)司馬遷《史記·滑稽列傳》:「～食太牢,奉以萬戶之邑。」(太牢:古代帝王祭祀社稷時,以牛、羊、豬三牲全備為「太牢」。)❷供奉和祭祀有才德的人的地方。杜甫《登樓》:「可憐後主還祠～。」❸供奉神佛的地方,有詞語「寺～」。陸以湉《冷廬雜識·卷七·陳忠愍公》:「殯於武帝～。」(武帝:指關羽。)❹朝廷。范仲淹《岳陽樓記》:「居～堂之高,則憂其民。」

廝 (粵)si1〔絲〕(普)sī

❶古代的男性雜役。司馬遷《史記·蘇秦列傳》:「～徒十萬,車六百乘,騎五千匹。」❷對男子的蔑稱。羅貫中《三國演義·第一回》:「我等親赴血戰,救了這～,他卻如此無禮!」(他:指董卓。)❸副詞,相互,有詞語「～殺」。施耐庵《水滸傳·第十六回》:「只見這十五個人頭重腳輕,一個個面面～覷,都軟倒了。」(覷【粵】ceoi3〔翠〕(普)qù】:偷看。)

廣 一 (粵)gwong2〔炯枉切〕/ (普)guǎng

❶廣大，廣闊，與「狹」相對。《莊子·逍遙遊》：「～莫之野。」❷增大，擴大。諸葛亮《出師表》：「有所～益。」❸推廣，宣揚。歸有光《歸氏二孝子傳》：「獨其宗親鄉里知之，於是思以～其傳焉。」❹廣泛、大量。龔自珍《病梅館記》：「以～貯江甯、杭州、蘇州之病梅。」

二 (粵)gwong2〔炯枉切〕(普)guàng

空間上的橫向距離，東西距離。《莊子·逍遙遊》：「有魚焉，其～數千里。」

廡 (粵)mou5〔舞〕(普)wǔ

廳堂兩側的廂房，後泛指房屋。方苞《左忠毅公軼事》：「～下一生伏案臥。」（生：讀書人。）

廠 (粵)cong2〔敞〕(普)chǎng

「東廠」、「西廠」、「內廠」的統稱，是明代的特務機構。方苞《左忠毅公軼事》：「及左公下～獄。」（～獄：東廠監獄。）

彈 一 (粵)daan6〔但〕/ daan2〔丹【陰上】〕(普)dàn

❶圓形的彈丸，有成語「～丸之地」。司馬遷《史記·平原君虞卿列傳》：「此～丸之地弗予，今秦來年復攻王。」❷內裝火藥，具殺傷力的爆炸物，有詞語「炸～」、「槍～」、「炮～」等。梁啟超《譚嗣同傳》：「今營中槍～火藥皆在榮賊

之手。」（榮：指清末滿族大臣榮祿。）❸彈弓。司馬光《涑水記聞·卷一》：「太祖嘗～雀於後園。」

二 (粵)taan4〔壇〕(普)tán

❶用彈弓發射彈丸。《左傳·宣公二年》：「從台上～人，而觀其辟丸也。」❷用手指輕敲。《史記·屈原賈生列傳》：「新沐者必～冠。」（沐：洗頭髮。）❸彈奏。白居易《琵琶行》：「低眉信手續續～，説盡心中無限事。」❹彈劾，批評。曹植《與楊德祖書》：「僕常好人譏～其文，有不善者，應時改定。」

影 (粵)jing2〔映〕(普)yǐng

❶影子。蘇軾《記承天寺夜遊》：「蓋竹柏～也。」❷身影。李白《月下獨酌》(其一)：「我舞～零亂。」❸日光。歸有光《項脊軒志》：「日～反照，室始洞然。」

徹 (粵)cit3〔設〕(普)chè

❶通，貫通。許慎《說文解字》：「～，通也。」《列子·湯問》：「汝心之固，固不可～。」❷透徹，有成語「寒風～骨」。王勃《滕王閣序》：「彩～區明。」❸到達，直達，有詞語「～底」。王充《論衡·紀妖》：「音中宮商之聲，聲～于天。」❹通「撤」，撤去，這個意思後來被寫成「撤」。《左傳·襄公二十三年》：「平公不～樂，非禮也。」❺通「撤」，拆除。《詩經·小雅·十月之交》：「～我牆屋。」❻通「撤」，撤退，這個意思後來

被寫成「撤」。陳壽《三國志·吳書·吳主傳》:「合肥未下,～軍還。」❼通「澈」,清澈。袁宏道《滿井遊記》:「清～見底。」

德 ⓹dak1〔得〕⓹dé

❶道德,品德。諸葛亮《出師表》:「以光先帝遺～。」❷善行,功德。司馬光《訓儉示康》:「古人以儉為美～。」❸恩德,恩惠。《論語·憲問》:「何以報～?」❹施恩,施予恩惠。《詩經·魏風·碩鼠》:「莫我肯～。」❺感激。《左傳·成公三年》:「然則～我乎?」❻特性。歐陽修《家誡》:「有不變之常～。」

徵 一 ⓹zing1〔晶〕⓹zhēng

❶徵召,有詞語「～兵」。許慎《說文解字》:「～,召也。」司馬遷《史記·五帝本紀》:「於是黃帝乃～師諸侯。」(師:軍隊。)❷徵求,求取。蒲松齡《聊齋誌異·促織》:「宮中尚促織之戲,歲～民間。」(促織:蟋蟀的別稱。)❸追究。《左傳·僖公四年》:「寡人是～。」(寡人:國君的謙稱。是:這件事。)❹證據。范曄《後漢書·張衡列傳》:「嘗一龍機發而地不覺動,京師學者咸怪其無～。」❺徵兆。《資治通鑑·晉紀·烈宗孝武皇帝上之下》:「此不祥之～也。」❻顯露。《孟子·告子下》:「～於色,發於聲。」

二 ⓹zi2〔止〕⓹zhǐ
古時五音(宮、商、角、徵、羽)之一,相當於現代音樂簡譜上的「so」。見第126頁「音」字條。司馬遷《史記·刺客列傳》:「荊軻和而歌,為變～之聲。」(變～:相當於現代音樂簡譜上的「fa」。)

慶 ⓹hing3〔罄〕⓹qìng

❶慶賀,慶祝。許慎《說文解字》:「～,行賀人也。」王言《聖師錄·鶴》:「羣鶴喧舞,若～且謝者。」❷獎賞,賞賜。韓非《韓非子·二柄》:「殺戮之謂刑,～賞之謂德。」❸幸福,吉祥。《易經·坤卦·文言》:「積善之家,必有餘～。」

慧 ⓹wai6〔惠〕/ wai3〔畏〕⓹huì

❶智慧。《世說新語·假譎》:「唯有一女,甚有姿～。」❷聰明。馬中錫《中山狼傳》:「鄙人不～,將有志於世。」

慕 ⓹mou6〔務〕⓹mù

❶仰慕,景仰,敬佩。司馬遷《史記·廉頗藺相如列傳》:「臣所以去親戚而事君者,徒～君之高義也。」(去:離開。徒:只是。)❷羨慕。司馬光《訓儉示康》:「君子多欲則貪～富貴。」❸思慕,思念,想念。蘇軾《前赤壁賦》:「其聲嗚嗚然,如怨、如～、如泣、如訴。」

憂 (粵)jau1〔優〕(普)yōu

❶憂患，擔憂。諸葛亮《出師表》：「受命以來，夙夜~慮。」❷今人憂心的事。范仲淹《岳陽樓記》：「先天下之~而憂。」❸父母的喪事。《魏書·朱瑞傳》：「丁父~，去官。」(丁：遇上。)❹警惕。《新五代史·伶官傳》：「~勞可以興國。」

慰 (粵)wai3〔畏〕(普)wèi

❶安慰。許慎《說文解字》：「~，安也。」宋濂《杜環小傳》：「又不知伯章存亡，姑~之曰。」(伯章：人名。姑：姑且。)❷撫慰，慰問。司馬光《涑水記聞·卷一》：「賜金帛~勞之。」❸寬慰。蒲松齡《聊齋誌異·促織》：「夫妻心稍~。」

慮 (粵)leoi6〔類〕(普)lǜ

❶思慮，考慮，有成語「深謀遠~」。許慎《說文解字》：「~，謀思也。」《孟子·告子下》：「衡於~。」(思慮受到阻塞。)❷顧慮。陸以湉《冷廬雜識·卷七·陳忠愍公》：「近者皆有家室~，且服吾久，無離心。」❸憂慮，擔憂。諸葛亮《出師表》：「受命以來，夙夜憂~。」❹心思，意念。《出師表》：「志~忠純。」

憧 (粵)cung1〔充〕(普)chōng

蠢笨，愚昧。許慎《說文解字》：

「~，意不定也。」司馬遷《史記·三王世家》：「愚~而不逮事。」

憐 (粵)lin4〔連〕(普)lián

❶哀憐，憐憫，同情，有成語「同病相~」。許慎《說文解字》：「~，哀也。」杜甫《登樓》：「可~後主還祠廟。」❷憐愛，喜愛，有成語「我見猶~」。司馬遷《史記·陳涉世家》：「項燕為楚將，數有功，愛士卒，楚人~之。」

憫 (粵)man5〔敏〕(普)mǐn

❶憐憫，哀憐，有成語「悲天~人」。鄭瑄《昨非庵日纂二集·汪度》：「齊賢~然曰。」❷憂患，憂愁。《孟子·公孫丑上》：「阨窮而不~。」(阨：通「厄」，厄困。)

憤 (粵)fan5〔奮〕(普)fèn

❶煩悶，鬱悶。許慎《說文解字》：「~，懣也。」(懣【(粵)mun6〔悶〕(普)mèn】：煩悶。)《論語·述而》：「不~不啟。」(不到苦思冥想、感到鬱悶時，不去提醒、啟發。)❷憤怒，氣憤。劉基《賣柑者言》：「豈其~世疾邪者耶？」(疾：通「嫉」，痛恨。)

憚 (粵)daan6〔但〕(普)dàn

擔心，害怕。《論語·學而》：「過則勿~改。」

憔 (粵)ciu4〔潮〕(普)qiáo

多用「悴」組成詞語「~悴」，指

面色發黃。李清照《聲聲慢・秋情》:「～悴損,如今有誰堪摘?」

戮 粵luk6〔六〕普lù

❶殺戮,殘殺。許慎《說文解字》:「～,殺也。」韓非《韓非子・二柄》:「殺～之謂刑,慶賞之謂德。」❷並力,合力。司馬遷《史記・項羽本紀》:「臣與將軍～力而攻秦。」(臣:指劉邦。將軍:指項羽。)

摹 粵mou4〔模〕普mó

❶摹寫,有詞語「臨～」、「～帖」等。許慎《說文解字》:「～,規也。」姜夔《續書譜・臨摹》:「惟初學者不得不～,亦以節度其手,易於成就。」❷仿效。范曄《後漢書・王充王符仲長統列傳》:「三代不足～。」❸描述,有詞語「～狀」等。江淹《別賦》:「誰能～暫離之狀,寫永訣之情者乎?」

摩 粵mo1〔魔〕普mó

❶撫摩。《陳書・徐陵傳》:「寶誌手～其頂。」(寶誌:人名。頂:頭頂。)❷接近,迫近,有成語「～肩接踵」。《左傳・宣公十二年》:「～壘而還。」❸切磋,有詞語「觀～」。《禮記・學記》:「相觀而善之謂～。」❹揣摩。薛逢《上中書李舍人啟》:「心～意揣。」❺磨滅、消失。司馬遷《報任少卿書》:「古者富貴而名～滅,不可勝記。」

摯 粵zi3〔志〕普zhì

❶抓,攫取。許慎《說文解字》:「～,握持也。」《呂氏春秋・仲冬紀・忠廉》:「～執妻子。」❷真摯,誠懇。王士禎《誠齋詩集序》:「於師友之際,尤纏綿篤～。」

撤 粵cit3〔設〕普chè

❶撤除。《晏子春秋・內篇》:「公出舍,損肉～酒。」(損:減少。)❷拆除。林嗣環《口技》:「～屏視之,一人、一桌、一椅、一扇、一撫尺而已。」❸撤退。陳壽《三國志・吳書・呂蒙傳》:「羽聞之,必～備兵。」(羽:指關羽。備:指劉備。)❹搬動。柳宗元《三戒・永某氏之鼠》:「闔門,～瓦,灌穴。」

撥 粵but6〔勃〕普bō

❶治理,有成語「～亂反正」。許慎《說文解字》:「～,治也。」司馬遷《史記・高祖本紀》:「高祖起微細,～亂世反之正。」❷撥開,撥動。方苞《左忠毅公軼事》:「乃奮臂以指～眥。」❸彈撥。白居易《琵琶行》:「轉軸～弦三兩聲。」

撓 粵naau4〔奴矛切〕普náo

❶阻撓,攪擾,阻擾。許慎《說文解字》:「～,擾也。」《左傳・成公十三年》:「散離我兄弟,～亂我同盟。」❷屈服,屈曲,有成語「百折不～」。《墨子・經下》:「貞而

不～。」

撲 (粵)pok3〔樸〕(普)pū

❶撲打，鞭打。王言《聖師錄‧蜂》：「素惡胡蜂螫人，見即～殺之。」❷直衝。劉基《賣柑者言》：「剖之，如有煙～口鼻。」❸進攻。司馬遷《史記‧周本紀》：「秦破韓、魏，～師武。」

播 (粵)bo3〔臂個切〕(普)bō

❶播種，下種。許慎《説文解字》：「～，穜也。」(穜：同「種」，播種。) 班固《漢書‧藝文志》：「～百穀，勸耕桑，以足衣食。」❷分佈，散佈。《漢書‧地理志上》：「又北，～為九河。」❸傳播，傳揚。范曄《後漢書‧宣張二王杜郭吳承鄭趙列傳》：「朝臣憚其節，名～匈奴。」(憚【(粵)daan6〔但〕(普)dàn】：害怕。)

撫 (粵)fu2〔斧〕(普)fǔ

❶安撫。許慎《説文解字》：「～，安也。」《資治通鑑‧漢紀‧孝獻皇帝庚》：「若備與彼協心，上下齊同，則宜～安，與結盟好。」❷撫養。歸有光《歸氏二孝子傳》：「亡妻有遺子，～愛之如己出。」❸撫摸。陶潛《歸去來辭》：「～孤松而盤桓。」(盤桓【(粵)wun4〔援〕(普)huán】：徘徊，留戀。) ❹拍打、彈打。庾信《哀江南賦‧序》：「陸士衡聞而～掌。」

敵 (粵)dik6〔狄〕(普)dí

❶敵人，仇敵。許慎《説文解字》：「～，仇也。」韓非《韓非子‧定法》：「是以其民用力勞而不休，逐～危而不卻。」❷抗敵，抵擋，抵抗。李清照《聲聲慢‧秋情》：「怎～他，晚來風急？」❸攻擊。蒲松齡《聊齋誌異‧狼三則》(其二)：「恐前後受其～。」❹匹敵，相當。《孟子‧告子下》：「出則無～國外患者。」(對外如果沒有匹敵的國家和外國的侵略。)

敷 (粵)fu1〔膚〕(普)fū

❶普遍。《詩經‧周頌‧般》：「～天之下。」❷擴展，開放。沈括《夢溪筆談‧藥議》：「用花者取花初～時。」❸散佈。《尚書‧虞書‧大禹謨》：「曰文命，～於四海。」❹敷陳，陳述。劉勰《文心雕龍》：「選文以定篇，～理以舉統。」❺足夠，有成語「入不～支」。洪亮吉《治平篇》：「吾已知其必不～矣。」

數 一 (粵)sou2〔嫂〕(普)shǔ

❶計算，計數。許慎《説文解字》：「～，計也。」司馬光《訓儉示康》：「以侈自敗者多矣，不可遍～。」❷列舉。賈誼《治安策》：「陛下何不壹令臣得孰～之於前？」❸數落，譴責，責怪。俞長城《全鏡文》：「～之曰。」(之：指鏡神。)

二 粵sou3〔素〕普shù

❶數目，數量。《資治通鑑‧漢紀‧孝獻皇帝庚》：「眾～雖多，甚未足畏。」❷儒家六藝之一。《周禮‧地官司徒》：「三曰六藝：禮、樂、射、御、書、～。」❸幾。柳宗元《永州八記‧始得西山宴遊記》：「則凡～州之土壤，皆在衽席之下。」❹命數，天命。蘇洵《六國論》：「勝負之～，存亡之理。」❺規律。范曄《後漢書‧李杜列傳》：「夫窮高則危，大滿則溢，月盈則缺，日中則移。凡此四者，自然之～也。」❻技藝。《孟子‧告子上》：「今夫弈之為～，小～也。」

三 粵sok3〔四各切〕普shuò

副詞，屢次。張夷令《迂仙別記》：「久雨屋漏，一夜～徙牀。」

四 粵cuk1〔促〕普cù

密，與「疏」相對。《孟子‧梁惠王上》：「～罟不入洿池，魚鱉不可勝食也。」（洿【粵wu1〔烏〕普wū】：池塘。鱉【粵bit3〔臂結切〕普biē】：甲魚，水魚。）

暮 粵mou6〔慕〕普mù

❶日落，黃昏，與「朝」相對，有成語「朝三～四」。柳宗元《永州八記‧始得西山宴遊記》：「蒼然～色。」❷晚上。范曄《後漢書‧楊震列傳》：「～夜無知者。」❸晚，末。杜甫《閣夜》：「歲～陰陽催短景。」

暫 粵zaam6〔站〕普zàn

❶副詞，短時間。許慎《說文解字》：「～，不久也。」姚瑩《捕鼠說》：「苟～畜而少飼之，勿以美食。」（苟：姑且。）❷副詞，突然。江淹《別賦》：「誰能摹～離之狀，寫永訣之情者乎？」❸副詞，剛剛。李益《宿石邑山中》：「曉月～飛高樹裏。」❹副詞，暫且，姑且。李白《月下獨酌》（其一）：「～伴月將影，行樂須及春。」

暴 一 粵buk6〔僕〕普pù

❶通「曝」，曬，這個意思後來被寫成「曝」。《荀子‧勸學》：「雖有槁～，不復挺者。」❷暴露。蘇洵《六國論》：「～霜露。」

二 粵bou6〔部〕普bào

❶作惡，侵害，欺凌。柳宗元《三戒‧序》：「竊時以肆～。」❷殘暴，兇惡，殘酷。蘇洵《六國論》：「～秦之欲無厭。」❸突然的。《列子‧湯問》：「卒逢～雨。」（卒：通「猝」，突然。）❹副詞，驟然，突然，有詞語「～漲」。《呂氏春秋‧慎大覽‧察今》：「灉水～益。」（灉【粵jung1〔翁〕普yōng】：河流名。益：通「溢」，滿。）❺毀滅。謝肇淛《五雜組‧物部三》：「窮極滋味，～殄過當。」（殄【粵tin5〔天〔陽上〕〕普tiǎn】：消滅，浪費。）❻徒手搏擊，有成語「～虎馮河」。《論語‧述而》：「～虎馮河，死而無悔者，吾不與

也。」

椁 ⟨粵⟩gwok3〔國〕⟨普⟩guǒ

棺材外面的套棺。司馬遷《史記·滑稽列傳》:「馬病肥死,使群臣喪之,欲以棺〜大夫禮葬之。」

樞 ⟨粵⟩syu1〔書〕⟨普⟩shū

❶門戶的轉軸。許慎《說文解字》:「〜,戶〜也。」(戶:單扇門。)王符《潛夫論·忠貴》:「懼門之不堅,而為作鐵〜。」❷中心部分,重要關鍵,有詞語「中〜」、「〜紐」等。司馬遷《史記·范雎蔡澤列傳》:「今夫韓、魏,中國之處而天下之〜也。」

標 ⟨粵⟩biu1〔彪〕⟨普⟩biāo

❶樹梢,後比喻為末端、頂端。許慎《說文解字》:「〜,木杪末也。」(杪【⟨粵⟩miu5〔秒〕⟨普⟩miǎo】:樹梢。)李白《蜀道難》:「上有六龍回日之高〜。」(高〜:指山頂。)❷不重要的,與「本」相對。《管子·霸言》:「大本而小〜。」❸標誌,標記。《舊唐書·崔彥昭傳》:「但立直〜,終無曲影。」❹標明,寫明。馮夢龍《醒世恆言·灌園叟晚逢仙女》:「梅〜清骨,蘭挺幽芳。」❺標準,榜樣。方苞《獄中雜記》:「唯極貧無依,則械繫不稍寬,為〜準以警其餘。」

槽 ⟨粵⟩cou4〔曹〕⟨普⟩cáo

❶盛載牲畜飼料的長條形器具,有

詞語「馬〜」。許慎《說文解字》:「〜,畜獸之食器。」韓愈《雜說(四)》:「駢死於〜櫪之間。」(千里馬和普通馬一同死在馬廄裏。)❷水槽。《宋史·孟珙傳》:「建通天〜八十有三丈,溉田十萬頃。」

樊 ⟨粵⟩faan4〔凡〕⟨普⟩fán

❶關鳥獸的籠子。陶潛《歸園田居》(其一):「久在〜籠裏,復得返自然。」❷通「藩」,籬笆。黃庭堅《庚申宿觀音院》:「僧屋無陶瓦,剪茅蒼竹〜。」❸邊,旁。白居易《中隱》:「大隱住朝市,小隱入丘〜。」❹紛雜。《莊子·齊物論》:「〜然殽亂。」

樂 一 ⟨粵⟩ngok6〔岳〕⟨普⟩yuè

❶音樂。許慎《說文解字》:「〜,五聲八音總名。」(五聲:即宮、商、角、徵、羽。八音:即金、石、絲、竹、匏、土、革、木八種不同製作樂器的材質。總:通「總」。)韓愈《師說》:「巫醫、樂師、百工之人,不恥相師。」

二 ⟨粵⟩lok6〔落〕⟨普⟩lè

❶感到快樂。范仲淹《岳陽樓記》:「後天下之樂而〜。」❷樂意,甘願。魏禧《吾廬記》:「其志且〜為之。」❸快樂的心情。《岳陽樓記》:「後天下之〜而樂。」❹樂事。李白《月下獨酌》(其一):「暫伴月將影,行〜須及春。」❺樂觀。《論語·雍也》:「人不堪其憂,回也不改其〜。」❻遊樂、娛

樂。蘇軾《記承天寺夜遊》：「念無與為～者。」

三 （粵）ngaau6〔餓鬧切〕（普）yào
喜歡。《論語‧雍也》：「知者～水，仁者～山。」柳宗元《永州八記‧小石潭記》：「聞水聲，如鳴佩環，心～之。」

四 （粵）lok3〔落【陰去】〕（普）yuè
姓氏，如戰國時代燕國將領「～毅」。

 歎 （粵）taan3〔炭〕（普）tàn
❶歎息，歎氣。諸葛亮《出師表》：「未嘗不～息痛恨於桓、靈也。」（桓、靈：東漢桓、靈二帝。）❷感歎，感慨。王安石《遊褒禪山記》：「於是予有～焉：古人之觀於天地、山川、草木、蟲魚、鳥獸，往往有得，以其求思之深，而無不在也。」❸讚歎。《列子‧湯問》：「伯牙乃舍琴而～曰：『善哉！善哉！』」❹吟詠。《荀子‧禮論》：「一唱而三～也。」（一個人歌唱，三個人跟着吟詠。）

殤 （粵）soeng1〔傷〕（普）shāng
未至成年而死。許慎《説文解字》：「～，不成人也。」王羲之《蘭亭集序》：「齊彭～為妄作。」（將長壽和短命等同起來是錯誤的。彭：指彭祖，傳説有百歲的壽命，是長壽的象徵。）

毆 （粵）au2〔嘔〕（普）ōu
❶毆打。王充《論衡‧訂鬼》：「身

體痛，則謂鬼持箠杖～擊之。」（箠【粵】ceoi4〔徐〕（普）chuí：短木棍。）❷驅趕，驅逐。賈誼《論積貯疏》：「今～民而歸之農，皆著於本。」（本：指農業。）

 漿 （粵）zoeng1〔章〕（普）jiāng
❶泛稱較濃稠的液體，或泛指飲料。《莊子‧逍遙遊》：「以盛水～。」❷酒，有成語「瓊～玉液」。《禮記‧曲禮上》：「酒～處右。」

 澈 （粵）cit3〔設〕（普）chè
❶清澈。酈道元《水經注‧沅水》：「灣狀半月，清潭鏡～。」❷穿透。柳宗元《永州八記‧小石潭記》：「日光下～，影布石上。」

澄 一 （粵）cing4〔情〕（普）chéng
水清。王安石《桂枝香‧金陵懷古》：「千里～江似練。」

二 （粵）dang6〔鄧〕（普）dèng
澄清，即把液體裏的雜質沉澱。陳壽《三國志‧吳書‧孫靜傳》：「頃連雨水濁，兵飲之多腹痛，令促具罌缶數百口～水。」（罌【粵】aang1〔丫耕切〕（普）yīng〕缶：盛水的容器。）

 潦 一 （粵）lou5〔老〕（普）lǎo
雨水，雨後地面積水。許慎《説文解字》：「～，雨水大兒。」（兒：通「貌」，境況。）王勃《滕王閣序》：「～水盡而寒潭清。」

二 (粵)lou6〔路〕(普)lào

通「澇」，因雨水過多而造成的災害，這個意思後來被寫成「澇」。《莊子・秋水》：「禹之時，十年九～。」

潔 (粵)git3〔結〕(普)jié

❶清潔，潔淨。王晫《虞初新志・卷十五》：「舟故敝，頗～。」❷潔白。歐陽修《醉翁亭記》：「風霜高～。」❸純潔，高尚。王勃《滕王閣序》：「孟嘗高～，空餘報國之心。」（孟嘗：指孟嘗君。）❹簡潔。柳宗元《答韋中立論師道書》：「參之太史公以著甚～。」（太史公：指司馬遷。）

潛 (粵)cim4〔情鹽切〕(普)qián

❶沒入水下，有詞語「～水」。許慎《説文解字》：「～，涉水也。」張若虛《春江花月夜》：「魚龍～躍水成文。」（文：通「紋」，水波，漣漪。）❷潛藏，潛伏，隱藏。范仲淹《岳陽樓記》：「山岳～形。」❸副詞，祕密地，偷偷地。《宋史・文天祥傳》：「懿乃～導元帥張弘範兵濟潮陽。」

潸 (粵)saan1〔山〕(普)shān

流淚的樣子。許慎《説文解字》：「～，涕流皃。」（皃：通「貌」，情況。）司馬遷《史記・扁鵲倉公列傳》：「流涕長～。」

潺 (粵)saan4〔時環切〕(普)chán

❶流水聲。許慎《説文解字》：「～，水聲。」歐陽修《醉翁亭記》：「山行六七里，漸聞水聲～～。」❷流水緩慢的樣子。沈約《赤松澗》：「惟有清澗流，～湲終不息。」

潤 (粵)jeon6〔閏〕(普)rùn

❶滋潤。王充《論衡・雷虛》：「雨～萬物。」❷得到好處。歸有光《歸氏二孝子傳》：「無恆產以自～。」（借指自給自足。）❸潮濕。周邦彥《點絳唇》：「暮天草露沾衣～。」❹潤澤。柳宗元《紅蕉》：「綠～含朱光。」❺雨水。范曄《後漢書・第五鍾離宋寒列傳》：「比日密雲，遂無大一～，豈政有未得應天心者邪？」❻修飾、裝修。徐宏祖《徐霞客遊記・滇遊日記四》：「見門內有新～之房。」

潰 (粵)kui2〔繪〕(普)kuì

❶大水沖破堤壩。許慎《説文解字》：「～，漏也。」《國語・周語上》：「川壅而～，傷人必多。」（壅【(粵)jung2〔擁〕(普)yōng】：堵塞。）❷突圍。陳壽《三國志・吳書・孫堅傳》：「堅與數十騎～圍而出。」（堅：指孫堅。）❸潰散，崩潰，有成語「～不成軍」。《世説新語・德行》：「戰於滬瀆，敗。軍人～散。」❹腐爛，潰爛。劉基《賣柑者言》：「涉寒暑不～～。」

熟

（粵）suk6〔淑〕（普）shú

❶ 食物煮到可以食用的程度，與「生」相對。歸有光《歸氏二孝子傳》：「炊將～。」（炊【粵】ceoi1〔催〕（普）chuī：米飯。）❷ 植物的果子或農作物成熟。《莊子·逍遙遊》：「使物不疵癘而年穀～。」（疵癘【粵】ci1 lai6〔疵例〕（普）cī lì：疾病及災疫，泛指災害。）❸ 事情成熟。《孟子·告子上》：「夫仁，亦在乎～之而已矣。」（仁德的修煉，也在於使它成熟罷了。）❹ 熟悉，熟練。歐陽修《賣油翁》：「無他，但手～爾。」（但：只是。）❺ 副詞，細緻，仔細。《呂氏春秋·慎行論·察傳》：「凡聞言必～論之。」（論：研究，調查。）❻ 副詞，深沉，有詞語「～睡」。《資治通鑑·唐紀·憲宗昭文章武大聖至神孝皇帝中之下》：「守門卒方～寐，盡殺之。」

牖

（粵）jau5〔友〕（普）yǒu

❶ 窗。歸有光《項脊軒志》：「余扃～而居。」（扃【粵】gwing1〔瓜升切〕（普）jiōng】：關閉。）❷ 開窗。方苞《獄中雜記》：「～其前以通明。」（在前方開窗透光。）

獎

（粵）zoeng2〔掌〕（普）jiǎng

❶ 勸勉，勉勵。諸葛亮《出師表》：「當～率三軍，北定中原。」❷ 誇獎，獎勵，與「懲」相對。《南史·謝朓傳》：「朓好～人才。」❸

輔助，幫助。《左傳·僖公二十八年》：「皆～王室，無相害也。」

畿

（粵）gei1〔基〕（普）jī

國都及周邊地區。方苞《左忠毅公軼事》：「鄉先輩左忠毅公視學京～。」（視學：監考科舉考試。）

瘠

（粵）zik3〔直【中入】〕/ zek3〔隻〕（普）jí

❶ 瘦，與「肥」相對。歸有光《歸氏二孝子傳》：「孝子少饑餓，面黃而體～小，族人呼為『菜大人』。」（少：年少。）❷ 土地貧瘠，與「肥」相對。《國語·魯語下》：「昔聖王之處民也，擇～土而處之，勞其民而用之。」❸ 薄，少。《左傳·襄公二十九年》：「何必～魯以肥杞？」（杞：杞國，春秋時代的諸侯國。）

盤

（粵）pun2〔盆〕（普）pán

❶ 盤子。蘇軾《前赤壁賦》：「杯～狼藉。」❷ 樂，喜歡。《尚書·周書·無逸》：「文王不敢～于遊田。」（遊田：出遊打獵。）❸ 盤繞，迴繞，纏繞。戴名世《南山集·鳥說》：「巢大如盞，精密完固，細草～結而成。」❹ 盤旋。徐宏祖《徐霞客遊記·楚遊日記》：「～空而升。」❺ 多與「桓【粵】wun4〔援〕（普）huán」組成詞語「盤～」，指徘徊，逗留。陶潛《歸去來辭》：「撫孤松而～桓。」

瞋 (粵)can1〔親〕(普)chēn

瞪眼。許慎《説文解字》:「～，張目也。」司馬遷《史記・項羽本紀》:「～目視項王。」(項王:指項羽。)

瞑 (粵)ming4〔明〕/ ming5〔皿〕(普)míng

❶閉(眼),有成語「死不～目」。許慎《説文解字》:「～，翕目也。」(翕【(粵)jap1〔泣〕(普)xī】:聚合。)宋濂《龍門子凝道記・尉遲樞第八》:「目不得～。」❷昏暗。陸游《風雲晝晦夜遂大雪詩》:「道路～不分。」

磋 (粵)co1〔初〕(普)cuō

❶琢磨,磨製玉、石、骨、角。顧野王《玉篇・石部》:「～,治象也。」(象:代指象牙。)❷切磋,磋商,相互研究。《管子・弟子職》:「相切相～,各長其儀。」

確 (粵)kok3〔涸〕(普)què

❶堅固。班固《漢書・何武王嘉師丹傳》:「～然有柱石之固,臨大節而不可奪,可謂社稷之臣矣。」❷正確,確實。紀昀《閲微草堂筆記・卷十六》:「眾服為～論。」❸副詞,堅定,堅決。《新唐書・郭子儀傳》:「進拜尚書令,懇辭……百官往慶……子儀～讓。」

碾 (粵)nin5〔你勉切〕/ zin2〔展〕(普)niǎn

滾壓,碾碎。陸游《卜算子・詠梅》:「零落成泥～作塵,只有香如故。」

稿 (棄) (粵)gou2〔舉草切〕(普)gǎo

❶稻草,禾稈。《資治通鑑・漢紀・孝獻皇帝庚》:「今又盛寒,馬無～草。」❷詩文草稿。司馬遷《史記・屈原賈生列傳》:「懷王使屈原造為憲令,屈平屬草～未定。」

稼 (粵)gaa3〔嫁〕(普)jià

❶耕種,種植。司馬遷《史記・孔子世家》:「良農能～而不能為穡。」(穡【(粵)sik1〔色〕(普)sè】:收成。)❷莊稼,農作物。沈括《夢溪筆談・藥議》:「一畝之～,則糞溉者先牙。」(糞:以糞便為肥料。牙:發芽。)

稽 一 (粵)kai1〔溪〕(普)jī

❶停留,到達。《莊子・逍遙遊》:「大浸～天而不溺。」(大浸:大水災。)❷拖延。范曄《後漢書・列女傳》:「今若斷斯織也,則捐失成功,～廢時月。」(捐失:喪失。)❸考核,查考,有成語「無從～考」。黃宗羲《明夷待訪錄・原君》:「妄傳伯夷、叔齊無～之事。」(指伯夷、叔齊叩馬而諫,阻止武王伐紂。)❹計較,爭辯,有成語「反脣相～」。賈誼《治安策》:「婦姑不相説,則反脣而相～。」(説:通「悦」,喜歡。)

二 (粵)kai2〔啟〕(普)qǐ

叩頭,古時一種禮節,跪地,拱手

至地，頭也至地。范曄《後漢書·荀韓鍾陳列傳》：「～顙歸罪。」（跪地叩頭，承認罪過。）

稷 （粵）zik1〔即〕（普）jì

❶穀物的一種，粟。《詩經·王風·黍離》：「彼～之苗。」❷五穀之神。許慎《說文解字》：「～，五穀之長。」後與土地神「社」合稱為「社～」，借指國家。司馬遷《史記·項羽本紀》：「今不恤士卒而徇其私，非社～之臣。」❸指「后～」，周朝的祖先，被堯帝舉薦為農師，管理天下農事。俞長城《全鏡文》：「～、契、伊、周，臣之鏡也。」

窮 （粵）kung4〔旗龍切〕（普）qióng

❶極，盡頭。許慎《說文解字》：「～，極也。」歐陽修《醉翁亭記》：「四時之景不同，而樂亦無～也。」❷副詞，極度，有成語「～奢極侈」。宋濂《送東陽馬生序》：「～冬烈風，大雪深數尺。」❸完結。柳宗元《永州八記·始得西山宴遊記》：「洋洋乎與造物者遊，而不知其所～。」❹去到盡頭，有成語「理屈詞～」。柳宗元《永州八記·始得西山宴遊記》：「入深林，～迴谿。」❺道路阻塞，與「通」相對，借指走投無路，有成語「～途末路」。司馬遷《史記·屈原賈生列傳》：「人～則反本，故勞苦倦極，未嘗不呼天也。」（反本：返回本源。）❻生活困難。《孟子·

告子上》：「所識～乏者得我與？」❼不得志，不顯貴，與「達」相對。《史記·孔子世家》：「君子亦有～乎？」

範 （粵）faan6〔范〕（普）fàn

❶鑄造器物的模具。沈括《夢溪筆談·技藝》：「欲印則以一鐵～置鐵板上，乃密布字印。」❷模範，規範。王勃《滕王閣序》：「宇文新州之懿～。」

箴 （粵）zam1〔針〕（普）zhēn

❶針，特指中醫用來刺入穴道，以達到醫療效果的針，這個意思後來被寫成「針」。《荀子·大略》：「今夫亡～者，終日求之而不得。」（亡：丟失。）❷規勸，勸告。劉向《説苑·貴德》：「開天下之口，廣～諫之路。」❸文體名稱，以規勸性質為主題，如西漢揚雄的《州～》、《～砭》等。

箠 （粵）ceoi4〔徐〕（普）chuí

❶竹杖，鞭子。王充《論衡·訂鬼》：「病者困劇身體痛，則謂鬼持～杖毆擊之。」❷用棍打，杖刑。范曄《後漢書·酷吏列傳》：「帝大怒，召宣，欲～殺之。」

篆 （粵）syun6〔遂願切〕（普）zhuàn

古代漢字的一種字體。劉勰《文心雕龍·練字》：「及李斯刪籀而秦～興，程邈造隸而古文廢。」（籀zau6〔宙〕（普）zhòu：籀文，是戰國

時期秦國所流行的字體。）

締 ⊕dai3〔帝〕⊜dì

❶結合。許慎《說文解字》：「～，結不解也。」屈原《楚辭・九章・悲回風》：「氣繚轉而自～。」❷締結，訂立。司馬遷《史記・秦始皇本紀》：「合從～交，相與為一。」（合從：即「合縱」，指山東六國結盟對抗秦國。）

編 ⊕pin1〔偏〕⊜biān

❶古代用來穿竹簡的皮條或繩子，有成語「韋～三絕」。司馬遷《史記・孔子世家》：「孔子晚而喜《易》……讀《易》，韋～三絕。」（韋【⊕wai4〔圍〕⊜wéi】：經過去毛等加工程序的柔皮。）❷書或書的一部分。韓愈《進學解》：「手不停披於百家之～。」（披：翻閱。）❸量詞，通「篇」，用於文章、詩歌等。杜甫《飲中八仙歌》：「李白一斗詩百～，長安市上酒家眠。」❹編著，編寫。韓非《韓非子・難三》：「法者，～著之圖籍，設之於官府，而布之於百姓者也。」❺編排，按次序排列。班固《漢書・東方朔傳》：「目若懸珠，齒若～貝。」❻編織，編結。《荀子・勸學》：「南方有鳥焉，名曰蒙鳩，以羽為巢，而～之以髮。」

練 ⊕lin6〔煉〕⊜liàn

❶把絲麻或布帛煮得柔軟而潔白。《淮南子・說林訓》：「墨子見～絲而泣之。」❷白色的絹帛。王安石《桂枝香・金陵懷古》：「千里澄江似～。」❸練習，訓練。司馬遷《史記・蘇秦列傳》：「～士厲兵，在大王之所用之。」（厲兵：打磨兵器。）❹熟練，熟悉。《南史・王僧綽傳》：「～悉朝典。」

緯 ⊕wai5〔偉〕⊜wěi

❶織物上的橫線，與「經」相對，見第262頁「經」字條。許慎《說文解字》：「～，織橫絲也。」劉勰《文心雕龍・情采》：「經正而後～成，理定而後辭暢。」❷道路以南北向為經，東西向為緯。《周禮・冬官考工記》：「國中九經九～。」❸編織。《莊子・列禦寇》：「河上有家貧，恃～蕭而食者。」（恃～蕭而食者：依靠編織荻草做筐箕為生。）❹治理。《北史・文苑傳》：「經邦～俗，藏用於百代。」

緘 ⊕gaam1〔今衫切〕⊜jiān

❶捆綁箱子用的繩索。許慎《說文解字》：「～，束篋也。」（篋【⊕haap6〔狎〕⊜qiè】：小箱子。）班固《漢書・外戚傳下》：「使客子解篋～。」❷封口，封閉。李白《秋浦感主人歸燕寄內》：「寄書道中歎，淚下不能～。」❸緘默，閉口，有成語「三～其口」。《宋史・鄭俠傳》：「御史～默不言。」❹書信。王禹偁《回襄陽周奉禮同年因題紙尾》：「兩月勞君寄兩～。」

緣 （粵）jyun4〔圓〕（普）yuán

❶古時衣服的花邊，後引申為邊緣。李商隱《贈予直花下》：「屏～蝶留粉。」❷順着，沿着。柳宗元《永州八記·始得西山宴遊記》：「過湘江，～染溪。」❸遵循，依照。《商君書·君臣》：「明王之治天下也，～法而治，按功而賞。」❹攀緣，攀援。《孟子·梁惠王上》：「猶～木而求魚也。」❺憑藉。范曄《後漢書·楊震列傳》：「安帝乳母王聖，因保養之勤，～恩放恣。」❻介詞，因為，為了。杜甫《客至》：「花徑不曾～客掃。」

緩 （粵）wun6〔換〕（普）huǎn

❶寬，鬆，有詞語「放～」。《古詩十九首·行行重行行》：「相去日已遠，衣帶日已～。」❷緩慢，遲緩，與「急」相對。劉孝標《辯命論》：「短則不可～之於寸陰。」（寸陰：光陰。）

罷 一 （粵）baa6〔鼻罵切〕（普）bà

❶罷免，停職，有詞語「～官」。司馬遷《史記·魏其武安侯列傳》：「竇太后大怒，乃～逐趙綰、王臧等。」（趙綰【粵】waan2〔毀產切〕【普】wǎn】：西漢大儒，官至御史大夫。王臧【粵】zong1〔裝〕【普】zāng】：西漢儒生，得到漢武帝的重用。）❷停止。王勃《滕王閣》：「佩玉鳴鸞～歌舞。」（佩玉鳴鸞：身上佩戴的玉飾、響鈴。）❸完

畢。《史記·廉頗藺相如列傳》：「既～歸國。」（指趙王與秦王會面完結。）

二 （粵）pei4〔皮〕（普）pí

同「疲」，疲困，這個意思後來被寫成「疲」。司馬遷《史記·平原君虞卿列傳》：「秦倦而歸，兵必～。」

膚 （粵）fu1〔呼〕（普）fū

❶皮膚。許慎《説文解字》：「～，皮也。」韓非《韓非子·喻老》：「君之病在肌～。」❷膚淺的，表面的。張衡《東京賦》：「所謂末學～受。」（末學：沒有根基的學問。受：感受。）

蔽 （粵）bai3〔閉〕（普）bì

❶遮蔽，遮掩。酈道元《水經注·江水》：「隱天～日，自非亭午夜分，不見曦月。」（亭午：中午。夜分【粵】fan1〔紛〕【普】fēn】：半夜。曦：太陽。）❷隱藏。柳宗元《三戒·黔之驢》：「～林間窺之。」（窺：偷看。）❸概括。《論語·為政》：「詩三百，一言以～之，曰『思無邪』。」❹蒙蔽。《戰國策·齊策一》：「由此觀之，王之～甚矣！」❺愚昧無知。《晉書·惠帝紀》：「其蒙～皆此類也。」

蔚 （粵）wai3〔慰〕（普）wèi

❶草木茂密。歐陽修《醉翁亭記》：「望之～然而深秀者，琅琊也。」（琅琊：山名。）❷盛大的樣子，

有成語「～為奇觀」。劉勰《文心雕龍·銓賦》：「～成大國。」❸有文采。陸機《答賈長淵》：「～彼高藻。」（藻：辭藻。）

蔭

一 ⓟjam3〔音【陰去】〕ⓜyīn

❶樹木下的陰影。許慎《説文解字》：「～，艸陰地也。」（艸：通「草」，草木。）《荀子·勸學》：「樹成～而眾鳥息焉。」❷太陽的影子。《左傳·昭公元年》：「趙孟視～。」（趙孟：春秋時代晉國趙氏的領袖。）

二 ⓟjam3〔音【陰去】〕ⓜyìn

❶遮蓋，遮蔽。魏禧《吾廬記》：「桃、李、梅、梨、梧桐、桂、辛夷之華，～於徑下。」❷庇蔭，指子孫因父祖的官爵功勳而受到封賞，有詞語「父～」。《隋書·柳述傳》：「少以父～，為太子親衛。」

蓬

ⓟpung4〔貧窮切〕ⓜpéng

❶蓬草，又叫飛蓬、蓬蒿。許慎《説文解字》：「～，蒿也。」（蒿【ⓟhou1〔希高切〕ⓜhāo】：一種植物。）《莊子·逍遙遊》：「翱翔～蒿之間，此亦飛之至也。」❷蓬草無根，因而比喻漂泊的人。李白《送友人》：「此地一為別，孤～萬里征。」❸蓬鬆，散亂，有成語「～首垢面」。俞長城《全鏡文》：「無心公首～而面垢。」

蔌

ⓟcuk1〔速〕ⓜsù

蔬菜的總稱。歐陽修《醉翁亭記》：「山肴野～，雜然而前陳者，太守宴也。」

蔓

ⓟmaan6〔慢〕ⓜmàn

❶藤蔓，蔓生植物的莖。柳宗元《永州八記·小石潭記》：「青樹翠～。」❷蔓延，滋長。周敦頤《愛蓮説》：「中通外直，不～不枝。」

蔑

ⓟmit6〔滅〕ⓜmiè

❶蔑視，無視，看不起。劉向《説苑·政理》：「予聞崇侯虎，～侮父兄。」（崇侯虎：商朝末期的崇國國君。）❷無，沒有。《資治通鑑·唐紀·高祖神堯大聖光孝皇帝上之中》：「世充糧盡，必自退，追而擊之，～不勝矣。」（世充：指王世充，隋末羣雄之一。）❸微小。揚雄《法言·學行卷》：「視日月而知眾星之～也，仰聖人而知眾説之小也。」❹消滅，殺害。《國語·周語中》：「而～殺其民人。」

衝

ⓟcung1〔聰〕ⓜchōng

❶交通要道，有詞語「要～」。司馬遷《史記·酈生陸賈列傳》：「夫陳留，天下之～，四通五達之郊也。」（陳留：地名，在今河南省開封市。）❷衝擊，衝撞。柳宗元《三戒·黔之驢》：「蕩倚～冒。」（碰撞牠、挨近牠、衝擊牠、冒犯牠。）❸向上頂。《史記·廉頗藺相如列傳》：「怒髮上～冠。」❹冒犯、冒着。魏禧《吾廬記》：「往往無故～危難，冒險阻。」

褒 （粵）bou1〔煲〕（普）bāo

❶寬大的衣襟。《淮南子‧氾論訓》:「豈必～衣博帶?」(博:大。) ❷褒揚,表揚,讚揚,與「貶」相對。班固《漢書‧循吏傳》:「宣帝最先～之。」(之:指膠東國宰相王成。)

褫 （粵）ci2〔此〕（普）chǐ

❶剝去衣服。許慎《說文解字》:「～,奪衣也。」高啟《書博雞事者》:「乃～豪民衣自衣。」(自衣【粵】ji3〔意〕（普）yì:自行穿上。) ❷褫奪,剝奪,革除。《荀子‧非相》:「守法數之有司,極禮而～。」

諒 （粵）loeng6〔亮〕（普）liàng

❶誠實,誠信。許慎《說文解字》:「～,信也。」《論語‧季氏》:「友直,友～,友多聞,益矣。」 ❷體諒,原諒。陳亮《酌古論三‧諸葛孔明下》:「孔明距今且千載矣,未有能～其心者,吾慎孔明之不幸。」 ❸副詞,想必。《戰城南》:「野死～不葬。」(他們在野外死去,想必無法埋葬。)

請 （粵）cing2〔拯〕（普）qǐng

❶謁見,拜見。許慎《說文解字》:「～,謁也。」(謁【粵】jit3〔意結切〕（普）yè:拜見。)《孔子家語‧六本》:「曾參自以為無罪,使人～於孔子。」 ❷請求。《莊子‧逍遙遊》:「客聞之,～買其方百金。」 ❸請問,詢問。鄭瑄《昨非庵日纂二集‧汪度》:「奴因乘間泣～日。」 ❹敬辭,相當於「請讓我」。《論語‧顏淵》:「～問其目。」(請讓我詢問當中的名目。) ❺邀請。司馬遷《史記‧魏公子列傳》:「公子往數～之,朱亥故不復謝。」

諸 （粵）zyu1〔豬〕（普）zhū

❶眾,各,有詞語「～位」。歐陽修《醉翁亭記》:「其西南～峯。」 ❷兼詞,相當於「之於」,「之」是人稱代詞,「於」是介詞,有成語「付～東流」。《論語‧衛靈公》:「君子求～己,小人求～人。」 ❸兼詞,相當於「之乎」,「之」是人稱代詞,「乎」是語氣助詞,表示疑問的語氣。《孟子‧梁惠王上》:「不識有～?」(不知道有這件事嗎?) ❹第三人稱代詞,相當於「他」、「他們」。《論語‧學而》:「告～往而知來者。」(告訴你過去就能知道未來。) ❺相當於現代漢語「等等」,表示列舉。司馬遷《史記‧廉頗藺相如列傳》:「趙王與大將軍廉頗～大臣謀。」

諏 （粵）zau1〔周〕（普）zōu

❶商議。許慎《說文解字》:「～,聚謀也。」《國語‧魯語下》:「謀於南宮,～於蔡、原。」(南宮、蔡、原:皆為姓氏。) ❷詢問。諸葛亮《出師表》:「陛下亦宜自謀,以諮～善道。」

課 粵fo3〔貨〕普kè

❶按一定的標準試驗、考核。許慎《說文解字》:「～,試也。」韓非《韓非子·定法》:「～羣臣之能者也,此人主之所執也。」❷督促完成指定的工作。蒲松齡《聊齋誌異·黃英》:「黃英～僕種菊,一如陶。」(陶:指陶潛。)❸按規定學習或教授。白居易《與元九書》:「苦節讀書,二十已來,晝～賦夜～書,間又～詩。」(這裡指學習。)❹徵收賦稅,有詞語「～稅」。《宋書·徐豁傳》:「武吏年滿十六,便～米六十斛。」❺賦稅,稅項。《宋書·徐豁傳》:「今若減其米～,雖有交損,考之將來,理有深益。」

誹 粵fei2〔匪〕普fěi

誹謗,詆毀,說別人壞話。司馬遷《史記·屈原賈生列傳》:「小雅怨～而不亂。」

誕 粵daan3〔丹【陰去】〕普dàn

❶大,寬闊。段玉裁《說文解字注》:「《釋詁》、《毛傳》皆云:～,大也。」班固《漢書·敍傳》:「國之～章,博載其路。」❷誇下海口,妄言。陶潛《讀山海經》(其九):「誇父～宏誌,乃與日競走。」(誇父:即夸父,古代神話傳說人物。)❸欺詐,欺騙。《荀子·脩身》:「竊貨曰盜,匿行曰詐,易言曰～。」(易【粵jik6〔亦〕普yì〕:

改變。)❹荒誕,虛妄。王羲之《蘭亭集序》:「固知一死生為虛～。」(固:固然。一:等同。)❺誕生。《舊唐書·德宗紀上》:「癸丑,上～日,不納中外之貢。」

諉 粵wai2〔毀〕普wěi

❶推卸,推託,有成語「～過於人」。江盈科《雪濤小說·任事》:「責安能～乎?」❷連累。班固《漢書·楊胡朱梅云傳》:「執事不～上。」

諂 粵cim2〔此閃切〕普chǎn

諂媚,巴結,奉承。許慎《說文解字》:「～,諛也。」(諛【粵jyu4〔餘〕普yú〕:奉承。) 司馬遷《史記·屈原賈生列傳》:「屈平疾王聽之不聰也,讒～之蔽明也。」(疾:通「嫉」,痛恨。讒【粵caam4〔蠶〕普chán〕:壞話。)

諛 粵jyu4〔餘〕普yú

奉承。韓愈《師說》:「位卑則足羞,官盛則近～。」

調 一 粵tiu4〔條〕普tiáo

❶調和,協調。許慎《說文解字》:「～,和也。」班固《漢書·董仲舒傳》:「是以陰陽～而風雨時,羣生和而萬民殖。」❷烹調,調味。謝肇淛《五雜組·物部三》:「～以酥酪。」(酥酪【粵sou1 lou6〔蘇路〕普sū lào〕:以牛羊乳精製而成的食品。)❸調節,節制。《漢書·

食貨志下》：「以臨萬貨，以～盈虛。」❹調弄，彈奏。劉禹錫《陋室銘》：「可以～素琴，閱金經。」（金經：佛經。）❺調理休養。羅貫中《三國演義・第七十二回》：「原來被魏延射中人中，折卻門牙兩個，急令醫士～治。」❻調笑，嘲弄。《世說新語・排調》：「康僧淵目深而鼻高，王丞相每～之。」（康僧淵：東晉時僧人。）

二 （粵）diu6〔掉〕（普）diào

❶調動，調遷。司馬遷《史記・袁盎鼂錯列傳》：「然袁盎亦以數直諫，不得久居中，～為隴西都尉。」❷曲調，音調。白居易《琵琶行》：「未成曲～先有情。」❸格調，有成語「陳腔濫～」。元稹《酬翰林白學士代書一百韻》：「脫俗殊常～。」

論

一 （粵）leon6〔吝〕（普）lùn

❶議論，評論，有成語「相提並～」。許慎《說文解字》：「～，議也。」諸葛亮《出師表》：「先帝在時，每與臣～此事，未嘗不歎息痛恨於桓、靈也。」❷討論，研究。韓非《韓非子・五蠹》：「～世之事，因為之備。」（研究當時的社會情況，從而採取相應措施。）❸辯論。司馬遷《史記・魏其武安侯列傳》：「公平生數言魏其、武安長短，今日廷～。」（魏其：即魏其侯竇嬰。武安：即武安侯田蚡【粵】fan4〔墳〕（普）fén。）❹考慮，顧及，想到。陶潛《桃花源記》：「乃不知

有漢，無～魏、晉。」❺言論。紀昀《閱微草堂筆記・卷十六》：「眾服為確～。」❻審判，判處。《出師表》：「若有作姦犯科及為忠善者，宜付有司，～其刑賞。」❼文體的一種，即議論文，如北宋蘇洵的《六國～》等。劉勰《文心雕龍・論說》：「～也者，彌綸羣言，而精研一理者也。」（彌綸【粵】leon4〔倫〕（普）lún：包羅。）

二 （粵）leon4〔倫〕（普）lún

通「倫」，條理，順序，如《～語》的「～」就是指「編纂」。班固《漢書・藝文志》：「《～語》者，孔子應答弟子時人，及弟子相與言而接聞於夫子之語也。當時弟子各有所記。夫子既卒，門人相與輯而～纂，故謂之《～語》。」

諍

（粵）zaang3/zang1〔爭〕（普）zhèng

以直言勸告，使人改正錯誤。許慎《說文解字》：「～，止也。」（阻止別人犯錯。）劉向《說苑・臣術》：「用則可生，不用則死，謂之～。」

豎

（粵）syu6〔樹〕（普）shù

❶豎立，直立。許慎《說文解字》：「～，立也。」李華《弔古戰場文》：「野～旄旗。」（旄【粵】mou4〔模〕（普）máo：古代的一種軍旗。）❷童僕。《列子・說符》：「楊子之鄰人亡羊，既率其黨，又請楊子之～追之。」❸宮內小臣，特指宦官。司馬遷《報任少卿書》：「夫以中材之人，事有關於宦～，莫不傷

氣，而況慷慨之士乎！」

賚 （粵）loi6〔利在切〕（普）lài

賞賜，賜予。許慎《説文解字》：「～，賜也。」蒲松齡《聊齋誌異・促織》：「撫軍亦厚～成。」

賦 （粵）fu3〔富〕（普）fù

❶徵收，徵集。許慎《説文解字》：「～，斂也。」（斂（粵）lim5〔臉〕（普）liǎn：收。）鼂錯《論貴粟疏》：「～斂不時，朝令而暮當具。」（當具：必須繳交稅項。）❷賦稅，稅項。班固《漢書・哀帝紀》：「皆無出今年租～。」❸交予，交納，給予，有成語「天～異稟」。柳宗元《捕蛇者説》：「其始太醫以王命聚之，歲～其二。」（其二：指兩條這種毒蛇。）❹抒寫，陳述。姜夔《揚州慢》：「縱豆蔻詞工，青樓夢好，難～深情。」❺朗誦詩歌。陶潛《歸去來辭》：「臨清流而～詩。」❻創作詩歌。司馬遷《報任少卿書》：「屈原放逐，乃～《離騷》。」❼《詩經》「六義」之一，屬於詩歌的作法，即敍述、鋪陳。劉勰《文心雕龍・詮賦》：「詩有六義，其二曰～。～者，鋪也。」❽古代一種介乎韻文與散文之間的文體，如西漢司馬相如《子虛～》、唐代杜牧《阿房宮～》、北宋蘇軾《前赤壁～》、《後赤壁～》等。范仲淹《岳陽樓記》：「刻唐賢今人詩～於其上。」

賤 （粵）zin6〔自練切〕（普）jiàn

❶物價低，與「貴」相對。許慎《説文解字》：「～，賈少也。」（賈：通「價」，價錢。）《商君書・外內》：「食～則農貧，錢重則商富。」❷地位卑賤，與「貴」相對。《論語・里仁》：「富與貴，是人之所欲也……貧與～，是人之所惡也。」❸下賤，與「貴」相對。司馬遷《史記・廉頗藺相如列傳》：「鄙～之人，不知將軍寬之至此也。」❹輕視，與「貴」相對。《史記・滑稽列傳》：「皆知大王～人而貴馬也。」❺謙詞，表示謙虛。司馬遷《報任少卿書》：「又迫～事。」（又被自己的瑣碎煩事所迫。）

賢 （粵）jin4〔然〕（普）xián

❶賢明，有德行。許慎《説文解字》：「～，多才也。」諸葛亮《出師表》：「親～臣，遠小人。」❷有才德的人，有成語「見～思齊」。范仲淹《岳陽樓記》：「刻唐～今人詩賦於其上。」❸德行。韓愈《師説》：「其～不及孔子。」❹超越，勝過。《師説》：「師不必～於弟子。」❺尊重。《禮記・禮運》：「以～勇知。」（知：通「智」，有智謀的人。）❻友好。《戰國策・秦策一》：「～於兄弟。」

賣 （粵）maai6〔邁〕（普）mài

❶售賣。許慎《説文解字》：「～，出物貨也。」邯鄲淳《笑林》：「我

十五畫

聞有鳳皇久矣，今真見之，汝～之乎？」❷出賣，背叛，有成語「～國求榮」。范曄《後漢書・李杜列傳》：「諂貴～友，貪官埋母。」❸賣弄。《莊子・天地》：「子非夫博學以擬聖，於于以蓋眾，獨弦哀歌，以～名聲於天下者乎？」

賞 （粵）soeng2〔想〕（普）shǎng

❶賞賜，獎賞。許慎《説文解字》：「～，賜有功也。」諸葛亮《出師表》：「論其刑～。」❷獎賞的財物官爵等。《戰國策・齊策一》：「羣臣吏民，能面刺寡人之過者，受上～。」❸給予，贈送。柳宗元《送薛存義序》：「於其往也，故～以酒肉，而重之以辭。」❹讚美。姜夔《揚州慢》：「杜郎俊～，算而今，重到須驚。」❺欣賞。陸以湉《冷廬雜識・卷七・陳忠愍公》：「有武進士太湖劉國標為公所～識。」（公：指陳化成。）❻賞玩。李白《春夜宴從弟桃花園序》：「幽～未已。」

賜 （粵）ci3〔翅〕（普）cì

❶賞賜，給予。許慎《説文解字》：「～，予也。」《晏子春秋・內篇》：「楚王～晏子酒。」❷恩惠，好處。司馬光《訓儉示康》：「君～不可違也。」❸盡。潘岳《西征賦》：「若循環之無～。」

質 （一）（粵）zi3〔志〕（普）zhì

❶用財物或人作保證作為抵押。許

慎《説文解字》：「～，以物相贅。」（贅【粵】zeoi6〔罪〕【普】zhuì】：抵押。）《戰國策・趙策四》：「於是為長安君約車百乘，～於齊，齊兵乃出。」❷人質，有詞語「～子」。司馬遷《史記・趙世家》：「必以長安君為～。」❸通「贄」，信物，特指拜見諸侯時所送的禮物，這個意思後來被寫成「贄」，有詞語「委～」。《史記・屈原賈生列傳》：「惠王患之，乃令張儀詳去秦，厚幣委～事楚。」❹拍檔。《莊子・徐無鬼》：「臣之～死久矣。」❺對手。《莊子・徐無鬼》：「吾无以為～矣。」（再沒有人可以成為我對手了。）

（二）（粵）zat1〔真七切〕（普）zhì

❶本質，實質。《論語・衞靈公》：「君子義以為～。」陶潛《歸去來辭・序》：「～性自然，非矯厲所得。」❷質地，底子。柳宗元《捕蛇者説》：「永州之野產異蛇，黑～而白章。」（章：花紋。）❸樸實，缺乏文采，與「文」相對，有成語「～樸無華」。《論語・雍也》：「～勝文則野，文勝～則史。」（野：粗野。史：虛浮。）❹質問，質詢。宋濂《送東陽馬生序》：「援疑～理。」（提出疑問，質問道理。）❺對質。《禮記・曲禮上》：「雖～君之前，臣不諱也。」❻箭靶，標靶，有詞語「～的」。范曄《後漢書・馬融列傳上》：「流矢雨墜，各指所～。」❼通「鑕」，古代一種刑具，殺人時作墊子用的砧板。司

馬遷《史記・廉頗藺相如列傳》：「君不如肉袒伏斧～請罪，則幸得脫矣。」❽比賽。《史記・孫子吳起列傳》：「及臨～。」（直到在現場比賽時。）

 趣 一 (粵)ceoi1〔催〕(普)qū

通「趨」，趨向，奔赴，這個意思後來被寫成「趨」。許慎《說文解字》：「～，疾也。」司馬遷《史記・孫子吳起列傳》：「百里而～利者蹶上將。」（急行軍百里，並與敵人爭利，有可能損失上將。）

二 (粵)cuk1〔促〕(普)cù

❶通「促」，催促，督促，這個意思後來被寫成「促」。劉元卿《應諧錄・萬字》：「父～之。」❷通「促」，副詞，趕緊，急忙，這個意思後來被寫成「促」。司馬遷《史記・絳侯周勃世家》：「～為我語。」

三 (粵)ceoi2〔取〕(普)qǔ

通「取」，取得，這個意思後來被寫成「取」。王羲之《蘭亭集序》：「雖～舍萬殊。」（愛好各有不同。）

四 (粵)ceoi3〔翠〕(普)qù

❶旨趣，意向。《列子・湯問》：「曲每奏，鍾子期輒窮其～。」（鍾子期：楚國樵夫。）❷樂趣，情趣。柳宗元《永州八記・始得西山宴遊記》：「意有所極，夢亦同～。」（極：美好的境界。）

 踐 (粵)cin5〔似勉切〕(普)jiàn

❶踐踏，踩踏。許慎《說文解字》：「～，履也。」陳壽《三國志・吳書・孫登傳》：「常遠避良田，不～苗稼。」❷遵從。《論語・先進》：「不～跡，亦不入於室。」（不遵從前人的經驗走，學問也就難以精通。）❸實踐，踐行。《禮記・曲禮上》：「修身～言，謂之善行。」❹踐位，就職。《左傳・僖公十二年》：「往～乃職，無逆朕命。」（乃：你的。朕：我的。）❺憑藉，依憑。賈誼《過秦論》：「～華為城，因河為池。」（華：華山。河：黃河。）

踟 (粵)ci4〔詞〕(普)chí

多與「躕【(粵)cyu4〔櫥〕(普)chú】」組成詞語「～躕」，指徘徊，停滯不進的樣子。李華《弔古戰場文》：「征馬～躕。」

輝 (粵)fai1〔揮〕(普)huī

❶光輝，光彩。李白《把酒問月》：「綠煙滅盡清～發。」❷照耀。陶弘景《與謝中書書》：「兩岸石壁，五色交～。」

輟 (粵)zyut3〔志雪切〕(普)chuò

❶停止，中止，廢止，有詞語「～學」、「～筆」等。《荀子・天論》：「天不為人之惡寒也～冬。」❷放下。周容《芋老人傳》：「～箸歎曰。」

 輦 (粵)lin5〔里勉切〕(普)niǎn

❶拉車，運載。許慎《說文解字》：

「～，輓車也。」陸以湉《冷廬雜識·卷七·陳忠愍公》：「～屍入城，殯於武帝廟。」❷乘車。杜牧《阿房宮賦》：「～來於秦。」❸人拉的車子，後特指帝王或王后所乘坐的車。杜甫《哀江頭》：「同～隨君侍君側。」

輦

（粵）bui3〔貝〕（普）bèi

❶某等級、類別的人或物，相當於「等」、「們」。紀昀《閱微草堂筆記·卷十六》：「爾～不能究物理。」（爾～：你們。）❷等級。司馬遷《史記·孫子吳起列傳》：「馬有上、中、下～。」❸輩分，世代。司馬光《訓儉示康》：「當以訓汝子孫，使知前～之風俗云。」❹副詞，一批接一批的。范曄《後漢書·蔡邕列傳下》：「名臣～出。」❺比較。《後漢書·循吏列傳》：「時人以～前世趙、張。」

輻

（粵）zi1〔滋〕（普）zī

前後都有帷蓋的載重大車。李華《弔古戰場文》：「徑截～重。」（中途截取軍用物資。）

適

一 （粵）sik1〔色〕（普）shì

❶前往。許慎《說文解字》：「～，之也。」（之：前往。）劉基《郁離子·卷上》：「期年出之，抱以～市。」❷女子出嫁。潘岳《寡婦賦》：「少喪父母，～人而所天又殞。」（殞【（粵）wan5〔允〕（普）yǔn】：死亡。）❸適合，適宜。

韓非《韓非子·五蠹》：「故事因於世，而備～於事。」❹舒適。魏禧《吾廬記》：「且夫人各以得行其志為～。」❺滿意，順心。劉熙載《海鷗》：「吾以傲野自～。」❻享受。蘇軾《前赤壁賦》：「是造物者之無盡藏也，而吾與子之所共～。」❼副詞，適才，剛剛。馬中錫《中山狼傳》：「～為虞人逐，其來甚速，幸先生生我。」❽副詞，碰巧，有成語「～逢其會」。袁宏道《滿井遊記》：「而此地～與余近。」

二 （粵）zaak6〔擇〕（普）zhé

通「謫」，這個意思後來被寫成「謫」，貶謫，譴責，懲罰。司馬遷《史記·陳涉世家》：「二世元年七月，發閭左～戍漁陽。」

三 （粵）dik1〔的〕（普）dí

通「嫡」，正妻或其所生長子，這個意思後來被寫成「嫡」。司馬遷《史記·魯周公世家》：「襄仲為不道，殺～立庶！」（襄仲：春秋時代魯莊公之子。）

遨

（粵）ngou4〔熬〕（普）áo

遊玩，遊蕩，有詞語「～遊」。柳宗元《永州八記·始得西山宴遊記》：「箕踞而～。」

遭

（粵）zou1〔糟〕（普）zāo

❶遭遇，遇到。許慎《說文解字》：「～，遇也。」司馬遷《史記·管晏列傳》：「知我不～時也。」（知道我沒有碰上好時機。）❷遭受。歸有光《項脊軒志》：「軒凡四～

（十五畫）

火。」

遷 　粵 cin1〔千〕普 qiān

❶遷移，遷徙。司馬遷《史記·孔子世家》：「孔子～於蔡三歲。」❷離散，滅亡。蘇洵《六國論》：「齊人未嘗賂秦，終繼五國～滅，何哉？」❸變更，變動，有成語「時過境～」。韓非《韓非子·五蠹》：「故主施賞不～，行誅無赦。」❹調任，升遷或降職遠調，前者稱為「右～」，後者稱為「左～」。范仲淹《岳陽樓記》：「～客騷人，多會於此。」❺放逐。《史記·屈原賈生列傳》：「頃襄王怒而～之。」（頃襄王：指楚頃襄王。之：指屈原。）

鄰 　粵 leon4〔倫〕普 lín

❶古代居民的基層組織。許慎《説文解字》：「五家為～。」班固《漢書·食貨志上》：「五家為～，五～為里。」❷鄰居。杜甫《兵車行》：「生女猶得嫁比～。」❸鄰國。《左傳·僖公三十年》：「～之厚，君之薄也。」（君：指秦國。）❹鄰近，相鄰。《孟子·梁惠王上》：「察～國之政，無如寡人之用心者。」

醉 　粵 zeoi3〔最〕普 zuì

❶酒醉，與「醒」相對。李白《月下獨酌》（其一）：「醒時同交歡，～後各分散。」❷喝醉酒。柳宗元《永州八記·始得西山宴遊記》：「到則披草而坐，傾壺而～。」❸比喻糊塗，與「醒」相對。司馬遷《史記·屈原賈生列傳》：「眾人皆～而我獨醒。」❹極度喜愛，有詞語「～心」、「陶～」等。《列子·黃帝》：「鄭人見之，皆避而走。列子見之而心～。」（之：指神巫。）

銳 　粵 jeoi6〔裔〕普 ruì

❶銳利，尖銳。許慎《説文解字》：「～，芒也。」（芒：本指穀類植物種子殼上或草木上的針狀物，後比喻尖銳。）《管子·七法》：「故聚天下之精財，論百工之～器。」❷精銳。韓非《韓非子·存韓》：「秦特出～師取韓地。」❸銳氣，有成語「養精蓄～」。蔡邕《釋誨》：「武夫奮勇，戰士講～。」❹細小。《左傳·昭公十六年》：「且吾以玉賈罪，不亦～乎？」（賈【粵 gu2〔古〕普 gǔ】：招致。）❺副詞，急速，有詞語「～減」。《孟子·盡心》：「其進～者，其退速。」

鋪

一 　粵 pou1〔披高切〕普 pū

❶鋪設，鋪陳。宋濂《燕書》：「置之牛羊棧中，日～以糟。」（之：指豹。牛羊棧【粵 zaan6〔賺〕普 zhàn】：牛棚、羊圈。糟：酒渣。）❷鋪開，鋪張。張岱《湖心亭看雪》：「有兩人～氈對坐。」

二 　粵 pou4〔屁到切〕普 pù

❶店舖。張籍《送楊少尹赴鳳翔》：「得錢祇了還書～。」（祇：通「只」，只是，僅僅。了：了結。）❷驛站。《元史·兵志四》：「元

制，設急遞～，以達四方文書之往來。」

銷 粵 siu1〔消〕普 xiāo

❶熔化金屬。許慎《説文解字》：「～，鑠金也。」司馬遷《史記・秦始皇本紀》：「收天下兵，聚之咸陽，～以為鐘鐻，金人十二。」（兵：兵器。鐻【粵 geoi3〔據〕普 jù】：古代樂器。）❷通「消」，消失，消散，消除，這個意思後來被寫成「消」。王勃《滕王閣序》：「雲～雨霽。」

鋒 粵 fung1〔峯〕普 fēng

❶兵器或器物銳利的部分，有詞語「刀～」。李華《弔古戰場文》：「寄身～刃。」（～刃：借指兵器。）❷行軍時的先頭部隊，有詞語「前～」。陸以湉《冷廬雜識・卷七・陳忠愍公》：「是可當前～乎？」❸鋒利，銳利。《宋史・兵志十一》：「詔京師所製軍器，多不～利，其選朝臣、使臣各一員揀試之。」❹鋒芒、銳氣。蘇軾《留侯論》：「其～不可犯。」

閱 粵 jyut6〔月〕普 yuè

❶檢閱，有詞語「～兵」。陸以湉《冷廬雜識・卷七・陳忠愍公》：「嘗與制府牛某大～。」❷察看。《管子・度地》：「常以秋歲末之時～其民。」❸閱讀。劉禹錫《陋室銘》：「可以調素琴，～金經。」（金經：佛經。）❹閱歷，經歷。《冷廬雜識・卷七・陳忠愍公》：「忍創負公屍藏蘆叢中，～十日，以告嘉定縣令。」（創：傷。）❺匯集，總集。陸機《歎逝賦》：「川～水以成川。」

閭 粵 leoi4〔雷〕普 lú

❶里巷，里巷的大門。許慎《説文解字》：「～，里門也。」王勃《滕王閣序》：「～閻撲地。」（～閻【粵 jim4〔嚴〕普 yán】：里巷，借指住宅。撲地：滿地。）❷古代的一種居民組織單位，有二十五戶人家。司馬遷《史記・陳涉世家》：「二世元年七月，發～左適戍漁陽。」

霄 粵 siu1〔消〕普 xiāo

❶雲氣。許慎《説文解字》：「雨霰為～。」（霰【粵 sin3〔線〕普 xiàn】：在高空中的水蒸氣遇到冷空氣而凝結成的小冰粒。）杜甫《兵車行》：「哭聲直上干雲～。」（借指天空。）❷天空。王勃《滕王閣序》：「層巒聳翠，上出重～。」（翠：借指山。）

霆 粵 ting4〔停〕普 tíng

❶雷，疾雷，有詞語「雷～」。許慎《説文解字》：「～，雷餘聲也鈴鈴。」杜牧《阿房宮賦》：「雷～乍驚，宮車過也。」（乍：突然。）❷閃電。《淮南子・兵略訓》：「疾雷不及塞耳，疾～不暇掩目。」❸震動。《管子・七臣七主》：「天冬雷，地冬～。」

養 粵joeng5〔氧〕普yǎng

❶生養，供養。許慎《説文解字》：「～，供～也。」《莊子‧養生主》：「可以～親，可以盡年。」（親：雙親。）❷飼養。蒲松齡《聊齋誌異‧促織》：「市中游俠兒，得佳者籠～之。」（之：指蟋蟀。）❸養生的事物。韓非《韓非子‧五蠹》：「不事力而～足。」❹培養，保養。《韓非子‧定法》：「謂之衣食孰急於人，則是不可一無也，皆～生之具也。」❺修養。《孟子‧盡心下》：「～心莫善於寡欲。」❻教育，教養。班固《漢書‧儒林傳》：「或言孔子布衣～徒三千人。」❼廚師。《公羊傳‧宣公十二年》：「廝役扈～死者數百人。」（廝役：僕人。扈【粵wu6〔互〕普hù】：養馬的人。）

餔 粵bou1〔褒〕普bū

吃。司馬遷《史記‧屈原賈生列傳》：「何不～其糟而啜其醨？」（糟：釀酒剩下的渣子。啜【粵cyut3〔撮〕普chuò】：吸吮。醨【粵lei4〔籬〕普lí】：不濃烈的酒。）

餓 粵ngo6〔卧〕普è

❶嚴重的飢餓。許慎《説文解字》：「～，飢也。」謝肇淛《五雜俎‧物部三》：「及其亂離饑～。」❷使人挨餓。《孟子‧告子下》：「勞其筋骨，～其體膚。」

餒 粵neoi5〔你呂切〕普něi

❶飢餓。謝肇淛《五雜俎‧物部三》：「時思及凍～。」（時：經常。）❷空虛，失去勇氣，有詞語「氣～」。《孟子‧公孫丑上》：「其為氣也，配義與道，無是，～也。」（是：這個。）❸貧弱。劉勰《文心雕龍‧事類》：「有學飽而才～。」❹魚肉腐爛、不新鮮。《論語‧鄉黨》：「魚～而肉敗，不食。」

餘 粵jyu4〔余〕普yú

❶多餘的，剩餘的。許慎《説文解字》：「～，饒也。」（饒【粵jiu4〔搖〕普ráo】：多。）韓非《韓非子‧五蠹》：「人民少而財有～。」❷遺留。王勃《滕王閣序》：「孟嘗高潔，空～報國之心。」（孟嘗：指孟嘗君。）❸不盡，未盡，有成語「猶有～悸」。蘇軾《前赤壁賦》：「～音嫋嫋。」❹其餘，餘下。司馬光《訓儉示康》：「其～以儉立名，以侈自敗者多矣，不可遍數。」❺餘數。司馬遷《史記‧廉頗藺相如列傳》：「秦自繆公以來二十～君。」❻以外，以後。孟浩然《行出東山望漢川》：「雪～春未煖。」（煖：通「暖」，溫暖。）

駐 粵zyu3〔注〕普zhù

❶車馬停止前進。許慎《説文解字》：「～，馬立也。」姜夔《揚州慢》：「解鞍少～初程。」（少：稍為。）❷暫時停留。王勃《滕王

閣序》:「襜帷暫～。」(襜帷【粵】cim1 wai4〔纖圍〕【普】chān wéi】:車上的帷幕,在前面的叫「襜」,在兩旁的叫「帷」,借指車。)❸軍隊駐紮,駐守,有詞語「～兵」。陳壽《三國志・蜀書・諸葛亮傳》:「率諸軍北～漢中。」

駕【粵】gaa3〔架〕【普】jià

❶指馬拉著車一天所走的路程。《荀子・勸學》:「駑馬十～,功在不舍。」❷駕車馬。《資治通鑑・晉紀・烈宗孝武皇帝上之下》:「安遂命～出遊山墅。」❸馬車,車子。曹植《雜詩》(其五):「僕夫早嚴～。」❹控制。《舊唐書・馬周傳》:「如韓、彭之難～馭者。」❺超越。李白《古風》(其三):「大略～羣才。」

駟【粵】si3〔嗜〕【普】sì

十五畫

❶四匹馬所拉的車。許慎《説文解字》:「～,乘也。」(乘【粵】sing6〔剩〕【普】shèng〕:四匹馬拉動的車。)曹植《七啟》:「駕超野之～。」❷駟馬,拉同一輛車的四匹馬,有諺語「一言既出,～馬難追」。《墨子・兼愛下》:「譬之猶～馳而過隙也。」❸泛指馬匹。司馬遷《史記・孫子吳起列傳》:「今以君之下～與彼上～。」❹量詞,匹,輛。《論語・季氏》:「齊景公有馬千～。」

駑【粵】nou4〔奴〕【普】nú

❶劣馬。《荀子・勸學》:「～馬十駕,功在不舍。」❷比喻才能平庸。司馬遷《史記・廉頗藺相如列傳》:「相如雖～,獨畏廉將軍哉?」(相如:指藺相如。廉將軍:指廉頗。)

駙【粵】fu6〔付〕【普】fù

副馬,駕副車或備用的馬。許慎《説文解字》:「～,副馬也。」張衡《東京賦》:「～承華之蒲梢。」

髮【粵】faat3〔法〕【普】fà

❶頭髮。許慎《説文解字》:「～,根也。」李白《將進酒》:「君不見高堂明鏡悲白～,朝如青絲暮成雪。」❷比喻草木。《莊子・逍遙遊》:「窮～之北有冥海者,天池也。」(窮:沒有。)

髯【粵】jim4〔嚴〕【普】rán

兩腮的鬍子。王充《論衡・語增》:「高祖之相,龍顏,隆準,項紫,美鬚～,身有七十二黑子。」(高祖:指漢高祖。)

魅【粵】mei6〔味〕【普】mèi

迷信傳說中的精怪。許慎《説文解字》:「～,老精物也。」韓非《韓非子・外儲説左上》:「齊王問曰:『畫孰最難者?』曰:『犬馬最難。』『孰最易者?』曰:『鬼～最易。』」

魄 粵 paak3〔拍〕 普 pò

人的魂魄。許慎《説文解字》：「～，陰神也。」李白《夢遊天姥吟留別》：「忽魂悸以～動。」

 魯 粵 lou5〔老〕 普 lǔ

笨，愚鈍。許慎《説文解字》：「～，鈍詞也。」《論語・先進》：「參也～。」（曾參遲鈍。）

鴆 粵 zam6〔朕〕 普 zhèn

本指傳説中的一種有毒的鳥，羽毛為紫綠色，放在酒中能毒死人，後借指毒酒，有成語「飲～止渴」。許慎《説文解字》：「～，毒鳥也。」班固《漢書・王莽傳下》：「莽～殺孝平帝。」

麾 粵 fai1〔揮〕 普 huī

❶ 指揮作戰用的旗子。辛棄疾《破陣子・為陳同甫賦壯詞以寄之》：「八百里分～下炙。」（八百里：牛的名稱。～下：部下。❷ 通「揮」，指揮，這個意思後來被寫成「揮」。羅貫中《三國演義・第七十二回》：「魏延詐敗而走，操方～軍回戰馬超。」（操：指曹操。）❸ 通「揮」，揮動（手臂、旗幟等），這個意思後來被寫成「揮」。《左傳・隱公十一年》：「周～而呼曰：『君登矣！』」

 黎 粵 lai4〔犁〕 普 lí

黑中帶黃的顏色，有詞語「～民」。司馬遷《史記・李斯列傳》：「面目～黑。」

墨 粵 mak6〔默〕 普 mò

❶ 墨，黑色顏料。許慎《説文解字》：「～，書也。」王實甫《西廂記・第三本・第二折》：「滿紙春愁～未乾。」❷ 文字的代稱，有成語「舞文弄～」。吳子良《荊溪林下偶談》：「俚俗謂不能文者為胸中無～。」❸ 黑色。魏學洢《核舟記》：「鉤畫了了，其色～。」（了了：清晰分明。）❹ 穿上黑色喪服。《左傳・僖公三十三年》：「遂～以葬文公。」（文公：指晉文公。）❺ 繩墨，即古代木匠所用的墨線。《荀子・大略》：「如權衡之於輕重也，如繩～之於曲直也。」❻ 貪污。《左傳・昭公十四年》：「貪以敗官為～，殺人不忘為賊。」❼ 墨刑，古代刑罰之一，在臉上刺字後塗上墨，又稱為「黥【粵 king4〔鯨〕普 qíng】」。《尚書・商書・伊訓》：「臣下不匡，其刑～。」（不匡【粵 hong1〔康〕普 kuāng】：不糾正君主的過失。）❽ 墨家的簡稱，戰國時代的哲學派別，「九流十家」之一，其創始人為宋國的墨翟。《孟子・滕文公》：「天下之言，不歸楊，則歸～。」（楊：指楊朱學派，與儒家和墨家相抗衡。）❾ 通「默」，沉默，這個意思後來被寫成「默」。司馬遷《史記・屈原賈生列傳》：「孔靜幽～。」（孔：很。）

齒 🔊 ci2〔此〕🔊 chǐ

❶本指門牙，後泛指牙齒。白珽《湛淵靜語・卷二》：「橐益脬而損～。」❷年齡，歲數。班固《漢書・趙充國辛慶忌傳》：「犬馬之～七十六。」（犬馬：臣子對君上的卑稱。）❸齒狀物件。《宋書・謝靈運傳》：「登躡常着木履，上山則去前～，下山去其後～。」❹言論。柳宗元《答韋中立論師道書》：「平居，望外遭～舌不少。」（平時意外地遭受到不少是非口舌。）❺提及。韓愈《師說》：「巫、醫、樂、師、百工之人，君子不～。」❻像牙齒一樣並列。《莊子・天下》：「百官以此相～。」

十六畫

儕 🔊 caai4〔柴〕🔊 chái

❶輩，類，有成語「傲視同～」。許慎《說文解字》：「～，等輩也。」《左傳・成公二年》：「夫文王猶用眾，況吾～乎？」（吾～：相當於「我們」。）❷副詞，一起。《列子・湯問》：「長幼～居，不君不臣；男女雜游，不媒不聘。」

儐 🔊 ban3〔殯〕🔊 bìn

❶導引，迎接賓客。許慎《說文解字》：「～，導也。」《管子・小問》：「桓公令～者延而上，與之分級而上。」❷接引賓客的人。司馬遷《史記・孔子世家》：「君召使～，色勃如也。」（色：臉色。勃：猝變。）

儒 一 🔊 jyu4〔餘〕🔊 rú

❶專門擔任禮儀、教育等職務的知識分子。許慎《說文解字》：「～……術士之偁。」（偁：通「稱」，稱呼。）《列子・說符》：「牛缺者，上地之大～也。」❷春秋末期由孔子創立的學派 —— 儒家的簡稱。司馬遷《史記・孝武本紀》：「會竇太后治黃老言，不好～術。」（會：恰巧。黃老：黃帝及老子，即指道家。）❸泛指讀書人，知識份子，學者。劉禹錫《陋室銘》：「談笑有鴻～，往來無白丁。」（白丁：沒有學問的人。）

二 🔊 no6〔糯〕🔊 nuò

通「懦」，懦弱，柔弱。許慎《說文解字》：「～，柔也。」《北史・王崇傳》：「崇性～緩不斷，終日昏睡。」

儘 🔊 zeon2〔准〕🔊 jǐn

任憑，任隨，有詞語「～管」。武衍《宮詞》：「惟有落紅官不禁，～教飛舞出宮牆。」

儔 粵cau4〔酬〕普chóu

伴侶，有詞語「～侶」。李白《贈崔郎中宗之》：「草木為我～。」

冀 粵kei3〔驥〕普jì

❶古地名，九州之一，約在今河北省一帶。許慎《説文解字》：「～，北方州也。」《列子·湯問》：「本在～州之南。」❷期望，冀望。韓非《韓非子·五蠹》：「～復得兔，兔不可復得，而身為宋國笑。」（復：再次。）

凝 粵jing4〔形〕普níng

❶水結成冰。許慎《説文解字》：「～，水堅也。」岑參《白雪歌送武判官歸京》：「瀚海闌干百丈冰，愁雲慘淡萬里～。」❷凝聚。王勃《滕王閣序》：「煙光～而暮山紫。」❸注意力集中，有詞語「～望」。《莊子·逍遙遊》：「其神～，使物不疵癘而年穀熟。」（疵癘【粵ci1 lai6〔雌例〕普cī lì】：災害。）❹鞏固，穩定。《荀子·議兵》：「齊能并宋，而不能～也，故魏奪之。」❺停止。柳宗元《永州八記·始得西山宴遊記》：「心～形釋，與萬化冥合。」❻比喻拘泥。司馬遷《史記·屈原賈生列傳》：「夫聖人者，不～滯於物而能與世推移。」

劑 粵zai1〔擠〕普jì

❶調劑，調和。范曄《後漢書·文苑列傳下》：「酸苦以～其味。」❷藥劑。《新唐書·鮑李蕭薛樊王吳鄭陸盧柳崔傳》：「帝知之，詔侍醫敦進湯～。」（帝：指唐德宗。）

噫 一 粵ji1〔醫〕普yī

歎詞，表示感歎，相當於「唉」。范仲淹《岳陽樓記》：「～！微斯人，吾誰與歸！」（唉！沒有這種人的話，那麼有誰和我共同進退呢？）

二 粵aai3〔嗌〕普ài

呼氣。劉禹錫《天論》：「噓為雨露，～為風雷。」（噓：慢慢地吐氣。）

噩 粵ngok6〔岳〕普è

可怕的，嚇人的，有詞語「～耗」。《周禮·春官宗伯》：「以日月星辰占六夢之吉凶，一曰正夢，二曰～夢。」（正夢：好夢。）

噤 粵gam3〔禁〕普jìn

閉口，不說話，有成語「～若寒蟬」。許慎《説文解字》：「～，口閉也。」方苞《左忠毅公軼事》：「史～不敢發聲。」（史：指史可法。）

器 粵hei3〔氣〕普qì

❶器皿。許慎《説文解字》：「～，皿也。」司馬光《訓儉示康》：「～皿非滿案，不敢會賓友。」（案：長形桌子。）❷兵器，器械。《墨子·公輸》：「已持臣守圉之～。」（圉【粵jyu5〔乳〕普yǔ】：邊境。）❸才能，才幹。陳壽《三國志·

十六畫

蜀書・諸葛亮傳》：「亮之～能政理。」❹器重。范曄《後漢書・郭陳列傳》：「謝遣門人，拒絕知友，唯在公家而已，朝廷～之。」❺器量，氣量，有詞語「小～」。《訓儉示康》：「孔子鄙其小～。」（其：指管仲。）

噬 粵sai6〔誓〕普shì

咬。柳宗元《三戒・黔之驢》：「以為且～己也，甚恐。」

壁 粵bik1〔碧〕普bì

❶牆壁，有成語「家徒四～」。許慎《説文解字》：「～，垣也。」（垣【粵wun4〔援〕普yuán】：牆壁。）班固《漢書・司馬相如傳上》：「家徒四～立。」❷軍營。司馬遷《史記・高祖本紀》：「晨馳入張耳、韓信～，而奪之軍。」❸陡峭的山崖。陶弘景《與謝中書書》：「兩岸石～，五色交輝。」❹陡峭，有成語「～立千仞」。徐宏祖《徐霞客遊記・遊黃山日記後》：「惟一石頂～起猶數十丈。」❺駐守。《史記・魏公子列傳》：「魏王恐，使人止晉鄙，留軍～鄴，名為救趙，實持兩端以觀望。」（晉鄙：人名，戰國時代魏國將領。鄴：地名。）

奮 粵fan5〔憤〕普fèn

❶鳥類展翅（高飛）。《詩經・邶風・柏舟》：「靜言思之，不能～飛。」❷揮動，揚起。馬中錫《中山狼傳》：「遂鼓吻～爪以向先生。」（鼓吻：掀動嘴唇。）❸舉起，有詞語「～臂」。林嗣環《口技》：「於是賓客無不變色離席，～袖出臂。」❹發揚。賈誼《過秦論》：「及至始皇，～六世之餘烈。」（六世：指秦始皇之前的六位秦國國君──秦孝公、秦惠文王、秦悼武王、秦昭襄王、秦孝文王和秦莊襄王。）❺發奮，奮起。陸以湉《冷廬雜識・卷七・陳忠愍公》：「夷人復～力攻擊，公孤立無助。」

學 粵hok6〔鶴〕普xué

❶學習。韓愈《師説》：「今之眾人，其下聖人也亦遠矣，而恥～於師。」❷仿效，有成語「邯鄲～步」。《晉書・隱逸傳》：「是猶美西施而～其顰眉。」❸學問，學説。《論語・學而》：「君子不重，則不威，～則不固。」❹學生，學者。范曄《後漢書・鄧張徐張胡列傳》：「以悟後～。」（悟：啟發。）❺學校。韓愈《進學解》：「國子先生晨入太～。」（國子先生：韓愈自稱。）

導 粵dou6〔杜〕普dǎo

❶導引，引導，引路。許慎《説文解字》：「～，引也。」司馬遷《史記・孫子吳起列傳》：「善戰者因其勢而利～之。」❷嚮導，引路的人。《史記・大宛列傳》：「烏孫發～譯送騫還。」（烏孫：西域國名。導譯：嚮導兼翻譯。騫：指張騫。）❸沿着，順着。《莊子・養

生主》：「～大竅，因其固然。」（竅【粵】fun2〔款〕【普】kuǎn）：骨節空隙處。因其固然：依循牛隻的身體結構。）❹勸導，勸誘。方苞《獄中雜記》：「然後～以取保。」（取保：找人保釋自己。）❺疏導，疏通。《國語·周語上》：「是故為川者決之使～。」

嶼

一 【粵】zeoi6〔罪〕【普】yǔ

小島，島嶼。柳宗元《永州八記·小石潭記》：「卷石底以出，為坻，為～。」（坻【粵】ci4〔詞〕【普】chí】：水中高地。）

二 【粵】jyu4〔餘〕【普】yǔ

大～山：香港地名，為境內最大島嶼。

廩 【粵】lam5〔凜〕【普】lǐn

❶糧倉，米倉。晁錯《論貴粟疏》：「廣畜積，以實倉～。」❷糧食，特指官家所供給的。班固《漢書·李廣蘇建傳》：「武既至海上，～食不至。」❸儲藏，積聚。《黃帝內經·素問·皮部論》：「～於腸胃。」

彊

通「強」，見第 173 頁「強」字條。

憲 【粵】hin3〔獻〕【普】xiàn

❶憲令，法令。司馬遷《史記·屈原賈生列傳》：「懷王使屈原造為～令。」（懷王：指楚懷王。）❷效法。陳壽《三國志·蜀書·郤正傳》：「俯～坤典，仰式乾文。」

（式：跟隨。）❸公佈。王安石《原教》：「藏于府，～于市。」

憑 【粵】pang4〔朋〕【普】píng

❶身子依靠。杜甫《登岳陽樓》：「～軒涕泗流。」（軒：欄杆。涕泗【粵】si3〔嗜〕【普】sì】：眼淚和鼻水。）❷憑藉，倚靠。辛棄疾《永遇樂·京口北固亭懷古》：「～誰問：廉頗老矣，尚能飯否？」❸登臨。韋莊《婺州水館重陽日作》：「異國逢佳節，～高獨苦吟。」❹欺凌，多與「陵」組合成詞語「～陵」。李華《弔古戰場文》：「～陵殺氣，以相剪屠。」❺涉水渡河。楊衒之《洛陽伽藍記·永寧寺》：「～流而渡。」❻盛，大。范曄《後漢書·班彪列傳下》：「～怒雷霆。」

憩 【粵】hei3〔器〕【普】qì

休憩，休息。陶潛《歸去來辭》：「策扶老以流～。」（策：扶着。扶老：枴杖。）

憶 【粵】jik1〔億〕【普】yì

❶回憶，回想。《列子·說符》：「至關下，果遇盜，～其兄之戒。」❷思念。《木蘭辭》：「問女何所思？問女何所～？」❸記住不忘。鄭瑄《昨非庵日纂二集·汪度》：「爾～盜吾銀器時乎？」

憾 【粵】ham6〔撼〕【普】hàn

❶恨，怨恨。《孟子·梁惠王上》：「是使民養生喪死無～也。」❷遺

十六畫

憾，心中不完滿的感覺。《論語·公冶長》：「願車馬，衣輕裘，與朋友共，敝之無～。」（裘：動物皮衣。敝：破舊。）

懌 ⑧jik6〔亦〕⑧yì

喜悅。許慎《說文解字》：「～，說也。」（說：通「悅」，喜悅。）司馬遷《史記·廉頗藺相如列傳》：「於是秦王不～。」

懈 ⑧haai6〔械〕⑧xiè

鬆懈，懈怠。許慎《說文解字》：「～，怠也。」諸葛亮《出師表》：「然侍衞之臣不～於內。」

戰 ⑧zin3〔箭〕⑧zhàn

❶戰鬥，作戰。許慎《說文解字》：「～，鬥也。」（鬥：通「鬥」。）司馬遷《史記·廉頗藺相如列傳》：「我為趙將，有攻城野～之大功。」❷戰爭。《左傳·莊公十年》：「夫～，勇氣也。」❸通「顫」，戰抖，發抖，這個意思後來被寫成「顫」。林嗣環《口技》：「於是賓客無不變色離席，奮袖出臂，兩股～～，幾欲先走。」

擅 ⑧sin6〔善〕⑧shàn

❶獨攬，專有。許慎《說文解字》：「～，專也。」司馬遷《史記·孝文本紀》：「夫以呂太后之嚴，立諸呂為三王，～權專制。」❷擅自。《國語·晉語九》：「與非司寇而～殺，其罪一也。」（司寇：古

代負責司法和刑罰的官職。殺：指行刑。）❸擁有。《戰國策·秦策三》：「中山之地，方五百里，趙獨～之。」（中山：戰國時代諸侯國之一，在今河北省一帶。）❹擅長。韓非《韓非子·定法》：「申不害不～其法。」❺通「禪」，禪讓，禪位，這個意思後來被寫成「禪」。《荀子·正論》：「夫曰堯舜～讓，是虛言也。」

擁 ⑧jung2〔蛹〕⑧yōng

❶擁抱，抱着。駱賓王《夏日夜憶張二》：「伏枕憂思深，～膝獨長吟。」❷圍着。宋濂《送東陽馬生序》：「以衾～覆，久而乃和。」（衾【⑧kam1〔傾心切〕⑧qīn】：被子。）❸聚集。陳壽《三國志·蜀書·諸葛亮傳》：「今操已～百萬之眾。」（操：指曹操。）❹阻塞。韓愈《左遷至藍關示姪孫湘》：「雲橫秦嶺家何在？雪～藍關馬不前。」❺拿着。王安石《遊褒禪山記》：「余與四人～火以入。」（火：火把。）❻擁有。賈誼《過秦論》：「秦孝公據殽、函之固，～雍州之地。」（殽【⑧ngaau4〔肴〕⑧yáo】：殽關。函：函谷關。雍【⑧jung3〔翁【陰去】〕⑧yōng】州：古九州之一，在今陝西省、甘肅省、青海省一帶。）

據 ⑧geoi3〔踞〕⑧jù

❶按着，靠着。徐宏祖《徐霞客遊記·遊黃山日記後》：「手向後～

地,坐而下脫。」❷依靠,憑藉。《詩經·邶風·柏舟》:「亦有兄弟,不可以～。」❸依據,根據。紀昀《閱微草堂筆記·卷十六》:「然則天下之事,但知其一,不知其二者多矣,可～理臆斷歟?」❹佔據,佔有。賈誼《過秦論》:「秦孝公～殽、函之固。」(殽【粵】ngaau4〔肴〕【普】yáo〕:殽關。函:函谷關。)❺憑據,證書。《金史·百官志一》:「中選者,試官給～,以名報有司。」

擇 【粵】zaak6〔澤〕【普】zé

❶選擇。許慎《說文解字》:「～,柬選也。」(柬:通「揀」,揀選。)韓愈《師說》:「愛其子,～師而教之。」❷區別。《孟子·梁惠王上》:「則牛羊何～焉?」

操 一 【粵】cou1〔粗〕【普】cāo

❶拿着,持。許慎《說文解字》:「～,把持也。」《呂氏春秋·季冬紀·士節》:「着衣冠,令其友～劍奉笥而從。」(笥【粵】zi6〔字〕【普】sì〕:盛飯或衣物的方形竹器。)❷操控,控制。韓非《韓非子·定法》:「～殺生之柄。」《韓非子·五蠹》:「州部之吏,～官兵、推公法而求索姦人。」❸主張。王安石《答司馬諫議書》:「議事每不合,所～之術多異故也。」❹從事,有成語「重～故業」。蒲松齡《聊齋誌異·促織》:「～童子業,久不售。」(正在讀書,準備應考,長

時間考取不了功名。)❺琴曲。《列子·湯問》:「初為霖雨之～,更造崩山之音。」

二 【粵】cou3〔燥〕【普】cāo

操守。司馬遷《史記·酷吏列傳》:「湯之客田甲,雖賈人,有賢～。」

撼 【粵】ham6〔憾〕【普】hàn

搖動。戴名世《南山集·鳥說》:「小～之小鳴,大～之即大鳴。」

擔 一 【粵】daam1〔耽〕【普】dān

❶擔起,肩挑,肩扛。《戰國策·秦策一》:「負書～橐。」(橐【粵】tok3〔托〕【普】tuó〕:袋子。)❷承擔,擔負。林覺民《與妻訣別書》:「故寧請汝先死,吾～悲也。」

二 【粵】daam3〔對擔切〕【普】dàn

擔子。《列子·湯問》:「遂率子孫荷～者三夫。」(荷【粵】ho6〔賀〕【普】hè〕:揹負。)

整 【粵】zing2〔止警切〕【普】zhěng

❶整齊,有秩序。許慎《說文解字》:「～,齊也。」陳壽《三國志·魏書·武帝紀》:「望虜陳不～。」(虜:敵人。陳:通「陣」,軍陣。)❷整理。范曄《後漢書·張衡傳》:「衡下車,治威嚴,～法度。」❸完整。《左傳·僖公三十年》:「以亂易～,不武。」❹優美,端莊。張岱《西湖七月半》:「山復～妝。」

曉 （粵）hiu2〔起小切〕（普）xiǎo

❶破曉，天明。許慎《説文解字》：「～，明也。」陶弘景《與謝中書書》：「～霧將歇，猿鳥亂鳴。」❷通曉。諸葛亮《出師表》：「～暢軍事。」❸告知。班固《漢書·李廣蘇建傳》：「單于使使～武。」（使【粵】si2〔史〕（普）shǐ）使【粵】si3〔嗜〕（普）shì）：派遣使者。）

橐 （粵）tok3〔托〕（普）tuó

袋子，有詞語「～駝」。馬中錫《中山狼傳》：「乃出圖書，空囊～。」

橫 一 （粵）waang4〔榮盲切〕（普）héng

❶橫，與「豎」、「直」、「縱」等相對，這個意思又被寫成「衡」。杜牧《阿房宮賦》：「直欄～檻。」（檻【粵】haam5〔鹹〔陽上〕】（普）jiàn）：欄杆。）❷橫着。韋應物《滁州西澗》：「野渡無人舟自～。」❸李華《弔古戰場文》：「～攻士卒。」（攔腰攻擊士兵隊伍。）❹縱橫錯雜。蘇軾《記承天寺夜遊》：「水中藻荇交～，蓋竹柏影也。」（荇【粵】hang6〔幸〕（普）xìng）：一種水草。）❺廣闊。范仲淹《岳陽樓記》：「～無際涯。」

二 （粵）waang6〔禍硬切〕（普）hèng

❶蠻橫，殘暴，有成語「～蠻無理」。司馬遷《史記·吳王濞列傳》：「文帝寬，不忍罰，以此吳日益～。」（吳：指西漢初宗室諸侯國。）❷意料之外的，有成語「飛來～禍」。陳壽《三國志·吳書·孫奮傳》：「然奮之誅夷，～遇飛禍矣。」

樹 （粵）syu6〔豎〕（普）shù

❶樹木。許慎《説文解字》：「～，生植之總名。」（總：通「總」。）《莊子·逍遙遊》：「今子有大～，患其無用。」❷種植。《莊子·逍遙遊》：「我～之成而實五石。」❸培養人才，有成語「百年～人」。韓非《韓非子·外儲説左下》：「吾聞子善～人。」❹樹立，豎立。陳壽《三國志·蜀書·先主傳》：「厚～恩德，以收眾心。」❺建樹，貢獻。《莊子·逍遙遊》：「雖然，猶有未～也。」

樸 （粵）pok3〔璞〕（普）pǔ

❶未加工的木材。許慎《説文解字》：「～，木素也。」司馬遷《史記·屈原賈生列傳》：「材～委積兮。」（委積：堆積。）❷本錢，成本。《商君書·墾令》：「貴酒肉之價，重其租，令十倍其～。」❸本性。《道德經》：「見素抱～，少私寡欲。」❹質樸，樸素，淳樸，有成語「質～無華」。《道德經》：「我無事，而民自富；我無欲，而民自～。」

樵 （粵）ciu4〔潮〕（普）qiáo

❶木柴。柳永《煮海歌》：「採～深入無窮山。」❷砍柴，打柴。蘇軾《前赤壁賦》：「況吾與子漁～於江

渚之上。」（江渚【粵】zyu2〔主〕【普】zhǔ：江邊的沙洲。）❸樵夫。王安石《謝公墩》：「問～～不知，問牧牧不言。」

機 【粵】gei1〔基〕【普】jī

❶器械的機關。許慎《說文解字》：「主發謂之～。」《莊子‧逍遙遊》：「中於～辟。」❷機器。《戰國策‧宋衞策》：「公輸般為楚設～，將以攻宋。」（公輸般：亦作公輸班，即魯班。）❸特指織布機。范曄《後漢書‧列女傳》：「妻乃引刀趨～而言曰。」❹關鍵。陳壽《三國志‧蜀書‧諸葛亮傳》：「操軍破，必北還，如此則荊、吳之勢彊，鼎足之形成矣。成敗之～，在於今日。」❺機要的，機密的。《晉書‧荀勖傳》：「專管～事。」❻時機，機會，有成語「見～行事」。駱賓王《在獄詠蟬‧序》：「候時而來，順陰陽之數；應節為變，審藏用之～。」❼機靈，機敏。《三國志‧魏書‧武帝紀》：「太祖少～警。」❽機詐。白樸《沉醉東風‧漁父》：「卻有忘～友。」❾事務，有成語「日理萬～」。班固《漢書‧百官公卿表》：「掌丞天子，助理萬～。」

歷 【粵】lik6〔力〕【普】lì

❶經歷，經過，有成語「～盡滄桑」。《說文解字》：「～，過也。」《戰國策‧秦策一》：「橫～天下，廷說諸侯之王。」❷副詞，強調時間上的經歷，可以理解為「曾

經」。李密《陳情表》：「且臣少事偽朝，～職郎署。」（偽朝：指三國時代的蜀國。郎署：郎官的職務。）❸逐個，逐一。劉禹錫《昏鏡詞引》：「必～鑒周睞。」

殫 【粵】daan1〔丹〕【普】dān

盡，竭盡。許慎《說文解字》：「～，殛盡也。」（殛：通「極」。）李華《弔古戰場文》：「漢傾天下，財～力痡。」（痡【粵】pou1〔偏高切〕【普】pū：疲倦。）

澤 【粵】zaak6〔擇〕【普】zé

❶光亮潤澤。許慎《說文解字》：「～，光潤也。」姚瑩《捕鼠說》：「日益肥，毛色光～。」❷恩澤，恩惠。司馬遷《史記‧滑稽列傳》：「故西門豹為鄴令，名聞天下，～流後世。」（西門豹：戰國時代魏國的鄴縣縣令。）❸遺風。《孟子‧離婁下》：「君子之～。」❹水匯聚的地方，多指池沼、湖泊等。《史記‧屈原賈生列傳》：「屈原至於江濱，被髮行吟～畔。」❺雨露。歸有光《項脊軒志》：「雨～下注。」（下注：往下灌注。）

濁 【粵】zuk6〔族〕【普】zhuó

❶水混濁，與「清」相對。范仲淹《岳陽樓記》：「陰風怒號，～浪排空。」❷污濁的，卑污的，與「清」相對。鄭瑄《昨非庵日纂二集‧汪度》：「吾為相，宜激～揚清。」❸聲音低沉粗重，與「清」相對。《晉

書‧謝安傳》：「有鼻疾，故其音～。」

激 （粵）gik1〔擊〕（普）jī

❶阻遏水勢，使之騰湧。許慎《說文解字》：「～，水礙衺疾波也。」（衺：古同「邪」。）《孟子‧告子上》：「～而行之，可使在山。是豈水之性哉？」（阻擋住流水叫它倒流，可以使它流到山上。這難道是水的本性嗎？）❷水沖擊。紀昀《閱微草堂筆記‧卷十六》：「水不能衝石，其反～之力。」❸激流，急流。王羲之《蘭亭集序》：「又有清流～湍。」❹聲音激烈高亢。柳宗元《陪永州崔使君遊宴南池序》：「匏竹～越。」（匏【（粵）paau4〔刨〕（普）páo】竹：代指樂器。）❺激動，激發。諸葛亮《出師表》：「由是感～，遂許先帝以驅馳。」❻擊退。鄭瑄《昨非庵日纂二集‧汪度》：「吾為相，宜～濁揚清。」

澹 一（粵）daam6〔啖〕（普）dàn

❶動蕩。許慎《說文解字》：「～，水搖也。」范曄《後漢書‧班彪列傳下》：「西蕩河源，東～海漘。」（漘【（粵）seon4〔唇〕（普）chún】：水邊。）❷安靜。賈誼《鵩鳥賦》：「～虖若深淵之靚。」（虖【（粵）fu4〔符〕（普）hū】：通「乎」。靚【（粵）zing6〔靜〕（普）jìng】：美麗。）❸通「淡」，淡薄，與「濃」相對。《呂氏春秋‧孝行覽‧本味》：「辛而不烈，～而不薄。」

二（粵）taam4〔談〕（普）tán

～臺，複姓，孔子有弟子，名叫～臺滅明。

澼 （粵）pik1〔闢〕（普）pì

多與「洴」（【（粵）ping4〔評〕普píng】）組成詞語「洴～」，解作「漂洗」，再與「絖」（【（粵）kwong3〔礦〕（普）kuàng】）組成詞語「洴～絖」，指漂洗棉絮。《莊子‧逍遙遊》：「世世以洴～絖為事。」

燕 一（粵）jin3〔宴〕（普）yàn

❶燕子。許慎《說文解字》：「～，玄鳥也。」（玄：黑色。）白居易《燕詩示劉叟》：「梁上有雙～，翩翩雄與雌。」（梁：房屋的橫樑。）❷通「宴」，宴會，這個意思後來被寫成「宴」。司馬遷《史記‧齊悼惠王世家》：「惠帝與齊王～飲。」

二（粵）jin1〔煙〕（普）yān

周代諸侯國，戰國七雄之一，在今河北省和遼寧省一帶。蘇洵《六國論》：「～、趙之君，始有遠略。」

熹 （粵）hei1〔希〕（普）xī

光明，微明。陶潛《歸去來辭》：「恨晨光之～微。」

燎 一（粵）liu4〔聊〕（普）liào

放火焚燒草木，有成語「星火～原」。許慎《說文解字》：「～，放火也。」徐光啟《農政全書‧農事‧營治上》：「雜以蒿草，火～之，以絕蟲類，並得為糞。」

二 粵liu4〔聊〕普liáo

火炬。《詩經・小雅・庭燎》:「庭
～之光。」

獨 粵duk6〔犢〕普dú

❶ 單獨。司馬遷《史記・屈原賈
生列傳》:「懷情抱質兮,～無匹
兮。」(質:樸素。)❷ 獨特。吳
均《與宋元思書》:「奇山異水,天
下～絕。」❸ 老而無子。《禮記・
禮運》:「矜寡孤～廢疾者,皆有所
養。」❹ 孤獨。李清照《聲聲慢・
秋情》:「守着窗兒,～自怎生得
黑?」❺ 副詞,獨自,有成語「～
善其身」。李白《月下獨酌》(其
一):「花間一壺酒,～酌無相親。」
❻ 副詞,唯獨,只。《孟子・告子
上》:「非～賢者有是心也,人皆有
之。」周敦頤《愛蓮説》:「晉陶淵
明～愛菊。」❼ 副詞,表示反問,
相當於「難道」。《史記・廉頗藺相
如列傳》:「～畏廉將軍哉?」

璞 粵pok3〔撲〕普pú

❶ 未經雕琢的玉石。韓非《韓非
子・和氏》:「王乃使玉人理其～
而得寶焉。」❷ 比喻樸素。蔡邕
《釋誨》:「顏歜抱～。」(顏歜【粵
cuk1〔速〕普chù】:戰國時代齊國
人,隱居不仕。)

瓢 粵piu4〔飄【陽平】〕普piáo

舀水工具,多用對半剖開的葫蘆瓜
或木頭製成。《論語・雍也》:「一
簞食,一～飲,在陋巷,人不堪其
憂,回也不改其樂。」

瘴 粵zoeng3〔障〕普zhàng

瘴氣,南方山林中的熱空氣,在古
代被認為是瘧疾等傳染病的源頭,
有成語「烏煙～氣」。魏禧《吾廬
記》:「驅車～癘之鄉。」(癘【粵
laai3〔賴【陰去】〕普lài】:麻風
病。)

瞥 粵pit3〔撇〕普piē

眼光掠過,匆匆一看,有成語「匆
匆一～」。許慎《説文解字》:「～,
過目也。」王言《聖師錄・鸛》:「～
而上,搗巢。」

禦 粵jyu6〔預〕普yù

❶ 抵禦,抵擋。陸以湉《冷廬雜
識・卷七・陳忠愍公》:「公登台
守～,日夜不怠。」❷ 通「御」,
阻止。《周禮・秋官司寇》:「～晨
行者,禁宵行者、夜遊者。」❸ 強
權,勢力。范曄《後漢書・黨錮列
傳》:「不畏強～陳仲舉。」

禪 一 粵sin6〔善〕普shàn

❶ 古代帝王祭天地。許慎《説文解
字》:「～,祭天也。」司馬遷《史
記・秦始皇本紀》:「議封～望祭山
川之事。」(封:古代帝王祭天禮。
望:古代祭祀山川的專名。)❷ 禪
讓,指古代帝王讓位給別人。陳壽
《三國志・魏書・文帝紀》:「昔者
帝堯～位於虞舜。」

二 （粵）sim4〔蟬〕（普）chán

佛教用語，指靜思，後泛指有關佛教的事物。王安石《遊褒禪山記》：「褒～山亦謂之華山，唐浮圖慧褒始舍於其址。」（浮圖：佛教徒。舍【（粵）se3〔卸〕（普）shè】：居住。）

積 （粵）zik1〔即〕（普）jī

❶積聚，累積。許慎《說文解字》：「～，聚也。」蘇洵《六國論》：「有如此之勢，而為秦人～威之所劫。」❷積蓄。班固《漢書·食貨志上》：「夫～貯者，天下之大命也。」（貯【（粵）cyu5〔柱〕（普）zhù】：貯藏。）❸副詞，長期。宋濂《龍門月凝道記·尉遲樞第八》：「男子～憾之。」（憾：憎恨。）

穎 （粵）wing6〔泳〕（普）yǐng

❶物件末端的尖銳部分，有成語「脫～而出」。司馬遷《史記·平原君虞卿列傳》：「使遂蚤得處囊中，乃～脫而出。」（遂：指毛遂。蚤：通「早」，早點。）❷聰穎，聰明。《南史·謝靈運傳》：「靈運幼便～悟。」

穆 （粵）muk6〔木〕（普）mù

❶美好。《呂氏春秋·仲冬紀·至忠》：「申公子培，其忠也可謂～行矣。」❷溫和。《詩經·大雅·烝民》：「～如清風。」❸嚴肅的樣子。李華《弔古戰場文》：「～～棣棣，君臣之間。」（棣【（粵）dai6〔第〕（普）dì〕：安和的樣子。）❹通「睦」，和睦。陳壽《三國志·魏書·荀彧傳》：「而與夏侯尚不～。」

窺 （粵）kwai1〔規〕（普）kuī

❶從小孔或縫隙裏看，有成語「管中～豹」。許慎《說文解字》：「～，小視也。」柳宗元《三戒·黔之驢》：「蔽林間～之。」❷觀察。《戰國策·齊策一》：「朝服衣冠，～鏡。」（朝：朝早。）❸偵察。姜夔《揚州慢》：「自胡馬～江去後。」（胡馬：指金兵。）

築 （粵）zuk1〔竹〕（普）zhù

❶築牆，古代以夾板夾住泥土，用木棒把泥土砸實。鄭玄《儀禮·既夕禮·注》：「～，實土其中堅之。」❷築牆用的木棒。《孟子·告子下》：「傅說舉於版～之間。」（傅說【（粵）jyut6〔月〕（普）yuè】：商王武丁的丞相。舉：舉薦。版：築牆用的夾板。）❸建築，修築。歸有光《項脊軒志》：「其後秦皇帝～女懷清台。」

篤 （粵）duk1〔督〕（普）dǔ

❶忠誠，厚道。《禮記·禮運》：「以～父子，以睦兄弟。」❷堅定。《論語·子張》：「博學而～志。」❸程度深。《南史·文學傳》：「明佛理，至是蔬食持戒，信受甚～。」❹病重。李密《陳情表》：「則劉病日～。」（劉：指李密的祖母。）

篡 粵saan3〔傘〕普cuàn

非法奪取，特指臣下奪取君位。謝肇淛《五雜組・物部三》：「及為冉閔所～。」（冉閔【粵jim5 man5〔染敏〕普rǎn mǐn】：本是五胡十六國時期後趙君主石虎的養孫兼將領，後來篡位稱帝，改國號「魏」。）

縊 粵ai3〔翳〕普yì

❶吊死，上吊。郭茂倩《樂府詩集・雜曲歌辭十一》：「其家逼之，乃沒水而死。仲卿聞之，亦自～於庭樹。」❷絞死，勒死。方苞《獄中雜記》：「順我，始～即氣絕；否則，三～加別械，然後得死。」（別械：其他刑具。）

縈 粵jing4〔形〕普yíng

縈繞，圍繞，纏繞。柳宗元《永州八記・始得西山宴遊記》：「～青繚白，外與天際，四望如一。」

罹 粵lei4〔籬〕普lí

❶憂患，苦難。許慎《説文解字》：「～，心憂也。」《詩經・王風・兔爰》：「我生之後，逢此百～。」❷遭受，有詞語「～難」。歸有光《歸氏二孝子傳》：「遭～屯變。」（屯【粵zeon1〔津〕普zhūn】：艱難。）

翰 粵hon6〔瀚〕普hàn

❶毛筆，有詞語「揮～」。潘岳《秋興賦》：「於是染～操紙，慨然而賦。」❷文章。蕭統《文選・序》：

「事出於沉思，義歸乎～藻。」❸文辭，文采。《南齊書・高逸傳》：「其有史～。」

膩 粵nei6〔懦昧切〕普nì

❶細膩，滑潤。吳融《僧舍白牡丹》（其一）：「～若裁雲薄綴霜。」❷污垢。杜牧《阿房宮賦》：「渭流漲～，棄脂水也。」（渭水漂浮着一層污垢，是遭棄掉、滿是脂粉的洗臉水。）

臻 粵zeon1〔津〕普zhēn

到，到達，有成語「至～完美」。許慎《説文解字》：「～，至也。」范曄《後漢書・桓譚馮衍列傳上》：「飢寒並～。」

興 一 粵hing1〔卿〕普xīng

❶起，起來。許慎《説文解字》：「～，起也。」司馬遷《史記・孔子世家》：「從者病，莫能～。」❷興起，策動。劉向《説苑・佚文》：「鄰國謀議，將～兵。」❸興辦，建立。范仲淹《岳陽樓記》：「政通人和，百廢具～。」❹提倡。諸葛亮《出師表》：「若無～德之言。」❺振興，興盛。《出師表》：「此先漢所以～隆也。」❻成功。《禮記・學記》：「此四者，教所由～也。」

二 粵hing3〔慶〕普xìng

❶興趣，興致，有成語「～之所至」。王勃《滕王閣序》：「～盡悲來。」❷喜歡。《禮記・學記》：「不

十六畫

～其藝，不能樂學。」❸高興。《滕王閣序》：「～盡悲來。」

舉 粵 geoi2〔矩〕普 jǔ

❶舉起，抬起。李白《月下獨酌》（其一）：「～杯邀明月，對影成三人。」❷提出，列舉，舉出。司馬光《訓儉示康》：「聊～數人以訓汝。」（聊：略為。汝：你。）❸發動。曹操《讓縣自明本志令》：「而遭值董卓之難，興～義兵。」❹薦舉，推薦，選拔。諸葛亮《出師表》：「是以眾議～寵為督。」（寵：指向寵。督：都督。）❺檢舉。王充《論衡・語增》：「吏見知弗～，與同罪。」❻舉動，行動。韓非《韓非子・五蠹》：「～行如此，治強不可得也。」❼攻取，佔領。杜牧《阿房宮賦》：「戍卒叫，函谷～。」（陳勝和吳廣發動起義，劉邦攻陷函谷關。）❽全，全部，有成語「～國歡騰」。司馬遷《史記・屈原賈生列傳》：「～世混濁而我獨清。」❾盡。《史記・項羽本紀》：「殺人如不能～。」❿副詞，全，盡。《左傳・哀公六年》：「君～不信羣臣乎？」⓫科舉考試。阮閱《詩話總龜・前集》：「賈島初赴～。」⓬應考科舉。韓愈《諱辯》：「勸賀～進士。」（賀：指李賀。）⓭考中科舉。周容《芋老人傳》：「乙先得～，登仕途。」

蕩 粵 dong6〔獨旺切〕普 dàng

❶搖蕩，搖動。姜夔《揚州慢》：

「波心～、冷月無聲。」❷碰撞。柳宗元《三戒・黔之驢》：「～倚衝冒。」（碰撞牠、挨近牠、衝擊牠、冒犯牠。）❸動蕩，不安定。《荀子・勸學》：「是故權利不能傾也，羣眾不能移也，天下不能～也。」❹放蕩，放縱。《論語・陽貨》：「古之狂也肆，今之狂也～。」（古代的狂人肆意直言，今天的狂人放蕩不羈。）❺掃蕩，清除。司馬遷《史記・樂書》：「萬民咸～滌邪穢。」❻坦蕩，平坦。《論語・述而》：「君子坦～～。」

蕃 一 粵 faan4〔煩〕普 fán

❶茂盛，興旺。許慎《說文解字》：「～，艸茂也。」（艸：通「草」。）《荀子・天論》：「繁啟～長於春夏。」❷多。周敦頤《愛蓮說》：「水陸草木之花，可愛者甚～。」❸繁殖，生息。班固《漢書・公孫弘卜式兒寬傳》：「五穀登，六畜～。」

二 粵 faan1〔翻〕普 fān

通「番」，古代對漢族以外各族及異國的通稱，有詞語「紅～」。《周禮・秋官司寇》：「九州之外，謂之～國。」

三 粵 bo3〔播〕普 bō

吐～，由藏族人於唐朝初年建立的政權，到唐朝末年逐漸沒落。

融 粵 jung4〔容〕普 róng

❶融化。盧仝《酬願公雪中見寄》：「園圃冰始～。」❷流通，有詞語「通～」。何晏《景福殿賦》：「品物

咸～。」❸大明，大亮。《左傳・昭公五年》：「明而未～。」❹溫暖。杜牧《阿房宮賦》：「春光～～。」

衛 粵 wai6〔胃〕普 wèi

❶衞士，衞兵。《左傳・文公七年》：「文公之入也，無～。」❷保衞，警衞，防衞。諸葛亮《出師表》：「然侍～之臣不懈於內。」

衡 一 粵 hang4〔衡〕普 héng

❶綁在牛角上以防觸人的橫木，後泛指橫木。許慎《說文解字》：「～，牛觸，橫大木其角。」陶潛《歸去來辭》：「乃瞻～宇。」（～宇：橫樑和屋簷，借指房屋。）❷秤杆。《尚書・虞書・舜典》：「協時月正日，同律度量～。」❸衡量，較量。陸機《演連珠》（其二）：「物勝權而～殆。」❹抗衡。司馬遷《史記・管晏列傳》：「國有道，即順命；無道，即～命。」❺阻塞。《孟子・告子下》：「～於慮。」（思慮受到阻塞。）

二 粵 waang4〔鶯橫切〕普 héng

同「橫」，橫，與「縱」相對。《詩經・齊風・南山》：「～從其畝。」（從：通「縱」，直。畝：播種的壟。）

親 粵 can1〔鵪筋切〕普 qīn

❶雙親，即父母。范曄《後漢書・獨行列傳》：「將過拜尊～，見孺子焉。」❷親人，有血緣關係的人。司馬遷《史記・廉頗藺相如列傳》：「臣所以去～戚而事君者。」（～戚：親屬。）❸親愛。宋濂《杜環小傳》：「母問其平生所～厚故人及幼子伯章。」（厚：厚待。）❹親近。諸葛亮《出師表》：「～賢臣。」❺友好，結為聯盟。《史記・屈原賈生列傳》：「齊與楚從～。」❻副詞，親身，親自。李密《陳情表》：「躬～撫養。」

覦 粵 jyu4〔餘〕普 yú

企求，冀求，有詞語「覬～」。許慎《說文解字》：「～，欲也。」范曄《後漢書・章帝八王傳》：「與中大夫趙王謀圖不軌，闚～神器，懷大逆心。」（闚：通「窺」，窺視。器：玉璽，借指帝位。）

諦 粵 dai3〔帝〕普 dì

❶仔細。許慎《說文解字》：「～，審也。」（審：仔細。）陳壽《三國志・魏書・杜畿傳》：「畿親見為陳大義，遣令歸～思之。」❷弄清楚，注意。蒲松齡《聊齋誌異・促織》：「審～之，短小，黑赤色。」❸佛教用語，指真實的道理，如「真～」、「四聖～」等。

諱 粵 wai5〔偉〕普 huì

❶忌諱，避忌。許慎《說文解字》：「～，誋也。」（誋：通「忌」，忌諱。）《戰國策・秦策一》：「商君治秦，法令至行，公平無私，罰不～強大，賞不私親近。」❷古代稱

已故君主或尊長的名。歸有光《歸氏二孝子傳》：「孝子～鉞。」❸諱言，隱瞞，有成語「～疾忌醫」。馬中錫《中山狼傳》：「敢～狼方向者，有如此轅！」(轅【粵】jyun4〔元〕【普】yuán】：車前駕牲畜的兩根直木。)

謀 【粵】mau4〔眸〕【普】móu

❶商議。許慎《説文解字》：「慮難曰～。」《左傳・莊公十年》：「肉食者～之。」❷謀劃、籌謀，有成語「圖～不軌」。諸葛亮《出師表》：「陛下亦宜自～。」❸有謀略。蘇洵《六國論》：「以賂秦之地，封天下之～臣。」❹計謀。司馬遷《史記・廉頗藺相如列傳》：「臣竊以為其人勇士，有智～。」❺陰謀，圖謀。《禮記・禮運》：「是故～閉而不興。」(因此陰謀詭計不再出現。)❻謀殺。施耐庵《水滸傳・第四十一回》：「我又不與你有殺父之讎，你如何定要～我？」

諫 【粵】gaan3〔澗〕【普】jiàn

❶規勸，勸告。司馬遷《史記・廉頗藺相如列傳》：「於是舍人相與～曰。」❷向君王、長輩提出意見、建議。諸葛亮《出師表》：「不宜妄自菲薄，引喻失義，以塞忠～之路也。」❸諫言。《戰國策・齊策一》：「羣臣進～。」❹挽回，糾正。陶潛《歸去來辭》：「悟以往之不～。」

諧 【粵】haai4〔鞋〕【普】xié

❶和諧，融洽。《左傳・襄公十一年》：「如樂之和，無所不～。」❷詼諧。《莊子・逍遙遊》：「《齊～》者，志怪者也。」成玄英《注》：「齊國有此俳～之書也。」(俳【粵】paai4〔牌〕【普】pái】～：詼諧。)❸商議。范曄《後漢書・宦者列傳》：「當之官者，皆先至西園～價。」

諾 【粵】nok6〔臑岳切〕【普】nuò

❶擬聲詞，表示答應，相當於「嗯」、「好的」等，有成語「唯唯～～」。司馬遷《史記・項羽本紀》：「莊則入為壽，壽畢，曰：『君王與沛公飲，軍中無以為樂，請以劍舞。』項王曰：『～。』」(莊：指項莊。沛公：指劉邦。)❷許諾，應許。宋濂《杜環小傳》：「重然～，好周人急。」(周：周濟，救濟。)

謁 【粵】jit3〔意結切〕【普】yè

❶告知，陳述。許慎《説文解字》：「～，白也。」(白：告白。)司馬遷《史記・張儀列傳》：「臣請～其故。」❷請求。《左傳・昭公十六年》：「宣子～諸鄭伯。」(宣子：人名。諸：之於。)❸拜見，有詞語「～見」。《史記・蕭相國世家》：「上至，相國～。」(上：指漢高祖。)

謂 （粵）wai6〔胃〕（普）wèi

❶對別人說，告訴。《莊子‧逍遙遊》：「惠子～莊子曰。」❷說。韓愈《師說》：「非我所～傳其道、解其惑者也。」❸叫做，稱為，有詞語「稱～」。《論語‧顏淵》：「不憂不懼，斯～之君子已乎？」❹認為。劉向《說苑‧佚文》：「臣～是不危也，復有危此者。」❺同「為」，是。歐陽修《醉翁亭記》：「太守～誰？廬陵歐陽修也。」❻意義。韓愈《雜詩》：「蛙黽鳴無～。」（蛙黽【（粵）maang5〔猛〕（普）miǎn】：一種蛙類動物。）

諷 （粵）fung3〔快送切〕（普）fěng

❶背誦。許慎《說文解字》：「～，誦也。」班固《漢書‧藝文志》：「太史試學童，能～書九千字以上，乃得為史。」❷用委婉的語言勸諫。司馬遷《史記‧滑稽列傳》：「常以談笑～諫。」❸嘲諷，諷刺。劉基《賣柑者言》：「而託於柑以～耶？」

謚 （謚）（粵）si3〔嗜〕（普）shì

❶古時依死者生前的事跡所給予的稱號，例如《冷廬雜識‧卷七‧陳忠愍公》中的「陳忠愍公」，本名陳化成，死後賜予「忠愍」的～號。許慎《說文解字》：「～，行之迹也。」張溥《五人墓碑記》：「贈～美顯，榮於身後。」❷給予謚號。陳壽《三國志‧蜀書‧諸葛亮傳》：「～君為忠武侯。」

諭 （粵）jyu6〔預〕（普）yù

❶告訴，告知。許慎《說文解字》：「～，告也。」司馬遷《史記‧項羽本紀》：「梁乃召故所知豪吏，～以所為起大事，遂舉吳中兵。」（梁：指項梁。）❷知曉。《戰國策‧魏策四》：「寡人～矣。」❸通「喻」，比喻。《戰國策‧齊策四》：「請以市～。市，朝則滿，夕則虛，非朝愛市而夕憎之也。」

豫 （粵）jyu6〔預〕（普）yù

❶安樂，安逸。《詩經‧小雅‧白駒》：「爾公爾侯，逸～無期。」（無期：無限度。）❷出遊，巡遊，特指帝王秋日出巡。《孟子‧梁惠王下》：「吾王不遊，吾何以休？吾王不～，吾何以助？」❸預備，事先準備。《荀子‧大略》：「先患慮患謂之～，～則禍不生。」❹猶豫。屈原《楚辭‧九章‧涉江》：「余將董道而不～兮！」（董道：堅守正道。）❺通「與」，參與，這個意思後來被寫成「與」。《左傳‧隱公元年》：「～凶事，非禮也。」（凶事：兵事，即打仗。）

賴 （粵）laai6〔籟〕（普）lài

❶依賴，依靠。王勃《滕王閣序》：「所～君子安貧，達人知命。」❷贏利，有利。司馬遷《史記‧樗里子甘茂列傳》：「為魏則善矣，為秦則不為～矣。」❸副詞，幸虧。韋應物《溫泉行》：「弊裘羸馬凍欲

死，～遇主人杯酒多。」

 趨 粵 zi1〔滋〕普 zī

同「趙」，見第271頁「趙」字條。

踴 粵 jung2〔俑〕普 yǒng

❶跳，跳躍。干寶《搜神記·第十九卷》：「蛇因～出，至庭而死。」❷登上。《公羊傳·成公二年》：「～於棓而窺客。」（棓 粵 pau2〔鄙狗切〕普 pǒu：跳板。）❸物價高漲。范曄《後漢書·馬融列傳上》：「邊方擾亂，米穀～貴。」

踩 粵 jau4〔柔〕普 róu

多與「躪」【粵 leon6〔藺〕普 lìn】組成詞語「～躪」，表示踐踏。班固《漢書·王商史丹傅喜傳》：「京師民無故相驚，言大水至，百姓奔走相～躪，長安中大亂。」

 踵 粵 zung2〔總〕普 zhǒng

❶腳後跟，有成語「接～而至」。方苞《獄中雜記》：「生人與死者並～頂而臥。」（頂：頭部。）❷走到。《呂氏春秋·季冬紀·士節》：「～門見晏子曰。」❸追逐。《左傳·昭公二十四年》：「吳～楚。」❹跟隨。班固《漢書·武帝紀》：「步兵～軍後數十萬人。」❺沿襲。《漢書·刑法志》：「天下既定，～秦而置材官於郡國。」

踰 粵 jyu4〔餘〕普 yú

越過。許慎《說文解字》：「～，越

也。」韓非《韓非子·定法》：「治不～官，謂之守職也可。」（治：管治。官：官職。）

輮 粵 jau4〔柔〕普 róu

❶通「揉」，把直的木材弄彎，這個意思後來被寫成「揉」。《荀子·勸學》：「木直中繩，～以為輪。」❷通「蹂」，蹂躪，踩踏，這個意思後來被寫成「蹂」。班固《漢書·陳勝項籍傳》：「亂相～蹈爭羽相殺者數十人。」

輸 粵 syu1〔書〕普 shū

❶運輸，輸送。杜牧《阿房宮賦》：「一旦不能有，～來其間。」❷傳輸，傳達。杜甫《莫相疑行》：「當面～心背面笑。」❸繳納。柳宗元《田家》：「蠶絲盡～稅。」❹失敗，與「贏」相對。杜甫《遣懷》：「百萬攻一城，獻捷不云～。」

辨 粵 bin6〔辯〕普 biàn

❶分辨，辨別。歸有光《項脊軒志》：「能以足音～人。」❷同「辯」，辯解，這個意思後來被寫成「辯」。陶潛《飲酒》（其五）：「欲～已忘言。」（我想加以解說，卻已經忘記怎樣表達了。）

 遵 粵 zeon1〔津〕普 zūn

❶循着，沿着。許慎《說文解字》：「～，循也。」屈原《楚辭·九章·哀郢》：「～江夏以流亡。」❷遵循，遵守。司馬遷《史記·殷本

紀》：「不～湯法，亂德。」

選 （粵）syun2〔損〕（普）xuǎn

❶ 放逐，貶謫。許慎《說文解字》：「～，遣也。」（遣：貶謫。）《左傳·昭公元年》：「弗去，懼～。」❷ 選擇、揀選、挑選。《說文解字》：「一曰～，擇也。」《禮記·禮運》：「～賢與能。」（與：通「舉」，推舉。）❸ 精選的、精良的。司馬遷《史記·魏公子列傳》：「得～兵八萬人。」❹ 通「巽」，逃避、退讓、退縮。魏禧《吾廬記》：「～耎趑趄。」

遲 （粵）ci4〔詞〕（普）chí

❶ 緩慢。許慎《說文解字》：「～，徐行也。」《莊子·養生主》：「視為止，行為～。」❷ 遲疑。白居易《琵琶行》：「琵琶聲停欲語～。」❸ 晚，有成語「姍姍來～」。《戰國策·楚策四》：「亡羊而補牢，未為～也。」❹ 遲鈍。陳壽《三國志·吳書·孫奐傳》：「初吾憂其～鈍，今治軍，諸將少能及者，吾無憂矣。」❺ 遲疑、猶豫不決。曾衍東《小豆棚·物類》：「李氏～疑曰。」

遺 一 （粵）wai4〔圍〕（普）yí

❶ 遺失，遺漏。許慎《說文解字》：「～，亾也。」（亾：通「亡」，丟失。）賈誼《過秦論》：「秦無亡矢～鏃之費，而天下諸侯已困矣。」❷ 失物，有成語「路不拾～」。韓非《韓非子·外儲說左上》：「子產

退而為政。五年，國無盜賊，道不拾～。」❸ 捨棄。韓愈《師說》：「小學而大～。」❹ 遺忘，忘記。鄭瑄《昨非庵日纂二集·汪度》：「某事相公最久，乃獨相～。」❺ 離開。蘇軾《前赤壁賦》：「飄飄乎如～世獨立，羽化而登仙。」❻ 遺留，有成語「～臭萬年」。諸葛亮《出師表》：「以光先帝～德。」❼ 排泄。司馬遷《史記·廉頗藺相如列傳》：「頃之三～矢矣。」（矢：通「屎」，大便。）

二 （粵）wai6〔胃〕（普）wèi

❶ 贈送，給予。司馬遷《史記·廉頗藺相如列傳》：「使人～趙王書，願以十五城請易璧。」❷ 贈與的物品。宋濂《送東陽馬生序》：「父母歲有裘、葛之～。」（裘：皮衣。葛：用葛的纖維所織製的衣服。）

醒 （粵）sing2〔死丙切〕（普）xǐng

❶ 酒醉後醒來，與「醉」相對。李白《月下獨酌》（其一）：「～時同交歡，醉後各分散。」❷ 清醒。司馬遷《史記·屈原賈生列傳》：「眾人皆醉而我獨～。」❸ 睡醒。林嗣環《口技》：「牀上又一大兒～。」

醞 （粵）wan2〔穩〕/wan5〔尹〕（普）yùn

❶ 釀酒。許慎《說文解字》：「～，釀也。」范曄《後漢書·獨行列傳》：「當為爾～酒。」❷ 酒。梅堯臣《永叔贈酒》：「天門多奇～，一斗市錢千。」（天門：皇帝宮殿的大門。）

錯

一 （粵）cok3〔次各切〕（普）cuò

❶鑲嵌。鍾嶸《詩品・卷中・宋光祿大夫顏延之》：「顏如～彩鏤金。」（顏：指顏延之，東晉文學家。）❷磨刀石。《詩經・小雅・鶴鳴》：「它山之石，可以為～。」（它：通「他」，其他，別的。）❸磨。王符《潛夫論・讚學》：「雖有玉璞卞和之資，不琢不～，不離礫石。」（卞和：指和氏璧。）❹交錯，交疊，有成語「縱橫交～」。魏禧《吾廬記》：「平疇崇田，參～其下。」❺意見不合。班固《漢書・五行志上》：「劉向治《穀梁春秋》……與仲舒～。」（仲舒：董仲舒。）

二 （粵）co3〔挫〕（普）cuò

錯誤。王定保《唐摭言・卷八・誤放》：「～認顏標作魯公。」（顏標：人名，唐宣宗年間進士，出身寒微。魯公：指魯郡公顏真卿。）

三 （粵）cou3〔燥〕（普）cuò

❶通「措」，放棄，廢棄。《荀子・天論》：「小人～其在己者，而慕其在天者，是以日退也。」❷通「措」，實行。《商君書・錯法》：「～法而民無邪。」❸通「厝」，放置。司馬遷《史記・屈原賈生列傳》：「人生稟命兮，各有所～兮。」（稟【粵】ban2〔品〕【普】bǐng〕：領受。）

錫

一 （粵）sik3〔色【中入】〕/ sek3〔碩【中入】〕（普）xī

一種金屬。許慎《說文解字》：「～，銀鉛之間也。」（間：通「間」。）《荀子・彊國》：「金～美，

工冶巧。」

二 （粵）ci3〔翅〕（普）cì

通「賜」，賜給，賜予，這個意思後來被寫成「賜」。仲長統《昌言》：「賞～期於功勞。」

錄

（粵）luk6〔六〕（普）lù

❶記錄。王羲之《蘭亭集序》：「故列敍時人，～其所述。」❷錄用，採納。王充《論衡・別通》：「或觀讀採取，或棄捐不～。」❸抄錄。宋濂《送東陽馬生序》：「手自筆～，計日以還。」（計日：約定好日子。）❹記載言行和事物的冊籍。文天祥《指南錄・後序》：「廬陵文天祥自序其詩，名曰《指南～》。」❺逮捕。《世說新語・政事》：「吏～一犯夜人來。」（吏：役差。犯夜：違反宵禁令。）❻總領。陳壽《三國志・蜀書・諸葛亮傳》：「亮以丞相～尚書事。」

錐

（粵）zeoi1〔狙〕（普）zhuī

❶用來鑽孔的尖銳器具，有成語「立～之地」。《戰國策・秦策一》：「讀書欲睡，引～自刺其股。」❷用錐刺。袁宏道《徐文長傳》：「或以利錐～其兩耳，深入寸餘。」

錦

（粵）gam2〔感〕（普）jǐn

❶有色彩、花紋的絲織品。司馬光《訓儉示康》：「雖舉家～衣玉食。」❷比喻鮮豔華美。范仲淹《岳陽樓記》：「沙鷗翔集，～鱗游泳。」

閹 (粵)jim1〔淹〕(普)yān

❶閹割。范曄《後漢書‧宦者列傳》：「宦官悉用～人。」❷對宦官的鄙稱。方苞《左忠毅公軼事》：「逆～防伺甚嚴。」（逆：大逆不道。防伺：防衛和監視。）❸曲意迎合。顧炎武《廉恥》：「彼～然媚於世者，能無愧哉！」

隨 (粵)ceoi4〔徐〕(普)suí

❶跟隨，跟從，隨從。許慎《說文解字》：「～，從也。」（從：通「從」，跟隨。）司馬遷《史記‧屈原賈生列傳》：「何不～其流而揚其波？」❷隨着。白居易《燕詩》：「～風四散飛。」❸聽任。王維《山居秋暝》：「～意春芳歇，王孫自可留。」❹隨隨便便。韓愈《進學解》：「業精於勤荒於嬉，行成於思毀於～。」❺副詞，隨即。《史記‧留侯世家》：「良殊大驚，～目之。」

險 (粵)him2〔很閃切〕(普)xiǎn

❶險阻。許慎《說文解字》：「～，阻，難也。」陸以湉《冷廬雜識‧卷七‧陳忠愍公》：「審度～要。」❷地勢不平坦。王安石《遊褒禪山記》：「～以遠，則至者少。」❸危險，有成語「化～為夷」。魏禧《吾廬記》：「吾之視季子舉債冒～危而遊。」❹陰險，險惡。阮籍《大人先生傳》：「假廉而成貪，內～而外仁。」❺艱險，不幸。李密《陳情表》：「臣以～釁，夙遭閔凶。」❻

奇異，令人吃驚。韓非《韓非子‧三守》：「～言禍福得失之形，以阿人主之好惡。」（阿【粵】o1〔柯〕(普)ē〕迎合，曲從。）

雕 (鵰) (粵)diu1〔刁〕(普)diāo

❶一種兇猛的禽鳥，黑褐色，似鷹而大，這個意思又被寫成為「鵰」。司馬遷《史記‧李將軍列傳》：「是必射～者也。」❷雕刻，刻鏤。王勃《滕王閣序》：「俯～甍。」（甍【粵】mang4〔萌〕(普)méng：屋脊。）❸彩畫，裝飾。辛棄疾《青玉案‧元夕》：「寶馬～車香滿路。」❹通「凋」，凋敝，衰敗。沈括《夢溪筆談‧藥議》：「嶺嶠微草，凌冬不～。」（嶺嶠【粵】kiu4〔橋〕(普)qiáo：「五嶺」的別稱。凌冬：跨越冬季。）

霑 (粵)zim1〔瞻〕(普)zhān

通「沾」，見第88頁「沾」字條。

霖 (粵)lam4〔林〕(普)lín

長時間連降不停的大雨。許慎《說文解字》：「～，雨三日已往。」《劉基《郁離子‧卷上》：「會天大雨～。」

霏 (粵)fei1〔飛〕(普)fēi

❶雨雪濃密盛多的樣子。許慎《說文解字》：「～，雨雲皃。」（皃：通「貌」，狀態。）范仲淹《岳陽樓記》：「若夫霪雨～～，連月不開。」❷雲氣，霧氣。歐陽修《醉

翁亭記》：「若夫日出而林～開。」

静

（粵）zing6〔靖〕（普）jìng

❶靜止不動，與「動」相對。范仲淹《岳陽樓記》：「～影沉璧。」❷平靜，安定。陶潛《歸去來辭·序》：「於時風波未～，心憚遠役。」❸寂靜，安靜。王維《鳥鳴澗》：「人閒桂花落，夜～春山空。」❹嫻靜，平和。范曄《後漢書·張衡列傳》：「常從容淡～，不好交接俗人。」

頻

（粵）pan4〔貧〕（普）pín

❶通「顰」，皺眉頭，這個意思後來被寫成「顰」。陸雲《晉故散騎常侍陸府君誄》：「～顱厄運。」（顱【（粵）cuk1〔促〕（普）cù】：同「蹙」，皺眉。）❷危急。《詩經·大雅·桑柔》：「於乎有哀，國步斯～。」❸頻繁，多次。杜甫《兵車行》：「道旁過者問行人，行人但云點行～。」（點行：徵召入伍。）

頤

（粵）ji4〔怡〕（普）yí

❶面頰，有成語「大快朵～」。孫武《孫子·九地》：「偃臥者涕交～。」（偃【（粵）jin2〔煙【陰上】〕（普）yǎn】：倒臥。）❷保養，有成語「～養天年」。嵇康《幽憤詩》：「～性養壽。」

頽

（粵）teoi4〔圍誰切〕（普）tuí

❶倒塌。《禮記·檀弓上》：「泰山其～乎？梁木其壞乎？哲人其萎

乎？」❷滅亡。諸葛亮《出師表》：「此後漢所以傾～也。」❸跌倒，倒下。柳宗元《永州八記·始得西山宴遊記》：「～然就醉，不知日之入。」❹下墜。陶弘景《與謝中書書》：「夕日欲～，沉鱗競躍。」（沉鱗：指魚。）❺衰敗，敗壞。司馬光《訓儉示康》：「風俗～敝如是，居位者雖不能禁，忍助之乎？」❻恭順，安詳。《北史·文苑傳》：「身長八尺，腰帶十圍，容止～然，有過人者。」

餐

（粵）caan1〔青山切〕（普）cān

❶進食，有成語「尸位素～」。許慎《說文解字》：「～，吞也。」蔡琰《悲憤詩》（其二）：「飢當食兮不能～。」❷食物。班固《漢書·韓彭英盧吳傳》：「令其裨將傳～。」❸量詞，飲食的次數。《莊子·逍遙遊》：「適莽蒼者，三～而反。」（適：去。莽蒼：近郊。反：返回。）

館

（粵）gun2〔管〕（普）guǎn

❶驛館，賓館，客舍。許慎《說文解》字：「～，客舍也。」《左傳·襄公三十一年》：「乃築諸侯之～。」❷學舍，私塾。韓愈《進學解》：「國子先生晨入太學，招諸生立～下。」❸住客舍，安頓。《左傳·僖公五年》：「師還，～於虞。」（虞：周朝諸侯國名。）❹華美的房舍。王勃《滕王閣序》：「得天人之舊～。」（得：登上。舊～：指

滕王閣。）

餚 （粵）ngaau4〔淆〕（普）yáo

通「肴」，見第 39 頁「肴」字條。

駭 （粵）haai5〔蟹〕（普）hài

❶馬受驚。許慎《說文解字》：「～，驚也。」枚乘《上書諫吳王》：「馬方～，鼓而驚之。」❷吃驚，驚慌，有成語「～人聽聞」。柳宗元《三戒·黔之驢》：「虎大～遠遁。」❸騷亂，驚擾。柳宗元《捕蛇者說》：「譁然而～者，雖雞狗不得寧焉。」（譁【粵】waa1〔蛙〕（普）huá】：喧鬧。）❹驚嚇，嚇走。柳宗元《羆說》：「其人恐，因為虎而～之。」（這個獵人見到貙後十分害怕，因此模仿虎的叫聲來嚇走貙。）

駢 （粵）pin4〔平年切〕（普）pián

❶兩馬並駕一車。許慎《說文解字》：「～，駕二馬也。」嵇康《琴賦》：「雙美並進，～馳翼驅。」❷對偶，如「～文」。柳宗元《乞巧文》：「～四儷六，錦心繡口。」❸副詞，並列，一起。韓愈《雜說（四）》：「～死於槽櫪之間，不以千里稱也。」

骸 （粵）haai4〔鞋〕（普）hái

❶脛骨，小腿骨。許慎《說文解字》：「～，脛骨也。」《黃帝內經·素問·骨空論》：「膝解為～關，俠膝之骨為連～，～下為輔。」❷骸

骨，屍骸。李華《弔古戰場文》：「枕～遍野，功不補患。」❸形體，身體。《莊子·逍遙遊》：「豈唯形～有聾盲哉？」

鬨 （粵）hong6〔候弄切〕/ hong3〔控〕（普）hòng

❶爭鬥，爭戰。許慎《說文解字》：「～，鬬也。」（鬬：通「鬥」，爭鬥。）《孟子·梁惠王下》：「鄒與魯～。」（鄒、魯：周朝諸侯國。）❷繁盛。皮日休《桃花賦》：「夜景皎潔，～然秀發。」

默 （粵）mak6〔墨〕（普）mò

❶靜默，不發聲。司馬遷《史記·秦始皇本紀》：「左右或～，或言馬以阿順趙高。」❷副詞，暗中。王充《論衡·實知》：「陰見～識，用思深祕。」❸退隱，孤寂。任昉《桓宣城碑》：「俯仰顯～之際，優遊可否之間。」❹默寫。袁枚《隨園詩話》：「翠齡笑取筆為～出之。」

黔 （粵）kim4〔鉗〕（普）qián

❶黑色。許慎《說文解字》：「～，黎也……秦謂民為～首，謂黑色也。」（黎：黑色。）賈誼《過秦論》：「焚百家之言，以愚～首。」（～首：秦時對百姓的稱呼。）❷古地名，秦時置「黔中郡」，在今貴州省一帶，現在成為貴州省的簡稱。柳宗元《三戒·黔之驢》：「～無驢，有好事者，船載以入。」

十七畫

儲 _粵cyu5〔柱〕_普chǔ

❶儲存，儲蓄，蓄積。陶潛《歸去來辭・序》：「幼稚盈室，缾無～粟。」（幼稚：借指孩兒。缾：同「瓶」，儲物用的器皿。粟：泛指糧食。）❷積存的物資，有詞語「～備」。《淮南子・主術訓》：「計三年耕而餘一年之食……二十七年而有九年之～。」❸古代稱太子為「～君」、「～副」。范曄《後漢書・鄭范陳賈張列傳》：「太子～君，無外交之義。」❹等待。張衡《東京賦》：「～乎廣庭。」

優 _粵jau1〔憂〕_普yōu

❶充足，多，豐饒。許慎《説文解字》：「～，饒也。」陸以湉《冷廬雜識・卷七・陳忠愍公》：「～待士卒。」❷優勝，有成語「養尊處～」。諸葛亮《出師表》：「必能使行陣和睦，～劣得所也。」❸演戲。《左傳・襄公二十八年》：「士皆釋甲束馬而飲酒，且觀～。」❹演雜戲的人。司馬遷《史記・滑稽列傳》：「～孟，故楚之樂人也。」（～孟：本名孟，以～伶為業，故稱。）❺猶豫不決，有成語「～柔寡斷」。《管子・小匡》：「人君唯～與不敏為不可，～則亡眾，不敏則不及事。」

償 _粵soeng4〔常〕_普cháng

❶償還，歸還。許慎《説文解字》：「～，還也。」《戰國策・齊策四》：「使吏召諸民當～者，悉來合券。」（合券：合驗借據。）❷補償，抵償。司馬遷《史記・廉頗藺相如列傳》：「相如視秦王無意～趙城。」❸回報，報答。《史記・范雎蔡澤列傳》：「一飯之德必～。」（德：恩德。）

勵 _粵lai6〔例〕_普lì

❶勉勵，鼓勵。陸以湉《冷廬雜識・卷七・陳忠愍公》：「公益鼓軍士，以大義喻之。」❷振奮。《南史・王韶之傳》：「夙夜勤～，政績甚美。」

嘯 _粵siu3〔笑〕_普xiào

❶吹口哨。許慎《説文解字》：「～，吹聲也。」陶潛《歸去來辭》：「登東皋以舒～。」（皋【_粵gou1〔高〕_普gāo】：高地。）❷呼喊。岳飛《滿江紅》：「仰天長～，壯懷激烈。」❸禽獸長聲吼叫。范仲淹《岳陽樓記》：「虎～猿啼。」

壕 _粵hou4〔豪〕_普háo

護城河。《集韻・平聲・豪韻》：「～，城下池，通作濠。」許渾《故洛城》：「雁迷寒雨下空～。」

壓 _粵aat3〔遏〕_普yā

❶壓，壓住。馬中錫《中山狼傳》：

「閉我囊中，～以詩書。」❷壓制，壓抑。《公羊傳·文公十有四年》：「子以大國～之。」（子：你。）❸壓倒，超越。馬致遠《青衫淚·第二折》：「你文章勝賈浪仙，詩篇～孟浩然。」（賈浪仙：賈島。）❹掩蓋，覆蓋。杜牧《阿房宮賦》：「覆～三百餘里，隔離天日。」❺迫近，有成語「大軍～境」。《左傳·襄公二十六年》：「楚晨～晉軍而陳。」❻倒塌。劉基《郁離子·卷上》：「室壞不修且～。」

壑 （粵）kok3〔確〕（普）hè

深溝，山谷。許慎《說文解字》：「～，溝也。」歐陽修《醉翁亭記》：「其西南諸峯，林～尤美。」

嬪 （粵）pan4〔貧〕/ ban3〔儐〕（普）pín

❶帝王的女兒出嫁。《尚書·虞書·堯典》：「降二女于媯汭，～于虞。」（媯汭【粵】gwai1 jeoi6〔閨說〕（普）guī ruì）：本指河川名稱，借指帝堯的兩位女兒娥皇和女英。虞：虞舜。）❷宮廷裏的女官及高級的宮女，有詞語「妃～」。杜牧《阿房宮賦》：「妃～媵嬙，王子皇孫。」（媵【粵】jing6〔認〕（普）yìng）：隨嫁的人。嬙【粵】coeng4〔場〕（普）qiáng）：宮廷裏的女官名。）

嬰 （粵）jing1〔英〕（普）yīng

❶纏繞。李密《陳情表》：「而劉夙～疾病。」（劉：指李密的祖母劉氏。夙【粵】suk1〔叔〕（普）sù）：一直。）❷嬰兒。謝肇淛《五雜組·物部三》：「北方～兒，臥土炕，啖麥飯。」

孺 （粵）jyu4〔餘〕（普）rú

❶幼兒，有成語「婦～皆知」。管同《抱膝軒記》：「婦～之謷嘊。」（婦女和孩子在呼叫、哭啼。）❷幼小。《孟子·公孫丑上》：「今人乍見～子將入於井。」（乍：忽然。）❸親愛，和睦。《詩經·小雅·常棣》：「兄弟既具，和樂且～。」（具：聚集。）

屨 （粵）geoi3〔據〕（普）jù

鞋子。方苞《左忠毅公軼事》：「使史更敝衣草～。」（史：指史可法。）

嶺 （粵）ling5〔領〕/ leng5〔領〕（普）lǐng

❶小而尖的山。謝靈運《初去郡》：「登～始山行。」❷山嶺。蘇軾《題西林壁》：「橫看成～側成峯。」❸專指「五～」，即位於廣東、廣西、江西、湖南四地之間的越城嶺、都龐嶺、萌渚嶺、騎田嶺、大庾嶺。姚瑩《捕鼠說》：「～以南多鼠。」

嶽 （粵）ngok6〔岳〕（普）yuè

❶高大的山。李白《古風詩》（其四）：「藥物祕海～。」❷特指「五～」，即東～泰山，西～華山，南～衡山，北～恆山，中～嵩山，如唐代詩人杜甫的《望～》，所寫的

就是東～泰山。

彌 粵mei4〔眉〕/nei4〔尼〕普mí

❶長久。桓寬《鹽鐵論·相刺》：「曠日～久，而無益於治。」（曠日：歷時。）❷滿。姜夔《揚州慢·序》：「薺麥～望。」（薺粵cai5〔似米切〕普jì：薺菜。）❸彌補，填補。《左傳·僖公二十六年》：「～縫其闕。」❹副詞，越，更加。蘇洵《六國論》：「奉之～繁，侵之愈急。」

徵 粵fai1〔輝〕普huī

❶佩巾。張衡《思玄賦》：「揚雜錯之袿～。」❷標幟，符號。左思《魏都賦》：「～幟以變，器械以革。」❸美好。王粲《公燕》：「管弦發～音。」

應 一 粵jing1〔英〕普yīng

❶副詞，應當，應該。許慎《說文解字》：「～，當也。」方苞《獄中雜記》：「有某姓兄弟，以把持公倉，法～立決。」（決：處決。）❷想來是，表示推測。蘇軾《念奴嬌·赤壁懷古》：「多情～笑我，早生華髮。」

二 粵jing3〔英【陰去】〕普yìng

❶回應。韓非《韓非子·喻老》：「桓侯不～。」❷和應。歐陽修《醉翁亭記》：「前者呼，後者～。」❸響應。孔平仲《續世說·賢媛》：「起兵以～高祖。」❹應召，有成語「裏～外合」。范曄《後漢書·

張衡列傳》：「大將軍鄧騭奇其才，累召不～。」❺應對，有成語「隨機～變」。司馬遷《史記·屈原賈生列傳》：「出則接遇賓客，～對諸侯。」❻應付，對付。杜甫《石壕吏》：「急～河陽役，猶得備晨炊。」❼適應。《荀子·天論》：「～之以治則吉。」（如果用善政去適應它就吉利。）❽相應，隨着。陳壽《三國志·吳書·太史慈傳》：「又射殺數人，皆～弦而倒，故無敢追者。」❾應許，許配，許給。《孔雀東南飛》：「以我～他人，君還何所望？」

戴 粵daai3〔帶〕普dài

❶加在頭上，用頭頂着。《孟子·梁惠王上》：「頒白者不負～於道路矣。」（頭髮花白的老人，就不用背負或頭頂重物在路上行走了。）❷把物件附加在頭、面、胸、臂等處。司馬光《訓儉示康》：「聞喜宴獨不～花。」❸推崇，遵奉，擁護。黃宗羲《明夷待訪錄·原君》：「古者天下之人愛～其君，比之如父，擬之如天，誠不為過也。」

戲 一 粵fai1〔揮〕普huī

通「麾」，大將的旗幟，這個意思後來被寫成「麾」。許慎《說文解字》：「～，三軍之偏也。」段玉裁《說文解字注》引顏師古注：「～，軍之旌旗也。」班固《漢書·高帝紀上》：「使黥布等攻破函谷關，遂

至～下。」（黥布：即英布，初為項羽將領，後投奔劉邦。）

二 (粵) hei3〔氣〕(普) xì

❶遊戲，玩耍。韓非《韓非子‧外儲説左上》：「夫嬰兒相與～也，以塵為飯，以塗為羹。」（塗：泥濘。）❷開玩笑。《韓非子‧外儲説左上》：「特與嬰兒～耳。」❸戲弄，嘲弄。司馬遷《史記‧廉頗藺相如列傳》：「得璧，傳之美人，以～弄臣。」❹歌舞、雜技等表演，有詞語「～劇」、「馬～」等。《晉書‧王戎傳》：「年六七歲，于宣武場觀～。」

擊 (粵) gik1〔激〕(普) jī

❶擊打，敲打，有成語「不堪一～」。司馬遷《史記‧廉頗藺相如列傳》：「相如持其璧睨柱，欲以～柱。」（睨【粵】ngai6〔藝〕(普) nì：斜着眼睛看。）❷敲打樂器，有成語「～鼓鳴冤」。《史記‧廉頗藺相如列傳》：「秦王不肯～缻。」❸觸碰，碰撞。《史記‧蘇秦列傳》：「車轂～，人肩摩。」（轂【粵】guk1〔菊〕(普) gǔ：車輪。）❹攻擊。蘇洵《六國論》：「後秦～趙者再，李牧連卻之。」❺擊殺。姚瑩《捕鼠説》：「或可冀其一～。」（指擊殺老鼠。）

擘 (粵) maak3〔抹隔切〕(普) bò

❶分開，分裂，有詞語「～開」，許慎《説文解字》：「～，撝也。」（撝【粵】fai1〔揮〕(普) huī：分開。）

李白《西嶽雲台歌送丹丘子》：「巨靈咆哮～兩山。」❷大拇指，有詞語「巨～」。《孟子‧滕文公下》：「吾必以仲子為巨～焉。」（巨～：比喻能手。）

擬 (粵) ji5〔爾〕(普) nǐ

❶忖度，思量。許慎《説文解字》：「～，度也。」（度【粵】dok6〔鐸〕(普) duó：考慮。）《易經‧繫辭上》：「～之而後言，議之而後動。」❷比擬，類似。黃宗羲《明夷待訪錄‧原君》：「比之如父，～之如天。」❸比劃，用兵器作殺人的樣子。班固《漢書‧李廣蘇建傳》：「復舉劍～之，武不動。」❹模擬，效法。范曄《後漢書‧張衡列傳》：「衡乃～班固《兩都》，作《二京賦》，因以諷諫。」❺準備，打算。劉元卿《應諧錄‧萬字》：「其父～徵召媸姻友萬氏姓者飲。」❻草擬，起草。梁啟超《譚嗣同傳》：「命君～旨。」

斃 (粵) bai6〔幣〕(普) bì

❶仆倒。許慎《説文解字》：「～，頓仆也。」《左傳‧哀公二年》：「鄭人擊簡子，中肩，～于車中。」（簡子：即趙簡子，春秋時代晉國大臣。）❷傾覆，失敗。《左傳‧隱公元年》：「多行不義，必自～，子姑待之。」❸殺死，死。蒲松齡《聊齋誌異‧狼三則》：「又數刀～之。」

斂　粵 lim5〔臉〕普 liǎn

❶收集，聚集。許慎《説文解字》：「～，收也。」張溥《五人墓碑記》：「～貲財以送其行，哭聲震動天地。」（貲【粵 zi1〔滋〕普 zī】：錢財。）❷徵收，索取，搜刮。司馬遷《史記·滑稽列傳》：「鄰三老、廷掾常歲賦～百姓。」（鄰：地名。三老：長老。廷掾【粵 jyun6〔願〕普 yuàn】：州縣官吏。）❸税項。《孟子·梁惠王上》：「薄税～。」❹收斂，約束，節制。姚瑩《捕鼠説》：「鼠稍～。」

曙　粵 cyu5〔柱〕普 shǔ

破曉，天亮，有詞語「～光」。許慎《説文解字》：「～，曉也。」方苞《獄中雜記》：「酣歌達～。」

曖　粵 oi3〔愛〕/ oi2〔藹〕普 ài

昏暗。陶潛《歸園田居》（其一）：「～～遠人村，依依墟里煙。」

檄　粵 hat6〔瞎〕普 xí

官府用以徵召、曉喻、聲討的文書，例如唐代駱賓王寫了《為徐敬業討武曌～》，以討伐武則天。方苞《左忠毅公軼事》：「史公以鳳廬道奉～守禦。」（史公：指史可法。鳳：鳳陽府。廬：廬州府。）

檢　粵 gim2〔感點切〕普 jiǎn

❶法度，法則。曹丕《典論·論文》：「譬諸音樂，曲度雖均，節奏

同～。」❷檢點，收斂，約束。歸有光《歸氏二孝子傳》：「緯又不自～。」（緯：歸緯，人名。）❸制止。《孟子·梁惠王上》：「狗彘食人食而不知～。」❹檢驗，檢查，查看。曹操《田租户調令》：「郡國守相明～察之。」（守【粵 sau3〔瘦〕普 shǒu】：郡守。）

檣　粵 coeng4〔場〕普 qiáng

船的桅桿。范仲淹《岳陽樓記》：「商旅不行，～傾楫摧。」

歟　粵 jyu4〔餘〕普 yú

❶語氣助詞，表示疑問，相當於「嗎」。司馬遷《史記·屈原賈生列傳》：「子非三閭大夫～？」（子：您。三閭【粵 leoi4〔雷〕普 lǘ】大夫：戰國時代楚國官職名，即屈原。）❷語氣助詞，表示感歎，相當於「呢」、「啊」。韓愈《師説》：「今其智乃反不能及，其可怪也～！」

殮　粵 lim6〔利驗切〕普 liàn

為死者更衣入棺。宋濂《杜環小傳》：「環具棺槨～殯之禮。」

濘　粵 ning6〔佞〕普 nìng

❶泥濘。《新唐書·崔楊寶宗祝王傳》：「有車陷於～。」❷困陷。《管子·地員》：「不～車輪。」

濱　粵 ban1〔彬〕普 bīn

❶水邊。司馬遷《史記·屈原賈生

列傳》：「屈原至於江～。」（江：指汨【粵】mik6〔覓〕【普】mì〕羅江。）❷靠近。《列子‧説符》：「人有河而居者，習於水。」

濟 一 【粵】zai2〔仔〕【普】jǐ

❶濟水，河流名稱，發源於河南，東流至山東入海，山東省省會「～南」即在～水以南。許慎《説文解字》：「～，水。」❷多組成疊詞「～～」，表示人多，有成語「～～一堂。」《詩經‧大雅‧文王》：「～～多士，文王以寧。」

二 【粵】zai3〔際〕【普】jì

❶過河，渡河。曹植《雜詩》（其五）：「願欲一輕～，惜哉無方舟！」❷成功，如願。司馬遷《史記‧屈原賈生列傳》：「任重載盛兮，陷滯而不～。」（載盛：擔子重。陷滯：不得志。）❸救濟，幫助。《太平廣記‧異僧六》：「前後～之約數十萬。」❹停止。《淮南子‧覽冥訓》：「於是，風～而波罷。」

濠 【粵】hou4〔豪〕【普】háo

護城河。江淹《劉太尉傷亂》：「飲馬出城～。」（飲馬：讓馬喝水。）

濫 【粵】laam6〔纜〕【普】làn

❶氾濫。許慎《説文解字》：「～，氾也。」《孟子‧滕文公下》：「當堯之時，水逆行，氾～於中國。」❷過度，無節制，有成語「寧缺毋～」。《荀子‧致士》：「刑不欲～。」❸越軌，失當。司馬遷《史記‧孔子世家》：「君子固窮，小人窮斯～矣。」（君子雖窮，但不失志氣；小人一旦窮了，就會失當越軌了。）❹不真切，虛假。陸機《文賦》：「每除煩而去～。」（總是要刪除重複、虛假的詞句。）

濯 【粵】zok6〔鑿〕【普】zhuó

洗滌，清洗。周敦頤《愛蓮説》：「～清漣而不妖。」（妖【粵】jiu1〔邀〕【普】yāo】：美麗但不端莊。）

澀 【粵】saap3〔霎〕/ sap1〔濕〕/ gip3〔劫〕【普】sè

❶文字生硬難懂，有詞語「晦～」。《宋史‧勾龍如淵傳》：「文章平易者多淺近，淵深者多艱～。」❷説話遲鈍不流利，有詞語「羞～」。《世説新語‧輕詆》：「王右軍少時甚～訥。」（王右軍：王羲之。訥：木訥。）❸味道微苦不甘滑，有詞語「酸～」。李咸用《和吳處士題村叟壁》：「秋果槓梨～。」（槓【粵】zaa1〔渣〕【普】zhā】梨：一種水果。）❹粗糙，不光滑。柳宗元《蝜蝂傳》：「其背甚～。」

濡 【粵】jyu4〔餘〕【普】rú

❶濕潤，潮濕。《禮記‧曲禮上》：「～肉齒決，乾肉不齒決。」（齒決：用牙齒咬。）❷沾濕，有成語「耳～目染」。蘇軾《飲酒》（其四）：「經年不～唇。」❸停滯，慢吞吞。《孟子‧公孫丑下》：「是何～滯也？」（為甚麼這麼慢吞吞

十七畫

呢？）

 〔粵〕mung4〔蒙〕〔普〕méng

細雨。許慎《説文解字》：「～，微雨也。」蘇軾《飲湖上初晴後雨》（其二）：「山色空～雨亦奇。」（空～：細雨迷濛的樣子。）

 〔粵〕zeon3〔俊〕〔普〕jùn

同「浚」，疏通河道，見第146頁「浚」字條。《尚書・夏書・禹貢》：「禹別九州，隨山～川。」

 〔粵〕seoi6〔睡〕〔普〕suì

❶古代取火的器具。韓非《韓非子・五蠹》：「鑽～取火。」❷古代邊防告警的烽火，有詞語「烽～」。《墨子・號令》：「與城上烽～相望。」

 〔粵〕jing4〔形〕〔普〕yíng

❶軍營。諸葛亮《出師表》：「愚以為～中之事，事無大小，悉以咨之。」❷經營，管理。杜甫《兵車行》：「或從十五北防河，便至四十西～田。」（～田：指屯田。）❸謀求，有詞語「～救」。歸有光《歸氏二孝子傳》：「緯以事坐繫，華伯力為～救。」（緯：歸緯，人名。華伯：即歸繡，歸緯之兄。）❹營建，建造。晁錯《復言募民徙塞下》：「然後～邑立城。」

 〔粵〕zuk1〔竹〕〔普〕zhú

❶火炬。劉向《説苑・建本》：「何不炳～乎？」（炳：燃點。）❷蠟燭。《岳飛之少年時代》：「拾薪為～。」❸映照，輝映。司馬遷《史記・孫子吳起列傳》：「乃鑽火～之。」（鑽：同「鑽」。）❹明察，洞察。班固《漢書・匡張孔馬傳》：「是章朕之未～也。」（章：通「彰」，彰顯。）

 〔粵〕zoek3〔雀〕〔普〕jué

❶古代一種飲酒的器具。許慎《説文解字》：「～，禮器也……所以飲。」《左傳・莊公二十一年》：「王予之～。」❷爵位，官位。韓非《韓非子・定法》：「官～之遷與斬首之功相稱也。」（遷：升遷。相稱：成正比。）❸授予爵位。《韓非子・定法》：「斬一首者～一級。」（首：人頭。）

獲 〔粵〕wok6〔鑊〕〔普〕huò

❶捕獲，獵得禽獸。許慎《説文解字》：「獵所～也。」宋濂《燕書》：「豹～獐、鹿、麕、兔以歸無算者。」（獐【粵】zoeng1〔章〕【普】zhāng：一種像鹿的動物。麕【粵】paau4〔刨〕【普】páo：一種像鹿的動物。）❷獵物。司馬相如《上林賦》：「貪雉兔之～。」❸捕捉到。《左傳・僖公三十三年》：「～百里孟明視、西乞術、白乙丙以歸。」（百里孟明視：百里視，字孟明，春秋時代秦國大臣百里奚的兒子。西乞術、白乙丙：春秋時代秦國將領。）❹獲取，獲得。蘇洵《六國

論》:「小則～邑,大則得城。」❺得到。宋濂《送東陽馬生序》:「故余雖愚,卒～有所聞。」❻沾染。司馬遷《史記‧屈原賈生列傳》:「不～世之滋垢。」(滋垢:污垢。)

環 ⑧waan4〔頑〕⑧huán

❶玉環,玉圈。許慎《說文解字》:「～,璧也。」柳宗元《永州八記‧小石潭記》:「聞水聲,如鳴佩～。」❷環繞。歐陽修《醉翁亭記》:「～滁皆山也。」(滁:滁州。)❸四周,有詞語「～境」。王安石《傷仲永》:「日扳仲永～謁於邑人。」(扳【⑧baan1〔班〕⑧bān】:拉。謁【⑧jit3〔意結切〕⑧yè】:拜見。邑人:鄉里。)

盪 ⑧dong6〔地旺切〕⑧dàng

❶洗滌,洗淨。許慎《說文解字》:「～,滌器也。」顏之推《顏氏家訓‧序致》:「習若自然,卒難洗～。」❷通「蕩」,掃除,掃蕩。范曄《後漢書‧班彪列傳下》:「西～河源。」❸搖動,搖盪。江淹《悼室人》(其二):「帳裏春風～。」

瞳 ⑧tung4〔同〕⑧tóng

❶眼珠,有詞語「～孔」。司馬遷《史記‧項羽本紀》:「又聞項羽亦重～子。」❷目光。蒲松齡《聊齋志異‧王桂庵》:「笑君雙～如豆。」

瞰 ⑧ham3〔𪖩〕⑧kàn

❶俯瞰,俯視。戴名世《南山集‧

鳥說》:「雄者則下～而鳴。」❷遠望。揚雄《羽獵賦》:「東～目盡。」❸窺探。揚雄《解嘲》:「高明之家,鬼～其室。」

瞭 一 ⑧liu5〔了〕⑧liǎo

❶眼珠明亮。《孟子‧離婁上》:「胸中正,則眸子～焉。」(眸【⑧mau4〔謀〕⑧móu】子:眼珠。)❷明瞭,清楚。王充《論衡‧自紀》:「言～於耳。」

二 ⑧liu4〔聊〕⑧liào

瞭望。陸以湉《冷廬雜識‧卷七‧陳忠愍公》:「每潮來,必登～望。」

瞬 ⑧seon3〔訊〕⑧shùn

❶眨眼。歸有光《項脊軒志》:「方揚眉～目,謂有奇景。」❷瞬間,很短的時間。蘇軾《前赤壁賦》:「蓋將自其變者而觀之,則天地曾不能以一～。」(從變化的角度來看,天地萬物時刻都在變動,一瞬間的工夫都沒有停止。)

矯 ⑧giu2〔驕〔陰上〕〕⑧jiǎo

❶把彎曲的物體弄成直的。班固《漢書‧嚴朱吾丘主父徐嚴終王賈傳下》:「～箭控弦。」❷矯正,匡正,有成語「～枉過正」。范曄《後漢書‧朱景王杜馬劉傅堅馬列傳》:「存～枉之志。」❸矯情,勉強造作。陶潛《歸去來辭‧序》:「質性自然,非～厲所得。」❹假託,詐稱。司馬遷《史記‧項羽本紀》:「聞陳王敗走,秦兵又且至,

乃渡江～陳王命，拜梁為楚王上柱國。」（陳王：指陳勝。梁：指項梁。上柱國：統帥。）❺違背。司馬光《訓儉示康》：「亦不敢服垢弊以～俗干名。」（服垢弊：穿着骯髒破爛的衣服。～俗：違背世俗。干名：求取名譽。）❻高舉，抬。《歸去來辭》：「時～首而遐觀。」

禮

❶禮制，禮法。《論語・顏淵》：「克己復～為仁。」❷禮儀，禮節。司馬遷《史記・廉頗藺相如列傳》：「今臣至，大王見臣列觀，～節甚倨。」❸行禮。方苞《弟椒塗墓誌銘》：「昔之人常致死以勤～。」❹禮待。蘇洵《六國論》：「以事秦之心，～天下之奇才。」❺禮物。《史記・魏公子列傳》：「以為小～無所用。」

竅 粵 fun2〔款〕普 kuǎn

❶空隙。《莊子・養生主》：「導大～，因其固然。」（導：沿着。因其固然：因應牛隻本身的結構。）❷空心。《淮南子・說山訓》：「見～木浮而知為舟。」❸虛假，不實。司馬遷《史記・太史公自序》：「～言不聽，姦乃不生。」

簇 粵 cuk1〔速〕普 cù

❶聚集，簇擁。韋莊《聽趙秀才彈琴》：「蜂～野花吟細韻。」❷量詞，叢，團，有成語「花團錦～」。杜甫《江畔獨步尋花》（其

五）：「桃花一～開無主，可愛深紅愛淺紅？」

糠 粵 hong1〔康〕普 kāng

從穀粒剝落的外皮。《莊子・達生》：「不如食以～糟。」

糜 粵 mei4〔眉〕普 mí

❶粥。宋濂《杜環小傳》：「奉～食母。」（食【粵 zi6〔字〕普 sì】：餵養。）❷糜爛，敗壞。方苞《左忠毅公軼事》：「國家之事，～爛至此。」❸耗費。劉基《賣柑者言》：「坐～粟而不知恥。」

糟 粵 zou1〔遭〕普 zāo

酒糟，釀酒時濾下來的渣滓，有成語「～糠之妻」。許慎《說文解字》：「～，酒滓也。」（滓【粵 zi2〔指〕普 zǐ】：沉澱物。）宋濂《燕書》：「置之牛羊棧中，日鋪以～。」

糞 粵 fan3〔訓〕普 fèn

❶掃除。《左傳・昭公三年》：「小人～除先人之敝廬。」（敝廬【粵 bai6 lou4〔弊廬〕普 bì lú】：廢屋。）❷糞便。賈思勰《齊民要述・耕田》：「其美與蠶矢熟～同。」（矢：同「屎」，糞便。熟糞：發酵過的糞肥。）❸肥料。徐光啟《農政全書・農事・營治上》：「雜以蒿草，火燎之，以絕蟲類，併得為～。」（燎【粵 liu4〔聊〕普 liào】：放火焚燒草木。）❹施肥。《禮記・月令》：「可以～田疇。」（田疇【粵

cau4〔籌〕(普)chóu〕：田地。）

縮 (粵)suk1〔叔〕(普)suō

❶用繩子捆起來。《詩經・大雅・綿》：「其繩則直，～版以載。」（版：打土牆用的夾板。）❷收縮。蘇軾《教戰守策》：「論戰鬥之事，則～頸而股慄，聞盜賊之名，則掩耳而不願聽。」（慄【(粵)leot6〔律〕(普)lì〕：戰抖。）❸縮減，減少。《淮南子・時則訓》：「孟春始贏，孟秋始～。」❹退縮。司馬遷《史記・屈原賈生列傳》：「夫固自～而遠去。」❺濾酒。《左傳・僖公四年》：「無以～酒。」

績 (粵)zik1〔積〕(普)jì

❶把麻搓成繩或線。《詩經・陳風・東門之枌》：「不～其麻。」❷繼續，繼承。《左傳・昭公元年》：「子盍亦遠～禹功而大庇民乎？」（盍【(粵)hap6〔合〕(普)hé〕：何不。）❸成績，功績，戰績。《左傳・莊公十年》：「齊師敗～。」

繆

一 (粵)miu6〔妙〕(普)miào

姓氏。司馬遷《史記・廉頗藺相如列傳》：「宦者令～賢曰。」（宦者令：宦官頭目。）

二 (粵)liu5〔了〕(普)liáo

通「繚」，纏繞盤結，這個意思後來被寫成「繚」。蘇軾《前赤壁賦》：「山川相～。」

三 (粵)muk6〔木〕(普)mù

通「穆」。司馬遷《史記・廉頗藺相如列傳》：「秦自～公以來二十餘君。」（～公：指秦穆公。）

四 (粵)mau6〔貿〕(普)miù

通「謬」，謬誤、錯誤。班固《漢書・董仲舒傳》：「今陰陽錯～。」（現在天地出現錯誤。）

縷 (粵)leoi5〔呂〕(普)lǚ

麻線，絲線。許慎《說文解字》：「～，線也。」蘇軾《前赤壁賦》：「不絕如～。」

縵 (粵)maan6〔慢〕(普)màn

❶沒有紋飾的絲織品。許慎《說文解字》：「～，繒無文也。」（繒【(粵)zang1〔憎〕(普)zēng〕：絲織品的泛稱。）杜牧《阿房宮賦》：「廊腰～迴。」（走廊像絲帶一樣曲折迂迴。）❷同「慢」，舒緩。《阿房宮賦》：「～立遠視，而望幸焉。」（～立：借指久立。幸：寵幸。）

縫 (粵)fung4〔逢〕(普)féng

以針線縫補衣服。許慎《說文解字》：「～，以鍼紩衣也。」（鍼：同「針」。紩【(粵)dit6〔秩〕(普)zhì〕：縫補。）孟郊《遊子吟》：「臨行密密～，意恐遲遲歸。」

二 (粵)fung6〔奉〕(普)fèng

❶衣服縫合的地方，有成語「天衣無～」。陳壽《三國志・魏書・倭人傳》：「其衣……略無～。」❷空隙。鄭巢《題崔行先石室別墅》：「石～結寒漸。」（漸【(粵)si1〔絲〕(普)sī〕：冰。）

總 粵 zung2〔腫〕普 zǒng

❶聚束，繫結，捆綁。屈原《楚辭·離騷》：「～余轡乎扶桑。」（把馬轡綁在扶桑樹上。）❷總括，彙集。《淮南子·精神訓》：「夫天地運而相通，萬物～而為一。」❸統領，有詞語「～統」。陸以湉《冷廬雜識·卷七·陳忠愍公》：「牛急召守小沙背之徐州～兵王志元來。」❹副詞，全，都。朱熹《春日》：「萬紫千紅～是春。」❺副詞，總是。吳敬梓《儒林外史·第三回》：「如何～不進學？」

縱 粵 zung3〔眾〕普 zòng

❶放。許慎《說文解字》：「～，緩也。」宋濂《燕書》：「曷不用狸擒鼠，而～豹捕獸哉？」（曷【粵 hot3〔喝〕普 hé】：怎麼。狸【粵 lei4〔蘺〕普 lí】：山貓。）❷釋放。姚瑩《捕鼠説》：「苟暫羈而少飼之，勿以美食，及微飢而～之。」（苟【粵 gau2〔狗〕普 gǒu】：姑且。羈【粵 gei1〔基〕普 jī】：拘留。）❸放縱，放任。《舊唐書·文苑傳下》：「酣歌～酒。」❹身體往上跳，有詞語「～身」。王充《論衡·道虛》：「若士者舉臂而～身，遂入雲中。」❺連詞，縱使，即使，就算。杜甫《兵車行》：「～有健婦把鋤犁，禾生隴畝無東西。」（隴畝：田地。無東西：不整齊。）

二 粵 zung1〔忠〕普 zòng

❶直，豎，與「橫」相對，有詞語「～橫」。揚雄《法言·淵騫》：「儀、秦學乎鬼谷術，而習乎～橫言。」（儀：指張儀。秦：指蘇秦。鬼谷：指鬼谷子。～橫：縱橫家。）❷同「蹤」，蹤跡，這個意思後來被寫成「蹤」。李白《估客行》：「譬如雲中鳥，一去無～跡。」

繁 一 粵 faan4〔煩〕普 fán

❶繁多。蘇洵《六國論》：「奉之彌～，侵之愈急。」❷繁盛，茂盛，繁華。歐陽修《醉翁亭記》：「佳木秀而～陰。」（陰：樹蔭。）❸繁瑣，與「略」相對。劉勰《文心雕龍·鎔裁》：「謂～與略，適分所好。」❹詳盡，與「簡」相對。顧炎武《日知錄·文章繁簡》：「《史記》之～處必勝於《漢書》之簡處。」❺繁殖。《荀子·天論》：「～啟蕃長於春夏，畜積收藏於秋冬。」（蕃長【粵 faan4 zoeng2〔煩掌〕普 fán zhǎng】：滋生成長。收藏：同「收藏」。）

二 粵 po4〔婆〕普 pó

姓氏，東漢末有～欽，曾為丞相曹操的主簿。

罄 粵 hing3〔慶〕普 qìng

❶本指器皿空無一物，後引申為用盡、用竭，有成語「～竹難書」。許慎《說文解字》：「～，器中空也。」方苞《獄中雜記》：「富者賂數十百金，貧亦～衣裝。」❷出現。韓非《韓非子·外儲説左上》：「夫犬馬，人所知也，旦暮～

於前，不可類之，故難。」

罅 ⟨粵⟩laa3〔啦【陰去】〕⟨普⟩xià

❶罅隙，裂縫。許慎《説文解字》：「～，裂也。」姚鼐《登泰山記》：「少雜樹，多松，生石～上，皆平頂。」❷事情的缺陷。韓愈《進學解》：「補苴罅漏。」（苴⟨粵⟩zeoi1〔狙〕⟨普⟩jū：修補。）

翳 ⟨粵⟩ai3〔縊〕⟨普⟩yì

❶遮蔽，遮蓋。歐陽修《醉翁亭記》：「樹林陰～～，鳴聲上下，遊人去而禽鳥樂也。」（陰：樹蔭。）❷隱居。陳壽《三國志・魏書・袁張涼國田王邴管傳》：「潛～海隅。」（到海邊隱居。）

翼 ⟨粵⟩jik6〔亦〕⟨普⟩yì

❶鳥類或昆蟲的翅膀。許慎《説文解字》：「～，翄也。」（翄：同「翅」，翅膀。）劉基《郁離子・卷下》：「～若垂雲。」❷像鳥張開翅膀的模樣。歐陽修《醉翁亭記》：「有亭～然臨於泉上者，醉翁亭也。」❸幫助，輔助。班固《漢書・爰盎晁錯傳》：「以～天子。」❹戰陣的兩側。司馬遷《史記・廉頗藺相如列傳》：「李牧多為奇陳，張左右～擊之，大破殺匈奴十餘萬騎。」（陳：同「陣」，陣法。）

聱 ⟨粵⟩ngou4〔熬〕⟨普⟩áo

❶聽不進別人的意見。許慎《説文解字》：「～，不聽也。」《新唐書・

高元李韋薛崔戴王徐郗辛》：「彼誚以～者，為其不相從聽。」（誚【粵】ciu3〔俏〕⟨普⟩qiào：責備。）❷文詞念着不順口。韓愈《進學解》：「周誥殷盤，佶屈～牙。」（周誥：指《尚書》中的《大誥》、《康誥》、《酒誥》等篇。殷盤：指《尚書》中的《盤庚》等篇。佶【粵】git6〔傑〕⟨普⟩jí】屈：曲折不順。～牙：拗口，形容文句艱澀，讀起來不順口。）

聲 ⟨粵⟩sing1〔升〕⟨普⟩shēng

❶聲音。許慎《説文解字》：「～，音也。」辛棄疾《青玉案・元夕》：「鳳簫～動，玉壺光轉，一夜魚龍舞。」❷心聲。《列子・湯問》：「吾於何逃～哉？」❸音樂。司馬遷《史記・廉頗藺相如列傳》：「趙王竊聞秦王善為秦～。」❹口音。魏禧《大鐵椎傳》：「語類楚～。」（説話時像帶有南方楚地的口音。）❺指「四～」，古漢語的平、上、去、入四個聲調。❻音訊，消息，聲氣。班固《漢書・趙尹韓張兩王傳》：「界上亭長寄～謝我，何以不為致問？」❼聲望，名聲。司馬遷《報任少卿書》：「此人皆身至王侯將相，～聞鄰國。」（此人：指魏其、季布及灌夫。）❽宣揚，伸張。《左傳・僖公二十二年》：「金鼓以～氣也。」（氣：士氣。）

聰 ⟨粵⟩cung1〔匆〕⟨普⟩cōng

❶聽力靈敏，明察。許慎《説文解

字》：「～，察也。」司馬遷《史記·屈原賈生列傳》：「屈平疾王聽之不～也。」（屈平：指屈原。疾：痛恨。王：指楚懷王。）❷聰明，有智慧。班固《漢書·宣元六王傳》：「而憲王壯大，好經書法律，～達有材，帝甚愛之。」（憲王：指淮陽憲王劉欽，漢宣帝次子。）

聯 （粵）lyun4〔籬團切〕（普）lián

接連，連續。許慎《說文解字》：「～，連也。」柳宗元《與崔策登西山》：「～袂度危橋。」（袂【粵】mai6〔未毅切〕（普）mèi〕：衣袖。）

聳 （粵）sung2〔慫〕（普）sǒng

❶耳聾。馬融《廣成頌》：「子野聽～。」（子野：春秋時代晉國樂師師曠的別字，失明，善彈琴，辨音能力極強。）❷高聳，高起，有成語「高～入雲」。宋濂《龍門子凝道記·秋風樞第一》：「狸狌見鼠雙耳～。」❸鼓勵，勸勉。《國語·楚語上》：「教之《春秋》，而為之～善而抑惡焉，以戒勸其心。」❹通「悚」，驚懼，恐懼。韓非《韓非子·內儲說上》：「於是吏皆～懼，以為君，神明也。」

臆 （粵）jik1〔億〕（普）yì

❶胸。許慎《說文解字》：「～，胷骨也。」李華《弔古戰場文》：「寄身鋒刃，腷～誰訴？」（腷【粵】bik1〔碧〕（普）bì〕：鬱悶。）❷臆測，主觀想像猜測。紀昀《閱微草堂筆記·卷十六》：「然則天下之事，但知其一，不知其二者多矣，可據理～斷歟？」

膺 （粵）jing1〔英〕（普）yīng

❶胸。李白《蜀道難》：「以手撫～坐長歎。」❷肩負。陸以湉《冷廬雜識·卷七·陳忠愍公》：「上以非公莫能～海疆重任，破格授廈門提督。」（上：指清朝的道光皇帝。公：指陳化成。）❸抗擊。《詩經·魯頌·閟宮》：「戎狄是～。」（戎：古代對西部少數民族的統稱。狄：古代對北部少數民族的統稱。）

膾 （粵）kui2〔潰〕（普）kuài

細切的肉食，有成語「～炙人口」。許慎《說文解字》：「～，細切肉也。」《論語·鄉黨》：「食不厭精，～不厭細。」（主糧儘量精，肉類儘量細。）

臨 （粵）lam4〔林〕（普）lín

❶從高處向下看。杜甫《登樓》：「花近高樓傷客心，萬方多難此登～。」❷從上監視着，統治，有成語「君～天下」。《管子·八觀》：「置法出令，～眾用民。」❸臨近，靠近，到，有成語「兵～城下」。《荀子·勸學》：「不～深谿，不知地之厚也。」❹面臨，面對，對着。諸葛亮《出師表》：「今當遠離，～表涕零，不知所云。」❺臨摹，依着書畫範本模仿。劉元卿《應諧錄·萬字》：「搦管～朱。」

（拿起毛筆臨摹紅字。）❻副詞，將要，快要。《出師表》：「先帝知臣謹慎，故～崩寄臣以大事也。」

艱 (粵)gaan1〔奸〕(普)jiān

❶艱難，不容易。宋濂《送東陽馬生序》：「蓋余之勤且～若此。」❷險惡。《詩經·小雅·何人斯》：「彼何人斯，其心孔～。」（孔：非常。）❸父母的喪事。《世說新語·德行》：「吳道助、附子兄弟……遭母童夫人～，朝夕哭臨。」（吳道助、附子：人名。）

薦 (粵)zin3〔箭〕(普)jiàn

❶獸類吃的草。許慎《說文解字》：「～，獸之所食艸。」（艸：同「草」。）《莊子·齊物論》：「麋鹿食～。」（麋【粵】mei4〔眉〕【普】mí】：鹿的一種。）❷草蓆，草墊。《世說新語·德行》：「既無餘席，便坐～上。」❸鋪墊，襯墊。司馬遷《史記·滑稽列傳》：「～以木蘭，祭以糧稻。」（木蘭：一種香草。）❹奉獻祭品，祭祀。《論語·鄉黨》：「君賜腥，必熟而～之。」（君主賜的鮮肉，一定要煮熟才供奉祖先。）❺推薦，舉薦。《孟子·萬章上》：「諸侯能～人於天子。」❻祭品。《孔子家語·公西赤問》：「孔子嘗，奉～而進。」❼副詞，接連，屢次。《國語·魯語》：「饑饉～降。」

薪 (粵)san1〔新〕(普)xīn

柴，有成語「杯水車～」。蘇洵《六國論》：「以地事秦，猶抱～救火，～不盡，火不滅。」

薄 (粵)bok6〔雹〕(普)bó

❶草木叢生的地方。屈原《楚辭·九章·涉江》：「死林～兮。」❷厚度小，與「厚」相對。《詩經·小雅·小旻》：「如履～冰。」❸刻薄，不厚道。班固《漢書·藝文志》：「亦可以觀風俗，知～厚云。」❹稀薄，不濃。顏之推《顏氏家訓·治家》：「時逢水旱，二石米為～粥。」❺微小，少，與「厚」相對。司馬遷《史記·滑稽列傳》：「而以大夫禮葬之，～，請以人君禮葬之。」司馬光《訓儉示康》：「物～而情厚。」❻減輕。晁錯《論貴粟疏》：「～賦斂，廣畜積。」❼輕視，與「厚」相對。有成語「厚此～彼」。諸葛亮《出師表》：「不宜妄自菲～。」❽通「迫」，迫近，接近。范仲淹《岳陽樓記》：「～暮冥冥。」（冥【粵】ming4〔明〕【普】míng】冥：昏暗。）

薨 (粵)gwang1〔轟〕(普)hōng

先秦時代諸侯死亡的叫法，後來才泛指侯爵或大官的死。司馬遷《史記·魏公子列傳》：「昭王～，安釐王即位。」（昭王：指魏昭王。安釐王：即魏安僖王。）

虧 (粵)kwai1〔規〕(普)kuī

❶虧損，損耗，減少。許慎《說文解字》：「～，气損也。」（气，同「氣」。）蘇洵《六國論》：「賂秦而力～，破滅之道也。」❷虧欠，欠缺，缺少。韓非《韓非子・五蠹》：「雖監門之服養，不～於此矣。」（即使是看門人的衣食供養，也不比這少。）❸差異。《呂氏春秋・慎大覽・察今》：「其時已與先王之法～矣，而曰『此先王之法也』，而法之以為治，豈不悲哉？」❹毀壞。《韓非子・孤憤》：「無令而擅為，～法以利私。」

 螯 (粵)ngou4〔熬〕(普)áo

蟹的第一對、即最大的一對足，像鉗。《荀子・勸學》：「蟹八跪而二～。」（跪：腳，特指蟹腳。）

 螫 (粵)sik1〔色〕(普)shì

毒蟲或毒蛇咬刺。許慎《說文解字》：「～，蟲行毒也。」王言《聖師錄・蜂》：「素惡胡蜂～人。」

 褻 (粵)sit3〔薛〕(普)xiè

❶內衣。許慎《說文解字》：「～，私服。」《論語・鄉黨》：「紅、紫不以為～服。」（紅色、紫色的布匹不可用來做內衣。）❷親近而不莊重。周敦頤《愛蓮說》：「可遠觀而不可～玩焉。」

 襄 (粵)soeng1〔雙〕(普)xiāng

❶上升，沖上。酈道元《水經注・江水》：「夏水～陵。」（夏天時江水漲高，水位上升到高地。）❷高。《水經注・河水》：「勢連～陸。」❸完成。《左傳・定公十五年》：「葬定公，雨，不克～事，禮也。」（克：能夠。）❹襄助，輔助。羅貫中《三國演義・第七十七回》：「必納王妃，以～內政。」

 覬 (粵)gei3〔寄〕(普)jì

希望得到，有詞語「～覦」。柳宗元《童區寄傳》：「自毀齒以上，父兄鬻賣，以～其利。」（毀齒：指小孩七、八歲換牙的時候。

謗 (粵)pong3〔碰況切〕/ bong3〔臂況切〕(普)bàng

❶毀謗。許慎《說文解字》：「～，毀也。」司馬遷《史記・屈原賈生列傳》：「信而見疑，忠而被～，能無怨乎？」❷從旁公開指責別人的過失。《戰國策・齊策一》：「能～譏於市朝，聞寡人之耳者，受下賞。」（譏：指責。）

謚 (粵)si3〔嗜〕(普)shì

同「諡」，古時依死者生前的事跡所給予的稱號，見第357頁「諡」字條。

講 (粵)gong2〔港〕(普)jiǎng

❶講和，和解。許慎《說文解字》：「～，和解也。」韓非《韓非子・

內儲説上》:「寡人欲割河東而～。」（割：割讓。）❷研究，商討。《左傳・襄公五年》:「～事不令，集人來定。」❸講習，練習。蘇軾《教戰守策》:「秋冬之隙，致民田獵以～武。」（隙：空閒，期間。）❹講求，重視。《禮記・禮運》:「選賢與能，～信修睦。」（修睦：重視和睦。）❺講解，解釋。司馬遷《史記・孔子世家》:「孔子～誦弦歌不衰。」（講：講學。誦：誦詩。弦：彈琴。歌：歌唱。）

謠 粵jiu4〔搖〕普yáo

❶歌謠，歌曲。陸以湉《冷廬雜識・卷七・陳忠愍公》:「時有『官兵都吸民膏髓，陳公但飲吳淞水』之～。」（膏髓：民間的財富。）❷謠言，憑空捏造的話。屈原《楚辭・離騷》:「～諑謂余以善淫。」（諑【粵doek3〔啄〕普zhuó】：毀謗。善淫：淫邪，行為不端。）

謝 粵ze6〔樹〕普xiè

❶辭謝，拒絕，推辭。許慎《説文解字》:「～，辤去也。」（辤：同「辭」。）宋濂《杜環小傳》:「譚～不納，母大困。」（譚：指譚敬先。）❷辭別，告別。司馬遷《史記・魏公子列傳》:「侯生視公子色終不變，乃～客就車。」（侯生：侯嬴，戰國時代魏國的隱士。就車：登車。）❸致歉，謝罪。《史記・廉頗藺相如列傳》:「秦王恐其破璧，乃辭～固請。」❹感謝。俞

長城《全鏡文》:「遂揖客而～。」❺告訴。《孔雀東南飛》:「多～後世人，戒之慎勿忘。」❻凋謝，凋零。杜牧《留贈》:「不用鏡前空有淚，薔薇花～即歸來。」

謄 粵tang4〔藤〕普téng

謄寫，抄寫。《宋史・選舉志一》:「付封彌官～寫校勘。」（封彌官：宋代設謄錄院，由封彌官將科舉考生的試卷封印，並將試卷文字抄錄成副本，以防考生與考試官之間憑字跡作弊。）

豁 一 粵kut3〔䫉〕普huò

❶廣闊。陶潛《桃花源記》:「～然開朗。」❷深邃。徐悱《古意酬到長史溉登琅邪城》:「此江稱～險。」❸豁免，免除。王士禎《劍俠傳》:「傳令吏歸舍，釋妻子，～其賠償。」

二 粵kut3〔䫉〕普huō

殘缺。賈思勰《齊民要術・種穀》:「稀～之處，鋤而補之。」

谿 粵kai1〔溪〕普xī

❶山谷。《荀子・勸學》:「不臨深～，不知地之厚也。」❷同「溪」，山間的河流。柳宗元《永州八記・始得西山宴遊記》:「入深林，窮迴～。」（窮：走到盡頭。）

賺 一 粵zaan6〔綻〕普zhuàn

贏得，如「～人熱淚」。馮夢龍《警世通言・金令史美婢酬秀童》:「只

恨他沒本事～我的錢。」

二 粵 zaan6〔綻〕普 zuàn

哄騙，誆騙。關漢卿《竇娥冤‧第一折》：「他～到無人去處，行起凶來。」

賽 粵 coi3〔菜〕普 sài

勝過，比得上，如「～孟嘗」、「～螃蟹」等。《劉知遠諸宮調‧第二》：「貌～嫦娥。」

購 粵 gau3〔夠〕/ kau3〔扣〕普 gòu

❶懸賞。許慎《說文解字》：「～，以財有所求也。」司馬遷《史記‧刺客列傳》：「夫樊將軍，秦王～之金千斤。」（樊將軍：指樊於期。）❷購買。宋濂《杜環小傳》：「環～布帛。」（環：指杜環。）❸僱用。柳宗元《三戒‧永某氏之鼠》：「～僮羅捕之。」（之：指老鼠。）

趨 **一** 粵 ceoi1〔催〕普 qū

❶快走，有成語「亦步亦～」。許慎《說文解字》：「～，走也。」《孟子‧公孫丑上》：「其子～而往視之。」❷古禮中走路欲超前長輩時的小步快走，表示恭敬。《論語‧微子》：「～而辟之，不得與之言。」（之：指楚國的狂人接輿。）❸依附，有成語「～炎附勢」。晁錯《論貴粟疏》：「～利如水走下。」❹奔赴。宋濂《送東陽馬生序》：「嘗百里外，從鄉之先達執經叩問。」❺趨向，趨於。蘇洵《六國論》：「有如此之勢，而為秦人積威之所

劫，日削月割，以～於亡。」❻追求，迎合，爭取。賈誼《論積貯疏》：「今背本而～末。」（本：農業。末：商業。）

二 粵 cuk1〔促〕普 cù

❶通「促」，催促。班固《漢書‧酷吏傳》：「為檄告縣～具食。」（撰寫文書告訴縣令，催促他們準備食物。）❷副詞，趕快。《漢書‧高帝紀上》：「若不～降漢。」

蹇 粵 gin2〔稿展切〕普 jiǎn

❶跛足。許慎《說文解字》：「～，跛也。」馬中錫《中山狼傳》：「策～驢。」❷蹣跚走路，一拐一拐地走。袁宏道《滿井遊記》：「紅裝而～者。」（紅裝：豔麗的服裝。）❸困苦，艱難，不順利。白居易《與元九書》：「況詩人多～，如陳子昂、杜甫，各授一拾遺。」

蹈 粵 dou6〔杜〕普 dǎo

❶踩踏，踐踏，有成語「重～覆轍」。許慎《說文解字》：「～，踐也。」《尚書‧周書‧君牙》：「心之憂危，若～虎尾。」❷踏地，頓足，有成語「手舞足～」。《禮記‧樂記》：「嗟歎之不足，故不知手之舞之，足之～之也。」❸實踐，實行，遵循。宋濂《杜環小傳》：「至事變勢窮，不能～其所言而背去多矣！」

蹊 粵 hai4〔兮〕普 xī

❶小路，有成語「另闢～徑」。司

馬遷《史記·李將軍列傳》:「諺曰『桃李不言,下自成～』。」❷走,踩踏。《左傳·宣公十一年》:「牽牛以～人之田。」

 轂 (粵)guk1〔菊〕(普)gǔ

或指車輪中心的圓木,或指車軸,有成語「肩摩～擊」。屈原《楚辭·九歌·國殤》:「車錯～兮短兵接。」(戰車交錯,車軸碰撞,兵器相接。)

轅 (粵)jyun4〔圓〕(普)yuán

衙門,官署。陸以湉《冷廬雜識·卷七·陳忠愍公》:「平時宜休養,毋輒來～。」(毋:不用。輒:副詞,經常。)

輿 (粵)jyu4〔餘〕(普)yú

❶車廂,泛指車子。《孟子·梁惠王上》:「明足以察秋毫之末,而不見～薪。」(明:看得清楚。秋毫:秋天雀鳥的羽毛。)❷轎子。《晉書·王導傳》:「乘肩～,具威儀。」❸抬轎,舉起。班固《漢書·李廣蘇建傳》:「～歸營。」❹大地,有詞語「～圖」、「方～」等。司馬遷《史記·三王世家》:「御史奏～地圖。」❺眾人的,有詞語「～論」。《資治通鑑·唐紀·德宗神武聖文皇帝四》:「頃者竊聞～議,頗究輿情。」

 避 (粵)bei6〔鼻〕(普)bì

❶躲避,避開,躲開。司馬遷《史記·廉頗藺相如列傳》:「已而相如出,望見廉頗,相如引車～匿。」❷離開,有詞語「～席」。《史記·刺客列傳》:「荊軻坐定,太子～席頓首曰。」❸避免,免除。晁錯《論貴粟疏》:「秋不得～陰雨,冬不得～寒凍。」❹讓。范曄《後漢書·馮岑賈列傳》:「行與諸將相逢,輒引車～道。」

遽 (粵)geoi6〔巨〕(普)jù

❶驛車,驛馬。《左傳·昭公二年》:「乘～而至。」❷急忙、匆忙。《禮記·檀弓上》:「喪事雖～,不陵節。」(陵節:超出禮節範圍。)❸副詞,立即,急速,有詞語「～變」。《呂氏春秋·慎大覽·察今》:「楚人有涉江者,其劍自舟中墜於水,～契其舟曰:『是吾劍之所從墜。』」(契【粵】kai3〔溪【陰去】〕(普)qì:刻。)❹副詞,突然。韓愈《祭十二郎文》:「孰謂汝～去吾而歿乎!」(歿【粵】mut6〔沒〕(普)mò:死去。)❺連詞,於是,就。《呂氏春秋·慎大覽·察今》:「其父雖善游,其子豈～善游哉?」

還 一 (粵)waan4〔環〕(普)huán

❶返回,回來,回去。許慎《說文解字》:「～,復也。」(復:復返。)諸葛亮《出師表》:「興復漢室,～於舊都。」❷回復,恢復。李清照《聲聲慢·秋情》:「乍暖～寒時候,最難將息。」❸交還,歸還。宋濂《送東陽馬生序》:「手

自筆錄，計日以～。」❹償還，償付。杜甫《歲晏行》：「況聞處處鬻男女，割慈忍愛～租庸。」（鬻【粵juk6〔肉〕普yù：賣。）❺通「環」，環繞，圍繞。《戰國策·燕策三》：「荊軻逐秦王，秦王～柱而走。」❻以來。李華《弔古戰場文》：「秦、漢而～，多事四夷。」（事：應付。）

二 （粵）waan4〔環〕（普）hái

❶副詞，再，又。孟浩然《過故人莊》：「待到重陽日，～來就菊花。」❷副詞，還是，依然。李白《將進酒》：「千金散盡～復來。」❸副詞，更，表示程度。李煜《相見歡》：「剪不斷，理～亂。」

三 （粵）syun4〔旋〕（普）xuán

❶通「旋」，旋轉。《莊子·庚桑楚》：「夫尋常之溝，巨魚無所～其體。」❷通「旋」，掉頭、回頭、轉身。《古詩十九首·涉江采芙蓉》：「～顧望舊鄉。」❸通「旋」，副詞，旋即。韓非《韓非子·喻老》：「居十日，扁鵲望桓侯而～走。」（桓侯：指蔡桓公。）❹輕快敏捷的樣子。《詩經·齊風·還》：「子之～兮。」

邁 （粵）maai6〔賣〕（普）mài

❶大步跨進，有詞語「～步」。許慎《說文解字》：「～，遠行也。」《詩經·小雅·小宛》：「我日斯～，而月斯征。」❷遠行。錢謙益《徐霞客傳》：「丙子九月，辭家西～。」❸超越，超過。陳壽《三國志·魏書·高堂隆傳》：「三王可～，五帝可越。」❹時光消逝。《詩經·唐風·蟋蟀》：「今我不樂，日月其～。」❺老邁，年老。《三國志·魏書·曹爽傳》：「臣雖朽～，敢忘往言？」

邂 （粵）haai6〔械〕/ haai5〔蟹〕（普）xiè

不期而遇，有詞語「～逅」。許慎《說文解字》：「～逅，不期而遇也。」羅貫中《三國演義·第三十七回》：「備久聞二公大名，幸得～逅。」（備：指劉備。二公：指石廣元及孟公威。）

邀 （粵）jiu1〔腰〕（普）yāo

❶迎候，出迎恭候。《莊子·寓言》：「～於郊。」❷邀請。李白《月下獨酌》（其一）：「舉杯～明月，對影成三人。」❸半路攔截。《舊唐書·盧杞傳》：「百姓相率千萬眾～宰相於道訴之。」❹求取，有詞語「～功」。王充《論衡·自然》：「堯則天而行，不作功～名。」（則：效法。）

醜 （粵）cau2〔丑〕（普）chǒu

❶醜惡，不好。許慎《說文解字》：「～，可惡也。」（惡【粵wu3〔烏【陰去】普wù】：厭惡。）司馬遷《史記·項羽本紀》：「今盡王故王於～地。」❷外貌難看，與「美」相對。《莊子·天運》：「其里之～人見而美之。」❸羞恥，粵語有俗語「知～」。《史記·孔子世家》：「夫道

之不脩也，是吾～也。」（脩：通「修」，修煉。）

錬 ⟨粵⟩lin6〔練〕⟨普⟩liàn

❶煉金。許慎《説文解字》：「～，冶金也。」葛洪《抱朴子·金丹》：「黃金入火，百～不消，埋之，畢天不朽。」❷斟酌的字句。杜荀鶴《閒居書事》：「鬢白衹應秋～句。」❸鐵鏈。魏禧《大鐵椎傳》：「如鎖上～。」（猶如鏈條上還有鏈條。）

鍥 ⟨粵⟩kit3〔竭〕⟨普⟩qiè

雕刻，有成語「～而不捨」。《荀子·勸學》：「～而不舍，金石可鏤。」

鍾 ⟨粵⟩zung1〔終〕⟨普⟩zhōng

❶酒器。許慎《説文解字》：「～，酒器也。」王充《論衡·語增》：「文王飲酒千～。」❷容量單位，六十四（一説六百四十）升為一～。《孟子·告子上》：「萬～則不辨禮義而受之。」（萬～：比喻高官厚祿。）❸聚集。《世説新語·傷逝》：「情之所～，正在我輩。」❹通「鐘」，一種樂器。王勃《滕王閣序》：「～鳴鼎食之家。」

闇 ⟨粵⟩am3〔暗〕／am2〔暗【陰上】〕⟨普⟩àn

愚昧，昏亂。陳壽《三國志·蜀書·諸葛亮傳》：「劉璋～弱，張魯在北，民殷國富而不知存恤，智能之士思得明君。」（恤：通「恤」，體恤。）

闊 ⟨粵⟩fut3〔廢眓切〕⟨普⟩kuò

❶寬闊，廣闊，與「窄」相對。李華《弔古戰場文》：「地～天長，不知歸路。」❷胸襟廣闊。范曄《後漢書·朱景王杜劉傅堅馬列傳》：「武為人嗜酒，～達敢言。」（武：指馬武，東漢初將領。）❸不切實際。《弔古戰場文》：「王道迂～而莫為。」❹寬緩，放寬。班固《漢書·王莽傳下》：「～其租賦。」❺離別，告別，有詞語「～別」。《後漢書·虞傅蓋臧列傳》：「隔～相思。」❻長。白居易《寄微之》（其一）：「有山萬丈高，有江千里～。」

闋 ⟨粵⟩kyut3〔缺〕⟨普⟩què

❶事情結束，止息。許慎《説文解字》：「～，事已，閉門也。」周邦彥《浪濤沙》：「東門帳飲乍～。」（乍：突然。）❷曲終。韓愈《感春》（其二）：「孤吟屢～莫與和，寸恨至短誰能裁。」（和【粵】wo6〔禍〕⟨普⟩hè：唱和。）❸曲調。歐陽修《玉樓春》：「離歌且莫翻新～，一曲能教腸寸結。」❹量詞，計算歌、詞、曲的單位。司馬遷《史記·項羽本紀》：「歌數～，美人和之。」❺通「缺」，空缺。王符《潛夫論·邊議》：「傳子孫者，思安萬世，寄其身者，各取一～。」

十七畫

闌

（粵）laan4〔蘭〕（普）lán

❶ 本指門前的遮攔，後泛指欄杆。許慎《説文解字》：「～，門遮也。」岳飛《滿江紅》：「怒髮衝冠，憑～處、瀟瀟雨歇。」❷ 阻隔。《戰國策·魏策三》：「晉國之去梁也，千里有餘，有河山以～之。」（梁：指魏國。）❸ 衰落，將盡，有成語「夜～人靜」。辛棄疾《青玉案·元夕》：「驀然回首，那人卻在、燈火～珊處。」

闈

（粵）wai4〔圍〕（普）wéi

❶ 宮中小門。許慎《説文解字》：「～，宮中之門也。」《左傳·哀公十四年》：「攻～與大門，皆不勝。」❷ 後宮，皇后和妃子居住的地方，有詞語「宮～」。范曄《後漢書·皇后紀上》：「后正位宮～。」（皇后處於後宮的正位。）❸ 父母居住的地方，有詞語「庭～」。杜甫《送韓十四江東省覲》：「我已無家尋弟妹，君今何處訪庭～。」❹ 舉行科舉考試的地方。劉長卿《送孫瑩京監擢第歸蜀覲省》：「禮～稱獨步。」（禮～：因科舉考試為禮部主辦，故稱。）

隱

（粵）jan2〔忍〕（普）yǐn

❶ 隱蔽，遮蔽。許慎《説文解字》：「～，蔽也。」酈道元《水經注·江水》：「～天蔽日。」❷ 隱藏，有成語「～惡揚善」。柳宗元《永州八記·始得西山宴遊記》：「莫得遯～。」（遯：同「遁」，匿藏。）❸ 隱逸，隱居，不出來做官。《舊唐書·文苑傳下》：「與道士吳筠～於剡中。」❹ 隱瞞。司馬光《訓儉示康》：「上以無～，益重之。」❺ 隱情，痛苦，有成語「難言之～」。《國語·周語上》：「勤恤民～而除其害也。」❻ 祕密。龔自珍《病梅館記》：「有以文人畫士孤癖之～。」❼ 精微深奧，有詞語「～晦」。司馬遷《史記·司馬相如傳》：「《春秋》推見至～。」❽ 惻隱，同情。《孟子·梁惠王上》：「王若～其無罪而就死地。」

隸

（粵）dai6〔第〕（普）lì

❶ 奴隸，奴僕。韓愈《雜説（四）》：「只辱於奴～人之手。」❷ 隸屬，屬於。王安石《傷仲永》：「金溪民方仲永，世～耕。」（金谿【粵】kai1〔溪〕（普）xī：位於今江西省金谿縣。）❸ 隨從。柳宗元《永州八記·小石潭記》：「～而從者，崔氏二小生：曰恕己，曰奉壹。」❹ 隸書，漢字的一種字體。許慎《説文解字·序》：「四曰左書，即秦～書。秦始皇帝使下杜人程邈所作也。」

雖

（粵）seoi1〔需〕（普）suī

❶ 連詞，雖然。蘇洵《六國論》：「是故燕～小國而後亡。」（因此燕國雖然細小卻能在後期才滅亡。）❷ 連詞，即使，就算。俞長城《全鏡文》：「爾～毀予，能竭天下之

水，而熄天下之火乎？」（你就算打碎我，但可以排走天下所有的水，熄滅天下所有的火嗎？）

霜 ⑧soeng1〔雙〕普shuāng

❶霜。蘇洵《六國論》：「暴~露，斬荊棘。」（暴：暴露。）❷結霜。李華《弔古戰場文》：「凜若~晨。」（凜【⑧lam5〔林【陽上】〕普lǐn】：寒冷。）❸霜白，白色。蘇軾《江城子·密州出獵》：「鬢微~，又何妨？」（鬢【⑧ban3〔殯〕普bìn】：臉龐兩邊靠近耳朵的頭髮。）❹比喻高潔。《南齊書·高逸傳》：「~操日嚴。」❺年。賈島《渡桑干》：「客舍并州已十~，歸心日夜憶咸陽。」（并【⑧bing1〔兵〕普bīng】州：位於今山西省太原市。）

鞠 ⑧guk1〔菊〕普jū

❶古代一種用來踢打玩耍的球，有詞語「蹴~」。許慎《說文解字》：「~，蹋~也。」（蹋【⑧daap6〔踏〕普tà】：踢。）《資治通鑑·唐紀·高宗天皇大聖大弘孝皇帝上之上》：「朕愛胡人善為擊~之戲。」❷養育，撫養。《詩經·小雅·蓼莪》：「父兮生我，母兮~我。」❸鞠躬，彎腰，表示恭敬謙遜，有成語「~躬盡瘁」。《論語·鄉黨》：「入公門，~躬如也。」（進入朝廷大門時，走路要像鞠躬一樣。）

騁 ⑧cing2〔拯〕普chěng

❶馬匹奔馳。許慎《說文解字》：

「~，直馳也。」屈原《楚辭·離騷》：「乘騏驥以馳~兮。」❷盡情施展，不受拘束。王羲之《蘭亭集序》：「所以遊目~懷，足以極視聽之娛，信可樂也。」❸放縱。范曄《後漢書·王充王符仲長統列傳》：「乃奔其私嗜，~其邪欲。」（嗜：嗜好。）

駿 ⑧zeon3〔俊〕普jùn

❶好馬。許慎《說文解字》：「~，馬之良材者。」李商隱《瑤池》：「八~日行三萬里。」❷急速。陶潛《歸去來辭·序》：「情在~奔，自免去職。」❸優秀，跑得快的。房玄齡《晉書·陸機傳》：「初機有~犬。」❹通「峻」，峻刻，嚴厲。司馬遷《史記·商君列傳》：「殘傷民以~刑，是積怨畜禍也。」

鮮 一 ⑧sin1〔先〕普xiān

❶生魚，鮮魚。許慎《說文解字》：「~，魚名。」姚瑩《捕鼠說》：「鄰人大喜，益愛貓，非魚~不飼。」（益：更加。）❷新鮮，美味。歸有光《歸氏二孝子傳》：「問母飲食，致甘~焉。」（致：給予。）❸鮮明，鮮豔。陶潛《桃花源記》：「芳草~美，落英繽紛。」（英：花朵。）

二 ⑧sin2〔癬〕普xiǎn

❶少。李翱《命解》：「利於人者~。」（對眾人有益的地方少。）❷沒有。李密《陳情表》：「終~兄弟。」

鴻 粵 hung4〔洪〕普 hóng

❶ 大型雁鳥的泛稱。許慎《説文解字》:「～,～鵠也。」(鵠【粵 huk6〔酷〕普 hú】:類似天鵝的水鳥。) 司馬遷《報任少卿書》:「人固有一死,或重於泰山,或輕於～毛。」❷ 書信。王實甫《西廂記·第三本·第一折》:「～稀鱗絶,悲愴不勝。」(愴【粵 cong3〔創〕普 chuàng】:悲傷。)❸ 大,盛大。劉禹錫《陋室銘》:「談笑有～儒,往來無白丁。」(儒:讀書人。白丁:沒有學問的人。)

麋 粵 mei4〔眉〕普 mí

鹿的一種。許慎《説文解字》:「～,鹿屬。」蘇軾《前赤壁賦》:「侶魚蝦而友～鹿。」

點 粵 dim2〔頂閃切〕普 diǎn

❶ 斑點。許慎《説文解字》:「～,小黑也。」張岱《湖心亭看雪》:「湖上影子,惟長堤一痕、湖心亭一～。」❷ 通「玷」,玷污,污辱。司馬遷《報任少卿書》:「適足以發笑而自～耳。」(只不過足以被人恥笑而自取其辱罷了。)❸ 液體的小滴。李清照《聲聲慢·秋情》:「梧桐更兼細雨,到黃昏、～～滴滴。」❹ 漢字筆劃的一種。王羲之《題衞夫人筆陣圖後》:「每作一～,如高峰墜石。」❺ 用筆加上一點,有成語「畫龍～睛」。張彥遠《歷代名畫記·卷七·梁·張僧

繇》:「又金陵安樂寺四白龍不點眼睛,每云:『～睛即飛去。』人以為妄誕,固請～之。」❻ 刪改文字,有成語「可圈可～」。陳壽《三國志·魏書·武帝紀》:「公又與遂書,多所～竄。」(與遂書:給韓遂寫信。竄【粵 cyun3〔寸〕普 cuàn】:改動。)❼ 一觸即起。杜甫《曲江》(其二):「～水蜻蜓款款飛。」(款款:緩慢的樣子。)❽ 檢查,核對,有詞語「～名」。杜甫《兵車行》:「行人但云～行頻。」(～行:按戶籍名冊點兵入伍。)❾ 點火。羅貫中《三國演義·第四十五回》:「飲至天晚,～上燈燭,瑜自起舞劍作歌。」(瑜:指周瑜。)❿ 更點,古代用銅壺滴漏計時,把一夜分為五更,每更兩小時,一更再分為五點,每點即二十四分鐘。《元史·兵志四》:「其夜禁之法,一更三～,鐘聲絶,禁人行;五更三～,鐘聲動,聽人行。」(一更三～:即晚上八點十二分。五更三～:清晨四點十二分。聽:任由。)

黜 粵 ceot1〔出〕/ zyut6〔絶〕普 chù

❶ 貶降,革職。許慎《説文解字》:「～,貶下也。」柳宗元《送薛存義序》:「則必甚怒而～罰之矣。」❷ 廢黜,罷免。柳宗元《蝜蝂傳》:「～棄之。」❸ 排斥,排除,消除。柳宗元《送元十八山人南遊序》:「世之學孔氏者,則～老子;學老子者,則～孔子,道不同,不相為

謀。」

 黛 〔粵〕doi6〔代〕〔普〕dài

❶青黑色的顏料，古代女子用以畫眉。屈原《楚辭・大招》：「粉白黛黑，施芳澤只。」（只：語氣助詞，無實義。）❷青黑色。杜甫《古柏行》：「～色參天二千尺。」❸借指美女。白居易《長恨歌》：「六宮粉～無顏色。」

十八畫

叢 〔粵〕cung4〔蟲〕〔普〕cóng

❶聚集，有成語「弊病～生」。許慎《說文解字》：「～，聚也。」曹操《觀滄海》：「樹木～生，百草豐茂。」❷眾多，繁雜。班固《漢書・酷吏傳》：「張湯死後，罔密事～。」（罔：法網。）❸叢生的花草樹木。陸以湉《冷廬雜識・卷七・陳忠愍公》：「忍創負公屍藏蘆～中。」

嚮 〔一〕〔粵〕hoeng3〔向〕〔普〕xiàng

❶朝向，對着。司馬遷《史記・項羽本紀》：「亞父南～坐……沛公北～坐，張良西～侍。」（亞父：即范增。沛公：即劉邦。）❷趨向，奔向。蘇洵《六國論》：「並力西～，則吾恐秦人食之不得下嚥

也。」❸接近。《周易・説卦》：「～明而治。」（在接近天明的時候開始處理政務。）❹從前，往昔。柳宗元《永州八記・始得西山宴遊記》：「然後知吾～之未始遊，遊於是乎始。」❺連詞，假使。柳宗元《捕蛇者說》：「～吾不為斯役，則久已病矣。」（假使我不當捕蛇這個差事，早就困苦不堪了。）

〔二〕〔粵〕hoeng2〔享〕〔普〕xiǎng

❶通「響」，回音，回聲。《莊子・養生主》：「砉然～然。」（砉【粵】waak6〔或〕【普】xū】然：皮、骨相離時的聲音，常用以形容破裂聲。）❷通「享」，享受，享有。王充《論衡・謝短》：「夏自禹～國，幾載而至於殷？」（載【粵】zoi3〔宰〕【普】zǎi】：年。殷：即商朝。）

 壘 〔一〕〔粵〕leoi5〔呂〕〔普〕lěi

防護軍營的牆壁或建築物，有詞語「堡～」。蘇軾《念奴嬌・赤壁懷古》：「故～西邊，人道是、三國周郎赤壁。」

〔二〕〔粵〕leot6〔律〕〔普〕lǜ

鬱～：古代門神的名字。張衡《東京賦》：「守以鬱～。」

 彝 〔粵〕ji4〔怡〕〔普〕yí

❶古代青銅器的通稱，多指宗廟祭祀用的禮器。許慎《說文解字》：「～，宗廟常器也。」❷常道，法度。《詩經・大雅・烝民》：「民之秉～。」（秉：秉承。）

擴 （粵）kwok3〔廓〕（普）kuò

擴張，擴充。《孟子・公孫丑上》：「凡有四端於我者，知皆～而充之矣。」

擲 （粵）zaak6〔擇〕（普）zhì

❶投擲，拋擲，扔掉。杜牧《阿房宮賦》：「金塊珠礫，棄～邐迤。」（礫【粵】lik1〔力〔陰入〕〕（普）lì）：小石子。邐迤【粵】lei5 ji5〔李耳〕（普）lǐ yǐ〕：連綿不斷。）❷跳躍。宋濂《龍門子凝道記・秋風樞第一》：「狸狌奮～而出。」（狸狌：野貓。奮：用力。）

擾 （粵）jiu5〔遶【陽上】〕／jiu2〔繞〕（普）rǎo

❶亂。杜牧《阿房宮賦》：「綠雲～～。」（綠雲：比喻烏黑濃密的頭髮。）❷侵擾，擾亂。陸以湉《冷廬雜識・卷七・陳忠愍公》：「道光庚子，英夷～浙東。」（道光庚子：道光二十年，即公元一八四零年。浙：浙江省的簡稱。）❸困擾。田汝成《西湖清明節》：「夏月無青蟲撲燈之～。」❹馴服。《荀子・性惡》：「以～化人之情性而導之也。」

斷 一 （粵）dyun6〔段〕（普）duàn

❶截斷，斷開。《莊子・逍遙遊》：「越人～髮文身。」（文身：紋身。）❷斷絕。王勃《滕王閣序》：「雁陣驚寒，聲～衡陽之浦。」（指大雁飛到滕王閣後不再南下。）❸果斷，決斷。陳壽《三國志・蜀書・

諸葛亮傳》：「事急而不～，禍至無日矣！」❹副詞，一定，絕對。李商隱《無題》：「～無消息石榴紅。」

二 （粵）dyun3〔鍛〕（普）duàn

推斷。紀昀《閱微草堂筆記・卷十六》：「可據理臆～歟？」（臆【粵】jik1〔億〕（普）yì）：臆測。歟：語氣助詞，表示疑問。）

曜 （粵）jiu6〔耀〕（普）yào

❶日光。酈道元《水經注・廬江水》：「晨光初散，則延～入石。」（延：引。）❷光芒。范仲淹《岳陽樓記》：「日星隱～。」❸通「耀」，照耀，這個意思後來被寫成「耀」。李白《古風》（其三十四）：「白日～紫微。」❹光明，明亮。《世說新語・賢媛》：「膚色玉～，不為動容。」❺指日、月及水、火、木、金、土五星，古人並以此代表一星期的星期日至星期六，即星期日的「日～日」、星期一的「月～日」、星期二的「水～日」……到星期六的「土～日」。范曄《後漢書・方術列傳上》：「上以光七～之明。」

檻 一 （粵）haam5〔鹹【陽上】〕（普）jiàn

❶關野獸的柵欄或籠子。司馬遷《報任少卿書》：「猛虎在深山，百獸震恐，及在～阱之中，搖尾而求食。」（阱【粵】zing6〔靜〕（普）jǐng）：陷阱。）❷囚籠，牢房。《晉書・紀瞻傳》：「便破～出之。」❸囚車。班固《漢書・張耳陳餘

傳》：「乃～車與王詣長安。」❹欄
杆。魏禧《吾廬記》：「架曲直之木
為～。」

 〔粵〕laam6〔艦〕〔普〕kǎn
門下的橫木。曹雪芹《紅樓夢・第
二十四回》：「那紅玉急回身一跑，
卻被門～絆倒。」

歸 〔粵〕gwai1〔閨〕〔普〕guī

❶歸宿，女子出嫁。《禮記・禮
運》：「男有分，女有～。」（分：
本分，指工作。）❷返歸，返回。
王維《山居秋暝》：「竹喧～浣女。」
❸歸還，有成語「完璧～趙」。司
馬遷《史記・廉頗藺相如列傳》：
「城不入，臣請完璧～趙。」❹歸
附，歸順，投靠。《史記・淮陰侯
列傳》：「信亡楚～漢。」（信：指
韓信。）❺匯合，聚集，歸邊。《論
語・顏淵》：「天下～仁焉。」（天
下都會歸向仁義這一邊。）

瀉 〔粵〕se3〔卸〕〔普〕xiè

水向下急流。歐陽修《醉翁亭
記》：「山行六七里，漸聞水聲潺
潺，而～出於兩峯之間者，釀泉
也。」

瀆 〔粵〕duk6〔獨〕〔普〕dú

❶小水溝，小水渠。許慎《説文解
字》：「～，溝也。」賈誼《弔屈原
賦》：「彼尋常之汙～兮，豈能容夫
吞舟之巨魚？」（汙【粵〕wu1〔烏〕
〔普〕wū】：池塘。）❷河流，水道，
溝渠，如隋文帝在開皇七年開鑿的

「山陽～」。魏禧《吾廬記》：「流
血溝～。」❸輕慢，褻瀆，有詞語
「褻～」、「～職」等。《左傳・昭
公二十六年》：「國有外援，不可～
也。」

濺 〔粵〕zin3〔戰〕〔普〕jiàn

❶液體向四方飛射。司馬遷《史
記・廉頗藺相如列傳》：「五步之
內，相如請得以頸血～大王矣！」
❷流出。杜甫《春望》：「感時花～
淚，恨別鳥驚心。」

〔二〕〔粵〕zin1〔煎〕〔普〕jiān
多以疊詞形式組成詞語「～～」，
表示流水聲。《木蘭辭》：「不聞
爺娘喚女聲，但聞黃河流水鳴～
～。」

燼 〔粵〕zeon6〔盡〕/ zeon2〔准〕〔普〕jìn

❶物體燃燒後所餘下的灰。歐陽修
《玉樓春》：「夢又不成燈又～。」
❷受災後的倖存者。《左傳・成公
二年》：「請收合餘～，背城借一。」

獵 〔粵〕lip6〔立業切〕〔普〕liè

❶打獵，捕捉禽獸。許慎《説文解
字》：「～，放獵逐禽也。」《晏子
春秋・內篇》：「景公出～，上山見
虎，下澤見蛇。」❷尋找。李白《大
獵賦》：「～賢俊以御極。」❸通
「躐」，踐踏。《荀子・議兵》：「不
～禾稼。」

璧 〔粵〕bik1〔碧〕〔普〕bì

一種圓而扁平、中央有圓孔的玉

器，有成語「珠聯～合」。許慎《說文解字》：「～，瑞玉圜也。」（圜：通「圓」，圓形。）司馬遷《史記·廉頗藺相如列傳》：「趙惠文王時，得楚和氏～。」

甕 ⑲ung3〔愛送切〕⑯wèng

一種陶製的盛器，口小腹大，有成語「請君入～」、「～中捉鱉」。《宋史·司馬光傳》：「一兒登～，足跌沒水中。」（足跌：失足滑倒。沒：沉入。）

癘 ⑲lai6〔例〕⑯lì

瘟疫。許慎《說文解字》：「～，惡疾也。」《莊子·逍遙遊》：「使物不疵～而年穀熟。」（疵【⑲ci1〔痴〕⑯cī】：疾病。熟：農作物成熟。）

瞽 ⑲gu2〔古〕⑯gǔ

❶盲人。劉基《賣柑者言》：「將衒外以惑愚～乎？」（衒：炫耀。惑：愚弄。）❷失明，瞎眼。《孔子家語·六本》：「昔～瞍有子曰舜。」（瞍【⑲sau2〔手〕⑯sǒu】：瞎子。舜：舜帝。）❸古代以瞽者為樂官，故為樂官的代稱。《尚書·夏書·胤征》：「～奏鼓。」❹比喻人不明事理。《荀子·勸學》：「不觀氣色而言，謂之～。」

瞿 一 ⑲geoi3〔據〕⑯jù

驚視。方苞《左忠毅公軼事》：「及試，吏呼名，至史公，公～然注視。」（史公：指史可法。）

二 ⑲keoi4〔渠〕⑯qú

多用於姓氏或地名，例如明代初年有武將～通，重慶有～塘峽。

瞻 ⑲zim1〔尖〕⑯zhān

往上或往前看，有成語「高～遠矚」。許慎《說文解字》：「～，臨視也。」王韜《物外清遊》：「從下～之，瞭然可識。」

穡 ⑲sik1〔色〕⑯sè

❶收割穀物。司馬遷《史記·孔子世家》：「良農能稼而不能為～。」（稼【⑲gaa3〔嫁〕⑯jià】：種植穀物。）❷耕作。桓寬《鹽鐵論·錯幣》：「古之仕者不～。」

穢 ⑲wai3〔畏〕⑯huì

❶多雜草，荒蕪。班固《漢書·公孫劉田王楊蔡陳鄭傳》：「田彼南山，蕪～不治。」❷雜草。陶潛《歸園田居》（其三）：「晨興理荒～。」❸邪惡的行為、念頭。《國語·楚語上》：「教之樂，以疏其～而鎮其浮。」（浮：輕佻浮躁。）❹淫亂。韓非《韓非子·亡徵》：「后妻淫亂，主母蓄～。」❺污穢。司馬遷《史記·屈原賈生列傳》：「蟬蛻於濁～。」（蛻【⑲teoi3〔退〕⑯tuì】：脫皮。）❻壞人，奸臣。《資治通鑑·漢紀·孝獻皇帝庚》：「為漢家除殘去～。」❼醜陋，有成語「自慚形～」。《晉書·衛玠傳》：「珠玉在側，覺我形～。」

竄 (粵)cyun3〔寸〕(普)cuàn

❶逃匿,匿藏。許慎《説文解字》：「～,匿也。」陸以湉《冷廬雜識・卷七・陳忠愍公》：「眾兵隨之皆～。」(之:指牛制府。) ❷放逐,貶官。《淮南子・脩務訓》：「～三苗于三危,流共工於幽州。」(流:流放。) ❸改動文字。陳壽《三國志・魏書・武帝紀》：「公又與遂書,多所點～。」(遂:韓遂。點:刪改文字。)

竅 (粵)hiu3〔氣笑切〕(普)qiào

❶洞,孔穴。許慎《説文解字》：「～,空也。」蘇軾《石鐘山記》：「有大石當中流,可坐百人,空中而多～。」❷指耳、目、口、鼻之孔。《莊子・應帝王》：「人皆有七～,以視聽食息。」(息:呼吸。)

簪 (粵)zaam1〔終衫切〕(普)zān

❶髮簪。杜甫《春望》：「渾欲不勝～。」(快要插不住髮簪了。) ❷在頭上插戴飾物。司馬光《訓儉示康》：「乃一～花。」

簡 (粵)gaan2〔揀〕(普)jiǎn

❶竹簡,用於書寫的竹片。韓非《韓非子・外儲説左上》：「昭王讀法十餘～而睡臥矣。」(昭王:指魏昭王。) ❷書信,有詞語「書～」。王實甫《西廂記・第三本・第一折》：「小生有一～。」 ❸簡易,簡略,與「繁」相對。《論

語・雍也》：「居敬而行～。」 ❹怠慢,忽視。班固《漢書・谷永杜鄴傳》：「治天下者尊賢考功則治,～賢違功則亂。」 ❺選拔,選擇。諸葛亮《出師表》：「是以先帝～拔以遺陛下。」 ❻檢閱,檢查。《左傳・桓公六年》：「秋,大閱,～車馬。」

簞 (粵)daan1〔丹〕(普)dān

古代盛飯用的圓形竹器。《孟子・告子上》：「一～食,一豆羹,得之則生,弗得則死。」

簣 (粵)gwai3〔貴〕(普)kuì

盛土用的竹器,外形似畚箕。《尚書・旅獒》：「為山九仞,功虧一～。」

糧 (粵)loeng4〔良〕(普)liáng

❶穀物,糧食。司馬遷《史記・滑稽列傳》：「祭以～稻。」 ❷旅行用的乾糧。《莊子・逍遙遊》：「適千里者,三月聚～。」(適:前往。) ❸田税,田賦。睢景臣《哨遍・高祖還鄉》：「欠我的粟,税～中私准除。」(私准除:暗地裏扣除。)

織 (粵)zik1〔即〕(普)zhī

❶織布。韓非《韓非子・五蠹》：「婦人不～,禽獸之皮足衣也。」(衣【(粵)ji3〔意〕(普)yī】:穿衣服。) ❷編織。《呂氏春秋・季冬紀・士節》：「～萉屨。」(萉屨【(粵)fai6 geoi3〔吠據〕(普)fèi jù】:用麻製作的

十八畫

鞋子。）❸布匹，絲織品。韓嬰《韓詩外傳‧卷九》：「其母引刀裂其～。」

繕 （粵）sin6〔善〕（普）shàn

❶修繕，修補。許慎《說文解字》：「～，補也。」《左傳‧襄公三十年》：「～城郭。」❷整治，製造。《左傳‧成公十六年》：「～甲兵。」❸謄寫。李白《與韓荊州書》：「～寫呈上。」

繞 （粵）jiu5〔遶【陽上】〕/ jiu2〔遶【陰上】〕（普）rào

❶纏繞。許慎《說文解字》：「～，纏也。」韓非《韓非子‧內儲說下》：「文公之時，宰臣上炙而髮～之。」❷圍着轉。劉蓉《習慣說》：「～室以旋。」（旋：徘徊。）

繚 （粵）liu4〔聊〕（普）liáo

纏繞。許慎《說文解字》：「～，纏也。」柳宗元《永州八記‧始得西山宴遊記》：「縈青～白。」

翻 （粵）faan1〔飛班切〕（普）fān

❶飛，鳥飛。許慎《說文解字》：「～，飛也。」王維《輞川閒居》：「白鳥向山～。」❷翻動，飄動。岑參《白雪歌送武判官歸京》：「風掣紅旗凍不～。」（掣【粵】zai3〔制〕（普）chè：拉扯。）❸翻倒，傾覆。姚瑩《捕鼠說》：「夜則～囊傾篋。」（篋【粵】haap6〔峽〕（普）qiè：箱子。）❹副詞，反而，反倒。劉禹錫《酬樂天揚州初逢席上見贈》：「到鄉～

似爛柯人。」（柯：斧頭柄。）❺依照曲調寫作曲詞。白居易《琵琶行》：「為君～作《琵琶行》。」❻翻譯。《舊唐書‧姚崇傳》：「今之佛經，羅什所譯，姚興執本，與什對～。」（羅什【粵】sap6〔十〕（普）shí：人名，五胡十六國時期出生於龜茲國。姚興：五胡十六國後秦文桓帝。）❼演奏。辛棄疾《破陣子‧為陳同甫賦壯語以寄之》：「五十弦～塞外聲。」（五十弦：指樂器瑟。）

職 （粵）zik1〔即〕（普）zhí

❶職責。諸葛亮《出師表》：「此臣所以報先帝，而忠陛下之～分也。」（先帝：指劉備。陛下：指劉禪。分：本分。）❷官職，職位。陶潛《歸去來辭‧序》：「自免去～。」❸執掌，主管。范曄《後漢書‧袁張韓周列傳》：「～事八年，出為彭城相。」（彭城：地名。）❹任職為官。李密《陳情表》：「且臣少事偽朝，歷～郎署。」（偽朝：指三國時代的蜀國。郎署：郎官職務。）❺只、只是，多用於句首。俞長城《全鏡文》：「～汝之因。」

臏 （粵）ban3〔殯〕（普）bìn

❶膝蓋骨。司馬遷《史記‧秦本紀》：「王與孟說舉鼎，絕～。」（秦武王和孟說【粵】jyut6〔月〕（普）yuè】比賽舉鼎，折斷了膝蓋骨。）❷削去膝蓋骨。韓非《韓非子‧難

言》：「孫子～腳於魏。」

舊 粵gau6〔狗【陽去】〕普jiù

❶陳舊的，以前的。李清照《聲聲慢·秋情》：「雁過也，正傷心，卻是～時相識。」❷從前、昔日。陶潛《歸園田居》（其一）：「羈鳥戀～林。」❸原來的。諸葛亮《出師表》：「興復漢室，還於～都。」❹老交情。陳壽《三國志·蜀書·許靖傳》：「吳郡都尉許貢、會稽太守王朗素與靖有～。」

蕭 粵siu1〔消〕普xiāo

❶艾蒿，一種含有香味的本草植物。《詩經·王風·采葛》：「彼采～兮，一日不見，如三秋兮。」（采：通「採」，採摘。）❷蕭條，冷清，淒涼。范仲淹《岳陽樓記》：「滿目～然，感極而悲者矣！」❸形容馬嘶鳴、風吹的聲音。李白《送友人》：「～～班馬鳴。」《戰國策·燕策三》：「風～～兮易水寒。」

藍 粵laam4〔籃〕普lán

❶蓼【粵liu5〔了〕普liǎo】藍，植物名稱，葉子可提煉成藍色染料，即靛青。許慎《說文解字》：「～，染青艸也。」（艸：同「草」。）《荀子·勸學》：「青，取之於～，而青於～。」❷藍色，深青色。李嘉祐《登秦嶺》：「高山～水流。」

藉 一 粵ze6〔謝〕/ ze3〔借〕普jiè

❶草墊子。《易經·大過卦·初六》：「～用白茅。」（白茅：茅根。）❷墊。《魏書·李惠傳》：「各言～背之物。」❸憑藉，依靠。賈誼《過秦論》：「是以陳涉不用湯武之賢，不～公侯之尊。」（陳涉：陳勝。）❹連詞，假使。司馬遷《史記·陳涉世家》：「～弟令毋斬，而戍死者固十六七。」（假使免於斬首，前去守邊而死的人，十個也有六七個。）

二 粵zik6〔夕〕普jí

❶踐踏，欺凌。司馬遷《史記·魏其武安侯列傳》：「今我在也，而人皆～吾弟，令我百歲後，皆魚肉之矣。」❷散亂，亂七八糟，有詞語「狼～」。柳宗元《三戒·臨江之麋》：「狼～道上。」

藏 一 粵cong4〔牀〕普cáng

❶把穀物收藏起來，後泛指收藏，儲藏。《莊子·養生主》：「善刀而～之。」（善：珍惜。）❷隱匿，隱藏。陸以湉《冷廬雜識·卷七·陳忠愍公》：「忍創負公屍～蘆叢中。」（創：傷。負：背負。公：指陳化成。）

二 粵zong6〔狀〕普zàng

❶貯藏財物的倉庫，有詞語「寶～」。《宋史·天文志四》：「一曰天積，天子之～庫。」❷通「臟」，內臟，這個意思後來被寫成「臟」。《淮南子·原道訓》：「夫

心者，五～之主也。」❸佛教、道教經典的總稱，如《大～經》。《宋史·王欽若傳》：「明年，為景靈使，閱《道～》。」

襟 (粵)kam1〔傾心切〕(普)jīn

❶古代衣袍的交領，或衣服胸前的部分。杜甫《蜀相》：「長使英雄淚滿～。」❷胸襟，胸懷。王勃《滕王閣序》：「遙～甫暢。」（放眼遠望，情懷剛好感到舒暢。）

覆 一 (粵)fuk1〔福〕(普)fù

❶翻轉，翻過來。司馬遷《史記·屈原賈生列傳》：「其存君興國而欲反～之。」（他常把國君放在心中，常常希望國家興旺，希望把劣勢扭轉。）❷覆沒。李華《弔古戰場文》：「嘗一三軍，往往鬼哭，天陰則聞。」❸傾覆，顛覆。蘇洵《六國論》：「至於顛～，理固宜然。」❹傾倒。《莊子·逍遙遊》：「～杯水於坳堂之上。」（坳【粵】aau3〔亞窖切〕(普)ào）堂：屋前地上的小水坑。）❺審察。班固《漢書·眭兩夏侯京翼李傳》：「反覆～愚臣之言。」（反覆：多次。）

二 (粵)fau6〔埠〕(普)fù

覆蓋，遮蓋。許慎《說文解字》：「～，一曰蓋也。」戴名世《南山集·鳥說》：「雛且出矣，雌者～翼之。」（雛鳥將要破殼而出了，雌鳥用翅膀覆蓋着牠。）

覲 (粵)gan6〔近〕(普)jìn

❶朝見帝王。許慎《說文解字》：「～，諸侯秋朝日～。」（矦：同「侯」。秋朝【粵】ciu4〔潮〕(普)cháo：秋天拜見天子。）《孟子·萬章上》：「天下諸侯朝～者，不之堯之子而之舜。」（不之堯之子而之舜：不是去找堯帝的兒子，而是去找帝舜。）❷拜見，會見。《左傳·昭公十六年》：「宣子私～於子產。」（宣子：指韓宣子，春秋時代晉國六卿之一。子產：春秋時代鄭國執政者。）

觴 (粵)soeng1〔商〕(普)shāng

❶一種盛酒的器皿，泛指酒杯。柳宗元《永州八記·始得西山宴遊記》：「引～滿酌，頹然就醉。」❷飲酒。司馬光《訓儉示康》：「臣家貧，客至無器皿、肴、果，故就酒家～之。」（肴【粵】ngaau4〔淆〕(普)yáo：肉類。就：前往。）

讁 (粵)zaak6〔擇〕(普)zhé

❶譴責，責備。許慎《說文解字》：「～，罰也。」《左傳·成公十七年》：「國子～我。」❷貶讁，被貶官，降職。范仲淹《岳陽樓記》：「慶曆四年春，滕子京～守巴陵郡。」❸缺點，過失。《道德經》：「善言無瑕～。」（瑕：玉石上的斑點，比喻缺失。）

連結，聚集。韓非《韓非子‧存韓》：「夫趙氏聚士卒，養從徒，欲～天下之兵。」❹皮膚上的肉粒。劉熙《釋名‧釋疾病》：「～，屬也，橫生一肉屬着體也。」❺多餘的，無用的。劉勰《文心雕龍‧鎔裁》：「駢～必多。」

麼 (粵)cuk1〔速〕(普)cù

❶急迫，緊急。許慎《説文解字》：「～，迫也。」李華《弔古戰場文》：「兩軍～兮生死決。」❷困窘。柳宗元《捕蛇者説》：「而鄉鄰之生日～。」（生：生活。）❸緊縮，收縮。柳宗元《永州八記‧始得西山宴遊記》：「尺寸千里，攢～累積。」❹皺起。《孟子‧梁惠王下》：「舉疾首～頞而相告曰。」（舉：全都。頞【(粵)aat3〔壓〕(普)è】：鼻樑。）

蹤 (粵)zung1〔終〕(普)zōng

❶蹤跡，腳印，蹤影。柳永《八聲甘州》：「歎年來～跡，何事苦淹留？」❷跟蹤，追隨。《晉書‧劉曜載記》：「朕欲遠追周文，近～光武。」（朕：五胡十六國時代前趙最後一位國君劉曜的自稱。周文：指周文王。光武：指東漢光武帝。）

轉 一 (粵)zyun3〔鑽〕(普)zhuàn

運轉，旋轉。許慎《説文解字》：「～，運也。」辛棄疾《青玉案‧元夕》：「玉壺光～。」（玉壺：指

花燈或月亮。）

二 ⓟ zyun2〔專【陰上】〕ⓜ zhuǎn

❶轉向。歸有光《歸氏二孝子傳》：「華伯所～賣者。」（～賣：轉手售賣，把買進的東西再賣出去。）❷轉變。司馬遷《史記·秦始皇本紀》：「將數百之眾，而～攻秦。」（將【ⓟ zoeng3〔醬〕ⓜ jiàng：率領。）❸轉彎，拐彎。歐陽修《醉翁亭記》：「峯迴路～。」❹遷徙，移動。柳宗元《捕蛇者説》：「號呼而～徙。」❺轉動，輾轉。《詩經·周南·關雎》：「輾～反側。」❻婉轉。酈道元《水經注·江水》：「空谷傳響，哀～久絕。」❼調任，每升遷一級稱為「～」。《木蘭辭》：「策勳十二～。」

邇 ⓟ ji5〔耳〕ⓜ ěr

近，接近，有成語「聞名遐～」。許慎《説文解字》：「～，近也。」司馬遷《史記·屈原賈生列傳》：「舉類～而見義遠。」（舉類：用類似的事物舉例。）

邈 ⓟ mok6〔漠〕ⓜ miǎo

久遠，遙遠。李白《月下獨酌》（其一）：「相期～雲漢。」

醨 ⓟ lei4〔離〕ⓜ lí

薄酒，淡酒。許慎《説文解字》：「～，薄酒也。」司馬遷《史記·屈原賈生列傳》：「眾人皆醉，何不餔其糟而啜其～？」（餔【ⓟ bou1〔煲〕ⓜ bū：吃。糟：釀酒

剩下的渣滓。啜【ⓟ cyut3〔撮〕ⓜ chuò：喝。）

釐 一 ⓟ hei1〔希〕ⓜ xī

通「禧」，福氣。揚雄《甘泉賦》：「逆～三神。」（逆：迎接。）

二 ⓟ lei4〔離〕ⓜ lí

❶治理。《資治通鑑·陳紀·高宗宣皇帝上之下》：「命太子總～庶政。」❷同「厘」，長度單位，十毫為一釐。班固《漢書·趙充國辛慶忌傳》：「失之毫～，差之千里。」

鎮 ⓟ zan3〔震〕ⓜ zhèn

❶鎮壓，壓住。王符《潛夫論·愛日》：「助豪猾而～貧弱也。」❷壓物的東西，有詞語「紙～」。屈原《楚辭·九歌·湘夫人》：「白玉兮為～。」❸壓抑，抑制。屈原《楚辭·九章·抽思》：「覽民尤以自～。」（覽民尤：看見民間的疾苦。）❹震懾，鎮懾。陳壽《三國志·蜀書·諸葛亮傳》：「威～凶暴，功勳顯然。」❺鎮守。陸以湉《冷廬雜識·卷七·陳忠愍公》：「登～海樓酣飲。」（酣【ⓟ ham4〔含〕ⓜ hān：痛快喝酒。）❻安定。司馬遷《史記·高祖本紀》：「～國家，撫百姓。」

闕 一 ⓟ kyut3〔缺〕ⓜ què

❶古代宮門外兩邊供瞭望的樓台，中間有通道。許慎《説文解字》：「～，門觀也。」（觀【ⓟ gun3〔罐〕ⓜ guàn：高的樓台。）司馬遷

《史記・高祖本紀》:「蕭丞相營作未央宮,立東～、北～、前殿、武庫、太倉。」(蕭丞相:指蕭何。)❷泛指宮殿,朝廷,有詞語「宮～」。蘇軾《水調歌頭》:「不知天上宮～,今夕是何年?」

二 (粵) kyut3〔缺〕(普) quē

❶通「缺」,缺口,這個意思後來被寫成「缺」。酈道元《水經注・江水》:「自三峽七百里中,兩岸連山,略無～處。」(略:幾乎。)❷通「缺」,少,缺少,這個意思後來被寫成「缺」。蘇軾《跋歐陽家書》:「昨書中言欲買朱砂來,吾不～此物。」❸通「缺」,損害,削弱,這個意思後來被寫成「缺」。《左傳・僖公三十年》:「若不～秦,將焉取之?」❹通「缺」,缺失,過失,這個意思後來被寫成「缺」。諸葛亮《出師表》:「必能裨補～漏。」

闔 (粵) hap6〔盒〕(普) hé

❶門扇,門板,或泛指門。許慎《說文解字》:「～,門扇也。」《禮記・月令》:「乃修～扇。」❷閉合,關閉。歸有光《項脊軒志》:「以手～門。」❸總,全。班固《漢書・武帝紀》:「今或至～郡而不薦一人。」❹為何,為甚麼。《管子・小稱》:「～不起為寡人壽乎?」❺通「盍」,何,何不。《莊子・天地》:「夫子～行邪?無落吾事!」(夫子:您。行:離開。落:耽誤。)

雜 (粵) zaap6〔閘〕(普) zá

❶各種顏色相配合。許慎《說文解字》:「～,五彩相會。」《周禮・冬官考工記》:「畫繢之事:～五色。」(繢:通「繪」,繪畫。)❷混合。歐陽修《醉翁亭記》:「山肴野蔌,～然而前陳者,太守宴也。」(肴【粵】ngaau4〔淆〕(普) yáo】:肉類食物。蔌【粵】cuk1〔速〕(普) sù】:蔬菜。)❸亂糟糟的事。陶潛《歸田園居》(其一):「戶庭無塵～,虛室有餘閒。」❹不純的,不同種類的。陶潛《桃花源記》:「忽逢桃花林,夾岸數百步,中無～樹。」❺副詞,交錯。白居易《琵琶行》:「嘈嘈切切錯～彈。」(錯【粵】cok3〔次various切〕(普) cuò〕:交錯。)❻副詞,一起,全都。《列子・湯問》:「～曰:『投諸渤海之尾,隱土之北。』」(尾:指海邊。隱土:傳說中的地名。)

雛 (粵) co1〔初〕(普) chú

❶小雞,後泛指幼禽,幼獸。許慎《說文解字》:「～,雞子也。」白居易《燕詩》:「母瘦～漸肥。」❷比喻幼兒。杜甫《彭衙行》:「眾～爛漫睡。」

鞭 (粵) bin1〔邊〕(普) biān

❶打馬,驅趕馬。許慎《說文解字》:「～,驅也。」宋濂《燕書》:「猗于皋怒,～之。」(猗于皋【粵】ji1 jyu4 gou1〔依餘高〕(普) yī yú gāo】：人名。之：指豹。）❷馬鞭，有成語「～長莫及」。《木蘭辭》：「北市買長～。」❸古代刑罰之一。《國語·魯語上》：「薄刑用～扑，以威民也。」（扑【粵】pok3〔璞〕【普】pū：鞭打。威：威嚇。）❹古兵器名。韓非《韓非子·外儲說右上》：「操～使人，則役萬夫。」

額 【粵】ngaak6〔握【陽入】〕【普】é

❶額頭。司馬遷《史記·滑稽列傳》：「皆叩頭，叩頭且破，～血流地，色如死灰。」❷匾額，牌匾。陸游《入蜀記·卷三》：「廟在山之西麓，～曰：『惠濟』。」（麓【粵】luk1〔碌〕【普】lù：山腳。）❸數額，數目。《新五代史·雜傳》：「租有定～。」

顔 【粵】ngaan4〔雁【陽平】〕【普】yán

❶前額。《黃帝內經·素問·刺熱論》：「心熱病者，～先赤。」❷容顏，面，臉。歐陽修《醉翁亭記》：「蒼～白髮。」（蒼：蒼老。）❸臉色。杜甫《茅屋為秋風所破歌》：「大庇天下寒士俱歡～。」❹顏色、色彩。王冕《墨梅》（其三）：「不要人誇好～色。」

題 【粵】tai4〔啼〕【普】tí

❶題名，命名。韓非《韓非子·和氏》：「悲夫寶玉而～之以石。」❷題寫，書寫，有成語「金榜～名」。許渾《秋日行次關西》：「～字滿河橋。」❸題目。《宋史·晏

殊傳》：「臣嘗私習此賦，請試他～。」❹品評。范曄《後漢書·郭符許列傳》：「每月輒更其品～，故汝南俗有『月旦評』焉。」

颺 【粵】joeng4〔楊〕【普】yáng

❶飛揚。許慎《說文解字》：「～，風所飛揚也。」班固《漢書·敍傳》：「風～電激。」❷宣揚。《漢書·敍傳》：「雄朔野以～聲。」（朔【粵】sok3〔四各切〕【普】shuò：北方。）❸船隻慢行的樣子。陶潛《歸去來辭》：「舟遙遙以輕～，風飄飄而吹衣。」

餽 【粵】gwai6〔櫃〕【普】kuì

同「饋」，餽贈，見第418頁「饋」字條。

馥 【粵】fuk1〔福〕【普】fù

❶馥郁，香。許慎《說文解字》：「～，香气芬～也。」蒲松齡《聊齋志異·種梨》：「碩大芳～。」❷香氣。李漁《閒情偶寄·種植部·草本第三·芙蕖》：「可鼻，則有荷葉之清香，荷花之異～。」

騎 一 【粵】kei4〔旗〕／ke4〔茄【陽平】〕【普】qí

❶騎馬。許慎《說文解字》：「～，跨馬也。」《淮南子·人閒訓》：「家富良馬，其子好～。」❷泛指騎乘，跨坐。李白《夢遊天姥吟留別》：「且放白鹿青崖間，須行即～訪名山。」（須：等待。）

二 ⑧gei6〔技〕/ kei3〔冀〕⑪jì

❶騎兵。司馬遷《史記‧項羽本紀》:「沛公旦日從百餘～來見項王。」(沛公:指劉邦。旦日:第二天。從:帶領。項王:指項羽。)❷騎馬的人。方苞《左忠毅公軼事》:「從數～出。」❸軍馬,戰馬。《木蘭辭》:「但聞燕山胡～聲啾啾。」

鬆 ⑧sung1〔嵩〕⑪sōng

❶頭髮蓬鬆。汪元量《湖州歌》:「曉鬢鬚～懶不梳。」❷鬆散,鬆脫,與「緊」相對。紀昀《閱微草堂筆記‧卷十六》:「沙性～浮。」

魏 ⑧ngai6〔藝〕⑪wèi

❶戰國時代「戰國七雄」之一,由晉國分裂而成,與「韓」、「趙」合稱為「三晉」。《戰國策‧齊策一》:「燕、趙、韓、～聞之,皆朝於齊。」(朝:朝見。)❷三國時代的魏國,與「蜀」、「吳」對峙,史稱「三國鼎立」。陶潛《桃花源記》:「乃不知有漢,無論～、晉。」(晉:晉朝。)❸北朝朝代名稱,初指「北～」,後分裂成「東～」、「西～」,例如《水經注》的作者酈道元就是北～人。

鵠 **一** ⑧huk6〔酷〕⑪hú

天鵝。《岳飛之少年時代》:「有大禽若～。」

二 ⑧guk1〔菊〕⑪gǔ

箭靶的中心。《禮記‧射義》:「故射者各射己之～。」

黠 ⑧hat6〔轄〕/ kit3〔竭〕⑪xiá

❶狡猾。蒲松齡《聊齋誌異‧狼三則》(其二):「狼亦～矣。」❷聰慧。《北史‧后妃傳下》:「慧～能彈琵琶,工歌舞。」

龜 **一** ⑧gwai1〔閨〕⑪guī

❶烏龜。范曄《後漢書‧張衡列傳》:「飾以篆文山～鳥獸之形。」❷占卜用的龜甲。《淮南子‧時則訓》:「占～策。」❸用作貨幣的龜甲。班固《漢書‧敍傳》:「貨自～貝,至此五銖。」(貨:貨幣。貝:用貝殼做的貨幣。五銖:指西漢貨幣「五銖錢」。)

二 ⑧gwan1〔君〕⑪jūn

通「皸」,皮膚因寒冷或乾燥而爆裂。《莊子‧逍遙遊》:「宋人有善為不～手之藥者。」

三 ⑧gau1〔鳩〕/ kau1〔溝〕⑪qiū

～茲【⑧ci4〔詞〕⑪cí】:漢代西域國名,在今新疆庫車縣。

十九畫

壞 ⑧waai6〔歪【陽去】〕⑪huài

❶敗壞,毀壞,有成語「禮樂崩～」。許慎《說文解字》:「～,敗

也。」陸游《書郭崇韜傳後》:「又承天下大亂,禮樂崩~之際,難顧典禮人情,亦難其事。」❷損壞。劉基《郁離子·卷上》:「室~不修且壓。」(壓:倒塌。)❸崩塌,倒塌。陸以湉《冷廬雜識·卷七·陳忠愍公》:「長城~矣!」(長城:借指國家的防線。)❹潰散。袁樞《通鑑紀事本末·第九卷·孫氏據江東》:「雷鼓大進,北軍大~。」(北軍:指曹軍。)❺拆毀。劉向《說苑·佚文》:「即~九層之臺。」

壟 粵lung5〔李勇切〕普lǒng

❶田埂,即田間稍稍高起的小路。司馬遷《史記·陳涉世家》:「輟耕之~上,悵恨久之。」(輟【粵zyut3〔志雪切〕普chuò】:停止。)❷墳。《戰國策·齊策四》:「有敢去柳下季~五十步而樵采者,死不赦。」(柳下季:指柳下惠,曾擔任魯國大夫,後隱遁。)

寵 粵cung2〔塚〕普chǒng

❶榮耀,尊貴。許慎《說文解字》:「~,尊居也。」范仲淹《岳陽樓記》:「~辱皆忘。」❷寵愛,寵幸。姚瑩《捕鼠說》:「徒以聲形而甘食豐餌以~之。」❸驕縱,奢侈。張衡《東京賦》:「殫物以窮~。」(用盡財物來滿足窮奢極侈的生活。)

廬 粵lou4〔爐〕普lú

❶簡陋的小屋,有成語「初出茅~」。諸葛亮《出師表》:「三顧臣於草~之中。」❷旅舍。《周禮·地官司徒》:「十里有~,~有飲食。」❸服喪守墓並在墓旁蓋的簡陋屋子。王安石《遊褒禪山記》:「褒之~塚也。」(褒:指唐代的慧褒禪師。)

懲 粵cing4〔情〕普chéng

❶警惕。韓非《韓非子·難二》:「不誅過,則民不~而易為非。」❷懲罰。陳壽《三國志·蜀書·諸葛亮傳》:「無惡不~,無善不顯。」❸苦於。《列子·湯問》:「~山北之塞,出入之迂也。」(塞:堵塞。迂:迂迴。)❹悔恨。屈原《楚辭·九歌·國殤》:「首身離兮心不~。」

懷 粵waai4〔淮〕普huái

❶懷念,思念。許慎《說文解字》:「~,念思也。」范仲淹《岳陽樓記》:「登斯樓也,則有去國~鄉。」❷留戀,愛惜。陶潛《歸去來辭》:「~良辰以孤往。」(愛惜美好的時光,獨自外出。)❸感懷,哀傷。王羲之《蘭亭集序》:「雖世殊事異,所以興~,其致一也。」(世事各有不同,可是令人感慨的原因往往是一致的。)❹心中包藏着某種感情,有成語「~恨在心」。《戰國策·魏策四》:「此三子者,皆布衣之士也,~怒未發。」❺情懷,有成語「壯~激烈」。姜夔《揚州慢·序》:「予~愴然,感慨今昔。」(愴【粵cong3〔創〕普chuàng】然:

悲痛。）❻懷藏。司馬遷《史記·廉頗藺相如列傳》：「～其璧，從徑道亡。」❼抱着。《史記·屈原賈生列傳》：「於是～石遂自沉汨羅以死。」（汨【粵】mik6〔覓〕【普】mì）羅：汨羅江。）❽懷抱，胸前。歸有光《項脊軒志》：「汝姊在吾～，呱呱而泣。」❾衣襟，衣服裏。鄭瑄《昨非庵日纂二集·汪度》：「一奴竊銀器數事於～。」（事：件。）❿懷柔，使人歸順。陳壽《三國志·吳書·陸遜傳》：「內～百蠻。」（蠻：泛指外族。）⓫韓嬰《韓詩外傳·卷九》：「吾～妊是子。」

攀 （粵）paan1〔偏山切〕（普）pān

❶攀爬，抓着東西往上爬。柳宗元《永州八記·始得西山宴遊記》：「～援而登。」❷攀附，依附，有成語「～龍附鳳」。范曄《後漢書·光武帝紀上》：「其計固望其～龍鱗，附鳳翼，以成其所志耳。」❸拉着，牽挽。李商隱《行次西郊作》：「大婦抱兒哭，小婦～車輈。」（輈【粵】faan1〔翻〕（普）fān：車廂兩邊的帳幕。）❹採摘。李白《江夏送張丞》：「～花贈遠人。」

曠 （粵）kwong3〔礦〕（普）kuàng

❶光亮，明朗。范曄《後漢書·袁紹劉表列傳上》：「～若開雲見日。」❷開朗，豁達。許慎《說文解字》：「～，明也。」范仲淹《岳陽樓記》：「則有心～神怡，寵辱皆忘。」❸空曠，開闊。王安石《遊

褒禪山記》：「其下平～，有泉側出。」❹空缺，斷絕。劉禹錫《秋霖即事聯句》：「歡娛久～焉。」❺荒廢，有成語「～日彌久」。韓愈《爭臣論》：「蓋孔子嘗為委吏矣，嘗為乘田矣，亦不敢～其職。」（委吏：管糧倉的小吏。乘田：管理牧牛羊的小吏。）

曝 （粵）buk6〔僕〕/ pou6〔部〕（普）pù

曬。《戰國策·燕策二》：「今者臣來，過易水，蚌方出～。」（易【粵】jik6〔亦〕（普）yì）水：河流名，位於戰國時代的燕國。）

十九畫

櫝 （粵）duk6〔獨〕（普）dú

❶木櫃，木匣，有成語「買～還珠」。許慎《說文解字》：「～，匱也。」（匱：通「櫃」，木櫃。）韓非《韓非子·外儲說左上》：「鄭人買其～而還其珠。」❷棺材。班固《漢書·楊胡朱梅云傳》：「昔帝堯之葬也，窾木為～。」（窾【粵】fun2〔款〕（普）kuǎn：挖空。）❸收藏，封存。孫樵《書褒城驛壁》：「囊帛～金。」（囊：用袋子收藏。）

櫓 （粵）lou5〔魯〕（普）lǔ

❶盾牌。許慎《說文解字》：「～，大盾也。」賈誼《過秦論》：「伏尸百萬，流血漂～。」❷望樓，用以瞭望、觀察敵情的建築。《晉書·朱伺傳》：「作高～，以勁弩下射之。」❸船槳。蘇軾《念奴嬌·赤壁懷古》：「談笑間、檣～灰飛煙

滅。」

 瀚 粵hon6〔翰〕普hàn

廣闊，有詞語「浩～」、「～海」等。岑參《白雪歌送武判官歸京》：「～海闌干百丈冰。」（～海：沙漠。闌干：縱橫交錯的樣子。）

 瀕 一 粵ban1〔彬〕普bīn

水邊。許慎《說文解字》：「～，水厓。」（厓：同「涯」，水邊。）班固《漢書·循吏傳》：「海～遐遠，不霑聖化。」

二 粵pan4〔貧〕普bīn

靠近，迫近，有詞語「～臨」。歸有光《歸氏二孝子傳》：「屢～於死。」

牘 粵duk6〔獨〕普dú

❶古代寫字用的狹長木片。許慎《說文解字》：「～，書版也。」劉勰《文心雕龍·神思》：「子建援～如口誦。」（子建：指曹植。援【粵wun4〔垣〕普yuán】：持着。）❷書籍，文書。劉禹錫《陋室銘》：「無絲竹之亂耳，無案～之勞形。」（絲竹：樂器。）

 犢 粵duk6〔獨〕普dú

小牛，有諺語「初生之～不畏虎」。許慎《說文解字》：「～，牛子也。」陸游《春晚即事》（其四）：「老農愛～行泥緩，幼婦憂蠶採葉忙。」

 璽 粵saai2〔徙〕普xǐ

印，秦以後專指皇帝的印，有詞語「國～」、「玉～」等。許慎《說文解字》：「～，王者印也。」班固《漢書·宣帝紀》：「已而羣臣奉上～綬，即皇帝位。」（綬：綬帶，繫在玉飾或印信上的絲帶。）

瓊 粵king4〔鯨〕普qióng

❶本指美玉，後引申為精美。許慎《說文解字》：「～，赤玉也。」蘇軾《水調歌頭》：「又恐～樓玉宇，高處不勝寒。」❷海南島的簡稱。魏禧《吾廬記》：「獨身無所事事而之～海。」（之：前往。）

疇 粵cau4〔籌〕普chóu

❶田地，田畝。許慎《說文解字》：「～，耕治之田也。」陶潛《歸去來辭》：「農人告余以春及，將有事於西～。」❷代詞，誰。《列子·天瑞》：「運轉亡已，天地密移，～覺之哉？」❸通「儔」，類別，同類，這個意思後來被寫成「儔」，有詞語「範～」。《戰國策·齊策三》：「夫物各有～。」

疆 粵goeng1〔薑〕普jiāng

❶邊界，疆界，邊境。陸以湉《冷廬雜識·卷七·陳忠愍公》：「上以非公莫能膺海～重任，破格授廈門提督。」（上：指清朝的道光皇帝。公：指陳化成。膺【粵jing1〔英〕普yīng】：肩負。授：任命為。）

❷極限，止境，有成語「萬壽無～」。《尚書‧商書‧太甲中》：「實萬世無～之休。」（休：喜慶。）❸疆土。蘇軾《生擒西蕃鬼章奏告永裕陵祝文》：「非貪尺寸之～。」

矇　粵mung4〔蒙〕普méng

本指盲人，或指有眼珠而看不見，後多與「瞳」組成詞語「～瞳」，指看不清楚。許慎《説文解字》：「～，一曰不明也。」（明：看得清楚。）司馬遷《史記‧屈原賈生列傳》：「～謂之不章。」（章：彰顯，顯著，指看不見。）

穫　粵wok6〔鑊〕普huò

❶收割農作物。許慎《説文解字》：「～，刈穀也。」（刈【粵ngaai6〔艾〕普yì】：收割。）《詩經‧豳風‧七月》：「八月剝棗，十月～稻。」❷農作物的收成次數。《管子‧權修》：「一樹一～者，穀也；一樹十～者，木也；一樹百～者，人也。」（樹：種植。）

簿　粵bou6〔部〕/ bou2〔保〕普bù

❶登記事物的冊子，或指公文。《北史‧裴政傳》：「～案盈几，剖決如流。」（剖【粵pau2〔鄙狗切〕/ fau2〔缶〕普pǒu】：判決。）❷清查及登記。《魏書‧太祖紀》：「～其珍寶畜產。」❸狀紙，文狀，有成語「對～公堂」。班固《漢書‧李廣蘇建傳》：「諸校尉亡罪，乃我自失道。吾今自上～～。」（亡：

通「無」，沒有。）❹職官名，主簿的簡稱，主管文書簿籍及印鑑。《明史‧吳訥傳》：「父遵，任沅陵～，坐事繫京師。」（沅陵：地名。坐事繫京師：因為犯事而被捕於京師。）

簸　粵bo3〔播〕普bǒ

❶用箕簸搖動，使米起落，以除去米殼。許慎《説文解字》：「～，揚米去糠也。」（糠【粵hong1〔康〕普kāng】：穀殼。）《詩經‧大雅‧生民》：「或～或蹂。」❷搖動，有詞語「顛～」。張衡《西京賦》：「蕩川瀆，～林薄。」（瀆：小水溝。薄：草木叢生的地方。）

簷　粵jim4〔嚴〕普yán

屋頂邊緣突出牆壁的部分，有詞語「屋～」。杜牧《阿房宮賦》：「～牙高啄。」（像獸牙一樣的屋簷，形態猶如禽鳥高高地啄食。）

繫　粵hai6〔係〕普xì

❶懸掛。《荀子‧勸學》：「南方有鳥焉，名曰蒙鳩，以羽為巢，而編之以髮，～之葦苕。」（鳩【粵kau1〔溝〕/ gau1〔高州切〕普jiū】：一種雀鳥名稱。葦苕【粵tiu4〔條〕普tiáo】：蘆葦的穗。）❷綁着。《晉書‧陸機傳》：「機乃為書以竹筒盛之而～其頸。」（機：指陸機。）❸拘束。宋濂《燕書》：「於是治金為繩，～之文羅。」（文羅：泛指絲織品。）❹囚禁。歸有光《歸

氏二孝子傳》：「緯以事坐～，華伯力為營救。」（緯：指歸緯。華伯：指歸繡，歸緯之兄長。）❺思念，懷念。司馬遷《史記‧屈原賈生列傳》：「～心懷王。」（懷王：指楚懷王。）

繩 〔粵〕sing4〔城〕〔普〕shéng

❶繩子，繩索。許慎《說文解字》：「～，索也。」宋濂《燕書》：「於是治金為～。」❷古代木工用以測定直線的墨線。《荀子‧勸學》：「木直中～。」❸準成，標準。韓非《韓非子‧孤憤》：「故智術能法之士用，則貴重之臣必在～之外矣。」❹作為標準，衡量。《禮記‧樂記》：「省其文采，以～德厚。」（省【粵】sing2〔醒〕〔普〕xǐng：省視。）❺約束，制裁，有成語「～之以法」。司馬遷《史記‧秦始皇本紀》：「諸生皆誦法孔子，今上皆重法～之，臣恐天下不安。」❻繼承。《詩經‧大雅‧下武》：「～其祖武。」（繼承祖先的事業。）

繳 一 〔粵〕zoek3〔爵〕〔普〕zhuó

繫在箭尾的絲繩，隨箭射出後，便於尋找獵物或回收箭枝。《孟子‧告子上》：「一心以為有鴻鵠將至，思援弓～而射之。」（鴻鵠【粵】huk6〔酷〕〔普〕hú：大雁、天鵝之類的雀鳥。援：拿出。）

二 〔粵〕giu2〔矯〕〔普〕jiǎo

纏繞。李時珍《本草綱目‧服器部‧繳腳布》：「～腳布。時珍曰：即裹腳布也。」

羅 〔粵〕lo4〔鑼〕〔普〕luó

❶捕鳥用的網，後泛指所有網，有詞語「天～地網」。許慎《說文解字》：「～，以絲罟鳥也。」（罟【粵】gu2〔古〕〔普〕gǔ：用網捕捉。）《詩經‧王風‧兔爰》：「雉離于～。」（野雞落入捕鳥網裏。）❷網羅，搜尋，有成語「門可～雀」。《詩經‧小雅‧鴛鴦》：「鴛鴦于飛，畢之～之。」（畢：長柄網，這裏用動詞。）❸羅列，分列，陳列，有成語「星～棋布」。陶潛《歸園田居》（其一）：「桃李～堂前。」❹泛指輕軟的絲織品。李清照《一剪梅》：「輕解～裳，獨上蘭舟。」

羶 〔粵〕zin1〔煎〕〔普〕shān

羊身上的腥臭味，有成語「如蟻附～」。許慎《說文解字》：「～，羊臭也。」陸游《書事》：「胡羊肥美了無～。」

羹 〔粵〕gang1〔庚〕〔普〕gēng

用濃汁煮成的肉或菜。《孟子‧告子上》：「一豆～。」（豆：古代食具。）

羸 〔粵〕leoi4〔雷〕〔普〕léi

❶羸弱，瘦弱。許慎《說文解字》：「～，瘦也。」韋應物《溫泉行》：「弊裘～馬凍欲死」（弊：破舊。裘：皮衣。）❷疲憊。陳壽《三國志‧吳書‧陸遜傳》：「～弊日久，

十九畫

難以待變。」❸包裹，纏繞。《戰國策・秦策一》：「～縢履蹻。」（縢：綁腿布。履蹻：穿着草鞋。）

臘

（粵）laap6〔蠟〕（普）là

❶臘月，即農曆十二月。李頻《湘口送友人》：「零落梅花過殘～，故園歸醉及新年。」❷古時農曆十二月對眾神的一種祭祀。韓非《韓非子・五蠹》：「腊～而相遺以水。」（腊【粵】lau4〔流〕（普）lú：古代的一種祭祀。遺【粵】wai6〔胃〕（普）wèi：贈送。）

藩

（粵）faan4〔煩〕（普）fān

❶籬笆，有詞語「～籬」。《易經・大壯》：「羝羊觸～。」（觸：卡住。）❷屏障。班固《漢書・敍傳》：「建設～屏，以強守圉。」（圉【粵】jyu5〔宇〕（普）yǔ：監獄。）❸遮蓋，保護。《荀子・榮辱》：「以相持相養，以相～飾。」❹古代皇帝分給諸侯的土地，或指屬國。范曄《後漢書・顯宗孝明帝紀》：「驃騎將軍東平王蒼罷歸～。」（罷：罷免。）

藝

（粵）ngai6〔毅〕（普）yì

❶技藝，有成語「多才多～」。司馬遷《史記・龜策列傳》：「博開～能之路。」❷古時稱儒家的禮、樂、射（射箭）、御（騎馬）、書（書法）、數（算術）六種教育科目為「六～」。《禮記・樂記》：「不興其～，不能樂學。」❸古時稱《易

經》、《尚書》、《詩經》、《禮記》、《樂經》和《春秋》六種儒家經典為「六～」。韓愈《師說》：「六～經傳，皆通習之。」

藥

（粵）joek6〔弱〕（普）yào

❶能夠治病的草本，後泛指藥物。許慎《說文解字》：「～，治病艸。」（艸：通「草」。）《莊子・逍遙遊》：「宋人有善為不龜手之～者。」❷治療，有成語「無可救～」。《荀子・富國》：「彼得之，不足以～傷補敗。」❸能發生特定效用的化學物質，如「火～」。梁啟超《譚嗣同傳》：「今營中槍彈火～皆在榮賊之手。」（榮：指清末大臣榮祿。）

蘊

（粵）wan2〔穩〕／wan5〔尹〕（普）yùn

❶蘊藏，積聚。范曄《後漢書・袁張韓周列傳》：「～櫝古今，博物多聞。」（櫝【粵】duk6〔獨〕（普）dú：木櫃，這裏指收藏。）❷深奧之處，有詞語「底～」。《宋史・范祖禹傳》：「平易明白，洞見底～。」❸鬱結。《後漢書・王充王符仲長統列傳》：「志意～憤，乃隱居著書三十餘篇。」

覈

（粵）hat6〔辖〕（普）hé

❶通「核」，核實。許慎《說文解字》：「～，實也。」范曄《後漢書・張衡列傳》：「遂乃研～陰陽。」❷通「核」，考核。仲長統《昌言・損益》：「～才藝以敍官宜。」

譜 （粵）pou2〔普〕（普）pǔ

❶記錄事物系統的書籍，如「族～」、「年～」、「兵器～」等。許慎《說文解字》：「～，籍錄也。」司馬遷《史記‧太史公自序》：「維三代尚矣，年紀不可考，蓋取之～牒舊聞。」（牒【粵】dip6〔蝶〕（普）dié〕：記錄文件。）❷編排記錄。《史記‧三代世表》：「自殷以前諸侯不可得而～。」（殷：商朝的別稱。）❸樂譜，曲譜。《宋史‧樂志五》：「自歷代至於本朝，雅樂皆先制樂章而後成～。」（雅樂：正統音樂。）

識 一 （粵）sik1〔色〕（普）shí

❶認識，知道，懂得。許慎《說文解字》：「～，一曰知也。」李清照《聲聲慢‧秋情》：「雁過也，正傷心，卻是舊時相～。」❷知識，見識，常識。謝肇淛《五雜組‧物部三》：「二蘇之學力、～見，優劣皆於是卜之。」（二蘇：指蘇軾和蘇轍。卜：預知。）

二 （粵）zi3〔志〕（普）zhì

❶通「誌」，記住，這個意思後來被寫成「誌」。《禮記‧檀弓下》：「小子～之：苛政猛於虎也！」❷通「幟」，標記。范曄《後漢書‧馮岑賈列傳》：「進止皆有表～，軍中號為整齊。」

譁 （粵）waa1〔娃〕（普）huá

喧鬧。許慎《說文解字》：「～，譁也。」（譁【粵】fun1〔歡〕（普）huān〕：喧鬧。）柳宗元《捕蛇者說》：「～然而駭者，雖雞狗不得寧焉。」

證 （粵）zing3〔政〕（普）zhèng

❶告發。許慎《說文解字》：「～，告也。」《論語‧子路》：「其父攘羊，而子～之。」（攘【粵】joeng4〔楊〕（普）rǎng〕：偷取。）❷憑證。司馬遷《史記‧絳侯周勃世家》：「勃以千金與獄吏，獄吏乃書牘背示之，曰『以公主為～』。」

譎 （粵）kyut3〔缺〕（普）jué

❶欺詐，玩弄手段。許慎《說文解字》：「～，權詐也。」韓非《韓非子‧定法》：「而姦臣猶有所～其辭矣。」❷奇異，有詞語「詭～」。傅毅《舞賦》：「瑰姿～起。」

譏 （粵）gei1〔機〕（普）jī

❶非難，指責，有成語「反脣相～」。許慎《說文解字》：「～，誹也。」范仲淹《岳陽樓記》：「憂讒畏～。」❷譏諷，以旁敲側擊的方法或尖刻的語言指出別人的過失。司馬遷《史記‧孔子世家》：「孔子賢者，所刺～皆中諸侯之疾。」（刺：諷刺。疾：毛病。）❸查問，檢查。《孟子‧梁惠王下》：「關市～而不征。」（征：徵收稅項。）

贈 （粵）zang6〔憎【陽去】〕（普）zèng

❶贈送。許慎《說文解字》：「～，

玩好相送也。」王勃《滕王閣序》：「臨別～言。」❷死後追封爵位，有詞語「追～」。張溥《五人墓碑記》：「～諡美顯，榮於身後。」（諡【粵】si3〔嗜〕【普】shì】：古時依死者生前的事跡所給予的稱號。）

贋

（赝）【粵】ngaan6〔雁〕【普】yàn

假的，偽造的，有詞語「～品」。《宋書‧戴法興傳》：「而道路之言，謂法興為真天子，帝為～天子。」（法興：指戴法興，南朝宋代宋孝武帝寵臣。）

贊

【粵】zaan3〔讚〕【普】zàn

❶贊助，幫助，輔助。段玉裁《說文解字注》：「～，助也。」《左傳‧襄公二十七年》：「大叔儀不貳，能～大事。」（大叔儀：春秋時代衞國的大夫。貳【粵】ji6〔二〕【普】èr】：異心。）❷告訴。司馬遷《史記‧平原君虞卿列傳》：「門下有毛遂者，前，自～於平原君曰。」❸史書中本紀和列傳等末尾的總評性文字，多見於《漢書》、《後漢書》、《晉書》等。歸有光《歸氏二孝子傳》：「～曰：『二孝子出沒市販之間……』」❹通「讚」，稱讚，這個意思後來被寫成「讚」。陳壽《三國志‧魏書‧許褚傳》：「帝思褚忠孝，下詔褒～。」（帝：指三國時代魏明帝曹叡。）❺文體的一種，分「雜～」、「哀～」和「史～」三種，一般用於頌揚，多以韻文寫成，例如西晉夏侯湛的《東方朔畫～》、東晉袁宏的《三國名臣序～》。

蹴

【粵】cuk1〔速〕【普】cù

❶踩踏，有成語「一～而就」。許慎《說文解字》：「～，躡也。」（躡【粵】nip6〔捏〕【普】niè】：踩踏。）班固《漢書‧賈誼傳》：「～其芻者有罰。」（芻【粵】co1〔初〕【普】chú】：餵牲畜的草。）❷踢，有詞語「～鞠」。《孟子‧告子上》：「～爾而與之，乞人不屑也。」

躇

【粵】cyu4〔櫥〕【普】chú

多與「躊【粵】cau4〔囚〕【普】chóu】」組成詞語「躊～」，表示自得的樣子，有成語「躊～滿志」，見第423頁「躊」字條。

蹶

【粵】kyut3〔缺〕【普】jué

❶跌倒，有成語「一～不振」。《淮南子‧精神訓》：「形勞而不休則～。」❷挫敗，顛覆。賈誼《陳政事疏》：「～六國，兼天下。」❸損傷，損失。司馬遷《史記‧孫子吳起列傳》：「百里而趣利者～上將。」（急行軍百里，並與敵人爭利，有可能損失上將。）❹衰竭。賈誼《論積貯疏》：「生之者甚少而靡之者甚多，天下財產何得不～？」（生：生產。靡【粵】mei4〔眉〕【普】mí】：浪費。）

轍

【粵】cit3〔設〕【普】zhé

❶車輪碾過所留下的痕跡，或指行

車路線，有成語「南轅北～」。許慎《説文解字》：「～，車迹也。」《左傳・莊公十年》：「下，視其～。」❷原則、法則。陶潛《詠貧士》：「量力守故～。」（根據自己的能力來堅守昔日的原則。）❸借指車輛。文天祥《指南錄・後序》：「會使～交馳。」（正逢當時使者的車輛相互往來。）

轊 〔粵〕leon4〔輪〕〔普〕lín

形容車子行走時的聲音。許慎《説文解字》：「～，車聲。」杜甫《兵車行》：「車～～，馬蕭蕭。」（蕭蕭：形容馬嘶叫的聲音。）

辭 〔粵〕ci4〔詞〕〔普〕cí

❶供詞。許慎《説文解字》：「～，訟也。」（訟【粵】zung6〔仲〕〔普〕sòng】：打官司。）《周禮・秋官司寇》：「聽其獄訟，察其～。」❷言辭，辭令。《晏子春秋・內篇》：「晏嬰，齊之習～者也。」（齊：齊國。習：擅長。）❸告知。柳宗元《段太尉逸事狀》：「請～於軍。」❹藉口。韓非《韓非子・定法》：「而姦臣猶有所譎其～矣。」（譎【粵】kyut3〔缺〕〔普〕jué〕：欺詐。）❺推辭，拒絕，有成語「在所不～」。《呂氏春秋・季冬紀・士節》：「～金而受粟。」（粟：泛指糧食。）❻辭別，告別。《呂氏春秋・季冬紀・士節》：「過北郭騷之門而～。」（北郭騷：戰國時代齊國人。）❼一種押韻的文體，多為

六言、七言，多以「兮」、「些」等作為句子中間或結尾的語氣助詞，起源於戰國時代的楚國，屈原、宋玉等人為代表作家。西漢的劉向將屈原、宋玉等人的作品編輯成《楚辭》，後人稱此類文體為「～」或「～賦」，例如東晉陶淵明寫有《歸去來～》。

邊 〔粵〕bin1〔鞭〕〔普〕biān

❶邊界，邊疆。杜甫《兵車行》：「歸來頭白還戍～。」（戍【粵】syu3〔恕〕〔普〕shù〕：防守。）❷邊緣。孟浩然《過故人莊》：「綠樹村～合。」（合：圍繞。）❸旁邊。蘇軾《念奴嬌・赤壁懷古》：「故壘西～，人道是、三國周郎赤壁。」❹邊際，盡頭。杜甫《登高》：「無～落木蕭蕭下。」（蕭蕭：形容風吹動樹葉的聲音。）❺方向。劉禹錫《竹枝詞》：「東～日出西～雨。」

鏃 〔粵〕zuk6〔族〕〔普〕zú

箭頭。李華《弔古戰場文》：「利～穿骨，驚沙入面。」

鏗 〔粵〕hang1〔哼〕〔普〕kēng

形容敲擊金、石、玉、木等事物時所發出的響亮聲音，有詞語「～鏘」。方苞《左忠毅公軼事》：「甲上冰霜迸落，～然有聲。」

鏘 〔粵〕coeng1〔窗〕〔普〕qiāng

多與「鏗」組成詞語「鏗～」，指聲音清脆悅耳，見本頁「鏗」字條。

鏤 (粵)lau6〔漏〕(普)lòu

雕刻。《荀子·勸學》:「鍥而不舍,金石可~。」

關 (粵)gwaan1〔蟈〕(普)guān

❶門閂,用以緊閉大門的橫木條。許慎《說文解字》:「~,以木橫持門戶也。」班固《漢書·公孫劉田王楊蔡陳鄭傳》:「聞前曾有奔車抵殿門,門~折,馬死,而昭帝崩。」(昭帝:指西漢昭帝劉弗陵。)❷關門。陶潛《歸去來辭》:「門雖設而常~。」❸關閉,圍困。葉紹翁《遊園不值》:「春色滿園~不住。」❹關口,關隘,有詞語「海~」。杜甫《兵車行》:「且如今年冬,未休~西卒。」(~西:這裏指函谷關以西,即唐朝首都長安一帶。)❺機關。范曄《後漢書·張衡列傳》:「施~發機。」❻關連,牽連,涉及。歐陽修《玉樓春》:「人生自是有情痴,此恨不~風與月。」❼古代的一種公文,用於同級官府間的來往。方苞《獄中雜記》:「其上聞及移~諸部,猶未敢然。」(當中報告給皇上和移交各部門的文書,尚且不敢竄改。)

隴 (粵)lung5〔壟〕(普)lǒng

❶農田中的高地,引申為田地。杜甫《兵車行》:「禾生~畝無東西。」(~畝:指田地。)❷通「壟」,高地,高丘。《列子·湯問》:「自此冀之南,漢之陰,無~斷焉。」❸

地名,今甘肅省一帶。歸有光《項脊軒志》:「諸葛孔明起~中。」(~中:位於今甘肅省中部定西市一帶。)

難 一 (粵)naan4〔尼煩切〕(普)nán

❶困難,艱難,與「易」相對。韓愈《師說》:「欲人之無惑也~矣。」❷副詞,難以。《左傳·莊公十年》:「夫大國,~測也,懼有伏焉。」❸深奧。宋濂《杜環小傳》:「交友之道,~矣!」

二 (粵)naan6〔膩慢切〕(普)nàn

❶災難,禍患,禍害。諸葛亮《出師表》:「奉命於危~之間。」❷戰爭。《莊子·逍遙遊》:「越有~。」(越國發動戰爭。)❸責難,詰問。《左傳·襄公二十七年》:「齊人~之。」❹發難,造反。賈誼《過秦論》:「一夫作~,而七廟隳。」(一夫:指陳勝。七廟:借指秦朝。隳【粵】fai1〔輝〕(普)huī:敗壞。)❺仇敵。司馬遷《史記·張儀列傳》:「楚嘗與秦構~,戰於漢中。」

離 (粵)lei4〔梨〕(普)lí

❶分離,離散。李華《弔古戰場文》:「必有凶年,人其流~。」謝肇淛《五雜組·物部三》:「及其亂~饑餓。」❷離開,有成語「~鄉別井」。諸葛亮《出師表》:「今當遠~,臨表涕零,不知所云。」❸背離,違背。陸以湉《冷廬雜識·卷七·陳忠愍公》:「近者皆有家室慮,且服吾久,無~心。」❹通

「罹」，遭遇，經歷。司馬遷《史記·屈原賈生列傳》：「離騷者，猶~憂也。」❺超越。韓愈《進學解》：「絕類~倫。」（絕：超越。類、倫：同類。）

霪 ⓟjam4〔淫〕ⓜyín

下了很久的雨。范仲淹《岳陽樓記》：「若夫~雨霏霏，連月不開。」

靡 一 ⓟmei5〔美〕ⓜmǐ

❶倒下，有成語「所向披~」。許慎《説文解字》：「~，披~也。」《左傳·莊公十年》：「望其旗~，故逐之。」❷退卻，敗退。司馬遷《史記·廉頗藺相如列傳》：「相如張目叱之，左右皆~。」❸不，沒有。陶潛《歸去來辭·序》：「求之~途。」（之：指官職。）❹細緻。宋玉《楚辭·招魂》：「~顏膩理。」

二 ⓟmei4〔眉〕ⓜmí

❶奢靡，奢侈，浪費。司馬光《訓儉示康》：「眾人皆以奢~為榮，吾心獨以儉素為美。」❷腐敗、糜爛。《戰國策·楚策四》：「專淫逸侈~。」（都是荒淫、放縱、奢侈、腐敗。）

韻 ⓟwan6〔運〕/ wan5〔尹〕ⓜyùn

❶和諧悅耳的聲音。許慎《説文解字》：「~，和也。」吳均《與宋元思書》：「好鳥相鳴，嚶嚶成~。」（嚶ⓟjing1〔英〕ⓜyīng〕嚶：鳥鳴聲。）❷聲音。蘇軾《石鐘山記》：「餘~徐歇。」（徐歇：慢慢

地停止。）❸詩歌、辭賦等的韻腳。劉勰《文心雕龍·總述》：「今之常言，有『文』有『筆』，以為無~者『筆』也，有~者『文』也。」王勃《滕王閣序》：「一言均賦，四~俱成。」❹韻味，氣質，性格。陶潛《歸田園居》：「少無適俗~。」❺風雅、高雅。張岱《西湖七月半》：「~友來，名妓至。」

類 ⓟleoi6〔淚〕ⓜlèi

❶類似，類近，好像。許慎《説文解字》：「種~相似，唯犬為甚。」柳宗元《三戒·黔之驢》：「形之龐也~有德。」❷種類，類別，有成語「非我族~」。《孟子·梁惠王上》：「王之不王，是折枝之~也。」❸同類，有成語「物以~聚」。柳宗元《永州八記·始得西山宴遊記》：「然後知是山之特出，不與培塿為~。」❹榜樣。司馬遷《史記·屈原賈生列傳》：「明以告君子兮，吾將以為~兮。」❺副詞，大抵，大致。司馬光《訓儉示康》：「走卒~士服。」（差役大抵穿上讀書人的服裝。）❻事理。《孟子·告子上》：「心不若人，則不知惡，此之謂不知~也。」

願 ⓟjyun6〔圓【陽去】〕ⓜyuàn

❶願望，心願。陶潛《歸去來辭》：「富貴非吾~。」❷願意，樂意。范曄《後漢書·馮岑賈列傳》：「軍士皆言~屬大樹將軍。」（屬【ⓟzuk1〔竹〕ⓜzhǔ】：跟隨。大樹將

軍：指馮異，東漢將軍。）❸希望。諸葛亮《出師表》：「陛下親之信之，則漢室之隆，可計日而待也。」（陛下：指蜀漢後主劉禪。）❹傾慕，羨慕。韓非《韓非子·忠孝》：「為人臣常譽先王之德厚而～之，是誹謗其君者也。」❺通「愿」，忠厚謹慎。柳宗元《童區寄傳》：「大府召視，兒幼～耳。」（大府：州的上級官府。召視：召見。兒：兒童。幼：幼稚。）

顛 ⑧din1〔顛〕⑧diān

❶頭頂。《詩經·秦風·車鄰》：「有馬白～。」❷事物的頂端，有詞語「～峯」。陶潛《歸園田居》（其一）：「狗吠深巷中，雞鳴桑樹～。」❸跌倒，有成語「～沛流離」。《論語·里仁》：「君子無終食之間違仁，造次必於是，～沛必於是。」❹顛倒，有成語「～倒是非」。劉向《楚辭·九歎·愍命》：「今反表以為裏兮，～裳以為衣。」（表：外衣。裏：內層衣服。裳：古人下半身的衣裙。）❺通「癲」，精神失常，這個意思後來被寫成「癲」。蘇軾《李公擇求黃鶴樓詩因記舊所聞於馮當世者》：「無功暴得喜欲～。」

鶩 ⑧mou6〔務〕⑧wù

❶亂跑，縱橫奔馳。許慎《說文解字》：「～，亂馳也。」司馬遷《史記·司馬相如列傳》：「～乎仁義之涂。」（涂：通「途」，道路。）❷快，急

速。《黃帝內經·素問·大奇論》：「肝脈～暴，有所驚駭。」（暴：顯露。）❸通「務」，追求，從事，有成語「好高～遠」、「心無旁～」等。《宋史·道學傳一》：「病學者厭卑近而～高遠，卒無成焉。」（病：擔心。）

鵲 ⑧coek3〔綽〕/zoek3〔爵〕⑧què

喜鵲。曹操《短歌行》：「月明星稀，烏～南飛。」（烏～：喜鵲。）

鵬 ⑧paang4〔棚〕⑧péng

古代傳說中的一種大鳥。《莊子·逍遙遊》：「～之背，不知其幾千里也。」

麒 ⑧kei4〔旗〕⑧qí

多與「麟【⑧leon4〔輪〕⑧lín】」組成詞語「～麟」，指傳說中的仁獸，雄者稱「麟」，雌者稱「～」。《孟子·公孫丑上》：「～麟之於走獸，鳳凰之於飛鳥。」

麗 ⑧lai6〔例〕⑧lì

❶通「儷」，成對，成雙，這個意思後來被寫成「儷」。劉勰《文心雕龍·麗辭》：「故～辭之體，凡有四對：言對為易，事對為難；反對為優，正對為劣。」❷華麗，浮華。韓非《韓非子·亡徵》：「濫於文～而不顧其功者，可亡也。」❸美麗，漂亮，英俊。《戰國策·齊策一》：「城北徐公，齊國之美～者也。」

麓 （粵）luk1〔碌〕（普）lù

山腳。陸游《入蜀記·卷三》：「廟在山之西～。」

二十畫

勸 （粵）hyun3〔券〕（普）quàn

❶獎勵，鼓勵，與「沮」相對。許慎《說文解字》：「～，勉也。」《墨子·尚同中》：「賞譽不足以～善，而刑罰不足以沮暴。」（沮【粵】zeoi2〔嘴〕（普）jǔ：懲罰。）❷受鼓勵（而高興），與「沮」相對。《莊子·逍遙遊》：「且舉世而譽之而不加～，舉世而非之而不加沮。」（沮：因被懲罰而沮喪。）❸勸說，規勸。周暉《金陵瑣事·卷一》：「恐～令留金也。」

嚴 （粵）jim4〔炎〕（普）yán

❶緊急，嚴重。許慎《說文解字》：「～，教命急也。」《孟子·公孫丑下》：「～，虞不敢請。」（虞【粵】jyu4〔餘〕（普）yú：指充虞，孟子的弟子。請：請教。）❷嚴格，嚴厲。韓非《韓非子·五蠹》：「故罰薄不為慈，誅～不為戾。」❸威嚴。《詩經·小雅·六月》：「有～有翼。」（有：形容詞詞頭，無實

義。翼：恭敬。）❹尊重。司馬遷《史記·廉頗藺相如列傳》：「～大國之威以修敬也。」（修敬：表示敬意。）❺猛烈，厲害，有詞語「～冬」。李賀《夜坐吟》：「簾外～霜皆倒飛。」❻副詞，極度。方苞《左忠毅公軼事》：「風雪～寒。」❼戒備，有詞語「戒～」。《世說新語·雅量》：「可潛稍～，以備不虞。」（潛：暗地。不虞：意外。）❽副詞，嚴密。陸以湉《冷廬雜識·卷七·陳忠愍公》：「命沿海～防，特移公江蘇。」（公：指陳化成。）❾整頓。曹植《雜詩》（其五）：「僕夫早～駕。」（車夫早已整頓好馬車。）

壤 （粵）joeng6〔讓〕（普）rǎng

❶本指鬆軟的泥土，後泛指土壤、泥土。許慎《說文解字》：「～，柔土也。」《列子·湯問》：「叩石墾～。」❷地域，疆域，有詞語「接～」。柳宗元《永州八記·始得西山宴遊記》：「則凡數州之土～～。」❸連接、接壤。司馬遷《史記·蘇秦列傳》：「為與秦接境～界也。」

孀 （粵）soeng1〔雙〕（普）shuāng

寡婦。《淮南子·脩務訓》：「吊死問疾，以養孤～。」（吊：通「弔」，悼念。孤：孤兒。）

孽 （粵）jit6〔熱〕/ jip6〔業〕（普）niè

❶古代宗法制度下，非正室所生的兒子。司馬遷《史記·韓信盧綰列

傳》：「韓王信者，故韓襄王～孫也。」（韓襄王：戰國時代韓國君主，姓韓名倉。）❷邪惡。《呂氏春秋・孝行覽・遇合》：「羣～大至，身必死殃。」（殃：被殘害。）❸災禍，罪過，有詞語「罪～」。《左傳・昭公十年》：「義，利之本也，蘊利生～，姑使無蘊乎。」（蘊：積累。）❹危害。《呂氏春秋・孝行覽・遇合》：「賢聖之後，反而～民。」❺忤逆，不孝順。賈誼《新書・道術》：「子愛利親謂之孝，反孝為～。」

寶 （粵）bou2〔保〕（普）bǎo

❶寶物，珍寶。許慎《說文解字》：「～，珍也。」司馬遷《史記・廉頗藺相如列傳》：「和氏璧，天下所共傳～也。」❷泛指珍貴的事物。王勃《滕王閣序》：「物華天～。」❸寶貴的，珍貴的。辛棄疾《青玉案・元夕》：「～馬雕車香滿路。」❹珍視，珍愛。李斯《諫逐客書》：「夫物不產於秦，可～者多。」❺與帝王或神佛有關的事物，有詞語「～座」、「～塔」等。

懸 （粵）jyun4〔圓〕（普）xuán

❶懸掛，吊掛。酈道元《水經注・江水》：「～泉瀑布。」❷牽掛，掛念。李白《聞丹丘子於城北營石門幽居》：「心～萬里外，影滯兩鄉隔。」❸公佈，有詞語「～賞」。孫武《孫子兵法・九地》：「施無法之賞，～無政之令。」❹久而不

決，有詞語「～案」。韓非《韓非子・亡徵》：「～罪而弗誅。」（弗誅：不懲罰。）❺副詞，憑空。柳宗元《覆杜溫夫書》：「安敢～斷是且非耶？」

攘 一 （粵）joeng4〔楊〕（普）rǎng

❶驅逐，排除，消滅，有成語「尊王～夷」。諸葛亮《出師表》：「～除姦凶，興復漢室，還於舊都。」❷偷取，盜竊。《論語・子路》：「其父～羊，而子證之。」（證：告發。）❸侵奪。《莊子・漁父》：「諸侯暴亂，擅相～伐，以殘民人。」

二 （粵）joeng5〔氧〕/joeng6〔讓〕（普）rǎng

擾攘，擾亂。《淮南子・兵略訓》：「故至於～天下，害百姓。」

曦 （粵）hei1〔希〕（普）xī

陽光，太陽，有詞語「晨～」。酈道元《水經注・江水》：「隱天蔽日，自非亭午夜分，不見～月。」（亭午：中午。夜分：午夜。）

瀾 （粵）laan4〔蘭〕（普）lán

大波浪。許慎《說文解字》：「大波為～。」范仲淹《岳陽樓記》：「至若春和景明，波～不驚。」

犧 （粵）hei1〔希〕（普）xī

古代供宗廟祭祀用的純色牲畜，有詞語「～牲」。許慎《說文解字》：「～，宗廟之牲也。」《左傳・莊公十年》：「～牲玉帛，弗敢加也，必以信。」（玉帛【粵】baak6〔白〕

二十畫

（普bó）：祭祀用的玉器和絲織品。
加：指誇大，虛報。）

獻 （粵hin3〔憲〕（普xiàn

❶獻祭。范曄《後漢書・百官志二》：「郊祀之事，掌三～。」（三～：祭祀時三次獻酒儀式。）❷奉獻，進獻。司馬遷《史記・廉頗藺相如列傳》：「和氏璧，天下所共傳寶也，趙王恐，不敢不～。」❸提出。《列子・湯問》：「其妻～疑。」❹表現，呈現。柳宗元《永州八記・鈷鉧潭西小丘記》：「舉熙熙然迴巧～技。」（全都歡快地呈巧獻技。）

碼 （粵lai6〔例〕（普lì

❶磨刀石。《荀子・勸學》：「金就～則利。」❷打磨，有詞語「砥～」。司馬遷《史記・伍子胥列傳》：「勝自～劍。」（勝：指白公勝，春秋時代楚平王的孫子。）

礫 （粵lik1〔力〔陰入〕〕（普lì

碎石。許慎《說文解字》：「～，小石也。」袁宏道《滿井遊記》：「凍風時作，作則飛沙走～。」

竇 （粵dau6〔逗〕/ dau3〔鬥〕（普dòu

❶孔洞。許慎《說文解字》：「～，空也。」《十五從軍征》：「兔從狗～入。」❷水渠，溝渠。韓非《韓非子・五蠹》：「買庸而決～。」（買庸：聘請工人。決：開通。）❸穿通。《國語・周語下》：「不～澤。」

競 （粵ging6〔勁〕（普jìng

❶競爭，競逐。許慎《說文解字》：「～，一曰逐也。」韓非《韓非子・五蠹》：「上古～於道德，中世逐於智謀，當今爭於氣力。」❷爭論。顏之推《顏氏家訓・省事》：「有山東學士與關中太史～曆。」（曆：曆法。）❸強勁。《左傳・襄公十八年》：「南風不～。」❹副詞，競相，爭相。陶弘景《與謝中書書》：「沉鱗～躍。」（沉鱗：借指魚。）

籌 （粵cau4〔囚〕（普chóu

❶計算用的竹籤。班固《漢書・五行志下之上》：「～，所以紀數。」❷酒籌，行酒令時賭輸贏的竹籤。歐陽修《醉翁亭記》：「觥～交錯。」（觥【粵gwang1〔轟〕（普gōng】：古代的一種酒器。交錯【粵cok3〔翅各切〕（普cuò】：交疊。）❸策劃，籌劃。范曄《後漢書・皇甫張段列傳》：「豫～其事，有誤中之言。」❹計策，有成語「運～帷幄」。《晉書・宣帝紀》：「今天下不耕者蓋二十餘萬，非經國遠～也。」

籍 （粵zik6〔直〕（普jí

❶登記以備查考用的名冊、檔案。許慎《說文解字》：「～，簿書也。」（簿【粵bou6〔部〕（普bù】：登記事物的公文。）《孟子・萬章下》：「諸侯惡其害己也，而皆去其～。」❷登記。司馬遷《史記・項羽本

紀》:「～吏民,封府庫,而待將軍。」(將軍:指項羽。) ❸書籍。沈括《夢溪筆談・活板》:「五代時始印五經,已後典～皆為板本。」(已後:以後。板本:底本。)

繡 (粵)sau3〔秀〕(普)xiù

❶刺繡,指用彩色絲線在綢緞上刺上各種花紋。李白《贈裴司馬》:「翡翠黃金縷,～成歌舞衣。」(縷【粵】leoi5〔呂〕(普)lǚ:絲線。) ❷刺繡品,或繡有花紋圖案的衣物。司馬遷《史記・滑稽列傳》:「衣以文～。」(文:通「紋」,有花紋的。) ❸華麗,精美,有詞語「錦～」。柳宗元《乞巧文》:「駢四儷六,錦心～口。」

繽 (粵)ban1〔彬〕(普)bīn

繁多的樣子,有詞語「～紛」。陶潛《桃花源記》:「芳草鮮美,落英～紛。」(英:花朵。)

繼 (粵)gai3〔計〕(普)jì

❶繼續,連續,有成語「無以為～」。許慎《說文解字》:「～,續也。」《左傳・僖公三十三年》:「攻之不克,圍之不～,吾其還也。」 ❷後續的。歸有光《歸氏二孝子傳》:「早喪母,父更娶～母,生子。」 ❸接濟,後援。陳壽《三國志・蜀書・諸葛亮傳》:「亮每患糧不～,使己志不申。」 ❹繼承。方苞《左忠毅公軼事》:「吾諸兒碌碌,他日～吾志事,惟此生耳。」

(碌碌:平庸。此生:指史可法。) ❺繼承人。《戰國策・趙策四》:「趙主之子孫侯者,其～有在者乎?」 ❻緊隨,隨後。蘇洵《六國論》:「齊人未嘗賂秦,終～五國遷滅,何哉?」 ❼直到。韓愈《進學解》:「焚膏油以～晷。」(焚燒油脂來照明,直到白天日光出現。)

纂 (粵)zyun2〔紙犬切〕(普)zuǎn

編纂,編輯。班固《漢書・藝文志》:「《論語》者,孔子應答弟子時人,及弟子相與言而接聞於夫子之語也。當時弟子各有所記。夫子既卒,門人相與輯而論～,故謂之《論語》。」

耀 (粵)jiu6〔曜〕(普)yào

❶照耀,照射。魏禧《吾盧記》:「光～林木。」 ❷光明。范曄《後漢書・郎顗襄楷列傳下》:「建天地之功,增日月之～。」 ❸光芒。范仲淹《岳陽樓記》:「日星隱～。」 ❹自誇,有詞語「炫～」。陳壽《三國志・魏書・滿寵傳》:「必當上岸～兵以示有餘。」 ❺顯揚,有成語「光宗～祖」。《國語・周語上》:「先王～德不觀兵。」(觀兵:顯耀兵力。)

藹 (粵)oi2〔靄〕(普)ǎi

和藹,美好,和善。韓愈《答李翊書》:「仁義之人,其言～如也。」

蘇 〔粵〕sou1〔鬚〕〔普〕sū

❶甦醒，或指死而復生。《孔子家語·六本》：「曾子仆地而不知人，久之有頃，乃～。」（仆地而不知人：跌倒在地，不省人事。頃【粵】king5〔拒永切〕【普】qǐng】：片刻。）❷睡醒。杜荀鶴《早發》詩：「東窗未明塵夢～。」❸緩解、好轉。杜甫《江漢》：「秋風病欲～。」

覺 一 〔粵〕gok3〔各〕〔普〕jué

❶睡醒。許慎《説文解字》：「～，寤也。」寤【粵】ng6〔誤〕【普】wù】：睡醒。）柳宗元《永州八記·始得西山宴遊記》：「～而起，起而歸。」❷醒覺，覺悟。陶潛《歸去來辭》：「～今是而昨非。」❸覺察，發覺。柳宗元《三戒·黔之驢》：「～無異能者。」❹感覺。白居易《琵琶行·序》：「是夕始～有遷謫意。」（遷謫【粵】zaak6〔擇〕【普】zhé】：降職。）

二 〔粵〕gaau3〔窖〕〔普〕jiào

睡覺。馬致遠《夜行船·秋思》：「蛩吟罷一～才寧貼。」（蟋蟀的鳴叫停了，才能安心睡覺。）

觸 〔粵〕zuk1〔竹〕〔普〕chù

❶觸碰，頂撞。許慎《説文解字》：「～，抵也。」（抵：抵觸，觸碰。）韓非《韓非子·五蠹》：「兔走～株，折頸而死。」❷接觸。《莊子·養生主》：「手之所～。」❸觸犯，冒犯。司馬遷《史記·滑稽列

傳》：「為姦～大罪，身死而家滅。」

議 〔粵〕ji5〔以〕〔普〕yì

❶商議，討論。許慎《説文解字》：「～，語也。」（語：談論。）司馬遷《史記·廉頗藺相如列傳》：「趙王悉召羣臣～。」❷議論，意見，有成語「博采眾～」。班固《漢書·禮樂志》：「故其～遂寢。」（其：指西漢大臣賈誼。寢【粵】cam2〔取審切〕【普】qǐn】：止息。）❸建議，主張。諸葛亮《出師表》：「是以眾～舉寵為督。」❹議訂。韓非《韓非子·五蠹》：「故聖人～多少，論薄厚為之政。」❺批評，指責。《戰國策·齊策一》：「能謗～於市朝。」❻文體名稱，用以論説事理、陳述作者意見的文章，如「奏～」。劉勰《文心雕龍·議對》：「事實允當，可謂達～體矣。」

譟 〔粵〕cou3〔燥〕〔普〕zào

喧嘩，大叫，吶喊。許慎《説文解字》：「～，擾也。」《左傳·昭公十九年》：「師鼓～，城上之人亦～。」（師鼓～：軍隊出戰時擂鼓吶喊。）

譬 〔粵〕pei3〔屁〕〔普〕pì

❶告訴，説明，開導。許慎《説文解字》：「～，諭也。」（諭【粵】jyu6〔預〕【普】yù】：告知。）范曄《後漢書·荀韓鍾陳列傳》：「寔徐～之曰。」（寔：指陳寔。徐：慢慢地。）❷了解，明白。《後漢書·

申屠剛鮑永郅惲列傳》：「言之者雖誠，而聞之者未～。」❸用比喻的方法來説明，有詞語「～喻」、「～如」等。《荀子・非相》：「舍後王而道上古，～之是猶舍己之君而事人之君也。」❹假使。司馬遷《史記・孔子世家》：「～使仁者而必信，安有伯夷、叔齊？」（假使仁者真的可以得到眾人的信任，又怎會有伯夷、叔齊餓死之事？）

警 （粵）ging2〔境〕（普）jǐng

❶警告。許慎《説文解字》：「～，戒也。」方苞《獄中雜記》：「唯極貧無依，則械繫不稍寬，為標準以～其餘。」（械繫：腳鐐手銬等刑具。）❷警備，戒備。《左傳・莊公三十一年》：「凡諸侯有四夷之功，則獻於王，王以～于夷。」❸危險緊急的情況或消息，有詞語「火～」。陸以湉《冷廬雜識・卷七・陳忠愍公》：「如有～呼之不應，刑毋赦。」❹機警，敏捷，敏鋭。陳壽《三國志・魏書・武帝紀》：「太祖少機～。」❺精警，精煉。陸機《文賦》：「立片言而居要，乃一篇之～策。」（要：重要位置。）

譽 （粵）jyu6〔預〕（普）yù

❶讚譽，稱讚。《莊子・逍遙遊》：「且舉世而～之而不加勸。」（加勸：格外興奮。）❷聲譽，名譽。《孟子・公孫丑上》：「非所以要～於鄉黨朋友也。」（要【粵】jiu1〔邀〕（普）yāo】：求得。鄉黨：鄉里。）

贏 （粵）jing4〔形〕/ jeng4（普）yíng

❶利潤，盈利。許慎《説文解字》：「～，有餘、賈利也。」（賈【粵】gu2〔古〕（普）gǔ：做買賣。）謝肇淛《五雜組・物部三》：「幸而處富貴，有～餘時，時思及凍餒。」（餒【粵】neoi5〔努呂切〕（普）něi：飢餓。）❷勝出，得到，與「輸」相對。辛棄疾《破陣子・為陳同甫賦壯語以寄之》：「～得生前身後名。」❸伸長，增加。《淮南子・時則訓》：「孟春始～，孟秋始縮。」❹負擔，背負。賈誼《過秦論》：「揭竿為旗，天下雲集而響應，～糧而景從。」

贍 （粵）sim6〔善豔切〕（普）shàn

❶贍養，供養。許慎《説文解字》：「～，給也。」《晉書・隱逸傳》：「至於酒米，乏絕，亦時相～。」❷救濟。邯鄲淳《笑林》：「我傾家～君。」❸滿足。歸有光《歸氏二孝子傳》：「家貧，食不足以～。」❹足夠，充足。《墨子・節葬下》：「力不足，財不～，智不智。」

釋 （粵）sik1〔式〕（普）shì

❶解除，脱下。許慎《説文解字》：「～，解也。」《左傳・襄公二十八年》：「士皆～甲束馬而飲酒。」❷放下，有成語「如～重負」。《魏書・李惠傳》：「同～重擔，息於樹陰。」❸放棄，丟棄。韓非《韓非

子‧五蠹》:「布帛尋常,庸人不~。」❹開釋,解脫,有成語「冰~前嫌」。柳宗元《永州八記‧始得西山宴遊記》:「心凝形~,與萬化冥合。」❺釋放。司馬遷《史記‧淮陰侯列傳》:「~而不斬。」❻解釋。劉知幾《史通‧言語》:「夫上古之世,人惟樸略,言語難曉,訓~方通。」(訓:解釋。)❼佛教始祖釋迦牟尼的簡稱,後借指佛教或僧人。孔稚圭《北山移文》:「談空空於~部。」(空空:佛家義理。~部:佛經。)

鐘 ⒫zung1〔終〕⒨zhōng

❶古代一種樂器。許慎《説文解字》:「~,樂~也。」李白《將進酒》:「~鼓饌玉不足貴,但願長醉不願醒。」(饌【⒫zaan6〔賺〕⒨zhuàn】玉:珍貴美味的飲食。)❷懸鐘,吊鐘,多見於佛寺。蘇軾《石鐘山記》:「聲如洪~。」❸鐘聲。于鄴《褒中即事》:「遠~當半夜。」❹撞鐘、敲鐘。《詩經‧周南‧關雎》:「~鼓樂之。」

飄 ⒫piu1〔批消切〕⒨piāo

❶旋風,多與「風」組合成詞語「~風」。許慎《説文解字》:「~,回風也。」《莊子‧天下》:「若~風之還。」(還:通「旋」,旋轉。)❷風吹,吹動。文天祥《過零丁洋》:「山河破碎風~絮。」❸飄揚,隨風擺動。李清照《一剪梅》:「花自~零水自流。」❹灑脫

不羈。《舊唐書‧文苑傳下》:「~然有超世之心。」

饒 ⒫jiu4〔搖〕⒨ráo

❶富裕,富足。賈誼《過秦論》:「不愛珍器重寶、肥~之地。」❷多,許多。《戰國策‧秦策一》:「沃野千里,蓄積~多。」❸饒恕,寬恕。鮑照《擬行路難》(其十七):「日月流邁不相~。」(日月流邁:時光流逝。)❹副詞,任憑,儘管。杜牧《猿》:「~是少年今白頭。」

饋 ⒫gwai6〔跪〕/ gwai3〔貴〕⒨kuì

❶以食物送人。陸以湉《冷廬雜識‧卷七‧陳忠愍公》:「自奉甚儉,或~酒肉,必峻卻之。」(峻卻:堅決地推卻。)❷饋贈,贈予,贈送。李白《感時留別從兄徐王延年從弟延陵》:「藥物多見~。」(見:被。)❸禮物。《論語‧鄉黨》:「朋友之~,雖車馬,非祭肉,不拜。」(拜:接受。)

饑 ⒫gei1〔基〕⒨jī

❶穀物歉收,收成不好。許慎《説文解字》:「穀不孰為~。」(孰:通「熟」,成熟。)韓非《韓非子‧五蠹》:「~歲之春,幼弟不饟【⒫hoeng2〔享〕⒨xiǎng】。」(在歉收之年的春天,即使是親弟也不能給予食物。)❷饑荒。魏禧《吾廬記》:「及其北遊山東,方大~。」❸通「飢」,飢餓,吃不飽。《晏子

春秋・內篇》:「飽而知人之～。」

馨

（粵）hing1〔卿〕（普）xīn

❶散播到遠方的香氣。許慎《說文解字》:「～，香之遠聞者。」《尚書・周書・君陳》:「黍稷非～，明德惟～爾。」（黍稷【粵】syu2 zik1〔鼠即〕（普）shǔ jì：穀物的一種。）❷馨香，芳香。屈原《楚辭・九歌・山鬼》:「折芳～兮遺所思。」（採摘芳香的花朵，所給我所思念的人。）❸借指流傳後世的功德名聲。劉禹錫《陋室銘》:「斯是陋室，惟吾德～。」

騷

（粵）sou1〔蘇〕（普）sāo

❶騷亂，擾亂。許慎《說文解字》:「～，擾也。」陸以湉《冷廬雜識・卷七・陳忠愍公》:「時他邑皆～動。」❷憂愁，不幸。司馬遷《史記・屈原賈生列傳》:「離～者，猶離憂也。」（離：通「罹」，經歷。）❸《離騷》的簡稱。劉勰《文心雕龍・辨騷》:「昔漢武愛《～》。」（漢武：漢武帝。）❹詩體的一種，即「～體詩」或「楚辭體」，後泛指詩人、文人。范仲淹《岳陽樓記》:「遷客～人，多會於此。」

騰

（粵）tang4〔藤〕（普）téng

❶本指馬跳躍，後來泛指跳躍。《莊子・逍遙遊》:「我～躍而上，不過數仞而下。」（仞【粵】jan6〔孕〕（普）rèn：古代長度單位。）❷飛騰，翻騰。王勃《滕王閣序》:「～

蛟起鳳。」（蛟【粵】gaau1〔交〕（普）jiāo】：傳說中一種能引發洪水的龍。）❸上漲，昂貴。蒲松齡《聊齋志異・種梨》:「價～貴。」❹傳開，擴散。蘇軾《石鐘山記》:「桴止響～，餘韻徐歇。」（桴【粵】fu1〔膚〕（普）fú：敲擊。）❺奔馳。潘尼《贈河陽》:「逸驥～夷路。」（逸驥：超羣的駿馬。夷：平坦。）

黥

（粵）king4〔瓊〕（普）qíng

古代的一種刑罰，在犯人臉上刺字塗墨，即「墨刑」，後亦用於奴婢、士兵，以防其逃跑。許慎《說文解字》:「～，墨刑在面也。」《商君書・賞刑》:「斷人之足，～人之面，非求傷民也，以禁姦止過也。」

黨

（粵）dong2〔党〕（普）dǎng

❶古代地方的組織名稱，以五百家為一黨。《禮記・學記》:「家有塾，～有庠。」（塾、庠：學校。）❷鄉里、同鄉的人。《孟子・公孫丑上》:「非所以要譽於鄉～朋友也。」（要【粵】jiu1〔邀〕（普）yāo：求取。）❸親族。《禮記・坊記》:「睦於父母之～，可謂孝矣。」（睦：親近。）❹因志同道合或利害關係而結成的團體，有詞語「朋～」。范曄《後漢書・張衡列傳》:「陰知姦～名姓，一時收禽。」（陰：暗中。）❺同黨，同伴。《列子・説符》:「又傍害其～四五人焉。」❻結黨，勾結。歐陽修《朋黨論》:「以當其同利之時，暫相～

引以為朋者，偽也。」❼偏私，偏袒。《論語‧述而》：「吾聞君子不～，君子亦～乎？」❽通「讜」，正直的話。《荀子‧非相》：「博而～正。」

齟 ⓟzeoi2〔嘴〕ⓟjǔ

多與「齬【ⓟjyu5〔宇〕ⓟyǔ】」組成詞語「～齬」，表示意見不合。《宋史‧方信孺傳》：「既～齬歸，營居室岩竇，自放於詩酒。」（岩竇：岩穴。）

二十一畫

儷 ⓟlai6〔例〕ⓟlì

❶成雙，成對，後比喻為配偶，有詞語「伉～」。《左傳‧成公十一年》：「鳥獸猶不失～。」❷並列，對偶。柳宗元《乞巧文》：「駢四～六，錦心繡口。」（駢【ⓟpin4〔平年切〕ⓟpián】：對偶。）

囂 ⓟhiu1〔鼻〕ⓟxiāo

❶叫囂，喧嘩，吵鬧，有詞語「煩～」。許慎《說文解字》：「～，聲也。气出頭上。」柳宗元《捕蛇者說》：「叫～乎東西。」（東西：到處。）❷囂張，放肆。柳宗元《憎王孫文‧序》：「王孫之德躁以～。」

屬

  一 ⓟzuk1〔竹〕ⓟzhǔ

❶連接，連續。許慎《說文解字》：「～，連也。」酈道元《水經注‧江水》：「常有高猿長嘯，～引淒異。」（嘯【ⓟsiu3〔笑〕ⓟxiào】：禽獸長聲吼叫。～引：連續。）❷跟隨。司馬遷《史記‧屈原賈生列傳》：「然亡國破家相隨～。」❸聚集。《左傳‧哀公十三年》：「～徒五千。」（徒：步兵。）❹編輯，寫作。《史記‧屈原賈生列傳》：「屈平～草稿未定。」❺通「囑」，叮囑，交付，託付，這個意思後來被寫成「囑」。范仲淹《岳陽樓記》：「～予作文以記之。」❻副詞，適逢，剛剛。《史記‧留侯世家》：「天下～安定，何故反乎？」❼副詞，接着，不久。《南史‧陰子春列傳》：「～侯景亂。」（侯景：人名，南朝梁代的將領。）

  二 ⓟsuk6〔熟〕ⓟshǔ

❶歸屬，屬於。王勃《滕王閣序》：「時維九月，序～三秋。」（序：季節。）❷類別。《左傳‧莊公十年》：「忠之～也，可以一戰。」（忠之～也：盡力做好分內事的表現。）❸親屬，親眷。白居易《自詠老身示諸家屬》：「家居雖濩落，眷～幸團圓。」（濩【ⓟwu6〔戶〕ⓟhù】落：淪陷。）❹部屬，部下。《尚書‧周書‧周官》：「六卿分職，各率其～。」

巍

（粵）ngai4〔危〕（普）wēi

❶高，高大，有詞語「～峨」。許慎《説文解字》：「～，高也。」薛瑄《遊龍門記》：「東視大山，～然與天浮。」❷高貴。劉基《賣柑者言》：「孰不～～乎可畏？」

懽

（粵）fun1〔寬〕（普）huān

同「歡」，歡喜。王勃《滕王閣序》：「處涸轍以猶～。」（涸轍：乾涸了的車輪痕跡，後比喻為窮困境地。）

慴

（粵）sip3〔涉〕（普）shè

恐懼。《資治通鑑・漢紀・孝獻皇帝庚》：「諸人徒見操書言水步八十萬而各恐～～。」

懼

（粵）geoi6〔具〕（普）jù

❶恐懼，恐怕，擔心。許慎《説文解字》：「～，恐也。」《論語・子罕》：「勇者不～。」❷恐嚇。《道德經》：「民不畏死，奈何以死～之？」

攝

（粵）sip3〔涉〕（普）shè

❶拉，拽。班固《漢書・張耳陳餘傳》：「吏嘗以過笞餘，餘欲起，耳～使受笞。」（笞（粵）ci1〔痴〕（普）chī：用竹板、荊條抽打。）❷提起，撩起。蘇軾《後赤壁賦》：「予乃～衣而上。」❸捉拿，拘捕。《國語・吳語》：「～少司馬茲與王士五人，坐於王前。」❹收拾，整

理，整頓。司馬遷《史記・魏公子列傳》：「侯生～敝衣冠，直上載公子上坐。」（侯生：指侯嬴，戰國時代魏國的隱士。）❺代理。《史記・燕召公世家》：「成王既幼，周公～政。」❻輔助，幫助。王符《潛夫論・讚學》：「～之以良明，教之以明師。」❼夾。《論語・先進》：「千乘之國，～乎大國之間。」❽保養。沈約《神不滅論》：「虛用損年，善～增壽。」

攜

（粵）kwai4〔葵〕（普）xié

❶提起，攙扶，有詞語「提～」。許慎《説文解字》：「～，提也。」陶潛《歸去來辭》：「～幼入室。」❷攜帶。紀昀《閱微草堂筆記・卷十六》：「豈能為暴漲～之去？」❸分離。《左傳・僖公二十八年》：「不如私許復曹、衞以～之。」（不如暗中同意復回覆曹國和衞國，以離間它們和楚國的關係。）

曩

（粵）nong5〔你住切〕（普）nǎng

從前，過去。司馬遷《報任少卿書》：「～者辱賜書，教以慎於接物，推賢進士為務。」（辱賜書：承蒙得到您的來信。）

瀟

（粵）siu1〔消〕（普）xiāo

❶瀟水，即湘水的支流。許慎《説文解字》：「～，水名。」范仲淹《岳陽樓記》：「南極～湘。」（極：去到。湘：河流名，流入洞庭湖。）❷風雨狂急的樣子。岳飛《滿江

紅》：「怒髮衝冠，憑闌處、～～雨歇。」❸瀟灑、無拘無束。袁宏道《滿井遊記》：「～然於山石草木之間者。」

灌 （粵）gun3〔罐〕（普）guàn

❶灌注，注入，流入。柳宗元《三戒·永某氏之鼠》：「～穴。」（用水灌入鼠洞。）❷灌溉，澆灌。司馬遷《史記·滑稽列傳》：「西門豹即發民鑿十二渠，引河水～民田，田皆溉。」❸澆鑄。王充《論衡·奇怪》：「爍一鼎之銅，以～一錢之形，不能成一鼎，明矣。」（形：模型。）❹叢生，有詞語「～木」。白居易《草堂記》：「松下多～叢。」

爛 （粵）laan6〔利賺切〕（普）làn

❶食物煮爛。《呂氏春秋·孝行覽·本味》：「故久而不弊，熟而不～。」（弊：敗壞。）❷腐爛，潰爛，糜爛。方苞《左忠毅公軼事》：「國家之事，糜～至此。」❸被火燒傷，燙傷，有成語「焦頭～額」。《左忠毅公軼事》：「面額焦～不可辨。」❹燦爛，明亮。曹操《觀滄海》：「星漢燦～，若出其裏。」（星漢：銀河。其裏：指海裏。）

癩 （粵）laai3〔賴【陰去】〕（普）lài

一種傳染病，即「麻瘋」，患者的皮膚會長出斑疹。魏禧《吾廬記》：「驅車瘴～之鄉。」

矓 （粵）lung4〔龍〕（普）lóng

多與「矇」組成詞語「矇～」，見第403頁「矇」字條。

纍 （一）（粵）leoi4〔雷〕（普）léi

❶繩索。班固《漢書·李廣蘇建傳》：「以劍斫絕～。」❷捆綁，囚禁。《左傳·成公三年》：「兩釋～囚，以成其好。」（兩：指晉國和楚國。）

（二）（粵）leoi5〔呂〕（普）léi

重疊，一個接一個，多以疊詞「～～」出現。《十五從軍征》：「遙看是君家，松柏冢～～。」（冢（粵）cung2〔寵〕（普）zhǒng】：墳墓。）

纏 （粵）cin4〔前〕（普）chán

❶纏繞，圍繞。許慎《説文解字》：「～，繞也。」范曄《後漢書·董卓列傳》：「卓所得義兵士卒，皆以布～裏，倒立於地，熱膏灌殺之。」（熱膏：滾油。）❷纏擾，騷擾。《晉書·謝玄傳》：「哀毒兼～，痛百常情。」

續 （粵）zuk6〔族〕（普）xù

❶接續，連續不斷。許慎《説文解字》：「～，連也。」白居易《琵琶行》：「低眉信手～～彈，説盡心中無限事。」（信手：隨手。）❷繼續，延續。司馬遷《史記·秦始皇本紀》：「及至秦王，～六世之餘烈。」（六世：指秦孝公、秦惠文王、秦武王、秦昭襄王、秦孝文王

和秦莊襄王六位在秦始皇之前的秦國君主。）❸繼承。《史記·太史公自序》：「汝復為太史，則～吾祖矣。」

 罍 粵leoi4〔雷〕普léi

❶一種盛酒、水用的器具。《詩經·周南·卷耳》：「我姑酌彼金～。」（我姑且斟滿青銅做的酒器。）❷斟酒，倒酒。袁宏道《滿井遊記》：「～而歌者。」

覽 粵laam5〔藍〔陽上〕〕普lǎn

❶看，觀賞，觀望，有詞語「觀～」。范仲淹《岳陽樓記》：「～物之情，得無異乎？」❷閱覽，閱讀。《晉書·祖逖傳》：「後乃博～書記。」❸視察、觀察。《宋史·呂蒙正傳》：「朕躬～庶政。」（躬：親自。庶：各項。）❹接納，採納。《戰國策·齊策一》：「大王～其說。」

護 粵wu6〔互〕普hù

❶幫助。司馬遷《史記·蕭相國世家》：「何數以吏事～高祖。」（何：指蕭何，漢高祖時的丞相。）❷保護，庇護。歸有光《項脊軒志》：「軒凡四遭火，得不焚，殆有神～者。」❸統轄，統率。《史記·陳丞相世家》：「是日乃拜平為都尉，使為參乘，典～軍。」（典：主管。）

 贓 粵zong1〔裝〕普zāng

❶賊贓，通過不正當途徑獲得的財物。《列子·天瑞》：「以～獲罪，沒其先居之財。」（沒：沒收。居：囤積。）❷貪污受賄的行為，有成語「貪～枉法」。陳壽《三國志·吳書·潘濬傳》：「時沙羨長～穢不脩，濬按殺之。」（沙羨：地名，在今湖北省武昌市西南。長：縣長。）

躕 粵cau4〔囚〕普chóu

多與「躇【粵cyu4〔櫥〕普chú】」組成詞語「～躇」，表示自得的樣子。《莊子·養生主》：「提刀而立，為之四顧，為之～躇滿志，善刀而藏之。」（善：珍惜。）

躍 粵joek6〔弱〕/joek3〔約〕普yuè

❶跳躍。《莊子·逍遙遊》：「我騰～而上，不過數仞而下。」❷躍起，彈起。范仲淹《岳陽樓記》：「浮光～金。」❸上漲。桓寬《鹽鐵論·本議》：「則物騰～。」（物：物價。）

 辯 粵bin6〔辨〕普biàn

❶爭論，爭辯。《列子·湯問》：「孔子東游，見兩小兒～鬥。」❷解釋，辯解，有成語「百辭莫～」。陶潛《飲酒》（其五）：「此中有真意，欲～已忘言。」❸巧辯的說話。司馬遷《史記·滑稽列傳》：「優孟，故楚之樂人也。長

八尺，多～。」❹有口才，有成語「能言善～」。《史記·魏其武安侯列傳》：「魏其謝病，屏居藍田南山之下數月，諸賓客～士說之，莫能來。」（說：遊說。）❺動聽。《墨子·修身》：「務言而緩行，雖～必不聽。」❻通「辨」，分辨，區別，這個意思後來被寫成「辨」。《孟子·告子上》：「萬鍾則不～禮義而受之。」❼通「變」，變化，這個意思後來被寫成「變」。《莊子·逍遙遊》：「若夫乘天地之正，而御六氣之～。」（正：正氣。六氣：陰、陽、風、雨、晦、明。）

鐵 （粵）tit3〔退節切〕（普）tiě

❶一種金屬。紀昀《閱微草堂筆記·卷十六》：「曳～鈀，尋十餘里，無跡。」（曳：拖拉。鈀【（粵）paa4〔爬〕（普）pá】：通「耙」，一種農具。）❷借指兵器。魏禧《吾廬記》：「金～鳴於堂戶。」❸堅固。司馬遷《史記·蘇秦列傳》：「當敵則斬堅甲～幕。」（幕：作戰用的護甲。）❹副詞，堅定不移。劉勰《文心雕龍·祝盟》：「劉琨～誓。」（劉琨【（粵）kwan1〔昆〕（普）kūn】：人名，西晉末年武將。）

鐺 一 （粵）dong1〔噹〕（普）dāng

多與「鋃【（粵）long4〔狼〕（普）láng】」組成詞語「鋃～」，多指鐵鎖、鐵鏈等刑具，有成語「鋃～入獄」。范曄《後漢書·崔駰列傳》：「錮之，鋃～鐵鎖。」（錮：禁錮，囚禁。）

二 （粵）caang1〔撐〕（普）chēng

古代一種有腳的鍋。杜牧《阿房宮賦》：「鼎～玉石。」

闢 （粵）pik1〔霹〕（普）pì

❶開啟，打開。許慎《說文解字》：「～，開也。」歸有光《項脊軒志》：「前～四窗。」❷開闢，開墾，開設，有成語「開天～地」。《商君書·弱民》：「農～地，商致物，官治民。」❸駁斥，排除。《荀子·解蔽》：「～耳目之欲，可謂自彊矣。」（彊：通「強」。）

霸 （粵）baa3〔壩〕（普）bà

❶古時諸侯的首領，如「春秋五～」。韓非《韓非子·定法》：「故託萬乘之勁韓，十七年而不至於～王者。」（託：倚仗。）❷稱霸，當上盟主。司馬遷《史記·滑稽列傳》：「如孫叔敖之為楚相，盡忠為廉以治楚，楚王得以～。」❸能力超越他人。《史記·孔子世家》：「孔子為政必～。」

露 （粵）lou6〔路〕（普）lù

❶露水。許慎《說文解字》：「～，潤澤也。」蘇洵《六國論》：「暴霜～，斬荊棘。」❷露天，戶外，野外。《資治通鑑·晉紀·烈宗孝武皇帝上之下》：「草行～宿，重以飢凍，死者什七、八。」（重【（粵）cung4〔蟲〕（普）chóng】：加上。）❸顯露，暴露，露出。蒲松齡《聊齋誌異·狼三則》：「身已半入，止～

尻尾。」（止：只。尻【粵】haa1〔罅〕〔普〕kāo〕：屁股。）❹ 敗露。范曄《後漢書・皇甫嵩朱雋列傳》：「角等知事已～。」（角：指張角。）

嘖 〔粵〕fui3〔悔〕〔普〕huì

清洗臉龐。袁宏道《滿井遊記》：「如倩女之～面而髻鬟之始掠也。」（倩：漂亮。掠：梳理。）

響 〔粵〕hoeng2〔享〕〔普〕xiǎng

❶ 聲響，聲音。許慎《説文解字》：「～，聲也。」蘇軾《前赤壁賦》：「託遺～於悲風。」（遺～：指洞簫的聲音。）❷ 迴響，回音，回聲。酈道元《水經注・江水》：「空谷傳～，哀轉久絕。」❸ 發出聲音。王勃《滕王閣序》：「漁舟唱晚，～窮彭蠡之濱。」（彭蠡【粵】lai5〔禮〕〔普〕lǐ〕：鄱陽湖的別稱。濱：水邊。）

顧 〔粵〕gu3〔故〕〔普〕gù

❶ 回頭看。許慎《説文解字》：「～，還視也。」司馬遷《史記・廉頗藺相如列傳》：「相如～召趙御史書曰『某年月日，秦王為趙王擊缻』。」❷ 看，有成語「左～右盼」。《莊子・逍遙遊》：「其小枝卷曲而不中規矩，立之塗，匠者不～。」❸ 返回，回來，有成語「義無反～」。宋濂《杜環小傳》：「既而伯章見母老，恐不能行，竟紿以他事辭去，不復～。」（伯章：人名，即常允恭之弟常伯章。）❹ 拜訪，訪問，有成語「三～草廬」。

諸葛亮《出師表》：「三～臣於草廬之中。」❺ 照顧，關心。韓非《韓非子・十過》：「耽於女樂，不～國政，則亡國之禍也。」（耽【粵】daam1〔多貪切〕〔普〕dān〕：鍾情。）❻ 顧慮，顧念，有成語「奮不～身」。《史記・滑稽列傳》：「起而為吏，身貪鄙者餘財，不～恥辱。」❼ 副詞，相當於「不過」、「只是」。《史記・廉頗藺相如列傳》：「～吾念之，彊秦之所以不敢加兵於趙者，徒以吾兩人在也。」（彊：通「強」，強大。）❽ 副詞，反而。《史記・張儀列傳》：「今三川、周室，天下之朝市也，而王不爭焉，～爭於戎翟，去王業遠矣。」（三川：指河、洛、伊三條河流。戎翟：通「戎狄」，泛指外族。）❾ 副詞，難道。彭端淑《為學一首示子姪》：「～不如蜀鄙之僧哉？」（鄙：邊境。）

顥 〔粵〕hou4〔浩〕〔普〕hào

❶ 白色、潔白。屈原《大招》：「天白～～。」❷ 廣大，博大。柳宗元《永州八記・始得西山宴遊記》：「悠悠乎與～氣俱。」

饗 〔粵〕hoeng2〔享〕〔普〕xiǎng

❶ 以酒肉招待人。司馬遷《史記・項羽本紀》：「旦日～士卒，為擊破沛公軍！」（旦日：明日。沛公：指劉邦。）❷ 供奉鬼神。《禮記・月令》：「以共皇天、上帝、社稷之～。」（共：通「供」，供奉。

社稷：土地神與五穀神的合稱，借指國家。）❸通「享」，享受。《史記·河渠書》：「此渠皆可行舟，有餘則用溉浸，百姓～其利。」

驅 ⑧keoi1〔嶇〕⑯qū

❶驅馳，趕馬前進。許慎《說文解字》：「～，馬馳也。」諸葛亮《出師表》：「遂許先帝以～馳。」（～馳：奔走效勞。）❷前進。蒲松齡《聊齋誌異·狼三則》：「兩狼之並～如故。」❸驅趕，驅使。杜甫《兵車行》：「況復秦兵耐苦戰，被～不異犬與雞。」❹乘車。魏禧《吾廬記》：「～車瘴癘之鄉。」

驃 ⑧piu3〔破笑切〕/ biu1〔標〕⑯piào

有白色斑點的黃馬，亦指馬跑得很快的樣子，有詞語「～騎⑧gei6〔技〕/ kei3〔冀〕⑯jì」。許慎《說文解字》：「～，黃馬發白色。」司馬遷《史記·外戚世家》：「及衞皇后所謂姊衞少兒，少兒生子霍去病，以軍功封冠軍侯，號～騎將軍。」

驀 ⑧mak6〔默〕⑯mò

❶超越，越過。《敦煌變文集·伍子胥變文》：「今日登山～嶺。」（今天攀越山嶺。）❷副詞，突然，有成語「～然回首」。辛棄疾《青玉案·元夕》：「～然回首，那人卻在，燈火闌珊處。」

鰥 ⑧gwaan1〔關〕⑯guān

老而無妻，也指妻子已死的人。

《戰國策·齊策四》：「是其為人，哀～寡，卹孤獨，振困窮，補不足。」（哀：愛憐。卹：通「恤」，體血。）

黯 ⑧am2〔暗【陰上】〕⑯àn

❶深黑色，後指昏暗。許慎《說文解字》：「～，深黑也。」李華《弔古戰場文》：「～兮慘悴。」（悴⑧seoi6〔睡〕⑯cuì：憔悴。）❷沮喪，有詞語「～然」。柳永《玉蝴蝶》（其一）：「～相望。斷鴻聲裏，立盡斜陽。」

鼙 ⑧pei4〔皮〕⑯pí

戰鼓。許慎《說文解字》：「～，騎鼓也。」（騎⑧gei6〔技〕/ kei3〔冀〕⑯jì：戰馬。）白居易《長恨歌》：「漁陽～鼓動地來。」（漁陽：地名，在今北京密雲縣西南，是唐代安祿山和史思明發動安史之亂之地。）

二十二畫

儼 ⑧jim5〔染〕⑯yǎn

❶整頓。王勃《滕王閣序》：「～驂騑【⑧caam1 fei1〔攙飛〕⑯cān fēi】於上路。」（安頓好駕車的馬準備走山路。）❷整齊。陶潛《桃花源

記》：「土地平曠，屋舍～然。」

囊 〔粵〕nong4〔尼狼切〕〔普〕náng

❶口袋，袋子。許慎《說文解字》：「～，橐也。」（橐【粵tok3〔託〕〔普〕tuó】：袋子。）《世說新語‧德行》：「恆裝一～。」❷用袋裝着，有詞語「～括」。賈誼《過秦論》：「～括四海之意。」❸蒙起，罩着。柳宗元《童區寄傳》：「布～其口。」

孿 〔粵〕lyun4〔聯〕〔普〕luán

雙生，有詞語「～生」。許慎《說文解字》：「～，一乳兩子也。」《戰國策‧韓策三》：「夫～子之相似者，唯其母知之而已。」

巒 〔粵〕lyun4〔聯〕〔普〕luán

❶尖銳的小山。許慎《說文解字》：「～，山小而銳。」李白《夢遊天姥吟留別》：「丘～崩摧。」❷連綿不斷的山羣，有詞語「山～」。王勃《滕王閣序》：「層～聳翠，上出重霄。」（聳【粵sung2〔慫〕〔普〕sǒng】：高起。）

巔 〔粵〕din1〔顛〕〔普〕diān

山頂。李白《夢遊天姥吟留別》：「栗深林兮驚層～。」（栗：通「慄」，戰抖。）

彎 〔粵〕waan1〔灣〕〔普〕wān

❶拉弓。許慎《說文解字》：「～，持弓關矢也。」賈誼《過秦論》：「士不敢～弓而報怨。」（報怨：報仇。）❷彎曲。吳承恩《西遊記‧第二十回》：「崖後有～～曲曲藏龍洞。」

懿 〔粵〕ji3〔意〕〔普〕yì

❶美好。范曄《後漢書‧列女傳》：「以就～德。」（就：成就。）❷稱讚。《新唐書‧列女傳》：「高宗～其行。」

攢 〔粵〕cyun4〔全〕〔普〕cuán

聚集。柳宗元《永州八記‧始得西山宴遊記》：「尺寸千里，～蹙累積。」

權 〔粵〕kyun4〔拳〕〔普〕quán

❶砝碼，秤砣，秤錘。《新唐書‧孔穆崔柳楊馬傳》：「置～量於東西市，使貿易用之，禁私製者。」（權量：權與量，測定物體輕重、大小的器具。）❷權衡，稱量，衡量。《孟子‧梁惠王上》：「～，然後知輕重。」❸權勢，權力，有成語「位高～重」。劉基《郁離子‧卷上》：「家政不修，～歸下隸。」（下隸：僕人。）❹有權勢的，有詞語「～貴」。李白《夢遊天姥吟留別》：「安能摧眉折腰侍～貴，使我不得開心顏？」❺代理，兼任。阮閱《詩話總龜‧前集》：「時韓退之～京兆尹。」（韓退之：指韓愈。京兆尹：京師的首長。）❻權變，靈活性，有成語「～宜之計」。《孟子‧離婁上》：「男女授受不親，禮也；嫂溺援之以手者，～也。」（嫂：一般

婦女的敬稱。）❼副詞，權且，姑且，暫且。吳敬梓《儒林外史・第三回》：「弟卻也無以為敬，謹具賀儀五十兩，世先生～且收着。」（世先生：對有世交的人的敬稱。）

歡 ⦿fun1〔寬〕⦿huān

❶歡樂，喜悅。許慎《說文解字》：「～，喜樂也。」李白《月下獨酌》（其一）：「醒時同交～，醉後各分散。」❷友好，交好。司馬遷《史記・屈原賈生列傳》：「懷王稚子子蘭勸王行：『奈何絕秦～！』」（懷王：指楚懷王。）❸古時女子對戀人的稱呼，有成語「舊愛新～」。劉禹錫《踏歌詞》：「唱盡新詞～不見。」

灑 ⦿saa2〔耍〕⦿sǎ

❶潑水。《舊唐書・文苑傳下》：「以水～面。」❷散落。杜甫《茅屋為秋風所破歌》：「茅飛度江～江郊。」❸揮寫。李白《獻從叔當塗宰陽冰》：「落筆～篆文。」

疊 ⦿dip6〔碟〕⦿dié

❶重疊，層層堆積。酈道元《水經注・江水》：「重巖～嶂，隱天蔽日。」（嶂⦿zoeng3〔障〕⦿zhàng：屏風似的山。）❷層次，多用於山。李白《廬山謠寄盧侍御虛舟》：「屏風九～雲錦張。」❸樂曲重複地演奏、演唱，如樂曲《陽關三～》。白居易《何滿子》：「一曲四調歌八～。」❹副詞，交疊、接連。《清史稿・穆宗本紀二》：「水旱～見。」（見【⦿jin6〔現〕⦿xiàn：出現。）

皭 ⦿ziu3〔照〕⦿jiào

潔白，潔淨。司馬遷《史記・屈原賈生列傳》：「～然泥而不滓者也。」（滓【⦿zi2〔止〕⦿zǐ：染黑。）

穰 ⦿joeng4〔楊〕⦿ráng

豐收。韓非《韓非子・五蠹》：「～歲之秋，疏客必食。」（疏客：不熟悉的客人。食【⦿zi6〔字〕⦿sì：給他人吃。）

籟 ⦿laai6〔賴〕⦿lài

❶古代一種三孔管樂器。許慎《說文解字》：「～，三孔龠也。」（龠【⦿joek6〔若〕⦿yuè：古代一種像笛子的樂器。）王勃《滕王閣序》：「爽～發而清風生。」❷孔穴中發出的聲響，後泛指自然界的聲響，有成語「萬～俱寂」。歸有光《項脊軒志》：「萬～有聲。」

聽 ⦿ting1〔他晶切〕⦿tīng

❶聆聽，耳聽。許慎《說文解字》：「～，聆也。」《論語・顏淵》：「非禮勿視，非禮勿～。」❷聽力，見聞。諸葛亮《出師表》：「誠宜開張聖～。」❸聽從，接受。韓非《韓非子・五蠹》：「民固驕於愛，～於威矣。」❹聽信。司馬遷《史記・屈原賈生列傳》：「懷王竟～鄭袖，復釋去張儀。」（懷王：指楚懷王。

鄭袖：楚懷王的寵妃。）❺治理，處理，有詞語「～訟」。《論語·顏淵》：「～訟，吾猶人也，必也使無訟乎！」（審案，我跟別人一樣，都是希望沒有案件！）

二 粵ting3〔替性切〕普tīng

❶聽憑，聽任。班固《漢書·薛宣朱博傳》：「賣買～任富吏。」❷辦理、治理。《國語·周語上》：「故天子～政。」

襲 粵zaap6〔雜〕普xí

❶計算全套衣服的單位。歸有光《歸氏二孝子傳》：「每製衣，必三～，令兄弟均平。」❷加一件外衣。《禮記·內則》：「寒不敢～，癢不敢搔。」❸重疊，重複。司馬遷《史記·屈原賈生列傳》：「重仁～義兮，謹厚以為豐。」❹沿襲，因循。《史記·樂書》：「五帝、三王，樂各殊名，示不相～。」❺承襲，繼承。《史記·秦始皇本紀》：「太子胡亥～位，為二世皇帝。」❻襲擊，偷襲，乘人不備發動進攻。《史記·屈原賈生列傳》：「魏聞之，～楚至鄧。」（鄧：古地名，在今河南省。）❼侵襲，有成語「香氣～人」。屈原《楚辭·九歌·少司命》：「芳菲菲兮～予。」（芳：香氣。予【粵jyu4〔餘〕普yú】：我。）

讀 一 粵duk6〔獨〕普dú

❶照着文字念，後指閱讀，看書。許慎《說文解字》：「～，誦書也。」戴名世《南山集·鳥說》：「余～書之室，其旁有桂一株焉。」❷研究。《孟子·萬章下》：「頌其詩，～其書。」

二 粵dau6〔逗〕普dòu

斷句，句中語意未完，誦讀時須停頓的地方，有詞語「句～」。韓愈《師說》：「授之書而習其句～者。」

贖 粵suk6〔熟〕普shú

❶贖回，用財物換回抵押的人或物品。許慎《說文解字》：「～，貿也。」韓愈《柳子厚墓誌銘》：「其俗以男女質錢解錢，約不時～，子本相侔，則沒為奴婢。」（當地風俗以子女作為抵押來借錢，約定期限不能按時贖回子女，到了利息和本錢相等時，就會沒收所抵押的人為奴婢。）❷贖罪，用財物或某種行動抵償刑罰。司馬遷《報任少卿書》：「家貧，貨賂不足以自～。」（貨賂【粵lou6〔路〕普lù】：以財貨賄賂。自～：按漢律，犯死罪者可用五十萬錢贖罪。）

轡 粵bei3〔臂〕普pèi

駕馭馬的韁繩。《木蘭辭》：「南市買～頭，北市買長鞭。」（～頭：套馬用的韁繩和籠頭。）

鑄 粵zyu3〔注〕普zhù

❶用金屬鑄造。范曄《後漢書·張衡列傳》：「復造候風地動儀。以精銅～成，員徑八尺。」（員徑：直徑。）❷培養，造就。劉勰《文心雕龍·徵聖》：「陶～性情。」

鑊 （粵）wok6〔獲〕（普）huò

❶古時烹煮用的大鍋。許慎《説文解字》：「～，鑴也。」（鑴【粵】kwai4〔攜〕（普）xī〕：鼎之類的大鍋。）《呂氏春秋·慎大覽·察今》：「嘗一胾肉，而知一～之味。」（胾【粵】lyun5〔李軟切〕（普）liè）：切成小塊的肉。）❷古代一種烹人的刑具。司馬遷《史記·廉頗藺相如列傳》：「臣知欺大王之罪當誅，臣請就湯～。」

鑑 （鑒） （粵）gaam3〔擄喊切〕（普）jiàn

❶古代用來盛水或冰的大盆，後指鏡子。許慎《説文解字》：「～，大盆也。」《新唐書·魏徵傳》：「以銅為～，可正衣冠。」❷照影，照看。俞長城《全鏡文》：「～於水者，見其容也。」❸監察，審察。李密《陳情表》：「皇天后土，實所共～。」❹鑑戒。杜牧《阿房宮賦》：「後人哀之，而不～之，亦使後人而復哀後人也。」❺借鑑，借鏡。《新唐書·魏徵傳》：「以古為～，可知興替；以人為～，可明得失。」❻鑑別力。《梁書·到洽傳》：「樂安任昉有知人之～。」

霽 （粵）zai3〔際〕（普）jì

❶雨出天放晴。許慎《説文解字》：「～，雨止也。」王勃《滕王閣序》：「雲銷雨～，彩徹區明。」（銷：通「消」，消失。彩：陽光。）❷晴朗。晴朗。祖詠《清明宴司勳劉郎中別業》：「～日園林好。」

韃 （粵）taat3〔撻〕（普）dá

古代漢人對北方異族的稱呼，有詞語「～子」、「～靼（粵）daat3〔對剎切〕（普）dá〕（唐末蒙古種族之一。）」等。

驕 （粵）giu1〔嬌〕（普）jiāo

❶驕傲，驕縱，有成語「～兵必敗」。杜牧《阿房宮賦》：「獨夫之心，日益～固。」（獨夫：指秦始皇。固：頑固。）司馬光《訓儉示康》：「何曾日食萬錢，至孫以～溢傾家。」❷輕視。李華《弔古戰場文》：「主將～敵。」❸通「嬌」，寵愛，嬌慣，有成語「天之～子」。姚瑩《捕鼠説》：「卧榻撫弄以～之。」（榻【粵】taap3〔塔〕（普）tà）：牀。之：指貓。）❹強烈，猛烈，有詞語「～陽」。杜甫《阻雨不得歸瀼西甘林》：「三伏適已過，～陽化為霖。」（三伏：初伏、中伏和末伏的合稱，是一年中最熱的時節。）

鬻 一 （粵）zuk1〔竹〕（普）zhōu

通「粥」，稀粥。陳壽《三國志·魏書·袁張涼國田王邴管傳》：「飯～餬口。」（餬口：填飽肚子。）

二 （粵）juk6〔肉〕（普）yù

❶出售，有成語「賣官～爵」。《莊子·逍遙遊》：「今一朝而～技百金。」❷購買。劉基《賣柑者言》：「置於市，賈十倍，人爭～之。」

（賈：通「價」，價格。之：指柑。）

（粵）bit3〔臂結切〕（普）biē

甲魚，水魚。《孟子・梁惠王上》：「魚～不可勝食也。」

（粵）zi3〔志〕（普）zhì

本指兇猛的鳥類，後引申為兇猛。李華《弔古戰場文》：「～鳥休巢。」（休巢：在巢中休息。）

（粵）jyu5〔宇〕（普）yǔ

本指牙齒上下不對齊，後多與「齟【粵zeoi2〔嘴〕普jǔ】」組成詞語「齟～」，借指意見不合，見第420頁「齟」字條。許慎《說文解字》：「～，齒不相值也。」

（粵）ham1〔堪〕（普）kān

供奉神佛的石室或小閣，塔下小屋，今有詞語「骨灰～」。薛瑄《遊龍門記》：「有石～窿然若大屋。」

二十三畫

（岩）（粵）ngaam4〔癌〕（普）yán

❶高峻的山崖。《列子・湯問》：「卒逢暴雨，止於～下。」（卒【粵cyut3〔撮〕普cù】：突然。）❷高峻。《孟子・盡心上》：「是故知命

者，不立乎～牆之下。」❸洞穴，山洞。歐陽修《醉翁亭記》：「雲歸而～穴暝。」❹岩石。司馬遷《史記・高祖本紀》：「隱於芒、碭山澤～石之閒。」

（粵）lyun4〔聯〕（普）luán

手足因抽搐而彎曲不能伸直，有詞語「痙～」。范曄《後漢書・楊震列傳》：「彪見漢祚將終，遂稱腳～不復行。」（彪：即張彪，東漢桓帝時的南陽太守。）

攫 （粵）fok3〔霍〕（普）jué

本指鳥獸以爪抓取獵物，後泛指奪取。薛福成《貓捕雀》：「貓奮～之。」（貓拚命抓取牠們。）

竊 （粵）sit3〔屑〕（普）qiè

❶偷竊，盜竊。范曄《後漢書・荀韓鍾陳列傳》：「自是一縣無復盜～。」❷篡奪政權。《莊子・胠篋》：「～國者為諸侯。」❸副詞，偷偷地，暗中，有成語「～～私語」。司馬遷《史記・廉頗藺相如列傳》：「臣嘗有罪，～計欲亡走燕。」❹副詞，私下，用來謙指自己的見解並不確定。《史記・廉頗藺相如列傳》：「臣～以為其人勇士，有智謀，宜可使。」

纓 （粵）jing1〔英〕（普）yīng

❶繫帽的帶子。許慎《說文解字》：「～，冠系也。」宋濂《送東陽馬生序》：「戴朱～寶飾之帽。」（朱：

紅色。）❷綁人用的長繩，有詞語「請～」。王勃《滕王閣序》：「一介書生，無路請～。」（請纓：漢武帝時，年僅十九歲的終軍向朝廷自薦出使南越，更向武帝表示只要一根長繩，即能綁着南越王返回漢宮闕下。）❸捆綁。文天祥《正氣歌》：「楚囚～其冠。」

纖　（粵）cim1〔簽〕（普）xiān

❶纖細，細小。許慎《説文解字》：「～，細也。」張若虛《春江花月夜》：「江天一色無～塵，皎皎空中孤月輪。」❷細微、輕微。黃宗羲《明夷待訪錄·原臣》：「雖有誠臣，亦以為～芥之疾也。」（芥：比喻細微。疾：問題，毛病。）❸節儉，吝嗇。《管子·五輔》：「～嗇省用，以備饑饉。」

蠱　（粵）gu2〔古〕（普）gǔ

❶古人用來害人的毒蟲。許慎《説文解字》：「～，腹中蟲也。」班固《漢書·武帝紀》：「諸邑公主、陽石公主皆坐巫～死。」（坐：干犯罪行。）❷誘惑，勾引，有成語「～惑人心」。《墨子·非儒下》：「孔丘盛容脩飾以～世。」（孔丘：指孔子。脩：通「修」。）

變　（粵）bin3〔祕綫切〕（普）biàn

❶變更，變化，改變。許慎《説文解字》：「～，更也。」杜甫《登樓》：「玉壘浮雲～古今。」❷變通，機變。司馬遷《史記·范雎蔡澤列傳》：「進退盈縮，與時～化，聖人之常道也。」❸事變，兵亂。方勺《青溪寇軌》：「中原不堪，必生內～。」❹突發事件。歸有光《歸氏二孝子傳》：「遭罹屯～。」（罹【粵】lei4〔籬〕【普】lí：遭受。屯【粵】zeon1〔津〕【普】zhūn：艱難。）❺災變，反常的自然現象。《荀子·天論》：「星之隊，木之鳴，是天地之～。」（隊：通「墜」，下墜。）❻變詐，詭變。蒲松齡《聊齋誌異·狼三則》：「禽獸之～詐幾何哉？」

讎　（粵）cau4〔籌〕（普）chóu

❶通「仇」，仇敵，仇恨，這個意思後來被寫成「仇」。司馬遷《史記·廉頗藺相如列傳》：「以先國家之急而後私～也。」❷校讎，校對，校勘。《新唐書·王薛馬韋傳》：「召入祕書內省，～定羣書。」

邐　（粵）lei5〔李〕（普）lǐ

多與「迤【粵】ji5〔耳〕（普）yǐ」組成詞語「～迤」，表示連綿不斷，到處都是，見第124頁「迤」字條。

鑠　（粵）soek3〔削〕（普）shuò

❶熔化金屬。許慎《説文解字》：「～，銷金也。」韓非《韓非子·五蠹》：「～金百溢。」（溢：通「鎰」，古代重量單位。）❷削弱。《戰國策·秦策五》：「秦先得齊、宋，則韓氏～，韓氏～，則楚孤而受兵也。」❸給予。《孟子·告子上》：「仁義禮智，非由外～我也，

我固有之也。」

顯 （粵）hin2〔遣〕（普）xiǎn

❶明顯，顯著。劉勰《文心雕龍·檄移》：「陸機之《移百官》，言約而事～。」❷顯露。劉知幾《史通·敍事》：「而言有關涉，事便～露。」❸顯揚，顯耀。司馬遷《史記·管晏列傳》：「知我不羞小節而恥功名不～于天下也。」❹顯赫，尊顯。《孟子·離婁下》：「問其與飲食者，盡富貴也，而未嘗有～者來。」

厭 （粵）jim3〔厭〕（普）yàn

❶飽吃。《孟子·離婁下》：「齊人有一妻一妾而處室者，其良人出，則必～酒肉而後反。」（良人：丈夫。）❷滿足。《孟子·梁惠王上》：「苟為後義而先利，不奪不～。」

驚 （粵）ging1〔經〕（普）jīng

❶馬受驚，後來泛指受驚嚇、震驚。許慎《說文解字》：「～，馬駭也。」（駭【粵】haai5〔蟹〕（普）hài：受驚嚇。）陸以湉《冷廬雜識·卷七·陳忠愍公》：「民聞公死，皆大～曰：『長城壞矣！』」（公：指陳化成。壞：崩塌。）❷驚訝。陶潛《桃花源記》：「見漁人，乃大～，問所從來。」❸驚怕，驚慌，害怕。范曄《後漢書·荀韓鍾陳列傳》：「盜大～，自投於地。」❹驚擾，震動，泛起，有成語「打草

～蛇」。范仲淹《岳陽樓記》：「至若春和景明，波瀾不～。」❺猛烈，兇猛。蘇軾《念奴嬌·赤壁懷古》：「亂石崩雲，～濤裂岸，捲起千堆雪。」

驛 （粵）jik6〔譯〕（普）yì

❶驛馬，供傳遞公文或官員來往而使用的馬。《魏書·裴宣傳》：「患篤，世宗遣太醫令馳～就視，並賜御藥。」（馳：騎乘。）❷以驛馬傳送的。《資治通鑑·晉紀·烈宗孝武皇帝上之下》：「謝安得～書，知秦兵已敗。」（秦：指五胡十六國時的前秦。）❸驛使，驛站上傳送公文的人。范曄《後漢書·張衡列傳》：「嘗一龍機發而地不覺動，京師學者咸怪其無徵，後數日～至，果地震隴西，於是皆服其妙。」❹驛站，供傳送公文的人或往來官員換馬，暫時休息的地方。岑參《武威送劉單判官赴安西行營便呈高開府》：「寒～遠如點，邊烽互相望。」

驗 （粵）jim6〔豔〕（普）yàn

❶證據，憑證。韓非《韓非子·顯學》：「無參～而必之者，愚也，弗能必而據之者，誣也。」（必：堅決做到。誣：欺騙。）❷驗證，檢驗。《呂氏春秋·審分覽·知度》：「故有職者安其職，不聽其議；無職者責其實，以～其辭。」❸試探。司馬遷《史記·秦始皇本紀》：「趙高欲為亂，恐羣臣不聽，

二十三畫

乃先設～。」（聽：聽從。設：設下計謀。）❹預期的效果，有詞語「應～」。陳壽《三國志・吳書・吳主傳》：「表説水旱小事，往往有～。」（表：指王表，三國時代吳國人，自稱為神仙。）

髓 （粵）seoi5〔緒〕（普）suǐ

❶骨髓，骨頭深處的膠狀物質，有成語「食～知味」。司馬遷《史記・淮陰侯列傳》：「秦父兄怨此三人，痛入骨～。」（指極度痛恨。）❷後比喻為膏脂狀的物質，以及人民辛苦換來的財富。陸以湉《冷廬雜識・卷七・陳忠愍公》：「官兵都吸民膏～，陳公但飲吳淞水。」（陳公：指陳化成。但：只。）❸比喻事物的精要部分，有詞語「精～」、「神～」等。李咸用《讀修睦上人歌篇》：「筆頭滴滴文章～。」

體 （粵）tai2〔睇〕（普）tǐ

❶身體的各部分，有成語「五～投地」。許慎《説文解字》：「～，總十二屬也。」（總：通「總」。）段玉裁《説文解字注》：「十二屬許未詳言，今以人～及許書覈之，首之屬有三：曰頂、曰面、曰頤；身之屬三：曰肩、曰脊、曰尻。手之屬三：曰厷、曰臂、曰手；足之屬三：曰股、曰脛、曰足。合《説文》全書求之，以十二者統之。」《孟子・公孫丑上》：「人之有是四端也，猶其有四～也。」（四體：四肢。）❷泛指身體，軀體。歸

光《歸氏二孝子傳》：「面黃而～瘠小。」❸身份，地位。《孟子・告子上》：「～有貴賤。」❹主體，實體，根本。諸葛亮《出師表》：「宮中府中，俱為一～。」❺形體。王勃《滕王閣序》：「桂殿蘭宮，即岡巒之～勢。」❻文體，體裁。劉勰《文心雕龍・議對》：「事實允當，可謂達議～矣。」（議：奏議之類的文體。）❼實行，體驗，有成語「身～力行」。《淮南子・氾論訓》：「故聖人以身～之。」

鱗 （粵）leon4〔輪〕（普）lín

魚鱗，亦借指魚。許慎《説文解字》：「～，魚甲也。」范仲淹《岳陽樓記》：「錦～游泳。」

麟 （粵）leon4〔輪〕（普）lín

多與「麒（粵）kei4〔旗〕（普）qí」組成詞語「麒～」，指傳説中的仁獸，見第411頁「麒」字條。

二十四畫

攬 （粵）laam5〔覽〕（普）lǎn

❶收羅，把持，有詞語「包～」。李白《愁陽春賦》：「若使春光可～而不滅兮，吾欲贈天涯之佳人。」❷採摘。屈原《楚辭・離騷》：「夕～

洲之宿莽。」（宿莽：一種香草。）
❸拿起。《古詩十九首·明月何皎皎》：「憂愁不能寐，～衣起徘徊。」（寐【粵】mei6〔昧〕【普】mèi】：睡覺。）
❹通「覽」，觀看，閱讀，這個意思後來被寫成「覽」。魏禧《吾廬記》：「～風土之變。」

矗　【粵】cuk1〔速〕【普】chù

矗立，高聳，直立。杜牧《阿房宮賦》：「蜂房水渦，～不知乎幾千萬落。」（蜂房水渦：比喻宮殿裏的樓閣密集。落：間。）

羈　【粵】gei1〔機〕【普】jī

❶本指馬籠頭，即套住馬口的嘴套，後比喻束縛，有成語「放蕩不～」。姚瑩《捕鼠說》：「苟暫～而少飼之。」（苟：姑且。少：稍為。）❷扣押，有詞語「～留」、「～押」等。方苞《獄中雜記》：「別置一所以～之，手足毋械。」（毋：不用。械：戴上鐐銬。）❸停留。《獄中雜記》：「行刑人先俟於門外，命下，遂縛以出，不～晷刻。」（晷【粵】gwai2〔鬼〕【普】guǐ】刻：片刻。）❹寄居在外，有成語「～旅行役」。《晉書·陸機傳》：「既而～寓京師。」

艷　【粵】jim6〔驗〕【普】yàn

通「豔」，見第439頁「豔」字條。

　【粵】dou3〔到〕【普】dù

❶蛀蟲，後比喻侵耗國家或人民財物的人。許慎《說文解字》：「～，木中蟲。」韓非《韓非子·五蠹》：「此五者，邦之～也。」❷蛀蝕。《呂氏春秋·季春紀·盡數》：「流水不腐，戶樞不～，動也。」（樞【粵】syu1〔書〕【普】shū】：門戶的轉軸。）

衢　【粵】keoi4〔渠〕【普】qú

四通八達的大路。許慎《說文解字》：「四達謂之～。」魏禧《吾廬記》：「屍交於～。」

讓　【粵】joeng6〔樣〕【普】ràng

❶責備，責怪。許慎《說文解字》：「～，相責～。」魏禧《吾廬記》：「客有～余者曰。」❷辭讓，謙讓，有成語「孔融～梨」。《孟子·公孫丑上》：「辭～之心，禮之端也。」❸特指天子讓位，有詞語「禪【粵】sin6〔善〕【普】shàn】～」。《莊子·逍遙遊》：「堯～天下於許由。」（許由：傳說中的隱士。）❹迴避，拒絕。司馬遷《史記·屈原賈生列傳》：「知死不可～兮，願勿愛兮。」（愛：愛惜。）

讒　【粵】caam4〔慚〕【普】chán

❶說壞話陷害人。司馬遷《史記·屈原賈生列傳》：「上官大夫見而欲奪之，屈平不與，因～之曰。」❷讒言，毀謗、陷害別人的話。蘇洵《六國論》：「洎牧以～誅。」❸說壞話的小人。王充《論衡·答佞》：「～與佞，俱小人也。」

讖 （粵）cam3〔翅滲切〕/ caam3〔杉〕（普）chèn

預測災異吉凶的言論或徵兆，有成語「一語成～」。范曄《後漢書·光武帝紀上》：「宛人李通等以圖～說光武云：『劉氏復起，李氏為輔。』」（宛：地名。圖～：古人所編造的關於帝王受命一類的隱語、預言。）

釀 （粵）joeng6〔樣〕（普）niàng

❶釀酒。許慎《說文解字》：「作酒曰～。」歐陽修《醉翁亭記》：「～泉為酒。」❷借指酒，有詞語「佳～」。《世說新語·賞譽》：「見何次道飲酒，使人欲傾家～。」（何次道：即何充，東晉宰相，極能飲酒。）

 靄 （粵）oi2〔藹〕（普）ǎi

煙霧，雲氣。許慎《說文解字》：「～，雲皃。」（皃：通「貌」，樣子。）柳永《雨霖鈴》：「念去去、千里煙波，暮～沉沉楚天闊。」

 靈 （粵）ling4〔鈴〕（普）líng

❶本指女巫，後引申為神靈。李白《西嶽雲台歌送丹丘子》：「巨～咆哮擘兩山。」（擘【粵】maak3〔抹隔切〕（普）bò】：分裂。）❷靈驗。司馬遷《史記·龜策列傳》：「龜藏則不～。」❸靈魂，鬼魂。諸葛亮《出師表》：「不效，則治臣之罪，以告先帝之～。」❹與死人有關的。曹植《贈白馬王彪》（其五）：「～柩寄京師。」（柩【粵】gau3〔究〕（普）jiù】：裝着屍體的棺材。）❺生命，生靈，借指百姓。李華《弔古戰場文》：「荼毒生～，萬里朱殷。」（朱殷：借指鮮血。）❻靈秀，有詞語「～氣」。劉禹錫《陋室銘》：「水不在深，有龍則～。」❼美好。王勃《滕王閣序》：「人傑地～。」❽靈敏，靈巧，有成語「心～手巧」。馬中錫《中山狼傳》：「龜蛇固弗～於狼也。」❾明白事理，有成語「冥頑不～」。韓愈《祭鱷魚文》：「則是鱷魚冥頑不～。」（冥：愚昧。）❿清晰，清楚。俞長城《全鏡文》：「水清故～。」

 顰 （粵）pan4〔貧〕（普）pín

皺眉，有成語「東施效～」。《莊子·天運》：「西施病心而～其里。」（里：鄉村。）

驟 （粵）zau6〔就〕/ zaau6〔嘲陽去〕（普）zhòu

❶馬快跑，泛指奔馳。許慎《說文解字》：「～，馬疾步也。」（疾：快。）《莊子·齊物論》：「魚見之深入，鳥見之高飛，麋鹿見之決～。」（麋【粵】mei4〔眉〕（普）mí】：鹿的一種。）❷急速。李清照《如夢令》：「昨夜雨疏風～。」❸副詞，忽然，突然，有詞語「～雨」。蘇軾《前赤壁賦》：「知不可乎～得。」（～得：借指輕易得到。）❹副詞，常常，屢次。《呂氏春秋·離俗覽·適威》：「～戰而～勝，國家之福也。」

鬢 粵ban3〔鬢〕 普bìn

近耳旁兩頰上的頭髮。許慎《説文解字》:「～,頰髮也。」(頰 粵gaap3〔甲〕 普jiá:臉的兩側。)白居易《賣炭翁》:「兩～蒼蒼十指黑。」

二十五畫

廳 粵teng1〔艇【陰平】〕 普tīng

❶屋內的正堂。歸有光《項脊軒志》:「雞棲於～。」❷官府辦公的地方。司馬光《訓儉示康》:「居第當傳子孫,此為宰相～事誠隘。」(居第:住宅。誠隘:的確狹小。)

籬 粵lei4〔梨〕 普lí

籬笆。陶潛《飲酒》(其五):「採菊東～下。」

蠻 粵maan4〔麻煩切〕 普mán

❶南方外族的舊稱。許慎《説文解字》:「～,南～。」王勃《滕王閣序》:「控～荊而引甌越。」(荊:春秋、戰國時代楚國的別稱。引:連接。甌【粵au1〔歐〕 普ōu】越:古代居於浙江一帶的外族。)❷外族的泛稱,有詞語「～夷」。陳壽《三國志‧吳書‧陸遜傳》:「內懷

百～。」(懷:安撫。)❸落後的,未開化的,有詞語「～荒」。柳宗元《柳州賀破東平表》:「臣守在～荒,獲承大慶。」

觀 一 粵gun1〔官〕 普guān

❶觀察,考察,有成語「察言～色」。許慎《説文解字》:「～,諦視也。」(諦【粵dai3〔帝〕 普dì】:仔細。)司馬遷《史記‧廉頗藺相如列傳》:「臣～大王無意償趙王城邑。」❷觀看,看,有成語「坐井～天」。劉球《南岐瘦者説》:「羣小子、婦人聚～而笑之曰。」❸觀賞。宋濂《猿説》:「猿毛若金絲,閃閃可～。」❹景觀,景物,有成語「洋洋大～」。范仲淹《岳陽樓記》:「此則岳陽樓之大～也,前人之述備矣。」❺觀摩,學習。范曄《後漢書‧張衡列傳》:「因入京師,～太學。」❻閱覽,閱讀。宋濂《送東陽馬生序》:「家貧,無從致書以～。」(致:取得。)❼顯示,炫耀。《左傳‧僖公四年》:「～兵於東夷。」

二 粵gun3〔罐〕 普guàn

❶宗廟或宮廷大門外兩旁的高建築物。《禮記‧禮運》:「出游於～之上。」❷宮廷中高大華麗的建築物。《史記‧廉頗藺相如列傳》:「今臣至,大王見臣列～。」❸道觀,道教的廟宇。劉禹錫《元和十年自朗州至京戲贈看花諸君子》:「玄都～裏桃千樹,盡是劉郎去後栽。」(玄都觀:位於唐代長安城

南門外。劉郎：指劉禹錫自己。）

躡 ⑧nip6〔捏〕⑧niè

❶踩踏。許慎《説文解字》：「～，蹈也。」賈誼《過秦論》：「～足於行伍之間。」（～足：指出身。行伍：軍隊。）❷穿着鞋子。司馬光《訓儉示康》：「農夫～絲履。」❸登上。《宋書·謝靈運傳》：「登～常着木履。」（登～：指登山。）❹跟蹤。陳壽《三國志·吳書·陸遜傳》：「抗使輕兵～之。」❺古代織布機的踏板。裴松之《三國志·魏晉·方技傳·注》：「舊綾機五十綜者五十～。」（綜【⑧zung3〔眾〕⑧zōng】：織布機上使經、緯線交織的裝置。）

釁 ⑧jan6〔孕〕⑧xìn

❶古代祭祀儀式，把牲畜的血塗在新製的器皿上。許慎《説文解字》：「～血祭也。」孟軻《孟子·梁惠王上》：「將以～鐘。」❷塗抹。賈誼《治安策》：「豫讓～面吞炭。」（豫【⑧jyu6〔預〕⑧yù】讓：春秋時代晉國的著名刺客。）❸裂縫，空隙。陳壽《三國志·吳書·吳主傳》：「逆臣承～，劫奪國柄，始於董卓。」❹災禍。《三國志·吳書·陸遜傳》：「近覽劉氏傾覆之～。」❺徵兆，命運。李密《陳情表》：「臣以險～。」（以：因為。）❻爭端。李伯元《文明小史·第三十八回》：「實在因為我們國家的勢力弱到這步田地，還能夠同人家

挑～嗎？」

饟 ⑧hoeng2〔享〕⑧xiǎng

送食物給他人。韓非《韓非子·五蠹》：「故饑歲之春，幼弟不～。」

鬣 ⑧lip6〔獵〕⑧liè

❶鬍鬚。《左傳·昭公七年》：「使長～者相。」❷鬃毛，動物頸部的毛。袁宏道《滿井遊記》：「麥田淺～寸許。」（麥田裏猶如馬匹鬃毛般短的幼苗，只有大約一寸長。）❸魚類接近腮部的魚鰭，也借指魚類。《滿井遊記》：「毛羽鱗～之間皆有喜氣。」（毛羽：飛鳥。鱗～：游魚。）

二十六畫

矚 ⑧zuk1〔竹〕⑧zhǔ

注視，細看，有詞語「～目」。蒲松齡《聊齋誌異·促織》：「細～景狀，與村東大佛閣真逼似。」（逼：非常。）

驥 ⑧kei3〔冀〕⑧jì

❶駿馬。許慎《説文解字》：「～，千里馬也。」司馬遷《史記·屈原賈生列傳》：「伯樂既歿兮，～將焉程兮？」（伯樂：春秋時代的著名

相馬師。）❷比喻傑出的人才。《晉書・虞預傳》：「世不乏～，求則可致。」

慢，褻瀆。《公羊傳・桓公八年》：「～則不敬。」❹濫用，有成語「窮兵～武」。柳宗元《駁復讎議》：「～刑甚矣。」❺貪求。柳宗元《封建論》：「列侯驕盈，～貨事戎。」

二十七畫

躪 （粵）leon6〔吝〕（普）lìn

❶多與「蹂【粵jau4〔柔〕普róu】」組成詞語「蹂～」，表示踐踏，見第 358 頁「蹂」字條。❷傷害、欺壓。《新唐書・后妃傳上》：「恐百歲後為唐宗室～藉無死所。」（恐怕死後被唐朝宗室傷害得死無葬身之地。）

鑽 （粵）zyun1〔專〕（普）zuān

❶以鑽子在物體旋轉穿洞。許慎《說文解字》：「～，所以穿也。」邯鄲淳《笑林》：「命門人～火。」❷鑽研，深入研究。《論語・子罕》：「仰之彌高，～之彌堅。」（孔子的學問越仰望越覺得高聳，越鑽研越覺得深厚。）

黷 （粵）duk6〔獨〕（普）dú

❶污點。傅亮《潘尚書僕射表》：「下招私～。」（對下招來私生活上的污點。）❷污濁。孔稚圭《北山移文》：「先貞而後～。」（先前堅貞，後來卻變成污穢了。）❸輕

二十八畫

豔 （粵）jim6〔驗〕（普）yàn

❶長得漂亮，有詞語「～麗」。許慎《說文解字》：「～，好而長也。」《左傳・桓公元年》：「美而～。」❷色彩鮮明。劉孝威《都縣遇見人織率爾寄婦》：「～彩裾邊出。」（裾【粵geoi1〔居〕普jū】：古代一種有前後襟的衣服。）❸羨慕，有詞語「～羨」。宋濂《送東陽馬生序》：「略無慕～意。」

鑿 （粵）zok6〔寂寞切〕（普）záo

❶鑿子，穿孔用的工具。劉基《郁離子・卷上》：「執斧～而坐。」❷開鑿，鑿穿，有成語「～壁偷光」。司馬遷《史記・滑稽列傳》：「西門豹即發民～十二渠，引河水灌民田，田皆溉。」❸為求合於義理而牽強附會，有成語「穿～附會」。王充《論衡・奇怪》：「儒生穿～，因造禹、契逆生之說。」（逆生：一種疾病名稱，指母親分娩時

孩子的腳先落地，頭部後出。）

二十九畫

 （粵）cyun3〔寸〕（普）cuàn

❶煮食。許慎《説文解字》：「～，齊謂之炊～。」（炊：煮食。）《左傳·宣公十五年》：「易子而食，析骸以～。」（易：交換。析：拆開。骸【粵】haai4〔鞋〕（普）hái：骸骨。）❷爐灶。歸有光《項脊軒志》：「迨諸父異爨～。」（迨【粵】doi6〔代〕（普）dài：等到。異～：分灶做飯，指分家。）

驪 （粵）lei4〔離〕（普）lí

❶並列。班固《漢書·王莽傳上》：「～馬二駟。」（駟【粵】si3〔嗜〕（普）sì：四匹馬拉的車。）❷山名，即驪山，在今陝西省臨潼縣，周幽王死於山下，秦始皇葬於此。司馬遷《史記·周本紀》：「遂殺幽王～山下。」

鬱 （粵）wat1〔鷸【陰入】〕（普）yù

❶樹木茂盛的樣子，有成語「～～蒼蒼」。許慎《説文解字》：「～，木叢生者。」蘇軾《前赤壁賦》：「山川相繆，～乎蒼蒼。」（繆【粵】liu4〔聊〕（普）liáo：通「繚」；纏繞。）

❷鬱悶，有詞語「～～寡歡」。《管子·內業》：「暴傲生怨，憂～生疾。」❸怨恨。《呂氏春秋·仲夏紀·侈樂》：「故樂愈侈，而民愈～，國愈亂。」（侈【粵】ci2〔此〕（普）chǐ：過分。）❹積累，有詞語「～結」。班固《漢書·賈鄒枚路傳》：「故盛服先生不用於世，忠良切言皆～於胸。」（盛服：穿着整齊莊重。）

三十畫

鑾 （粵）lyun4〔聯〕（普）luán

❶傳説中的一種神鳥，有成語「～鳳和鳴」。許慎《説文解字》：「～，赤色，五采，雞形。鳴中五音，頌聲作則至。」《山海經·西山經》：「名曰～鳥，見則天下安寧。」❷一種鈴鐺。王勃《滕王閣》：「佩玉鳴～罷歌舞。」（罷：停止。）

三十二畫

 ⑨jyu6〔預〕⑪yù

呼喊，請求，有詞語「呼～」。柳宗元《駁復讎議》：「上下蒙冒，～號不聞。」（上、下都被蒙蔽，有人呼喊鳴冤也聽不到。）

附錄 ⃝一 文言多義字、破音字及通假字

由於上古文字不多，同一個單字隨着語境的不同、時代的推進，字義、詞性、讀音亦有所改變，部分單字甚至被借用到其他單字去，擔當部分字義的功能。因此，要讀懂文言篇章，先決條件是要理解篇章裏的單字，尤其最令人頭痛的「多義字」、「破音字」和「通假字」。

一、多義字

多義字是指擁有多個字義的單字。同一個單字，在讀音不變的情況下，以引申、比喻、借代等方法，衍生出多個字義，當中包括詞性的不同，但**字義間卻有着一定的聯繫**。例如：

1. 石【粵 sek6〔碩〕普 shí】
   本義：石頭。
   例句：清泉**石**上流。(《山居秋暝》)

   引申義一：石碑。
   例句：乃遂上泰山，立**石**。(《史記·秦始皇本紀》)

   引申義二：藥石。
   例句：在肌膚，鍼**石**之所及也。(《新序·雜事二》)

「石」是多義字，其字義從本義的「石頭」，引申到以石頭製作的石碑，再引申到與石頭性質相似的礦物類藥物，三者都跟石頭有關。

2. 芳【粵 fong1〔方〕普 fāng】

   本義：香草。
   例句：隨意春**芳**歇。（《山居秋暝》）

   比喻義：美好的德性或聲譽。
   例句：接孟氏之**芳**鄰。（《滕王閣序》）

「芳」也是多義字，從本義的「香草」，截取「美好」的特點，比喻為美德、美譽，兩者的共同點就是美好。

3. 觴【粵 soeng1〔商〕普 shāng】

   本義：酒器，酒杯。
   例句：引**觴**滿酌，頹然就醉。（《永州八記‧始得西山宴遊記》）

   借代義：飲酒。
   例句：故就酒家**觴**之。（《訓儉示康》）

「觴」根據本義「酒器」的功能 — 喝酒，借代出「喝酒」這個新字義，彼此有着借代的關係。

二、破音字

也就是「多音字」。破音字的最大特點，是**字義或詞性隨着讀音不同而有所改變**，可是字義之間還是有聯繫的，這個過程就稱之為「破音」或「破讀」。例如：

王　本音：【粵 wong4〔黃〕普 wáng】

   字義：天子、諸侯的稱號，屬於**名詞**。
   例句：魏**王**貽我大瓠之種。（《莊子‧逍遙遊》）

   破音：【粵 wong6〔旺〕普 wàng】
   字義：統治天下，屬於**動詞**。
   例句：故**王**之不**王**，不為也，非不能也。（《孟子‧梁惠王上》）

「王」的本音和破音，其字義和詞性都不同，可是都跟帝王有聯繫。

三、通假字

又叫做「假借字」，是將甲字假借為乙字，並按乙字的讀音讀出，其字義稱為「假借義」。本字和假借字的字義，絕大部分都是沒有關係的，其假借的原因，只是彼此的讀音或字形相似或相同。例如：

説	本義：**解説**。【粵 syut3〔雪〕普 shuō】
	例句：**説**不喻，然後辨。（《荀子・正名》）
	假借義：**愉悦**。【粵 jyut6〔月〕普 yuè】
	例句：學而時習之，不亦**説**乎？（《論語・學而》）

「説」的本義解作「解説」，是動詞。當假借為「悦」字時，雖然字形依然是「説」，卻解作「高興」，是形容詞，而且要讀作「月」。兩者的字義完全沒有關係，純粹因為彼此的偏旁「兑」相同、讀音相似（粵音韻母皆為「yut」）而進行通假。

附錄 (二) 詞性活用

前文提及過文言單字的字義會通過本義的引申、比喻、借代，或者通過本字的「破讀」或「通假」而改變。這是讓學生對閱讀古文感到困難的其中一個原因。本附錄則介紹另一個讓學生難以理解文言單字字義的原因 —— 詞性活用。

詞性活用，又叫做「詞類活用」，是指在古代漢語中，**部分字詞在特定的語境中，會靈活地改變其詞性和用法**。當中的活用方法，可分為以下四種：

一、名詞活用為動詞

在古代漢語中，當要表達跟某件物件有關的行為、變化時，就會將名詞（物件）靈活地變為動詞。例如：

原文：故就酒家**觴**之。（《訓儉示康》）

譯文：因此到酒家**飲酒**。

「觴」是指「酒杯」，屬於名詞，也是其本義，在例句中卻靈活地轉化為動詞，表示「飲酒」，因為喝酒時需要用上酒杯。

二、形容詞活用為名詞

如果想強調擁有某種特質的人或物件，就會將形容詞（特質）轉化為名詞來使用，以突出人或物件的特性。例如：

原文：**聖**益聖，**愚**益愚。（《師說》）

譯文：因此**聖人**變得更加**賢明**，**愚子**變得更加**愚鈍**。

在例句中，第二個「聖」和「愚」字，都是形容詞，本指「賢明」和「愚鈍」，而第一個「聖」和「愚」字則巧妙地由形容詞轉化成名詞，指擁有該兩種特質（賢明、愚鈍）的人，也就是「聖人」和「愚子」了。

三、動詞活用為名詞

如果要表示與某個動作、行為有關的事物，就會將動詞活用為名詞。例如：

原文：往往有**得**。(《遊褒禪山記》)

譯文：往往有**收穫**。

「得到」是「得」的本義，屬於動詞，在例句中，就變為名詞，表示「得到的事物」，也就是「收穫」。

四、使動用法

所謂「使動用法」，就是將**動詞、形容詞或名詞與實語結合**，從而使句子帶有「**使／讓／把／叫＋賓語＋怎樣**」的含義，也即變成「**使動句**」。這種句子一般可分為三類：

1. **動詞使動**。例如：

原文：**泣**孤舟之嫠婦。(《前赤壁賦》)

譯文：**令**孤舟上的寡婦**哭泣**。

「泣」是動詞，解作「哭泣」。在例句中，當「泣」與賓語(孤舟之嫠婦)結合時，就會變成使動用法，表示「使寡婦哭泣」。

2. **形容詞使動**。例如：

原文：必先**苦**其心志。(《孟子・告子下》)

譯文：必定先**令**他的心志**感到勞苦**。

「苦」是形容詞，解作「勞苦」。在例句中，「苦」與賓語(心志)結合，就會變為動詞，表示「令心志感到勞苦」。

3. **名詞使動**。例如：

原文：齊威王欲**將**孫臏。(《史記・孫子吳起列傳》)

譯文：齊威王打算**以孫臏為將領**。

「將」(【粵】zoeng3〔醬〕【普】jiàng】)本指「將領」，是名詞。當「將」與賓語(孫臏)結合後，就變成動詞，表示「以孫臏為將領」。

五、意動用法

所謂意動用法，就是將**名詞或形容詞變為動詞**，並與賓語結合，使句子帶有「**認為／以為＋賓語＋怎樣**」的含義，也即變為「**意動句**」。意動句也可分為兩種：

1. **名詞意動**。例如：

   原文：侶魚蝦而**友**麋鹿。（《前赤壁賦》）

   譯文：**與**魚和蝦**為同伴**，**視**麋和鹿**為朋友**。

   「侶」解作「同伴」，「友」是指「朋友」，都是名詞，當在例句活用為動詞，並分別與賓語「魚蝦」和「麋鹿」結合時，就帶有「認為魚蝦和麋鹿是朋友」的意思。當然，語譯時可以直接寫成「與魚蝦和麋鹿交朋友」。

2. **形容詞意動**。例如：

   原文：漁人甚**異**之。（《桃花源記》）

   譯文：漁人**對此感到驚訝**。

   「異」是形容詞，表示「怪異、奇異」，當例句想表達農夫因為看見桃花源而吃驚時，就可以將「異」活用為動詞，並與賓語「之」（桃花源）結合，表示「對桃花源感到驚訝」。

附錄 ㊂ 常見文言句式

　　一般來說，文言句式與現代漢語句式分別不大，可是當中有些結構特殊的句式，會使閱讀文言文變得困難。因此本附錄按不同的語法特點，收錄常見的文言句式，供讀者閱讀文言篇章時參考。

一、判斷句式

　　判斷句能夠對客觀的人、事或物**作出肯定或否定的判斷**，類似現代漢語中「……是／不是……」的肯定句句式，但所用的字詞比較多，變化也相對大。

1. 「**……者，……也**」句式。例如：
　　師**者**，所以傳道、授業、解惑**也**。（《師説》）
　　這類句式，在主語（師）後使用「者」字，以表示短暫停頓，並舒緩語氣；同時在謂語（所以傳道、授業、解惑）後使用「也」字結束句子，以強調對客觀事物的判斷或解説。

2. 「**……，……也**」句式。例如：
　　魚，我所欲**也**。（《孟子・告子上》）
　　這類句式與「……者，……也」句式的功能是一樣的，只是省略了主語後的「者」字。

3. 「**……者也**」句式。例如：
　　城北徐公，齊國之美麗**者也**。（《戰國策・齊策一》）
　　句中的「者」字並不表示停頓，而是一方面具備「稱代」的功能，指代句子開首的主語（城北徐公），另一方面與「也」字連用，加強肯定的語氣。

4. 「**……乃／則／即／皆……**」句式。例如：
　　此**則**岳陽樓之大觀也。（《岳陽樓記》）

這種句式使用副詞來加強判斷的語氣。在例句中,「則」字可以解釋為「就是」,用來判斷「此」字所指的是「岳陽樓之大觀」。

5. 「……非……」句式。例如:

　授之書而習其句讀者,**非**我所謂傳其道、解其惑者也。(《師說》)

這種句式同樣用上副詞,卻是作出否定的判斷。在例句中,「非」字是否定副詞,解作「不是」,表示對「授之書而習其句讀」是「傳其道、解其惑」的性質作出否定。

6. 「……是／為……」句式。例如:

　不知木蘭**是**女郎。(《木蘭辭》)

　克己復禮**為**仁。(《論語·顏淵》)

這種句式運用「是」、「為」(【粵】wai4〔圍〕【普】wéi】)等字,作為表示判斷的動詞,與現代漢語中「……是……」的肯定句句式十分相似。

7. **直接表示判斷,而不使用標誌詞語。**例如:

　隸而從者,崔氏二小生:曰恕己,曰奉壹。(《永州八記·小石潭記》)

這種判斷句句式比較常見,也比較自由,可以直接判斷人或事物的性質或作用,判斷或解釋事情發生的原因,判斷人的名字、籍貫、人與人之間的關係等等。

二、被動句式

這跟現代漢語中的被動句相似,表達了句中**主語(被動者)和賓語(主動者)之間的被動關係**,當中主語是謂語動詞的被動者、承受者,而賓語卻成為了主動者。文言被動句式的句型如下:

1. 「……為／見／於……」句式。例如:

　A. 原文:有決瀆於殷、周之世者,必**為**湯、武笑矣。(《韓非子·五蠹》)

　　　譯文:有在商朝、周朝疏通河道的人,必定**被**商湯、周武王嘲笑。

　B. 原文:信而**見**疑。(《史記·屈原賈生列傳》)

　　　譯文:(屈原)有誠信卻**被**懷疑。

　C. 原文:君幸**於**趙王。(《史記·廉頗藺相如列傳》)

譯文：您**被**趙王寵信。

在上述三個被動句中，「為」（【粵】wai4〔圍〕【普】wéi】）、「見」、「於」都類似現代漢語中表示被動關係的介詞「被」，然而三者的句子結構是不同的。

例句 A 的句子結構是「被動者（有決瀆於殷、周之世者）＋為＋主動者（湯、武）＋動詞（笑）」；例句 B 的句子結構是「被動者（屈原）＋見＋動詞（疑）」，特點是沒有指明主動者是誰；而例句 C 則是「被動者（君）＋動詞（幸）＋於＋主動者（趙王）」。

當中例句 C 的句子結構，與現代漢語中被動句的結構略有不同。現代漢語被動句的句子結構是「被動者＋被＋主動者＋動詞」，可是例句 C 卻是「被動者＋動詞＋於＋主動者」，主動者與動詞的位置是對調的。因此，在翻譯 C 類型的文言被動句時，謹記將句中的動詞放到句子末尾。

2. 「……**為**……**所**……」句式。例如：

原文：**為**秦人積威之**所**劫。（《六國論》）

譯文：（六國）**被**秦人積累下來的威勢**所**威脅。

這種被動句式是「被動者（六國）＋為＋主動者（秦人積威）＋所＋動詞（劫）」，與前文例句 1A 相似，只是加上沒有實際意義的結構助詞「所」，以強調句中主語所承受的謂語行為。

3. 「……**見**……**於**……」句式。例如：

原文：臣誠恐**見**欺**於**王。（《史記·廉頗藺相如列傳》）

譯文：臣實在恐怕**被**大王欺騙。

這種被動句式是「被動者（臣）＋見＋動詞（欺）＋於＋賓語（王）」，可以說是上述例句 1B 和 1C 的結合體。和例句 1C 的做法一樣，翻譯時要將句中的動詞移到句子末尾，同時不用重複翻譯「見」字。

4. **不使用標誌詞語。**例如：

原文：百里奚（**被**）舉於市。（《孟子·告子下》）

譯文：百里奚在市集**被**發掘和推舉。

這種被動句本身已經包含被動關係，不需要用「見」、「為」、「於」等表示被動的介詞。要注意的是，和例句 1C 及例句 3 不同，此例句中的「於」並非表示被動關係的介詞，而是表示處所的介詞，相當於現代漢語的「在」。

三、省略句式

文言文中出現**句子成分省略**的情況非常普遍，但也導致文言篇章難以理解。因此，能掌握文言句子成分省略的規律，就有助完整理解句意。一般來說，文言句子成分省略的情況有以下五種：

1. **主語省略**。例如：

   A.（臣）今當遠離。（《出師表》）

   B.（公）度我至軍中，公乃入。（《史記・項羽本紀》）

   C. 公曰：「衣食所安……」（**曹劌**）對曰：「小惠未遍……」（《左傳・莊公十年》）

   上述三句，是主語省略的三個分類。

   例句 A 是「承前省」，由於主語（臣）在前文多次出現，因此其後的某些句子會將主語省略。

   例句 B 屬於「蒙後省」，是基於主語（公）在後文出現，因此前文把主語省略。

   至於例句 C 則屬於「對話省」，是指將對話中的回應者（曹劌）省略，不過翻譯的前提是要知道對話所牽涉的人物是誰。

2. **謂語省略**。例如：

   A. 一鼓作氣，再（**鼓**）而衰，三（**鼓**）而竭。（《左傳・莊公十年》）

   B. 陳勝自立為將軍，吳廣（**自立**）為都尉。（《史記・陳涉世家》）

   謂語是句子裏最重要的成分，一般是不能省略的，否則影響句意的表達。然而在特定的語境下，古代漢語中的謂語是可以省略的。

   上述兩個例句都屬於並列結構，分句之間所要表達的意思是一致的。例句 A 的三個分句有次序地表達「一鼓」、「再鼓」、「三鼓」的結果，當中的謂語都是「鼓」，因此第二和第三句都可以把謂語省略。同樣，例句 B 的前後分句都是指陳勝和吳廣「自立」，因此後句可以將謂語「自立」省略。

3. **賓語省略**。例如：

   A. 問（**之**）今是何世。（《桃花源記》）

   B. 溫故而知新，可以（**之**）為師矣。（《論語・為政》）

   C. 客從外來，與（**之**）坐談。（《戰國策・齊策一》）

   文言句子經常出現賓語省略的情況。省略了的賓語可以用人稱代詞

「之」來代替，前提是要知道前文所提及的賓語是甚麼，可見賓語省略多屬於「承前省」。

值得留意的是，例句 B 和 C 所省略的是介詞後的賓語。例句 B 中的「以」是表示對象的介詞，指「把」，其後所省略的賓語，是指「溫故而知新的人」；而例句 C 的「與」是表示連同的介詞，相當於「跟」、「和」，其後所省略的賓語，是指「鄒忌」。

4. **介詞省略**。例如：

　　A. 影布（**於**）石上。（《永州八記‧小石潭記》）

　　B.（**自**）潭西南而望。（《永州八記‧小石潭記》）

介詞省略的情況在古代漢語中也是相當普遍的，特別是**表示處所的介詞「於」**（例句 A）和**表示方向的介詞「自」**（例句 B），經常在文言句子中省略。翻譯時可以將它們理解為「在」、「從」等。

5. **量詞省略**。例如：

　　A. 且以一（**塊**）璧之故逆彊秦之驩，不可。（《史記‧廉頗藺相如列傳》）

　　B. 季文子相三（**位**）君。（《訓儉示康》）

省略數詞和名詞之間的量詞，在古代漢也中也是相當普遍的現象。這種情況直到今天依然常見，多見於文章標題等地方，例如「兩（個）國斷交」、「三（輛）車相撞」等。

四、倒裝句式

在古代漢語中，倒裝句式是常見現象。一般來說，倒裝句式可分為以下四類：

1. **謂語前置**。例如：

　　原文：如**鳴**佩環。（《永州八記‧小石潭記》）

　　譯文：好像佩環那樣**碰撞發聲**。

謂語前置又稱為「主謂倒裝」或「主語後置」，顧名思義，就是指句子中的主語和謂語的位置對調。例句中的「如鳴佩環」，實際上是「如佩環鳴」的倒裝，意指「好像佩環那樣碰撞發聲」。

2. **賓語前置**。例如：
   A. 原文：弗**之怠**。(《送東陽馬生序》)
      譯文：不敢怠慢**抄寫工作**。
   B. 原文：**菊之愛**，陶後鮮有聞。(《愛蓮説》)
      譯文：**愛菊花**，自陶淵明之後就很少聽聞了。
   C. 原文：而今**安在**哉？(《前赤壁賦》)
      譯文：然而如今都在**哪裏**呢？
   D. 原文：舉世混濁而我獨清，眾人皆醉而我獨醒，**是以**見放。(《史記·屈原賈生列傳》)
      譯文：全世界都混濁，只有我一人清白；所有人都沉醉，只有我一人清醒，由於**這個原因**而被放逐。

   在古代漢語中，賓語一般會在動詞或介詞之後，但有時也會例外。
   帶有否定語氣的倒裝句，是非常常見的。例句 A 中的「弗之怠」是「弗怠之」的倒裝，當中的「弗」是否定副詞，解作「不」，「之」是代詞，指「抄寫」，「怠」是動詞，指「怠慢」。翻譯時要將賓語「之」和「怠」對調。除了「弗」，「不」、「未」、「莫」等否定副詞也慣於倒裝句中，例如「不病人之不己知也」、「未之有也」、「莫之能禦也」，其實就是「不病人之不知己也」、「未有之也」、「莫能禦之也」的倒裝。

   在例句 B 中，「菊之愛」是「愛菊」的倒裝，要留意的是，「之」在這裏屬於助詞，只是作為賓語前置的標誌詞語，並無實際意義。

   例句 C 是一個疑問句。「安」是疑問代詞，指「哪裏」，而「在」是動詞。「安在」是「在安」的倒裝，解作「在哪裏」。

   在例句 D 中，「是以」乃「以是」的倒裝，當中的「以」是介詞，解作「因為」，「是」屬於代詞，指代「舉世混濁而我獨清，眾人皆醉而我獨醒」這個令屈原放逐的原因。而這種倒裝方式在日後更成為固定詞語「是以」，讀者閱讀文言文時就要加倍留意了。

3. **介賓後置**。例如：
   A. 原文：**取之於藍**。(《荀子·勸學》)
      譯文：**從藍蓼**提取它(青色)。
   B. 原文：何不**樹之於無何有之鄉**？(《莊子·逍遙遊》)
      譯文：為甚麼不**在甚麼都沒有的地方**種植它(大樹)？
   C. 原文：我非愛其財而**易之以羊**也。(《孟子·梁惠王上》)
      譯文：我不是吝嗇我的物品而**用羊**來換走它(牛)。
   D. 原文：醒能**述以文**者。(《醉翁亭記》)

譯文：酒醒後用文字來記述（宴會）。

由介詞和賓語所組成的介賓詞組，在文言句子中往往會被後移。

例句 A 和 B 都包含由「於」和賓語（藍、無何有之鄉）組成的介賓詞組，翻譯時要將這些詞組搬移到動詞前。例句 A 的「取之於藍」，實際上是「於藍取之」的倒裝。而例句 B 的「樹之於無何有之鄉」，實際上是「於無何有之鄉樹之」的倒裝。

至於例句 C 和 D 都包含由「以」和賓語（羊、文）組成的介賓詞組，翻譯時同樣要將這些詞組搬移到動詞前。例句 C 中的「易之以羊」是「以羊易之」的倒裝，例句 D 中的「述以文」也是「以文述」的倒裝。

4. 定語後置。例如：
    A. 原文：牡丹，花之富貴者也。（《愛蓮説》）
       譯文：牡丹，是富貴的花。
    B. 原文：即書詩四句。（《傷仲永》）
       譯文：立即寫出四句詩歌。

與現代漢語一樣，文言文中的定語一般也在中心語（名詞）之前，但有時為了突出中心語的重要，強調定語所表現的內容，往往會把定語放在中心語之後。

例句 A 中的「花之富貴」，是「富貴的花」的倒裝，定語是「富貴」，中心語是「花」。同樣道理，例句 B 中的「詩四句」是「四句詩」的倒裝，「四句」是定語，「詩」是中心語，可以翻譯為「即場寫了四句詩歌」。

五、固定句式

也叫做「固定結構」，意指由一些不同詞性的詞結合在一起，成為一種固定的句法格式，表達一種新的語法意思，並為後世所沿用。根據語法或用法不同，可分為以下幾類：

1.　特殊動賓結構格式

所謂「特殊動賓結構」，是指在翻譯「動詞＋賓語」詞組時，要在動詞前加上表示對象的介詞，例如「為」（【粵】wai6〔胃〕【普】wèi】）、「對」、「向」等。常見的例子有：

A.「為＋賓語＋而＋動詞」。例如：
原文：死國，可乎？（《史記‧陳涉世家》

譯文：**為國犧牲**，可以嗎？

例句中的「死」，並非上一節所說的「動詞使動」，不能翻譯為「使國家滅亡」。實際上，這個「死」字要理解為「為某事犧牲」，那麼「死國」就可以翻譯為「為國犧牲」。

B.「對／向＋賓語＋動詞」。例如：

原文：公子為人仁而**下**士。(《史記‧魏公子列傳》)

譯文：魏公子為人仁厚，而且**對賢士謙遜**。

同樣，例句中的「下」，不能翻譯為「輕視賢士」。實際上，這個「下」字要理解為「對別人謙遜」，那麼「下士」就可以翻譯為「對賢士謙遜」，即「尊敬賢士」。

2. 兼詞格式

所謂「兼詞」，即一個字**兼有另外兩個詞的詞義、詞性和作用**，並派生新的意思。常見的有：

A. 諸（之＋於）

「諸」如果處於「動詞＋諸＋名詞」的結構中時，那就是「兼詞」。兼詞「諸」由人稱代詞「之」和介詞「於」組成，翻譯後的句子結構大致為「動詞＋這件事（之）＋在於（於）＋名詞」，或「在於（於）＋名詞＋動詞＋這件事（之）」。例如：

原文：君子求**諸**己，小人求**諸**人。(《論語‧衞靈公》)

譯文：君子**靠**自己求取事物，小人**靠**他人求取事物。

在例句中，「君子求諸己」的「諸」是兼詞，需要理解為「之於」。整個句子的意思是「君子求之於己」，可以翻譯為「君子靠（於）自己求取事物（之）」。後句亦然。

B. 諸（之＋乎）

「諸」如果位處疑問句結尾，那同樣是兼詞，由人稱代詞「**之**」和語氣助詞「**乎**」組成，可以翻譯為「這件事呢／嗎？」，表示疑問。例如：

原文：不識有**諸**？(《孟子‧梁惠王上》)

譯文：不知道是否有**這件事**呢？

在例句中，「不識有諸」的「諸」是兼詞，需要理解為「之乎」，表示疑問。整個句子的意思是「不識有之乎？」，可以翻譯為「不知道是否有這件事（之）呢（乎）？」。

C. 焉（於＋此）

「焉」一般的語法功能是表達語氣的語氣助詞，多在句子結尾。但在某些語境下，「焉」卻是兼詞，由表示處所的介詞「於」和代詞「此／是／之」組成，可以翻譯為「在這裏」。例如：

原文：置杯**焉**則膠。（《莊子・逍遙遊》）

譯文：放一隻水杯**在這裏**就會着地擱淺。

例句中的「焉」是兼詞，需要理解為「於此」，表示事情發生的地方。整個句子的意思是「置杯於此則膠」，可以翻譯為「放一隻水杯在這裏就會着地擱淺」。

D. 曷／盍（何＋不）

作為兼詞，「曷」、「盍」兩字是相通的，都是由疑問代詞「何」和否定副詞「不」組成，可以翻譯為「為甚麼不」。例如：

i. 原文：此地不久必大亂，不可留也，**曷**避之？（《池北偶談・卷下・濮州女子》）

譯文：這裏不久後必定出亂事，不能再留下的了，**為甚麼不**離開這裏？

ii. 原文：**盍**往依之？（《杜環小傳》）

譯文：**為甚麼不**前去投靠他呢？

在上述兩個例句中，「曷」、「盍」都是兼詞，要理解為「為甚麼不」，表示以反問的方式提出建議，例句 i 所建議的是「離開這裏」，例句 ii 所建議的是「前去投靠他」。

3. **雙賓語格式**

所謂「雙賓語」，是指句子中的動詞之後連帶兩個賓語。例如：

A. 原文：使人遺**趙王書**。（《史記・廉頗藺相如列傳》）

譯文：派人送**一封信**給**趙王**。

B. 原文：賜**之卮酒**。（《史記・項羽本紀》）

譯文：賞**一杯酒**給**他**。

翻譯雙賓語格式的文言句子，還是比較容易的。靠近動詞的賓語，叫「**近賓語**」或「**間接賓語**」，一般是接受某物件的人，如例句 A 中的「趙王」（收到書信）和例句 B 中「之（樊噲）」（得到一杯酒）。而緊隨「近賓語」後的賓語，則稱為「**遠賓語**」或「**直接賓語**」，一般是給予「近賓語」的物件，如例句 A 中的「書」是給予「趙王」的，例句 B 中的「卮酒」是

給予「之(樊噲)」的。

翻譯雙賓語格式的文言句子時，可以在「近賓語」的前面加上表示對象的介詞「給」，並放在「遠賓語」的後面。

4. 名詞作狀語的格式

為了突顯句子中的動作，不少文言句子會化名詞為狀語，生動地描述謂語（動作）。以下是名詞變成狀語的目的或功能：

A. 以比喻方法強調動作的形態。可以翻譯成「像⋯⋯般」。例如：

原文：韓魏**翼**衞其後。（《史記・滑稽列傳》）

譯文：韓國、魏國**像張開翅膀般**保衞在牠的後面。

「翼」的本義是「鳥的翅膀」，為了使掩護、保護事物的形象更生動，「翼」於是變成狀語，放在動詞「衞」的前面。

B. 強調動作的情狀。可以翻譯成「當作⋯⋯一樣」的格式。例如：

原文：吾得**兄**事之。（《史記・項羽本紀》）

譯文：我要把他**當作兄長一樣**來對待。

「兄」就是「兄長」，在例句中變成修飾「事（對待）」的狀語，以強調劉邦對待項伯的態度。

C. 強調事情發生的處所。翻譯時可以在名詞前加上表示處所的介詞「於」。例如：

原文：相如**廷**叱之。（《史記・廉頗藺相如列傳》）

譯文：相如**在朝廷**上斥責秦王。

「廷」就是「朝廷」，在例句中所強調的並非斥責秦王時的形態或情狀，而是地點 —— 因為秦王是一國之君，藺相如竟公然在朝廷上斥責秦王，這樣就更能凸顯藺相如的勇氣。

D. 強調工具或途徑。翻譯時可以在名詞前加上表示運用的介詞「以／用」。例如：

i. 原文：**籠**養之。（《聊齋誌異・促織》）

譯文：**用籠子**來飼養牠。

ii. 原文：劉備、周瑜**水**、**陸**並進。（《資治通鑑・漢紀・孝獻皇帝庚》）

譯文：劉備和周瑜**從水路和陸路**一起進軍。

例句 i 用「籠」來強調飼養蟋蟀的用具 —— 籠子；而例句 ii 則以「水」和「陸」作為劉備和周瑜進軍的途徑 —— 水路和陸路。

E. 強調理據。 翻譯時，可在名詞前加上表示根據的介詞「按／根據」。例如：

原文：予**分**當引決。（《指南錄‧後序》）

譯文：**按道理**，我應該自殺。

「分」（【粵】fan6〔份〕【普】fēn）解作「道理」，例句將「分」變為狀語，來修飾謂語「引決」的依據 —— 也就是道理。

F. 強調動作的走向。 翻譯時可在名詞前加上表示趨向的介詞「向／往／朝」。例如：

原文：**北**定中原。（《出師表》）

譯文：**向北**（推進），平定中原。

這類名詞一般是「方位名詞」，例如：東、南、西、北、上、下、內、外等。

G. 強調事情發生的頻率或速度。 例如：

i. 原文：良庖**歲**更刀。（《莊子‧養生主》）

　譯文：優秀的廚師**每年**才換一次刀。

ii. 原文：楚**日**以削。（《史記‧屈原賈生列傳》）

　譯文：楚國的領土**一天一天地**縮小。

「歲」和「日」分別指「一年」和「一天」，例句將名詞變成狀語，去修飾事情發生的頻率或速度 —— 每年換刀一次、國土一天天地縮小。前者是實指，而後者是虛指。

5.　其他句式

A.「**有以**……」、「**無以**……」句式，可以翻譯為「有／沒有甚麼用來……」。例如：

原文：河曲智叟**無以**應。（《列子‧湯問》）

譯文：河曲智叟**沒有甚麼**（話）**拿來**回應。

B.「**有所**……」、「**無所**……」句式，可以翻譯為「有／沒有＋動詞

＋的＋人、事物」。例如：

i. 原文：姦臣猶**有所**謅其辭矣。（《韓非子・定法》）
　　譯文：奸臣還（有）狡辯的言詞。

ii. 原文：至**無所**見。（《永州八記・始得西山宴遊記》
　　譯文：直到**沒有**可以看到的景物。（直到**不能**看到景物。）

C.「**何所**……」句式，可以翻譯為「……**的**（人、事、物）**是甚麼**」。例如：

原文：問女**何所**思？（《木蘭辭》）
譯文：問女兒思慮**的（事情）是甚麼**？／問女兒在思慮着甚麼事情？

D.「**何以**……**為**」、「**何以為**」、「**何**……**為**」句式，即「以之為何」的倒裝，相當於「**拿／要**……**來做甚麼**」的意思。例如：

原文：**何**辭**為**？（《史記・項羽本紀》）
譯文：**要**告辭**來做甚麼**？

E.「**何有**」、「**何**……**有**」句式，是「有何」的倒裝。可以翻譯為「**有甚麼**……（**的**）**呢**」。例如：

原文：**何**命之**有**焉？（《命解》）
譯文：**有甚麼**天命可言呢？

F.「**奈**……**何**」、「**奈何**」句式，可以翻譯為「**對**……**怎麼辦**」、「**怎麼辦**」、「**怎麼**」。例如：

i. 原文：不予我城，**奈何**？（《史記・廉頗藺相如列傳》）
　　譯文：秦國不給我城池，**那怎麼辦**？

ii. 原文：巫嫗、三老不來還，**奈**之**何**？（《史記・滑稽列傳》）
　　譯文：（假如）巫婆、三老都不回來，（**對他們**）**怎麼辦**好？

G.「**如**……**何**」、「**何如**」、「**如何**」句式，相當於「**對**……**怎麼辦**」、「**把**……**怎麼樣**」、「**怎麼樣**」。例如：

i. 原文：**如**太行、王屋**何**？（《列子・湯問》）
　　譯文：**對**太行山和王屋山**怎麼做**？／怎樣處理太行山和王屋山？

ii. 原文：吾聞北方之畏昭奚恤也，果誠**何如**？（《戰國策・楚策一》）
　　譯文：我聽聞北方害怕昭奚恤，果然是真的話，**那怎麼辦**？

H.「若……何」、「若何」句式，相當於「對……怎麼辦」、「怎麼樣」。例如：

原文：寇深矣，**若之何**？(《左傳·僖公十五年》

譯文：敵人深入陣地了，**對他們怎麼辦**？(怎樣對付他們？）

I.「與……孰……」、「……孰與……」句式，當中「與」是指「與某事相比」，「孰」指「哪個」。這個句式可以翻譯為「與……（相比），誰/哪（更）……」。例如：

i. 原文：吾**與**徐公**孰**美？(《戰國策·齊策一》
   譯文：我跟徐公**（相比）**，誰更俊俏？

ii. 原文：公之視廉將軍**孰與**秦王？(《史記·廉頗藺相如列傳》
    譯文：你認為廉將軍和秦王**（相比）**，哪一個更強？

J.「……孰與……」、「……孰若……」句式，相當於「（與其）……寧可……」、「（與其）……還不如……」。例如：

原文：願於物之所以生，**孰與**有物之所以成！(《荀子·天論》)

譯文：**（與其）**指望萬物自然生長，**還不如**根據它的生長規律去促進其成長。

K.「豈……乎」、「其……乎」、「寧……乎」、「獨……哉」句式，相當於「難道……嗎」的反問句句式，帶有詰問語氣。例如：

i. 原文：趙**豈敢**留璧而得罪於大王**乎**？(《史記·廉頗藺相如列傳》)
   譯文：趙國**怎敢**留住和氏璧而得罪大王呢？

ii. 原文：**其**孰能譏之**乎**？(《遊褒禪山記》)
    譯文：**難道**有誰可以責備他**嗎**？

iii. 原文：王侯將相**寧**有種**乎**？(《史記·陳涉世家》)
     譯文：王侯將相**難道**是與生俱來的**嗎**？

iv. 原文：**獨**畏廉將軍**哉**？《史記·廉頗藺相如列傳》
    譯文：**難道**會懼怕廉將軍嗎？

L.「焉……乎」句式，相當於「怎麼……呢」，同樣帶有反問的語氣。例如：

原文：是**焉**得為大丈夫**乎**？(《孟子·滕文公下》)

譯文：這**怎麼**能叫大丈夫呢？

M.「其……與」、「殆……乎」、「無乃……乎」句式，當中「無乃」解作「只怕」，相當於「恐怕／大概……吧」，帶有猜度的語氣。例如：

i. 原文：從我者，**其**由**與**？(《論語·公冶長》)
   譯文：跟隨我的人，**恐怕**只有仲由**吧**？

ii. 原文：吾聞聖人不相，**殆**先生**乎**？(《史記·范雎蔡澤列傳》)
    譯文：我聽說聖人是不能用相貌來評他的，這**大概**是您**吧**？

iii. 原文：今又攻魯，**無乃**不可**乎**？(《説苑·指武》)
     譯文：如今又攻打魯國，**恐怕**不行**吧**？

N.「得無……邪／乎」句式，相當於「莫非／恐怕……吧」，同樣帶有測度的語氣。例如：

原文：覽物之情，**得無**異**乎**？(《岳陽樓記》)
譯文：觀賞景物的情懷，**恐怕**有差異**吧**？

O.「……之……」句式。如果主謂句裏面尚有主謂句，而小主謂句中的主語和謂語之間有「之」一字，那「之」只擔當「結構助詞」，表示消除了小主謂句的獨立性，而是大主謂句中的主語。

原文：師道之不傳也久矣。(《師說》)
譯文：從師的風尚不流傳已經很久了。

師道（小主謂句中的主語）之不傳（小主謂句中的謂語）也久矣（大主謂句中的謂語）。

附錄 ④ 廣州話聲、韻、調表

　　由於文言文保留了部分古代方言的一些發音特質，當中以廣州話（或廣府話）中的九聲和韻尾尤為明顯，因此能掌握廣州話的聲、韻、調，對於閱讀、理解和體味古詩文，有事半功倍的效果。

一、廣州話的聲母

　　廣州話共有二十個聲母（其中包括兩個複聲母 gw 及 kw，以及零聲母）。詳見下表：

b	爸	p	趴	m	媽	f	花
d	打	t	他	n	拿	l	啦
z	渣	c	差	s	沙	j	也
g	家	k	卡	ng	牙	h	蝦
gw	瓜	kw	跨	w	娃	零聲母	鴉

二、廣州話的韻母

　　廣州音共有五十六個韻母，包括：單純韻母七個，複合韻母十一個，帶鼻聲韻母十八個，促音韻母十八個，自成音節韻母兩個。當中 eu、em、eng 和 ep 屬於廣州話中的白讀韻母，分別與 iu、im、ing 和 ip 四個文讀韻母對應。詳見後頁表格。

　　要留意的是，帶鼻音韻母和促音韻母都是帶有「韻尾」的。帶鼻音韻母所帶的韻尾是：m、n、ng，而促音韻母所帶的韻尾為：p、t、k。促音韻母屬於入聲韻母，其韻尾 p、t、k 與帶鼻音韻母所帶的韻尾 m、n、ng 是對應的。

三、廣州話九聲表

　　廣州話共有九個聲調，源於中古漢語的四個聲調 —— 平、上、去、入。當中「平」、「上」、「去」聲各分為「陰」、「陽」兩調，「入」聲則分為「陰」、「中」、「陽」三調，即合共「陰平」、「陽平」、「陰上」、「陽上」、

		aa 鴉	a —	e 爺	i 衣	o 阿	oe 靴	eo —	u 烏	yu 於
單純韻母		aa 鴉	—	e 爺	i 衣	o 阿	oe 靴	—	u 烏	yu 於
複合韻母		aai 埃	ai 矮	ei 基	—	oi 哀	—	eoi 須	ui 杯	—
		aau 交	au 歐	eu 掉	iu 腰	ou 澳	—	—	—	—
帶鼻音韻母	m 收音	aam 啱	am 庵	em 舐	im 電	—	—	—	—	—
	n 收音	aan 晏	an 因	—	in 煙	on 安	—	eon 春	un 碗	yun 冤
	ng 收音	aang 罌	ang 驚	eng 病	ing 英	ong 航	oeng 香	—	ung 東	—
促音韻母	p 收音	aap 鴨	ap 泣	ep 夾	ip 葉	—	—	—	—	—
	t 收音	aat 壓	at 不	—	it 熱	ot 喝	—	eot 出	ut 活	yut 月
	k 收音	aak 額	ak 得	ek 隻	ik 憶	ok 惡	oek 約	—	uk 屋	—
自成音節韻母		m 唔	ng 吳							

「陰去」、「陽去」、「陰入」、「中入」、「陽入」九聲，但事實上只有六個調值，因此廣州話有着「九聲六調」之説。

此外，文言韻文中用字的聲調有「平」、「仄」之分，大抵上廣州話中的「陰平」和「陽平」屬於「平聲」；其餘「陰上」、「陽上」、「陰去」、「陽去」、「陰入」、「中入」和「陽入」則屬於「仄聲」。平仄的組合在近體詩中有固定的格式，稱為「格律」，因此掌握好廣州話九聲，是理解文言韻文平仄、近體詩格律的先決條件。

九聲	調值代表數字	平仄	例字			
陰平	1	平	詩　si1	閹　jim1	紛　fan1	漿　zoeng1
陰上	2	仄	史　si2	掩　jim2	粉　fan2	獎　zoeng2
陰去	3		肆　si3	厭　jim3	訓　fan3	醬　zoeng3
陽平	4	平	時　si4	嚴　jim4	墳　fan4	●　zoeng4
陽上	5	仄	市　si5	染　jim5	奮　fan5	●　zoeng5
陽去	6		是　si6	驗　jim6	份　fan6	像　zoeng6
陰入	1	仄	－	●　jip1	忽　fat1	●　zoek1
中入	3		－	醃　jip3	髮　fat3	爵　zoek3
陽入	6		－	頁　jip6	佛　fat6	着　zoek6

注：
－ 表示沒有對應的入聲韻
● 表示有音無字

附錄 ⑤ 古代常見度量衡單位換算表

一、歷代容量（量）單位一覽表

古代單位	朝代及換算單位（毫升）					
	戰國				秦	兩漢
	齊	楚	韓趙魏	秦		
合	—	—	—	—	—	20
升	182.1	182.1	182.1	182.1	200	200
斗（10升）	—	—	1821	1821	2000	2000
斛（10斗）	—	—	18210	18210	20000	20000
斛（5斗）	—	—	—	—	—	—
石（2斛）	—	—	—	—	—	—
豆（4升）	728.4	—	—	—	—	—
筲（5升）	—	910.5	—	—	—	—
區（4豆）	2913.6	—	—	—	—	—
釜（4區）	11654.4	—	—	—	—	—
鍾（10釜）③	116544	—	—	—	—	—

注釋：

① 隋朝初年，以60毫升為1合，後期則以20毫升為1合。

② 唐朝的容量制度有「大」、「小」之分，本表以「小」為準，「大」者以60毫升為1合。

③ 一說1鍾為64升。

三國	兩晉	南北朝	隋①唐②	宋	元	明清
20.45	20.45	30	20	67	95	100
204.5	204.5	300	200	670	950	1000
2045	2045	3000	2000	6700	9500	10000
20450	20450	30000	20000	—	—	—
—	—	—	—	33500	47500	50000
—	—	—	—	67000	95000	100000
—	—	—	—	—	—	—
—	—	—	—	—	—	—
—	—	—	—	—	—	—
—	—	—	—	—	—	—

書中例句舉隅：

升：戰國・墨翟《墨子・號令》：「傷甚者令歸治病家善養，予醫給藥，賜酒日二升。」（傷者每日得酒約 364 毫升，相當於 1 罐啤酒的容量。）

斗：唐・李白《將進酒》：「斗酒十千恣歡謔。」（2000 毫升的酒值 10000 錢。）

斛：南朝・沈約《宋書・列傳第五十二・徐豁》：「武吏年滿十六，便課米六十斛。」（每年徵收約 180 萬毫升的白米，相當於 360 袋 5 公斤裝的白米。）

鍾：孟軻《孟子・告子上》：「萬鍾則不辨禮義而受之。」（一鍾穀物相當於 116544 毫升，相當於 23 袋 5 公斤裝的白米。）

二、歷代長度（度）單位一覽表

古代單位	朝代及換算單位（厘米）					
	戰國	秦	兩漢	三國	兩晉①	
分	0.231	0.231	0.231	0.242	0.242	
寸（10分）	2.31	2.31	2.31	2.42	2.42	
尺（10寸）	23.1	23.1	23.1	24.2	24.2	
步（6尺）⑤	138.6	138.6	138.6	145.2	145.2	
步（5尺）	—	—	—	—	—	
仞（7－8尺）	184.8	161.7	—	—	—	
丈（10尺）	231	231	231	242	242	
引（10丈）	—	2310	2310	—	—	
里（300步）	41580	41580	41580	43560	43560	
里（360步）⑥	—	—	—	—	—	

注釋：

① 本表以西晉為準，東晉之 1 分為 0.245 厘米。

② 唐代有「大尺」及「小尺」之分，本表以「小尺」為準；「大尺」為 36 厘米。

③ 明代有「裁衣尺」、「量地尺」及「營造尺」之分，本表以「量地尺」為準；「裁衣尺」為 34 厘米，「營造尺」為 32 厘米。

④ 清代同樣有「裁衣尺」、「量地尺」及「營造尺」之分，本表以「量地尺」為準；「裁衣尺」為 35.5 厘米，「營造尺」為 32 厘米。

⑤ 戰國至隋代，以 6 尺為 1 步，300 步為 1 里，即 1 里為 1800 尺。

⑥ 唐代以後，以 5 尺為 1 步，360 步為 1 里，即 1 里同為 1800 尺。

南朝	北朝	隋	唐②	宋元	明③	清④
0.245	0.296	0.296	0.3	0.312	0.327	0.345
2.45	2.96	2.96	3	3.12	3.27	3.45
24.5	29.6	29.6	30	31.2	32.7	34.5
147	177.6	177.6	—	—	—	—
—	—	—	150	156	163.5	172.5
—	—	—	—	—	—	—
245	296	296	300	312	327	345
—	—	—	—	—	—	—
44100	53280	53280	—	—	—	—
—	—	—	54000	56160	58860	62100

書中例句舉隅：

分：明‧魏學洢《核舟記》：「舟首尾長約八分有奇。」（用果核雕刻成的小船，長大約 2.6 厘米。）

寸：南朝‧沈約《宋書‧本紀第一》：「身長七尺六寸。」（南朝宋武帝的身高為 186.2 厘米。）

尺：清‧戴名世《南山集‧鳥說》：「去地不五六尺。」（鳥巢距離地面不過 190 厘米，大約 1 層樓的高度。）

步：戰國‧墨翟《墨子‧備城門》：「二步一木弩，必射五十步以上。」（每台木弩相距約 277 厘米，射程必須達 6930 厘米或以上，即 70 米，約 3 節地鐵車廂的長度。）

仞：戰國‧莊周《莊子‧逍遙遊》：「我騰躍而上，不過數仞而下。」（斥鷃〔一種小雀鳥〕每次只能飛上 8 至 9 米的距離，大約 3 至 4 層樓的高度。）

丈：元‧脫脫《宋史‧列傳一百七十一‧孟珙》：「建通天槽八十有三丈。」（孟珙在湖北襄陽所建的水槽，長達 25896 厘米，即接近 259 米，與 1 列東鐵線列車相若。）

里：北宋‧歐陽修《醉翁亭記》：「山行六七里，漸聞水聲潺潺。」（歐陽修大約走了約 365040 厘米，即 3.65 公里的路，相當於大欖隧道的長度。）

三、歷代重量（衡）單位一覽表

古代單位	朝代及換算單位（克）						
	戰國				秦	西漢	
	楚	趙	魏	秦			
銖	0.65	0.65	—	0.69	0.66	0.65	
分	—	—	—	—	—	—	
錢（10 分）	—	—	—	—	—	—	
兩（24 銖）	15.6	15.6	1.575	16.56	15.84	15.6	
兩（10 錢）	—	—	—	—	—	—	
斤（16 兩）	249.6	249.6	—	264.96	253.44	249.6	
鈞（30 斤）	—	—	—	7948.8	7603.2	7488	
石（4 鈞）	—	29952	—	31795.2	30412.8	29952	
石（120 斤）	—	—	—	—	—	—	
釿（20 兩）	—	—	31.5	—	—	—	
鎰（10 釿）	—	—	315	—	—	—	

注釋：

① 以北周為標準。北魏、北齊 1 斤為 440 克。

② 以南梁、南陳為標準。南齊 1 斤為 330 克。

③ 隋朝的重量制度有「大」、「小」之分，本表以「小」為準，「大」者 1 兩為 41.3 克。

東漢	三國兩晉	北朝①	南朝②	隋③	唐	宋元	明清
0.57	0.57	1.71	0.57	—	—	—	—
—	—	—	—	—	0.413	0.395	0.368
—	—	—	—	—	4.13	3.95	3.68
13.68	13.68	41.04	13.68	13.8	—	—	—
—	—	—	—	—	41.3	39.5	36.8
218.88	218.88	656.64	218.88	220.8	660.8	632	588.8
6566.4	6566.4	—	—	6624	19824	—	—
26265.6	26265.6	—	—	26496	79296	—	—
—	—	—	—	—	—	75840	70656
—	—	—	—	—	—	—	—
—	—	—	—	—	—	—	—

書中例句舉隅：

銖：東漢・班固《漢書・敍傳》：「貨自龜貝，至此五銖。」（漢代的一枚「五銖錢」約重 3.25 克，比一個香港兩毫硬幣重一點。）

兩：清・吳敬梓《儒林外史・第三回》：「謹具賀儀五十兩，世先生權且收着。」（張鄉紳送出大約 1840 克白銀，按今日白銀價格計算，約值 6800 港元。）

斤：戰國・墨子《墨子・號令》：「傷甚者令歸治病家善養，予醫給藥，賜……肉二斤。」（傷者每日得肉約 500 克，相當於 4.5 個「足三兩」漢堡包所用牛肉的重量。）

石：戰國・莊周《莊子・逍遙遊》：「我樹之成而實五石。」（惠子所種的大葫蘆瓜，足足有 150000 克重，相當於兩個成年人的重量。）

鎰：戰國・韓非《韓非子・五蠹》：「鑠金百溢（鎰）。」（被熔化的黃金大約 31500 克，按今日黃金價格計算，約值 1060 萬港元。）

三聯書店網址：
www.jointpublishing.com

Facebook 搜尋：
三聯書店 Joint Publishing

WeChat 帳號：
jointpublishinghk